그 사내의 하늘과 시간

그 사내의 하늘과 시간

정진문 장편소설

전출판

● 작가의 말

사람이 태어난다는 것은 기적이다. 사람으로 태어남. 그것을 비율로 이야기한다면은 약 2억 대 1에서 3억 대 1이 될 수도 있다고 한다. 그것은 사람에 따라 남자 정자 수를 이야기한 것이라고 본다. 본 책의 주인공인 그 사내의 태어남도 그렇게 태어났다.

인간의 태어남은 그만큼 큰 경쟁률로 태어나서 살기 위한 경쟁률은 또 얼마나 될까? 생각해 보면 그것은 기적이다.

인간 세상에 태어난다는 것. 얼마나 소중한 존재인가? 생각해 본다. 한 생명이 태어나기에는 조물주의 선택인지 부모의 선택인지는 갸름하기 어렵지만, 그 사내는 부모님의 선택이라고 생각한다. 가난한 나라에 태어나게 해 달라고 그 사내가 부모님에게 매달린 적은 없을 것이다. 이 책의 주인공 사내는 부모님의 선택이든 조물주의 선택이든 죽느냐 사느냐의 문제가 있는 가난한 집에 하여간 태어났다.

너무나 가난한 집에 운명적으로 명줄을 받은 것이다, 그러나 그 주인공이 다섯 살 적에 놀랄만한 이야기를 듣게 된다. 그것은 평생 잊히지 않는 가슴속에 깊이도 박힌 화살이었다. 엎어놓아 죽이라는 친척 할머니의 말씀을 거역한 어머니와 아버지의 선택으로 그 사내는 살아났다. 만고풍상을 겪으면서 오직 생각에 깊이 박힌 것은 그 사내를 살려준 부모님이시다. 이 책에 태어나서 만고풍상을 겪은 사내의 일생을 그려 봅니다.

2022년 여름

정진문

차례

그 사내의 하늘과 시간

1
태어날 때의 비밀을 엿들은 그 머시매

“그냥 엎어놔! 산 사람이라도 살아야지. 하루만 있으면 되닝 께.”

“그렇게 해봤어 유. 그런데 발버둥 치는 핏덩이를 보고는 도로 잿겨 놨어 유.”

그 사내가 태어나던 날. 산파인 할머니와 그 사내의 어머니가 한 말이었다.

4월 초순이라 겨울옷을 벗기에는 아직 이른 봄이다. 한 동리 아이들은 집에서 나와 샘 마당이라 불리는 동리 마당에서 놀기에 여념이 없다. 30여 호가 사는 동리는 집성촌이라 촌수가 멀든 가깝든 대부분이 일가친척이다. 한 집에 보통 서너 명이나 되는 아이들이 있으니 동리는 머시매와 지지배들이 넘쳐났다. 같은 또래라도 촌수가 높은 아저씨라 부를 사람이 있고 대부님이라 불러야 할 사람들도 있었다.

다섯 살배기 머시매는 코를 훌쩍이며 동리 마당에서 거의 또래인 머시매와 지지배들과 놀고 있었다. 동리 아이들은 돌을 깨서 삭치기 할 것을 만들고, 제기를 만들어 제기차기도 하고 팽이를 만들어 팽이 싸움도 하며 논다. 흙을 동그랗게 뭉쳐 흙다마를 만들고 자치기를 할 것도 손수 만들어서 논다. 지지배들은 거의 고무줄놀이를 한다. 색색의 유리구슬은 누구나 갖고 싶지만 그걸 가진 머시매는 몇 명 안 된다. 종이도 귀한 시절 종이 딱지 100장과 유리구슬 하나와 바꾸기도 했다.

까까중 머시매는 배부른 엄마가 마른 짚을 두 단이나 들고 힘들게 동리 놀이터 샘 마당을 지나 집 쪽으로 가시는 걸 보니 궁금하다. 오정이 되었는지 배도 고프다. 점심을 먹는다는 것은 거의 없으나 혹시 얻어먹을 게 있나 하고는 엄마 뒤를 냉큼 좇아갔다. 놀이터에서 가까운 집에 사시는 친척인 할머니가 뒤따라오셨다.

엄마가 마른 짚을 들고 작은방으로 들어가자, 할머니는 엄마가 들어간 방으로 들어가신다. 문이 닫히기 전 머심애가 따라 들어가려고 하자.

"너는 들어오지 마."

방으로 엄마를 따라 들어가려다가 좇겨났다. 할머니는 탁 소리가 나게 문을 굳게 닫았다. 무슨 일인가가 궁금한 머시매는 얼른 엄마가 있는 작은방 뒤쪽 문으로 가서 서 있어도 무슨 소리인지 잘 들리지 않는다. 다시 앞문 쪽으로 가서 마루에 앉아 귀를 방으로 들여보내고 앉아서 있었다. 소곤소곤하는 소리는 잘 들리지 않았다. 고개를 끄덕끄덕하다가 토끼잠이 들었다. 방에서 큰소리가 나기 시작하자. 눈이 번쩍 뜨였다.

"아 아 아 아으 응."

"힘을 더 줘야 해. 더 줘 더 줘."

"으으응. 으응."

"아이구 먹은 게 있어야 힘을 쓸 텐데. 좀 쉬었다가 다시 힘을 줘."

그런 소리가 몇 번인가 나더니 아기가 나왔는지 "으앙" 소리가 났다. 그리고는 엄마와 할머니의 하시는 말씀이 들렸다.

"지지배 내. 애기를 많이 낳아 봐서인지 순산인 겨."

그 머시매의 위로는 형이 두 명, 누나가 두 명인데 아래 남동생이 하나 있는데 여동생이 하나 생긴 것이다.

"아이구 어쩔껴. 대 식구가 하루하루 먹고살기도 힘든데. 그냥 엎어놔 하루만 있으면 되닝 깨. 먼저두 두 번이나 엎어 놓으랬더니 말을 안 듣고."

"당숙모님 그냥 엎어 놓기에는 너무 안된 것 같았어유. 둘 다 아들이었잖아! 유. 당숙모님이 처음 말씀하실 때는 그렇게도 했다가 발버둥 치는 핏덩이를 보고는 안 되어서 다시 엎어 놨어유! 저 핏덩이가 무얼 안대 유! 다시 재껴놓고 얼마나 울었는지 몰라유!"

"그럼 어쩔 겨, 때를 굶고 있는 판에 집식구 부황들게 해 다 죽일껴?"

그 소리까지 듣고는 그 할머니가 무섭다. 그 머시매까지 엎어놓아 죽이라고 했다는 말씀이 아닌가!

그 머시매는 샘 마당 놀이터로 줄행랑을 놓았다. 친척 할머니가 하신 말씀을 다른 머시매들이나 지지배들에게 말하면 안 될 것 같다. 금방 태어난 아기를 죽일지도 모르는게 아닌가! 가슴이 두근두근한다.

날이 훤한 동리 놀이터로 가서도 자치기도 다마놀이도 딱지치기도 하고 싶지가 않다. 동리 친척들 또는 친구들이 노는 모습을 물끄러미 쳐다보고만 있는데 큰누나가 막냇동생을 업고 집으로 간다. 동생은 온몸에 붉은 자국이 있고 아프다고 한다. 그래서 큰누나가 업고 다니며 아픈 동생을 보고 있다. 무슨 병인인지는 모르지만 태어나면 다들 그렇게 하고서야 산다고 한다.

한구석에 앉아 있는 머시매를 본 친구가 같이 놀자며 부르니 힘없이 자리에서 일어나 딱지 치는 곳으로 갔다. 딱지는 그림 딱지. 종이로 접은 딱지. 좀 더 두꺼운 종이로 만든 큰 네모 딱지. 세 종류가 있다. 유리구슬은 항시 갖고 싶었다. 그림 딱지 100장만 되면 유리구슬과 바꿀 수 있으니 딱지치기를 시작했다. 힘이 없으니 딱지를 따기는 커녕 몇 장 안 되든 그림 딱지를 거의 다 잃었다. 종이 딱지 하나 없는 빈손이 됐다. 언젠가는 '꼭 유리구슬을 갖고 말 거야.' 머시매는 하늘을 쳐다봤다. 할머니도 빨리 집으로 갔으면 좋겠고 해도 빨리 넘어갔으면 좋겠다.

점심은 먹어 본 지가 며칠이나 지나갔는데 언제 또 점심을 먹을지는 모른다. 동리 친척 형 또는 아저씨뻘 되는 친척이 가끔 먹다가 나누어 주는 보리 누룽지. 양이 차지는 않지만 그게 참 맛있다. 해가 넘어가야 저녁 죽을 먹을 텐데….

노는 걸 그만두고 가까이 있는 샘으로 가서 물을 한 바가지를 떠서 마시고는 다시 놀이터에 힘없이 한참을 앉아 있었다.

해가 넘어갈 때가 되는지 하늘에 붉은색이 비춘다. 놀이터에 아이들도 하나, 둘씩 집으로 간다. 놀이터가 썰렁해졌다. 지금쯤 가면 할머니도 가셨을 것 같고, 보리 죽이라도 배고픔을 면할 것 같다. 살금거리며 집 마당을 들어서니 아버지가 방금 오셨는지 방문을 열고 들어가신다. 아버지는 재 너머 남의 집 일하는 데를 가셨다가 뒷길로 오신 것 같다. 집에서 쫓겨났으니 냉큼 작은방 문을 열고 들어가기가 어렵다. 문밖 댓돌에 서서 방 쪽으로 귀를 가까이 대고 무슨 말씀을 하시나 엿듣고 있었다.

"진지는 드시고 오셨어 유?"

"일하는 집에서 밥을 해줘서 먹었지."

"고생은 안한겨?"

"힘은 들었지만, 당 숙모님은 순산이라구 해 유."

"뭘 좀 먹어야지. 내일 사흘 치 일한 걸 달라고 해서 미역하고 호박하구 사올 겨. 일은 오늘 다 끝났어, 그 집에는 더할 일이 없어. 또 다른 일이 생기겠지."

"아기 낳을 것 생각해서 호박하구 잔대는 얻어다 놓은 게 있어 유. 아기를 받아준 당숙모님께서 미역을 조금 가져왔어 유. 참 고맙지 유, 당숙모님은 어디서 알아보셨는지 낳은 아이를 시내에다 주래요. 그러면 쌀도 반 가마니나 준다면서요. 그렇게는 하지 않겠다고 했어 유. 어떻게 내 속으로 낳은 자식을 다른 집으로 보내 유."

"잘했어. 그것 자식을 돈 받고 파는 거여. 오늘은 안 울었어?"

"울 힘도 없어 유. 어떻게 해유. 당숙모님이 또 한 번 이야기 할 텐데 유."

"…… 흐음, 흠. 안더. 태어나는 놈은 저 먹고 살 것은 지가 가지고 나온댜."

휴우. 아기를 업어 놓지 말라는 아버지의 말씀이 아니신가? 큰 숨을 한 번 더 쉬었다. 내일은 '머시매나 지지배 친구들에게 내 여동생이 생겼다고 자랑을 해도 될 것 같다.'

"시아버님은 큰아들만 먹고살게 해 주시고 우리는 따비 밭 한 평도 안 물려 주신 데 유?"

"아버지 맘 대루지 농토 있는 건 다 큰 형님이 자기 것이라고 하니 내 차지가 될 것은 하나도 없어, 산 입에 거미줄 칠까? 좀 기다려 봐. 내가 지금 아버지에게 가서 따비 밭 몇 평이라도 농사를 짓게 해달라고 하고 그걸 주신다고 하시면 그걸 잽히고 돈을 좀 구해볼겨."

그 머시매는 아기를 안 죽인다니 기운이 난다. 내일은 반듯이 유리구슬을 가질 것만 같다. 꼭 딱지 100장을 채워서 유리구슬을 갖고 말 거야. 하루 저녁을 잔 후 맘을 단단히 먹고 숨겨 놓았던 그림 딱지 몇 장을 가지고 가서는 동리 또래들과 딱지치기를 다시 하자고 했다. 온 힘을 다하여 두 사람이 가진 딱지를 전부 땄는데도 50장이 안 된다.

그 이튿날 아침부터 저녁때까지 악착같이 하여 이틀 만에 열 장씩 10개를 만들어 100장을 만들고 그리도 가지고 싶었던 유리구슬과 바꾸었다. 기분이 아주 좋다. 구슬을 들고 집으로 뛰어갔다. 엄마한테 자랑하고 싶다. 그러나 그 방에는 못 들어갈 것 같다.

식구들은 큰누나가 불을 때여 만든 죽을 큰 방에서 먹고 엄마는 작은 방에서 아기와 같이 누워 계셨다. 아픈 남동생은 그 방에 들어가면 안 된다고 아버지가 말씀하셨다. 할머니가 또 오셨다. 큰방 문을 열고 저녁 죽을 먹고 있는 것을 본 할머니는 열세 살인 큰누나를 쳐다보고는

"이젠 다 컸구먼. 불을 때서 죽을 끓일 줄도 아니."

"엄마가 시키는 대로 했어 유."

할머니가 또 오시자 마음이 불안하다. 할머니는 끓는 물을 세숫대야에 담아서 작은 방으로 들어가신다. 무슨 말씀을 하시려는지 엿듣고 싶다. 아기를 죽이라면 큰일이 아닌가? 먹던 죽 그릇을 그냥 두고 엄마가 누워 계시는 방문 앞으로 가서 귀를 기울였다.

"옆 동네 00네는 아이를 낳자마자 시내 아이 없는 집으로 보냈대. 쌀을 반 가마니나 받았다는구먼. 그걸 보리쌀로 바꾸면 집식구들 두 달은 먹고도 남지. 죽이라도 먹어야 일어나 다니지. 일어나서 한 그릇 먹어. 왜 그리 아이는 잘 생기는 겨. 여섯 명을 낳았는데도 또 애가 생겨! 희영이네 집은 4대가 독자라 울고 있는데, 그 집에나 가서 태어나지. 물만 먹어도 애가 생기는 겨? 이 어려운 판에 산 사람이라도 살아남어야지."

그 말씀은 시내 아이 못 낳는 집에 주거나 엎어 놓으라는 말씀과 다름없는 것이다.

"당숙모님 그냥 엎어 놓기에는 너무 불쌍해-유. 또 다른 집에 보내는 것도 애 아부지가 그러카면 안된대-유. 태어나는 놈은 저 먹을 건

지가 가지고 나온대 유. 살고 죽는건 지 팔자라내 유."

"맘대루 혀. 지자식 지 맘대루 하는 거지만. 세끼 죽도 황송한 때여, 당장 굶을 판에 팔자는 무슨 팔자 타령여."

그 할머니가 밉다. 얼른 가셨으면 좋겠다.

작은 밭이라도 있어 보릿고개만 넘기면 그래도 보리죽이라도 먹을 수 있지만. 지금은 아니다. 농촌에서 땅 한 평 없이 산다는 것은 죽느냐 사느냐의 갈림길이었다.

지독한 춘궁기가 지났어도 농촌에 땅 한 평 없는 가정은 항상 먹는 게 부족했다.

이웃집을 가보면 점심을 보리밥이라도 먹는 집도 있다. 그 머시매네는 점심은 거의 먹는 날이 없다. 가난하기에 병원도 가보지 못한 그 머시매의 바로 아래 남동생이 아프다더니 며칠 후에 죽었다. 호녁이 뭔지는 모르지만 호녁(홍역)이라고 한다. 동리 어른들이 산 위로 가는 길바닥에 묻었다고 하는데 아이가 죽으면 그리한다고 하신다. 그곳이 어디인지는 모른다. 집식구들은 전부 눈이 퉁퉁 붓도록 울었다.

인민군이 쳐들어온다고 하여 동리 친척 집에서 키우든 돼지를 잡아서 그 고기를 친척 집, 사람들과 포대에 나누어 넣고서 피난을 갔다. 그렇게 맛있는 음식을 실컷 먹어보기는 처음이다. 그 삶은 돼지고기를 많이 먹고는 설사를 해대느라 이틀 동안 눈이 쏙 들어갔었다. 남의 집 대문가 맨땅에서 자는 것은 너무나 추웠다. 가족들은 이틀 밤을 자고는 다시 집으로 왔다.

그 머시매는 배가 고프면 어떻게 해야 하는지를 안다. 부엌 살림살이는 솥단지와 우물을 길어다 넣는 항아리 그리고 거의 바닥이 난 된

장 항아리, 고추장 항아리, 소금 단지. 보리쌀을 넣는 작은 항아리, 그게 다인 부엌은 흙으로 바른 부뚜막과 뒤편으로 불을 때서 밥을 짓는 나무가 좀 있을 뿐이다. 부엌에 남은 것이라고는 소금 단지에 조금 있는 소금뿐이다. 겨울에 가끔 아궁이에 구워 먹던 고구마는 겨울도 오기 전에 다 먹고 없다. 좀 있으면 감자가 나올 때이니 그때는 감자라도 점심으로 먹을 때가 있을 것 같다. 물 항아리 뚜껑을 열고 바가지로 물을 한 바가지를 퍼마시면 배가 부르다. 물 항아리가 비어 있으면 동리 샘 마당 옆에 있는 우물로 가서 펑펑 솟구쳐 오르는 물을 한 바가지를 퍼마시고 저녁때까지 동리 아이들과 노는 게 일상이다. 몸은 말랐지만, 보리밥을 한 그릇 먹으면 배가 불룩하다. 그러면 동리 아이들은 올챙이라고 놀려댔다. 동리 우물은 겨울에도 얼지 않고 항시 물이 솟구쳐 오른다. 그곳에는 물 뜨는 바가지가 항상 둥둥 떠다닌다. 동리 사람들은 거의 그 물을 길어가다 항아리에 넣어 마시고 또 넘쳐흐르는 샘 아래에서 빨래를 한다. 그 샘 뒤에는 하얀 문종이가 매달린 몇 개의 대나무가 항시 꽂혀있다. 동리 사람들은 일 년에 한 번씩 물이 마르지 말라고 하얀 시루떡을 해 놓고 막걸리와 과일도 차려놓고 풍장을 치며 굿을 한다. 그때는 하얀 시루떡 조각도 얻어먹었다. 사람들의 모여 이 동리에 살게 된 것은 아무리 가물어도 마르지 않는 그 물 때문이라고 한다.

그 어려운 가운데도 그 머시매는 만 7살이 되어 초등학교에 들어갔다. 6·25 때문에 한 학년을 쉬었다가 들어간 작은형은 2학년이다.

그 머시매가 사는 동리와 초등학교는 거리가 6km 이상이나 된다. 걸어서 한 시간이 훨씬 더 걸린다. 아무리 힘들어도 쉬지 않고 걸어가서 지각 한 번을 하지 않았다.

당시엔 시계가 없는 집이 많아 지금이 몇 시인지를 모른다. 손목시계를 가진 사람은 동리 전체에도 세 명뿐이다. 아침밥을 빨리 먹고

공 마당으로 가면 학교 갈 아이들이 모여 있다. 아침에는 거의 같이 간다. 머시매들은 책을 싼 보자기를 어깨에 메고 지지배들은 책보를 허리에 매고 학교를 오고 간다.

아침에 학교에 가려고 나서면 엄마가 둘째 형에게 말씀하신다.

“00아 뛰지 말고 걸어가 뛰면 배고프다. 네 동생도 못 뛰게 해라.”

“네.”

아침저녁으로 다니는 학교길 그 길은 같은 길이라도 학교로 갈 적과 올 적은 아주 다르다. 아침에는 형하고 서둘러 가지만 올 때는 느긋하다. 형은 좀 늦게 끝나니 나중에 온다. 엄마 말씀도 있고 하여 뛰지 않고 놀면서 천천히 온다.

집으로 오는 길은 여기저기를 쳐다보며 오지만 심심하다. 그러다가 친구가 달리기 시합을 하자고 하면 집을 향해 뛰어오는 날도 있다. 상품은 없지만 1등을 하면 그래도 기분은 좋다.

집에 오면 남의 집 일을 나가셨던 엄마가 저녁때 돌아오셔서 일일이 물어본다.

“오늘은 무엇을 배웠니?”

“매일 국어 공부하고 산수 공부도 하고 그래요.”

“학교 갈 때 뛰어가지는 않았지?”

“올 때 친구가 시합하자고 해서 조금 뛰었어.”

“그러면 배고프다니까.”

“배고프면 샘니마에서 물을 한 바가지 떠서 마시고 와. 그럼 괜찮어.”

초등학교 일 학년 때 점심 도시락을 싸가는 일은 없다. 그러니 학교가 끝나고 집으로 오는 길은 배가 고프다. 그 머시매가 학교를 매일 오고 가는 중간 길옆에는 샘니마라는 샘이 있다. 그곳은 학교에서 오는 길에 배고픈 아이들이 물배를 채우는 곳이었다.

집으로 오는 길에 동리 친구와 같이 오는 날도 있지만 어떨 때는 혼자 올 때도 있다. 학교에 가고 오는 길은 두 길이다. 매일 자주 다니는 길 중간엔 샘니마가 있는 길이고 다른 한 길은 작은 동산을 넘어가고 오는 길이다. 작은 동산을 넘어오는 길은 질러오는 길이라고 한다. 큰 길보다는 가깝다는 이야기이다. 작은 동산을 넘는 그 길옆에는 큰 소나무와 풀들이 많다. 여름에는 찔레꽃이 피어있는, 겨우 걸어 다니기만 할 수 있는 좁은 길이다. 찔레 어린순이 올라올 때는 아주 맛있는 간식이다. 동리 친구들은 그걸 먹으려고 여름방학 전에는 질러오는 동산길을 택하여 오는 날이 많다.

집으로 가다가 동리 이 장님댁 마차를 보면 친구들은 함성을 지르며 그 마차에 올라탄다. 그 마차는 동리에 한 대뿐이 없다. 동리 물품이나 볏가마니 등을 싣고, 방앗간이며 시장을 다니는 마차이다. 이장집 머슴이 시장엘 갔다가 끌고 동리로 가는 바퀴 네 개짜리 마차를 보면 함성을 지르며 마차에 올라탄다. 그런 날은 대박이다. 집으로 오는 하굣길은 여기저기를 쳐다보며 오지만 심심하다.

집으로 올 때는 학교에 갈 때처럼 빨리 갈 필요도 없으니 맘은 느긋하다. 초여름이 왔다. 길가에 있는 삑삑이 풀을 뜯어 새하얀 속살을 깨물면 단물이 나온다.

밭에 작물은 빨리도 크는지 어린 감자를 캐서 먹는 집도 있다. 풀이 커서 허리춤에 올라오면 길가 숲을 뒤지며 온다. 그 숲을 뒤지다 보면 왕아치라는 큰 메뚜기 같은 게 있을 때가 있다. 왕아치 그놈을 한 마리 잡으면 그것은 친구이고 살아있는 장난감이었다. 왕아치에게 친구같이 말을 걸며 집으로 왔던 것도 생각이 난다.

왕아치는 친구들에게도 자랑할 수 있는 보물이다. 집으로 가져와서 실로 다리를 묶어서 작은 나뭇가지를 땅에다 박고 풀을 뜯어다가 먹으라고 주며 그것을 쳐다보는 기쁨도 있었다. 그놈이 죽으면 훌쩍훌쩍 울기도 하며 다시도 잡으면 되지, 하며 눈물을 옷소매로 닦은 적도 몇 번이나 되었다.

첫 번째 맞이한 여름방학은 정말로 재미있었다. 동리 친구들과 논두렁을 뒤지며 붕어도 잡고 미꾸라지도 잡고 재수 있는 날은 방개도 잡힌다. 옷은 젖고 흙이 묻어 혼나기는 해도 참 재미있다.

여름방학이 지나가면 학교에 다니는 길은 완연히 다른 길로 바뀌어 있다. 그동안 각종 풀들이 많이도 컸다. 이름 모를 들꽃들도 참 많다. 꽃송이를 따서 입으로 빨면 달착지근한 물이 조금 나온다. 그 맛을 보려고 풀숲도 뒤지며 집으로 오는 길은 멀게만 보이던 아침 등굣길과는 다른 것 같다.

늦가을 학교에서 집으로 오는 길옆에 논은 벼를 베어 말리는 곳이 많다. 벼를 다발로 묶어 놓은 논에는 농약을 안 할 때이니 메뚜기가 천지였다. 그놈을 잡는다며 논 안을 뛰어다니면. 잠깐만 잡아도 참 많이도 잡힌다. 그것을 잡아 질긴 강아지풀에 목을 꿰어 길게 세 줄만 만들면 그것은 아주 맛있는 간식이 되었다. 일요일엔 친구들과 메뚜기를 잡으러 갈 때는 아주 사이다병을 들고 메뚜기를 잡으러 다니기도 했다.

메뚜기를 많이 잡으려면 아침 일찍이 일어나서 졸린 눈을 비비며 형하고 같이 간다. 아침 일찍이는 이슬이 많이 내리면 메뚜기가 빨리 도망을 못 간다. 메뚜기 날개가 마르기 전에는 업으랑 붙은 메뚜기는 잡기가 더 좋다. 아침에 일찍 가려면 정종병을 가지고 형하고 가야 한다. 그 병으로 한 병을 잡으면 온 식구가 많이 먹을 수 있다. 솥에 볶은 메뚜기는 참 맛이 좋다.

6·25사변이 지난 지가 얼마 안 되니 사는 것은 더 어려웠다. 아버지는 어떻게 하면 식구들을 굶겨 죽이지 않을까? 그 생각만 나지 뾰

족한 방법이 없으셨을 것 같다.

"시내에 갖다가 올겨."

"무슨 일로 유?"

"여기 고향에 그냥 있다가는 식구 다 굶어 죽어,"

"그래서 어찌시려구 유."

"시내에 가서 피난민들은 어떻게 먹고사는가를 보고 올거여."

여러 가지를 생각하셨는지 청주 시내에 피난민들은 어찌 사는가를 보러 나가셨다.

"시내 가보니까. 피난민들은 변두리에다 천막이나 움막. 하꼬방을 짓고 살고 있었어. 시내 가정집으로 일을 다니며 식모살이를 하는 사람들도 있었고. 지개를 지고 장사를 하며 살고 있는데. 얻어먹으러 다니는 사람들도 그곳에서 함께 살고 있었어. 여기 농촌보다는 훨씬 나아 보여. 그곳은 나라 땅이래. 아무나 그냥 집을 짓고 살아도 동사무소에서도 상관을 안 한대. 시내 변두리에 그들과 같이 집을 짓고 일을 하며 살 거야."

"그곳은 아는 사람도 없는데 어쩌시려구요."

"걱정 마. 처음부터 아는 사람은 없는 거야. 만나다 보면 알게 되는 거지! 걱정 마. 산 입에 거미줄 칠까."

나라 땅에다 천막을 치고 또는 움막을 짓고 얻어먹으러 다니는 사람도 있고 일을 하러 다니면서 먹고 사는 것을 아버지는 보시고 온 것이다.

배고파보지 않고 자식들이 굶을 지경까지 간 것을 경험해 보지 않은 사람은 배고픔 또 삶이란 게 무엇인지를 모를 것이다. 산모는 먹은 게 없으니 젖이 안 나온다. 그러니 산모며 가족을 부양하는 일은 가장인 아버지에게 달린 것이다. 형님들에게 도움을 받는 것도 한두 번이지 아버지에게 고향은 더 기대할 곳이 못 되었다.

피난민들이 그렇게 사는 것을 보시고는 아버지는 농촌을 탈출하시기로 맘을 굳히셨다.

어머니는 아버지의 뜻에 동의하셨다.

그 머시매의 아버지는 청주 시내 변두리 나라 땅에다 몇 개월에 걸쳐 흙벽돌을 찍어 말리시고 손수 방 두 칸을 만들고 부근 산에 가서 나무를 베어다가 지붕을 만들어 비가 새지 않게 하여 일단 잠잘 곳을 만드셨다. 죽느냐 사느냐의 갈림길에서 아버지는 가족들을 데리고 농촌을 떠나기로 한 것이다. 그렇게 돼서 그 머시매는 시골에 살다가 초등학교 2학년 개학에 맞추어 집식구 전부가 청주 시내인 그 집으로 이사를 왔다.

그 머시매의 아버지는 청주 시내를 다니시면서 집을 짓는 곳이 있으면 무조건 일을 하게 해달라고 사정을 하며 그렇게 목수 일을 다니셨다. 목수 일도 없으시면 지게를 지고 시장으로 나가셨다.

그렇게 하지 않으면 식구들이 굶기 때문이다. 6·25 휴전 중이니 그 시내 변두리의 땅은 동 사무소나 시청에서 관리하지도 않기에 그렇게 집을 짓고 사는 사람들이 많았다. 그러니 이웃을 가는 데는 담이 없으니 동리가 한 집만 같다. 그곳은 피난민들이 천막을 치고 움막도 짓고 하꼬방이라는 집도 지어 살기도 했던 고마운 땅이었다.

청주로 이사를 올 때는 큰형님이 사범학교 1학년에 다닐 적이다. 큰형님과 그 머시매와는 나이 차이가 열 살이다. 그 머시매가 귀동냥으로 들은 이야기는 사범학교에 합격했다니까, 경사라며 입학금을 면사무소에서 반을 대주었단다. 면에서 사범학교에 붙은 사람은 두 사람인데 한 사람은 민 씨네 부잣집이라 입학금 보조를 안 해주고 가난한 그 사내애 집만 받았다고 하신다. 나머지 반은 어떻게 마련하셨는지는 모른다.

전학을 오니 집에서 학교 가는 길도 바뀌고 참으로 낯설다. 거리는 시골보다는 좀 가깝지만 그래도 4km 이상의 거리이다. 빨리 가도 한 시간은 더 걸린다. 시내에는 시계가 있는 집도 많아서 학교 갈 시간이 되면 한 학년 아이들은 같이 가자며 서로 모인다. 이사를 와서는 얼굴을 모르니 그들과는 어울리지를 못했다. 시내 변두리지만 학교 가는 길엔 집들만 있지, 논밭은 하나도 없다. 한 반 아이들은 얼마나 많은지 55명이나 되니 정말로 많다.

집에서 학교 가는 길은 아는 친구도 없으니 형하고 같이 간다. 낯선 길을 한 시간은 더 걸어가야 한다. 형이 빨리 가면 길을 잃어버릴까봐 같이 가자고 울기도 했다.

저녁때가 되어 엄마가 집에 있으면 형은 엄마한테 이른다.

"00이는 내가 그 한 발짝만 먼저 가도 울면서 같이 가자고 해."

"왜 그랬어. 형한테."

"학교 가는 길을 잘 모르잖아. 길을 잃어버리면 어떻게 해."

"그랬구나, 00이가 길을 잘 알 때까지 잘 데리고 다녀."

학교 가는 길은 논밭도 하나 없고 꼬불꼬불한 동리길을 지나가는 길이다. 시골과는 상대도 안 되게 학생들은 학용품도 많이 가지고 있다. 공책도 여러 개 가지고 공부를 한다. 그 머시매는 공책은 한 권뿐이다. 거기에다 국어, 산수, 사회, 자연, 모두 같이 쓴다.

어둠이 차곡차곡 쌓이는 시골에 밤을 밝히는 것은 호롱불이나 등잔불이었다. 호롱불은 돈 있는 집에서나 쓰는 것이고 시골집에서는 석유를 아끼려고 밥상만 치우면 등잔불도 껐다. 청주 시내로 나오자 가정집은 전기가 들어오는데 특선이라고 하여 밤낮없이 들어오는 전기와 일반 가정에 밤이나 돼야 들어오는 전기가 있었다.

그것만 봐도 시골과 시내와의 차이는 엄청났다. 전기세가 무섭다면서 호두알만 한 5촉짜리 전깃불을 볼 일이 없으면 끄라고 하였다. 전깃불이 켜져 있는 세상과 전깃불이 없는 세상 그것은 신기하기도 했다. 시골과 도시는 하늘과 땅 차이였다. 시내에 나오니 스피커라고 하여 각 집에 스피커를 달아주고 매월 돈을 받는 사람이 있었다. 그런 스피커에서는 초 저녁때면 연속극이 나온다.

피난민들이 많아 사는 시내 가정에도 라디오가 있는 집이 별로 없었다. 돈이 없어 스피커를 못 달은 집은 스피커가 있는 집으로 달려가 연속극을 들었다. 6·25 때 청춘 남녀의 사랑을 그린 '누가 이 사람을 아시나요.'였다. 그 시간만 되면 사람들은 모든 일을 중지하고 스피커 앞으로 모였다. 그리고 그 애틋한 사랑 이야기에 슬퍼서 눈물들을 흘렸다. 연속극이 끝나면 사람들은 아쉽지만, 내일을 기약하며 각자 집으로 갔다.

시내로 이사 온 그 후로도 부모님은 딸을 세 명이나 더 낳아서 여섯째인 아들 한 명이 죽었어도 아홉 명의 아들딸이 있었다. 친척 할머니 말씀대로 물만 먹어도 아이를 가지셨나 보다. 시내 변두리는 어려움 속에 사는 사람들이 대다수인 동리지만 인정은 넘쳐흘렀다. 미국에서 지원하여 구호물자로 나온 밀가루 그것을 저녁에 물을 섞고 시어빠진 김치를 썰어 넣고 부침개를 만든다. 그 김치부침개는 꿀맛인데 그걸 만든 집에서는 이웃집 사람들을 같이 먹자고 부른다. 길거리가 집 마당이니 그냥 모이기만 하면 됐다. 젓가락이 없으면 나뭇단에서 가지를 꺾어 젓가락을 만들어 들고는 합석을 했다.

동리 사람들은 저녁때가 되면 서로들 돌려가며 부침개를 해 먹었다.

보리밥이라도 점심으로 먹을 수 있었으니 그 참혹한 생활도 농촌보다는 살기가 나았다.

시내 변두리지만 학교 가는 길엔 집들만 있지, 논밭은 하나도 없다. 반 아이들은 얼마나 많은지 한 반에 55명이나 된다. 2학년 여름방학이 되었다. 붕어를 잡으러 다니던 시골 생각이 난다. 이사 온 지 몇 개월이 되니 동리 친구들이 생겼다. 친구들과 동리를 떠나 논발이 있는 도랑으로 고기를 잡으러 가기도 했다. 그리고 잡아온 고기는 동리 친구들과 나누어서 갖는다. 까만 고무신에 물을 넣고 붕어나 미꾸리를 두어 마리 넣고는 그걸 오래 살리려고 보리밥을 고무신짝 안에도 넣어도 그놈들이 먹지를 않는다. 제가 살던 고향 생각이 나나 보다. 고기를 잡아다가는 또 할 일이 있다. 소꿉친구인 영희에게 그걸 보여주고 자랑을 하고 싶다. 잡아 온 고기를 영희에게 다 준 적도 있다. 그 머시매보다 잘사는 코흘리개 영희는 나를 좋아하나 보다. 누룽지도 아주 많이 가져다가 준다.

5~6학년이 되면 도시락을 싸가는데 보리밥도 배불리 먹지 못하던 때이니 일주일에 두세 번 정도만 보리밥 도시락을 싸가도 그리 좋을 수가 없다. 도시락 반찬이 없으니 맨밥만 싸 가지고 갈 수가 없기에 이다. 반찬이 없으면 어머니는 가끔 소금에 참기름을 비벼서 넣은 종지를 도시락에 넣어 주셨다. 제일 좋은 것은 원족 때이다. 지금은 소풍이라고 하지만 당시에는 원족이라고 했다. 그저 점심때까지 걸어갔다가 점심을 먹고 보물찾기 등 몇 가지 놀이를 하고는 바로 집으로 온다. 그때가 좋은 것은 김밥을 싸갈 수 있으며 잘하면 달걀 한 개에 사이다 한 병을 가져갈 수 있다.

2~3년이 지나자. 농촌보다 살기가 좋아지고 전구도 30촉짜리를 켤 때는 정말 좋았다. 몇 년 후 바로 위에 형은 중학교에 갔지만, 그 머시매는 6학년 때 공부를 반에서 5등을 했지만, 중학교 입학금이 없어서 중학교에 가지 못했다. 먹고 살기도 점점 더 어려워졌기 때문이다. 지금 생각해보니 그 당시에 아버지는 청부업자의 농간으로 감옥에 계셨던 것 같다.

갓 초등학교를 졸업한 머시매는 세상을 모른다. 왜 사는지는 생각해본 적도 없다. 그냥 죽이든 밥이든 먹고 그냥 사는 줄로만 안다. 해가 뜨고 지고 하는 동안 밥을 먹고 잠자는 것만 안다. 일어나서 눈을 뜨면 배고픔이 밥을 기다린다. 아침에 먹는 꺼끌꺼끌한 깡 보리밥도 너무나 맛이 있다.

그 머시매는 생일날이라고 하여 미역국을 집에서 얻어먹은 기억이 없다.

보리밥도 황송한데 미역국이라니.

콩 떼기와 개구리 사냥

초등학교 4학년 때 동리 중학교에 다니는 형 두 명이 따라오란다. 친구 세 명과 같이 병아리가 어미 닭을 쫓아가듯이 졸졸 따라갔다. 두 명의 형이 콩밭이 보이자 잠시 여기저기를 보더니, 콩밭으로 들어가 콩이 달린 콩대를 다섯 개씩 뽑아 오란다. 남의 콩밭이 아닌가? 잠시 망설였지만, 형이 시키니 안 할 수는 없다. 형들 말을 듣지 않으면 얻어터질 것이 분명하다. 콩떼기를 해 먹는단다. 콩떼기라고 하지만 그게 무언인지는 모른다. 형을 쫓아간 친구 세 명이 콩밭에 들어가 콩대를 시키는 대로 뽑아 오자. 그걸 가지고 따라오란다. 도둑질했으니 가슴이 콩닥콩닥 뛴다. 콩대를 잡아당겨 들고는 콩밭 주인에게 걸릴까 봐 숨이 턱에까지 차오르도록 뛰었다. 형들은 콩대를 일곱 개씩이나 뽑아왔다. 밭에서 좀 떨어진 야산에 자리를 잡았다. 형들이 먼저 작은 솔가지를 주워다가 불을 질러 숯을 만들고 그 위에 다시 마른 솔가지를 태우면서 풋 콩대를 얹어 놓았다. 콩은 찌이익 찌이익 소리를 낸다. 익었다며 까서 먹으란다. 아니 이렇게 맛있는 것이 콩이었어? 가슴은 콩닥콩닥 뛰었지만, 주둥이가 새까매지도록 아주 맛있게 먹었다.

입 주위가 까만 줄도 모르고 집에 갔다가 어머니한테 들켰다.

"너 어디서 무어 해 먹었어? 남의 것을 몰래 갔다가 먹으면 안 되는 거야. 무릎 꿇고 앉아 벌 서봐."

"다시는 안 그럴게요."

한참을 무릎을 꿇고 있다가 용서를 받고서야 일어설 수 있었다.

몇 개월이 지난 후 일요일이 되자 형들이 부른다. 쫓아 오란다. 동리에서 더 떨어진 콩밭이 보인다. 콩잎은 누렇게 다 떨어지고 콩잎은 거의 다 말라 떨어지고 콩대만 앙상하게 서 있다. 형들은 그 밭엘 들어가면 개구리가 있으니 개구리를 잡아 오란다. 밭엘 들어가 보니 진짜 개구리 큰놈이 있다. 개구리치고는 엄청나게 크다. 그게 찰 마구리란다. 그걸 잡으려고 이리 뛰고 저리 뛰고 하며 세 마리나 잡았다. 전부 모이란다. 잡은 찰 마구리를 세어보니 열두 마리나 됐다. 형들과 함께 잡은 찰 마구리를 들고 또 옆 산으로 갔다.

그것은 도둑질이 아니니 맘이 편했다. 콩떼기를 하듯 불을 피우고 개구리 몸통에서 다리를 돌로 찍어 자르고 다리만을 숯불 위에 올려놓고 이리저리 돌리며 타지 않게 구웠다. 그 익는 냄새도 기가 막힌다. 침이 질질 나온다. 형들 덕분에 호강들을 한 셈이다. 그렇게 콩떼기를 하고 개구리 사냥하는 것을 알았다.

콩떼기는 도둑질 같아서 다음 해에 가자면 안 가려고 맘을 먹었다. 형들이 오래도 맞을 각오를 하고 안 갔다. 늦가을에는 논이 아니라도 무심천 아래 풀밭을 가면 메뚜기가 있다. 작대기를 이리저리 휘두르며 풀숲을 헤매면 시골에 살 적 논에보다야 아주 적지만 그래도 두어 시간을 잡으면 맛있는 메뚜기를 강아지풀에 한 꾸러미는 잡을 수 있다.

2
인내는 쓰다. 그러나 그 열매는 달다

그 머시매는 장성하여 사내가 되었고 고생 끝에 無에서 有를 창조한 사내가 되었다.

그 사내의 친구 말마따나

"이제 O 사장은 소가 밟아도 꿈쩍 안 할 것 같으네."

그랬다. 이제는 평생 돈 걱정은 안 하고 살 것 같다.

아버지 말씀대로 "저 먹을 것은 지가 가지고 태어난다"라는 말씀은 딱 맞았다.

아이스케이크 장사를 처음 나갔을 때 공장 사모님은 "사람은 신용이 있어야 한다."고 하셨다. 그 말씀도 딱 맞았다. 신용은 곧 돈과 직결되었다. 집식구들을 굶겨 죽이지 않으려고 노력하시던 아버지의 모습이 항상 떠올랐다. 그 사내의 아버지는 어떤 어려움도 절대로 포기하지 않으셨다. 무일푼으로 시내로 나오셔서 좋은 자리의 단독주택을 사신 것은 결코 어려움을 포기하지 않은 대가이었다. 불굴의 성격을 가지신 대단한 분이셨다.

그 사내는 제대 후에 결혼하고 노력 끝에 서점을 운영하여 한 번의 성공을 겪었다. 그러나 욕심은 화를 부르고 보증 사기를 당하여 또 좌절을 맛보게 했다. 그랬어도 좌절하지 않고 아버지와 같이 불굴의 의지로 또 성공하였다. 꿈으로만 생각했던 일억 원 그것을 목표로 하여 쉬지 않고 노력하며 달려갔다. 드디어 꿈에도 그리던 목표액인 1억 원을 훨씬 초과한 금액을 45세가 되었을 때 만들었다. 그리고 다른 삶이 시작되었다.

자! 이제는 날지 못하는 닭이 아니다. 마음대로 날 수 있는 날개가 달린 꿩이 된 것이다. 사람의 인생은 짧다. 아버지도 65세에 돌아가셨지 않은가! 그것도 장수하신 거라며 동네잔치를 벌렸으니 앞으로 얼마나 더 살다 죽을지 모른다. 돈만 모으다가는 우물 안 개구리일 뿐이다. 편히 살고 재미있게 살자. 아내는 그 사내의 말에 반대하는 법이 없다. 월급을 타서도 전부 남편에게 맡긴다. 그리고 필요한 돈만 요구했다.

청주에는 주공 아파트 13평 15평 17평 3종류의 아파트가 사직동에 1,600여 세대가 있을 뿐이며 13, 15, 17평 그 아파트의 가격은 300만 원에서 500만 원을 할 때이다. 그 사내는 그곳에서 몇 년을 살았었다. 거금을 쥔 그 사내는 1990년 청주에서 처음 분양하는 대형 민간 아파트 개신동 삼익세라믹아파트 15층짜리 건물에 분양 신청을 했다. 5층에 당첨되어 거금 4,500만 원에 분양받았다.

청주 시내에 단독주택은 거의 남주동과 석교동 뚝방 나무전에서 나무를 사다가 밥을 해 먹고 방에 불을 땔 때였다. 나무 한 짐을 사도 며칠을 못 땐다.

돈이 없는 사람들은 남자나 여자나 한 가족 중에서 일을 안 하는 사람이 밥을 해 먹고 방을 덥히기 위해 먼 산으로 나무를 하러 다녔다. 그 나무를 하는 일은 그 무거운 나뭇짐을 지고 온종일 걷는 일이니 무척 힘든 일이다. 남자들은 가을이 되면 시간이 나는 대로 겨울 내에 땔 나무를 하러 가는 게 일이다. 그들에게 여름은 천국이다. 풍로 하나만 있으면 밥을 해 먹으니 나무가 많이 들어갈 일이 없다. 여름에는 일주일에 한 번만 나무를 해오면 되는 것이다. 부부 중 남자가 일을 다니면 여자가 그 고단한 먼 산에 나무를 하러 다녔다.

그러니 그 작은 평수의 주공 아파트도 아궁이에 불을 안 때고 연탄보일러가 있으니 최고 인기가 있었다. 청주 시내 다른 곳에는 소형 아파트가 군데군데 있을 뿐 대단위 대형 15층 아파트는 없었다. 투기꾼이 없던 시절이지만 1,200여 세대인 아파트 입주 경쟁률은 6대 1이나 되었다. 그것은 몇 번의 좌절을 딛고 그 좋아하던 술도 자제하며 일체유심조를 되새기며 거금인 일억 원 이상을 벌고 다시 일어선 환희였다.

그 당첨된 아파트가 완공되어 이사를 했다. 그 사내는 이사를 하고는 그동안 고생한 아내에게 보답하고자, 아내가 가지고 싶어 하던 1,000만 원이나 가는 당시 청주 가구점에 단 한 개밖에 없는 최고급 자개농을 선사해줬다. 그리고 그 사내도 갖고 싶었던 최고급 전축(오디오)을 종로 상가에서 보석상을 하는 친구에게 부탁하여 외국제로 사달라고 부탁을 했다. 그 친구는 미군 PX에서 나오는 캔 우드 최신형 오디오를 자가용 택시 두 대에다 싣고 기술자까지 데리고 와서 연결까지 해주고 갔다.

17평 아파트 한 채 값이나 나가는 그 전축은 청주에서는 들어볼 수 없는 한 대밖에 없는 최고급 전축이었다. 두 개인 스피커 하나의 무게가 거의 80kg이 넘는다. 혼자서는 옮기지 못한다. 전축 음향기기에서 재생되는 소리는 환상이었다. 그리고 집들이를 했다. 가까운 친척들까지 모여 푸짐하게 차린 음식을 먹었다. 어머니는 잔치를 벌이는 거실에 전축(오디오)을 틀어놓자, 작은형과 붙들고 춤을 덩실덩실 추며 너무나 좋아하신다. 집들이하는 날 어머니가 춤을 덩실덩실 추는 모습을 보다가는 벌떡 일어나 그걸 일제 소니 비디오 캠코더로 어머니가 보고 싶을 때 보려고 녹화를 해 놓았다. 비디오 캠코더는 부동산 사무실을 하면서 산이나 전답을 찍어 손님에게 보여 주려고 장만한 것이었다.

아버지가 살아 계셨으면 얼마나 좋아하셨을까? 모진 가난 속에서 너무나 힘들게 살던 그 사내는 막내아들인데 자식 중에 가장 잘사는 자식이 된 것이다.

새 아파트를 장만하였으니 쓰던 가구를 전부 정리하기로 하였다. 새로 사들인 가구를 새 아파트에 정리해놓고 쓰던 짐을 정리하기 시작했다.

새 아파트로 가려니 오래된 가구와 집기를 버려야 했다. 장모님이 결혼할 때 사준 캐비닛 그것은 집을 살 때까지는 이사를 자주 다닐 테니 집을 사기 전에는 가지고 다니라고 하셨다.

그동안 셋방살이를 하면서 이사를 한 것은 일곱 번이나 되었다. 그리고 아파트를 장만하고도 이불을 넣고 서랍이 있고 금고가 있는 그 캐비닛만은 버리지를 않고 가지고 다녔다.

이십여 년을 끌고 다니던 정든 캐비닛이었으니 버리기가 아깝지만 버리기로 했다.

그런데 생각해보니 쓰레기로 버리기는 아깝다. 그래서 작은형님이 하는 작은 공업사에 연장이라도 넣으라고 공업사로 가져다주었다.

새로 매수한 아파트에는 소파며 TV 등도 새로 사들였다. 방을 따로 쓸 수 있는 아이들도 너무나 좋아했다. 그렇게 일 개월쯤이 되었는데 아내가 결혼반지며 목걸이 등이 없다고 찾느라고 정신이 없다. 반지며 목걸이 등을 하고 직장을 다니지 않았기에 어디에 두었는지 생각도 못 했었다. 그런데 가만히 생각해보니 그 캐비닛 금고 안 천정에 테이프로 붙여놓은 것이 생각이 났다.

쏜살같이 작은형 공장을 가보니 며칠 전에 고물상에 팔았다고 한다. 그 고물상을 찾아가니 그 캐비닛이 그냥 있다. 얼른 캐비닛을 열고 금고를 열어보니 그 속에 결혼 패물이 다 들어있다.

놀랄 만한 일이었다. 고물이니 금고를 아무도 관심을 두지 않았나 보다. 설령 열어봤다 해도 금고 천장은 보이지를 않게 돼 있었다. 돈이 문제가 아니라 그것은 간직해야 할 귀한 물건이었다. 다시 찾은 기쁨을 안고 집으로 가니 아내가 반색하며 놀라움을 금치 못한다. 그 금붙이는 아이들 돌 반지 6개와 함께 IMF 때 모두 정부에 주었다.

고급 오디오를 사 놓고는 퇴근하면 바로 집으로 향했다. 새로 입주한 아파트는 넓기도 하고 너무나 좋았다. 거실에 소파에서 비스듬히 기대여 음악을 듣는 기분은 이 세상이 내 세상만 같다. 술 먹는 시간도 그만큼 줄어들었다. 먹고 살기 위하여 그렇게 좋아했던 기타 연주나 색소폰 연주는 평생 다시는 하지 않겠다고 부산에서 올라올 때 자신과 약속을 하지 않았던가! 그래서 기타와 색소폰은 안 사기로 했다. 대신 오디오로 취미를 바꾸었다.

닥터 지바고를 틀어놓으면 설경 속에서 연인을 끌어안고 헤어져야만 하는 그 아픔을 그린 영화를 생각하며 그 음악을 듣는다. 8세의 나이에 입양되어 가난한 사람을 돕고자 의사가 된 '유리 지바고' 그는 장성하여 세계 제1차대전에 참여한다. 그의 약혼자는 따로 있었으나 운명의 여인 '라라'를 만난다. 헤어졌던 라라 그 여인이 종군 간호사로 되어 그들은 다시 만난다. '유리 지바고'는 숙청대상자가 되어 도피 중 미치도록 사랑했던 '라라'가 기차에서 내리는 것을 보고 심장마비를 일으켜 죽고 만다. 얼마나 그가 보고 싶고 그리워했으면 그를 보자마자 심장마비를 일으켰을까! 그 음악이 귀를 흔들면 그들의 애달픈 사랑이 가슴에 들어와 앉는다.

부베의 연인

종소리가 다시 울려도 만날 수 없는…. 헤어진 것을 생각하는 부베의 연인 또한 가슴을 울린다.

종소리가 울던 날에
노을이 물들은 마을을 떠나간 그 사람
눈동자에 슬픈 빛을 띄우고
먼 하늘 바라보면서 약속도 없이….

살인죄로 14년 형을 받고 감옥에 간 "부베"를 찾아가는 연인 "마라" 그를 생각하며 그 음악을 듣는 마음속은 안타까움에 사랑이란 것을 다시 생각하게도 한다.

남미 페루의 쿠스코의 전통 음악인 "철새는 날아가고."라는 페루식 팬플루트 소리는 사람의 간장을 녹이는 것만 같다.

음악이란 이리도 마음을 울리기도 하고 사랑의 소리를 들려주는 것만 같다.

나에게 키스해달라는 사랑 노래 "베사메 무초"
죽도록 사랑하는데 돈이 없어 실패한다는 "아모레 미오"
오페라. 병사들의 합창. 축배의 노래. 대장간의 합창.
세계 최고의 작곡가 베토벤의 운명, 영웅, 비상, 합창, 월광 소나타.

작곡가들의 상상에 경의를 표하며 그런 명곡을 듣는다. 이제 삶이 바뀐 것 같다.

우리나라의 가수들이 부른 심금을 울리는 노래도 아주 많다. 트로트의 여왕이라는 이미자. 가을을 노래하는 패티킴. "나 하나의 사랑"을 노래한 임희숙. 남진 나훈아의 많은 히트곡. 짧은 생애를 마친 배호의 흐느끼는 노래. 김정호의 "이름 모를 소녀" 그 또한 심금을 울린다.

가수들 나름대로 표현력에 감동을 많이 갖지만 나는 성량 또 표현력 등에서 임희숙의 노래를 가장 좋아한다. 그분의 팬이다. 음악사에 가면 구입하는 CD나 엘피판이 전부 임희숙 씨 것이었으니까.

좋아하는 음악이 어디 그뿐이랴. 가곡 명곡도 들을 수 있으니 참 사는 맛이 난다.

가끔 "하늘에 마지막 열차" 그 곡을 틀어놓을 적도 있다. 그 음악이 나오면 신이 나다가 어찌 지하 함정 계단으로 떨어지는 묘한 느낌을, 또는 하늘 계단을 오르는듯한 몸이 붕 뜨는 느낌도 받는다 "하늘의 마지막 열차"라지 않는가? 이 음악의 제목을 알고 듣느냐, 모르고 듣느냐에 따라, 또는 기분에 따라 이 음악은 달리 들린다.

"하늘에 마지막 열차"라는 주제의 슬픔이 음악 속에서 꿈틀거린다.

눈이 조용히 내리는 날은 마음을 가라앉혀 주고,

눈보라가 치는 날이면은 이 음악은 누구든 그냥 꺼버릴 것 같다.

비가 오는 날은 어딘가 가고 싶게도 쓸쓸함이 느껴지며 마음이 울적 한날에 이 음악은 술 한 잔을 먹고 싶게도 한다. 그러면 엉덩이를 들어 올려 소줏집으로 달려가 독한 소주를 입에 머금고 안주를 깨물며 마지막 열차를 탄 느낌이 들기도 했다.

그 사내는 술을 마시며 그 곡을 듣고 있다가 번개한테 맞은 것처럼 대구 사장님 생각이 났다. 살기가 힘들었다고는 하나 그것은 은혜를 배반한 거나 마찬가지이다.

'맞아! 사람은 똥 누러 갈 때 틀리고 똥 누고 와서 틀리다.' 그동안 그 사장님의 은혜를 잊고 있었다니….

대구 사장님을 빨리 찾아가 뵈어야 해! 늦었지만 '늦은 건 가서 사과를 드리면 이해해 주실 거야!' 사람은 어떤 고난이 와도 스스로 헤치며 살아가야 한다는 것을 실제로 보여 주며 교육시키신 분이다. 먹고살 만한 여유가 있자, 그제야 그 사장님 생각이 난 것이다. 그에 대한 보답을 어떻게 해야 할까를 생각했다. 그분은 삶에 어려움을 겪어

나가는 지혜를 가슴 깊은 곳으로 넣어 주신 분이다. 그 사내는 목표했던 금액 1억 원 이상이 생기고 처음 농토를 700평을 사서는 임대로 주었었다.

처음으로 산 그 사내의 논에서 추수하면 제일 먼저 쌀을 한 가마니 드리고 싶다.

가을 추수기가 되어 농토를 사들인 지 햇수로 2년 만에 임대료로 받은 쌀 80kg 3가마니 중에서 쌀 한 가마니를 자동차에 싣고 대구로 달려갔다. 그 사내도 생전 처음 받아본 그 사내 땅에서 생산된 귀한 쌀이었다.

너무나 변한 대구 시가지에 놀람을 금치 못했다. 10년이면 강, 산도 변한다더니 대구를 떠난 지가 26년이나 된 것이 아닌가! 사시던 소규모 가내공업을 하던 집을 찾을 수가 없다. 개발되어 주위는 너무도 많이 변해 있었다. 할 수 없이 전에 사장님이 물건을 만들어 가져다 주던 동인 화학 공장을 찾아가 보니 그곳에도 새 건물이 지어있고 일하는 사람들도 아주 많았다. 관리장 밑에 있던 말단 직원이 승진하여 전무라고 한다. 그는 그 사내를 알아봤다. 사장님은 공장일은 그만두셨다며 전화번호와 집을 가르쳐주었다. 주소를 보며 찾아가 보니 큰 대문에 사장님 이름이 쓰여 있는 문패가 달려있다. 그 집이 확실하다. 초인종을 누르니 사모님이 대문을 열고 나오셨다. 그 사내를 보고는 깜짝 놀란다. 안에다 대고

"여보 00이가 찾아왔어요. 이리 좀 나와 보세요."

얼른 들어오란다. 그동안 사모님은 주름살도 두어 개 보이고 머리가 희끗희끗하시다.

사장님이 대문을 열고 나오셨다. 반갑게 손을 잡으셨다.

대구 시내 중심부에 있는 사장님의 넓은 집 정원에는 소나무와 잔디밭이 있었다. 국화꽃이 그리 탐스럽게 피어있을 수가 없다. 그분들

의 삶을 대변해 주는 것만 같았다. 자동차도 집안으로 여러 대가 들어갈 수 있게 넓은 터가 있다.

사장님은 연세도 있으시지만, 건강하셨다. 사장님과 사모님은 집 나간 아들이 돌아온 것처럼 아주 반갑게 맞아 주셨다. 돈도 많이 벌고 편한 삶을 살고 계신다는 게 눈에 보인다. 거실에 들어가 엎드려 큰절을 했다.

"지난날 너무나 고마웠습니다. 진작에 찾아뵈어야 하는데 너무 죄송합니다."

"언젠가는 네가 올 줄 알았다. 성공했구나. 넌 크게 성공할 거야. 너는 연구하는 스타일이거든."

사모님 얼굴이 참 예뻤었는데 세월의 시계가 이마에 주름살 두 가닥을 굵게 새겨놓았다.

대구에 처음 가던 날 시장에서 그 비싼 옷을 사 입혀 주시고는 흡족한 듯 환한 미소로 쳐다보시던 사모님 얼굴이 생각이 났다.

"사모님 옛날 생각이 나네요. 처음 대구에 왔을 때 길을 잃을까 봐 저를 아장 아기 데리고 가듯 놓칠세라 자주 쳐다보시던 그 모습이요."

"그랬었어? 나는 지금 옷을 한 벌 사준 생각은 난다. 네가 참 좋아했는데 큰애와 둘째는 제 옷은 안 사주었다며 나한테 골을 부렸었지. 그래서 능금을 사주며 달랬던 기억이 난다."

이북 사투리가 거의 없어지신 것 같다.

그 사장님 내외분은 그 사내에게는 부모님이나 마찬가지였다. 큰아들에게

"너희들이 좋아하던 형이 대구에 왔다. 동생들 데리고 집으로 오너라."

전화하시고는 사장님과 사모님이 시장을 보러 가신다며 차를 가지

고 나가셨다.

거실에서 혼자 앉아 지나가고 없어진 과거의 기억을 되새김질하니 나이가 비슷했던 경상도 아가씨가 생각이 난다. 처녀와 총각 때이고 이성에 눈을 뜰 나이이니 전연 관심이 없었다는 것은 거짓말이다. 지금은 하도 들어서 사투리에 거부감을 느끼지는 않지만, 그 당시에는 경상도 사투리가 맘에 참 안 들었다. 어떤 말의 단어는 무슨 뜻인지도 모르는 사투리가 당황하게도 했었다. 처음 공장에 일하러 오든 여자 네 명 중 이양이라는 처녀가 그 사내에게 관심이 있었나 보다. 어느 날 예쁘게 보이려는지 처음 화장을 했는지 얼굴만 화장품을 바르고 목은 그대로이니 좀 우스워 보였다. 눈을 내리감고 농담을 했다.

"미스리 오늘은 더 예뻐 보이네요."

그러자 바로 반응이 왔다.

"내 좋아 애? 좋다카문 만날 수도 있는기라 애."

그 소리를 듣고는 얼굴이 발개졌었다.

얼마가 지난 후 비싼 향수라며 아무도 못 만지게 하는 향수병인데 그 향이 어떤 것인지 참 궁금하다. 사장님이 밖으로 나가신 틈에 몰래 만져보니 병뚜껑이 코르크 마개로 단단히 막혀있다. 그것을 잡아당기다가 사고를 쳤다. 그 향수가 옷에 몇 방울이 튀었다. 큰일 났다 싶다. 그런데 그 미스리가 옆에 와 보고는

"좆내 나네요."

좆내가 나다니? 내 자지 냄새가 난다는 말인가? 그녀의 얼굴을 쳐다볼 수가 없다. 뒤에 알고 보니 향수가 옷에 묻은 냄새를 맡고 좋은 냄새가 난다는 이야기를 그리 한 것이다.

그녀의 아버지는 장애인이셨다. 6·25 때 군에서 상이를 입으셨다고 했다. 목발을 짚고 다니며 행상을 하고 계시며 바로 위에 오빠는 맴장이란다.

그 오빠가 군에 가면 먹고살 일이 힘들 것 같아서 일하러 왔다고 한다. 충청도 여자와는 상대도 안 되게 그녀는 참 솔직하기도 하다. 뭐 감출 일이 아닌가 보다. 피난민이 득실거리는 대구가 먹고살기 위한 전쟁터라는 걸 그녀는 알고 있었나 보다.

대구 시내에서 땜장이는 소리를 지르고 다니기에 다 안다. 그 오빠가 땜장이라니 그 젊은 나이에 길거리를 다니며 "때워, 때워, 양은 냄비나 솥도 때워" 그리 소리를 지르며 다니는 모습이 훤하다. 청주 집에서는 객지 생활 그만하고 돌아오라신다. 청주 집으로 가기로 했다. 이양과는 몇 년간이나 같이 있었으니 농담을 하기도 하는 사이였다.

청주 집으로 떠난다고 이야기하자.

그녀는 표정이 굳어 보였다. 지금 생각해보니 그녀는 그 사내를 좋아했었나 보다. 짝사랑? 글쎄? 청주로 가기 전날

"내일 가신다 캤지애? 잘 가이소."

하더니 손을 내민다. 손을 한번 잡아 줬다.

충청도에서는 손만 잡아도 결혼을 하는 것으로 알고 있는데 그녀의 손을 잡고는 얼굴이 붉어졌다. 꼭 말을 해도 싸우는 것만 같고, 반말로 지껄여 대는 것만 같으니 충청도 촌놈이 그 발랄하고 용기 있는 아가씨가 그리 좋아 보이지는 않았었다. 지금은 그녀에, 얼굴이 아스라이 멀어져 생각이 잘 안 난다.

지난 일이지만 그녀는 지금쯤 어디서 살고 있을까? 잘살고 있을까? 어디에 내놔도 먹고 사는 데는 문제가 없을 사람일 것만 같다.

넓은 거실에서 혼자 짓거리는 TV에 눈만 주고 있다가는 정원으로 나갔다. 만발한 각종 국화꽃이 줄로 서서 서로 자태를 뽐내고 있는 그것만 같다. 국화 향은 나지만 평생 안 하던 짓을 해보았다. 국화꽃에 코를 대고 향을 맡아보았다. 그냥 눈으로만 보는 것과 향을 맡고 보는 국화꽃은 틀리게 보였다. 그게 사람이라면 여자라면, 향기는 사

람이나 여자를 다른 사람으로 바꾸어줄 게 틀림없어 보인다. 자동차 소리가 들리더니 큰 대문이 열리고 사장님 부부가 들어오셨다.

싱싱한 회에 산해진미가 차려진 식탁이 마련되고 형이라며 따르던 동생들이 아내와 식구들을 데리고 전부 몰려왔다. 집안은 잔칫집이 되었다. 세 명의 동생들은 형이 왔다며 그리 좋아할 수가 없다.

그 사내가 가르친 큰아이는 문구 도매상을 하고 있었고, 둘째는 해병대를 갔다 와서 직장을 다니고 있었으며 그의 아내는 대구 백화점에서 화장품 판매대를 하고 있었다. 셋째는 아이들 장난감과 유모차를 만드는 공장을 하고 있었다. 이야기를 들어보니 셋째가 돈을 가장 많이 번 것 같다. 그는 비행기를 타고 제주도로 낚시하러 갔다 왔다고도 한다. 그 이튿날 청주로 간다니 전부들 못 가게 말린다. 난리다. 셋째는

"형 그냥 가지 마! 나하고 비행기 타고 제주도 낚시라도 한 번 하고 가."

하며 못 가게 매달렸다. 참 착한 아이들이다.

대구 사장님은 자식들을 학자로 만들지 않은 것이 바로 이해가 되었다. 학자보다는 사는 동안 편히 살라고 그런 직업을 자식들이 갖게 해주었나 보다.

그 좋은 분들은 그 머시매를 잘 살게 해주기 위하여 고생을 일부러 시킨 것이었다. 아무리 추워도 연탄불이 꺼져도 절대로 도와주지 않았다. 빨래도 해주지 않으셨다. 양말 내복을 빠는 것은 문제도 아녔다. 덮고 자는 이불까지 검사하며 세탁을 하라고 명령하셨다. 정말로 추운 날 빨래를 하려고 찬물에 이불을 함지박에 넣고 밟을 때 얼마나 추운지 눈물이 줄줄 나고 발이 어는 것만 같았다. 그러나 빨래를 하고 따뜻한 방에 들어가면 그리 좋을 수가 없었다. 평생 잊히지 않는 말씀.

"사람은 가족이 있고 먹을 것과 입을 옷과 잘 곳이 있으면 행복한 거야."

"무슨 일이든 안된다고 생각하지 마! 될 거야 하면 되는 거야."

그것이 힘든 인생살이에 큰 힘이 되었던 것은 사실이다. 어려움에 봉착했을 시 그 사장님의 말씀이 머릿속을 정리해주고 용기를 주었다.

그동안 살아온 이야기를 듣고 싶어 하셨다. 대구에서 청주로 갔다가 일 년 후에 군인을 가게 됐고 0사단 군악대에 있다가 월남으로 간 이야기까지 하다 보니 한 시간도 더 걸린 것 같다. 서점을 하다가 더 크게 하려는 욕심이 구렁텅이로 몰아넣었다는 이야기도 했다. 보증을 서서 망한 것이 오히려 전화위복이 됐다고 하니

"그것은 좋은 경험을 한 것이야. 앞으로는 절대 보증은 서지 않을 것 아냐? 너 큰애부터 형 이야기 들었으면 누구든 절대 보증을 서면 안 되는 거야 알았지?"

공인중개사 자격증을 따서 사무실을 하고 있다니까. 참 좋은 직업이라고 하신다. 동생들 이야기도 들어보니 밤 11시가 다 됐다. 지난 날들을 새겨 볼 수 있는 행복한 시간이었다.

눈물 젖은 빵을 먹어 본 자만이 이 행복을 알 것만 같다.

아버지 어머니도 하늘 같은 큰 스승님이었지만 그 대구 사장님도 큰 스승님이셨다.

3
우물 안 개구리 외국 여행

대한민국 88올림픽이 끝나고 정권이 바뀐 다음 국부의 유출을 막기 위해 막아 놓았던 우리나라의 개인 외국 여행이 자유화가 됐다. 여유가 있는 사람들은 너도나도 개구리가 뛰기 시합을 하듯 외국 여행에 뛰어들기 시작했다. 여행사도 많이 생겼으나 여행 비용이 싼 것만은 아니었다. 그러나 사람이 산다는 것은 세상 물정을 알고 사는 것과 모르고 사는 것과는 천지 차이라고 생각이 든다. 돈을 모았으면 쓸 곳이 그런 곳에도 써야 하는 게 아닐까? 외국 구경을 가고 싶다. 돈은 걱정할 게 없고 직장에 다니는 아내는 휴가를 내면 된다. 외국에 나가려면 비행기를 탈 것이다. 처음 비행기를 타면 어떤 기분이 들까? 궁금하기도 하다. 중국을 첫 여행지로 선택했다. 일본보다는 중국이 더 볼 것이 많을 것 같았다. 여행사와 계약을 하고는 초등생 소풍 가는 날 기다리듯이 예약한 날짜가 기다려졌다. 공항에서의 절차도 복잡하다. 여행사 직원이 아니면 비행기 타는 절차 밟는 게 어려울 것 같다. 막상 비행기 트랩을 올라가 좌석 번호를 찾아가니 앉는 좌석이 너무나 좁다. 기대 이하이다. 비행기는 출발할 때와 도착할 때가 위험하다는데 긴장감이 온다. 안전띠를 시키는 대로 매고 한참 있으니 비행기가 움직이는지 덜컹 소리가 난다.

아내의 얼굴을 쳐다보니 그도 긴장이 되나 내 손을 잡는다. 드디어 비행기가 출발하나보다 몸이 붕 뜨는지 항문이 시큰하다. 무슨 느낌이 오기는 했는데 별것이 아니다. 탑승한 사람들이 안전띠를 푼다. 앉아서 보니 뭐 비행기 타는 거 특별한 게 없네! 시큰둥해졌다. 그래도 속마음은 혹시나 하며 내릴 때 안전하게 내렸으면 좋겠다. 이륙하자마자 스튜어디스들이 카트를 끌고 다니며 김밥, 돈가스, 닭튀김 등 3종류의 식사 주문을 받으며 즉석에서 준다. 그걸 다 먹으니 빈 접시도 가져가고 커피, 녹차, 콜라 등 차 종류의 주문을 받고 즉석에서 컵에 따라준다. 자리가 좁다는 것 외에는 뭐 사회 식당에서와 별반 다른 게 없다. 비행기를 타면 기분이 어떨까 그런 궁금했던 것도 다 없어졌다. 비행기 속 뭐 볼게. 장 그거이니 더 볼 게 없다. 맘 편히 좌석의자에 기대 눈을 감고 있었다.

그 사내가 견문을 넓히고자 처음 타본 비행기 탑승기이다. 우물 안 개구리 탈출을 위해 당시 1인당 100만 원이면 여행을 갈 수 있는 중국, 필리핀, 태국, 인도네시아 등을 부부가 함께 외국 여행을 다니기 시작했다. 제일 먼저 나간 중국은 공항에 도착하자마자 분위기가 달랐다. 모택동의 큰 사진이 벽 담에 많이도 걸려있다. 우리나라의 대통령 사진은 관공서에서 볼 수 있는 것인데 그곳이 중국임을 알리는 표시만 같다. 호텔 입구에 들어서자 기묘하고 크고 작은 도자기가 눈길을 끌고 호텔 내에 향냄새는 그리 좋은 것은 아닌 것 같다. 호텔 내에 식당에서도 특이한 향냄새가 난다. 식탁에는 차와 도자기 나라답게 찻잔과 도자기 물병이 놓여있다. 도자기는 모양도 좋고 색깔도 어찌 그리 넣었는지 정말 잘 만든 것 같다. 우리나라에서 중국 사람들이 빵과 만두를 팔면서 꼭 찻잔에 물을 부어 주는 데 그런 사람은 없었다. 물병을 봐가며 물을 채워놓고 간다. 호텔 식사가 우리 입맛에 꼭 맞지는 않아도 매일 밥을 해주다가 해방이 되니 아내가 제일 좋아했다. 우리나라의 관광지만 몇 군데 다니다가 나간 외국은 별천지였다. 한국에서의 생활만 보다가 나간 외국은 볼 것도 많고 사는 것에 대한 보람도 느꼈다. 중국 보통 사람들의 생활상을 길거리에서 보면서 중국은 우리나라보다 아직 멀었다는 자부심도 느끼게 해 주었다. 중국 대학교 교수들의 월급이 우리나라 돈 2만 원 정도라고 해서 놀랐다. 그들의 삶을 생각해 볼 수 있는 기준이 그 정도이니 한국 사람들은 자부심을 가질 만도 하다.

월남 전쟁터를 다녀와서 열대지방에 대하여는 아는 것도 조금 있지만, 군에서 얽매여 잠깐 본 것 외에 관광이라는 것은 상상도 못 했었다. 밖으로 나가본 세상은 구경할 것도 많고 느낀 점도 많다. 우리나라 50년 대만 같은 생활을 하는 필리핀을 보며 우리나라가 부자 나라가 된 것을 실감 할 수 있었다. 관광지 팍상한에서 본 그들의 하루 일한 대가가 2불 정도라니 그들의 생활상 안 봐도 알 것만 같다. 참으로 사는 게 용하다는 생각이 들고 조반 석 죽을 먹던 지난날의 추억이 생각도 났다. 다른 세상 구경을 한다는 것은 꿈도 못 꾸던 일이 아니던가!

관광이란 먹고 마시고 경치만 찾아다닌다면 장님 코끼리 다리 만지는 격이다.

그 나라의 문화와 그네들의 삶. 환경 이런 것들을 보아야 한다고 본다. 그런데 패키지 관광을 가보니 가이드만 졸졸 따라다니며 경치에만 관심을 두는 것 같다. 그렇다고 함께 다니는 일행을 이탈하여 그들을 떠나 다른 곳을 자유로이 갈 수는 없는 게 아닌가? 하루의 관광일정이 끝나면 피곤하지 않은 한 저녁 시간에 잠시 나가면 좋을 텐데 빡빡한 일정에 그럴 시간이 별로 없다. 그래서 필리핀에 여행을 갔을 때는 가이드에게 허락을 받아 만나는 장소를 약속하고는 관광지 주변의 주택을 아내와 같이 들러 보기로 하였다. 역시였다. 관광이란 그런 곳을 보아야 그 나라의 풍습과 그들의 생활상을 볼 수가 있는 것이다. 한 곳에 그 동리를 둘러보고는 그들의 열악한 환경에 깜짝 놀랄 일을 보았다. 주택에 가보니 방바닥은 맨바닥에 냉장고 포장박스를 깔고 자고 먹고 한다. 그 환경 참으로 우리나라 6·25 피난민들의 생활상을 방불케 한다. 아이들은 거의 맨발이고 어떤 집은 부엌이 따로 없는 것 같다. 열대지방이라 그런지 방에 문짝도 없는 집이 있다. 어린 시절의 우리나라 가난한 농촌 생활이 생각이 나는 그런 환경에서 그들은 살고 있다. 그런데도 그들은 웃음을 잃지 않고 친절하다. 열대지방이니 러닝셔츠 하나와 쓰레기통에나 있어야 할 것 같은 반 바지가 그들의 일상복만 같다. 신발을 신은 어린아이들은 거의 없다. 맨발이다. 아내도 그들의 사는 모습을 보고는 기가 막힌 표정을 짓기도 한다. 돈이 없어도 그저 열대 과일이나 따 먹고 한 가족이 하루 일당이라는 1~2불 정도를 가지고 산다고 하니 마르코스 정권의 현실을 보는 그것만 같다. 그렇게 국민을 피폐하게 살게 하는 정치가들 그들은 호의호식하며 살 것이 아닌가? 그것은 전쟁에 비유할 참상이었다. 필리핀 마닐라 시내에 관광을 나갔다. 세수도 안 한 아이들의 손등에 때가 덕지덕지하다. 너무나 안됐어 보인다. 거지 아이들이 불쌍하여 1불씩을 주려다가 그 애들에 둘러싸여 곤욕을 치르기도 했다. 그 동리에 사는 많은 아이는 거지가 아니다. 가정이 있고 부모가 있는 아이들이다. 그들에게 1불씩을 주고는 어린 시절 생각에 가슴이 미어져 옴을 느꼈다. 그것을 본 아내는 어떤 느낌이 들었을까?

불과 20~30여년 전만 해도 필리핀은 우리나라보다 더 잘살던 나라였는데. 정치가가 나라를 망쳤다는 것을 느꼈다. 그게 몇 번의 해외 관광에서 얻은 귀한 경험이었다.

큰딸은 좋은 직장을 잡고 시부모와 친정 부모를 싱가포르 외 세 곳을 다니는 코스를 예약하고 비행기를 태워줬다.

"아들 나면 버스 타고 딸 나면 비행기 탄다더니 그 말도 딱 맞았다."

사위가 공항에까지 와서 졸졸 따라다니며 가이드와 조우를 시켜주고,

"아버님 이참에 인도네시아와 말레이시아도 다녀오세요. 예약은 그곳까지 다 해놨어요. 말레이시아 그곳에 가시면 바닷가재가 엄청나게 싸요. 여기 국내보다 삼 분의 일 값도 안돼요. 맛있게 드시고 오세요."

말만 들어도 고맙고 사위 잘 뒀다 싶다.

사위는 동남아를 다니며 무역을 한다니 그래서 동남아를 잘 아는 것 같다. 사돈은 미군 부대에서 군무원을 다니시다 퇴직을 하셨기에 영어를 잘하셨다. 여행사와 계약을 하고 갔으나 사돈이 영어를 잘하니 저녁이면 사돈 내외와 같이 호텔을 나와 시장엘 가서 각종 음식을 사 먹으러 다녔다.

그것이 진짜 시장을 다니며 볼 수 있는 관광이었다.

영어를 모르는 사내는 사돈을 졸졸 따라다니니 꼬리를 흔들며 따라다니는 강아지가 됐다. '헤헤 사돈 잘 만났지.' 꿀 먹은 벙어리가 되어 졸졸 따라다니며 사돈 입만 쳐다보며 다니니 좀 창피하기도 하다. 싱가포르는 길거리에 쓰레기 하나 없이 깨끗하다더니 골목에 가보니 쓰레기가 있다. 사람 사는 곳에 쓰레기가 없다는 말은 거짓말이다. 500cc 정도의 병에든 물이 싱가포르 달러로 2불이라니 너무나 비싸다. 싱가포르는 도시 하나가 나라이니 크게 볼 것은 없다. 악어 농장이라고 하여 가보니 악어 5마리가 전부다. 무슨 공원이라고 하여 가보니 크기도 작고 우리나라보다도 볼 게 없다. 그저 사람들만 북적댄다. 높은 빌딩 또는 아파트에서 생활하니 답답한지 공원으로 사람이

몰리나 보다.

중국이나 동남아 쪽보다 싱가포르의 물가는 비쌌지만, 호텔은 어느 그곳보다 깨끗했다.

사위 말대로 인도네시아 쪽에 가보니 바닷가재가 정말로 싸다. 대형 수조에 잡아다 놓은 바닷가재가 엄청나게 많다. 사람들은 그 앞에 모여 본인이 먹을 것을 골라 그 수조 관리 직원에게 주면 그것을 바로 옆에 있는 식당에서 양념하여 익혀서 준다. 국내에서라면 10만 원은 줘야 먹을 수 있는 1.5kg 이상 되는 큰놈 한 마리를 다 익혀서 먹게 해주고 25달러 약 3만 원이란다. 국내 반값도 안 된다. 두 마리면 네 명이 실컷 먹고도 남는다.

싱싱한 바닷가재를 양념하여 통째로 삶아서 식탁에 진열해 주었다. 그 가재 속의 고기 맛의 향이 독특하다. 우리나라의 향과는 아주 다르다. 네 명의 직원이 먹기 좋게 잘라서 주고는 차려자세로 각 사람 앞에 서 있는다. 그 맛은 진짜 둘이 먹다가 하나가 죽어도 모른다는 말처럼 정말 향도 좋고 맛이 있었다. 거기에 맥주 한 잔 그 맛 참 기가 막힌다.

직원, 네 명은 일행인 사돈 내외분과 우리 두 내외가 행여 수저라도 바로 안 놓이면 바로 빤듯하게 해 놓고 차려자세로 서 있다. 하긴 50달러이면 그들에게는 큰돈일 수 있다. 옛날 황제 시절 칙사 대접이 그랬을까? 손님은 왕이 아니라 완전 황제가 되어있었다. 민망하여 그들을 쳐다보기도 어렵다. 그들에게 팁을 1불씩 주니 그저 고개를 구십 도로 구부려 절을 한다. 사돈 덕분에 이곳저곳을 다니면서 맛있는 음식을 여러 번 먹었다.

다랑어라는 참치를 소스에 찍어 먹는 맛도 일품이었다. 소스가 우리나라 겨자와는 다른 맛이었다.

싱가포르는 원래 무역으로 돈을 벌고 은행 돈을 거래해주는 외국환

중개상으로 돈을 버는 나라이다. 모든 생활용품이 수입품이란다. 거리를 가보니 빌딩도 많은데 중국음식점이 너무나 많다.

싱가포르의 국민 중 중국인들이 20% 이상이라니 그들은 나라에서 주는 각종 혜택을 크게 보고 있었다. 20세가 넘어 자녀가 결혼하면 그 비싼 아파트를 무상으로 주고 취업도 좋은 자리를 준다니 얼마나 살기 좋은 나라인가? 중국에서 느낀 것과는 천지 차이이다.

바로 옆에 싱가포르와 붙어있는 인도네시아의 물가는 정말로 저렴했다. 우리나라에서 리터당 1,200원 하는 휘발유 일 리터에 200원이니 알 만도 하다. 싱가포르에서는 담배 한 갑에 8,000원을 하는데 인도네시아는 200원이란다. 그래서 국경 검문소에서는 뜯긴 담뱃갑 외는 통과를 시키지 않고 주머니를 툭툭 건드려 보고는 안 뜯긴 담뱃갑은 압수한다. 짐이나 가방은 팬벨트로 지나가며 검색을 한다.

오토바이를 타고 싱가포르로 가려는 기피 업종 종사자들도 국경에서 짐 검사를 한다. 싱가포르의 기피 업종은 거의 인도네시아 말레이시아 사람들이 하고 싱가포르 사람들은 그런 힘든 일은 안 한다고 한다. 싱가포르의 이광오 수상과 박정희 대통령님은 가난한 나라를 잘 살게 기초를 다지신 분들이었다.

잘살기 위한 기틀을 만든 박정희 대통령님께 감사한 마음이 든다. 박 대통령님 생전에 우리나라 가정에 자가용 한 대씩을 가지게 될 날이 바로 올 것이라 하여 속으로는 '그런 일은 어림 칠 푼어치도 없을 거라'고 생각이 들었다. 그러나 그 사내는 자가용을 가지고 있지 아니한가. 그리고 자가용을 사는 사람들이 점점 늘어나는데 그 속도가 참으로 빠르다. 시내의 좁은 도로는 자동차를 수용하기에 너무나 좁다. 길을 넓히기 시작했다. 새로운 자동차를 만드는 자동차 회사가 새한, 현대, 대우 등 대형 회사도 몇 개나 된다. 우리나라 사람들은 기업을 살린 박정희 대통령님의 덕을 톡톡히 보고 있었다. 대형 기업인

포스코가 생겨나고 고속도로가 생겨 사람들의 삶의 질을 바꾸어 놓았다. 상한 고기나 죽은 생선을 먹던 충청도에서 싱싱한 생선 살아있는 생선을 먹게도 되었다. 청주 시내에는 두 그곳뿐이 없던 일식 횟집이 생겨나기 시작했다. 우리나라는 대기업들이 우후죽순처럼 생겨나자. 부동산 붐이 일어나고 주택 시장도 활성화가 시작되고 아파트 시대가 열렸다. 라인강의 기적이랬는데 한강의 기적이 시작되는 과정이었다. 독일에 광부파견 간호사 파견 월남전 등을 결정하여 국부를 만든 장본인이 박정희 대통령님이다. 이광오 싱가포르 수상은 대한민국을 10년만 더 박정희 대통령이 집권했다면 싱가포르를 따라잡을 수 있을 거라고도 말을 했다고 한다.

어쨌든 싱가포르 여행은 아주 재미있게 다녀왔다.

4
죽을 뻔했던 바다낚시의 추억

"말 타면 종 부리고 싶다"더니 그 사내는 골프연습장을 흘금거리며 쳐다보고 다니다가 아예 연습장에 가서 골프채를 빌려 시험 삼아 쳐보니 그게 어릴 때 자치기 하는 것 같아서 재미가 있다. 몇 번을 가다가 운동 겸 취미가 되어 연실 골프연습장 또는 골프장을 자주 다녔다. 그놈의 공을 어떻게 쳐야 90타 수준인 "보기" 수준이 될까? 그 정도는 돼야 여럿이 어울릴 수 있는데….

18홀 골프의 90타인 보기 수준도 그리 쉬운 일이 아니다. 105타를 넘기기가 일쑤다. 시간이 나는 대로 또는 휴일인 일요일 코치한테 교습을 두 달간 받아 가며 다니니 방에 드러누워 있으면 천정에 골프공이 왔다 갔다 한다. 같이 공을 치는 사람들은 같은 회원이니 꼭 규정을 지키며 골프를 치지 않아도 누가 뭐라고 하는 사람은 없다. 거의 다 들어가려다가 홀 옆으로 공이 비껴가면 다시 갖다 놓고 또 한 번을 쳐도 서로들 웃고 만다. 그러나 식사 내기 게임에서는 그걸 인정을 안 한다. 필드 예약을 한 날이면 새벽 3시에 일어나 골프를 치러 가는 동행을 만나기 위해 출발을 한다. 그리고 같은 라이온스 클럽 회원 4명이 또는 8명이 만나 해장국 집에 가서 해장국을 한 그릇씩

하고서는 예약해놓은 골프장으로 네 명씩 자가용을 타고 골프장을 향한다. 천안 부근인 골프장까지 가는 데는 약 30분 정도 걸린다. 청주에서 가장 가깝고 자주 가던 골프장이다. 첫 출발은 거의 오전 7시면 시작한다. 그 시간대를 예약하고 산 위에 올라가 보면 저 아래로 구름이 보인다. 1번 홀의 위치를 잘 파악한 상태이니 그냥 공을 세게 치면 공은 하늘로 솟구쳤다가는 구름 속으로 쏘옥 들어간다. 그걸 보는 기분이 정말 좋다. 공이 떨어진 곳이 어디인지는 캐디가 귀신같이 안다. 굿 샷인지 노 굿샷인지는 가보야 아는데 기분 좋아지라고 같이 공을 치러 간 라이온스 클럽 동행들이 한마디씩 한다.

"굿샷" "굿샷"

같은 조 4명은 슬슬 걸어가면서 잡다한 이야기를 하면서 자기 공을 찾으러 간다. 어떤 날은 꼴찌를 하면 저녁을 사야 하는 내기를 하기도 한다. 그 사내는 꼴찌를 맡아놓고 하다시피 했다. 그러면 더 실력을 늘리고 싶어 더 열심히 연습장엘 간다. 장타를 날리기 위해 연습장 공을 두 상자인 100개씩이나 때릴 적이 있다. 신경을 쓰면서 천천히 치면 한 시간 반 이상이 걸린다. 그것도 운동이니 힘이 든다. 그런 나날을 보내던 어느 날 바다낚시를 다니는 계원을 따라 낚시를 갔다가 그 싱싱한 회 맛에 정신을 뺏겼다. 배에서 금방 잡아 싱싱한 고기를 배 사무장한테 부탁하여 회를 떠 달래서 소주와 한잔하는 기분은 정말로 최고이다. 당장 바다낚시 장비를 구매했다. 외제 골프채 한 세트 값 정도가 들어간다. 골프와 바다낚시를 견주어 보니 골프는 돈만 드는 운동이지만 낚시는 돈은 들지만 싱싱한 회도 먹을 수 있다. 그냥 속이 시원하게 트인 바다는 마음을 편안하게 해준다. 배가 파도에 물속으로 들어가는 것으로 보여도 일반 자동차와 비교하여 사고율을 보면 배 사고가 더 적다. 또한 배는 파도에도 안전하게 설계가 되어있을 것 같다. 처음에는 배를 탔을 때 파도가 치면 가슴이 콩닥거렸지만 자주 가다 보니 파도가 치든 말든 죽일 테면 죽이라 하고 배에다 아주 몸을 맡기고 피곤하면 뱃속 방으로 들어가 누워서 잠을 자기도 했다. 그러니 파도가 치면 롤링하는 것쯤으로 생각이 들고 배를 타고 즐길 수도 있으니 골프보다는 바다낚시가 더 좋아 보인다. 골프보다는 바다낚시 체질인가보다.

골프를 슬슬 접었다.

바닷가 횟집에서 파는 회는 싱싱하기도 하지만 낚시로 잡은 고기를 배에서 회를 떠서 소주와 한잔하는 맛은 천하 일미이다. "니들이 게 맛을 알어?" 어느 광고사의 대화를 인용하고도 싶다. 바닷가 횟집에서는 낚시로 잡은 고기를 kg당 3,000원씩 돈을 받고 회를 떠준다. 많이 잡는 날은 20kg 이상을 잡을 때도 있다. 회를 뜰 수 있는 큰 고기만 회를 떠서 가지고 집에 오면 식구들도 회를 맛있게 먹으니 금상첨화가 아닌가? 나머지 고기는 매운탕 거리로 아주 좋다. 고기를 못 잡은 날은 빈손으로 오면 손자들이 서운해할까 봐, 고기를 사서 횟집을 들러 회를 떠서 가지고 올 때도 가끔 있다. 귀여운 손자도 잘 먹지만 손녀가 회를 그리 잘 먹을 수가 없다. 그렇게 시간을 보내며 또 다른 삶을 즐기고 있었다. 연실 낚시를 가다 보니 잡아 온 고기를 넣을 냉장고가 부족하다. 냉동 냉장고를 하나 더 구매했다. 시간이 가니 다섯 개의 냉장고가 꽉 찬다. 그것도 모자라니 다른 냉장고에 있는 다른 물건을 꺼내서 치우면 아내가 불만을 터트렸다.

"인제 그만 잡아 와 다른 사람들 다 주던지."

한번 잔소리를 하더니 아내의 잔소리가 수시로 귀속을 파고들기 시작했다. 그러나 그 사내의 귀는 소귀가 되어 귀만 털고 말았다.

"줄 사람 있으면 줘."

"내가 뭘 알아야 주든지 말든지 하지."

그러거나 말거나 낚시를 끝내고 집으로 올 때 어항에 들어가 보면 방금 경매해서 파는 고기는 정말로 싸다. 시내에서 파는 값에 오 분에 일 수준 정도이니 몇 마리 값이면 한 상자를 사 올 수 있다. 그러니 안 사고는 못 배긴다. 또 사 온다.

"아이구 이걸 어쩌란 말여. 이제 나두 몰라."

그쯤 되니 처음에 낚시로 고기를 잡아 오면 아내가 깨끗이 손질을 하여 냉장고에 넣더니 고기를 잡아 와도 사와도 쳐다보지도 않는다. 밤잠도 제대로 자지 못하고 잡아 온 고기를 그냥 둘 수는 없다.

아내가 혹여 조금이라도 도와주려나 눈치를 봐도 어림 칠 푼어치도 없는 것 같다.

아무리 피곤해도 손질을 해서 냉장고에 넣어야 한다.

바다낚시는 여러 종류가 있었다. 가장 흔히 가는 게 서해안 침선 우럭 낚시이다. 청주에서 가장 가까운 바다낚시 출발지는 홍원항이다. 그래서 우리 일행은 우럭이나 광어를 잡으러 갈 때는 홍원항으로 간다. 인천 서울 낚시꾼들도 홍원항으로 몰려온다. 서해안 홍원항에서 오전 4시에 배를 타고 출발을 하면 7시쯤이 되면 해가 등 뒤에서 뜬다. 배가 서쪽으로 가고 있다는 증거이다. 침선이란 6·25 때 전쟁하다가 침몰한 배나 오래전에 그곳을 지나가던 상선이나 배가 침몰하여 있는 곳을 말한다. 그런 큰 배가 가라앉은 곳이 엄청 많은가 보다. 그곳을 배 선장들은 좌표를 봐가며 잘도 찾아간다. 어떤 날은 공해상인 곳만 같은 중국 쪽으로 가는 날도 있는 것 같다. 섬 하나 보이지 않는 망망대해에 선장이 아닌 한 그 배의 위치를 알 수는 없다. 침선이 있는 그런 장소를 찾으면 배는 서서히 속도를 낮추고 낚시할 준비를 하라고 방송을 한다. 날이 훤히 밝은 7시부터는 낚시가 본격적으로 시작된다. 침선이 있는 곳을 낚싯배가 통과하는 시간은 길어야 5분 이내이다. 그 시간 안에 우럭이든 어떤 고기든 잡는 것이다. 배는 가만히 있지만 흐르는 바닷물이 배를 끌고 간다. 그러면 다시 한번 그 자리를 들어가기 위해 그 주위를 한 바퀴를 돌고는 그 위치가 잡히면 "삑삑삑" 세 번 소리가 나면 낚시꾼들은 일제히 100G(500g) 또는 200G(1kg)의 무거운 무쇠 추가 달린 낚싯줄을 동시에 내려야 한다. 누가 느리게 내리거나 하면 20여 명이나 되는 낚시꾼 중 다른 누구하고 줄이 엉키게 된다. 줄이 엉키면 그 사람들은 그 자리에서는 줄 풀기에도 바쁘다. 그 장소에서 고기 잡기는 틀린 것이다. 그러면 채비가 아깝지만, 그냥 끊어 버리기도 한다. 그리고 이동할 때 신속하게 채비를 만들어 놓아야 한다. 바닷물은 가만히 있는 것 같이 보이나 물은 굉장히 빠른 속도로 흐른다. 배가 잠시만 서 있어도 물살에 수십 미터를 끌려간다. 그러니 그 무거운 추를 집어넣는 순간에도 물의 흐름에 따라 추는 수십 미터를 배 뒷전이나 앞 또는 옆으로 휘어지며 물속으로 들어간다. 달의 인력 때문에 바닷물이 그리 빨리 흘러가는 것이다.

침선 낚시를 하는 곳의 수심은 보통 80m에서 100m에 이르고 섬에서 가까운 곳은 평균 약 50m쯤 된다. 그래서 20여 명이 동시에 줄을 내려야 엉키지를 않는 것이다.

비결이 있는 고참 낚시꾼은 새내기들 옆에서 낚시하지 않으려 하는 이유가 거기에 있는 것이다. 새내기들은 아무래도 동작이 느리기에 옆 사람과 낚싯줄을 얽히는 걸 잘 알지 못한다. 고참들은 옆에 있는 사람이 새내기면 그가 낚싯줄을 내리는 것을 봐가며 줄을 내린다.

침선 낚시를 가야, 고기를 잡을 수 있는 것은 이유가 있다. 보통 어선들은 그물을 가지고 고기를 싹쓸이하다시피 잡는데 배가 가라앉은 곳엔 배가 그물을 내려서는 안 되는 지점이다. 침선이 있는 곳에 그물을 내렸다가는 그 비싼 수백에서 수천만 원 하는 그물이 뱃 난간이나 배의 몸통에 걸려들면 그물이 다 찢어진다. 그래서 그런 곳엔 배들이 그물을 안 치는 곳이다. 그러니 낚시로 뿐이 잡을 수가 없는 곳이 침선이 있는 곳이다. 고기들이 사는 천국이 바로 좌초한 침선 부근이다.

"삑삑" 두 번 소리가 나면 전원 낚싯줄을 올리라는 표시이다. 배가 자리를 옮겨 다른 곳으로 간다는 신호이다. 우럭은 미련 한 놈 같기도 하지만 잡는 것은 기술이다. 노하우가 많은 사람은 확실히 고기를 잘 잡는다. 낚싯대를 보고 또는 낚싯대를 쥔 손에 감각으로 고기가 물었나 안 물었나를 알아채는 것이 기술이다. 같은 돈을 내고 배를 탄 초보자들은 약이 오른다. 고기도 미련한 놈과 영리한 고기가 따로 있다. 영리한 놈은 미끼를 슬슬 건드려 보다가 먹는다. 미련한 놈은 그냥 가짜 미끼도 그냥 삼켜 입에 딱 걸린다. 그 미련한 놈을 잡을 수 있는 것이 낚시 초보자이다. 물고 늘어지는 놈을 당기기만 하면 되니 그것은 기술로 낚시를 한 게 아니라 고기를 주운 것이다. 그런 걸 보고 고참들이 놀린다.

"어디 가서 낚시하러 다녔다고 하지 마! 그게 낚시하는 거냐? 줍는 거지! 하하하."

초보들이 들으면 기분 나쁘지만 그게 현실이니 입을 닫을 수밖에 없다.

우럭의 입은 정말로 크다. 머리 부분이 전부 입이다. 웬만한 크기의 고기는 한입에 들어갈 정도로 크다. 하지만 우럭이 다른 고기를 잡아먹을 때를 보면 영리하기 짝이 없다.

우럭은 머리 위에 낚싯대 같은 게 달려있다. 그 낚싯대 끝에 붙어있는 미끼는 꼭 작은 물고기만 같다. 우럭은 그것을 흔들고 있다가 작은 고기가 달려들어 물으면 큰 아가리를 벌려 순식간에 고기를 잡아먹는다.

광어도 미련한 놈도 있고 똑똑한 놈도 있다. 미끼를 무는 건 비슷하지만 광어 그놈은 점프 선수이다. 5m를 점프하는 것은 일도 아니니 올림픽에 내보내면 제 밥벌이를 할 놈들이다. 광어는 모래 속에 숨어 눈만 내놓고 있다가는 미끼가 바닥에 내려가기 전에 점프하여 미끼를 먹는 놈도 있고 아주 가까이에 온 미끼를 시험해보고 먹는 놈도 있다. 고기도 배가 부르면 미끼를 안 문단다.

맞는 말 같다. 호랑이도 배가 고파야 사냥을 하지 않든가! 또한, 고기도 식사 시간이 따로 있나 보다. 같은 장소라도 잡힐 때가 있고 안 잡힐 때가 있으니. 우럭을 대형 유리 어항에 넣고 팔고 있는 횟집엘 가서 실제 실험을 해보았다. 눈을 껌뻑이며 슬슬 유영하는 우럭 입 앞에다가 갯지렁이를 갖다가 대며 살살 흔들어도 쳐다보지도 않는다. 어쨌든 낚시는 고기가 물어야 하지. 안 물으면 고기가 잡히지 않는다는 게 확인이 됐다.

주꾸미를 잡는 낚시는 대와 줄이 가늘고 또 릴이 아주 가벼워야 한다. 우럭이나 광어, 돔 등을 잡는 낚시채비와는 다른 것을 쓰는 것이다. 고기가 작고 예민하기 때문이다. 수심은 거의 40m 정도가 평균이다. 릴에는 현재 낚시 추가 있는 곳을 정확히 몇 m라고 화면에 나타난다. 그것을 보고 바닥을 확인하고 약간 릴을 감아 바닥에서 50cm 정도를 올려서 낚시한다.

서해안에 주꾸미가 한창일 때는 낚싯줄을 땅에 댔다가 올리기만 하면 잡힌다. 얼마나 바닷속에 고기가 많으면 그리될까? 그럴 때는 바다에 교통순경이라도 있어야 할 정도로 배가 많은데도 그리 많이 잡힌다. 두 시간만 잡아도 200마리는 쉽게 잡힌다. 그러다가 철이 지나면 주꾸미는 어디론가 다 갔는지 그렇게는 안 잡힌단다. 알다가도 모를 일이다.

문어라는 놈은 욕심이 제일 많은 놈이다. 무조건 꿇어앉는다. 눈은 있어도 눈 노릇도 못 하는 눈을 가진 게 문어만 같다. 먹이가 가짜인지를 구별도 못 하니 문어는 학교에서 공부도 하고 도수가 높은 안경을 쓰고 다녀야 할 고기 같다. 5~15cm나 되는 가짜 미끼를 보면 그냥 끌어안고 바닥에 바위를 잡고는 줄 당기기 내기를 하자고 한다. 그러다가 80%는 잡힌다. 그런 와중에도 배가 보이는 물 위로 올라와서는 미끼를 풀고 손을 흔들며 메롱 하며 도망가는 놈이 있다. 그런 습성을 잘 아는 문어 낚시꾼은 가짜 미끼를 아주 크게 만들어 그놈들과 싸움을 한다. 어떤 문어는 손이 여러 개이니 미끼도 잡고 나머지 남은 손으로는 바닷속에 있는 돌이나 틈새로 손을 넣고 미끼를 안 뺏기려고 한다. "에이 재수 없어 바위에 걸린 거야" 하며 슬슬 잡아당기다 보면 꼼짝도 하지 않던 낚싯줄이 슬그머니 올라올 때가 있다. 그러면 문어가 미끼를 쥐고 당기기 시합을 하다가 힘에 지쳐 딸려 나온 것이다. 미물인 고기도 제 살 것은 다 아는 것 같기도 하다. 잡힌 놈을 쳐다보다가는 먹물 세례를 받는다. 옷이 아주 절단이 난다. 어떤 때는 얼굴에 먹물을 쫘대 화가 치밀기도 하지만, 문어하고 싸워 봤자 아닌가? 문어 전문 어업종사자들은 작은 항아리를 묶은 여러 개를 물속에 집어넣고 하루를 있다가 그 이튿날 가서 그 줄을 걷어 올리면 제집을 뺏어가는 줄 아는 문어는 항아리에서 절대 안 나오려고 버틴다. 아무리 그래도 사람의 지혜를 고기들이 이길 수가 없다.

갈치는 더 무지막지한 놈이다. 낚시에 걸려 배로 끌려 올라가는 제 동료들도 뚝 잘라먹고 도망을 간다. 그리고 갈치의 유영 모습이 생각과는 다른데 놀랐다. 갈치도 보통 고기처럼 옆으로 누워 다니는 게 아녔다. 그놈들은 머리는 위로 꼬리는 아래로 하고 다니는 것을 보았다. 처음 그것을 보고는 신기했었다. 갈치의 이빨은 정말로 강하다 낚싯줄도 댕강 끊을 정도이니 갈치낚시는 낚시에 강철 줄이 달려있다. 사람 손을 물면 그 아픔이 어떨 것이라는 것은 알 것 아닌가? 잡아 놓고도 조심해야 한다. 덥석 입을 쥐었다가는 한 번에 피가 쏟아져 나올 정도로 당한다. 벌에 쏘인 그것처럼 아프고 쓰리다.

서해안에서 우럭을 한번 손으로 잡으려다가 그런 황당한 일을 당한 적도 있다.

얼마나 아프던지 뒤통수가 벼락을 맞은 듯하고 눈물이 찔끔 난다.

겨울에 한 번은 서해안 낚시를 갔다가 아주 혼난 적이 있다. 영하 7도의 날씨에 예약했기에 배를 탔다. 날씨가 나쁘면 경찰들이 배를 못 나가게 한다. 그런데 그날은 출항을 허가했다. 그 겨울의 바다 날씨는 예측 못 하게 변덕스러웠다. 파도 때문인지 고기가 안 잡힌다. 다른 장소를 가기 위해 파도를 가르며 달리는 뱃전에서 그냥 있기는 춥기도 하지만 위험하다. 전부들 배 안으로 들어간다. 배는 정지 상태인 그곳에서 낚시꾼들이 고기를 못 잡으면 한 10여 분씩을 다른 곳으로 간다. 그냥 밖에서 그 차가운 바람을 맞으며 난간을 붙들고 버텼다. 아니? 바닷물이 얼어? 처음 본 현상이다. 바닷물이 난간을 스치는데 추운 날씨 때문인지 난간이 갑자기 얼음덩어리로 변하는데 순식간에 그 굵기가 20cm가 넘으니 그걸 붙들고 배에서 안 떨어지려고 버티는데 정말 죽을 지경이다. 10분 정도가 그리 긴 시간인 줄은 정말 몰랐다. 팔로 끌어안은 뱃 난간은 미끄럽기도 하지만 팔을 놓으면 태풍 같은 바람에 그냥 바다로 날아갈 판이다. 10여 분 정도의 사투를 벌였는데 배가 천천히 가며 서서히 서니 살았다 싶다. 바닷물이 뱃 난간에 붙어 언 것은 처음 보았다. 이제 살았다 싶었다. 선장에게 한마디 하고 싶었지만, 그냥 좋게 넘어갔다. 잘못하면 고속으로 달리는 배에서 떨어져 죽을 뻔한 일이었다. 낚시는 전국의 여러 곳을 다니는데 토요일 일요일엔 자주 다녔다. 그것도 골프와 마찬가지로 잘 될 때가 있고 잘 안될 때가 있다. 낚시 예약 날짜가 잡히면 소풍 가는 아이들처럼 부산하다. 사이다 대신 소주로 바뀐 것이 다를 뿐이다. 채비에서

부터 어떤 작전을 쓸 것인가를 생각을 잘하고 가야 빈 아이스박스를 메고 오는 실수를 거의 안 한다.

통영에서 제주도 쪽으로 갈치낚시를 갖다가 밤새 허탕을 치고는 피곤한 날이다. 사람의 몸은 참으로 이상하기도 하다. 낚시를 가서 고기를 많이 잡으면 그리 피곤하지를 않다. 고기를 못 잡으면 더 피곤하니 그게 일체유심조인가 보다. 갈치낚시는 낚싯대부터가 틀린다. 아주 길고 크다. 릴도 좀 좋은 것을 써야 한다. 갈치 이빨이 얼마나 강한지 굵은 낚싯줄도 땡강 끊어 버린다. 그래서 낚시채비는 갈치가 무는 부분은 강철 쇠줄이다. 갈칫배는 대형 낙하산을 바다에 펴고 물살을 따라가게 두 면 낚시꾼은 그 시간에 갈치를 잡는 것이다. 배가 항구에 닿았다.

갈치는 못 잡고 배도 고프고 하여 통영 활어 시장 부근에 주차해 놓고서 아침을 먹기 위해 활어 시장 내에 식당을 갔다. 그날은 그 사내의 9인승 카니발 차를 가지고 간 날이다. 맨 뒷좌석 3개를 접어 아래로 밀어 넣으면 픽업 1톤 차량의 뒷부분 같은 넓은 공간이 생긴다. 그곳에 아이스박스와 낚싯대 가방 등을 싣고 낚시하러 다닌다. 밤새 고기를 잡은 배들이 들어오는 통영의 아침 활어 새벽 시장은 정말로 도떼기시장이다. 횟집 주인들 또는 아침 활어 시장을 보러오는 사람들로 넘쳐난다. 청주 사람들은 시장을 가면 채소를 사는 게 주류이고 죽은 고등어나 갈치 등을 사 간다. 통영 활어 어시장은 거의 전부가 살아있는 생선을 파는 시장이 아침을 연다. 생선의 선도에 따라 가격이 천차만별이다. 가격 또한 매일 틀린다. 통영 시내 사람들이 어시장으로 와서는 그날 먹을 싱싱한 고기를 사 간다. 청주에는 싱싱한 고기를 사 먹을 수 있는 그런 곳이 없으니 참으로 아쉽다.

통영에는 남자가 작은 배를 가지고 나가서 고기를 잡아 오면 그의 부인은 그것을 고무다리에 넣고서 판다. 그런 사람들이 아침 활어 시장을 연다. 시장에서 식당을 운영하는 상인들은 한 사람의 손님이라도 더 잡으려고 난리다. 식당 앞에 있는 고무 함재기에 고기들을 넣어 놓고는 손님들을 그냥 불러댄다.

"뭐 찾아 얘. 이거 금방 온기라 얘. 돔도 싱싱하고 방어도 싱싱한 기라 얘. 매운탕도 끄리 드립니더."

"그래요? 방어가 싱싱해 보이네요. 얼마예요?"

"이거 금방 온 거라 얘, 원래 십이만 원 받아야 하는데 십만 원만 주이소."

"아침을 먹을 것이니 그 방어 회도 뜨고 매운탕도 끓여 주세요."

또 오다가 중간에 더 먹을 것이 있을까 하고 아침을 준비하는 동안 시장을 돌아다녔다 통영 그 부근은 어장이 많고 고기도 많다. 각종 게도 있고 소라에 해삼에 고등어에 돔. 볼락. 삼치. 방어 등 고기 이름도 모르는 고기도 많다. 동행을 한 네 명과 다니며 시장을 한 바퀴 돌면서 보니 어떤 남자가 금방 차에서 내린 오징어를 그의 부인인듯한 사람의 큰 양푼에 쏟아놓고 간다. 싱싱한 오징어에 관심이 간다. 그래서 두 명이 그 양푼 앞에 바짝 쪼그리고 앉아서 오징어를 쳐다보니 오징어도 눈을 동그랗게 뜨고 그 사내를 쳐다본다.

"짜식 말야 째려보는 눈이 깡패 같잖아?"

하며 그 사내는 오징어를 가리키며

"아주머니 이거 한 마리에 얼마요. 이짜식이 말야 날 우습게 보나봐요. 저 날 쳐다보는 눈깔 좀 봐요. 낚시 가서 고기도 못 잡고 온 놈이라고 째려보나 봐요."

농담을 하는 순간. 오징어가 그 사내 얼굴에 먹물을 확 뿌린다. 체 아침 세수 한 번 제대로 잘했다. 그 먹물 양이 그리 많을 줄은 생각도 못 했지만 참으로 화딱지가 난다. 윗옷을 보니 더 화가 난다. 에이 이 새끼 하며 양푼에서 먹물을 쏜 놈을 주먹으로 그저 한 대 갈겼다. 그랬더니 얻어맞은 놈은 가만히 있는데 옆 놈이 그 사내에게 먹물을 확 쏜다. 재수 없어서 잡힌 화풀이를 하나 보다. '아니 같이 앉아있는 동료한테는 먹물을 안 쏘고 왜 나한테만 쏘느냐고! 제 친구를 팼다고 나한테 먹물을 쏜다. 이거지? 아무리 봐도 오징어 깡패가 맞는 것 같다.' 오징어를 파는 아주머니는 그냥 눈만 멀뚱거리며 미안하다는 표정도 없다.

"원래 얘, 오징어는 얘, 바로 앞에서 보면 먹물로 쏩니더."

그러고는 다른 사람하고 활어 흥정을 한다. 젠장!

갈치배 탄 값도 1인당 22만 원이나 주고서 허탕을 쳤으니 약이 올랐는데, 오징어한테까지 당했으니 하소연할 곳도 없고 경찰서에 고소도 할 수가 없다. 사람이 내게 먹물을 뿌려 봐라. 그럼 바로 고소 깜이지!

"아주머니 저 두 놈하고 저 옆에서 날 째려보든 놈하고 세 마리 주세요. 그리고 낚지도 두 마리 썰어 줘요."

원래 오징어는 동해안에 울릉도에서 많이 잡히는데 요즘 우리나라 근해 어장이 변해가면서 오징어는 남해안에서도 많이 잡히고 서해안서도 잡히기 시작한다. 서해안은 우럭과 광어 주꾸미의 세계이다. 주꾸미를 잡으러 가면 주꾸미도 잡힌 것이 억울한지 잡아서 쳐다봤다 간 먹물 세례를 받는다. 덩치가 작으니 그 양은 많지를 않아도 그냥 옷을 다 버린다. 세탁소에 옷을 갖다줘도 먹물은 잘 안 빠진단다. 그런 것을 아는 그 사내가 오징어 먹물을 뒤집어썼으니 화도 날 만도 하다 같이 갔던 일행이 한 수 거든다.

"아이구 오징어가 얼마나 얕잡아 보았으면 먹물을 쏴댔을까? 그것도 두 번씩이나"

깔깔대며 약을 올린다.

"앞으로 바다에 낚시를 갈 때는 옷을 아주 까만 색으로 입고가 누가 주황색 옷을 입으랬어? 주황색 옷이야 낚시꾼들이 물에 빠지면 멀리서도 보이라고 입는 게 아닌겨?"

그 사내는 입이 근질거렸지만 들은 척도 안 했다.

매운탕을 진하게 끓이라고 하고서 오징어 회를 먼저 먹기 시작했다. 싱싱해서인지 질기지 않고 씹는 맛이 아주 부드러운 편이다. 그냥 성질이 난 김에 한 움큼씩 집어서 입에다 넣고 우적우적 깨물어댔다. 공짜로 주는 소라고둥도 까서 똥째로 먹고 그러다가 낙지 맛을 보려고 젓가락으로 한 움큼 집어서 입에 넣고 씹는데, 낙지 다리가 입천장에 척 늘어 붙는다. 깨물 수도 없고 목구멍으로 넘어가지도 않고 잘못하면 질식사할 것만 같다. 캑캑거리다가는 손가락을 집어넣어서 그놈의 다리를 잡아당겼다. 겨우 꺼내고선 '후유' 하고 한숨을 쉬니 살 것만 같다. 눈물이 찔끔 났다. 홧김에 엉뚱한 사람인 주방 아주머니한테

"아주머니 어찌 죽은 낙지가 입천장에 딱 붙는대요? 죽을 뻔했잖아요. 설 죽였어요?"

"아임다. 금방 죽인 기라 그럴 수도 있씸더, 꼭꼭 깨물어 드이소. 찰떡 먹다 죽는다는 소리는 들었어도 얘 낙지 먹다 죽은 사람은 없어얘."

"왜 없어요? 낙지 먹다가 죽은 사람 있다고 TV에도 나왔던데요."

성질이 나는 바람에 방어회와 소주를 한 병이나 홀라당 마셨다. 싱싱한 방어회는 정말로 맛있다. 깡패만 같은 오징어한테 KO를 당하고. 한 패거리 낙지한테 혼쭐이 난 날이다.

에이! 오늘 재수 옴 붙은 날이다.

아침 식사를 배가 불룩하도록 먹고서는 집으로 오는 대전 통영 고속도로로 들어섰다. 밤새 파도에 시달려서인지 피로가 몸을 감싸기 시작했다. 눈꺼풀은 천근만근인지 눈이 떠지질 않는다. 한 시간쯤 달

렸다. 차 뒷좌석에 앉아서 고갤 끄덕이며 조는데 두어 시간 전에 먹은 오징어가 뱃속에서 억울하다며 가만히 있지를 못하겠다며 발광을 하나 보다. 배가 부글부글 끓어오르며 배출구 끄트머리까지 거의 왔는지 밖으로 대가릴 내밀려고 난리를 치는 것 같다. 그냥 그놈이 못 나오게 출구를 잔뜩 조이고서 참으며 말을 하려는데 말도 크게 못 하겠다. 재채기라도 한 번 하면 일이 벌어질 것 같다.

참다못해 다 죽어가는 소리로

"김 기사 내 뱃속에 전쟁이 났어. 길섶에라도 좋으니 날 좀 내려줄 수 없겠어?"

하니

"조금만 더 가면 휴게소요 쬐끔만 참으셔"

뱃속에서는 지랄 벅구녁이 났다.

"아이구 급해 안돼."

우리는 낚시를 갈 때 4~5명이 같이 가는데 운전은 돌려가며 술을 안 먹은 당번이 한다. 우리는 운전하는 그를 "김 기사"라고 부른다.

"김 기사 안돼 얼른 길가에 서."

"그거 봐 그게 오징어를 주먹으로 패댄 벌이라고! 그 조그만 거 때릴 때가 어디 있느냐고, 앞으론 오징어하고 싸우지 마!"

또 옆 사람이 거든다.

"약이 오른 오징어가 뱃속으로 들어가서 너 좀 죽어봐라 하는겨."

"하하하하."

"빨판으로 뱃속을 긁어대고 아마 꼬리는 문밖까지 거의 기어 나와서 똥구멍을 간지럽히고 있겠지. 하! 하! 하! 하!"

하며 약을 올린다.

"야! 어찌 그리 무식하냐! 점잖게 배출구라고 하면 교양이 있어 보이잖아! 똥구멍이 뭐여?"

"그냥 오징어님 다시는 안 그러겠다고 빌어 진심으로 빌면 배 속에서 얌전히 있을 거야"

한 사람이 거들며 약을 박박 올린다. 환장하겠다.

"안돼 아무 데서나 서 나 죽을 지경이야."

김 기사는 비상 깜빡이를 깜빡거리며 고속도로변에 차를 세웠다. 그 사내는 한 손은 배출구 구멍을 틀어막고 차에서 내렸다. 도로 난간을 붙들고 다리를 꼭 붙이고 한 손은 배출구를 손가락으로 틀어막았다. 고속도로 길옆 난간을 넘어가려니 두 손으로 난간을 잡아야 할 것 같다. 한 다리를 번쩍 들고 그 배출구를 막은 손을 빼 난간을 잡자 "아이쿠" 일이 터졌다. 조금이 아니라 뱃속에서 지랄하던 놈들이 팬티와 아주 진한 키스를 했다. 그놈들도 맑은 공기를 마시고 싶어 죽겠나 보다. 서로 빨리 나가려고 난리다. 난간을 넘고 앞을 보니 그 부근이 말라비틀어진 망초대 밭이다. 급하니까 그냥 바지를 내리고 주저앉았는데 하필이면 망초대 마른 가지에 주저앉았다. "아이쿠," 망초대가 부러지면서 엉덩이 출구를 사정없이 찔러댔다. 망초대가 마르니 풀이 아니라 꼬챙이다. '저게 눈깔이 달렸나 어찌 구멍을 안대?' 아이구! 사람 환장 하것네! 그래도 볼일을 보니 속이 시원한데 마른 망초대 끝에 찔린 항문이 화끈거린다. 이제 몸단장을 해야 하겠는데 휴지는 차에 있고 가진 게 없다. 주머니엔 손수건뿐이 없다. 할 수 없지, 그것으로 살짝 닦았는데 피가 묻어나온다. 출구가 벌에 쏘인 듯 아프다. 눈물이 찔끔 난다.

'아니 내가 잘못한 게 뭐 있냐구. 갈치를 많이 잡아서 용왕님 화가 나게 한 것도 아니고. 오징어 그놈이 싸가지가 없는 놈이지. 어따대고 어른 얼굴에다 먹칠을 하느냐구!'

하여간 바지를 내리고 팬티를 벗어 내 분신의 작은 무덤에 올려놓고 흙을 손으로 파서 덮었다. 고양이가 볼일을 보고 나서는 그리하는 것을 보았기에 그런 일을 하는 것은 식은 죽 먹기였다. 차를 타고서 동료들에게 그놈의 망초대가 하필이면 점잖은 어른 출구를 쑤셔 피가 나온다고 하니 모두 깔깔대며 웃는다.

"뭐 좀 상처에 바를 약을 가지고 온 사람 없어?"

하니 한 사람이

"형님 여기 안티푸라민이 있어요. 이걸 바르면 상처도 금방 아물고 덧나지도 않는대요"

하며 통째로 준다. 차가 출발하자 바지를 내리고 안티푸라민을 바르려니 일어서기에는 자동차 천정이 얕다. 잔뜩 꾸부리고서 손가락에다 안티푸라민을 은행알만 하게 듬뿍 찍어서 출구 근처로 가는데 차가 덜컹하며 삐이익 한다. 다른 차가 위험 운전을 했는지, 그것을 피하려다 브레이크를 밟는 바람에 그 사내는 손가락에 찍은 안티푸라민 약을 엉덩이 배출구 부근 온통 여기저기 다 묻혔다.

"아이구!"

소리가 그냥 막 터져 나온다. 금방 출구가 화끈거리는데 이거 참 죽을 맛이다. 왕팅이벌에 쏘인 것보다도 더 화끈거리며 아프다. 아니? 이게 또 웬일이여? 사타구니 밑에 알 두 개 봉창에다가도 안티푸라민을 듬뿍 발라놓았으니 거기에도 난리가 났다.

"하" 이거 어디 가서 닦을 곳도 없고 정말 죽을 맛이다. 졸리던 잠이 삼십육 개를 놓고 눈은 아주 쌩쌩해졌다. 차에 있던 화장지를 둘둘 말아 바지 속으로 밀어 넣었다. 그렇게 했어도 화끈거리는 것은 없어지지 않는다. 빨리 가서 샤워를 해야 한다.

그건 그렇다 치고 가만히 생각해보니 집에 가서 일이 또 걱정이다. 팬티가 없으니 마하님께서 아니 고기 잡으러 간다고 하면서 어떤 여자를 끼고 자다 온 거 아냐? 하면 할 말이 없을 것 같다. 갈치를 많이 잡았다면 그래도 이게 증거라며 갈치박스라도 보여주면 될 터인데….

고기는 두 마리만 잡았으니 어디서 사 왔다고 할 게 분명하다. 거의 빈 아이스박스만 달랑 들고 들어가야 하니 이걸 어쩐다! 거기에다 팬티까지 벗고 온 걸 보고 닦달을 하면 며칠 동안 국물도 없을 것 같다. 에이 할 수 없다.

“이봐 갈치 잡은 것 다들 나한테 줘! 한 마리에 5천 원씩 줄게.”

“뭔 돈을 받아 전부들 허탕 쳤는데 그냥 다 가져가”

그렇게 해서 집에 오기 전에 일행이 잡은 갈치를 그 사내 아이스박스에 전부 넣었다.

거의 허탕을 친 날이라 갈치 잡은 게 전부 여덟 마리밖에 안 된다. 여덟 마리를 아이스박스에 넣고는 “휴” 하고 한숨을 쉬었다. 집으로 오는 동안 생각 나는 건 빨리 가서 안티푸라민을 씻어내는 일이다. 왜 그리 집이 멀은겨!

아이스박스를 메고 낚싯대 가방을 들고 집 계단을 오르는데 마하님이 CCTV를 보았는지 나와서 현관문을 열어준다. 현관엘 들어서려는데 1막이 팡파르를 울렸다.

“엥? 옷이 그게 뭐야! 당장 현관 밖에다 벗어놓고 들어와요.”

주황색 윗 점퍼가 오징어 먹물에 흠씬 젖은 것을 보고는

“그 옷 메이커 거야 옷을 그리 함부로 입으면 어떻게 해.”

“바지도 비린내가 나고 무슨 애들 물장난한 것 같네. 그것도 밖에 벗어놓고 와요.”

‘아니 물속엔 서당도 없는데 오징어가 영어를 알까! 한국어를 알까! 체! 무슨 메이커면 오징어가 먹물을 안 쏜대?’ 속으로 꿍얼거리며 멈칫거리자.

“얼른 벗고 들어와요.”

한다. ‘참 이거 지랄이 발발 났다.’ 팬티가 없으니 이걸 어쩌냐고!

할 수 없지 뭐!

현관에 들어가기 전 복도에서 옷을 홀라당 벗고서 윗 러닝셔츠를 아래로 잡아당기며 알 두 개를 흔들며 들어가니 마하님(마누라하느님)이 눈을 똥그랗게 뜨고 쳐다본다.

에이구 모르겠다. 들켰구나! 목욕탕으로 들어가서 그 살을 쓰리게 한 안티푸라민부터 닦으려고 비누로 문대니 이거 또한 고문이다. 으으 으. 하여간 우거지상을 하고 샤워를 하고는 거실로 나왔다. 거울을 사타구니 아래에 놓고서 머릴 거꾸로 처박고 마데카솔을 바르고 고개를 들어보니 마하님이 기가 찬 얼굴로 쳐다본다. 아마 묘한 동물을 본 느낌이었을 것 같기도 하다.

뭐라 할 줄 알았는데 아무 소리도 없다. 그래서 2막은 끝났다.

그 이튿날 출근하고서 사무실에서 앉아 있는데 "까똑 한다" 그래서 보니 마하님이시다. 3막인가 보다.

"어디 좋은 여자 있으면 잘 사귀어봐. 전에 전화하던 여자지? 돈 많은 여자면 더 좋겠지? 내 걱정은 안 해도 돼 나도 돈은 있으니까."

이거 참 3막이 오르는구나! 뭐 죄지은 거야 오징어를 주먹으로 갈긴 것뿐이 없잖아! 그래도 답은 해줘야 밥이라도 얻어먹을 것 같다. 생각다 못해 답장을 보냈다.

"공원에 가서 자리 깔아 그러면 돈 좀 벌겠네!"

또 "까똑" 한다.

"그냥 잘 사귀어봐 나하고는 살 만치 살았잖아."

즉시 답장을 했다.

"아이구 내가 미쳤냐? 공원에 가서 자리 깔면 돈도 많이 벌어올 마눌을 두고 새 장갈 가게!"

저녁에 집엘 들어와서는 마하님 한테

"내가 그리도 좋아? 나 바람날까 봐 그러는 거지?"

하며 능청을 떨었다. 식탁을 보니 못 보던 반찬이 많다. 그야말로 진수성찬이다. 반찬 만드는 걸 배운 적이 없으니 시장에 가서 사 왔나 보다.

'에이 성질나! 이게 무슨 창피야! 이제 낚신 안 간다.' 속으로 되뇌며 마하님 눈을 쳐다보니 '잘두 안 가겠다. 하는 것 같다.' 고개가 끄떡여졌다. 그렇게 3막이 끝났다.

며칠 동안 큰 게 나올 때마다 피가 묻어 나왔다.

아! 이 아픔은! 성숙을 향하여 일 거야! 암! 그렇고말고!

이런 고통을 안 해본 사람은 이 아픔을 모르고 살은 게지!

화장실이 해우소가 된 뜻을 이제야 알겠다!

일주일 후 엉덩이 배출구는 거의 다 나았다. 이제 사타구니 밑에 거울을 놓고 거꾸로 머릴 처박고 마데카솔을 바를 일은 없을 것 같다.

"닐니리야 닐니리야 니나노 얼씨구 좋다." 얼쑤. 스마트폰이 노래한다.

"여보세요?"

"형님 군산 왕등도에 요즈음 문어가 많이 나온대요. 가실래요?"

"그려? 잘 잡힌대?"

"인터넷에 보니까 한 사람 앞에 열 마리씩은 잡았더라고요."

"그려? 씨알은 커?"

"거의 중짜들이에요. 큰놈도 더러 잡힌대요."

"그럼 예약해."

딸각. 전화가 끊겼다. 번개가 번쩍? 문어가 먹물을 쏴대면 오징어는 새 발에 필 것 같다.

"어이! 안돼. 난 취소야! 나 쫓겨날 뻔했다고."

소리를 지르고 보니 통화는 이미 끝난 상태이다.

一口二言은 二父之者라! 아이구! '똥구멍이 욕하것다.'

그래도 예약한 날 군산 왕등도에 문어 낚시를 가서는 대박이 났다. 12마리나 큰놈을 잡았다. 기분은 최고로 좋아졌다. 요걸 이웃과 나누어 맛있게 먹어야 하는데 하며 큰 솥에 물을 많이 넣고 아주 푹 삶았다. 그리고 먹으려니 문어가 아니라 고무줄이다. 아이구 이건 또 뭔일여!

문어는 끓는 물에 살짝 넣었다가 바로 꺼내야 한다는데 푹 삶아 댔으니 문어는 고무즐이 됐다. 씹으려 하니 이빨이 다 아프다. 이웃에 주기는 다 틀렸다.

"에고 애고 나 문어 낚시 이제 안 간다."

"원숭이도 나무에서 떨어진다." 그랬다. 옛말 그른 거 하나도 없다. '나무 잘 타는 사람이 나무에서 떨어져 죽고 물에서 헤엄 잘 치는 사람이 물에 빠져 죽는다.'

통영에서 배를 타고 제주도 쪽으로 갈치를 잡으러 갔다. 배를 타면서 앉을 자리 제비뽑기한다. 배 후미 넓은 곳 10번이 제비뽑기를 해서 배정받은 자리였다. 4시간의 항해 끝에 갈치 낚시터에 도착했는지 선장과 사무장이 부산하다. 다섯 시간 이상을 낚시해도 사람들은 별로 고기를 못 잡았다. 물때를 잘못 골랐든지 위치를 잘못 잡았든지 둘 중의 하나다. 낚시 중에 그 무섭다는 삼각파도를 만났다. 캄캄한 밤에 배는 요동을 치기 시작했다. 다른 사람들은 배 선실 부근에서 있기에 파도가 치면 그들은 등을 배선실에 기대면 안전한 편이다. 그 사내가 배정받은 10번 자리는 배 후미 화장실이 붙어있는 곳이었다. 아이스박스 위에 앉아있다가 파도가 치는 바람에 뒤로 나가떨어졌다. 한참 잘나가던 바다낚시에서 사고가 난 것이다. 목이 뜨끔하면서 일어설 수가 없다. 낚시를 갔던 동행이 쫓아와서 일으켜 배 바닥에 한참을 앉아서 정신을 차리고는 배 선실로 엉금엉금 거북이처럼 기어들어 가 누웠다. 목을 움직일 수가 없다. 조금만 움직여도 목이 너무나 아프다. 그때의 시간이 오전 2시이니 아직도 갈치낚시를 하고 철수하려면은 두 시간은 더 있어야 출발지인 통영으로 출발할 것이다. 배를 돌려가자고 하고 싶으나 19명의 낚시꾼에게 미안하여 가자고 할 수가 없다. 많이 잡는 날은 아이스박스를 채우고도 남아 배에 있는 스티로폼 박스에도 담아 오는데. 그날도 갈치를 거의 못 잡은 날이다. 1인당 22만 원 주고 탄 배인데 선장님한테 항구로 배를 가자고 하면 갈치를 못 잡은 낚시꾼 그들은 얼마나 실망할 것인가! 꾸욱 참고 있었다. 배가 파도에 흔들릴 때마다 통증은 오지만 누구에게도 말을 해도 별 볼일이 없는 것이다.

그저 배가 항구에 일찍 도착하고 청주로 가서 병원에 가는 것이 최상이다. 오전 8시경 배가 통영 항구에 도착했다. 대전으로 향하는 낚시꾼 전용 낚시점 버스를 타고 대전에 도착했다. 청주에서 타고 온 승합차를 일행과 함께 타고 와서는 즉시 한국병원으로 갔다. 사진을 찍어본 의사는 목에서 등뼈로 연결하는 뼈가 두 개인데 한 개가 부러졌단다. 꼼짝도 하지 말라며 목과 어깨를 못 움직이게 하는 압착 띠를 두르고는 그 자리에서 즉시 입원을 시키고는 빨라야 72일이라며 꼼짝 말란다. 하루하루를 세어가며 병원 침대에서 버텼는데 정말로 죽을 지경이다. 병실에서 장기 입원한 환자들의 마음을 알 것만 같다. 병원 밥은 정말 싱거워서 맛이 없다. 새우젓을 가져다가 냉장고에 넣고 그걸로 입맛을 돋우었다. TV는 병원에 오래 입원했든지 나이가 많으신 분이 리모컨을 쥐고 있어서 그가 보는 것 외는 볼 수가 없으니 심심하다. 누가 책을 보길래 물어보니 병원에는 도서 진열한 곳이 있단다. 무료한 시간을 보내기 위해 책을 가져다 천정을 보고 누워서 읽기 시작했다. 20일을 병원에서 버티고는 무조건 퇴원시켜달라고 했다. 안된단다. 낚시 가기는 꿩새 울었다. 마음씨가 착한 교회 장로인 셋째 매제에게 부탁하여 노트북을 하나 병원으로 가져다 달라고 하였다. 연실 잡은 고기가 고소를 해서 벌을 받은 것만 같았다. 글을 쓰기 시작을 했다. 그렇게 하여 쓴 것을 나중에 인쇄하였다. 장편 "낚시꾼을 고소한 우럭"이었다.

5
여행에서 보고 느낀 것

그 사내는 아내와 함께 중국의 북경과 만리장성, 태진궁, 자금성을 보기 위해 여행을 갔다. 자금성 입구인 천안문광장에는 몇 명의 공안들이 관광객들을 감시하는 것인지 일일이 지나가는 사람들을 지켜보고 있다. 그 넓은 천안문광장에서 100만 명도 모여 행사를 할 수 있었다니 그 크기도 어마어마하다. 몇 해 전인 1989년 6월 4일 100만 명의 학생 시민 노동자들이 모여 민주화를 요구하며 데모를 하는데 탱크와 장갑차를 가지고 무차별 사격하여 엄청난 희생자가 있었다고 한다. 그것은 우리나라 신문에 또는 TV에도 몇 년 전에 뉴스 시간에도 대서특필이 됐던 곳이다. 모택동 주석 왈 100만 명이 죽어도 우리나라엔 인구가 많다고 했다. 사회주의 국가 정말 무서운 나라다. 자금성을 들어가는 천안문 곳곳에도 공안들이 서 있다. 엄청난 학살이 감행된 천안문광장은 언제 그런 일이 있었느냐는 등 평온하기만 하다.

그 넓은 중국의 천안문광장도 대단했지만 황제가 머물며 정치를 했다는 어마어마한 자금성의 규모를 보고는 놀라지 않을 수 없다. 조선시대 우리나라 사신들이 자금성에 가서 구경하고는 어떤 생각을 했을까? 그리고 국내로 들어와서는 자금성을 어떻게 표현하여 임금님께 보고했을까? 미국의 항공모함 한 척에는 승선 인원이 5,000명이나 된다는데 이 자금성의 규모는 항모 수십 배의 크기이니 얼마나 많은 사람이 거주했을까? 자금성 곳곳을 자세히 볼 수는 없을 것 같다. 수박 겉핥기식으로 그냥 눈으로만 보고 지나가야지. 자세히 한곳 한곳을 보기에는 다음 스케줄 때문에 시간이 없다.

그 이튿날 자금성을 한눈에 볼 수 있는 경산공원엘 일행과 올라가보았다. 비행기에서 자금성을 전부 한눈에 보는 것만 같다. 멀리서 보니 그 윤곽이 눈에 들어온다. 참 대단한 민족이라고 생각이 든다. 경산공원 올라가는 길과 내려오는 길에도 수많은 인파에 어깨가 부딪칠 정도로 사람들이 많이 오간다.

자금성이 한눈에 보이는 경산공원의 길에 있는 작은 망루에서 중국의 노인들이 독한 고량주를 마셨는지 고량주 병들이 망루 바닥에 즐비하다. 그들에게서도 독한 술 냄새도 난다. 머리를 끄덕이며 무슨 노래를 부르는데 그 모양이 흡사 무대에서 가면 놀이를 하는 것만 같다. 무슨 소리인지는 모르지만, 목청은 참 좋다. 우리나라 흥부전 노래를 듣는 그것과도 비슷해 보인다. 관심이 있어서 일행이 가는 곳을 잠깐 서서 구경하다 가려고 그 앞으로 바짝 가니 그 노인들이 입은 옷을 보고는 정나미가 뚝 떨어진다. 옷은 언제 빨아 입은 것인지 때가 묻은 옷은 우리나라 코흘리개 아이들이 코를 팔에 쓱쓱 문대여 마른 것만 같은 옷이다.

고약한 냄새까지 나는데 그들은 흥에 겨워 노래를 부르며 놀고 있다. 그렇게 하고 다니면서도 노래가 나오다니 참 중국인들 알다가도 모를 사람들이다. 노숙자라면야 이해를 하겠지만 그들과 같이 있는 사람들은 보니 노숙자는 분명 아니다. 민요고 뭐고 고약한 냄새 때문에 얼른 자리를 떴다.

중국을 다녀보니 국토가 정말로 크다. 우리나라는 국토가 너무나 작으니 그 나라가 부럽기도 하다. 수십 번을 가도 중국의 명승지를 다 구경할 수가 없을 것 같다. 큰 대륙에 많은 사람이 모인 중국의 관광지는 볼 것도 많다. 관광지에는 발 디딜 틈 없이 중국인과 외국인들이 엉켜 북적대고 있다. 중국은 사회주의이지만 겉으로 보기에는 자유 분망해 보인다.

하룻밤을 자고 북경 요릿집엘 간다고 하여 기대가 컸다.

중국 하면 요릿집이 아닌가? 가이드의 말대로라면 침이 절로 나오는 북경 오리구이다. 중국 베이징에서 세계적으로 유명하다는 북경 오리구이 집에를 일행이 전부 들어갔다. 중국 특유의 냄새가 식당 안온 천지의 배였는지 코를 한번 눌렀다 떼였다. 우리나라 제사 때나 쓰는 향이 곳곳에서 연기를 뿜고 있다. 그 지독한 향냄새도 우리나라 사람들에게는 좋은 것이 아니다. 역시나 여러 가지의 도자기가 눈에 띈다. 도자기 큰 것을 보고는 입이 벌어졌다. 우리나라 물 항아리보다도 더 큰데 겉에 그림은 강물에서 배를 저어가면서 낚시를 하는 그림인데 명화만 같다. 중국인들의 글은 그림 글자이다. 그러니 그 작은 형태의 그림도 살아있는 사람만 같이 잘 그렸다. 강둑에 산을 그린 산수화 또한 명작같이 보인다.

드디어 기다리던 북경 오리구이가 큰 접시에 놓인 게 한 테이블에 세 개씩을 놓고 기타 향신료로 식탁을 장식했다. 오리 껍데기가 무슨 누룽지만 같이 딱딱하다.

그걸 먹으려고 입에 넣고 오물거려도 그 딱딱한 오리 껍질은 입안에서 서로 밀고 당기기를 하지 목으로 넘길 수가 없다. 아니! 이게 그 유명한 북경 오리구이였어? 보는 사람도 있고 하여 그냥 뱉을 수는 없고 입에 넣은 것만 억지로 넘겼다. 속살을 뜯어 먹어보니 이야기를 들은 것과는 아니올시다.이다. 맛을 보고는 실망을 금치 못했다. 아내도 그 맛이 그리 좋은 게 아닌지 조금 먹고는 그만둔다. 그 사내는 무슨 마른 나무껍질을 먹는 것만 같아 속살을 조금 떼여 먹고 고량주 한 잔을 마시고는 나왔다.

필리핀에 가서 작은 돼지를 통째로 구워 먹은 게 훨씬 났다.

북경 부근의 만리장성을 구경하러 버스를 탔다. 한참을 가서 주차장에 차를 세우고는 여기서부터는 걸어가야 한단다. 가보니 그저 돌을 쌓아 만든 성일 뿐인데 그 정교함은 점수를 후히 주고 싶다. 걸어서 올라가는 사람들이 참으로 많다. 가이드가 만리장성의 한곳에 서서 설명하는데 돌과 돌 사이에 있는 하얀 색은 진짜 찹쌀과 밀가루를 섞어서 반죽해서 만든 것이란다. 어째 거짓말만 같다. 확인하기 위해 손톱으로 살짝 그 틈새를 긁어 보았다. 확실히 굳은 가루가 틀림이 없다. 어떻게 반죽을 했기에 수천 년 동안을 그리 견고하게 성을 붙들고 있었을까? 얼마나 많은 밀가루와 찹쌀가루가 들어갔을까! 보기에는 청주성이나 수원성이나 비슷해 보이는데 돌 틈 중간에 하얀색이 없는 게 우리나라의 성벽이다. 감탄사가 저절로 나온다.

수백만 명이 2,000년에 걸쳐서 만들었다니 얼마나 많은 사람이 노예가 되어 인간답게 살지 못하고 죽어 나갔을까? 입이 다물어지지를 않는다.

BC 7년부터 17세기까지 성을 쌓았으니 무려 2,000년이나 된 성이다. 세계 최대의 지상 건축물임에는 틀림이 없다.

성을 쌓고 2천 년이 지났는데도 성은 견고하니 중간마다 보강 수리는 했겠지만, 성벽을 쌓는 기술은 우리나라보다 한 수 위인 것 같다.

성벽의 높이는 평균 7~10m이며 현재 한 줄로 남아있는 길이만도 3,000km에 달하며 그 외 부수적인 성벽들까지 합치면 12,000km나 된다고 하니 가히 그 크기를 짐작할 수 있다. 성벽 위의 길을 좀 걸어가 보았다. 시간상 멀리 걸어갈 수는 없지만 2km는 걸어간 것 같다. 봉수대는 우리나라의 봉화대와 마찬가지의 역할을 했으며 성벽 위는 마차가 다니며 전쟁물자를 운반하는 중심 도로 역할을 했다고 한다. 더 놀라운 것은 성벽을 쌓은 위치이다. 그 험한 산에 어떻게 그렇게 견고한 성을 쌓았는가이다. 도저히 상상이 안 간다. 지진이라도 한번 나면 우르르 무너졌어야 할 것만 같은 그곳에 돌을 쌓다니 건축기술에 놀라움을 금치 못하겠다. 그냥 더 험한 것을 보기 위해 더 가고만 싶었다. 걷다 보니 밥도 먹는 둥 마는 둥 했으니 배가 고프다. 다시 가이드가 있는 곳으로 가다가 보아도 간식거리 파는 곳이 한 군데도 없다.

가이드가 있는 곳에 가니 그제야 맥주며 안주를 파는 곳이 있다. 맥주를 한 캔 사서 그냥 걸어가며 홀짝 마셨다. 빈속이라 속이 싸하다.

일박을 한 후 다시 비행기를 타고 서안에 가서 내렸다. 서안에서 일박을 하고 관광버스를 타고 병마용으로 갔다. 진시황릉도 구경하고 진시황 능을 지키는 병마용갱들의 모습을 돌아다니며 보았다. 병사들의 모습도 흙으로 정교하게 만든 병마용갱 참으로 대단한 민족이라는 생각이 든다. 그 병마용갱을 발견한 사람이 진시황 능으로 가는 길 용갱 시내에서 자기가 쓴 책을 관광객들에게 팔며 책을 사는 사람들에게 책에다 사인을 해주고 있었다. 농사를 지으려고 샘을 파다가 흙으로 만든 사람을 하나 발견하고 더 파다 보니 많은 병마가 나오자 당국에 신고했다고 한다. 정부에서 발굴을 시작하고 전시를 한 것이 얼마 안 된 시점이었다. 발굴은 계속한다고 하니 그 규모가 놀랍다. 정말로 50세밖에 못 산 진시황이 오래 살기 위해 고려(한국)로 가서 현재 금강산 지리산 한라산을 다니며 불로초를 찾아오라고 500명을 보냈다는 이야기는 들었지만, 병마용갱 이야기는 그곳으로 관광을 간다고 해서 따라간 거지 병마용갱이 무엇인지는 금시초문이었다. 가이드가 주는 팸플릿을 보고 그걸 보고 병마용갱이라고 하는구나 그 정도만 알았다. 병마용갱을 보고는 감탄사가 절로 나왔다. 어떻게 사람 모습을 살아있는 사람같이 저리도 잘 만들었을까? 말과 마차도 마찬가지이고 흙으로 구워 만든 사람이 예술품이다. 오랫동안 흙에 묻혀서 색깔은 변했지만, 몸체 군데군데에 붉은색과 푸른색이 보인다. 처음 만들었을 때 색옷을 입힌 것처럼 칠을 한 것을 보았다면 살아있는 사람을 본 것만 같을 것 같다. 진시황 무엇이 두려워 죽은 뒤에도 자기를 군사들이 지키게 했을까? 얼마나 많은 사람이 그 병마용갱을 만들기 위해 노력을 했을까? 한 사람 한 사람의 모습이 똑같은 것은 하나도 없다고 한다. 아무리 눈을 씻고 똑같이 생긴 사람을 찾아보려 해도 정말로 똑같은 사람이 하나도 없다. 당시 장인들의 예술 수준을 알 것만도 같다. 지금까지 발굴하여 전시한 것도 천 명은 돼 보이는데 아직도 미발굴 된 것이 많다고 하니 또 놀랄 일이다. 또한, 가이드의 이야기는 기가 막힌 이야기이다. 진시황이 죽었을 때 보필하던 시녀든 황후든 벼슬아치들까지 모두 무덤으로 들어가게 하고는 문을 닫았단다. 측근들을 다 무덤 속에서 죽게 했다니 참으로 잔인한 짓이 아닌가? 팔에 소름이 돋았다. 그게 풍습으로 내려오는 순장이란다. 병마용갱 그것은 왜 땅에 묻혔을까? 묻은 이유는 무엇이고 글자가 있었던 시대인데도 왜 책에도 쓰여있지 않았을까? 미스터리가 아닌가?

병마용갱 그것을 보기 위해 세계 각 나라에서 모여든다.

죽은 진시황이 산 백성들을 먹여 살린다고 가이드는 말한다. 수긍이 가는 맞는 말이다.

중국은 진시황 능을 아직도 개봉을 안 하고 레이저로 들여다만 보았는지 묘의 형태만을 묘 위에 그려놓고 전시를 하고 있다. 발굴을 잘못하면 영원히 복구를 못 할 것 같아 아직도 발굴을 미루고 있다고 한다. 중국인들은 의심도 많다고는 하지만 역사를 중요시하고 있다는 게 한눈에 보인다. 진시황릉엔 무엇이 들어있을까? 참으로 궁금하다. 도덕을 중요시했던 중국인데 진시황은 왜 유교를 박해했을까? 정치에 반대하는 세력을 다 죽이기 위한 일이란다. 참 알다가도 모를 중국인 들이다. 중국은 시간이 지나자 다시 도덕을 중시하는 국가로 변신했다. 중국을 우리 어렸을 적에는 때국이라고 불렀다. 대국을 그리 부른 것 같다.

가이드가 안내하는 대로 따라다니는데 너무나 피곤하다. 버스를 타니 졸음이 살살 온다. 끄덕 고개를 몇 번 넘어가며 졸다 보니 양귀비가 살았다는 태진궁을 보라며 하차를 요구한다. 그 안을 들어가 보니 큰 인공 연못 가장자리에 양귀비 동상이 서 있다. 인공 연못 옆에 서 있는 양귀비라는 동상은 무슨 살진 돼지만 같다. 양귀비가 그리 살이 쪘을까?

양귀비의 본명은 양옥환이고 그 여인은 아들인 수왕의 아내인데 양옥환을 본 현종인 수왕의 아버지가 그 미색을 보고 반했단다. 아들에게 다른 여자를 주게 하고 며느리인 양옥환을 빼앗아서 귀비로 삼았다고 한다. 논어 맹자 등을 배우며 도덕을 중요시하던 중국인데 어찌 그런 일이 일어날 수가 있을까? 양귀비의 동상을 보고는 과연 양귀비라는 여인이 저리 뚱뚱했을까? 다시 생각이 날 정도로 동상에 몸이 통통하다.

인공 연못에는 색색의 금잉어가 한가로이 놀고 있다. 중국 황제들의 말 한마디에 관료들이 죽고 사는 시대이니 저 연못을 파는데 얼마나 많은 사람이 동원되었을까? 아부와 아첨으로 직위를 유지하던 그들이 만든 양귀비의 목욕탕은 지금 보면 돌로 목욕탕을 만들고 물이 새지 않게만 해놓았을 뿐 특별한 것은 안 보인다. 또한, 양귀비가 좋아했다는 인도네시아의 '리즈'라는 열대 과일은 맛도 없었다. 싱싱한 것을 유지하게 하려고 파발 말들이 주고받으며 인도네시아에서 서안까지 말을 달렸다니 정말 엄청난 일이다. 이름이 '리즈'라는 그 과일을 먹어 보니 별맛이 아니다. 그 사내의 입맛에는 별로였다.

다시 중국 여행을 가서 본 장자제 놀람의 경치이다. 경치에 감탄한 미국인이 자살했다는 자리에서 아래를 내려다보고는 감탄사가 절로 났다. 눈을 의심할 정도로 기묘한 모습의 바위와 나무들을 볼 수 있었다. 물도 없는 바위 꼭대기에서 자라나서 수백 년 동안을 소나무가 어떻게 자랐을까? 궁금했는데 고국에 와서 그 비밀은 책에서 바로 풀렸다. 식물이 싹이 아주 적은 흙에서 싹을 틔우면 뿌리에서 이산화탄소를 방출하여 바위를 녹이며 뿌리가 바위 속으로 파고 들어간다고 한다. 비가 오지 않는데? 그것은 운무를 잎으로 빨아들여 생존한단다. 소나무가 10m를 크는데 100년 이상이 걸린단다. 식물의 생명력에 감탄을 금할 수 없다. 우리나라 금강산이든 어느 산에도 바위에 소나무도 똑같을 것 같다. 장자제 정상으로 올라가는 입구는 독일 기술자들이 만든 고속 엘리베이터가 있었다. 300여 m의 산꼭대기까지 힘 안 들이고 관광을 할 수 있게 만들었다. 산 정상 부근은 평지가 많다. 어떻게 그런 지형이 생겼는지 감탄이 절로 나온다. 중국은 대륙의 크기만큼이나 유명한 관광지가 참으로 많다. 우리나라에도 저런 관광지가 많았으면 얼마나 좋을까, 부러웠다. 외국 관광이란 국민을 애국자로 만든다는 것을 실감했다. 외국에 가서 차를 타고 가다가 태극기만 보아도 그리 반가울 수가 없다. 외국 여행을 하며 견문을 넓힌다는 것, 그것은 삶에 아주 중요한 요소이며 나는 누구인가를 생각하게 해주며 한 계단 높게 삶을 생각하며 살게 해주는 것 같다.

장자제를 보고는 청룡 동굴을 간다며 사람들은 전부 차에서 내려서 걸어가야 한단다. 길가에서 캔 맥주 2개를 들고 만 원, 만 원 한다. 그걸 보고 걸어가려니 목이 근질거린다. 얼른 사서 걸어가며 두 캔을 다 마셨다. 그런데 한참을 걸어가서 동굴 입구에서 4캔에 만 원, 만

원 한다. 얼씨구! 여긴 왜 그렇게 싸하며 또 4캔을 사서 가방에 넣고 가며 목에다 대고 한 모금씩 마시니 목이 시원해서 좋고 기분도 나이스다. 동굴은 우리나라 석회석 동굴인 제주도와 별로 다른 게 없는 것 같다. 두 시간 이상을 동굴을 관광하고 밖으로 나오니 캔맥주 장사가 여섯 개 만원, 만 원 한다. 제길 헐 무슨 놈의 캔맥주값이 지랄요동을 치는 것만 같다.

강릉에 가서 오징어를 사 먹던 생각이 난다. 청주에서 출발하여 강릉까지 부부 계원 8명이 9인승 차를 타고 갔다. 가서 해수욕장에 들어서려니 입구 길거리에서 산 오징어 4마리 만원, 만 원 한다. 청주에서 산 오징어는 한 마리 만원이다. 얼씨구나 하며 4만 원을 주고 16마리를 샀다. 곧바로 모래사장에 텐트를 치고 오징어 회를 아주 맛있게 먹었다. 모처럼 만에 가본 바다는 정말로 기분을 업 하게도 한다. '쏴 아악 쏴악' 하는 파도 소리를 들으며 고스톱도 치며 술도 거나하게 하며 기분 좋은 밤을 보냈다. 여자들이 바닷가 모래사장을 걸으며 제일 좋아한다. 그리고서는 새벽에 일어나서 아침을 해 먹으려고 고기를 사러 어항으로 갔다. 어항으로 가니 산 오징어 12마리에 만 원이란다. 그래서 깔깔거리며 웃었던 생각이 난다. 중국에 캔맥주 값과 다른 게 없다. 하하 하하.

"안 사요. 안 사요" 하며 중국인 그들 틈을 벗어났다.

그 사내는 캄보디아를 관광하기 위해 또 비행기를 탔다.

캄보디아 씨엠립 공항에 도착한 비행기 트랩에서 내리니 후끈한 열기가 몸을 감싼다.

공항에서 밖으로 가기 위해서 걸어서 건물 쪽으로 갔다. 공항 수준이 형편없다. 그 사내는 월남전에도 다녀왔기에 그런 더위쯤은 별거 아니었으나 그 사내의 아내는 힘들어했다. 캄보디아 날씨는 무척 더

웠다. 비행기 트랩에서 내려 입국장을 향해 잠시 걸어가는데도 금시 러닝셔츠가 땀으로 젖는다. 공항에 들어온 인원은 많지 않아 보이는데 입국 심사를 해야 한다며 그냥 기다리란다. 열대지방 사람들이라 그런지 일 처리를 아주 천천히 하는가 보다. 성질이 급한 한국 사람들의 심리를 아는 가이드는 입국 심사를 빨리 받으려면 돈을 2불씩 내란다. 가이드가 동행들에게 2불씩을 걷어서 입국장 직원에게 주니 그냥 저 옆 통로로 그냥 가란다. 공항 직원들의 비리였다. 돈 2불이야 우리나라 돈 2,400원이 아니던가. 그것은 우리나라 걸인에게도 크게 반가운 돈이 아니다. 버스를 타고 호텔에 여장을 풀었다.

호텔은 삼류 호텔인지 별로 좋지 않다. 우리나라 여관 수준이다. 하룻저녁 숙박을 한 후 현지 가이드가 시키는 대로 삼발이 차를 타고 시내 관광에 나섰다. 말이 자동차지 그것은 오토바이 뒤에 짐 싣는 칸을 만들고 위만 천막을 씌우고 그곳에 앉을 자리를 만든 운전사 포함 4인승 오토바이였다. 햇볕과 비만 막는 그런 차이다. 뒷좌석은 3명이 타는데 좁다. 그래서 두 명씩 타고 시내를 관광하고는 점심 후 마사지하는 데를 간단다. 다시 삼발이 차를 타고 마사지를 하는 곳을 가보니 아니 그 긴 양쪽 도로 전부가 마사지하는 곳이다. 손님을 차지하기 위하여 사람들이 몰리는데 그들이 마사지 집주인들인가 보다. 가이드와 무슨 밀담을 했는지 같이 간 30명에게 마사지 집을 지정해 준다. 입구에 들어서자 눈이 휘둥그레졌다. 일 층에서 3층까지 계단 한 칸 한 칸에 젊은 아이들이 줄지어 서 있다. 우리는 그들 옆으로 안내인을 따라 들어갔다. 줄을 서 있는 그곳에 새치기하며 들어가는 것만 같다. 기가 막힌 건 직업이 없어 손님에게 마사지하려고 계단 하나하나에 서서 자기 차례를 기다리는 젊은 남녀들이다. 하루 한 번 정도 배당되는 아르바이트란다. 3층으로 들어가니 이건 마사지 클럽이 아니라, 지저분한 방에 모포를 두어겹 겹쳐서 깔아놓고 방 한 칸에 6명이 마사지를 받게 해 놓고 거기에 남녀 상관없이 누우란다. 부부는 상관없지만, 따로 간 사람들은 기분이 좋을 리가 없다. 그래도 그들이 하라는 대로 따라 할 수밖에….

겨우 초등학교 4~5 학년쯤 보이는 키가 작은 젊은 남자와 여자아이들이다. 1시간 마사지 비용이 2불이란다. 가이드는 다음에 오는 관광객에게 해가 되니 마사지하는 아이들에게 2불 이상 돈을 더 주어서는 안 된다며 강력히 주의를 시켰다. 근 한 시간 동안을 온몸을 또 발까지 주물러대며 낑낑대는 아이들이 너무나 불쌍해 보였다. 캄보디아 너무나 가난하다. 그 아이들은 하루에 한 번만 손님을 받아도 다행이라고 가이드가 말했다. 우리나라의 1950년대를 보는 것만 같다. 그런데도 그들의 표정은 아무렇지도 않은 표정이다. 정치적으로 무고한 시민 200만 명을 학살한 폴포트 정권. 이데올로기 참으로 무섭다. 어린 국민을 저리 만든 것은 폴포트 정권이 아니었던가?

캄보디아 뚜 얼 슬랭 대학살 박물관을 가서는 가슴이 멍해졌다. 폴포트 정권의 킬링필드라 일컫는 대학살을 고발한 죽은 사람들의 사체 사진과 쌓여있는 해골들 그것을 보는데 왜 가슴이 미어질까? 두개골이 쌓여있는 사진 또 쌓여있는 해골을 보며 그들의 명복을 빌었다. 얼마나 억울했을까? 글씨만 알아도 지식인이라며 죽였단다. 우리나라도 남북 간의 전쟁 시 보도연맹 사건도 나라의 비극이고 가슴 아픈 일인데, 캄보디아를 보니 민간인을 학살한 폴포트 정권은 나치와 비견 될만한 인간이 아닌 악마들의 집단이었다.

폴포트 정권은 민간인의 손바닥을 보고 굳은살이 박이지 않은 사람도 학식이 있는 사람이라며 그냥 죽였단다. 그래서 캄보디아는 문맹인이 80% 이상이라고 가이드가 설명한다.

거의 문맹인 18세에서 25세 전후에 아이들이 할 일이 없으니 그들이 할 일은 마사지걸이나 맛사지맨 뿐이다. 그 잔인한 정권을 베트남이 10만 대군을 이끌고 폴포트 정권을 공격하여 무너뜨렸다. 얼마나 잔인했으면 이웃 나라인 베트남에서도 치를 떨고 10만의 대군으로 공격을 하여 정권을 무너뜨렸을까?

직업이 없어 외국에서 오는 사람들에게 마사지를 해주고 받는 돈 2불 그것은 참으로 적은 돈이 아닌가? 마사지하는 여자아이와 남자아이들 그들의 얼굴을 보니 나이가 많아 봤자 20세 전후만 같다. 2불을 벌기 위해 줄을 서서 차례를 기다린단다. 가이드의 이야기로는 그 아이들이 어떤 날은 한 사람도 못 받아 공치는 날도 있다고 한다. 마사지를 하는 곳을 보니 청소를 안 한 우리나라 시골 경로당만 같다. 캄보디아에서 마사지하는 아이들을 보면서 그 사내는 어린 시절 아이스케이크 장사를 하러 다니며 목이 터져라. 아이스케이크를 외치던 생각이 났다. 가슴이 찡하며 눈시울이 젖어 든다. 2불만 주라는 것을 그들에게는 거금인 10불씩을 두 사람 손에 쥐여줬다. 10불이래야 우리 돈 12,000원이 아닌가? 주고 나오면서도 내내 마음이 아프고 좀 더 주고 올 걸 그랬다 싶다.

필리핀 아이들과는 딴판인 캄보디아 아이들 가난하지만, 너무나 예의가 바르다. 필리핀 여행을 갔을 때는 세수는커녕 손바닥만 하얗고 손등은 때가 덕지덕지한 완전 거지 아이들이 한꺼번에 몰려들어 돈을 달라며 매달릴 때 1불씩을 그들에게 주다가 그들에게 둘러싸여 꼼짝을 할 수가 없었다. 어떻게 그들을 밀치고 나올 수가 없다. 같이 갔던 사람들이 쫓아와 그 애들을 떼어 놓고서야 다시 일행과 합칠 수가 있었다. 가이드가 말한 것을 지키지 않은 것이 실수였지만 너무나 안타까운 일이다. 6·25전쟁 직후 미군 짚차를 쫓아다니며 "쪼코 래또 기부미"를 외치면서 쫓아갔다던 우리나라 어린아이들은 그렇게까지는 안 했을 듯싶다. 그 애들은 1불을 달라고 죽기 살기로 달려들었다. 정말로 난감했다. 필리핀을 여행을 갔을 때는 필리핀에서 가이드는 길거리에서 아이들에게 돈을 일 불이라도 주면 절대 안 된다며 주의를 시켰는데도 그들의 손과 얼굴을 보고는 그냥 지나칠 수가 없었다.

필리핀 그곳을 방문한 그 사내는 태어났을 적 엎어놓았으면 죽었을 그 핏덩이였다. 그러니 지난날이 생각이 안 날 수가 없었다.

필리핀에서 팍상환이라는 폭포를 가는데 거리는 약 2km라는데 배 하나에 관광객 두 명을 싣고 사공이 둘이 달려들어 계곡의 물과 바위 사이를 끙끙거리며 올라가는데 참으로 그들의 기술이 놀랍다. 그 힘든 일을 두 시간 이상을 하고서 그들이 받는 임금은 4불이다. 6·25 때 우리나라보다 잘 살았다는 필리핀이 어찌 그렇게 피폐했을까? 정권을 잡은 자의 부도덕한 뇌물 때문에 나라가 그 지경까지 갔다고 한다. 마르코스 정권이 망하고 다른 정권이 들어섰을 시 마르코스 부인인 이멜다의 명품구두가 두 차나 나왔다니 기가 막힐 일이 아닌가?

경치도 아름답고 평온한 곳만 같은 필리핀 속은 다 썩어 국민은 도탄에 빠져 하루 먹고 살기에도 벅찬 사회가 됐다. 침으로 안타까운 일이다.

그가 캄보디아를 간 것은 앙코르와트 구경을 간 것이지만 겸사로 암약인 상황버섯을 구하러 간 것이다. 보통 30년에서 50년이 된 상황버섯은 많이 있었으나 400년이나 묵은 50여m의 뽕나무가 죽고 그 위에 생기는 상황버섯 그것을 채취하는 데는 대형 기중기가 필요해서인지, 또 그런 상황버섯이 그곳에서도 귀한 것인지. 가격이 엄청나게 비싸다. 그 비싸다는 상황버섯은 유리관 안에 자물쇠가 붙은 곳에 아주 큰 한 덩어리가 진열돼 있었다. 뚝 눈으로 봐도 상품에 가치가 있어 보인다. 깃발을 들고 종종걸음으로 몰려다니는 일본인들은 그저 상점 안만 빼꼼히 쳐다보고는 가격만 묻고 그냥 나온다. 중국인들은 쳐다보지도 않는다. 한국 사람들만 그 비싼 것을 살까 말까 망설이며 그 앞을 떠나지 못하고 있다. 가이드가 살 사람을 모으자 5명이 나섰다. 그 사내는 여권을 복사해주고 외상(비자카드)으로 제일 비싼 상품을 여럿이서 나누어서 1인당 약 3,000불에서 4,000불어치의 상황버섯을 사 가지고 왔다. 그 사내는 그것을 사기 위해 캄보디아를 간 것이니 당연히 구입을 했다. 캄보디아인들에게 4,000불은 어떤 의미가 있을까? 우리나라의 국력을 다시 한번 실감했다.

시내 관광이 끝나자 점심때가 되어 식당으로 안내하는데 간판을 보니 모란봉이다. 간판만 봐도 북한 식당이다. 가이드가 하는 이야기는 좀 놀라운 이야기이다. 그들도 한나라 사람이니 동포란다. 동포는 맞지만, 말만 들어도 어째 꺼림칙하다. 사람은 똑같은데 왜 북한 사람들 하면 선입견이 좋지 않은 것은 왜? 그럴까?. 남한 사람들이 관광을 오면 북한 식당에 아주 대놓고 간단다. 그곳은 냉면이 주요 메뉴이고 불고기도 있고 채소들이 식탁을 차지하고 있었다. 평양냉면은 꾸미로 위에 올린 고기는 별로이고 국물이 맛이 있었다. 홀은 약 200평 정도 되는 것 같다. 대형 식탁이 있고 의자가 나란히 있다. 그리고 무대가 30평은 됨직하다. 그곳에서는 북한 여자들이 바이올린과 기타, 전자오르간을 연주하며 또 색소폰을 불어대고 있다. 분위기가 참 좋다. 그런데 2층에 설치된 난간을 올려다보니 건장한 남자들이 여러 명이 서성대며 1층을 노려보고 있다. 현지 가이드에게 귓속말로 저들이 누구냐고 하니까. 식당 관리인이며 감시인이라고 한다. 참 북한은 외국에 나와서도 저 짓거리를 하는구나, 저들이나 연예인들이나 캄보디아를 오려면 빽도 있어야 하고 돈도 있어야 한단다. 참으로 보기에는 그들이 좋아 보이지만 속은 아니구나! 라는 생각이 든다. 참으로 지옥 같게만 생각되는 북한. 해외에 나와서도 감시를 당하고 있다니 나치가 따로 없다. 섬찟하다.

그래서 남한 사람들의 눈에는 그들이 좋아 보이지 않는 게 사실이다.

하루를 보낸 뒤 아침 식사 후에 앙코르와트 관광을 간단다. 현지 가이드가 오전 8시까지 식사를 끝내고 배당된 버스에 들어가서 앉아 있으란다.

식당에 가보면 그가 한국인인지 일본인인지 중국인인지 금방 표시가 난다. 한국 사람들이야 성질이 급하니 식당에 들어가자마자 탁자에 있는 나무젓가락을 쪽 찢어 놓으면 한국인이고, 일본인은 음식이 나올 때까지 기다리고, 중국인은 그저 입을 가만히 두지 않고 쏼라거리며 기다린다. 그리고 일본인은 깃발을 들고 있는 사람들을 졸졸 따라다니고 한국인은 여기저기를 살피다가 일행을 놓치기 일쑤고 같이 간 사람들에 애를 태우게 한다. 중국인은 시간관념이 별로 없어서 시간을 잘 지키지 않는다.

앙코르와트 주차장에서 보니 제일 늦게 도착하는 게 중국인들이 탄 버스가 맞다.

여권을 또 보여 주고 차례를 기다리란다. 9시에 호텔에서 출발하여 앙코르와트 주차장에 도착하니 10시가 아직 안 됐다. 그리고 사원을 들어가는 데까지 걸리는 시간이 두 시간이다. 기다리는 시간이 짜증이 난다. 참으로 느긋한 그들이 입장시키는 것은, 정말로 시간 낭비이다. 우리나라 같으면 한 차에 탄 사람의 여권 검사 10분이면 족할 텐데 그게 한 시간도 더 걸린다.

현지 가이드가 아주 친절하게도 버스에서 저기 사장님들 앙코르와트를 들어가서 설명을 해드려야 하는데 그냥 빨리 끝낼까요. 자세히 설명해드릴까요? 글쎄 그냥 자세히 해달라고 하는게 나을 것 같으니 이구동성으로 자세히 해달라고 했다. 앙코르와트 그 총 둘레라야 종합 운동장 2개만 할까? 석조를 쌓고 돌에 그림과 글씨를 새겨 넣은 것이 다이다. 실제 그 궁의 크기만은 약 2,000평도 안 되는 것 같다. 캄보디아의 보물이지만 쳐다보니 그저 오래되어 비바람에 깎인 돌부처들이 곳곳에 배치된 것만 같다. 뚝 눈으로 보기에는 크게 볼 건 없어 보이지만 그것은 그 나라의 역사가 아닌가! 오랜 시간 동안 밀림에 감춰져 있다가 발견된 그 사원은 나무뿌리가 석조 건물을 감싸고 있을 만큼 오래됐다는 것이 한눈에 보인다. 앙코르와트 본 건물의 크기는 종합 운동장 1개에 집어넣으면 다 들어갈 것만 같다. 한 석조 그림 앞에 현지 가이드가 서더니 역사 이야기를 시작한다. 아니 그림을 보면 그만이지 관광하러 왔지 무슨 역사 공부를 하러 온 것은 아니잖아. 무슨 시대에 왕조부터 이야기를 시작하는데 그게 머리에 들어갈 일도 없고 그들의 역사 들을 필요가 없다. 안내 책자 한 번만 읽어보면 될 것 아닌가! 그곳을 들어가기 전 책에 다 쓰여 있는 글을 짜증이 날 정도로 길게 설명한다. 들어보니 그게 팸플릿에 쓰여 있는 그것을 읽어만 봐도 되는 것이었다. 30분 정도면 끝날 이야기를 그저 이것저것 넣어가며 시간 끌기 작전이다. 모이는 장소를 알았으니 그 사내는 다른 두 명과 아내와 함께 가이드를 떠나 네 명이 이곳저곳을 다녔다. 역사에 참모습을 볼 줄 모르니 그게 그거다 돌에 그린 그림이 줄지어 붙어있는 게 다이다. 석조 건물은 정말로 상당한 기술을 필요로 하는 것들이 많다.

우리나라의 불국사의 석조와는 상대도 안 되게 그들의 기술은 정교하다. 그러나 캄보디아 관광은 앙코르와트 이외는 크게 볼 것이 없는 관광지이다.

하노이 관광이라고 해서 가본 곳은 우리나라 사람들이 건축했다는 고층빌딩 이외에는 볼 것도 없다. 그 빌딩 옥상에 가보니 하노이 시가지가 다 보인다. 그 빌딩을 짓는 우리나라 건축 회사는 너무 많은 돈을 받으려고 욕심을 부리다가 부도를 맞았단다. 다시 하롱베이 라고 하여 가본 곳은 원숭이 두 마리 본 것이 다이다. 우리나라 남해안 섬을 다니는 거나 비슷하다. 그곳을 가지 않고 여수에서 관광 배를 타는 게 더 나아 보인다.

동남아의 관광을 다니면서 느낀 것은 너무나 좋은 경치에 살고 있는 그들이 부럽지만, 일부 계층은 너무나 가난하다는 사실이다. 그래도 가난한 그들은 항시 미소를 띠며 살고 있다. 그게 행복하다는 표현이 아닌가? 누가 어디에 여행을 가면 제일 좋겠냐고 묻는다면 태국을 선정해 주고 싶다. 동남아 중에서는 그래도 태국이 볼 것도 제일 많고 그들이 제일 잘 사는 것 같다.

태국엔 코끼리들끼리 축구를 하는 것도 가보았다. 열 마리의 코끼리가 다섯 마리씩 편을 짜서 상대방 골에 공을 넣는다. 참 그것을 보면 코끼리도 지능이 있다는 이야기이다. 관광객을 땅바닥에 누우라고 하고 코끼리가 그 위를 지나가는 데는 정말 땀이 다 난다. 땅에 누운 관광객도 보통 사람은 아닌 것 같다. 코끼리가 밟으면 사람은 창자가 터져 죽을 것이다. 말이 사람을 밟지 않고 간다더니 코끼리도 그만큼 영리한가 보다. 코끼리 등에 타고 밀림을 가보니 코끼리는 주인 말을 다 알아듣는 것 같다. 그 덩치 큰 짐승이 가라는 대로 가고 시키는 대로 하니 정말 신기하기도 했다.

태국 최고 갑부는 목재를 운반하는 기차까지 가지고 있었다. 그가 국제 라이온스 클럽 현 회장이란다. 그 갑부의 왕국에 들어가 보았다. 50여 곳의 동리가 전부 그의 것이라니 놀라운 일이다. 그 동리 사람들에게 작든 크든 세금을 받으며 살 것이 아닌가? 아마도 왕족의 후예인가보다. 가도 가도 끝이 없어 보이는 광활한 늪지대는 건물을 세울 수 없으니 코브라들의 천국이다. 그 늪지대의 거리가 500km 나

된다는데 깜짝 놀랐다. 코브라 쇼를 하며 관광객들에게 코브라 쓸개즙을 판다. 그 사람들 또한 대단한 사람이다. 물리면 즉사한다는 코브라 독, 독을 뺀 가짜 코브라를 가지고 장난을 하는 것만 같았는데 실연을 보여주고는 코브라 입을 벌리니 흰 독을 찍찍 뱉는다. 깜짝 놀랄 일이다. 코브라 독을 태국 독주에 넣어서 파는데 한국 사람들이 제일 좋아한단다. 몬도가네가 따로 없다. 진짜 악어 농장의 규모는 엄청나게 크다. 싱가포르의 악어 농장이라고 가보니 악어 대여섯 마리가 다이다. 태국과는 비교할 수가 없을 정도이다. 악어 쇼는 심장이 오그라들 정도로 숨도 쉴 수가 없는 연출을 한다. 악어 입속에 머리를 들이밀고 웃는 사람 간이 부어서 배 밖으로 나온 사람만 같다. 사람들은 못 볼걸. 본 것처럼 손가락으로 눈을 가렸다 떼기를 반복하면서 구경을 했다.

닭싸움 또한 볼거리이지만 잔인해 보인다. 싸움닭은 우리나라 닭과는 생김새가 다르다. 다리가 아주 길고 몸통도 날렵하게 생겼다. 발톱도 길다. 그런데 그 발톱에다 면도날을 반창고로 붙이고 죽을 때까지 싸움을 시킨다니 인간은 정말 악취미를 가지고 사나 보다. 피투성이가 돼도 물러나지 않는 닭들이 보니 정말 가여워 보였다.

각종 사원은 불교 나라답다. 그런데 생각해보니 불교의 발생지는 인도가 아닌가? 그런데 인도는 힌두교인 이 80%라니 알다가도 모를 일이다. 노란 불탑이 전부 금물이나 금종이를 바른 것이란다. 그래서 불상은 항상 그 모습을 간직하나 보다. 사람들은 탁발하는 것이 습관화되어 있단다. 오전 그 시간만 되면 스님들이 맨발로 탁발을 하러 다닌다. 스님들은 국민에게 존경을 받고 있다. 관습이라지만 뭔가 아쉬워 보인다. 탁발해다가는 전부 나누어 먹는단다. 이것저것 섞었지만, 다시 음식 종류별로 나누어 상좌승 또 동료들과 같이 먹는다니 공평하다는 생각도 든다. 스님들은 대부분이 맨발이다. 열대지방이라 옷은 바지 하나 윗도리 하나와 슬리퍼 하나만 신고 있다. 그래도 사는 데 지장이 없으니 그곳이 천국만 같다.

싱가포르는 부자 나라지만 나라가 좁으니 갈 곳도 많지 않고 볼 것도 많지 않아 답답하다.

좋은 경치에 먹을 것과 입을 옷, 잠 잘 자리만 있는 그곳이 천국이 아니던가?

아내는 명예퇴직을 하고 한 달간을 유럽이며 미국을 여행했다. 그 사내는 그렇게 많은 시간을 낼 수가 없으니 같이 갈 수가 없다. 보름씩 두 번이나 아내가 집을 비우니 집에 들어오면 쓸쓸하다. 아내의 자리가 얼마나 큰 것인지 마음속에 와 닿는다. 15일 동안 아기를 배었다가 아내가 15일 후에 돌아오니 15일 동안 배에 있던 아기를 낳은 것만 같다. 그리 반갑고 사랑스러울 수가 없다. 그것 또한 신혼의 생활로 돌아가는 것 같다. 며칠 전의 생각은 잊어버리고 또 일상적 생활로 돌아간다. 그게 인간이라는 동물인가 보다.

아내는 바티칸 교황청 광장 로마의 성당 유럽의 오래된 성당 등을 구경하고 오고서는 정말로 좋은 구경을 했다고 한다. 그 사내보다도 더 관광을 많이 갔다. 그러니까 아내는 살판이 난 셈이다.

부부 연을 맺고 한집에서 생활을 시작하면 세상을 다 가진 것만 같은 환희의 행복감에 젓는다. 눈을 뜨면 보고 싶다. 그러나 부부는 각각 다른 환경에서 자란 사람들이다. 남편은 아내를 제 것으로 아내는 남편을 제 것으로 착각하고 산다. 그러므로 말 한마디에도 상처를 입고 싸움을 하기 시작한다. 그러나 그 싸움은 부부싸움이라 불리는 싸움은 사랑싸움이다. 그 싸움이 오래 가면 안 되지만 가족의 둥지를 떠난 새들이다. 그 싸움에 타인이 달려든다면 완전히 다른 양상이 된다. 어쨌든 시간이 가면서 그들은 스님이 도를 닦듯 혼자만의 세계를 갖기 시작한다. 혼자만의 세계가 끝날 수는 없지만 그래도 도를 닦듯 살아온 지난날은 아련하고 애틋한 추억으로 남는다. 30년이 지나면 그들은 육체적인 사랑이 아닌 정신적인 사람에 돌입하기 시작한다. 그러면 부부는 서로가 살뜰히 아끼고 보살피며 살게 된다. 그 남자의 생애라고 다를 것이 없었다. 오히려 부부생활 30년 안에 큰 판의 싸움을 몇 번이나 한 것 같다. 사랑싸움이라는 것은 수도 없이 많이 한 것 같다. 결혼 40년이 넘어가면서부터는 싸울 일이 없어졌다. 그저 서로를 보살피기에 진정한 마음에서 우러나는 서로의 건강을 위한 이야기만 오고 간다. 이것이 진정 사랑이며 행복이다. 아가페의 사랑이 두 사람을 감싸 안은 것이다.

6
저 먹을 것은 지가 가지고 태어나는 겨

"저 먹을 것은 지가 가지고 태어나는 겨."

아버지 말씀이 귀를 스치고 지나갔다. 그것은 그 머시매가 겨우 다섯 살 때 들은 이야기이다. 또한, 초등학교 졸업 후 들은 아버지 말씀 중 절대 잊히지 않는 기억이 있다. 초등학교를 나온 열세 살 그 머시매를 마당에서 보시고는 아버지는 다그쳤다.

"야 이놈아 왜 놀아? 나가서 돈 벌어와."

아버지의 호령이 떨어졌다. 어찌하란 말씀인가? 그 머시매는 잠자는 방으로 들어와 구석에서 울고 있었다. 큰누나가 어찌 알았는지 방으로 들어와서

"00아 아버지는 지금 너무 어려우신 거야. 너는 지금 아버지를 이해 못 해. 아버지는 고생 끝에 오빠가 선생님 발령을 받았으니 이젠 살겠구나! 하셨는데 벌써 3년째 병원에 입원해 있으니 그 심정이 어떠시겠어. 속이 상하시니 너에게 그런 말씀을 하신거야. 울지마."

큰누나 말을 들어보니 그럴 것도 같다.

엎어놓았으면 죽었을 그 머심애는 목숨을 살려준 사람은 아버지이시다. 그러나 한편 생각해보면 다른 친구들은 중학교에 간 친구들이 많은데 중학교에 가지 못하게 한 것도 아버지이다. 속상하기도 하다. 그러나 농촌에서 나와 보리밥이라도 점심을 먹게 해주신 것도 아버

지이시다. 큰형님이 사범학교를 졸업하고 초등학교로 발령을 받았을 때 아버지는 이제 고생 끝이라고 하셨다. 그러나 큰형님은 지금 도립 병원에서 3년째 병원 생활을 하고 계신다.

얼마나 힘들으셨으면 갓 초등학교를 졸업한 아들에게 왜 놀아! 놀지 말고 돈 벌어와! 그렇게 하셨을까? 수긍이 간다. 그러나 무슨 수는 당장 없다.

농촌에서 시내로 왔을 때는 보리밥도 점심때 먹을 수 있으니 그저 좋게만 보였다. 그러나 6년 이상을 살아보니. 아침만 되면 돈을 벌기 위해 동리가 텅텅 빈다. 그렇다! 이곳은 빈민굴이야. 500여 세대가 살고 있는 이곳은 쓰리꾼, 노름꾼, 깡패, 거지, 피난민들이 모여 사는 빈민굴이야. 아버지는 그들과 같이 힘들게 돈을 벌고 계시지 아니한가!

초등학교를 졸업할 때까지 아버지에게 두들겨 맞거나 벌을 받아본 적은 한 번도 없었다. 3월 초에 초등학교를 졸업하고는 7월 초까지 빈둥대니 아버지의 호령이 떨어진 것이다. 동리 친구들은 중학교에 갔거나 중학교에 못 간 친구들은 거의 상점 심부름꾼이나, 기술을 배운다며 양복점, 이발소, 금은방을 다니고 있었고 일부 친구들은 신문배달, 우유배달, 신문팔이 등을 하고 있었다. 그런 곳도 누가 아는 사람이 있어야 가지 아무 데나 가서 일할 수는 없을 것 아닌가?

그 나이에 할 일이라면 구두닦기를 배워야 전천후 돈벌이가 되는데 누구한테 배울 사람도 없다. 그 머시매가 할 수 있는 일은 아이스케키를 팔러 다닐 수 있는 일밖에 없다. 그러나 아이스케키 통을 메고 그걸 팔러 다니자니 중학교에 다니는 동창 아이들이 볼까 봐 너무나 창피하다. 그러나 그걸 따질 우리 집 형편이 아니다. 창피가 밥을 먹여 주는 것도 아니다. 그러니 어떤 일이든 일을 해야 한다. 시내로 가려고 거울을 보니 몇 개월 동안 깎지 않은 머리숱은 학생이 아님을 알려 주고 있다. 그냥 집에서 놀 수만은 없을 것 아닌가! 며칠을 망설이다가 아이스케키 장사를 하기로 결심을 했다. 어머니에게 이야기 하고 동리 마당에서 머리를 깎아주는 아저씨에게 머리를 상고머리로 바짝 깎고서 시내로 나갔다.

남주동 아이스케키 공장으로 처음 가는 발길이 무겁다. 그 부근에 가서도 공장엘 냉큼 들어갈 수가 없다. 아이스케키를 팔려고 공장 안에 모인 사람들이 너무나 많다. 어떻게 해야 아이스케키를 팔러 갈지를 모르니 공장 앞에서 서성대고만 있었다. 그런데 중학교에 못 간 초등학교 동창인 영환이가 공장에서 아이스케키 통을 메고 나오는 게 아닌가.

그리 반가울 수가 없다. 그냥 "영환아" 하고 이름을 크게 부르자. 영환이는 그 머시매를 알아보고는 앞으로 왔다. 그도 그 머시매와 같이 집이 가난하였다. 공부는 잘했지만, 중학교 입학금이 없어 학교에 못 간 친구이다. 아이스케키를 팔러 다닌 지가 10여 일이 됐다고 한다. 그런걸. 왜 몰랐을까! 그 머시매는 나도 아이스케키 장사를 하러 왔는데 어떻게 할지를 모르니 알려 달라고 하자, 영환이는 통을 어깨에 멘 채로 그 머시매를 이끌고 공장 안으로 들어갔다. 그리고는 공장에서 일하시는 사모님한테 인사를 시키고는

"제 초등학교 동창 친구예요. 아이스케키를 팔려고 처음 나왔대요. 이 친구도 참 착해요. 저를 믿고서 이 친구한테 아이스케키는 30개 하드는 20개를 주세요. 이 친구 외상값은 제가 책임질게요."

외상이라는 이야기는 알지만, 아이스케키 장사도 돈이 있어야 하는구나! 너무나 고맙다. 구세주를 만난 것이다. 그 친구는 그 머시매의 차례가 와서 아이스케키를 통에다 다 받아 넣을 때까지 한참을 기다렸다. 아이스케키 통 번호와 이름을 적고 하드와 아이스케키 개수를 장부에 적고는 팔러 가라고 한다. 그 친구와 같이 공장을 나왔는데 어디로 팔러 갈지를 모르겠는데 그 친구는 우선 같이 나가서 파는 요

령과 어디를 가야 아이스케키가 팔린다고까지 알려 줬다. 참으로 고마운 친구였다. 그리고 아이스케키를 다 팔면 다시 공장에 와서 외상으로 가져간 것을 60%만 주고 또 달라면 된단다. 그리고 팔다 남으면 반품도 받아준다고 한다. 그는 요령을 알아서 그런지 잘 팔리는 날은 하루 두 번은 공장엘 다녀간다고 했다. 그 무거운 것을 한쪽 어깨에 메고 시내를 두 번이나 다닌다니 참으로 대단하다는 생각이 든다.

아이스케키 통을 메고 아이스케키라고 소리를 지르라는데 "아이스" 하고는 "케키" 소리는 목구멍에서 나오지를 않는다. 사람들이 다니는 길에 통을 깔고 앉아서 아이스케키 소리를 지르며 연습을 했다. 그렇게 하다가 통을 어깨에 메고는 "아이스케키" 하니 소리가 나온다. 그 머시매는 그날 50개 한 통도 저녁때까지도 다 못 팔고 열다섯 개나 남았다. 오후가 되니 통에는 얼음이 녹아 물이 많다. 그물을 아래 구멍을 열고 빼내니 통이 훨씬 가볍다. 아이스케키보다 하드는 거의 다 녹아서 막대기만 남고 아이스케키도 녹아서 흐물흐물해 건드리면 막대기만 남는다. 너무 녹아서 반품이 안 될 것 같다. 울상이 됐다. 그래도 사실대로 이야기해야지 하며 공장엘 갔다.

"저기 사모님 아이스케키를 다 못 팔았어요. 어떡하지요?"

공장에서 모터 돌아가는 소리에 작은 말을 하면 잘 들리지도 않는다. 사모님은 다 얼은 아이스케키를 꺼내 다른 통에 넣는다. 그리고 또 아이스케키를 만들기 위해 얼음물에 아이스케키 물이 들은 모형을 집어넣는다. 참으로 손도 빠르지만 바쁘시다. 힐긋 쳐다보고는

"잠시만 기다려."

"저기 다 못 팔고 나머지는 너무 많이 녹았어요. 어떡하지요?"

큰 걱정이 된 그 머시매는 울상이 되어 사모님을 쳐다보았다. 사모님은 하시던 일을 중단하시고는 아이스케키 통을 열고 하드 막대기와 아이스케키 막대기를 세어보고는 공책을 펴고 아침에 가져간 것

과 대조를 해보시고는

"안 팔린 것은 돈은 안 내도 돼. 내일은 더 열심히 다니며 팔아봐. 중학교에 가려면 열심히 해야 해."

아이스케키와 하드 못 판 게 총 15개인데 그게 큰 걱정이었는데. 다 반품으로 처리하신다는 게 아닌가!

"고맙습니다. 고맙습니다."

머리를 몇 번을 꾸벅거렸다. 죄송하기도 하고 아주 속이 다 시원하다. 아이스케키와 하드 값은 가격이 차이가 난다. 하드가 더 비싸다. 그래도 다 합쳐서 서른다섯 개를 팔았다. 이익 남은 돈이 50원이다. 처음으로 만져보는 큰돈이다.

첫날이라 그런지 다 안 팔린 것을 다 팔려고 애를 써서인지 땀도 나고 옷도 축축하고 기운도 없다. 공장 앞에서 영환이가 오기를 기다렸다. 그 친구를 기다리는지 근 한 시간이 돼서야 그는 땀을 뻘뻘 흘리며 공장으로 오는 게 보인다. 참 고맙기도 하고 반갑다. 그는 기분이 좋은지 싱글벙글한다. 그 머시매는 대뜸 물었다.

"너 오늘 다 팔았니?"

"그럼 오늘도 두 통이나 다 팔았어."

"뭐야? 두 통을 팔았다고?"

"그렇다니까."

참 재주도 좋은 친구구나 생각이 든다. 그 머시매는 한 통도 다 못 팔고 열다섯 개나 녹은 게 남아서 걱정을 했는데….

"녹은 게 많이 있었는데 그 녹은 것도 공장 사모님이 받아주더라."

"그려 그 사모님 정말 착하셔"

"두 통 팔았으면 얼마를 벌은 겨?"

"오늘 백이십 원."

"뭐야? 백이십 원?"

그 머시매는 깜짝 놀랐다. '그래? 나도 너같이 하루 두 통을 팔 거야 꼭 될 거야.'

맘을 아주 단단히 먹었다.

그 동창에게 고마워서 번데기를 큰 거 한 봉지에 4원을 주고 사주자, 내내 거절한다. 그래서 같이 나누어 먹었다. 아이스케키 장사를 하면서 그 동창과는 매일 만나게 됐다. 그 동창이 아니었으면 아이스케키 장사도 못 할 뻔한 것인데 동창 덕을 톡톡히 봤다. 집에 가서 10원짜리 넉 장과 일 원짜리 여섯 장 46원을 내놓으면 어머니가 좋아하실 것 같다. 어깨가 으쓱해졌다. 집으로 가는 발걸음이 참 가볍다. 두 번째 날은 한 통을 다 팔아 60원을 벌었다. '요령을 알았으니 아무리 힘들어도 사람이 많은 곳을 찾아가야 한다.'

영환이도 처음 아이스케키 공장엘 가서는 말이 안 나왔단다. 우두커니 그냥 서 있으니 공장 사모님이

"너 왜 밖에서 서 있어?"

"저어 저도 아이스케키 장사를 하려구요?"

"누가 억지로 시킨 것은 아니지?"

"네 제가 벌어서 중학교에 가려고 해요."

"그렇게 착하구나. 하지만 통이 무거워서 힘이 들 텐데?"

"괜찮아요. 할 수 있어요."

"돈은 가지고 왔니?"

"네에 돈요? 돈은 없는데요."

"그럼 어쩌지? 아이스케키 통 보증금하고 아이스케키 값도 내야 하는데?"

그 말씀을 듣고 돈이 없으니 그냥 가만히 서 있자.

"오늘은 통 보증금도 안 받고 아이스케키도 외상으로 줄 터이니 열심히 다니며 팔아봐, 그러면 중학교 입학금은 충분히 될 거야."

"네 감사합니다."

공장 사모님은 친절히도 아이스케키 통 보증금도 안 받고 돈도 안 받으시고 외상으로 아이스케키를 주셨단다.

"아이스케키 장사를 한다고 와서는 외상으로 달래 가지고 가서는 그 통까지 버리고 안 오는 아이들도 있어, 사람은 신용이 있어야 하는 거야."

그래서 그 동창이 통과 아이스케키 값을 보증을 서준다고 한 것이구나! 참으로 고맙다.

영환이는 계획이 다 있는지 9월 초순까지는 아이스케키 또 9월 중순부터는 호빵 장사. 겨울에는 군밤 장사를 한다고 한다. '아. 그렇구나! 나는 왜 그 생각을 못 했지! 어머니에게 돈을 달라고 하지 않고 나도 돈을 모아서 중학교에 가야 하겠다.'

아이스케키 장사를 며칠 해보니 돈을 버는데 자신이 붙었다. 열흘이 되자, 그저 어떻게든 아이스케키를 팔고 싶었다. 길거리도 다니지만 큰 상점엘 들어가서 팔아 달라고 사정을 하는 마음에 여유도 생겼다. 땀을 뻘뻘 흘리며 다니는 게 불쌍해 보였는지 한 사람이 두 개를 사서 나누어 먹기도 했다. 그렇게 하여 저녁때까지 하루 두 통을 가지고 가서 처음으로 100원을 벌었다. 어른들 하루 품삯이 200원에서 300원이라니 100원은 큰돈이다. 그러니 젊은 청년들도 아이스케키를 자전거에 싣고 다니며 파는구나! 어깨에 멘 그 무거운 통도 그리 무겁지 않다. 중학교 입학금은 3,000원이다. 그 외에 교복값 책값 등을 따지면 5,000원은 있어야 한다. 몇 개월 동안 다른 일까지 하여 벌면 입학금 마련뿐만 아니라 보리쌀도 집에 사다 드리고 교복도 가방도 책값도 충분히 될 것 같다.

열세 살 먹은 그 머시매는 밤에도 아이스케키 장사를 나갔다. 8월의 찜통더위에는 밤에도 아이스케키가 팔렸다. 비가 오는 날이 아니면 하루 평균 90원 정도를 벌었다. 비는 6월에 자주 오고 7~8월엔 소나기가 올 때가 많다. 재미가 있으니 밤에도 쉬지 않고 아이스케키를 팔러 나갔다. 사람이 많은 중앙 공원을 빨리 가기 위해 아이스케키를 외치며 샛길로 접어들었다. 가로등이 없는 도로는 약간 어둡다. 어둠 속에서

"아이스케키 장사. 이리 와."

손님이 부른다. 가서 보니 아이들 머리가 길다. 까까머리가 아니니 학생이 아니다. 그래도 참으로 신이 난다. 아이스케키 통은 참 무겁다. 나무로 만든 상자에는 양철을 겹대여 2중으로 막고 그 속에 얼린 네모진 얼음을 넣고 그 안쪽에 아이스케키가 녹지 말라고 넣은 통이다. 그 무게가 아이스케키 무게에 몇 배는 무겁다. 약 15kg이 넘는다. 그것을 양쪽 어깨에 교대로 메고 다니면서 아이스케키를 파는 것이다. 초등학교를 갓 졸업한 머시매에게는 엄청 무거운 짐이다. 그래도 그날은 재수가 좋은지 낮에 한 통을 다 팔고 저녁에 다시 시작한 두 번째이다. 두 번째 40개를 가져온 중에 여덟 시도 안돼 20개를 팔았다. 밤 10시 반이 되면 공장으로 가서 계산해야 한다. 그 시간이 넘으면 공장 문이 닫히니 그 시간 안에 다 팔아야 한다. 그래서 팔릴 만큼만 가지고 오되 열 시 반이 넘으면 아이스케키 통을 메고 집으로 가야 한다. 다 못 팔고 몇 개가 남으면 아이스케키는 녹아서 흐물거린다. 그것은 집사람들이 먹고 그 이튿날 공장에 가서 먹은 것은 계산한다. 그런 날 이야기를 잘하면 사모님은 계산할 때 조금 깎아주시기도 한다.

"아이스케키 전부 몇 개 있니."

"한 20개 있습니다."

"전부 팔아줄게. 이리로 와."

아이스케키는 파는 대로 개수를 기억하기에 남은 게 몇 개인지 다

안다. 다 팔아준다니 너무나 신이 난다.

그런데 자꾸 어두운 쪽으로 가자고 한다. 세 명이 그러니 안 따라갈 수가 없다. 따라가면서도 혼자이니 불안하다. 그들은 골목에 서서 세 개씩 먹었는데 먹으면서 시시덕거리는 것이 이상하다. 그들은 세 명이 세 개씩을 먹었으니 아홉 개를 먹었다. 그래서

"다 먹기 전에 돈 줘요."

"임마 먹고 주면 될 거 아녀."

"그래두 다 먹기 전에 줘요."

돈을 주면 주려고 아이스케키 통을 깔고 앉았다. 그러자 한 사람이 얼굴을 주먹으로 갈기고는

"너 죽지 않을 만큼 맞지 않으려면 소리 지르지 마! 만약 소리 지르면 너는 오늘 반쯤 죽을 줄 알어."

"야 튀어."

주먹으로 맞은 얼굴이 얼얼하다. 눈물이 찔끔 났다. 그들 말대로 소리를 질렀다간 맞을 게 뻔해 보여 "도둑이야" 소리를 포기했다. 오늘은 돈을 더 벌기는 다 틀렸다. 얻어맞은 것도 분하지만 가슴이 떨려 장사를 할 수가 없다. 그날 장사를 접으려고 아이스케키 통을 힘들게 메고 공장으로 가면서 어떻게 이것을 설명해야 할까? 고민도 되었다. 공장에 가서 사정 이야기를 하니 그들이 먹고 도망간 것은 돈을 받지 않고 판 것만 돈을 받고 나머지는 반품을 받아주었다. 공장 사장님 사모님은 아이스케키 장사가 어려 보이면 가끔 불량배들이 그런 짓을 한다며 만약 다음에 그런 일이 벌어지면

"도둑이야 하지 말고 불이야."

하고 소리를 지르라고 한다. 그러면 사람들이 쫓아 나온단다. 아! 그렇구나! 마음을 단단히 먹었다. 이제부터는 그와 같은 일이 있으면 싸울 거야. 작은 쇠칼을 갈아 헝겊을 감아서 알꾸지를 만들었다. 그

리고는 알꾸지를 주머니에 넣고 다니며 밤에도 그 머시매는 겁을 먹지 않고 아이스케키를 또 팔러 나갔다. 어두운 밤에 골목길을 안 다니니 알구지를 쓸 일은 없었다. 그냥 버렸다. 아이스케키를 많이 팔 수 있는 곳을 찾아냈다. 초저녁엔 극장 앞이었다. 그곳에도 아이스케키를 파는 어른들이나 아이들이 있었다. 어른들은 자전거에 아주 큰 통을 싣고 장사를 하고 있다. 겁먹지 않고 경쟁에 뛰어들었다. 사람들이 극장을 들어가기 전에 하드나 아이스케키를 사 가지고 들어간다. 나이가 어려 보이니 아이가 파는 아이스케키를 팔아준다. 극장 앞을 갈 때는 비싼 하드를 많이 가지고 갔다. 젊은 남녀들의 데이트 장소인 극장 앞은 하드가 많이 팔린다. 하루에도 150원을 버는 날도 있다. 여덟 시쯤 마지막 상영시간이 되면 극장 앞은 사람들이 없다. 그러면 바로 옆 중앙 공원으로 간다. 공원에는 더위를 피하려고 나온 사람들이 많이 모인 곳이다. 열 시까지 아이스케키를 다 못 팔면 극장 앞으로 다시 간다. 극장은 열 한 시면 끝이 난다. 그걸 알고부터는 조금 더 큰 아이스케키 통을 메고 나갔다. 조금 더 큰 한 통을 파는 것은 큰 문제가 아니었다. 극장 안에는 아이스케키 장사도 있지만, 극장 앞 그곳은 사람들이 많으니 아이스케키 통을 깔고 앉아서 소리만 질러도 아이스케키가 잘 팔린다. 통을 어깨에 메고 다니지 않으니 힘도 안 든다. 목표로 했던 양을 파는 날이 점점 많아졌다. 영환이가 부럽지 않게 됐다.

저녁 장사를 해서 돈을 좀 벌면 큰형님이 무료로 입원한 도립병원에 반찬을 사다가 드렸다. 큰형님은 학교 선생님으로 발령을 받았다가 고등학교 때 농구선수를 하다가 다친 발이 덧나는 바람에 군대도 못 가고 병원에 입원했었다. 지금 같으면 바로 치료를 할 수 있었을 터인데 당시의 의료 수준은 너무나 열악하여 상처가 덧나서 새끼발가락 하나가 없어졌다. 아버지 어머니의 심정이 어떠하셨을까? 돈

버는 사람이라야 아버지의 목수 노동 품팔이 어머니의 함지박 장사가 다인데 일이 많지 않으니 그 벌이를 하고 아홉 식구가 먹고살기에는 너무나 힘들어 저녁이면 시래기 보리죽을 자주 먹는 편이다. 아침은 보리밥이라도 만족하다. 아침에 먹다 남은 보리 찬밥은 좀 남았으면 집에 있는 식구들이 먹는 것이고 나머지는 다 나가서 먹든지 굶든지 둘 중의 하나이다. 그래도 농촌에서보다는 훨씬 나은 생활이다. 그렇게 가난해도 밥을 얻으러 오는 거지가 있으면 어머니는 식구들이 점심 먹을 게 없어도 먹던 밥이라도 조금을 퍼서 그 거지에게 주셨다. 집안에 기둥이 될 사람이 병원에 가 있으니 집은 정말로 가난했다. 아이스케키 두 통을 다 팔은 날은 저축을 할 수도 있고 그 이튿날 꽁치와 고등어도 사서 집에도 가져가고 보리쌀도 사 가지고 집으로 갔다. 꽁치를 싸게 사려면은 늦은 저녁때까지 어물전에서 기다려야 한다. 어물전 장수들은 며칠을 못 팔아 생선이 썩을 정도가 된 것은 무척 싸게 그냥 주다시피 한다. 그런데 약간 상한 그 꽁치가 아주 맛이 있는 것이다. 먹어본 사람만이 그 맛을 안다. 보리쌀 한 되를 맷돌에 갈아 시래기나 배춧잎을 넣어 죽을 쑤면 우리 집식구가 실컷 먹을 양이다. 채소를 파는 시장에 가면 시래기가 많다. 그것을 주어다가 새끼로 매달아 말려서 둔 것을 보리죽에 넣든지 그냥 건조되지 않은 것을 죽을 끓일 때 같이 넣기도 한다. 시골에서는 칡 나무뿌리를 두드려 물에 담가 놓았다가 물을 버리면 가루가 밑에 있다. 그것으로 죽을 쑤든지 말려서 죽을 쑤어 먹은 적도 있다. 소나무 껍질을 벗겨서 죽을 쑤어 먹은 기억도 있다. 그것에 비하면 시래기죽은 부드럽고 좋은 죽이다. 아버지 어머니가 돈을 벌었을 때는 번 돈을 전부 저축하라고 하신다. 두 탕을 쳐서 100개 정도를 팔면 어떤 날은 이익이 남은 그 돈 전부를 모을 수도 있었다. 벽장에 숨겨 놓은 돈은 점점 늘어난다. 돈 모으는 재미도 있다. 돈을 벌어다가는 벽장에 신문지로 둘

둘 말아 감추어 두고 벌어온 돈과 보태어 세어보는 게 참으로 좋다. 그 재미로 아이스케키. 아이스케키 목청이 떨어져라. 소리를 지르며 다니니 목이 잠겨 말이 잘 안 나온다. 목은 쉰 목소리가 나오지만, 숙달되었는지 힘은 덜 든다. 목표로 했던 5,000원이 집에 보리쌀을 몇 차례 사다 주고서도 두 달 안에 만들어졌다. 힘은 들어도 아침이 빨리 왔으면 좋겠다. 이제 더 모아 월사금까지도 벌 참이다.

8월 장마철에 아이스케키 장사를 온종일 하고는 집으로 갈 때는 나무다리가 떠내려간 무심천을 건너갈 때도 있었다.

그때가 온종일 난 땀을 씻을 기회이다.

그 사내의 둘째 누나가 목이 쉰 때에는 날달걀이 좋다며 그 귀한 날달걀 한 개를 구해다 줬다. 달걀 살 돈은 있지만, 중학교 입학금, 월사금, 또 교복값 책값 등을 부모님에게 안 달라고 하려면 조금이라도 더 저축하느라 아까워서 사 먹질 못했다. 달걀 한 개 그게 금방 목을 가라 앉힐 수는 없었지만 그래도 그것은 보약만 같았다. 밤에 자다가도 아이스케키를 팔았는지 큰누나가

"너 자다가 잠꼬대를 하는데 '아이스케키 아이스케키'라고 하더라."

그 재미로 무거운 아이스케키 통을 메고 그걸 하나라도 더 팔려고 땀을 뻘뻘 흘리며 팔러 다녔다.

추억의 무심천

남주동과 모충동을 갈라놓은 무심천은 봄 여름 가을 겨울을 알리는 사계의 얼굴을 가진 흐르는 물이다. 봄엔 무심천 뚝에 개나리가 만발하고 푸른 잎이 돋아날 때면 벚꽃도 피기 시작한다. 꽃이 만발하면 청주 시내 사람 구경거리가 된다. 겨울엔 흐르는 많은 물이 얼어붙는다. 그러면 약 8km나 떨어진 까치내까지도 앉아서 타는 썰매를 타고

까치내까지도 다녀오는 아이들도 있다. 코흘리개 또 중학생들까지도 그 멋진 스케이트를 타고 노는 장소이기도 하다. 청주 시내 모든 아이들의 겨울 놀이터였다.

여름 장마철이 되면 석교동 쪽에 막은 뚝이 넘칠 정도 물이 차오를 때도 있었다. 그러면 석교동 남주동 뚝방은 물 구경 하는 사람들로 넘쳐난다. 소가 떠내려오고 돼지도 또 집도 떠내려온다. 물이 넘치면 청주 시내는 난리가 나는 것이다. 물이 넘칠 듯 석교동 뚝방을 찰랑거리면 경찰서에서 사이렌이 울리고 시내 사람들은 둑이 터진다며 피하라고 방송도 하고 다녔다. 그만큼 옛날에는 비도 많이 오고 또 눈도 많이 왔다.

여름 장마철의 무심천 물은 성난 파도가 흙탕물을 뒤집어쓴 얼굴이다. 모든 걸 집어삼킬 듯 넘실대는 흙탕물은 무섭기도 한데 한참을 보고 있으면 어지럽다.

8월 장마철이 지나면 언제 그래냐는 듯이 무심천은 맑은 얼굴로 바뀐다. 그러면 아낙들의 빨래터도 되고 여름밤에는 청주 시내 사람들의 목욕탕이 된다.

장마 때면 남주동과 모충동을 잇는 무심천에는 나무다리가 떠내려가 초가을에는 다시 나무다리를 놓는다. 그것은 연중행사였다.

물이 많을 때는 물이 빠지는 약 10일 동안은 남 다리나 서문 다리로 길을 돌아서 가야 한다. 물이 어느 정도 빠지면 사람들은 바지를 벗고 팬티 바람으로 건너가는 사람들이 생긴다. 그렇게 며칠이 지나가 물이 빠져 흐르는 물이 무릎 아래로 내려가면 사람들은 너도나도 바지를 걷고 무심천을 건넌다.

비가 많이 오는 장마철에도 비가 멈추면 아이스케키 장사를 했다. 그리고 모충동 집엘 가려면 지금의 꽃다리라고 하는 남다리를 건너

가야 한다. 그게 또 힘들다. 물이 어느 정도 빠지면 옷을 벗어서 머리에 이고 한 손으로 옷을 붙들고 건너가야 한다. 행여 미끄러져 자빠지면 큰일이니 사람들이 아주 많이 건너갈 때 그 뒤를 좇아가기도 했다.

무심천 물을 건너가며 10분도 안 걸리는데 남다리로 돌아가려면 40분 이상이 걸린다.

사람들이 다리를 걷어 올리고 무심천을 건널 때쯤이 되면 시청에서 다시 목수들을 시켜 나무판자로 다리를 만든다. 나무다리를 다시 놓는 것은 매년 행사이다. 무심천은 여름밤에는 청주 시내 사람들의 목욕탕이 된다. 특히 여자들이 목욕하는 사람들이 많다. 그들은 아이들 같이 물탕을 치며 장난도 해가며 목욕을 한다. 고기를 잡는다며 횃불을 들고 다니는 사람들이 다니는 곳에는 여자들의 비명이 들린다.

"이리 오지 마. 사람 있어."

그러면 고기를 잡는 사람들이 피해서 간다. 목욕하다가 떠내려온 바위 밑에 손을 넣으면 제법 큰 고기가 날 살려라 하고 도망을 간다. 그리고 낮에는 어항을 놓아 피라미를 잡아가는 사람들도 많다.

청주의 무심천은 그 사내에게 잊힐 수 없는 아련한 추억이고 부모님 같은 고향이다.

아이스케키 장사를 2개월 보름간하고 모은 돈을 보니. 야간 중학교에 갈 필요한 돈이 되고도 많이 남았다. 역시 목표를 세우고 그것을 향해 간다는 것은 마음먹기에 달린 것이었다. 그 동창 친구는 버는 돈을 전부 저축하고 있었다. 그러면서 하는 소리가

"돈을 벌어서 고등학교는 주간 학교에 갈 거야."

그 머시매는 주간 학교에 가기는 어려울 것 같다. 고등학교 입학금을 벌지 못했고 누가 학자금을 대줄 사람이 없기 때문이다.

두 사람은 거의 매일 붙어 다녔다. 9월이 중순이 되어 날씨가 서늘

해지니 아이스케키는 파는 양이 반으로 줄었다. 9월 말경이 되자 그 장사가 끝났다.

호빵이나 군밤 장사를 하기엔 조금 이르니 그 장사를 할 때까지 시간이 좀 있다. 열심히들 공부했다. 그리고 10월 중순이 되자 두 사람은 각자 헌 자전거를 하나씩 사고 자전거 뒤에 막대기를 걸쳐서 묶고 그 위에 연탄불을 피운 작은 연탄 화덕을 달고 가서 화덕을 내려놓고 앉아서 군밤 장수와 호빵 장사를 하기 시작했다. 연탄불을 피우는 것은 각자 집에서 도와주었다. 머시매는 군밤을 팔고 영환이는 호빵을 팔았다. 연탄불을 꺼트리지 않고 조정하는 게 기술이다. 군밤이나 호빵 장사는 아이스케키 장사보다 돈이 많이 벌렸다. 호빵도 잘 팔린다. 장소는 역시 사람들이 많은 극장 앞이 최고였다. 호빵이나 군밤 장수들이 있어도 아이들이 장사한다며 팔아주는 사람들이 많았다. 잘하면 하루 100원도 벌린다.

눈 오는 날은 대박이 나는 날이다. 날씨가 추울수록 장사는 잘되었다. 손님들은 그저 빨리 사 가지고 가니 덜덜 떨며 하는 장사래도 기분은 아주 좋다.

그 머시매와 그 동창 친구는 그렇게 하여 이듬해 야간 중학교를 들어가 그 쓰고 싶었던 중학교 모자를 쓰고 같이 다닐 수 있었다. 일 년 후 친구 영환이는 장사보다는 더 좋은 건축사 사무실에 사환으로 들어갔다. 월급이 2천원이란다. 그 머시매도 성안길 상점 심부름을 하러 들어갔기에 서로 자주 만나기는 어려워졌다. 월급은 1,800원이었다. 고정으로 받기에 아이스케키 장사보다 더 좋았다.

그 머시매와 동창 영환이는 야간 학교에 들어가자마자, 남은 돈으로 태권도 도장에 등록까지 했다. 또 남은 돈으로 기타를 사자며 악기점으로 갔다. 기타는 여러 종류였으나 머시매는 가격이 싼 것에만 눈독을 들이는데 영환이는 새것 중에서도 비싼 것을 골랐다. 그 머시매는 돈을 모아둔 것을 생각해보니 새것 기타를 사려는 것은 무리다. 그리고 학원엘 가려면 학원비도 필요할 게 아닌가! 학원비는 학교 월사금보다도 세 배는 비싸다. 아무래도 반값 밖에 안 나가는 중고 기타에 눈독을 들였다. 동창 친구가 산다는 기타보다는 삼 분의 일 밖에 나가지 않는 중고 기타를 사기로 결정을 했다. 그래도 기분은 최고로 좋다. 싸구려 중고 기타는 치고 나서는 줄을 풀어 놓아야 한단다. 그냥 두면 기타는 동그랗게 말려 소리가 안 난단다. 주로 토요일이나 일요일 저녁에 음악 학원과 태권도장엘 한 시간씩 같이 다녔었다. 아이스케키 장사를 하며 얻어맞고는 꼭 배우고 싶었던 것이 태권도였다. 음악 학원은 원장님 집이기에 언제든지 갈 수가 있는 곳이었다. 그 머시매의 기타가 안 좋으니 연습 시에는 학원 원장님이 기타를 빌려주어 그것으로 연습을 하는 날도 있었다. 구입한 기타와 원장님 기타 하고는 울림통도 크고 다르지만, 음질부터 달랐다. 그게 참 가지고 싶지만, 엄두도 못 낼 기타였다. 음악 학원은 매일 가는게 아니라 과제를 주면 그것을 마스터 하고서야 가서 원장님께 지도를 받고 그게 통과되면 다음 곡을 연습하라고 시켰다. 일주일에 두 번 정도 시간이 날 때 두 시간만 밤 8시 전에 학원엘 가면 된다. 점포 사장님 허락을 받아서 시간을 냈다. 악보 보는 법을 철저히 배웠다. 그리고 꼭 메모했다. 그 머시매는 기타를 메고 집으로 오다가 아버지에게 걸렸다. 기타를 당장 갖다가 버리라고 하신다. 안 버리면 부셔서 내버린다고 하신다. 아버지의 말씀이 지엄하다고는 해도 버릴 수는 없다. 몰래 감추어 두었다.

이사한 전세방은 작은 방까지 합쳐 네 개이지만 시끄럽다며 방에서의 연습은 어림 칠 푼어치도 없는 일이다. 할 수가 없어서 집안에는 있지만 조금 떨어진 변소로 갔다. 냄새는 지독해도 변소에 가서 학원에서 배운 그것을 연습했다. 트롯트는 악보만 보면 거의 잘할 수 있었다. 기타맨이라든지 영화음악 황야의 무법자 등 째즈 기타를 배우기 시작했다.

재래식 변소는 처음에 들어갈 때만 냄새가 지독해도 한참을 있으면 참을 만하다. 그러다가 또 아버지한테 걸렸다. 대 빗자루를 드시고 "네 이놈" 소리를 지르며 변소로 쫓아 오시는 소리가 난다. 트롯트보다도 더 시끄러우니 변소에서 연습해도 안에서 들렸나 보다.

"너 딴따라 되려고 그 짓이야?"

자식이 딴따라가 되는 게 정말로 싫으셨나 보다.

기타를 변소에 놓고는 줄행랑을 놨다. 아버지가 집 밖으로 나가시고 난 다음에 고양이처럼 살살거리며 변소엘 가보니 기타는 부셔 내버린다더니 그냥 있다. 참으로 반갑다. 얼른 집어 들고 자세히 보니 빨리 나가려고 탁 놓은 자리만 조금 까졌지, 다른 데는 이상이 없었다.

그러나 그 머시매는 기타를 애인인 양 끌어안고 시간이 나는 대로 연습에 매달렸다.

그 기타를 어디다 감추나 고심을 하다가 숨겨둘 장소를 찾았다. 쌀독이 있는 창고에 기타를 옷으로 말아 벽에 기대 놓으면 된다. 그곳엔 어머니가 자주 다니시지, 아버지는 안 들어가시는 곳이라 안성맞춤이다. 어떤 날은 빈손으로 가서 원장님 기타를 가지고 학원에서 연습하기도 했다. 동창 영환이 아버지는 모든 공부는 열심히 해야 한다며 기타 소리가 시끄러우면 자리를 피해 밖으로 나가 주셨다. 그 머시매의 아버지와는 대조적이셨다.

그 머시매는 기타를 만지지 말라는 아버지의 선의 충고를 받아들이기 어려웠다. 하지 말라면 더하고 싶은 것이 욕망인가보다. 기타는 애인과 같은 존재인데 그걸 배우지 말라니 아버지 뒤통수에다 대고 눈을 살짝 흘기고는 안 흘긴 척했다.

그러다가 점포 사장님을 따라 대구로 떠난 것이다. 대구에 가서도 시간 나는 대로 기타 연습을 했다. 손가락 끝에 구덕 살(굳은살)이 만들어졌다.

그 기타를 배웠던 것이 그 머시매의 목숨줄이었다는 것을 알았을 때는 월남 파병을 갔다가 돌아오는 귀국선을 타고서였다. 만약에 기타를 안 배웠더라면 군악대든 군예대는 생각도 못 했을 것이 아닌가! 그랬다. 기타를 배웠던 것은 목숨을 구한 것일 수도 있었다.

인연 1

7
시간의 흐름 속

그 머시매는 야간 중 2학년 초에 한 동리 피난 오신 분이 소개해서 본정통(지금의 성안길)에 있는 잡화점에 심부름꾼으로 들어가게 됐다. 잡화점 사장님이 그분과 한 고향 사람이라고 하셨다. 거리를 다니며 힘들게 장사를 하는 것보다도 편하고 고정수입이니 좋은 자리였다.

취업을 한 곳은 1층엔 상점이 있고 2층에는 물건을 쌓아 놓는 창고였고 3층에는 살림집이 있었다.

상점은 청주에서 최고로 좋다는 성안길에 있는 화장품 등 잡화를 파는 점포였다. 서울로 따지면 명동 같은 곳이다.

아침 일찍이 가서 청소하고 진열된 물건에 먼지를 털어내고 전화를 받으며 서울이나 부산 대구에서 물건을 부쳤다고 전화가 오면 시간을 봐가며 자전거를 타고 가서 大信정기화물 영업소로 물건을 가지러 간다. 꼬리표를 보고 물건을 찾아서 자전거 뒤에 싣고 와서 상점에 놓을 것은 놓고 나머지는 2층으로 그 물건을 가지고 가서 종류별로 정리를 해놓으면 되는 것이다. 그리고 오후 5시가 되면 학교로 가면 된다.

상점에 진열하고 판매하는 것은 다 사모님이 하신다.

사장님은 무슨 일인지 대구나 부산엘 자주 가신다. 사모님 혼자 장사를 하고 청소를 하고 하니 힘이 드셨나 보다. 여자 점원을 구하면 자전거를 못 타기에 돈을 조금만 주는 그 머시매가 필요했던 것이다.

피난민들과 어울려 지내다 보니 그들의 사투리에도 익숙해졌다. 내레, 기가, 그럽네까, 기런, 에미나이, 갓나새끼, 있디오, 기럽네다, 좋디요, 뭐이가 뭔디, 개디구서리, 모르갓시오, 장마당, 이디메, 눈깔 시브래뜨고, 디디오, 이시구레, 버리갓시오, 날래, 디역, 리해, 닌민 등 사장님과 사모님은 가끔 그런 말씀을 하시지만, 대번에 알아들었다. 그러나 오시는 손님들에게 거의 사투리를 안 쓰시려고 노력하시는 것 같다.

그 집에 초등학교 3학년이 된 아이는 모르는 걸 늘 알려달라고 점포로 내려온다. 그 애는 한글도 잘 모를 뿐만 아니라 이상한 점이 많은 아이였다. 2학년 국어책을 펴놓고 읽으라면 첫 장 첫 글자만 이야기하면 그 장의 글을 끝까지 다 잘 읽는다. 그런데 읽은 글자를 다른 곳에다 써 놓으면 그 글자를 모른다. 사장님은 그 애를 한글 공부를 시키기 위해 무척 애를 쓰고 계셨다. 물건을 사 가지고 오라고 시키고 그 물건에 쓰여 있는 글자를 읽어보라고 하며 글자를 가르치신다. 그래도 효과는 없었다. 사장님 담배 심부름을 하니 담배 이름은 색깔로 구분하여 아는지 두 자 아니면 석 자인 그것은 안다. 3학년 아이는 공부를 하러 올 때는 사탕을 한 개를 가지고 와서 준다. 그게 가르쳐 준 대가인지 친하여지자고 주는 것인지는 모르지만 하여간 맛은 있다. 사장님 사모님은 아예 그 애를 시간 나는 대로 공부를 시키라고 하신다. 그렇게 초등학교 3학년생을 가르치는 일이 시작됐다. 명색은 초등생 가정 교사였다. 그 애는 2학년 때 공부를 못해서 늘 꼴찌를 면하지 못해 평점은 다 "가"였다. 부모로서는 안타까운 일이다. 그 애를 가르치면서 이상한 점을 발견했다. 책을 펴기만 하면 고개를 아래로 깔고 눈을 감는 것이다. 그것은 누구도 몰랐던 사실이다. 그걸 발견하고부터는 자음과 모음을 붙여가며 가르치니 삼 개월도 안돼 한글을 읽고 쓰기를 할 줄 알게 됐다. 학교에서 가져오는 시험지가 '미'로 변하더니 바로 '우'와 '수'로 점수를 받아 오는 게 많아졌다. 학교에서 보는 시험지는 점수로 써서 알려준다. 그리고 한 달에 한 번은 각 과에 시험 본 것을 '수 우 미 양 가'에 동그라미를 해서 집으로 보낸다. 그 통지서에는 반에 등수까지 적혀있다. 그 아이가 근 일 년 동안 그 머시매에게 배워 3학년 학기 말에 받아온 성적표는 체육 한 가지를 빼놓고는 전부 '수'인 90점을 넘겼다. 그리고 반에서 5등이라는 성적표가 집으로 왔다. 놀라운 발전이라는 담임선생님의 글도 쓰여 있었다. 사모님은 장남을 가르친 그 머시매를 영리한 총각이라며 추켜주었다. 그리고 월급을 2,500원으로 올려 주셨다. 영환이보다 더 많은 월급을 받게 된 것이다. 어머니가 고맙다고 인사를 드리라고 하셨다. 점포에서 일한 지가 일 년 반이 좀 지났는데 대구로 이사를 하는데 같이 가자고 하신다. 자기 자식은 가르치기가 쉽지 않다고 하시면서 가서 아이들을 가르치면서 소규모지만 가내 일도 하면서 같이 살자고 하신다. 점포는 다른 사람에게 넘겼다고 하신다. 이제 학교에 낼 돈도 벌 곳도 없어진 것이다. 난감했다. 어떻게 할까? 망설여져 아버지에게 말씀을 드렸다.

"젊어서 고생은 돈 주고도 한다."

객지 생활을 허락하시는 말씀이시다. 그러나 어머니는 걱정되는지 그냥 같이 살자고 하신다. 걱정이 안 되는 건 아니다. 부모님을 떠난다는 게 쉬운 일이 아녀 보인다.

그 집에 초등학교 4학년 2학년 또 학교 안 간 어린 남자애. 세 명의 아이들은 그 머시매를 잘 따르고 좋아했다.

장남에게 글을 가르치려고 같이 가자고 하신 것인지 또는 그 머시매를 떼어 놓고 싶지 않으셨든지 둘 중의 하나지만 어쨌든 그 사장님이 대구로 같이 가자고 하신 것이다. 따라간다면 여름방학이 끝나면 2학기 초라 검정고시를 해야만 하는 일이다. 많이 망설였다. 그러자 사장님이 학교 때문에 그러냐고 하면서 그곳에도 야간 학교가 있으니 전학을 하면 되는 거라고 하시면서 도와주신다고 하셨다. 걱정 하나가 풀린 것이다. 짐이래야. 중고 기타 하나와 책가방과 작은 옷 보따리가 한 개가 다이다. 사장님은 트럭에 짐을 싣고 먼저 가시고 그 머시매는 사모님과 아이들과 기차를 타고 대구로 갔다.

난생처음 밟은 대구 땅은 낯설기만 했다. 북적대는 많은 사람 청주의 거리와는 완연히 다르다. 사람들의 말소리는 꼭 싸우는 사람들 소리만 같다. 도착한 곳은 대구 역전에서 가까운 동인동이었다. 집은 전셋집이라고 하셨다. 50여 평의 작업장과 기계가 몇 대 있었고 살림집 방은 네 칸이다. 뒤쪽에 방 한 칸을 따로 주고 그곳에서 살라고 하였다. 난생처음 혼자 쓰는 방인 셈이다.

검은 학생복만 입고 있는 게 안됐던지 사모님이 대구 재래시장인 서문시장으로 데리고 가셨다. 생활용품 없는 게 없을 정도로 꽉 찬 시장이었다. 청주 작은 시장만 보다가 그 크고 엄청난 시장에 많은 인파를 보고는 기가 질렸다. 우리나라 삼대 시장 중에 하나라니 알만하지 않은가! 장사하는 분들은 그저 가는 사람을 막고 서서 무엇을 찾느냐며 손을 잡아당기기도 한다. 참으로 처음 보는 장사들의 경쟁이었다. 사모님은 시장 옷 가게 몇 곳에서 이 옷 저 옷을 고르시다가는 입혀 보시고 또 벗기고를 몇 번 하셨다. 집에서 입을 작업복과 점퍼와 내복, 윗도리. 바지 한 벌을 고르시고는 입어 보라고 한다. 그러시고는 한 상점에 옷이 맘에 드셨는지 됐다며 옷값을 치르는데 그 값이 참으로 비싸다. 참으로 감사한 마음이 든다. 새 옷을 포장한 것을 듣고는 그렇게 좋을 수가 없다. 집에 와서 새 옷을 입고나니 어깨까지도 으쓱해졌다. 속내의 위에 점퍼 안에 입는 옷은 게 옷이라고 하는 얇은 옷인데 난생 생전 처음 입어 보는 고급옷이다. 대구로 오길 잘했다는 생각이 든다. 그냥 청주로 가서 옷 자랑을 하고 싶다.

사장님이 새 옷을 입고 나오란다. 따라가 보니 00 화학이라고 쓴 간판이 보인다. 그 회사 사장님은 외출 중이셨다.

사장님과 거래를 하는 대구시 동인동에 있는 00 화학, 그곳은 화장품과 화장품 원료를 만드는 회사였다. 이북에서 피난 온 친구가 사장님의 친구라고 하신다. 그곳에서 향신료 배합하는 일을 하시는 것 같다. 아! 그래서 대구에를 그리 자주 다니신 게로구나!

출입 금지라고 쓰여 있는 사장님 연구실이 따로 있었다. 육중한 자물통을 열쇠로 열고 들어가서 보니 향료 병이 엄청나게 많다. 향 냄새가 진동한다. 원료 배합과 향료 종류는 엄청 많은 것 같다. 샤넬, 돌체, 산타 마리아노, 퍼품, 조말론 등, 로즈무스크 1, 2, 3, 4라고 영어로 쓰여 있는 것이 제일 많다. 그 외 무슨 향인지는 모르지만 매콤한 냄새가 나는 향도 있고 수입한 향수 병이 아주 많았다. 그리고 외제 화장품이 많이 보인다. 대부분이 메드인 프랑스인데 "불란서 제"라고 한다. 일본제 화장품도 보인다. 향을 구별해놓고 크림이나 가루분을 정확하게 배합하기 위해 아주 미세한 저울로 달아 혼합을 하는 일을 하시는 것 같다. 비싼 향수는 아주 작은 병 약 20g? 그 정도에 당시 돈 3만원이라고 한다. 대구에 간 지 몇 개월 후에 알게 된 사실이다. 어른 6개월 정도의 월 급료 값이다. 그러니 그걸 누구에게나 만져보라고 할 수가 없을 것이다. 향수는 한 가지만을 크림이나 분가루에 쓰는 것이 아니었다. 배합한 향을 쓰고 계신다고 말씀하셨다. 그곳은 사장님이 향수 배합 작업을 하는 연구실이었다. 화학 원료는 절대 만질 수도 없지만, 그곳은 사장님이나 관리인 외는 절대 못 들어가게 한단다.

00 화학 그곳에 직원은 남자 10여 명에 여자 20여 명이 있었다. 소규모 공장인 셈이다.

그 공장은 피난 와서 인수한 공장이란다. 그 사장님은 이북에서 부자로 잘사셨던 분인가 보다. 그 공장에서는 화장품을 만들어 완성된 화장품을 병이나 곽에 담는 일을 하고 있었다. 그러니까 청주에서 가신 사장님은 화장품 원료 중 가루분을 배합하는 기술자인가 보다. 그리고 그곳에서 위탁받은 물건을 집에서 만들어 그곳으로 다시 가져다주신다고 하신다. 집인 가내 공장에서 만든 물건을 동인 화학으로 물건 나르는 심부름도 시키고 아이들 공부도 시키시려고 그 머시매를 데리고 가신 것 같다. 비밀의 방을 구경하고 다시 사무실 쪽으로 나오니 그 회사 사장님이 계셨다.

"이 아이 내가 똑똑해서 데려온 애여. 자 인사드려 여기 사장님이셔 나와 같은 고향이시고. 이북에서 공장을 하시다가 피난을 오신 분야."

똑똑하다는 이야기를 듣고는 얼굴이 붉어졌다. 꾸벅 인사를 드리니 사장님은

"객지 생활은 고생인 거야. 저 친구는 기술이 좋아, 네가 배울 게 많을 거다. 처음부터 아는 사람은 없어. 원래 고향이 충청도인가?"

"네"

"가끔 여기 와서도 배울 건 배워봐."

"네"

사장님이 공장 구경을 시켜 주라니까. 관리장 님이라는 분이 그 머시매의 키가 작으니 여자들이 입는 작업복을 주고는 따라오란다. 머리까지 덮이는 작업복을 입고 마스크까지 하고는 공장으로 들어가니 기계 소리가 시끄러워 말도 잘 들리지 않는다. 기계는 자동으로 돌아가고 있었다. 하얀 돌을 부수는 작업이고 그것을 컨베이어 벨트가 돌

아가면서 몇 번의 다음 공정을 향해 가고 있다. 공정은 여러 곳이었다. 미세한 가루를 만들기 위한 몇 곳의 과정을 걸치는 작업이다.

공장 안에 분쇄를 하는 곳은 온통 하얀 가루 천지이다. 모자와 마스크를 쓴 직원들 얼굴도 모두 분가루가 묻어 눈썹이 하얗다. 대충 봐도 기계가 다하니 직원들은 크게 힘쓸 일은 없어 보이니 어려울 게 없어 보인다. 돌을 부수는 작업이라 자주 기계가 선다고 하신다. 새로 일본과 계약한 기계가 들어오면 기계는 고장이 적을 것이라고 하신다. 자세히 보니 그 돌은 우리가 곱돌이라고 하는 돌을 작게 잘라서 수입해온 것이었다. 그것을 아주 곱게 갈아서 코티분 회사에 납품하고 또 크림(구루무)을 만들어 향료와 섞어서 작은 화장품 병 안에 담는 작업을 하는 것이었다. 곱돌을 가는 최고 끝의 과정은 가루를 먼지같이 미세하게 만들고 그 먼지를 수집하는 과정이다. 그러니까 곱돌 가루를 아주 먼지처럼 만드는 것이다.

마지막 공정은 분쇄된 가루를 무슨 원료인지는 모르지만, 가루와 배합 하여 얼굴에 바르는 분에 색소를 입히는 작업을 하고 또 크림을 젓는 기계가 돌아가며 젖고 있다.

작업복을 벗고 가본 또 다른 곳은 여자들이 만든 화장품을 조그만 예쁜 화장품 그릇에 담는 일을 하고 있다. 또한, 남자들이 세면을 하고 바르는 파란색의 스킨로션을 병에 담는 작업을 하고 있었다. 그곳은 먼지 하나 없이 깨끗했다. 가루분을 만드는 곳은 연구실에서 가루에 향료와 색소를 섞어서 보낸 것을 곽에 담고 세로 판지를 동그란 인두 역할을 하는 쇠를 곽과 접착을 시켜 라벨을 붙이는 곳이다. 한쪽에서는 만든 화장품을 포장하여 각처로 보낼 작업을 하고 있다.

이곳에 일 중에서 손으로 하는 작업 레텔 붙이기 기계로 곽 만들기 프레스기로 화장품 플라스틱 용기를 찍어 내는 일 등 일부를 사장님이 용역으로 맡아서 집에다가 그런 기계를 차려놓고 만들어서 00 화학에 주는 일을 한다고 하신다. 그러니까 그 회사는 터가 좁아 인원을 다 수용할 수가 없으니 용역을 준 그것 같다.

집에 서도 크림과 향수를 배합하여 손등에 발라도 보고 냄새를 맡고는 그 비율을 체크해 놓으시고 밖으로 나갔다가 한참 후에 다시 들어가 냄새를 맡고를 반복하고 계셨다. 직접 직원 처녀들 얼굴에 실제 발라도 보고 세수를 시키고 다시 살결을 검사하신다. 50여 평의 가내 공업에 일하게끔 프레스 기계 등을 설치하시고 여자 공원들을 뽑았다. 공장 안은 전기 스팀 보일러가 있어 훈훈하기만 하다.

집으로 일을 하러 온 처녀들이 네 명이 있는데 경상도 사투리가 몹시도 거슬린다.

처녀들은 모두 도시락을 싸 가지고 온다.

"니 밥묵었나?"

"그래 묵었다. 니는 묵엇나?"

"좀 이따 묵을란다."

"안 묵을라 카믄 고마 치워라카이."

엥? 이게 뭔 소리여? 대부분이 반말만 같다. 그들은 그게 일상 용어란다. 그래도 고개가 흔들어졌다.

청주에서 그 머시매를 데려간 그 사장님은 6·25 때 피난을 온 분이시다. 그분은 그 머시매에게 방을 한 칸 주고는 혼자 사는 법을 가르쳤다. 늦가을이 되자 연탄불도 스스로 갈고 벗은 양말. 또 빨래도 옷도 혼자 빨아 널어 말리라고 하셨다. 그리고 아침을 먹고는 작업장엘 와서 일도 하고 아이들이 학교가 파하고 오면 일찍 작업을 끝내고 두 시간 정도를 공부를 가르치라고 하셨다. 그 당시에 방에 불을 안 때는 연탄 불방이라 호강이지만 어떻게 하다가 겨울에 자는 방에 연탄불을 꺼트렸다. 사장님은 불을 꺼트리면 냉방에서 자든지 말든지 맘대로 하라고 하신다. 연탄불이 꺼진 방에는 청소 걸레가 꽁꽁 언다.

무척 춥다. 안방에서 쓰는 연탄불에 불을 붙여오는 것은 꿈도 꾸지 말아야 한다. 냉방에서 그냥 자기 싫으면 숯을 피워 연탄불을 피워야 한다. 그게 그리 쉬운 일이 아니니다. 젖은 연탄이 숯덩이 몇 개 가지고 불이 잘 붙을 리가 없다. 작은 토막나무를 넣어 불을 피운 다음 숯을 넣어야 한다. 연탄불을 피우려면 두 시간 이상이 걸려야 된다. 자는 둥 마는 둥 해가며 불이 붙은 다음에야 잘 수가 있다. 그래도 졸리니 새우가 되어 이불을 감싸고 눕는다. 방이 따듯해질 때면 이불을 머리에 뒤집어쓰고 코를 골고 잘 때다. 누구에게 도움을 받을 수가 없으니 참으로 야속하기만 했다. 그렇다고 그 이야기를 일하는 여자들에게 할 수도 없다. 연탄불이 꺼지지 않게 구멍 조절을 잘해야만 한다. 처음엔 연탄을 교체할 시간도 항상 머릿속에 넣고 있어야 하는 긴장의 연속이었다.

그 사장님은 가족이 '잘 곳'과 '먹을 것'과 '입을 옷'만 있다면 행복한 것이라고 말씀하셨다. 사람은 어떤 고생도 헤쳐나가려면 혼자 사는 법을 배워야 한다고 하셨다.

그 사장님은 학제가 다른 이북에서 학교에 다니셨으니 그분의 학력은 알 수가 없다. 오히려 사모님이 더 잘 아시는 것 같다. 영어를 모르면 향수병에 쓰인 것을 모르실 텐데 다 기억하고 계신 것만 같으니 대단하신 분인 것만은 틀림없어 보인다. 여자들이 화장품을 살 때는 용기 뚜껑을 열고 냄새부터 맡아본 다음에 화장품을 구매한다. 그런 것을 아신 사장님은 가루분 뚜껑을 닫기 전에 면봉으로 향료를 찍어서 위 뚜껑에 발라 향이 짙게 나게 하신다. 그 일은 비밀이었다. 그 비밀이 새 나갈까 봐 그러시는지 사장님 사모님 그 머시매 세 명 이외는 마지막 공정인 뚜껑을 닫는 작업은 공원들에게 절대 시키지 않으셨다. 그 향은 여러 종류의 향을 섞은 것이다. 그렇게 작업한 것을 00화학에 가져다주면 되는 것이다. 사장님은 어떻게 여러 가지 향수 배분 비율을 아시는 것일까? 하여간 대단하신 분이시다.

사장님은 항시 "하면 되는 거야 사람이 일을 해서 안 될 일이 없다. 절대 중간에 포기하지 말면 되는 거야."라고 말씀하신다.

대구로 가자 한자리에서 밥을 먹으니 한 식구나 다름없었다. 참 잘 해주셨다. 먹는 음식도 집과는 상대도 되지 않을 만큼 좋았다. 간간이 주는 간식은 대구 능금과 식빵에 쨈을 발라먹는데 참 맛이 있었다. 어떤 날은 그 빵 안에 고기도 넣어서 준다. 생전 처음 먹어 보는 빵이다. 그렇게 지나다가 추석이 돌아오자, 그 사장님은 그 머시매에게는 꽤 많은 돈을 그동안 일한 대가라며 주시며 청주 집엘 다녀오라고 하신다. 너무나 고마우신 분이시다. 일한 대가는 충분히 주셨다. 거의 남자 어른 몫의 일당이 되는 돈을 몇 달 치를 한꺼번에 주셨다. 그러니까 가정교사의 급료까지도 생각하신 것 같다. 그리고 사모님은 또 추석 빔이라며 서문시장으로 가서 옷을 또 한 벌 사주셨다. 옷이 너무나 좋다. 옷을 입혀 보시고는 다른 사람이 된 것 같다고 하신다. 칙칙폭폭 하는 증기기관차는 추석 때라 초만원이다. 앉을 자리는 없다. 경부선이래도 완행열차라 조치원에 언제 도착할지도 모른다. 대구에서 기다리는 시간 포함하면 여덟 시간 정도가 걸렸다. 편하게 앉을 자리는 없지만, 구석으로 비비고 들어가면 앉을 자리는 있다. 그러나 옷에 때가 묻을까 봐 꼬박 서서 조치원까지 왔다.

그리고 조치원에서 청주까지 아이노리(합승자동차)를 타고 와야 한다. 집에 오니 몇 개월밖에 안 지났는데 키도 크고 좋은 옷을 입었다며 어머니가 함박웃음을 웃으시며 좋아하신다. 대구 사장님은 바쁘니 추석을 쇠고 바로 내려오라고 하셔서 바로 또 대구로 내려갔다.

사장님은 얼마나 부지런하신지 집에서의 가내공업과 00 화학에 일하시는 것 말고도 여기저기 시장 화장품 도매상에 화장품을 주문받으러도 다니시며 부산까지도 주문을 받으러 다니셨다. 정말로 바쁘게 사신다. 그 머시매에게는 일하는 처녀들이 오기 전에 그날 할 일을 모두 준비해놓으라고 하시니 그 일이 만만한 게 아니다. 배달까지 하시기가 힘드신지 건장한 남자 한 사람을 더 두셨다. 그 머시매에게는 일주일 동안 일할 것을 알려주고 그 일을 시키며 같이 일을 하라고 하셨다. 힘을 쓰며 일을 하는 어려운 일은 아녔다. 오후 3시만 되면 아이들을 두세 시간 동안 공부를 시켜야 하기에 작업장에서 나와 손과 발을 닦고 옷을 갈아입고 나왔다. 그리고 야간 학교로 갔다. 토요일 일요일에는 저녁 늦게까지 더 많은 일을 해야 했다.

공부를 시키던 중 큰아이가,

"형아 공부는 왜 하는 거야?"

"사람은 알아야 사는데 편리하고 어떤 일이 있을 때 '예스'나 '노'나를 판단하기 위해 공부하는 거지."

"예스냐 노냐가 뭐야?"

"'예스'와 '노'라는 것은 영어인데 '예스'는 네,라는 뜻이고 '노'라는 것은 아니요,라는 뜻이야. 또한 '예스'라는 건 알았다는 뜻도 되고 '노'란 모른다는 뜻도 되는거야."

"공부는 언제까지 배우면 되는 거야?"

"글쎄? 어떤 문제든지 그 문제에 '예스'와 '노'를 대답하려면 공부는 죽을 때까지 해도 끝이 없는 거란다."

"그럼 공부만 하다가 죽는 거야?"

"그건 아니지, 사람의 배움이란 끝이 없다는 이야기야."

아이들은 가끔 대답해 주기 어려운 남녀에 대해 질문도 해댄다. 하굣길에서 교미하는 개들을 보고 와서는 그게 뭐 하는 거냐고 묻는데 참 뭐라 말해주기가 곤란할 때도 있다.

사장님은 한 번 일을 지시하시면 그 지시한 일을 다 해야 하니 일이 벅찰 때도 있다. 잠을 자든 안 자든 회사와 맺은 납기는 지켜야 한다.

그 일을 하기 위해서는 머리를 써야 했다. 같은 일이라도 쉽게 빠르게 또 정확하게 하는 것을 연구하면 되는 일도 있었다. 아이들은 공부도 다 잘한다. 사모님이 아주 좋아하신다.

2년이 지나자 집을 새로 매수 하셨다며 전셋집에서 그곳으로 공장을 옮긴다고 하셨다. 공장을 옮기시고서는 처녀들 몇 명을 더 뽑았다. 네 명이 있을 때는 김 양 이양 이렇게 불렀지만, 인원이 열 명이 되니 김 양 작은 김 양 큰 김 양으로 부르기가 거북하다. 그래서 작업반을 1반 2반으로 하고 반장을 뽑았다. 반장은 월급을 조금 더 준다. 그들을 부를 때 1반 김 양 2반 김 양을 부르면 쉽게 알아들었다.

여러 가지 일을 바쁘게 하시면서 짧은 동안에 사장님은 많은 돈을 버신 것이다. 역시 이북 사람은 느긋한 충청도 사람과는 확실히 달랐다. 자주 향수 냄새를 맡으시면서 외국제 다른 화장품을 사다가 연일 비교도 해보신다.

군에 갈 날이 일 년 정도 남았다. 청주 집에서는 사는 집도 있고, 살만하니 이제 객지 생활은 그만하라고 하신다. 사장님께 말씀드리니 이제 여기서 할 일을 조금 배웠는데 아쉽다고 하셨다. 그렇다고 절대 비밀인 화장품 원료 배합법을 가르쳐줄 리는 만무하다는 생각이 들어 집으로 간다고 하니 그때서야 그 머시매를 고생시킨 이유를 설명해 주셨다. 눈물이 찔끔 나게 고생을 시키신 이유도 설명해 주셨다. 그런 생활을 해본 머시매는 어떤 고난이 와도 버틸 것만 같았다. 대구 사장님은 처음서부터 그만둔다고 할 때까지 내내 급료를 충분히 주셨다.

일하는 공원 중에 제일 오래된 1반 이양은 그 머심애를 눈여겨보았을 뿐만 아니라 은근히 좋아한다는 것을 속내로 보여 주기도 했다.

"지는애 조티카문 만날 수도 있지애"

라고까지 말을 해도 그 머시매는 그와 만날 시간도 없지만, 일언반

구도 하지 않았다. 그녀는 얼마나 벼르다가 한 말이었을까?

청주로 아주 떠나올 때 가장 아쉬움을 표했던 처녀였다.

그녀가 손을 내밀었을 때는 손만 잡아 주었지만, 기차를 타고 청주로 몇 시간을 오는 동안 그녀가 생각나서인지 '경상도 사투리에 아가씨가 슬피 우네 이별의 부산 정거장' 노래를 마음속으로 불러보기도 했다.

대구에서 받은 그 돈은 부모님에게 다 드렸다. 그리고 군에 가기 전까지 아버지와 작은형이 하는 공장일을 도왔다.

동창 친구 영환이는 청주고등학교를 졸업하고는 서울대 의대에 합격했다. 정말 축하할 일이었다. 나도 주간 학교만 다녔으면….

두 사람은 오랜만에 만나 서로 끌어안고 기쁨을 만끽했다.

8
월남전 최대의 닌호아 전투 참전기

그 머시매는 대구에서 올라와 형 공장에서 일을 하며 저녁에는 태권도장에 다시 다니기 시작했다. 유단자가 되고서 1966년 군에 입대하였다.

김성은 국방부 장관은 1965년 8월 20일 첫 베트남 파병부대로 수도사단을 지명했다. 베트남에는 맹호부대(육군 수도사단) 65년 11월 2일 청룡부대(해병 제2여단) 66년 10월 14일, 백구 부대(해군 수송전대), 은마부대(공군 수송단), 비둘기부대(건설지원단)는 65년 3월 15일 사이공 도착, 십자성부대(군수지원단) 등 육·해·공군·해병대의 각 부대가 두루 파병되었다. 백마부대인 9사단은 국내에서 훈련을 하고 66년 10월 3일 닌호아 깜라인에 전 부대원이 파병되었다. 나트랑에서 멀지 않은 곳이다.

제1 이동외과병원 단과 태권도 교관단이 64년 9월 12일 1차로 파병되어 사이공에 도착했다.

그 사내의 병과는 011 군악 병과였다. 논산훈련소에서 병과 감별시 오르간으로 애국가를 쳐보고 기타를 연주하는 시험과 악보 보는 법을 보고는 군악병으로 선발이 된 것이다. 오르간은 음악 학원에 있었기에 조금 할 줄 알았다. 군악대에 가자, 훌륭한 선생님을 만났다. 서울에서 음대를 다니다가 3학년 때 입대를 하여 부사관 학교를 졸업하고, 하사로 군악대에 온 사람이다. 계급은 하사지만 일등병들에게도 그저 굽신거렸다. 군악대는 밥그릇 우선이다. 계급이 하사라 해도 행사에는 실수투성이이니 행사에는 뺀다. 인원이 휴가 가고 없을 때는 로보트로 참가를 시킨다. 행진곡도 다 외워야 하고 행진에도 발을 딱 맞추어야 하니 그게 그리 쉬운 게 아니다. 연습을 잘 시켜 잘할 수 있을 때가 되어야 그때부터 행사 병력에 넣어 주는 것이다. 그래도 하사 대접은 못 받는다. 그가 들어온 날짜 이후에 들어온 병들에게만 아랫사람 취급을 할 수 있는 게 군악대의 전통이다. 군악병의 훈련은 악기 연습이며 행진 연습이다. 그런데 그 하사는 실내에서 악기 연습을 하면서도 하루 두 시간 정도 작곡법이며 RNG 하는 방법이며 음악 전반에 관한 것을 전 군악대원에게 교육했다. 참으로 돈을 주고 음대에서 오랜 시간을 배워야 할 것을 2년 이상을 군에서 배운 것이다. 대중음악을 들으면 그것을 오선지에 옮길 수 있게도 될 정도였다. 그리고 RNG를 하여 각 파트별로 나누어 줄 수도 있을 정도로 공부를 시켰다. 군악대 전원이 음대생에게 정말로 좋은 교육을 받은 것이다.

제대를 약 9개월 남겨두고 월남을 지원하자 011 병과에 사람이 없자 즉시 처리되었다. 경기도 가평 1사단 군악대에 있었는데. 1969년 2월에 월남 백마부대로 파견 명령이 났다. 일주일간의 휴가가 나왔다. 부대에서 집에 잠깐 들를 시간을 준 것이다. 월남전이 한참일 때이다.

집에는 잠시 휴가 왔다고 거짓말을 하고는 서울로 갔다가 다시 춘천행 버스를 타고 도착하여 오음리로 가는 군용 트럭을 타고 갔다. 오음리 월남 교육대까지 가는 데에는 두 시간 정도가 걸렸다. 그 험한 산을 거북이처럼 가는 것이 꼭 곡예를 하는 것만 같다. 낭떠러지를 보고는 가슴이 졸아들기도 했다. 강원도 산골짜기에 월남의 모형을 만들어 놓고 교육생을 받았다. 오음리 교육이라는 건 참말로 돈만 조금 내면 끝인 그런 교육이었다. 오음리 교육은 꼭 필요하다고 해서 수류탄 몇 개 던져본 게 다이다. 참으로 한심했다. 백마 부대원이 전체 갈 때는 무조건 가야 했지만 그래도 빽이 있는 사람은 타 부대로 전출됐다는 소문도 있다.

그 사내는 군악대이니 안전할 것이라고 믿고 월남전에 지원해서 간 것이다.

3천 톤급의 대형 13층 배가 다낭에서 해병들을 내려주고 나트랑에 도착하니 화끈한 열기가 몸을 감싼다. 다불빽을 메고 하선하여 군용 트럭을 타고 닌호아 깜라인 지역 백마 사령부로 떠났다. 수십 대의 군용 트럭을 세 대의 헬기가 하늘 위에서 엄호하여 무사히 사단 사령부 연병장에 도착했다. 연병장에 내리니 햇볕은 뜨거운 용광로 속 불덩어리만 같다. 날씨는 더운 게 아니라 뜨겁다. 흐르는 땀 때문인지 연신 물이 먹고 싶다.

사단 사령부 보충 중대 연병장에는 신입 병과 귀국선을 타려는 병사들로 넘쳐났다. 그저 누구든지 아는 사람이 없을까 하며 한 마리의 누에가 되어 고치를 풀 듯 사방을 휘두르며 다녔다. 군악대로 발령이 날것이니 하고 미리 군악대를 찾아가니 1사단에 있을 적에 같이 있던 김 하사가 중사 계급장을 달고 반갑게 손을 잡아줬다. 국내에서는 트럼펫이었는데 키가 커서인지 콘닥을 맡고 있었다. 선 후배가 분명한 군악대이다. 내일 선배에게 맞을지라도 인사를 시켜서 그들에 손을 잡고 반가움을 표시했다. 그곳도 선임을 따질 것 같다. 그거야 뭐 훈련소에서도 잘 버텼는데 큰 걱정은 없어 보인다. 깨끗한 내무반이 맘에 든다.

가는 사람과 온 사람이 모이는 장소 보충 중대. 그 뜻은 무엇인가? 병사가 죽으면 보충을 하는 곳이 보충 중대가 아니더냐? 전원 집합. 정훈 교육이란다. 2시간 동안 월남 현지에서의 사정과 베트콩 이야기를 들었다. 베트콩이 한국군을 잡으면 가죽을 벗겨 나무에 걸어 놓는단다. 정말일까? 환등기로 사진을 보여준다. 사실이었다. 섬찟하다. 해가 땅속으로 숨어도 군용 텐트 안은 찜질방이었다. 그 더위는 대단했다. 짐을 챙겨서 잘자리로 가서 눈을 붙였다. 발령은 군악대로 날것이라 생각하니 긴장감이 조금 풀려도 깊은 잠이 올 리는 없었다. 눈을 뜨니 몸이 찌뿌둥하다.

월남 한국군 백마 9사단 연병장 보충대 알림판에 발령 공고문이 붙었다. 사람들은 그 공고문을 보려고 몰려들어 떠드는데. 그 소리가 무슨 돛대기 시장바닥에서 장사꾼들 소리만 같이 들린다. 좋은 곳으로 발령을 받은 사람은 기쁠 테고 소총 소대로 발령이 난 사람은 마음이 참참했을 것이다. 논산 훈병 때도 그랬다. 발령이 어디로 날지 모르니 웅성대며 아무에게나 말을 걸어, "너는 어디로 발령이 났니?" 물어보고 싶었던 기억이 되살아났다.

공고문을 아무리 뚫어지라 쳐다봐도 사단 사령부에는 그 사내의 이름이 없다. 29연대 1대대 4중대 소총수로 발령이 난 발령 공고문에 그 사내의 이름이 보인다.

아구야! 이걸 어쩐대!

한국에서 군악대에 같이 있었던 김 중사 그가 찾아왔다. 군악대에는 색소폰 TO가 없단다. 발령은 소총수로 났다. 그도 별수가 없는 일이라 안타까움만 표했다. 1사단에서 색소폰 파트에 있다가 월남을 간 것인데 자리가 꽉 찼다는 이야기이다. 절에 간 색시이다. 새색시 시집살이 벙어리 삼 년이라는 말도 떠올랐다.

보충 중대장님한테 한국에서는 사단 군악대로 발령이 난다고 했는데 약속 위반이니 도로 한국으로 간다고 보내 달라고 하면 되는 것일까? 이건 아니라고 잡아뗄 수 있을까? 소총 소대로 발령이 났으니 그걸 안 간다고 할 수 있을까?

월남행 배에서 소총 소대로 발령이 나면 어쩌지? 우려하던 일이 사실이 된 것이다.

"야 이 자식아 너는 신체 포기 각서를 쓰고 온 놈 아냐."

아니라고 우기면 싸다구가 아니라 총살감이다. 앞을 봐도 현실이고 뒤를 돌아다봐도 현실이다. 어차피 피할 수가 없구나!

하룻강아지 범 무서운 줄을 모르고 범굴에 들어온 게 확실하다. 이제는 어떻게 하면 호랑이굴을 나가느냐가 과제가 됐다.

땀에 젖은 옷이 마른 곳은 하얗게 소금기가 보인다. 답답하다. 마음에 안정을 찾기 위해 밖으로 나가서 돌아보고 싶다. 200m쯤을 걸어가며 보니 바로 옆에 철조망 사이로 200여m 떨어진 연병장에 포가 20대가량이 줄을 서 있고 병사들이 큰 포 앞에서 빨간 깃발을 들고 왔다 갔다 한다. 200여m 떨어져 있으니 사람들의 얼굴은 보이지 않고 형태만 보인다. 한국군인지 미군인지 구별이 안 된다. 키를 봐서는 한국군 같았다. 그곳에서 갑자기 지축을 흔드는 "꽝" 소리와 함께 먼지가 하늘 높이 솟아오른다. 천천히 걷다가는 꽝 소리에 펄썩 주저앉았다. 연이어 "꽝" "꽝" "꽝" 하며 20여 대가 포를 쏘아대니 정신이 없고 귀가 멍하다. 벌건 불이 앞으로 나가고 뒤에도 불빛이 보이며 먼지가 하늘을 덮는다. 하늘에는 연신 헬기가 따다닥 거리며 날고 있다.

아구야! 여기가 전쟁터구나! 연달아 쏘는 포 소리에 귀가 먹먹하며 머리가 띵 하다. 전쟁터라는 게 실감이 난다. 떠드는 사람 소리는 나는데 그 소리가 작다. 고막이 이상이 생긴 것만 같다. 월남 신고식을 제대로 한 셈이다. 다시 보충 중대로 왔지만 아무래도 귀가 멍하다.

하루가 지나니 29연대 1대대 1, 2, 3, 4중대로 발령이 난 병사들은 헬기를 타란다. 헬기는 치누크였다.

1개 소대를 태우고 찦차도 싣는다고 하지만 50명도 더 탈 수 있을 것 같다. 헬기가 4중대 산꼭대기 막사 앞 작은 평지 마당에 내리더니 4중대로 발령 난 8명만 내리란다. 8명이 내리니 헬기는 잠자리 마냥 숨도 안 쉬고 바로 날아갔다. 내린 곳엔 동그란 곳에는 하얀 페인트가 칠해 있고 H자는 파란 페인트가 칠해져 있다. 영어로 크게 H자가 쓰여 있는 곳이니 헬기 이착륙장인가 보다. 귀도 한 방 먹었지만, 헬기 소리도 귀청이 떨어질 만큼 크다. 그 안에서는 말이 전연 안 들린다. 귀머거리 손짓과 발짓이다.

과연 내가 살아서 돌아갈 수가 있을까? 그래. 꼭 살아서 돌아가야 한다. 부모님을 속이고 월남을 온 게 아니든가! 월남을 올 때는 군악대로 갈 것이라고 맘 편히 왔는데 그게 아니다. 중대에 도착하자마자, 중대장님의 간단한 환영 인사가 있었다. 소대 선임 하사인 김 중사가 모기장 등 보급품을 지급하고 소대 야전 침대에 잘 곳을 지정해 주었다. 그리고 말라리아약 1알과 소금 1알을 주고는 먹으란다. 그게 월남에서 귀국 시까지 매일 지급되는 약이었다. 좀 있으니 진지 보수작업이 있다며 집합시켰다. 처음 온 사람은 몸을 강한 햇볕에 노출시키면 안된다며 긴 소매 옷을 입고 바지도 입으란다. 선임들은 전부 군복은 벗고 팬티 바람으로 윗몸엔 러닝셔츠만 입고서 집합했다. 집합한 사람들의 얼굴을 보니 뭔가 다 틀리다. 오래된 귀국 날이 거의 된 병들은 입술이 파래져 있는 것이다. 왜? 그럴까? 그것이 계급이란다. 참 모를 일이다. 집합 호루라기가 귀청을 때린다. 호를 수리하는 곳으로 소대 병력이 모였다. 무장한 병사들은 작업하는 병사들을 보호하기 위해 전망대에서 케레바 50으로 엄호를 하고 있다. 야전삽을 들고 연결 통로를 수리하며 다시 만들기 위해 작업을 시작했다. 할당된 작업만 하면 쉴 수가 있단다. 그 뜨거운 날 군용 야전삽으로 연결 호를 파다 잠시 쉬면 온몸으로 흐르던 땀은 소금으로 변했는지 입은 군복옷에 하얀 가루가 생긴다.

찍어 맛을 보니 소금이 틀림없다. 너무 더워 군복을 벗으니 도로 입으란다. 살갗이 탄단다. 살갗이 적당히 햇볕에 노출된 사람만 윗도리를 벗고 일을 했다. 중대에 베트콩 박격포가 몇 군데를 포격했나 보다. 호를 파고 수리하는 것은 적의 공격이 있을 시 살기 위한 보호처이다. 갈증을 없애는 물은 생명수이다.

중식 시간이 되자 식당으로 가란다. 식당 막사에는 대형 선풍기가 돌아가지만 훈훈한 바람이다. 그래도 뜨거운 바깥보다는 천국이다. 베트콩들도 가끔 박격포를 중대로 날리고 바로 도망을 간단다. 포가 날라오면 탄착점을 계산하여 박격포 세례를 하지만 베트콩 그들은 거의 도망간 후 란다. 위험을 막기 위한 그 작업은 며칠 동안교대로 진행됐다. 하루에 배당되는 소금 한 알과 말라리아약 1알을 먹고 나면 물이 그렇게도 먹고 싶다. 물을 많이 먹으면 또 땀이 많이 난다. 샤워를 하면 좋을 텐데 물은 헬기로 공수해 오니 비상시를 대비하여 아껴 써야 한다. 하루 1인당 50리터가 배당된다지만 실상은 이틀이나 걸려야 40리터쯤 쓸 수가 있었다. 물로 샤워하는 것 그것은 호강이다. 처음에 이 진지 작업을 했던 병사들은 얼마나 힘들었을까? 지금이야 좀 안전하다고 볼 수 있지만, 처음에는 그냥 서로 교대하며 호를 파고 철조망 작업을 무방비 상태로 했을 터이니 그들의 노고를 알만도 하다. 모기와 또 더위와의 싸움도 전쟁이다. 평지 호에서 케레바 50을 끌어안고 서는 야간 보초는 모기와의 전쟁이다. 악착같이 달라붙는 모기에 한 방이라도 쏘이면 그 가려움은 정말로 지독하다. 피가 나도록 긁어도 시원하지 않다. 그러는 동안에도 소대원은 매복 작전을 나가고 들어오고 한다. 그들이 들어오면 제일 먼저 하는 것은 물 한 병을 거의 마시고 하는 샤워이다.

궁금하여 왜 입술이 파래지느냐를 김 상병에게 물어보니 잘 모르지만 오래된 사람일수록 입술이 파래진다고 한다. 알 수 없는 일이었다. 전쟁터에서 그걸 가지고 이야기할 일은 아니다. 야간이면 교대로 보초를 나가야 한다. 불침번이 깨우면 즉시 일어나야 한다. 고국 같으면야 선임자를 깨우기가 힘들지만, 전쟁터는 달랐다.

소총 소대로 발령이 났어도 후회해 봤자. 목구멍으로 넘어간 불면 날아가는 안남미 밥이다. 근무하는 진지나 전망대에는 시계가 없다.

시계가 없으니 몇 시인지도 모른다. 시계는 중대장실과 나무로 만든 내무반 벽에만 둥그런 큰 시계가 있다. 그것은 교대 시간을 아는데 필요한 시계이니 내무반에만 있었다. 옛날 사람들처럼 대충 지금 아마 몇 시쯤 되었을 거야 했다. 근무교대 시간이라면 나가고 들어오고를 반복했다. 시계는 부대에 배치받고 매복 작전을 나갔다가 돌아온 하사 이상인 분대장급만 군 작전용 시계를 가지고 있다. 중사도 있는 사람만 있다. 작전 시에는 분대장인 하사가 시계를 갖고 있을 뿐이다. 미군용 C레이션 박스에서 나온 작전용 국방색 시계밖에 없으니 병장이 시계가 있을 리가 만무하다. 월남에 있는 군인들은 옛날 사람들이 자축인묘 진사오미 하면서 시간을 대충 짐작했던 거나 거의 마찬가지였다. 시간을 모르는 야간에 경비 근무는 답답하기도 하다. 작전용 시계는 정확하지만 얼마 못쓰는가 보다. 가던 시계가 안 가면 쓰레기통에 버린다.

부대에서 아주 가까운 곳은 일개 소대가 걸어서 매복을 나가지만 좀 먼 곳은 헬기가 태워다 주고 작전 지역 부근으로 다시 태우러 온다. 무전병이 지도를 보고 인도를 하면 그곳으로 가면 되는 것이다. 매복 작전을 나가는 곳은 거의 부대에서 그리 멀지 않은 곳이다. 길이 없기에 헬기가 동원되는 것이다.

2개 분대 열다섯 명이 매복을 나갔다. 뒤에 2개 분대는 소대장이 지휘를 하며 앞에 가는 매복조를 지원하는 임무이다. 부대 철조망을 벗어나 걸어 나가는 작전은 그냥 줄 맞춰서 걸어가는 게 아니다. 작전 지점이 가까워져 오면 첨병 두 명이 먼저 가며 주위를 관찰하고 그의 신호를 보고 따라가는 것이다. 팀장은 1년이 넘게 매복 작전을 했던 김 중사였다. 병장으로 왔다가 전과를 올리고 하사가 되었다가 또 전과를 올려 중사가 됐으니 한국 같으면 그냥 병장으로 제대할 사람이다. 그는 1년을 더 연장하여 근무하는 베테랑이다. 경험이 많기에 앞 팀을 이끄는 팀장이 된 것이다. 그에 명령을 팀원은 누구든 따라야 한다. 베트콩이 지나간다는 오솔길 위에 도착하여 크레모아를 설치했다. 밤을 기다리는 것이다. 15명은 본인 몸을 숨기기 위해 야전삽으로 작은 구덩이를 빨리 만들고 그 속에서 앞을 주시하고 있어야 한다. 작전을 하는 15명의 매복조 뒤에는 만일을 위하여 지원조 15명을 소대장이 지휘를 한다. 오솔길로 이동하는 베트콩을 잡는 매복이었다. 열다섯 명이 가진 화력은 대단하다. 베트콩 2개 소대도 잡을 수 있는 크레모아 만도 5개이다. 베트콩 1개 소대가 지나간다는 정보에 의해 매복을 하러 간 것이다. 작전 지역에 무사히 도착했다. 숲속에서 몸만 숨길 수 있는 작은 구덩이를 파는데도 옴 몸은 땀으로 흠씬 다 젖었다. 크레모아를 설치하고 진을 친 곳 오솔길 아래 약 50m 떨어진 곳을 보니 그곳에는 냇물이 흐르고 있었다. 그 속엘 한번 뛰어 들어갔다 나오면 살 것 같은데 노출이 되면 위험하니 그렇게 할 수가 없다. 저녁때가 되자 구덩이 속은 푹푹 찌니 일어서만 있으면 바람이 시원할 텐데 일어서면 안 된다는 명령이 내렸다. 호안에서 가만히 앞만 주시하면 있으란다. 머리에 쓴 철모가 무거워진다. 오래 쓰고 있으면 고개가 아프다. 매복 지점에서 담배는 낮이고 밤이고 피우면 안 되고 작전이 끝나고 귀대할 때만 허락이 된다. 밤에는 손전등을 켜서도 안 된단다. 전과를 올리기 위해서는 어떤 어려움도 참아내야 한다.

일반병이 전과를 올려봤자 그 공은 장교들한테 가지 일반 병에게는 별 볼일이 없다. 병장에서, 하사 진급해봐야 별 볼 일 없는 것이다. 월급만 몇 불 올라갈 따름이다. 전과를 올리면 닌호아 휴양소에 2박 3일의 휴가를 즐길 수 있다. 일반 병은 아주 특수한 전과를 올려야만 훈장을 받을 수 있다. 그것도 받아 봤자이다. 그게 명예이지 무슨 큰 돈을 주는 것은, 아니잖은가. 큰 전과를 올린 사람은 15일 동안 휴가를 한국으로 다녀오는데 비행기를 타고 오고 간다고 한다. 그러나 그것은 극히 드문 일이라고 한다. 그저 1년 동안 안전하게만 있다가 귀국하면 되는 것이다. 모기가 피를 빨려고 인정사정없이 대든다. 요거 참 베트콩보다도 더 악질 같은 놈이다.

모기약을 몸에 발라도 소용도 없다. 모기한테는 연기가 제 일인 것 같은데 나무에 불을 붙이고 풀을 얹어 연기를 피울 순 없지 않은가. 상대할 베트콩은 1개 소대라는데 그들이 모여서만 간다면 크레모아 3개만 가지면 그들을 한꺼번에 제거할 수가 있으며 대형 전과를 올리게 되는 것이다. 베트콩들도 첨병 두 명이 지나가면서 부근을 살피며 가고 그 뒤에 본대가 따라오는 것이다. 첨병들을 사격해서는 안 되는 것이다. 그들은 보내고 본대가 지나가면 그때 사격을 하란다. 크레모아는 만약을 위해 그들이 지나갈 소로에 4개를 설치했다. 크레모아 한 발에는 700개의 알탄이 들어있다. 크레모아가 삼각형을 이루며 터지면 삼각형 30m 안에 있는 사람들은 거의 죽거니 심각한 부상을 당한다.

베트콩이 그곳을 지나간다는 정보에 의해 그 고생을 해가며 이틀이나 c 레이션을 먹어가며 진을 친 그 자리에서 꼼짝 안 하며 고생을 했는데 베트콩은커녕 뱀 한 마리 본 게 다이다. 헛정보에 놀아난 중대의 분대원들이다. 그 정보를 준 월남인은 아마 정보부에 끌려가 고무신짝으로 싸다구깨나 맞을 것 같다.

무전병이 중대와 연락을 하더니 팀장 김 중사가

“철수”

참 반가운 소리다. 크레모아를 걷고 각자 짐을 챙기고 왔던 길을 통해서 부대로 가면 되는 것이다. 그리 반가울 수가 없다. 부대로 들어가면 우선 안전하니까. 신경이 쓰이던 작전이 끝났으니 맘이 편하다. 제일 먼저 하는 게 물을 마시고 샤워다. 땀에 범벅이 되고 소금기가 달라붙은 옷을 훌훌 벗고 팬티 바람으로만 그늘에 서 있어도 시원하다. 거기에 샤워라니 참으로 몸이 날아갈 것 같다. 또 언제 작전 지시가 떨어질지 모른다. 경비병 교대는 계속하면서 그저 하루하루 안전하게 시간만 가면 집으로 갈 수가 있다. 매복을 나가거나 보초가 돼도 그놈의 모기와의 전쟁은 귀국 배나 타야 끝날 것 같다.

월남 날씨는 스콜이라고 하는 하루에 한 번씩을 거의 비가 온다. 우기철이라 그런지, 며칠 후에 다시 나간 매복 중에 비가 내리기 시작했다. 우리나라에서 보던 빗줄기가 아니다. 어두운 밤에 비는 물을 동이로 쏟아붓는 것만 같다. 금세 몸을 숨겼던 작은 구덩이에 물이 꽉 찼다. 미적지근한 물이지만 그래도 좋은데 문제는 M16 총이 비를 맞으면 안 되는 것이다. 판초 우의를 뒤집어쓰고 총부터 감쌌다. 구덩이 물 때문에 밖으로 몸을 피하고 싶다. 그러나 팀장의 지시를 받아야 한다. 말소리도 크게 내면 안 된다는 지시 때문에 대원들은 모깃소리로 옆에다 대고 말을 했다.

“분대장님한테 어떡하느냐고 물어봐.”

“일단 물구덩이에서 밖으로 나오래, 그냥 있으면 몸이 붇는대.”

옷이 젖으며 바짓가랑이로 흘러 들어간 물이 군화에 들어가지 못하니 바지를 약간 부풀려 올랐다. 그러니까 바지는 다리 목욕탕인 셈이다. 참 비가 아니고 양동이로 물을 붓는 거다. 언제 멈출지 모르니 어둠 속에서 불안감이 엄습한다.

모기가 무는 것과 비가 내리는 것 중 어느 것이 더 힘들까? 비는 그냥 견딜 만하다. 그놈의 모기 다섯 마리가 잔치하고 가면 더 죽을 맛이다. 모기가 진수성찬을 벌리고 간 여기저기가 벌겋게 부어오른다. 비가 오면 모기도 어디론가 숨는다. 이곳은 어디인가? 우리나라가 아니다. 월남 전선이다. 나는 적과 싸워야 하고 또 죽지 않고 살아서 돌아가야 한다. 그것은 절규이다. 일체유심조라 했다. 내가 꼭 살아 돌아간다고 생각하면 그것은 이루어질 것이다. 밤 작전이 끝난 것 같다.

아침이 되어 분대원들을 보니 비 맞은 생쥐 꼴이다. 우선 몸이 축축하니 옷을 벗어서 짜 입으면 금방 마를 것이다. 정글화는 물에 젖어 발을 꼭 조이고 있다. 꼭 조이듯 맨 정글화 끈을 잡아당기며 겨우 발을 빼고 군화에 고인 물을 빼고 보니 그새 발이 퉁퉁 부었다. 일단 매복 작전을 나오면 하루던 삼 일이던 "철수" 소리가 나야 이 작전이 끝나는 것이다.

수색 중대는 그 무거운 장비를 짊어지고 장거리 정찰도 나간다는데 4중대는 사단 사령부에 비상이 걸리면 사단 사령부 또 연대본부로 출동을 해야 하는 대기조인지? 장거리 정찰은 안 하나 보다. 그랬다. 4중대는 기동 타격대였다. 그 사내가 있는 동안 그 부대에서는 보름 이상 걸리는 장거리 정찰은 한 번도 안 나갔다. 거의 이틀간 만 그 주위에 매복하고는 돌아온다. 길어야 삼 일이다. 사단 수색 중대만 장거리 정찰을 나가는가 보다.

부대 철조망 주위 상공을 헬기 또는 작은 비행기가 날며 뿌리는 하얀 이슬은 맞으면 시원하다며 병사들은 맨몸으로 그걸 맞는다. 비행기가 수증기를 뿌리고 뱅 뱅 돌면 그걸 몸에 맞으면 모기가 안 문다는 소문에 그걸 몸에 맞으려고 쫓아 나간다. 그게 뭔지도 모르면서 그것은 에이전트 오렌지 즉 고엽제 나무를 말려서 죽이는 고엽제였다. 그것은 노란 색깔이 칠해진 말 통에 부대에도 있었다. 대나무같이 빨리도 커 올라오는 풀들을 죽이기 위해 부대에도 공급이 됐다. 그걸 분무기에 물을 타서 메고 나가서 뿌리면 풀은 하루도 안 가서 풀이 죽어 고개를 숙인다. 그리고 마른 잎이 된다.

얼마 동안은 잠잠했는데 부대에 조명지뢰가 터지며 비상벨이 울렸다. 베트콩의 야간 기습인가? 밤이 낮같이 환해졌다. 연신 조명탄을 발사하는 소리가 들린다.

철조망은 동그랗게 말아놓은 원둘레 1m 20cm쯤 되는 것은 아래에 3개를 놓고 그 위에 2개를 얹고 꼭대기에 한 개를 얹었으니 철조망의 높이는 약 3m 60cm 정도이니 일반 사람들은 절대 그 철조망을 통과하지 못하게 잘 만들었다. 그런데도 베트콩들은 수시로 중대원들을 괴롭히든지 그렇잖으면 기습을 하든지 하려고 옷이 철망에 걸리면 안 되니까 알몸으로 야간에 출몰하기도 한단다. 그러다가 조명지뢰를 건드리면 야간에 조명탄이 터지며 비상벨이 울린다. 그러면 전 중대원은 옷을 입을 사이도 없이 팬티 바람으로 옷을 들고는 자기에게 배당된 호로 뛰어간다. 참호에는 케레바 50이 일주일 동안 쏴대도 될 만큼 탄알이 비축되어 있다. 철조망이 뚫리면 그들이 가지고 온 수류탄이 중대원들에게 터질 것이 뻔하다. 그런 날은 잠 한숨 못 자고 동이 틀 때까지 현장에 있어야 했다. 그러면 옷을 입었어도 몸은 모기들의 잔칫상이 됐다. 바르는 미제 모기약 그것은 소용도 없다. 모기 주둥이는 판초 우의도 뚫는다는 소문인데 옷 위에 주둥이를 박고 피를 빠는 데는 당할 재간이 없다. 금방 온몸이 가렵고 난리인데 이상한 것은 긴장 상태에서는 몸이 가렵지 않다가 긴장이 풀리면 그때서야 온몸이 가렵다. 사람이 비상 상태에 돌입하면 그쪽으로만 신경이 써지니 그런가 보다. 정말 그 가려움증 미칠 지경이다. 피가 나도록 긁어도 시원하지 않다. 긁으면 상처가 나서 더 아프니 그것을 경험한 병사는 가려운 곳을 손바닥으로 아주 세게 때린다. 손이 안 닿는 곳은 동료에게 부탁했다.

그래도 그날 아무 일 없이 지난 것이 감사하다. 베트콩들은 박격포만 쏘고 도망을 간 것이다. 그런 일은 종 종 있단다. 그래도 자라 보고 놀란 가슴 솥뚜껑 보고 놀라듯이 정신이 없었다.

이게 웬일인가? 4중대에 발령을 받은 지가 두 달도 안 됐는데 사단 사령부에서 그 사내를 사단으로 들어오란다. 부대원들도 궁금해했다. 그 사내도 사단에서 부르니 웬일인가 궁금해했다. 그 사내도 모르는데 누가 알까? 물과 보급품을 싣고 매일 한 번씩 오는 헬기를 타고 사단으로 갔다. 사단 군악대로 가서 김 중사를 만나보니 그가 29연대 소속 닌호아 군예대에서 색소폰을 부는 자가 귀국을 했단다. 색소폰을 부는 사람이 필요하여 부른 것이란다. 그곳이 군악대보다 더 좋은 곳이란다. 그것은 그 사내에게 있어서 큰 행운이었다.

그 행운을 안겨다 준 것은 김 중사였다. 김 중사와는 그 사내가 상병 때 국내 1사단에 같이 있던 하사였다. 월남에서 진급하여 중사가 된 분이다. 그 사내가 병장으로 월남엘 갔을 시 보충 중대에서 그 사내를 붙들고 제일 반가워했던 분이다. 그런데 TO 관개로 4중대로 발령이 나자 제일 아쉬움을 표했던 분도 그분이다. 29연대 소속군예대에 있던 색소폰을 불던 병장이 귀국하자. 군예대에서는 백마부대 군악대에 도움을 요청한 것이다. 그걸 안 김 중사가 색소폰을 불던 그 사내를 부르게 한 것이다. 그 사내는 1사단에 있을 때 스윙 멤버 구성원이었다. 사단장님 이하 연대장님들의 회식에도 다녀본 경험이 있는 자이기에 군예대에 그 사내는 안성맞춤이었다. 김 중사님이 참 고마웠다. 아는 사람이 군악대에 있었다는 것이 그렇게 큰 힘이 될 줄은 몰랐다. '젠장' 소총 소대 가기 전에 그랬으면 얼마나 좋았을까? TO가 없다면서 보낼 때는 황당했지만 4중대에서 군예대로 파견 발령이 난다니 그렇게 좋을 수가 없다. 정말로 목숨을 안전하게 부지

할 수 있게 된 큰 행운이었다.

철조망 수리를 안 해도 되고, 매복도 안 나가고, 보초도 안 서니, 모기와의 전쟁도 좀 덜할 것이고 우선 안전한 것이 아닌가? 사단에서 군용차를 타고 29연대 연병장 부근에 있는 군예대 막사를 가니 7인조 밴드인데 사회를 보는 병장이 있다. 총 여덟 명이다. 그 사내가 발령이 나자 색소폰을 불던 병장은 귀국하러 사단으로 벌써 떠난 뒤이다. 일곱 명이 아주 반갑게 맞아 주었다. 테너 색소폰이 주도를 해나갔다. 7인조 밴드의 구성원은, 사회자, 트럼펫, 베이스기타, 훠스트기타, 드럼, 알토 색소폰, 테너 색소폰, 콘트라베이스였다.

그 사내는 색소폰도 잘 불지만, 기타를 잘 쳤다. 군예대에서 알토 색소폰과 기타를 번갈아 가며 연주를 하게 되었다. 국내에서 막 유행을 타기 시작한 이미자의 "기러기 아빠"가 있는데 현지에는 그 악보가 없었다. 레코드판을 돌리며 오선지에 악보를 그렸다.

그리고 RNG를 하여 각 파트에 주고 연습을 했다. 1사단 군악대에서 배운 것을 제대로 써먹었다. 이제부터 그들과 연주를 연습하다가 휴양소에서 연락이 오면 군용 트럭을 타고 닌호아 휴양소 그리로 가서 얼마 동안 있다가 휴양소에 휴양 온 병력이 없으면 다시 군예대로 와서 연습만 하면 되는 것이다. 막사가 지어진 연습장은 연대본부에서 연병장을 건너 약 500m 정도 떨어져 있다. 침실도 붙어있고 가장 좋은 것은 샤워를 할 수 있는 물이 매일 다섯 드럼씩 물차가 와서 넣어 주고 간다. 이제 몸이 끈끈한 일은 없을 것 같다. 변소도 따로 있다. 변소는 삽으로 구덩이를 파고 널빤지를 놓고 그 위에서 용변을 보고 꽉 차면 다시 묻고 옆에다가 다시 구덩이를 파고 변소를 만들어서 사용하고 있었다. 파리 때문에 구더기가 득실득실하다. 그러면 그 위에 휘발유를 붓고 불을 붙여 구더기를 죽인다. 먹는 물통도 스피아깡으로 다섯 개나 있어 물에 대한 걱정이 없다. 참으로 좋았다. 일주일을 연습 후 닌호아 휴양소로 갔다. 처음 가보는 닌호아 휴양소 그곳은 별천지였다. 끝이 안 보이는 모래사장 옆에는 야자나무가 보초를 서고 있고 2km나 되는 양쪽엔 철조망이 바닷속 1km까지 쳐져 있다. 그게 휴양소이다. 휴양소를 맡아 경비를 하는 부대가 따로 있었다. 철조망 안에는 전망대인 감시소가 곳곳에 높이 서 있었다. 베트콩들이 배를 타고서 약 3km 이상을 돌아야 휴양소에 들어와 공격할 수 있다. 그러나 그것은 거의 전망대에서 보이기에 그들이 들어 올 수는 없다. 그만큼 안전한 장치가 돼 있는 곳이 휴양소이다. 그곳에는 탄약이 호안에 또는 감시초소 안에 많은 양이 있었다. 휴양소 그 안에는 소대 규모의 미군 헬기부대도 있었다. 휴양소 건물 천장에는 대형 선풍기가 돌아가니 아주 시원하다. 그뿐이 아니다. 물놀이 기구도 창고에 가득 쌓여있고 모터보트 20인승도 몇 대나 있다. 그곳에 온 병사들은 언제든지 물놀이 기구를 빌려다가 쓸 수가 있다. 식사는 식당에서 따로 할 수 있으며 소대에서 먹든 식사와는 메뉴가 달랐다. C레이션에 든 고기에 물을 붓고 끓인 국은 참 맛이 없어도 휴양소에 온 병사들에게는 좋은 식사이다. 그러나 거기에서 구할 수 있는 소금과 월남 고추 한 개만 있으면 맛은 천지 차이로 변한다. 밍큰한 국에 소금을 넣고 밥을 말아서 입에 퍼 넣고는 월남 고추를 조금만 이빨로 잘라 먹으면 입 안이 얼얼하도록 맵다. 그러면 국 맛은 일품으로 변한다. 한국인은 역시 고추를 먹어야 힘이 나는가 보다. PX에 가면 맥주가 쌓여있다. 그 독한 양주도 있다. 양주를 소주 컵으로 한 잔만 마시면 더운 지방이라 그런지 금방 술에 취한다. 병장 수당 54불 중 80%는 국내로 붙이고 20%는 현지에서 달러로 찾을 수 있다. 12불 정도는 매월 찾아서 쓸 수 있다는 이야기이다. 10불이면 조니워커 한 병을 PX에서 살 수 있다. 맥주 24캔에 2불인데 참 비싸다. 군예대 고참들 또 휴양소 병들은 20% 찾을 수 있는 그 돈으로 병들에게 주는 C

레이션을 2불에 사서 물차 속에 몰래 넣고 나가면 샘 주변에서 그것을 사려는 사람들이 많다. 팔면, 월남동이던지 미화 군표 5달러를 받을 수 있다. 참 귀신이 곡을 할 귀재들이다. 샘을 지키는 1개 소대 병력이 있었다. 그걸 바로 배워 휴양소에 있을 때는 장사를 일주일에 한 번씩은 했다. 그렇게 해야, 샘 부근에 있는 월남사람들이 파는 월남 고추 열대과일 또 상추를 살 수가 있다. 상추는 우리나라 상추와는 다르다. 맛이 좋지 않으나 그것도 감지덕지다. 고추는 맵지만, 밥을 먹고 고추 하나만 깨물어 먹으면 속까지 아주 시원하다. 참 살맛이 난다. 그 사내도 그렇게 만든 돈으로 PX에서 엘피판보다 작은 소니 전축도 살 수 있었다. 휴양소 근무자들은 맥주를 휴식 시간에만 먹을 수 있지만 군예대원들은 행사 시간 외는 언제든지 사 먹을 수 있다. 바나나도 현지에서 노랗게 익었으니 맛이 아주 좋다. 그것은 휴양소에 휴가를 온 중대 소대별로 소령인 휴양소장이 나누어 준다. 입소하는 장병에게는 맥주는 할당량을 공짜로 나누어 준다. 사 먹는 맥주는 24캔 한 박스에 2불이다. 경비 병력 근무자들은 근무할 때는 못 먹어도 교대로 맥주를 먹을 수 있으니 휴양소 경비병 그들도 아주 좋은 곳에서 근무를 하는 셈이다. 냉장고 채 온 아이스크림은 공짜다. 아이스크림에 맛을 들이지 못한 병사들은 그릇으로 한 그릇을 퍼다가 맛을 보고는 그냥 버린다. 아이스크림을 다 먹으면 냉장고는 그냥 쓰레기통에 버린다. 참 미국이라는 나라의 경제력 정말 대단해 보인다. 그걸 냉장고도 없는 집으로 가져갈 수만 있다면 정말로 잘 써먹을 텐데 참으로 아깝다. 전기를 발전기로 돌려서 쓰니 촘촘히 박혀있는 전봇대에 등은 밤이라도 대낮같이 환하다. 모래사장은 낮에는 맨발로는 못 다니게 뜨겁지만, 바닷가라 그늘에만 들어가면 너무나 시원하다. 미국에서 물자 조달을 해주는 휴양소는 천국이었다. 군예대에서 하는 일은 낮에는 놀고 초저녁이 되면 그들을 휴양소 건물에 모아놓고 악기를 연주하면 휴가를 온 병사들은 맥주도 마시면서 팬티 바람으로 나와 춤도 추고 맥주도 마시면서 즐긴다.

기타맨의 음악 소리가 신나게 퍼지는 홀에서 술 취한 한국 해병과 한국 육군이 신나는 기타 소리에 맞춰 춤을 추다가 싸움이 붙었다. 해병을 육군이 몸을 부딪친 것이 도화선이 된 것 같았다. 그들은 다 캔 맥주에 맛이 좀 간 상태이다. 열대지방에서 마시는 캔 맥주는 세 개만 마시면 바로 사람을 취하게 만든다. 해병은 으쓱거리며 육군을 하대하는 말로 쌍욕을 해댔다.

"야 이 땅개들아. 어디서 해병에게 대들어 짜식들 말야, 맛 좀 봐라."

그 소리에 둥둥거리는 기타 소리가 어우러졌다. 둥둥둥 둥 둥두둥 두 둥둥 둥둥 둥둥. 싸움은 말리랬는데 음악 소리는 싸움을 북돋우는 신나는 기타맨이였다. 난리가 나거나 말거나 음악은 신나게 홀 안을 헤집고 다녔다. 거기에 신나는 드럼이 가세하니 병들은 더욱 신이 났다. 팬티 바람으로 붙은 육탄전은 10여 분 이상 계속됐다. 누가 신고를 했는지 비상 사이렌 소리가 울리고 경비 소대장이 중위 모자를 쓰고 호루라기를 불며 홀로 쫓아 왔다. 휴양소에서는 장교나 사병이나 대부분이 팬티 차림이다. 그래서 계급을 모른다. 그걸 알기 위해서는 장교들은 계급장이 달린 모자를 쓰고 다닌다.

경비 소대장은 싸우는 게 심각하다는 것을 알고서는 음악 소리를 정지시키고 군예대 마이크를 잡고 경고 방송을 했다.

"그만하지 못해 더 싸우면 발포하겠다."

그 소리는 소귀에 정 읽기다.

이어서 소령인 휴양소장도 팬티 바람으로 모자만 쓰고 출동을 했다.

한국의 해병대는 정말로 대단하다. 총을 쏴대도 그들은 싸울 것만 같았다. 휴양소장이 나와서 군예대 마이크를 쥐고 소리치며 더 싸우면 발포하겠다고까지 엄포를 놓자 육군은 슬슬 피하는데 그 틈에 해병들이 더 달라붙어 육군들을 패고 업어치기로 넘기고 더 난리가 났다. 해병들은 "경비 소대장" 쏠라면 쏴봐였다. 육군은 쫄아서 꼬랑지를 내리고 있다가 해병들한테 더 당하고 있었다. 좀 있으니 해병대 빨간 모자에 대위 계급장이 붙은 중대장이 팬티 바람으로 나타났다.

"일동 차렷."

그에 한마디에 치고받고 싸우던 해병들은 차려자세로 얼어붙었다. 구경 중에는 불구경도 좋다지만 실제로 육군과 해병대가 붙어서 단체로 팬티 바람으로 육탄전을 하는 것을 보니 그 구경도 할 만했다. 코피가 터진 것은 보통이고. 이마빡에 피가 줄줄 흐르는 병사들도 있고 다리를 질질 끌며 자기 진영으로 안간힘을 쓰며 가는 병사도 있다. 싸움은 해병들도 얻어맞은 자도 많았지만, 육군이 대패였다.

월남을 올 때 배에서도 해병들은 개판을 치기 일쑤고 그들은 밥을 먹으러 갈 때도 줄도 안 서고 그냥 밀고 들어간다. "야 땅개들 저리 비키지 못해."

육군들은 눈만 껌벅이며 맥도 못 추고 자리를 양보했다. 육군들은 호랑이 앞에 개 마냥 꼬리를 내리고는 주둥일 딱 닫고 깨갱 대지도 못했다.

벤처스 악단의 대 히트곡 중에 "하늘의 마지막 열차"라는 음악이 있다.

애달픈 음조와 신나는 음이 같이 섞인 음은 퍼스트 기타가 앞을 서서 온몸을 불사르고 베이스 기타가 화음을 잡는 곡. 기타가 가진 묘한 음률을 마음껏 자랑하다가는 뒤를 이어 장엄한 소리도 내다 부드러운 소리도 낸다. 기타에서 둥둥둥둥 북소리가 나며 사람을 긴장시킨다. 기타가 가진 모든 소리를 한 곡에 들려줄 수 있는 곡. 거기에 드럼이 달라붙어 곡을 매만진다. "하늘의 마지막 열차" 지구와 하직을 한다는 뜻의 그 음악은 제목 값을 톡톡히 하고 있다고 본다.

그 사내가 군예대에 있었을시, 작전을 끝내고 2박 3일 정도의 짧은 휴가 기간에 휴양소에 입소한 장병들에게 가장 많이 연주했던 곡 중에 하나다. 그 곡은 신나게 춤을 추게도 한다. 장병들 앞에서 이 곡을 연주하는 단원들은 숙연해지기도 하다가 신나게 악기와 함께 흔들어 대기도 했다.

그런데 이 음악을 듣는 대다수 사람의 얼굴에 표정이 아주 흥겹고 재미있어 보이지 않는 날이 있다. 그것은 작전에서 동료가 사망했을 때의 분위기이다. 그들 대다수는 다음 작전에 나가서는 내가 살아올 것인가? 그런 상념에 잡혀 흥이 날 리가 없는 것 같다. 그저 가만히 앉아서 듣기만 하면서 캔맥주를 홀짝거린다. 취기가 오른 사람 한두 명 일어나서 몸을 흔들어대면 더 많은 사람이 나와 춤을 추기도 한다. 신나게 춤을 추는 사람이 많이 있으면 악단원들도 신이 난다.

그러나 전투에서 동료를 잃은 소대가 오면 그들은 술타령만 거의 한다. 함께 단원들이 숙연해지면 단번에 단원들은 옛날의 트로트 서글픈 노래를 들려준다. 그때 최고로 유행하던 "기러기 아빠" "동백 아가씨" "허무한 마음" "하숙생" 등 그 음악은 애조를 띤 음악이라 장내가 조용해진다.

악기는 연주하는 자의 마음을 그리 따라가기도 한다.

그래도 열심히 연주하며 다른 곡으로 흥을 돋우려 애써 보지만 그들에 눈에 아롱거리는 사느냐 죽느냐의 생각을 뚫기에는 역부족이었던 것 같다.

그들의 휴가 오기 전의 작전 분위기가 연주 홀을 감싸 안는다. 작전에서 만약 사망자가 나왔다면 그 분위기를 알 만도 하지 않는가? 악단원들도 그 분위기에 동승한다.

고향의 부모님 또는 형제들 생각을 잠시라도 잊어버리기에는 캔 맥주 하나가 그들에게는 더 위안이 될 것만 같다는 느낌이 들었다.

월남을 가보지도 않은 친구들은 월남에서 자식 만드는 게 쉬운 것인지 알고 있다. 그저 밖으로 돌아다니면 여자도 만나는 것으로 알고 있다. 천만에 만만에 말씀이다. 소총수로 중대에 발령받으면 헬기 타고 들어갔다가 작전 끝나고 살아있어야 헬기를 타고 나와 사단에서 고국으로 발령을 받으면 끝이다. 여자들은 구경도 못 한다.

수색 중대 매복 작전이나 동리로 나간다면 혹시 여자 구경은 할 수 있을지 모르나 거시기라는 붕붕은 꿈에도 생각하지 말아야 할 이야기이다.

"야! 너 월남 가서 새끼 만들었지? 솔직히 얘기해봐."

"그거야 말도 안 되는 소리지. 거기 붕붕 전문으로 하는 꽁까이 하고 2불 주고 딱 한 번 한 게 아이가 될 수는 없을 거 아녀?"

"그래도 한번 가서 찾아봐라. 아마 이십 년이 넘었으니 네 자식이 있으면 20살이 넘었을 것 아닌가? 한국 사람 도둑놈 소리 듣지 않게."

그러나 아무리 돈을 주고 붕붕을 했더라도 아기를 가질 수도 있다는 것 그것은 모를 수도 있는 이야기일지도 모른다.

월남 전쟁 중이라도 먼저 간 병사들은 용케도 그 붕붕 하는 곳을 알고 있다. 붕붕을 하려다가 납치되어 어디론가 갔는지도 모르게 행방불명 된 자들도 있다고 들었다. 그런데 대낮에 드럼이 히죽히죽 웃으며 그 사내에게

"야! 색소폰 한 번 가자. 완전 무장하고 가면 어떤 놈도 못 대들어 세 명 이상만 가면 돼."

이 더위에 군복을 입고 그거 붕붕 한번 하러 위험을 무릅쓰고 가려 한다니 대단하다는 생각도 든다. 그러나 그 사내는 호기심이 없는 것

은 아녔다.

'까짓거 꼭 살아서 돌아간다는 보장도 없잖아.'

"어떻게 하고 가는 건데? 야. 드럼! 잘못하면 깨꼴락(사망)이라는데 정말 괜찮아?"

"나 하는 대로만 하고 가면 돼."

그는 M16 총에 탄창을 끼고 탄띠에는 5개의 탄창을 끼웠다. 총알이 100발이다. 그리고 물통 하나와 돈 10불만 가지고 가면 된다고 한다. 붕붕 하는 바로 옆에 월남 여자 상인들이 채소를 팔고 있단다. 거기서 월남 고추와 채소 또 열대 과일도 살 수 있다고 한다. 드럼은 참 별걸 다 아는 사람 같다. 그도 그전에 고참한테 배웠을 것이 틀림없다. 평지에 텐트만 쳐놓은 붕붕 하는 곳엔 노파가 작은 의자에 앉아서 돈을 받고 있었다. 그리고 남자들은 자기 차례를 기다리느라고 그 뜨거운 햇볕을 받으며 줄로 서서 땀을 뻘뻘 흘리고 있다. 미군들도 줄을 서 있다. 그걸 보고 줄 SAX라고 한다. 그 노파가 말을 하는데 아이구, 징그러워. 입속이 빨갛다. 보기만 해도 정나미가 뚝 떨어지는데 냄새는 더 죽인다. 늑맘 냄새다. 늑맘은 우리나라의 간장과 비슷한 것인데 월남사람들은 생선을 밖에 놓아 파리가 알을 까서 구더기가 되면 그 구더기를 가져다가 소금을 넣고서 간장을 만든단다. 그 맛을 닌호아 휴양소에서 한번 먹어본 적이 있다. 보통 비위 가지고는 못 먹는다. 늑맘을 그리 만든다는 것은 정훈부에서 나와서 교육을 할 때 들은 이야기이다. 혹시라도 월남인들과 음식을 먹게 될 때가 있으면 될 수 있는 한 간장같이 생긴 게 있으면 먹지 말란다. 만약에 그걸 입에 넣었을 때는 그냥 삼켜야 한다고 들었다. 그게 그들에 대한 예의이고 만약 뱉어버리면 그와의 관계는 그냥 끊어진다고 한다. 그 늑맘 맛을 보았다. 내장까지 속이 뒤집혀 다 올라오는 듯하다. 붕붕 하기 전 미리 돈을 받으려고 노파가 말을 하는데 그 지독한 냄새가 풍긴다. 미군이 우리나라에 와서 마늘을 금방 먹은 사람과 대화를 할 때 그런 느낌이 들었을 듯도 하다.

붕붕 하는 곳으로 들어가니 달랑 침대 하나와 사방이 커텐으로 둘려 쳐진 게 다이다.

붕붕 하는 곳은 두 곳으로 나누어져 있었다. 한 곳은 한국군 한 곳은 미군 전용이란다.

커텐 친 곳으로 들어가자 옆에서 끙끙거리는 소리가 들린다. 벽도 아닌 커텐만 쳤으니 바로 옆이나 마찬가지이다.

몸 파는 꽁까이는 부끄러운 게 전연 없는지 훌러덩 벗고는 알몸으로 침대에 벌러덩 누워서 한국말로

"빨랑빨랑 하고 가."

한다. 정말 정나미 떨어진다. 몸을 파는 그녀에게서도 늑맘 냄새가 난다. 거총을 하고는 그녀의 거시기 입구에 들어가자마자 총알이 발사됐다. 젠장 이게 2불이야! 2불이면 맥주 24캔 한 박스 값인데 좀 아깝다. 소나기 맞은 중처럼 끙얼거리며 붕붕 하는 곳을 나왔다.

그 사내가 붕붕을 한 꽁까이는 예쁜 얼굴은 아녔다. 키가 작은 그녀와 붕붕 하는 게 좋지는 않았다. 그냥 소변 한 번 본 것으로 치부했다. 안전을 위해 빨리 그 자리를 떠나야 한다는 압박감이 가슴을 조인다. 다시는 이것을 오고 싶지 않다.

2불이면 PX에서 맥주가 24캔짜리 한 박스인데 그거 아깝다. 그냥 자위행위 한 번 하는 거나 마찬가지가 아닌가!

밖에서 기다리고 있으니 드럼이 나온다.

"야! 참 난 말여 들어가자마자 방아쇠를 당겼다고. 그냥 총알이 나가더라고."

"으이그! 처음이지? 흔들어서 국물을 한 번 빼고 해야 되는겨."

"뭐라고?"

공짜 포경 수술

월남군예대에 연습실에 연대 의무중대 김00 병장이 몇 번을 놀러 왔었다. 그에 말로는 병원에서 일하다가 군에 왔다고 했다. 그러면 장교가 돼야 하지 않았나? 장교는 아니고 학교를 졸업해야 의사가 되는데 그냥 2년 차에 군엘 왔단다. 그런 병이 많단다. 있을 수 있는 이야기이니 그런가 보다 했다. 그런데 그가 몇 번인가를 우리 연습실에 왔다가는 포경 수술을 이야기하며 공짜라고 한다.

할례, 남자가 할례를 하지 않으면 방아쇠도 당기기 전 총알이 나간단다. 거의 조루증 수준이란다. 남자면 꼭 해야 한다면서 그걸 안 하면 마누라가 바람난다고 한다. 월남 꽁까이 하고 한 번 해보니 그 말이 가슴속에 와닿는다. 포경 안에는 세균이 득실거려 장가를 가면 부인에게도 안 좋다고 설명을 한다.

사회에 나가서 수술하려면은 최소 만 원이 든다고 하며 공짜나 다름없으니 포경 수술을 하라고 한다. 만원이면 공무원 봉급 한 달 치다. 이야기를 듣고 보니 그 말도 일리도 있는 것 같다.

그러면서 맥주 2박스 값 즉 4불이면 포경 수술을 해준단다. 그거 수술해도 하루면 걸어 다닐 수도 있고 걱정을 말란다. 결혼한 마누라가 바람난다고 하니 그러면 큰일이 아닌가? 빨리하자고 서둘러서 당장 그 자리에서 그와 날짜를 잡았다. 가자마자 무슨 흰 가루를 고추에 바르고 한참을 비비더니 유리 조각을 촛불에 그슬리고서는 바닥에 딱 때려 깨고 그것으로 포경 수술을 한다고 한다.

"아니 메스가 없어?"

"괜찮아 걱정하지 마. 우린 다 이렇게 했다고."

그들이 정말 유리 깨진 것을 갖고 수술을 하는지 메스로 하는지는 보이지 않으니 모른다. 마취가 덜 됐는지 뒷골이 찡하다. 이를 악물고 참았다.

그래서 그들 세 명이 하는 대로 됐다. 그들은 '포경을 잘라내고 실로 단단히 꿰맸다.'라고 한다. 붕대로 고추를 둘둘 감으니 그 크기가 가히 여자가 보면 놀랄만하다.

절룩거리며 연습장 막사로 들어오니 오줌이 마려운데 너무 아파 환장하겠다. 진통제라고 줘서 먹으니 좀 가라앉았는데. 그래도 얼얼하게 통증이 온다. 하루면 괜찮다는 수술 결과가 삼 일이 가도 그것이 아프고 소변을 볼 때마다 죽을 지경이다. 그래서 사 일째 되는 날 붕대를 살살 풀고 소독을 하려고 보니 어째 아무래도 수술한 곳이 이상하다. 열흘이 가자 붕대를 완전히 벗기고 보니 수술 윤곽이 드러났다. 고추 끄트머리가 꼬부라져 반듯하게 서지를 않는다. 수술이 잘못된 것이다. 젠장 그러니 새벽이면 눈을 뜨고 탱탱하게 부어오른 꾸부정한 그놈이 성질을 부리면 참 환장할 노릇이다. 아이구 죽겠네! 소리가 입속에서 맴돈다. 다시 해 달라고 의무중대로 쫓아가니 해는 서산을 넘어갔다. 제길 헐 수술한 책임자 놈은 귀국하러 사단으로 갔단다. 그러니까 귀국 날짜가 되어 여러 사람 수술한 돈을 가지고 떠난 것이다. 그래서 그렇게 수술을 빨리하자고 했었나 보다! 아침마다 꾸부정하게 일어나는 건 꿰맬 때 한쪽은 세게 잡아당겨서 꿰매고 한쪽은 느슨하게 한 것이라 고추 끄트머리가 지팡이 손잡이같이 약간 구부러져 있다. 참 괜히 돌팔이한테 포경 수술을 했다. 후회되어 동료들한테 보여 주니 그들은 깔깔대며 그것참 잘 써먹겠다 하며 그게 더 좋은 거라며 놀려댄다. 그 사내는 아파 환장하겠는데.

월남에서 제일 반가운 것은 편지이다. 그런데 편지는 뭉텅이로 많이도 온다. 본인에게 직접 온 거 빼고는 제일 선임이 그냥 한 움큼씩 쥐어서 아무나 주는데 그게 코흘리개도 있지만, 여고 학생들 편지도 있다. 여고생들의 위문 편지 그건 인기 품목이다. 그런 걸 돌려 읽어 갈 때가 참 재미있고 잠시나마 전쟁터라는 것을 잊을 수 있는 것 같다. 그런데 그 사내에게는 성당 성가단에서 또는 아는 처녀들 몇이 편지가 왔는데 그중에 한 사람은 일주일에 꼭 한 번씩 편지하는 처녀가 있었다. 그녀는 그 사내가 군인 가기 전날 송별연을 할 때 참석도 했고 눈이 폭 쌓인 중앙 공원에 가서 송별 사진도 찍은 처녀였다. 그런데 그 내용이 참으로 이상했다. 편지는 그냥 세 줄로 끝이다. "안녕하세요? 데레사는 잘 있습니다. 잘 계시다 오세요." 요게 다이다. 참 여자란 여수도 떨고 그저 문학적인 표현도 편지에 해야 하는 거 아냐? 의문이 많이 갔다. 성당에 다닐 적에 알던 처녀들 몇 명이 편지를 해줘서 참 고마운데 월남을 떠나 귀국을 하고 보니 그들은 거의 고무신을 거꾸로 신었다. 귀국하고 보니 시집 안 간 사람 중 한 사람은 그저 세 마디 이외는 하지 않는 그 성당에서 만났던 처녀였다. 그녀가 그 사내의 배필이 될 줄은 꿈에도 몰랐다. 인연인가 보다.

그 사내는 1966년 11월 그 추운 겨울 논산훈련소에 입교했다. 영하 5도라고 하지만 입은 옷이 변변치 못하니 몸은 사시나무 떨리듯 떨린다. 발이 시려 연실 발 운동을 하며 손을 비비고 훈련소에서 진행하는 신체검사를 하니 오전 10시에 시작한 입교 준비는 오후 3시가 넘어서야 겨우 끝나고 배치된 소대로 선임 하사를 따라서 들어갔다. 배당받은 훈련복을 입으니 헐렁하고 긴바지에 윗도리는 어린애가 어른 옷을 입은 형상이니 코미디언 찰리 채플린은 절로 가라 이다. 민간인들이 그를 쳐다만 봐도 사람들은 박장대소를 할 것만 같다. 훈련소는 한마디로 훈병을 인간 이하로 취급했다. 선임 하사라 불리는 일등병인 기간병은 법이 없다. 그의 말이 바로 법이다. 운동장에서 그들에게 발로 차이고 등짝을 작은 곡괭이 자루로 얻어맞지 않은 자가 거의 없다. 선임 하사는 저승사자만 같다.

"너희들은 오늘부터 내 지시를 받는 훈병이다. 훈병은 사람도 아냐 그러니 시키는 대로 해. 한번 말한 것을 기억하지 못하고 실행하지 않으면 몽둥이가 춤을 출 것이다. 알았나?"

운동장에서도 정신없이 볶아대던 내무반 선임 하사의 말인데 눈들만 껌벅인다.

"야 이새끼들아! 왜 대답이 없는 거야. 전부 엎드려 뻗쳐."

빨리 엎드리지 못한 자에게 몽둥이세례가 있고 일부에게는 원산폭격을 시켰다.

원산폭격은 사회 원산폭격과는 아주 다르다. 사회에서야 머리를 땅에 박고 손으로 땅을 짚고서 한 기억은 있다. 훈련소 연병장에서 머리를 땅에 박고 손은 등허리로 돌려 맞잡고 있는 한 장병을 보았다. 그게 원산폭격이란다. 엄청 힘들어 보인다. 그 벌을 받고 일어나면 얼굴로 피가 몰렸는지 얼굴이 벌겋고 어지러워 비틀거려진다. 그저 말대신 군홧발로 차고 작은 몽둥이로 때리니 훈병들은 주눅이 들어 말 한마디도 못 했다. 불과 몇 시간 전에 훈병이 아닐 때와는 완전히 다른 사람이 됐다. 일등병인 내무반장이 그리 높은 사람인 줄은 상상도 못 했다.

"야 이짜식아! 계급은 나일론 '뺑' 해서 딴 줄 알아? 너희들 이등병 계급장을 달아봐야 군대 시작이고 군대가 어떤 건지를 겨우 아는 거야."

입은 꼭 다물어야 했고 몸은 쪼그라들었다. 어느 책에선가 읽어본 자유라는 것을 박탈당한 훈병은 노예일 뿐이다. 그 글이 귀에 쏘옥 들어와 자리를 잡았다. 내무반에서 화장실을 가려 해도 자유롭지 못하다. 오줌이 마려워도 같이 갈 사람이 다섯 명이 되어야 보내준다. 얼굴이 노래질 때까지 참다가 5명이 일 인조가 되어 다녀와서 또 내무반장 일등병 선임 하사라 부르는 그에게 보고해야 했다.

"충성 000 외 4명은 화장실에 다녀왔습니다. 충성."

젠장 오줌을 누고 와서도 보고를 하라니 똥 마렵지 않은 것이 다행이다. 똥은 아침까지 마렵지 않았다. 온종일 먹은 게 있어야 똥이 나올 게 아닌가. 아마 뱃속에서 똥까지 다 녹았나 보다.

인간 같지 않은 선임 하사라는 일등병을 자세히 볼 수도 없다. 왜 쳐다보느냐며 얻어맞을 게 뻔하다. 소대 훈병들은 모두 그의 노예가 됐다. 책에서 읽어본 독일의 나치 포로수용소 그게 생각이 났다.

그래 죽이려면 죽여봐. 하고 싶지만 작은 곡괭이 자루를 들고 있는 그를 보면 몸이 움츠러든다. 한 대라도 얻어맞지 않는 게 상 수다. 그렇게 어려운 훈병 생활을 하다가 자대인 1사단 군악대로 이등병 세 명이 동시에 발령을 받았다. 15일 동안은 정말로 환희였다. 훈련소에서는 얼마나 배가 고픈지 뱃가죽이 등과 붙을 지경이었다. 1사단 본부는 본부중대. 수색중대. 화학소대가 식당 한곳에서 식사를 했다. 식권을 들고 식당 입구에서 주고 들어가야 밥을 먹을 수 있었다. 군악대로 가니 훈련받느라고 고생했다며 식권을 한 끼에 3장씩이니 선배들이 얻어다 주었다. 식권을 한 장 들고 들어가 순식간에 먹고는 또 줄을 서서 밥을 타서 먹고 또 먹고 배가 부르니 천국만 같았다. 15일이 지나자 악몽과도 같은 군악대 생활이 시작됐다. 행진곡 악보를 외워야지 발을 맞추는 행진 연습도 해야지 악기가 반짝거리게 닦아야지. 파트 선임들 밥도 타다 줘야지, 구두도 닦아 줘야지, 칫솔 치약과 수건도 또 세숫물도 대령해야지, 할 일이 태산인데, 야간 불침번까지, 또 초저녁의 얻어맞는 내무사열. 졸병 생활의 하루하루는 지옥이었다. 그걸 버티지 못하고 선배 하나가 탈영을 했다. 선임이라도 군악대 분위기는 살얼음판이었다. 그런 군 생활이 편하게 될 즈음 제대를 팔 개월 남겨 놓고 월남을 간 것이다.

군예대에 있는 그 사내에게 본대에 귀대 명령이 떨어졌다. 차출 명령이 떨어진 것이다. 닌호아 작전을 앞두고 동원할 수 있는 병력을 다 동원하여 닌호아 작전을 성공하기 위한 것인가 보다. 4중대로 원대 복귀한 그 사내는 다른 소대 중대원들과 마찬가지로 M16 탄창 10개 200발이다. 수류탄 3발 물통도 탄띠에 걸고 비상식량 c 레이션 작은 것 두 박스 약 2kg을 배낭에 넣고 물 한 수통 M16 총까지 들고 보니 그 무게도 꽤 무겁다. 베트콩이 가지고 있는 소련제 AK 총은 상대도 안 되는 총이 M16이다. 미국 군인과 한국 군인들에게 지급된 그 총은 껍질이 플라스틱이라 목제 m1보다도 아주 가볍고 성능은 열 배는 좋아진 것 같다. 그 총은 한 번에 한 발씩도 쏠 수 있고 연발로 한 클립(20발)을 순식간에 쏠 수도 있는 자동 소총이다. 월맹 호지명이가 보고 놀랐다는 바로 그 총이다. 이제 작전에 나가서 죽느냐 사느냐의 전투가 벌어질 것이다. 때로는 육박전도 해야 할 것 같다며 준비를 시켰다. 작전 시의 하달 명령을 숙지하란다.

매복 작전과는 다른 작전명이 떨어졌다. 박쥐 2~5호 작전이었다. 월남전 중 한국군 사망자가 가장 많이 나온 월남전 최대의 작전이었다.(일명 닌호아 작전)

긴장 속에서 명령만을 기다리고들 있었다. 작전 투입 전날 하늘에서 비행기 소리가 나는데 월남말로 방송을 하고 다닌다. 중대원들은 그 소리가 무슨 소리인지를 모른다. 난생처음 보는 군용 비행기에서의 방송이다. 비행기에서 방송하는 것도 처음 들어보지만, 그 소리가 엄청나게 크다. 작전이 시작되기 전에 닌호아 시가지에 있는 민간인들을 몇 시까지 철수하라는 방송이란다. 세상 참 웃기는 노릇 아닌가! 민간에게 다 피하라고 한다면 베트콩도 다 피할 게 아닌가? 뉴스에 의하면 월남 국민들은 낮에는 정부에 세금을 내고 밤에는 베트콩에 세금을 내야 한단다. 이게 무슨 개풀 뜯어먹는 소리인가? 참으로 놀랍다. 경계선이 없는 적과의 전투에서 작전을 다 가르쳐 주고 하는 전쟁이 아닌가? 아군에 큰 피해가 날 것이 뻔하다. 침을 꿀꺽 삼키고 눈을 크게 뜨고 귀는 분대장에게 보내야 할 것 같다. 작전은 백마포대에서 혼바산 일대의 베트콩 근거지를 포격하는 것으로 시작되었다. 이 전투는 29연대 10개 중대가 전투를 벌였다. 다른 연대도 있었다는데 본인이 확인한 것은 아니다.

전투는 닌호아 시가지와 혼바산 일대에서 동시에 시작되었다. 한국군의 용맹을 베트콩이 따라갈 수는 없을 것이다. 한국군은 시가지를 뒤지면 그들은 숨어서 총을 쏘고 어디론가 도망을 갔다. 그들이 도망가는 것을 무조건 쫓아가면 안 된다고 지시를 받았다. 그것이 베트콩들의 작전일 수도 있기 때문이다. 닌호아 시가지는 연대병력이 베트콩들의 지휘소를 공격하여 일망타진했다. 29연대 4중대는 혼바산으로 도망가는 베트콩들을 쫓아가며 그들과 한판 전을 벌였다. 혼바산은 칡덩굴과 20여 미터나 되는 나무숲에 어울린 정글을 뚫는다는 것은 정말로 어려운 일이었다. 일부 병력은 그들의 퇴로를 막기 위해 헬기로 병력을 작전 지역으로 투입했다.

작전 시작 후 10여 일이 지난 후 백마공수특전단이 헬기로 혼바산에 투입되었다.

하늘엔 헬기가 많이도 떴다. 헬기 소리가 진격 작전에 응원하는 그것만 같다.

베트콩들도 철저히 준비하고 닌호아 시내 또 산 곳곳에 매복하고 있었다. 참으로 앞이 안 보이니 어려운 전투였다. 사령부에서 닌호아 시는 약 15km 떨어져 있다. 백마사단 사령부에서 35km 정도 떨어진 혼바산의 지리를 잘 모르는 한국군이 더 불리하다. 백마 2차 혼바산 전투는 송서규 대대장이 67년 전사했던 그 전투 지역이기도 하다. 혼바산에 또 닌호아 시에 비밀 은거지를 두고 있는 베트콩 위원회는 백마부대의 눈엣가시였다. 치사하게 숨어 있다가 적을 사살하는 작전이 아니라 진짜 전투다운 전투가 벌어진 것이다. 소대에 한 명인 무전병은 꼭 필요했다. 그와 분대장 간에 연락이 생명선이다. 내가 적을 죽이지 않으면 내가 죽는 것이 전쟁이다.

혼바산 일대로 들어가는 입구나 닌호아에 수상한 집이 있으면 엄호하에 들어가서 뒤진다. M16 개머리판으로 그들이 숨어 있을 만한 곳을 두드리면 어떤 벽에서는 퉁퉁 소리가 난다. 그것은 그 속이 비어 있다는 증거이다. 세게 두들기면 구멍이 뚫리는 곳이 있다. 그 속에는 베트콩 그들이 양식이나 무기를 숨겨 놓았던 비밀 장소이다. 그들은 계속 밀고 들어가는 29연대 병력 앞에 밀리지만 총을 쏘고 내빼고 하니 베트콩을 잡을 수가 없다. 그들은 숨어서 쏘고 아군은 그들을 찾으며 서성대니 결과는 너무나 뻔했다. 그래도 한국군은 어떤 군인인가! 무조건 쳐들어가는 것이다.

밀림전은 한국군에게는 너무나 불리하다. 각 소대에 덩치 큰 사람이 한 사람씩 차출됐다. 화염방사기 통을 메고 다녀야 하는데 그 화염방사기의 통이 3개가 함께 매달려 있어 그 무게가 무거워 덩치 큰 사람을 선발한 것이다. 화염방사기의 위력은 대단했다. 일대가 불바다로 변한다. 화염방사기가 공격을 한 밀림 속에 작은 굴에서 불에 그슬려 타 죽은 3명의 베트콩 시체를 보았다. 그들은 포위망에서 벗어나지를 못하고 다른 곳으로 도망을 못 간 자들이다.

백마 공수특전대가 베트콩 복장을 하고 혼바산 정상 부근에 헬기로 투입되었다 한다. 닌호아 시가지에서 총을 쏘고 혼바산 정상 쪽으로 도망가는 베트콩을 사살하는 임부이다. 혼바산 중간쯤에서 공수특전대는 베트콩 병기 수리공장을 발견하고 그 공장에 있는 베트콩 15명 전원을 사살하는 전과를 올렸다.

닌호아 시가지가 어느 정도 평정히 됐는지 한국군 2진에 시가지를 벗어난 혼바산에 돌격 명령이 떨어졌다. 분대원들은 M16 소총을 들고 혼바산에서 가까운 곳에 집이 있으면 그곳을 뒤지며 산으로 향하고 뒤에서는 이중 삼중으로 엄호를 하면서 혼바산을 향했다. 베트콩을 산 위로 몰고 그곳에서 일망타진할 작전인 것 같았다. 그 사내는 1진에 속해 있었다. 소총수이니 그저 개미 전쟁 같으니 작전이 어떻고 상황이 어떻고는 잘 알리도 없는지만 알아 봤자이다. 분대원들은 분대장의 지시로 몸을 구부리고 눈은 사방을 경계하며 앞으로만, 돌격을 했다. 우리 눈에는 보이지 않는데 "따콩" 소리가 난다. 그러면 아군 중 누가 부상이든 죽든 하였을 것이다. 숨어서 AK 총을 쏘는 베트콩들을 당해낼 재간이 없다. 아군이 죽어 나가도 진격 명령은 유효했다. 나무 뒤나 숲속에 숨어 있든 베트콩은 아군이 보이면 쏘고서 어디론가로 내뺀다. 그 일대를 뒤져가며 그들을 찾으려 해도 그것도 쉬운 일이 아니다. 정글 속에 은밀히 파놓고 드나드는 굴도 있는 지역일 텐데 그리 쉽게 노출되게 그들이 작전할까?

민가에도 교묘하게 위장한 굴이 있다. 그게 굴 입구라고는 전연 생각하지 못할 곳이 굴 입구였다. 발견하면 들어간다는 게 위험하다. 수류탄을 먼저 까 넣고서 조금 후에 조사해야 한다. 전쟁한다고 미리 비행기가 알려줬으니 발견된 굴은 거의 텅텅 비어 있다. 수류탄이 굴 속에서 미치는 것은 불과 10m 미만이다. 그 안에 있는 자 중에 부상한 베트콩이 있으면 생포할 수가 있다. 그러나 거의 다 도망간 다음이니 수류탄만 날린 꼴이다.

작은 굴을 발견하고 공격을 했어도 그것은 말짱 헛거였다. 총알이 날아온 숲속을 뒤지며 습격했을 때는 벌써 다들 어디론지 도망간 뒤이다. 작은 굴이 발견되면 굴속에 휘발유를 붓고 불을 질렀다. 어디서인지 날아오는 AK 총알 소리는 줄어들었지만, 아군의 희생은 계속됐다. 수많은 희생자를 내면서도 그들을 잡으러 가야 한다. 산으로 숨어든 그들을 향하여 쫓아가면 그들은 숨어 있다가 한국군이 오면 쏘고 어디론가 없어지니 도저히 그들을 잡을 수가 없다. 그런 전투가 닌호아 혼바산 전투였다.

연대에 비상이 걸리고 사단장님 또 채명신 사령관님까지 현장엘 도착하셔서 진두지휘하며 작전을 잘못한 영관급들은 사단장님으로부터 조인트 세례를 받았다는 소문이 돈다.

"너희들 부하 다 죽일 거냐?"

채명신 사령관님으로부터도 그리 질책을 받았단다.

아군의 희생자도 줄어드는 듯했다. 베트콩들은 서서 오는 한국군을 숨어서 쏘고 내빼는 작전은 계속됐다. 베트콩들이 혼바산으로 완전히 밀렸다. 그들의 비밀기지인 굴속 부근에 있다가 한국군이 보이면 쏘고 굴로 도망을 간다. 그들은 똑같은 작전으로 한국군을 괴롭혔다. 야산으로 숨어든 그들을 향하여 쫓아가면 그들은 숨어 있다가 한국군이 오면 또 쏘고 어디론가 없어지니 도대체 그들을 잡을 수가 없다. 그들의 작전은 정면 대결이 아닌 그런 작전이었다. 한국군을 보면 내뺀다는 베트콩 그들이 기겁할 한국군은 정말 용감했다. 후퇴는 없다. 명령에 따라 수색을 하며 혼바산을 뒤졌다.

월남전 사상 그 작전에서 가장 많은 한국군이 전사한 작전이었다. 굴을 찾기 위해 화염방사기가 동원됐다. 굴이 있을 만한 지역을 발견하면 화염방사기가 불을 쏘아댔다. 그 위력은 대단하다. 그리고 찾은 동굴을 가보면 동굴이 너무나 작다. 한 개의 동굴 부근에서 베트콩이 총을 쏘면 그 동굴을 향해 소대 병력이 총에 맞아 쓰러지면서도 악착같이 쳐들어갔다. 많은 희생을 치르고 동굴을 향해 화염방사기를 쏘고 동굴 입구를 확보하고 쫓아가 보면 그들은 다른 곳으로 이동한 상태이다. 작은 동굴을 발견하면 그곳에 휘발유를 붓고 불을 질렀다. 한편에서는 다른 작전이 시작됐다. 숨어서 쏘고 도망가니 휘발유를 쓰고 버린 드럼통을 절단하여 판판하게 하여 그것을 방패 삼아 진격을 했다. 그것은 효과가 있었다. 우선 그들의 총에 희생자가 덜 나왔다.

증대 병력이 혼바산 350고지를 탈환했다. 정상까지 가는 정글은 정말 험했다.

그곳까지 올라가는데 소대장님의 목소리가 귀를 떠나지 않았다.

"적을 죽이지 않으면 네가 죽는 거야."

닌호아 작전에서는 우리 소대원 1명이 전사하고 한 명은 중태 세 명은 경상을 입었다.

AK 총 몇 방에 전사한 전우는 화랑 담배 연기 속에 사라진 전우가 아니라 말보로 연기 속에 사라진 전우였다. 그걸 자세히 쳐다볼 시간도 없지만, 자신의 안위가 먼저인지라 눈을 깜빡이면서 사주 경계를 하며 돌진을 해야 했다. 바로 전까지도 쌩쌩했던 자가 위생병 들것에 실려 가는 그를 보며 잘 가라 인사할 겨를도 없었다. 안타깝고 애타는 심정은 누구나 가졌을 듯싶다. 수십 년이 지났어도 지워지지 않는 아픈 기억이다.

전과는 작전이 끝난 다음 발표되었다. 베트콩 5명의 포로와 15명의 귀순자와 사살된 자가 329명이었다고 한다. 사살된 자 중에서는 북한군 시체 8구도 발견이 됐다고 했다. 비밀 사항인지 한국군 사상자는 발표되지 않았다.

공산화 후에 밝혀진 그들은 중요 동굴은 혼바산 정상 부근에 있었다. 그곳을 발견했었는지는 모른다. 동굴은 수십 km로 연결돼 있었다고 한다. 그러니 그들을 잡는다는 게 쉬운 일이 아니었을 것이다. 하물며 한 집안에는 가족이 살기 위해 월남군에 들어간 자도 있고 베트콩이라 부르는 월맹군에게도 들어가 있으니 정보를 정확히 받을 수는 없는 일 아니었을까? 베트콩을 잡아다가 정보부에서 조사하고 그들의 말을 믿고 작전을 편 한국군 헛정보에 많은 희생과 힘을 쏟아부은 게 아닐지? 의문이 안 갈 수가 없다.

베트콩들은 동굴로 들어가면 연결된 굴을 통해 다른 곳으로 도망간 뒤였을 것이 아닌가? 그들이 그런 동굴을 이용하고 있다는 것을 알아내지 못하고 헛정보만 들려주는 이중 첩자들의 농간에 홀딱 넘어간 정보부가 아니었나?

결국은 닌호아 혼바산을 평정했지만, 전과는 아군의 희생자에 비해 미미했다. 그래도 닌호아 지역은 베트콩 군인들이 제일 무서워하는 지역이 되고 민간인들이 안전하게 지내는 게 백마부대 덕이라는 것을 주민들은 안다.

작전이 거의 끝날 시점에 베트콩의 박격포가 그 사내가 있던 곳 가까운 곳에 떨어져 터졌다. 작아 보이는 박격포라도 가까운 곳에 떨어져 폭발하면 그 소리는 엄청나게 크다.

그 작전에서 유일하게 죽을 뻔한 사건이었다. 박격포에 눈이 없으니 망정이지 눈이 달린 박격포가 있었다면 그 사내는 "깨끌락"(월남어 죽음) 했을 것이다.

그 사내는 그 전투에서 왼쪽 다리를 스치고 지나간 작은 파편상만 입었다. 의무중대원이 발라주는 소독제와 연고를 바르고는 끝났다. 작전이 끝난 뒤에도 의무중대에 가보니 별것이 아니라고 하여 주사 두 대 맞고 귀대하여 혼자 빨간약 소독만 몇 번 하고 끝났다. 부상자 신고는 하지도 않았다. 그것은 군예대에 있는 병이라는 것을 안 의무중대 안면이 있는 이 병장이 친절하게 그 파편상은 별거 아니라고 했다.

전쟁이란 적을 죽이지 않으면 내가 죽는 것이다. 전쟁에서 죽는다는 것은 순식간이다. 총 한 방이면 죽으니까. 살아남은 것만 해도 감사하다. 꼭 살아서 귀국할 것이라 믿은 일체유심조 그걸 믿었으니 살아난 것만 같다. 귀국하고서 월남전에 대한 양민 학살이라는 유언비어가 난무하는 데는 놀라울 뿐이었다.

월남전쟁이란 우리나라 경제 부흥에는 한몫을 톡톡히 한 것은 사실이다. 월남전쟁에 참여한 군인은 정말 민주주의를 위하여 희생한 것인가? 그것 또한 맞는 말이다.

미국에 뉴욕에 있는 컬럼비아 대학교 학생들도 민주주의를 위해 한국전쟁에 지원하여 큰 희생을 치르지 않았던가!

적을 죽이지 않으면 내가 죽는 전쟁. 죽지 않으면 전쟁이 아닌 것만 같다.

닌호아 작전이 끝난 후 즉시 군예대로 복귀했다. 휴양소는 만원이었다. 그들을 위해 연주를 해야 한다. 이제 삼 개월 정도만 더 있으면 귀국이다. 삼 개월 그것도 꼭 산다는 보장은 없다. 귀국하면 돈이 된다기에 박스에 싣고 올 탄피 작업, PX에서 조니워커를 구매하며 귀국 준비를 시작했다.

일주일에 꼭 한 번씩 꼭꼭 엽서를 보낸 고마운 성당 성가단에 같이 있던 그녀에게 그 사내는 선물을 보낼 기회를 잡았다.

본부중대 행정반에 김 하사 그는 군예대에도 시간만 나면 군예대 연습실에 와서 연주하는 것을 들으러 자주 왔다. 그는 행정반에서 파월 자들의 봉급을 한국에 보내는 자리에 있었고 자주 만났기에 그를 믿었다. 행정반 요원이라 친해 둘 필요도 있었지만, 그가 귀국한다고 한다. 잘됐다 싶다. 소니 전축(축음기) 작은 것(엘피판보다도 작은) 하나를 가지고 있었기에 그것을 가는 편에 보내기 위해 그에게 부탁하자, 김 하사는 걱정을 말고 자기 짐 속에 넣고 가서 지정하는 사람에게 꼭 줄 테니 걱정을 말란다. 그래서 또 맥주까지 사서 귀국하기 전 진탕 먹였다. 그가 귀국길에 올랐다. 편지로 작은 축음기를 하나 보냈다고 그녀에게 편지를 보냈다. 그리고 김 하사의 답신을 기다렸다. 우편은 대부분이 항공 우편이기에 늦어도 15일 정도면 답신을 받아 볼 수 있다. 그런데 김 하사는 연락이 없다. 연락할 방법도 없다.

이상하다는 느낌은 들지만 김 하사 그를 믿었다.

나트랑 부근 닌호아 작전이 끝난 후 군예대 연습실 옆에 있는 귀국 박스를 만드는 목 공소가 있는 곳으로 가보았다. 10여 명이 근무하는데 그들도 작전에 참여했기에 혹시 그들 중 누가 죽었나 궁금해서 가보니 이 병장이라는 사람이 월남 돈을 다리미로 다리고 있다. 월남 돈은 동이라고 부른다.

"어이 이 병장 그거 어디서 난 거여? 꽤 많은데 동(월남 돈 화폐단위)이 색깔이 안 좋네."

"헤헤 요건 몰랐지? 닌호아 작전 나갔다가 총 개머리판으로 민간인 집 벽을 두드리는데 텅텅 소리가 안 나더나! 그래서 옳다! 그 벽을 사정없이 찍었는데 속을 보니 이 벌건 색 돈이 아이가, 돈을 넣고 도배를 한 거제. 먼지투성이 아이가! 그냥 배낭에 쑤셔 넣었재. 이게 뭐 그리 많은 건 아니잖아?"

"이 병장 너 참 대단하다 죽을지 살지도 모르는 판에 돈을 챙겨?"

"니는 뭐 돈이 싫나? 죽을 땐 죽드라도 일단은 챙기고 바야 재."

'이 병장은 돈 벌러 온 건가?'

"그냥 전부 백마부대가 한꺼번에 올 때 빽 없는 사람은 별수 없이 왔잖아."

"그건 초창기 66년 10월 한국에서 한 얘기여."

참 대단한 사람이다. 경상도가 고향인 그는 한몫 잡았다며 싱글벙글하며 돈을 다림질하고 있었다.

"그 돈을 어떻게 가지고 가지? 또 한국 가서는 쓸 수도 없는 돈 아냐?"

"니는 그리 머리가 안 돌아가나? 여기서 전자 제뿜 물건을 PX 전표로 사가꼬 가면 될 거 아이가? 금성 TV 한 대 전표만 갖고 가면 가시나가 길혼 해자며 달려들꺼 아이가?"

하하하, 입을 헤 벌리고 하하거린다. 한국에서 요즈음 만든 금성 텔레비전은 진짜 처녀들이 아니라 누구든지 좋아할 물건이다. 금성 텔레비전은 흑백이지만 PX에서 표를 사 가지고 귀국하여 그 표와 바꾸면 되는 것이다. PX에서는 달러만 받으나 월남동은 환전하면 되는 것이다. 그에 말은 맞는 말이다. 군인들은 월 수당에서 20%를 떼어서 현지에서 받으면 그 달러를 가지고 PX에서 금성 텔레비전 티켓을 사는 사람도 있었다. 잘 모르기는 해도 이 병장이 다리미로 다리는 돈은 금성 텔레비전 한 대하고 소니 카메라 한 개 살 돈은 되는 것 같다.

"ㄱ 병장 테레비 티켓 사문, 고마 내 맥주 두 빡스 사꼬마."

그 사내보다 그는 넉 달이나 월남에 먼저 온 이 병장이다. 그는

"이제 하루 갔재, 귀국 칼라카문 딱 한 달 남았네. 니는 내가 부럽재."

그는 재주도 좋다. 월남동을 달러로 어디서 바꾸었으니 살판이 났다.

이 병장은 하루하루 일어나자마자 귀국 날짜를 세는 재미로 산다고 한다.

맞다. 머리를 끄떡였다. 그 사내는 그가 부럽다. 휴양소를 몇 번만 나갔다 안전하게 오면 그는 귀국도 바로 하겠지만 이 병장 그는 돈도 많이 챙겼다. 그 사내는 속으로 세상은 공평한 게 아냐 하며 손가락으로 머리를 북북 긁었다.

9
희망의 귀국선 속에서의 꿈

드디어 귀국 날짜가 다 되었는데 발령이 안 난다. 알아보니 색소폰 뒤 타자가 올 때까지 조금만 기다리란다. "일각이 여삼추" 그 말이 여기에 통하는 것 같다.

그 사내는 군예대에 색소폰을 연주할 자가 없는 바람에 뒤 타자가 올 때를 기다리는 수밖에 없었다. 다행히 한 달 만에 색소폰 연주자가 와서 귀국길에 오를 수 있었다. 전쟁터인 월남에서 사고 없이 살아서 귀국 배에 올랐다. 마음속으로 만세를 불렀다.

전쟁터에서 살아서 집으로 돌아간다는 것 그것은 환희이다. 당사자 많이 가슴이 떨려오는 느낌을 알 수 있다. 부모님과 형제들이 있는 즐거운 나의 집 그곳이 행복의 보금자리라는 걸 다시 느꼈다. 빨리 가서 부모님과 형제들을 만나보고 싶다.

만세! 만세! 만만세! 이제 받을 돈으로 장사를 하든 뭐를 하든 걱정이 없을 것 같다. 배에 올라서는 꿈에도 그리던 문방구점을 하려고 별생각을 다 했다. 어떻게 하면 학생이 많은 초등학교 정문 앞에다 문방구점을 차릴 수 있을까? 점포세는 얼마나 할까? 또 문구를 사려면 돈은 얼마나 가져야 할까? 어떤 종류의 물건을 사야 할까? 도매상은 어디에 있을까? 문구를 생산하는 공장에서 물건을 사들인다면 싸게 팔고도 이익이 남을 것 같다. 별별 생각이 다 난다. 그러면서도 마음은 흐뭇하다. 삐걱거리며 흔들리는 배 침대에 누워서 돈이 모자라면 어떻게 해야 할까? 학생들은 손님이니 손님은 왕이다. 그들이 오면 오는 사람마다 사탕 하나씩을 무료로 주면 아이들이 더 올라나? 초등시절 공책이 모자라 공책 뒷면에 받아쓰기한 적도 있다. 사탕 대신 공책을 한 권씩 줄까? 생각은 생각을 낳고 잠도 오지 않는다. 누가 도와줄 사람은 없다. 오직 내 힘으로 해야 한다.

귀국하면 돈이 된다고 하여 다른 물건은 거의 다 치우고 케레바 50 탄피로 귀국박스를 거의 꽉 채웠는데 그걸 팔면 얼마나 될까? 군인 목수가 귀국박스를 만드는 곳이 연습장 바로 부근에 있으니 탄피를 넣을 C레이션 박스 몇 개가 귀국박스에 들어간다는 것을 잘 안다. 탄피의 부피를 줄이기 위해 시간이 나는 대로 탄피를 큰 망치로 두드려 납작하게 만들었다. 그래야 한정된 C레이션 박스에 많이 들어갈 게 아닌가? 그렇게 해서 남보다 더 많은 탄피로 귀국박스를 채웠었다. 귀국박스는 나무로 짠 튼튼한 박스이다. 높이가 1m 20에 가로 90cm 세로 120cm 크기이다. 그 박스를 한 사람이 한 개씩 가져올 수가 있는 것이다. 그 박스 하나에는 탄피가 약 2톤 이상 들어갈 것 같다. 귀국박스를 만드는 나무는 미국에서 물자를 싣고 오는 버려진 박스를 쓰기에 천지다. 포장은 강철 띠로 하기에 탄탄하다. 귀국박스는 전부 기계로 들어 올려 트럭에 싣고 배에 실으려고 먼저 떠났다. 나머지는 따블빽에다 조니워커 5병 C레이션박스 한 박스 작은 것 6개만 뜯어서 넣었다. 다불빽에 남은 공간은 발령장 등 서류와 기타 잡동사니였다. 그것도 무게가 꽤 나간다. 배에 도착해보니 귀국박스를 기계가 싣고 있었다. 그걸 구경하니 기분이 좋다. 어젯밤에 밤잠도 설쳤으나 피곤하지도 않다. 배가 이틀에 걸려 귀국 장병들의 귀국 짐을 다 싣고 출발을 했다. 귀국 배는 올 때와는 완전히 분위기가 달랐다. 전부들 얼굴에 미소가 그려진 얼굴이다. 뱃멀미하는 사람도 거의 없다.

배에서 주는 식당에 밥도 월남에서 먹던 것과는 달랐다. 올 때는 그리 맛이 없든 음식이 월남부대에서 먹는 그것보다 더 맛이 있다. 돌고래가 유영하며 쫓아와도 갈 때와는 사뭇 달리 보였다. 참 멋이 있어 보인다. 일주일 만에 배가 부산 항구에 도착했다. 살아서 우리나라에 도착했다는데 꿈만 같다.

귀국해서 돈을 받으려다가 깜짝 놀랐다. 부산에서 그 김 하사에게 사기를 당했다는 것을 알았다. 월남에서 송금한 수당을 타려고 보니 두 달 치를 내 봉급에서 100% 누가 찾아간 것을 알았다. 딱 봐도 김 하사의 짓이었다. 110불 정도를 사기를 당한 것이다. 기가 막혔다. 그리 알랑대더니 80%를 국내로 송금해서 귀국하여 받아야 했는데 보니 100%씩 월남에서 찾은 것으로 도장을 위조하여 두 달 치를 가로챈 것이다. 연대 본부중대 행정 반원이 아니면 절대 할 수 없는 일이었다.

배신감이 들었지만, 어찌할 도리가 없는 것이다. 김 하사는 고향이 부안이라고 했지만, 그것도 부안인지 무안인지 믿을 수가 없다. 그는 또 3개월 전에 제대했을 것이 아닌가! 그 사내는 부산에서 받은 수당과 조니워커 팔은 돈 탄피 팔은 돈 등 많은 현금을 가지고 있으니 또 그걸 조사를 하라고 할 수도 없다. 그러다 보면 집에 언제 올지도 모르지만 벌써 증평 예비사단으로 발령이 난 상태이다. 예비사단 입소는 7일간의 여유가 있었지만, 부산에서 하루 또 집으로 오는 시간을 계산해보니 그걸 조사해달라고 할 수도 없다. 시간이 너무 촉박하다. 그 문제는 포기하기로 하고 우선 귀국 박스를 정리해야만 했다. 도둑놈한테 돈도 맡기고 고마워서 보낸 선물까지 맡긴 꼴이 되어 선물을 보낸 사람에게 할 말을 잃었다. 그러지 않았으면 귀국하자마자 그녀에게 선물을 받았느냐고 그녀의 직장으로 전화를 걸어 물어봤을 것인데 입을 봉했다.

다른 하사 이하 병들은 다 찾아야 한국 돈으로 환전하면 12~15만 원 정도였다. 한국에 와서 박스를 풀고 장사꾼들에게 탄피를 팔았다. 월남군 PX에서 구매한 조니워커는 장사꾼들이 그 물건을 사려고 난리다. 병당 2만 원씩에 팔았다. 가져온 200달러는 본토 불이 아니라 군표란다. 그것도 서로 살려고 난리다. 환전했다. 그것도 큰돈이었다. 그 사내는 조니워커 몇 병과 부산 현지에서 탄피를 판 돈까지 합치니 30만 원이 넘었다. 또 제대하고 간 김 하사 그를 찾을 수도 없을 것 같다. 그래서 그를 찾는 것도 조사를 시키는 것도 포기했다. 부산에서 청주를 오려면은 조치원까지 오는 기차밖에 없다. 버스 직행은 없다. 대구서 한 번 대전서 한 번 갈아타야 한다. 현금을 따불빽에다 넣었으나 가지고 있는 것이 불안하다. 부산에서 청주까지 택시를 대절하면 얼마냐고 물으니 2만 원을 달란다. 돈도 있겠다. 살아서 돌아온 것도 기분 좋았다. 누가 청주 쪽으로 갈 사람이 있느냐고 찾아다니니 진천으로 갈 사람이 한 사람 있다. 그 사람과 일 인당 1만 원씩을 내고 택시를 대절했다. 청주로 먼저 가고 진천으로 그를 데려다주기로 약속을 하고 택시를 대절했다. 부산에서 서울로 가는 경부 고속도로는 아직 미완성이라 길은 비포장도 있고 엉망이었다.

택시는 정말 감질나게도 늘쩡을 부리며 걸어가는 소만 같다. 젠장 빨리 좀 가면 누가 잡아먹나! 창문을 열기에는 이른 봄 날씨다. 뜨거운 열대지방에 있다가 갑자기 변한 날씨는 몸을 움츠리게 한다. 개통은 했지만, 아직 공사 중인 고속도로는 정말로 비포장도로보다도 못한 곳이 많다. 오히려 그냥 누가 잡으러 오는지 도망가는듯한 트럭이 희뿌연 먼지를 뿌리며 추월하니 택시는 안개 속에 갇힌 것만 같다.

택시는 고물상 쓰레기통에 넣어야 할 똥차임에는 틀림이 없다. 그게 달 달거리며 간다는 게 신기할 정도이다.

추풍령 고개에서 자동차가 고장 났다. 택시는 완전 고물차였다. 라디에이터에 물이 부족하여 라디에이터와 엔진과 연결한 고무호스가 녹으면서 엔진 룸에서 연기가 나며 엔진이 서버린 것이다.

운전사는 물통을 들고 산 아래까지 가서 물을 떠 오느라 한 시간 이상을 소비했다. 스페어타이어에 바람을 빼고 타이어를 지렛대와 대형 드라이버로 벌려 휠에서 빼고 안쪽에 있는 주부를 칼로 찢어서 고무줄을 만들어 고무호스를 엔진과 연결하여 물이 안 새게 하고 보니 그것도 한 시간 이상을 소비했다. 아침에 부산에서 출발했는데 청주에 오니 오후 7시가 넘었다. 어두웠다.

연락할 방법이 없기에 그냥 집으로 온 것이다. 집에 도착하자 집에서는 모두가 깜짝 놀랐다. 죽은 자식 살아온 것 같은지 어머니는 자식을 끌어안고 감격의 눈물을 철철 흘리신다.

기타, 그것을 배우는 바람에 군예대로 가게 되고 월남 전선에서 목숨줄을 이어 줬는지도 모를 그런 물건이 된 것은 아닐까? 기타에 아주 미쳤었다. 기타를 연습할 때에는 밥 먹는 시간도 잃어버릴 때가 많았었다. 그렇게 연습을 했기에 군예대로 가게 되었고 살아서 고국으로 돌아온 것이라고 생각이 든다.

월남전은 우리나라에는 큰 힘이 되었겠지만 참전한 개인은 힘들게 벼농사를 지었는데 쭉정이 벼만 거둔 것 같다. 미국에서 전투수당을 정부가 받았다는데 정부는 그런 일이 없다고 한다. 알 수 없는 일이다. 참전군인에게 대한 전투수당이 60년이 지난 지금에도 오리무중이니 참전 용사들은 그게 불만이다.

10
그 사내의 산산이 부서진 꿈

선생님은 꿈을 크게 가지라고 하셨다. 그런데 꿈을 가져봤자 돈이 없으니 또 직업이 없으니 옴짝달싹할 수가 없다. 초등학교 시절 제일 부러운 것은 문방구점이었다. 학용품이 없어도 그 머시매는 아버지 어머니에게 돈을 달랄 수가 없었다. 공책 한 권에다 각 과목 공부한 것을 다 적었다. 먹을 것도 없어 저녁이면 보리쌀을 갈아서 푸성귀나 말린 시래기를 넣고서 끓인 죽을 먹는 것도 황송한데 감히 공책 살 돈과 연필 살 돈을 여유 있게 달래! 안되지 말은 하나 마나니까. 그래도 선생님 말씀을 믿고 꿈을 크게 한번 가져보자. '나는 커서 문방구점을 할 거야.' 머릿속에다 아주 쏙 들여 밀었었다.

월남을 다녀와서 돈을 상호 신용금고에 저금하고는 15일간을 증평 사단에 가서 예비군 교육을 받고 제대증을 받아서 나왔다. 무언가를 할 수 있다는 희망에 차 있던 늦은 봄 봄비가 부슬부슬 내리고 있었다. 집에 오니 긴장했던 마음도 풀리고 제대도 했으니 기분이 참 좋다. 며칠 동안은 친구들과 술도 한잔해가며 지냈다. 이제 문구점을 하기 위해 다녀볼 참이다. 하루는 밖으로 나가려다 비가 오고 하여 더 누워있는데 안방에 손님이 오셨다고 두런거리는 소리가 들린다. 아버지는 어머니에게 술을 사 오라고 하셨다. 손님과 대화하는 소리가 장지문 하나 사이에 누워있는 그 사내에게 다 들린다.

그 손님은 빚쟁이였다. 돈을 받으러 온 것이다. 이야기를 듣다가 깜짝 놀랐다. 장례 쌀을 얻어 공장을 차리신 아버지에게 그는 빚 독촉을 하러 온 것이었다. 남은 돈이 이십팔만 원이란다. 그 많은 빚을 얻고 갚지 못하여 닦달을 당하고 계신 것이다. 그 빚쟁이는 술을 마시며 한참을 닦달하다가는 밖으로 나갔다.

아버님 날 낳으시고 어머님 날 기르시니
두 분 곳 아니시면 이 몸이 살았을까.
하늘 같은 이 은혜를 어디에다 갚을까?

윗방에 누워있는 그 사내에게 그 시가 머릿속으로 들어와 마음을 어지럽혔다.

시간과 젊음이란 무엇인가? 그것은 인간이 갖은 최대의 무기이다. 이제 다시 빈털터리가 된다 한들 무엇이 두려운가! 지금 것도 고생하면서 살아왔는데 세파를 이기지 못할 일은 없지 않겠는가? 부모 불효는 사후 후회 그것은 선각자님들의 교훈이 아니던가! 월남을 다녀오지 않았다면 이 돈도 없질 않았을 것 아닌가! 부모님이 사채업자에게 곧 갚는다고는 하지만 그것은 적은 돈이 아니다. 작은형과 같이 운영하는 마차 공장을 운영하여 그 빚을 갚는다는 건 어려울 것 같다. 공장도 차가 자꾸 늘어나니 사양 길에 들어설 것이 눈에 보인다. 공장에 일도 많지 않다.

월남에서 귀국할 배에서까지도 전연 생각지 않았던 일이 벌어진 것이다.

어떤 것이 더 중요할까! 가정이 살아나야 가족의 구성원이 흩어지지 않을 것 아닌가?

기차가 긴 터널을 지나듯 머릿속에 갈등은 혼돈의 터널을 지나가는 것 같다. 나야 거지가 되든 말든 아버지를 사채 구덩이에서 끌어내 드려야 한다. 일체유심조야. 결혼도 하지 않았고 부양가족도 없으니 무슨 일이든 열심히 하면 다 될 것이다. 나만 잘살려는 욕심을 버리자. 읽어본 로빈슨 크루소의 삶이 생각이 났다.

이제는 고해苦海에서 난파선이 된 선박을 탔다고 생각하고 다시 키를 잡고 로빈슨 크루소처럼 바다로 나아가야 한다. 로빈슨 크루소는 그 많은 재물을 바다 파도에 다 실려 보내고도 살아남지 않았던가. 그래 마음먹기에 달린 거야. 코흘리개 적 유리구슬이 그렇게도 가지고 싶어 끝까지 버텨 유리구슬도 가져보지 않았던가!

부모님은 하늘인 거야!

부모님에게 불효하면 돌아가신 후 후회한다고 하지 않았던가!

생각이 거기까지 미치자 벌떡 일어나 잠옷을 벗고 외출옷을 입었다.

그 사내는 돈보다 가족의 행복을 생각했다.

다 부모님에게 드리고 다시 시작하자! 젊음과 시간이 있지 아니한가.

다시 일어서면 되지! 그 사내는 월남에서 돌아와 예금한 상호신용금고엘 갔다. 그리고 돈을 다 찾았다. 집으로 와서는 월남에서 벌어온 돈을 그렇게도 입고 싶었던 사복인 양복 한 벌 맞출 돈과 용돈 2만 원만 남기고 아버지 어머니 앞 방바닥에 그 돈을 다 놓았다. 순간의 선택이었다. 공장을 하는 집을 30만 원을 주고 샀다니 그 집값을 거의 다 내드린 셈이다.

"이거 다 가지세요. 그리고 빚을 다 갚으세요."

아버지 어머니는 너는 어떻게 하려고 그러느냐는 얼굴로 그 사내를 쳐다보았다.

"제 걱정은 마세요. 시간을 봐가며 어디든지 가서 취직할 거예요."

방 밖으로 나왔다. 돈을 놓은 방을 한번 뒤 돌아다 보았다.

머리가 심란하니 막걸리를 한 잔 먹고 싶다. 친구를 만나러 나갔다.

귀국선을 타고 희망에 부풀었던 것은 다 물거품이 되었다.

시간이 멈추지는 않지! 시간이 가면 다른 세상이 올 것이야!

집에 와서 빚쟁이들의 이야기를 자세히 듣고 보니 그 사내의 아버지는 집 옆에 도로에 붙은 집이 매도로 나오자 돈도 없으면서 욕심이 나시니 그것을 30만 원의 거금을 장례 쌀로 얻어서 그 집을 사서 작은형에게 등기를 해준 것이다. 군대 가기 전까지도 전연 몰랐다. 그것은 아버지와 작은형이 하든 공장이 잘되어 이자도 잘 내고 하니 빚쟁이들이 독촉을 안 한 것 같다. 또한, 막내인 그 사내에게는 해줄 것이 없으니 그 사실을 숨기신 것 같다. 모르던 사실인데 월남을 갔다 와서야 알았다. 아버지가 사시는 집도 큰 형님 앞으로 등기가 돼 있는 집이니 아버지의 재산은 하나도 없는 빈털터리이시다. 아버지는 할아버지에게 그렇게 땅 한 평도 받지 못하셨으면서도 오직 큰아들이셨다. 그래서 사시는 집을 매수할 때 등기를 큰아들 앞으로 해 주셨다. 그리고서는 그 옆에 집을 사들이고는 그곳에 작은형과 공장을 차리신 것이다. 돈도 없으시면 어떻게 그런 배짱이 있으셨을까? 당시 쌀 한 가마니 값이 9,000원이니 약 쌀 30가마니 값이다. 일 년 후에 얼마를 갚아야 하는겨? 약 40만 원이 넘지 않는가? 어떻게 그런 무모한 일을 하셨을까? 기막힌 고리대금 종류 "장례 쌀?" 그것은 쌀 한 가마를 빌리고 일 년 있다가 반 가마니를 보태서 갚는 연 50%의 고리

대금이다. 그런 돈을 얻어서 공장을 운영하며 매월 빚을 갚아 나가셨다니 참으로 대단하신 분이다. 아버지는 사채업자에게 얼마를 갚았는지는 모른다. 아마 원금도 갚아 나가셨겠지만, 이자만 내실 때도 있었나 보다. 원금과 이자를 내라고 사채업자로부터 독촉을 받고 계신 것을 그 사내가 귀국 후에 들은 것이다. 그 사내한테 아버지의 말씀은

"내가 신용이 있으니 그런 많은 것을 얻을 수 있었다"라고 하셨다. 하긴 맞는 말씀이다. 신용이 없는데 어떻게 쌀 삼십 가마니 값을 무담보로 얻을 수 있다는 말인가?

그 사내가 준 그 돈으로 빚을 갚았다고 하셨다. 어머니는

"이제 빚 걱정 없이 다리 쭉 뻗고 살게 됐으니 네가 우리 집을 살린 거구나."

하셨다. 그 사내의 꿈은 그렇게 사라졌다.

그 사내가 군인을 갔다가 월남까지 다녀오니 아버지는 아들을 장가를 보내기 위하여 색시를 물색하고 계셨는지 느닷없이 선을 보라고 한다. 아니?

"아버지 무일푼에 직업도 없는 총각한테 누가 시집을 온대요?"

비단과 포목 장사를 하는 부자 친구의 조카인데 한번 만나보란다. 아버지가 시키니 할 수 없지 않은가? 또한, 그 여자가 어떻게 생겼는지 궁금하기도 하다. 이발도 하고 옷도 좀 좋은 것을 입고 오라는 데를 가보니 엥? 선을 보러온 여자는 없고 아버지 친구가 비단을 파는 포목점으로 들어오란다. 먼저 자기가 이야기를 해보고 조카를 보여준다는 이야기이다.

'젠장 내가 동물원에 원생인가!'

그 사내는 묻는 말에 대답도 안 하고 포목점 앞에서 발길을 돌렸다. 집에 와서는 아버지한테 한 소리는 들었다. 열흘이 지나자 또 선을

보라고 하신다. 꾸물대며 며칠을 버텼다. 아무리 생각해봐도 결혼을 할 처지가 아니다. 선을 봐서 어떻게 하란 말씀인가? 참으로 보나 마나일 것 같은데.

"이번에 선을 볼 처녀는 청주 사람이 아니고 진천 사람이여. 시장 방앗간 집 여자가 소개하는 거야. 진천에 땅을 많이 가지고 있는 집 둘째 딸이래. 한 번 봐 봐."

시골에 땅을 많이 가진 시골 부잣집 처녀라니 아버지는 그 점이 맘에 드셨나 보다. 며칠 후에 날짜를 잡았다며 그 시간에 어디든 가지 말고 기다리란다.

아들을 부잣집 처녀에게 장가를 보내고 싶으신가 보다. 어느 안전이라고 안 갈 수가 있을까? 답답하지만 한번 보기로 하였다.

"먼저같이 여자는 안 오고 누가 먼저 보자는 건 아니지요?"

"이번에 처녀와 방앗간 집 주인 여자가 같이 올껴."

선을 보는데 어떤 이야기를 해야 하나? 선을 보고 장가를 간 친구를 찾아갔다.

"야! 선볼 때 제일 먼저 무슨 이야기를 해야 하니?"

"여자는 말야 무조건 예쁘다고 해야 좋아하는 겨, 호박이 아니라 메주래도 그냥 치켜줘! 그러면 좋다고 하며 다음에 만나자고 하거든 그러면 말야, 밥을 한 번쯤은 먹되 좀 비싼 걸로 한 번 먹여, 그리고 극장을 가자고 하는 거야, 극장은 성인 영화가 최고여 무슨 서부영화 같은 건 가지 말고 있잖아, 그런 영화 거기에 가서 손을 슬그머니 잡는 거야. 그러면 끝난 거지 손만 잡으면 일이 아주 쉬워지지. 그렇게만 하면 확실해."

"야 그래도 맘에 들어야 그렇게 할 수 있는 게 아녀?"

"지랄하네! 직업도 없는 놈이 여자면 됐지, 이것저것 가리면 장가는 다 가는겨. 여자 다 그게 그거야."

이야기를 들어보니 그럴 듯도 한데 그 친구는 그렇게 장가를 갔다고 한다. 그래도 마음이 심란하다.

선을 볼 날이 내일로 다가왔다. 선을 보는 것은 부모님인 아버지의 뜻이지만 돈이 없는 그 사내는 마음은 갈팡질팡하며 요동을 친다. 확실한 직업이 없기에 더욱 안타깝다. 선보기 전날 입에서 막걸리 냄새가 날까 봐 술도 한 잔도 안 먹었다.

잠을 못 이루고 거의 날밤을 새우다시피 하는데 어렴풋이 귀동냥한 것이 이게 무슨 메아리처럼 귀속을 가만히 파고들어 왔다.

“결혼이란 인연이 있어야 되는 거야!”

그렇다! 그런 말을 들어본 것은 여러 번이다.

약속한 날짜가 되어 아버지를 졸래졸래 따라갔다. 예비 며느릿감 얼굴도 보고 싶으셨나 보다. 도착해보니 상대방은 아직 안 왔다. 담배 연기가 자욱하고 곰팡내가 풍풍 풍기는 다방은 참 오래 있을 곳은 아니다 싶다. 색다른 것은 없는데 어항에 빨간 금붕어가 몇 마리가 놀고 있다. 좀 큰놈도 한 놈 있다. 저 금붕어는 빨가니 고추장을 안 찍어도 회로 먹을 수 있을까? 붕어회는 술안주로 맛이 좋던데! 그런 엉뚱한 생각을 하며 금붕어를 멍하니 쳐다보고 있는데 어떤 여자분이 여자 한 사람을 데리고 들어오신다. 아버지가 일어서시니 그 사내도 덩달아 일어나 그 두 분을 맞이했다. 두 여자분은 고개를 까딱하고는 앞자리에 앉았다. 참으로 어색한 자리가 선보는 자리였다. 나이가 들어 보이는 여자분은 그 사내를 자세히도 본다. 참으로 민망하다. 기분이 썩 좋지 않다. 선을 보는 것은 난생처음이 아닌가!

선을 보러온 여자를 쳐다보면서 꿈결 같이 들려오던 인연이라는 이야기가 눈에 밟혔다.

저 사람과 인연이 될까? 모를 일이다. 무언가가 빠진 것 같은 허전함이 몸을 감쌌다.

아버지가 하신 말씀이 머리에서 뱅뱅 돈다.

"진천에 사는데 부잣집 딸이랴. 원만하면 그냥 결정해."

결혼은 상대편 여자가 맘에 들어야 하지 남자 맘에만 된다고 될까?

'그러면 직업도 없으니 그 집에 가서 데릴사위라도 하라구요?'

뭐 할 말도 없다. 부잣집 딸이라 그런지 잘 먹어서 그런지는 모르지만, 통통하기도 하다. 인상을 보니 '누구 말마따나 입이 크니 먹기도 잘하고 엉덩이가 보리쌀 짝만 하니 아기는 쑥쑥 잘 넣을 것 같다.'

그냥 말없이 앉아 있으니 아버지와 그 여자분이 의자에서 일어나시며

"둘이서 이야기들 해봐."

하시고는 자리를 뜨셨다. 입은 옷을 보니 시내 사는 사람이 아닌 게 확실해 보인다. 무슨 말을 먼저 꺼내야 할지 참으로 난감하다. 솔직히 이야기한다면 대구에 있을 때 반말지거리하는 것만 같았던 그 처녀가 백번 났다. 또 그 사내의 주위에 있던 처녀들이 훨씬 났다. 그 사내는 주위에 있는 처녀들에게는 프러포즈도 안 해 봤지만, 직업만 잡으면 결혼하는 건 문제가 되지 않는다고 생각하고 있었다.

아버지만 아들이 장가를 못 갈까 봐 애가 타신 것 같이 보인다. 부잣집 딸이라고 강조하시는 걸 보니 혹시 아버지는 데릴사위라도 하라는 것일까?

'체 되릴 사위! 앓느니 차라리 죽지.' 이건 아니다 싶다. 내 나이에 어디 가서 장갈 못 들어 되릴 사위로 들어간단 말인가? 그것은 우리 사정이고 그쪽도 생각하는 게 있을 게 아닌가?

장가간 친구의 말이 목구멍을 간지럽혔다.

"야 여자는 그게 그거야 뭐 거시기에 특별한 거 달고 있는 사람은 없어."

그렇다 한들 식당을 가자고 하기는커녕 손도 잡아볼 생각이 없다.

맘에만 들었다면 친구들과 1차 술을 먹고 2차 가자 하듯이
“저기 식사나 하러 가실까요?”
할 텐데, 그저 입을 다물고 있었다. 그녀가 먼저 말을 걸어왔다.
“월남을 다녀오셨다고요? 지금 무슨 일을 하고 계시나유?”
그 말은 그 사내의 가장 아픈 아킬레스건을 건드린 것이다. 얼굴이 화끈하며 속이 뒤집혔다. ‘야 친구야 이럴 땐 어떻게 해야 하니?’
형들 집에서 월급도 안 받고 일을 한다고 하기도 그렇다.
장가를 가려면 여자가 호박이 됐든 말라깽이가 됐든 가장 노릇을 해야 남자 체면이 설 게 아닌가? 여자한테 쥐어서 사는 공처가는 되고 싶지 않다!
어차피 지금은 결혼할 때도 아니고. 많이 망설여진다. 결정을 한 말이 입에서 슬그머니 기어 나왔다.
“저 지금 놀고 있어요.”
“그럼?”
………….
“월남 다녀오신 분들은 돈을 많이 가지고 오셨다는데 유.”
“네. 돈은 좀 가지고 왔지만 전부 아버지 드렸습니다.”
“같이 오셨던 작은어머니에게 말씀은 들었어 유.”
아! 그 기름집 방앗간 그분이 작은엄마였구나!
무슨 이야기가 오고 갔는지는 모르니 무어라 답할 게 생각이 안 난다.
“장사를 하실 거라 하시던데 어떤 장사를 하시려고 하나 유?”
참 기막힌 이야기이다. 돈 있을 때는 생각해보았지만 지금은 빈털터리라 생각해 본 적이 없는 이야기인데. 누가 중간에서 그런 말을 했을까? 아니라고 하려다가 중간에 있는 사람을 위해서라도 그냥 입을 닫았다. 그래도 무슨 말이든 한 번은 더 해야 할 것 같다.

"진천 거기가 고향인가요?"

"네."

'진천에 땅이 많다며요' 물어보려다가 거절의 의사를 보냈다.

"저는 직업을 잡을 때까지 결혼은 보류할까 합니다."

"그런데…. 선은 왜……?"

헤어지기가 아쉽다는 이야기인가? 장가도 안 갈 거라며 선을 보러는 왜 나왔느냐는 질책인가?

"제가요, 현재는 직업이 없으니 말씀드리기가 그러네요."

그 이야기는 선 본데 대한 결정을 보류한다는 이야기인데 그녀는 어떻게 들었는지 모른다.

할 말이 없어진 두 사람은 한참을 그냥 마주하니 앉아 있었다. 그녀가 자리에서 일어섰다.

다방 찻값을 내려는지 촌스러운 분홍색 손지갑을 연다. 쳐다보니 꺼낸 것은 돈이 아니라 종이와 만년필이었다. 엥? 그게 아니었어? 집 전화번호를 꼭꼭 눌러서 쓰고는 내 얼굴을 한번 쳐다본다. 이걸 받으려느냐는 것이 아닌가? 아니나 다를까 종이쪽지를 내민다. 그냥 받았다.

'그래 우리 집은 가난해서 아직 전화가 없다. 너희 집은 부자니까 전화가 있다는 말이지!'

쪽지를 준 그녀는 다시 쳐다보았다.

그 뜻을 모르는 그 사내가 아니다.

"이 쪽지로 연락드릴게요."

그 사내가 발로 찬 것인지 발로 차인 것인지 모르지만 부잣집 뚱뚱한 딸은 그 사내의 아픈 곳을 사정없이 찔러 댔으니 맘에 들 리가 없는 사람이 된 것이다.

찻값을 내기 위해 카운터로 가니 찻값은 아버지가 내고 가셨다고 한다. 밖으로 나오니 마음은 편치 않지만, 담배 연기가 없으니 숨쉬기가 편하다.

"안녕히 가세요."

'고무신짝도 짝이 있다! 젠장 다시는 선보러 안 다닌다. 머심애가 어디 가서 여자 하나 꼬실 주변머리도 없어서야 무일푼에 어찌 살아갈 것인가! 아무것도 없어도 내가 벌어서 살 거야.'

집에 오자 아버지가 말씀하신다.

"여자란 통통해야 건강하고 아이도 잘 낳는겨. 그만하면 됐다. 오늘 선 본 사람이 맘에 드니? 방앗간 집 주인한테는 네가 선택하면 알려준다고 했다."

"지금은 제가 결혼을 할 때가 아닙니다. 결혼하면 처자식을 먹여 살려야 되잖아요?"

…….

결혼하면 아버지가 먹고살게 해주실 일은 없을 게 아닌가?. 그렇담 돈이 없으니 선을 본 처녀와 결혼 하여 처가로 들어가 데릴사위 노릇이라도 하라고 하실 참인가?

한 달여가 지나가자 또 선을 보라고 하신다. 여기저기에다 아들 이야기를 하셨나 보다.

"직장을 잡으면 선을 볼게요."

그 이상은 말을 안 하고 입을 꼭 닫았다. 직업도 없이 결혼해서 어떡하란 말씀인가요? 그게 변명이었다.

지금 그 사내에게 가장 필요한 것은 직업을 잡는 일이다. 문방구점의 희망은 다 날아갔다. 훌훌 벗어던진 것 같아도 그래도 그 생각이 싹 없어지지는 않았다.

선을 봤다니까, 친구가 일하는 공장으로 퇴근하면서 찾아왔다.

"야 여자 보니 어떻데?"

"그냥 그려 엉덩이가 펑퍼짐한 거 보니 어린애는 쑥쑥 잘 낳것드라."

"뭐야 엉덩이가 그렇게 커?"

"그래 엉덩이뿐만 아니라 잘 먹어서 그런지 살이 통통하게 찌고 유방도 엄청 크더라."

"그 여자 집은 잘산다며. 너는 좋은 직업이 없으니 어떻게든지 꼬셔서 데릴사위라도 가지, 그거 돈 안 벌어도 되니 땡 잡는 거 아녀?"

"이거 왜 이리 너 미쳤니? 얀마 난 그렇게는 안 살아 어떡하면 처자식 못 먹여 살리겠어."

"여자의 반응은 어땠냐고?"

"뭐 전화번호 적어서 주더라."

"야! 그건 네가 맘에 든다는 표현이여. 얼른 전화해서 만나 그리고 살살 꼬셔 손만 잡으면 다 되는 거야."

"나 그 여자 별로 맘에 들지 않아, 생각 좀 해볼 겨."

"짜식 굴러온 호박을 발로 차면 안 되는 겨. 야 요새 먹고살기가 얼마나 힘든지나 알고는 있냐? 어디 취직할 자리가 있는 것도 아니고 내가 그랬잖아. 여자는 다 그게 그거라고. 아이고 이 등신아."

"지랄마. 나 취업하러 갈 거야. 술이나 한잔 사."

"그래 내가 술 한 잔 사주지 굴러온 호박을 발로 찬 놈 같네. 나 같으면 그냥 강아지가 되어 꼬릴 흔들었을 건데."

나는 그 친구와 내 속을 이야기 하고 싶다.

"친구야. 나는 있잖니? 음악을 하고 싶어 기타를 잡으면 신들린 듯 연주를 했었고 그 음악에 내가 취해서 슬픈 곡을 연주할 때는 울면서 연주한 적이 한두 번이 아니야. 색소폰을 불 때도 마찬가지였었지. 곡에는 즐거운 음악도 있지만, 남자인데도 마음을 도려내는 감정의 곡이 많아. 감성 있는 여자들이 들으면 그에 삶은 바뀌어 환희가 무언지를 알게 되고 쓸쓸함이 무언인지도 알게 되지, 가슴속에 맺힌 한을 풀어 주는 것만 같은 음악에 빠지지, 남자도 그런데 여자는 더 할 것 아닌가?"

"놀구 자빠졌네! 야 임마 목구멍이 포도청이야."

"짜식 내 얘기나 듣고 말을 해라."

"그래 이 등신 같은 놈아."

두 사람은 얼근할 정도로 술을 마셨다.

문방구점은 돈이 없어 못 하는데 변명을 한다는 게 엉뚱한 이야기를 그에게 한 꼴이 됐다.

"색소폰은 내가 연주하면서도 울고 그랬었다. 너 철새는 날아가고 그 음악 들어봤지? 남미에서 그런 명곡을 연주할 때 우리나라의 음악은 어떤 게 있었을까?

"지랄 그만해 그건 배부른 소리야. 술이나 한잔 따라주고 말하면 누가 잡아간다던?"

"그래 내 말만 해서 미안하다. 대신 술값은 내가 낼게."

"조까네 술 사달랄 때는 언제고."

"우리나라 악기를 가지고 곡을 연주하는 실력. 지금으로는 아직 멀었어! 나와 같이 월남에서 군예대에서 연주하던 드럼이 그런 이야기를 하더라고 우리나라 최고 실력가 드럼이 미국이나 유럽에 가면 삼류도 따라잡기가 힘들다는 거지! 그 병장도 그래도 드럼에 미친 놈이라고 소리를 들었던 사람이거든, 음악은 미치지 않으면 그렇게 연주할 수가 없다는 거지. 맞는 말이었어. 형편없는 실력의 소유자인 내가 들어도 고개가 끄떡여졌으니. 나는 내 길을 가고 싶은데 남 음악을 하고 싶어. 그게 잘 될지는 미지수야."

"헛소리 말고 얼른 전화나 해."

"너 나한테 굴러온 호박을 발로 찼다고 하는데 사실은 쥐뿔도 없는 나지만 내가 프러포즈하면 좋아할 처녀들은 몇 명 있었거든. 거짓말 아냐. 내가 성당에 다닐 때. 갓 들어간 학교 선생. 세무서 직원. 시청 직원 은행 취업 준비생 그들과 나는 일주일이면 한 번쯤은 얼굴을 보던 사람들이야. 그들 중에서 내가 사귀자고 하면 사귈 사람이 확실히 있었어, 학교 선생 빼고는 전부 임시직이지만 그들은 일이 년 사이로 정식 발령이 날 사람들이야. 그런데 그 여자가 내 눈에 찼겠느냐고,"

"놀구 자빠졌네! 그건 지난날 이야기잖아."

하긴 그 사람들은 다 시집을 갔다. 말도 다 하기 전에 헛소리한 것이 들통이 났다.

"알거지가 눈만 높아졌구먼. 쟈샤 돈 많은 집 그 처녀 전화번호 받았으면 얼른 전화해 전화번호를 써준 것은 그 여자가 너를 맘에 들었다는 표현이야."

엉뚱한 친구에게 한 소릴 할 뻔했다.

'야 쟈샤. 네가 나냐?' 하지만 장가를 잘 간 그에게 꼬랑지를 내렸다.

"그래 네 말도 맞다. 양반이라고 다리 꼬고 앉아 있는 멍청이가 나니까. 2차 술이나 한잔 더하러 가자."

그 친구의 말도 맞는 말이지만 그래도 여자를 만나고 싶지는 않다.

"결혼이란 양가의 환경이 적당해야 하는 게 아닌겨?"

"똥을 판재기로 싸고 자빠졌네."

그 사내는 친구들과 정신없이 몰려다니며 막걸리를 자주 먹게 됐다. 결혼에 대해서도 시간을 갖고 싶었다. 또한 무너진 꿈에 대한 반감일는지도 모를 기다려지는 저녁때이고 술친구들과 만남이다. 힘을 발산할 곳은 태권도장이다. 가서 얻어맞든 때리든 대결을 하면서 몸에 학대를 했다. 술 먹는 돈은 형 집에서 일하니 월급은 아니지만 그래도 용돈은 쓸 수 있을 만큼 형이 주었다.

그것을 가지고 결혼을 하여 먹고 살 수는 없는 돈이다. 공장에서 하는 일 작업복을 입고 그런 일은 하기도 싫고, 일단 무슨 일을 하든지 자동차 면허가 필요할 것 같다. 취업할 수가 있는지는 모르지만, 택시 운전이라도 하지 뭐! 운전 학원에 가서 등록하고 시험을 보아 1종 보통 면허를 땄다.

같이 모여 술타령을 하는 친구들은 대부분이 직장이 시원치 않은 나이가 두세 살 차이가 나는 친구들이다. 태권도 유단자인 그 들과는 도장에서는 대결 상대이다. 어떤 술집에 가면 술집 주인이 아주 좋아하며 술도 두어 주전자를 공짜로 줄 때도 있다.

그것은 깡패라고 하는 놈들이 술을 먹고 돈도 안 낸다. 오는 손님한 태도 시비를 거니 장사하기가 참 힘들다. 그럴 때 그 사내 패들이 몰려가면 그 깡패라는 놈들은 그냥 꽁무니를 뺀다. 그러니 술집 주인은 태권도 유단자들이 반가울 수밖에 없다.

제대로 돈도 버는 놈이 없는 놈들이 꼴에 꼴값들하고 끼리끼리 모여서 술 먹기 내기를 했다. 그러니까 힘겨루기를 한 셈이다. 한 번은 술에 지는 놈은 니나노 집인 백장미 집에서 한턱을 내기로 약속을 하고 내기를 시작했다. 그것은 술을 먹고 취해서 한 서로 힘겨루기였다. 겁도 없는 놈들이다. 막걸릿집에 가서 먹는 돈은 곗돈에서 내기로 하고 마지막까지 술에 버틴 놈은 빠지고 술에 취한 놈이 니나놋집인 백장미 집 술값을 내기로 하였다.

그리고 내기 중 중간에 반칙하면 반칙을 한 사람이 백장미 집 술값을 전부 내기로 한 것이다. 지금의 육거리 시장에서 내덕동까지의 큰 대로가 아니고 약 6m 정도의 도로가 있을 때이다. 지금의 육거리에서 직선거리로 북문로 끝까지 약 2.5km 정도의 거리에 있는 술집을 전부 들려서 한집에서 한 잔씩을 하고 오는 내기였다. 한 20여 개의 술집이 있는 것 같다. 막걸리를 파는 술집에 가서 한 주전자를 시켜서 먹고 또 다음 술집으로 가서 한 주전자 먹고. 다섯 명이 가느냐고 한 집에 가서 한 잔만 먹으면 되는 것인데 아무리 술에 장사라도 배도 부르고 20잔은 못 먹을 게 뻔하다. 대접으로 10잔을 먹으면 배가 불러 술이 목으로 안 넘어간다. 그 사내는 열세번째 집까지는 가며 버텼는데 죽을 지경이다. 술도 취하고 배도 부르고 하여 소변보러 가는 척을 하고는 나와서 목구멍에다 손가락을 집어넣어 토를 하다가 반칙으로 딱 걸렸다. 그놈의 "웩웩" 소리를 몇 번만 안 했어도 안 들키는 건데. 오리 어미 소리 같은 "왝왝"이 저절로 나오다가 "캑캑"까지 합쳐졌으니 꼼짝마라였다. 목구멍이 참으로 야속했다. 약속대로 이틀 후 백장미 집으로 가기로 했다.

이제 벌칙으로 유명한 백장미 집에 가서 비싼 술을 한 잔 사야 한다. 그곳은 여자들이 술을 따라주고 여자와 거시기도 할 수 있는 곳이니 참 큰일이 났다. '뚱따당 뚱당 뚱따당 뚱당' 장구를 치고 요리도 나오지만, 술을 따르는 여자에게 팁을 주어야 하니 참 걱정이고 난감하다. 어떻게든 돈을 덜 쓰고 약속을 지켜야 한다. 있는 돈 다 합치고 형한테도 아쉬운 소리를 하여 술값을 좀 마련했다. 3,000원 그것도 큰돈이다. 그 돈 가지고는 모자랄 것 같기도 하다. 이틀 후 약속 날짜가 됐다. 괜히 술 먹기 내기를 해서 반칙으로 꼴찌를 했으니 후회하고 도망가봤자. 부처님 손바닥 안이다. 공장에서 일도 안 끝난 저녁때인데 공장 앞에서 그놈들이 진을 치고 기다리고 있다. 별수 없는 일이 아닌가! 하여간 입은 꾹 다물고 네 놈을 따라갈 수밖에 없다. 까짓거 죽기 아니면 살기가 아닌가! 백장미 집으로 들어갔다.

"와아" 손님이 왔다며 여자들이 한 사람씩 끌어안으며 환영을 한다. 참 지랄이 났다. 어쩔겨.

"야. 술만 산다고 했지. 여자 팁까지는 아녀. 그건 각자가 내."

"이게 무슨 개풀 뜯어먹는 소리여. 안돼 임마."

"야 그래도 여자는 아녀 좀 봐 줘라."

입씨름 끝에 여자 팁은 각자가 내기로 했다.

돈도 없는 놈이 노래 말마따나 "돈 없으면 집에 가서 빈대떡이나 부쳐 먹지, 요릿집이 웬 말이냐, 기생집이 웬 말이냐…."

이놈들이 술을 맘대로 시켜 먹는데 가슴이 조여드는 것만 같다. 진탕 사주어야 한다고 약속을 한 내기이니 별수가 없다. 술이 떨어졌는데 그만 가져오라고 할 수도 없다. 거기에 여자들까지 합세하여 술을 먹어대니 참 기가 막힌다. '내가 다시는 술 먹기 내기는 안 한다.'

"이 18 오늘은 좀들 처먹으라고! 내장이 욕한다. 날 탈탈 털려고 그러는 모양인데 좀 봐줘라."

"야 헛소리는 치워 남자 새끼가 말야 약속을 했으면 약속대로 해야지, 개풀 뜯어먹는 소리 하지 말고 있어. 니 부랄은 안 떨어질 거니까."

'아이 지겨운 놈들 느이들도 언젠가 한 번은 걸리겠지.'

먹을 땐 좋았지만 술값이 자그마치 5,000원이란다. 공무원 봉급 반달 치 정도이다. 뒤로 자빠질만하다. 융통해 준비한 돈 다 주어도 모자라 비싼 겨울 잠바 옷까지 벗어 잡히고 그 아끼던 시계까지 잡히고 백장미 집을 나왔다. 젠장 찬 바람이 부는 겨울 추위가 몸을 덜덜 떨게 했다. 으이구 추워. '다음에는 그런 내기 절대 안 해야지.' 잡힌 옷과 시계를 찾아오려면 최하 두 달은 어디 가서 술 먹을 생각은 하지 말아야 한다.

그 이튿날 온종일 속이 울렁울렁하다. 해장을 해야 풀린다는데 일을 하면서도 내내 몸이 좋지 않다. 공장 옆 식당으로 전화가 왔다.

"야. 해장해야 될 거 아녀? 일 끝나면 나와 술 한 잔 사줄게."

'짜식들 말야 나한테 술사라고 할 때는 공장 앞에서 지키고 있더니

그냥 술집으로 오라고 한다. 그것도 감지덕지이고 얼씨구 절씨구이다.'

"야 색싯집에서 얻어먹었으면 시오야끼쯤은 사야 되는 거 아녀?"

"지랄 말고 오라면 와 애들 다 올겨."

술집을 향해 갈 것을 생각하니 그냥 손만 대충 씻고는 밖으로 뛰쳐나갔다. 발걸음이 참 가볍다. 둥둥 떠가며 가는 것만 같다. 어제는 어제고 오늘은 오늘이다.

"야. 너희들 말야 한 잔 살려면 제대로 좀 사라. 남의 등 벗긴 거 잊지를 말아야 머심 앤 겨."

"잔소리 말고 주는 대로 쳐먹어 자샤."

자! 이제 정신을 차릴 때가 됐다. 운전수는 하기 싫다. 그 좋아하는 음악을 다시 시작하자!

그러나 청주에서 기타를 연주하며 먹고 사는 사람은 딱 한 사람뿐이다. 통기타를 메고 다니며 술집을 방문하며 손님이 부르는 노래 반주를 해 줘가며 사는 한 사람, 그런 사람은 되고 싶지 않다. 그래도 명색이 외국에서 실력자들과 연주를 하는 악단에 있질 않았던가! 가자 취업을 하러 가자. 악단이 있는 곳으로.

인연 2

11
결혼의 인연

취업을 위한 부산 방문은 결혼의 인연으로 바뀌고.

나이가 적든 많든 사람이 서로 만나면 인연이 된다. 인연을 맺은 사람도 언젠가는 떠나게 마련이다. 좋은 인상을 주고 떠나는 인연도 있고. 추하게 떠나는 인연도 있다.

사람이 한평생을 살면서 인연이 되었다가 떠나가는 사람은 무수히 많다. 그런데 그 많은 인연을 맺은 사람 중에 정말로 진한 정을 주고 도와주려고 했던 사람이 오히려 악연으로 변할 때도 있다. 또 악연이다 싶게 만난 인연이 오랫동안 좋은 인연으로 가는 사람도 있다. 친구라 생각했던 사람이 어느 날 작은 오해를 하고는 뒤로 돌아섰다. 그는 왜? 그랬을까? 그 속을 차근차근 지난날들과 새기며 들여다보니 깜짝 놀랄 사연이 숨어 있었다. 그것은 질투였다. 잘되면 축하해주는 척 붙었다가 못되면 그것을 즐기는 그런 부류에 사람이었다. 그 또한 인연에 의하여 만난 사람이다. 인생사 새옹지마라더니 그게 인연과 닿아서 생기는 일은 정말 변화무쌍하다. 즐거움도 한때 괴로움도 한때. 그것은 과거의 시간이었다.

아버지가 자식이 딴따라가 되는 게 그리도 싫어하셨지만 당장 할 일이 없다. 술타령만 하다가는 어찌 될 것인지 앞이 훤히 보인다.

군악대 색소폰 파트에 같이 있던 그 선배 생각이 났다. 처음에 그와 만남은 악연이었다. 후임으로 들어가니 무슨 꼬투리든 잡아서 잔소리하고 잘못한다며 연실 두들겨 팬다. 그러나 몇 개월의 시간이 지나가니 그는 진정 나를 위함이었다는걸 알았다. 얻어맞고 정든다더니 그가 제대할 때는 헤어짐이 정말로 섭섭했었다. 그는 제대하면서 손을 꼭 잡고는

"내가 니를 미워서 그런게 아니야 그렇재? 니도 고참이 되었으니 내 심정을 알 거 아이가? 제대하면 한 번 찾아와라. 그때 만나면 지금과는 다를거야. 오믄 내 한잔 톡득히 살꼬마. 정말이데이."

"아니요. 나는 벌써 알았고 지금은 정말 헤어지기가 섭섭합니다."

"정말 다 이해하는 거야?"

"그럼요. 내가 빨리 군악대 행사에 적응하게 하려고 그랬다는 것을 3개월이 지난 후에 잘 알았습니다. 정말 고마웠습니다. 선배님이 색소폰 부는 법을 가르쳐 주려고 입술이 터지라고 연습을 시키지 않으셨습니까? 악보도 외워야 행진을 할 수 있으니 무조건 외우라며 닦달을 하셨지요. 그렇게 안 했으면 제가 배웠겠어요? 그렇게 하시는 바람에 제가 색소폰 스윙멤버에도 들어갈 수가 있었잖아요?"

"그래 우리가 만나서 했던 모든 일은 다 이자뿌리고 한번 경주에 오래이. 주소와 전화뻔호는 니가 적그래이."

그리고 잊어버렸던 선배인데 월남에서 만난 김 중사와 이야기를 하다가 그 선배가 부산에 나이트클럽에 있다는 것을 알았다.

형 공장에서 일해서는 목구멍에 풀칠하기도 바쁠 것이다. 아버지가 아무리 딴따라를 싫어하신다 해도 먹고는 살아야 할 것이 아닌가?

그 선배가 나이트클럽 악단에 있다니 찾아가서 취업을 부탁해보기로 하였다. 색소폰도 연주할 수 있지만, 월남에서도 연습도 많이 했던

기타 연주는 정말 자신이 있었다.

그 선배에게 전화를 했다. 선배의 주소와 전화번호는 월남 백마부대 군악대에 있던 김 중사가 가르쳐 줘서 그것을 메모해 가지고 왔었다. 두어 번 시도 끝에 선배와 연락이 닿았다. 다행히도 그는 출근 준비를 하고 있을 때였기에 전화가 연결됐다. 국내 군악대에서 셋이서 같이 근무했으니 다들 잘 아는 사이였다. 놀러 오란다. 마음속은 취직하려고 부산을 가려고 한 것이지 놀러 가는 건 아니다. 부산으로 며칠 후에 간다고 하고 전화를 끊었다.

그리고는 며칠 후 조치원역에서 출발 예정인 기차 시간을 알려주고 부산으로 떠났다. 오전 10시에 조치원에서 떠났는데도 완행열차는 연착 끝에 오후 9시가 되어서 부산역에 도착했다. 완행열차는 각 역에서 급행열차를 보내느라 역마다 쉰다. 도착 시각은 역전의 당직자가 아니고서는 아예 알아볼 수도 없다. 부산역에 도착하여 출구를 나가려다 보니 어떤 젊은 여자가 내 이름 팻말을 들고 서 있다. 저게 내 이름? 앞으로 가서 팻말을 쳐다보니,

"청주에서 왔서얘?"

"네 그래요."

"기차가 연착을 해서 많아 기다렸서 얘."

"죄송합니다. 늦게 와서."

"아임다. 기차는 원래 연착을 많이 하지얘."

그녀가 택시를 잡더니 타라고 한다. 그 선배가 있는 나이트클럽 앞이다. 휘황찬란한 네온사인이 가슴을 꾹 누르는 것만 같다. 택시에서 내리며 따라오란다. 만감이 교차한다. 어떻게 하면 이런 그곳에서 일할 수 있을까?

말로만 듣던 나이트클럽을 들어가 보고는 화들짝 놀랐다. 청주에는 그런 나이트클럽은 없다. 200평도 넘어 보이는 홀 안은 사람들이

꽉 차 있다. 무대에는 화려한 조명이 눈을 부시게 하고 악단은 신나는 베싸메 무쵸를 연주하고 있었다. 드럼은 최신형인지 소리도 좋지만, 연주 실력이 있는 자임이 틀림이 없다. 잘도 두드린다. 색소폰이 빛이 반짝거린다. 멀리서 보니 그 선배인지 아닌지는 구별이 안 된다. 그 사내를 데리고 간 여자가 웨이터와 이야기를 하고는 자리를 잡아 주어 앉아 있었다. 그리고 기본인지 맥주 세 병과 안주가 나왔다. 그 술도 다 안 먹었는데, 다른 웨이터가 주문을 받으러 왔다. 그 웨이터에게 무대에 테너 색소폰 연주자를 만나러 왔다고 하고는 더 주문을 안 하고 그냥 구경만 하고 있었다. 그는 말소리는 음악 소리 때문에 안 들리니 필요하면 탁자에 있는 등을 들고 흔들란다. 좌석에 앉고 보니 한국이 아닌 다른 세상만 같다. 악단은 바닥에서 1.2m는 높은 단 위에 있었고 10인조 악단이었다. 트럼본, 트럼펫, 테너 색소폰, 알토 색소폰, 악기 자체가 휘황한 조명에 반짝반짝 빛난다. 전자올갠, 피콜로, 훠스트 기타, 세컨 기타, 베이스 기타가 그들과 합세하니 듣기가 참 좋다. 무대 아래에는 사람들이 쌍쌍이 손을 붙들고 춤을 추고 있다. 귀청이 터질 듯 들려오는 트럼펫 소리가 홀 안을 한참 헤집어대더니 음악이 블루스로 바뀌었다. 색소폰이 귀를 간지러 대니 블루스 음악 소리에 술을 마시던 사람들이 단 아래로 몰려나와 쌍쌍이 붙들고 춤을 춘다. 키가 큰 외국인들도 보이고 일본인인지 복장이 조금 틀려 보이는 사람들도 있다. 붉은 조명이 사람들을 더 멋져 보이게 한다. 사람들이 있거나 말거나 남녀가 그냥 끌어안고 얼굴을 비비며 키스까지 하는 사람들이 많은데 깜짝 놀랐다. 남녀칠세부동석을 외치던 옛 어른들이 보면 뒤로 자빠질 만한 일이다. 구렁이 제 몸을 추는 것은 아니지만, 청주에서 부산을 간다며 새로 맞춘 아이보리 양복은 내가 봐도 깔끔한 사내 같고 멋있어 보였다. 그런데 나이트클럽에 가보니, 그렇게 옷을 입고 술을 먹고 있는 사람이 없다. 그 정장 옷은 촌티가 나는 것만 같다. 무대 아래 사람들은 악단의 연주에 맞추어 블루스를 출 때이다. 연두색 넥타이를 매었으니 촌놈같이 보이지는 않았나 보다. 여자 한 분이 그 사내가 앉아 있는 테이블에 오더니 고개를 까딱하고는 손을 내민다.

같이 나가서 춤을 추자는 제스추어이다. 아구야! 이걸 어쩐대!

그 여자의 손을 잡을 수가 없다. 춤을 출 줄 알아야 손을 잡지! 벌떡 일어나서 고개를 꾸벅하고는

"죄송합니다. 저는 춤을 못 배웠어요."

"못 추면 어때요? 블루스는 그냥 붙들고만 있으면 됩니다. 리드는 제가 할게요."

서울 말씨이다. 그렇게까지 하는데 안 나간다고 할 수가 없었다. 그냥 나가서 그녀의 손을 잡으니 그녀는 사내의 손을 잡고는 흠찟했다. 그랬다. 그 손은 노동판 손이 아니던가. 그녀가 그걸 모를 리가 없다. 그래도 그녀는 손을 잡고 사람들 속으로 끌어드렸다.

향수 냄새가 너무나 좋다. 음악은 블루스가 계속 연주되고 있었다. 그녀가 하는 대로 따랐다. 그녀는 한 손을 붙들고 허리에 손을 살짝 대고 음악에 맞추어 몸을 살살 흔들기 시작했다.

그랬다. 성숙하고 미인인 여자를 끌어안고 춤을 춘다는 것은 언감생심 생각지도 않은 행운일 수도 있다. 그녀의 가슴에 내 가슴이 닿자 그에 품은 너무나 부드럽고 포근하다. 일찍이 느껴보지 못한 고향 같은 느낌이다.

그녀가 몸을 더 밀착하자 일이 터졌다. 잠자는 호랑이가 냄새를 맡은 것이다. 거시기가 빳빳하게 바지를 들고 일어섰다. 안 되겠다 싶어 오른손을 풀어 바지 주머니에 넣고 그놈을 손으로 잡아당겨 허벅지에 꾹 눌렀다. 여자가 눈치를 챘는지 그 사내의 오른손을 잡아당겼다. 그놈이 용수철처럼 그녀의 살에 부딪쳤다. 그것을 느낀 여자는 미소

를 살짝 지었다. 그리고는 얼굴을 바짝 대고 더 끌어안는다. 조금 있으니 그녀의 숨소리가 거칠어졌다. 숨이 넘어갈 것같이 호흡이 일순간 멈췄다. 그녀의 얼굴이 달아오른 것을 느낄 수 있었다.

엉덩이를 뒤로 빼면서 가슴만 밀착했는데 눈치도 없는 아랫도리 성질 난 놈이 바지를 들고 일어섰다. 이놈 때문에 그녀를 더 끌어안으면 안 될 것 같다. 얼굴이 붉어지며 흥분이 되고 가슴이 벌렁벌렁한다. 거기에 술도 한잔했으니 그놈이 가만히 있지를 못하겠는지 불끈 일어서서는 사람을 곤란하게도 한다. 처치불능이 돼 버렸다. 새파란 이십 대가 아니던가? 엉덩이를 자꾸 뒤로 빼니 그녀가 싱긋이 웃는다. 그러더니 그냥 와락 끌어안는다. 아이구! 다 들켰다! 그녀는 아주 그게 제 것인 양 제 몸에 대고 비빈다. 아이구! 죽겠네! 숨쉬기도 곤란하다. 그런데 블루스에 한참 젖어 있는데 음악이 트로트로 바뀌었다. 살았다! 싶었다. 박자가 갑자기 달라졌으니 발이 안 떨어진다.

그녀는 트로트가 나와도 그냥 몸을 밀착하고는 붙들고 놔주지를 않는다. 솟구쳐 오른 그놈 때문에 더 버티지를 못하겠다. 그녀가 귓속에 대고 말을 한다.

"오늘 밤 어때요?"

'어렵소! 이게 무슨 소리야? 그건 남자가 해야 할 소리가 아닌가!'

"네에? 오늘 밤요?"

"네 모든 것은 다 제가 부담할게요."

그러니까 호텔비 하며 술값까지도 부담한다는 게 아닌가!

언뜻 대답하기가 곤란하다. 꽃뱀이면 돈을 낸다고는 하지 않을 텐데? 어떤 여자일까?

"오늘은 제 여건이 안 됩니다. 여기 영업이 끝나면 친구와 만나야 합니다."

그녀를 자세히 보니 나보다는 나이가 더 들어 보이지마는 세련된 여자였다. 옷 입은 맵시며 얼굴 또 늘어뜨린 진주 목걸이며 네온을 받아 번쩍이는 브로치 치장, 손에 낀 반지, 청주에서는 눈 씻고 봐도 그런 여자는 없어 보인다.

"그러면 내일은 어때요?"

"저는 여기 사는 사람이 아닙니다. 청주에 살고요. 내일 일은 어떻게 될지 모릅니다."

말은 그렇게 했지만 참 한번 만나보고픈 여자이기도 하다. 그러나 처지를 알고 분수를 지켜야지! 하룻밤 풋사랑이 될지라도 취업 이야기만 아니면 그녀와 한번 어울리고도 싶었다.

그녀의 얼굴에 아쉽다는 표정이 쓰이는 게 보인다. 그녀는 뭐 이런 놈이 있어서 하는 듯 손을 가만히 풀고 사람들 속으로 들어갔다. 솔직히 이야기하면 붙들고 싶기도 한 여자였다.

술을 한 잔 따라서 그냥 원샷을 했다. 성질부리든 그놈도 이제 알았다는 듯이 한참이 지나니 다소곳해졌다. 술병에 남은 술을 다 마셔댔다. 테이블에 술이 모자란다. 등을 흔들어 웨이터를 불렀다.

"여기 맥주 더 가져다줘요. 돈은 얼마인가요?"

"아! 사장님. 이 자리에는 술을 시키면 그냥 가져다드리라고 한 자리입니다."

"그럼 맥주 세 병만 가져다주세요. 소주도 한 병 하고요."

폭탄주를 만들어 먹을 셈이다. 원래 폭탄주는 양주를 섞는 거지만 소주로 할 셈이다. 술은 점점 더 취해 오르기 시작했다.

찬란한 조명 아래서 보는 가수들은 정말로 노래도 잘하고 입은 옷이 그들을 더욱 돋보이게 하고 있었다. 외국 여자 가수들도 나와 외국어로 노래를 부른다. 구경하는 사람들이 '앵콜' '앵콜'을 외쳐대니 다른 세상에 온 것만 같다. 무대 위에서 춤을 추는 무희들은 정말로 미인들이다. 영화 캉캉에서 보았던 차림새의 무희들은 눈이 부실 정도로 아름다웠다. '저런 여자와 결혼 한다면 어떨까?' 생각하고는 얼마 전, 선을 본 여자가 생각이 나서 피식 웃었다. 악단 생활을 해보아서 안다. 무대에서는 휘황찬란한 빛 때문에 앞이 거의 안 보인다. 한 타임의 연주가 끝나려면 한참을 기다려야 할 것 같다. 끌어안고 춤을 추던 그녀가 가니 독한 술을 먹고만 싶다. 그곳에서 비싼 양주를 사먹는다는 건 꿈이라 생각들뿐이다. 선배가 사주는 술이라도 양심상 양주를 시켜서는 안 될 것 같다.

코미디 타임이 되어 악단이 잠시 쉬고 있는 듯한데 놀랍게도 배삼룡 씨와 구봉서 씨가 나오는 게 아닌가.

TV에서나 보았는데 그곳에서 보니 더 새롭다. 코미디 쇼를 보는 것도 재미가 있다.

그게 재미있어서 웃고 있는데 누가 어깨를 '탁' 친다. 선배였다. 그 선배는 너무나 반가운지 끌어안았다.

"야 이 머슴아야 제대하고 이거 얼마만 이재?"

"한 이 년도 넘어 삼 년 차 같네요."

"그렇구나. 그래 그동안 월남 갔었다 캤지? 김 하사는 내게 편지를 가끔 해서 월남에 있는걸 알았재. 1년을 연장했다 카며 이제 올 때가 되었다카데."

"편지 온 게 언제야?"

"그라꼬보니 지금쯤 아마 집에 왔는지도 모르겠네. 한번 연락 하꼬마."

"온 길에 연락이 되면 나는 그 김 중사를 한번 만나 고맙다는 인사를 꼭 해야 해. 김중사 덕에 내가 월남에서 아주 편한 곳 군예대로 갈 수 있었어."

"뭐라카노. 김 하사가 그리 빽이 존나?"

"아무래도 사단 사령부 소속이니 아는 게 있었겠지만, 닌호아 휴양소에서 연주하는 군예대에 나를 넣어 준 거나 마찬가지지."

"그랬구나!. 그 머슴아 의리는 있다 아이가. 연락해 보구 만날 수 있으면 만나고 가면 되게꾸만."

다시 무대 쪽으로 가면서 일 끝나고 만나자 하고는 술과 안주를 푸짐히도 시켜주고는 그곳에서 먹고 마시고 기다리라고 한다. 새벽 3시가 되자 그날 일이 끝났다며 내려왔다. 10시간 이상을 기차를 타고 와서 새벽까지 술을 마셔댔으니 졸립기도 하다. 술에 취하고 여자 생각에 취했으니 말할 기운도 없다. 눈이 계속 감겨온다. 내가 피곤하다고 하니 그 선배는 바로 옆에 호텔을 잡아줬다. 선배도 지금은 피곤하니 한숨 자고 이야기하자고 한다. 몇 시간 후에 온다고 하고 밖으로 나갔다.

난생처음 나이트클럽에서 공짜로 얻어먹은 술에 취하여 호텔에 들어가자마자 녹아떨어졌다. 오전 11시가 되자 벨이 울려 전화를 받으니 호텔 로비로 나와 체크를 하라고 한다. 사정 이야기를 하니 11시가 넘으면 다시 체크가 들어간다고 한다. 그게 무슨 소리인지 모르니 선배 한 분이 올 거라고만 이야기하고는 또 잠이 들었다. 오후 1시가 되자 호텔로 그 선배가 찾아와서 방문을 열고 들어왔다. 체크를 하고는 해장국을 먹으러 밖으로 가자고 한다. 체크라는 것은 돈을 내는 시간의 기준을 이야기하는 것이었다. 일식집에 가서 복어 해장국을 시켜주어 속을 풀었다. 그것도 처음 먹어 보는 복어 해장국 참으로 목구멍이 시원하다. 청주에서는 구경도 못 해본 복국이다.

선배의 월급을 물어봤다. 주급이란다. 일주일에 10,000원 하위 공무원 한 달 봉급이다. 더 놀라운 건 구봉서 배삼룡 씨의 하루 2회 공연 출연료이다. 20,000원이란다. 나가 자빠질 만한 금액이다. 국내 최고 인기 코미디언들이 그곳에서 상주하지는 않지만, 공연하면 그런 금액을 받는다고 한다. 외국에서 온 무희들도 주급인데 사람마다 틀리지만, 평균 10,000원이란다. 우리나라 톱가수들은 그보다 돈을 더 많이 받는다고 한다.

인기 가수들이 돈을 많이 받는다는 것은 알지만 그렇게 많은 돈을 받는다는 것은 상상도 하지 않았다.

청주 백장미집에서 내기에 져서 낸 술값이 5,000원인데 2,000원이 모자라 옷까지 빼앗기고 시계까지 잡히고 나온 걸 생각하니 청주의 돈과 부산의 돈은 틀린 것만 같다. 그 선배의 이야기는 주급을 받아도 그 돈은 죽기 살기로 달려드는 여자들의 유혹에 빼앗기고 만다고 한다.

김 중사는 고향이 부산이고 그 선배는 고향이 경주였다. 그 선배의 아버지는 교장 선생님이셨고 농사짓는 땅이 많은 부자였다. 그 선배도 그 아버지가 그리도 말리든 "딴따라" 그 직업을 선택하자, 거의 집안에서 돌려나다시피 했다고 솔직히 말을 한다.

군에 같이 있을 적에 제대하면 한번 찾아오라고 하였지만, 그 메모지는 없어져 어디에 있는지도 모른다. 그가 제대하고 그 사내는 월남으로 떠났기에 서로 연락이 끊긴 상태인데 김 중사와 연결이 되는 바람에 선배 주소와 전화번호를 알은 것이다.

빈털터리가 된 그 사내는 그 선배에게 사정 이야기를 하며 악단 취업을 부탁했다. 부산에 나이트클럽은 여러 군데라고 한다. 외국인들도 많이 오지만 돈 있는 사람들의 사교장도 된단다.

그 선배에게 분에 넘치는 대접을 받으며 술과 좋은 음식을 대접하면서 자기의 사는 이야기를 솔직히 다 털어놓았다. 그렇게도 부모님이 말리던 음악은 고등학교 시절 밴드부에 들어간 게 인연이 되어 군악대를 갔었던 것이라고 한다. 제대하고 집에서는 취업하든지 농사를 짓든지 둘 중의 하나를 하라고 하는데 그게 싫어 악단에 가보니 그게 너무나도 좋아서 집을 그냥 뛰쳐나와 부산의 나이트클럽 악단에 취업했다고 한다. 그 선배는 군악대에서 색소폰 분야에 그 사내의 바로 윗사람이었다. 그에게 된통 얻어맞다가 서로 친하게 지냈다. 매 끝에 정든다더니 그것이 인연이 될 줄은 꿈도 꾼 일이 없었다. 악단 생활 실제 그 호화로울 것만 같은 생활은 겉에서 보기이고 속은 아니라고 고백했다. 악단에 있으면 여자들이 먼저 달려든단다. 이름 없는 여가수들은 말할 것도 없고 일반 여자들도 매달리는 사람이 넘쳐나니 술과 여자에 싸여 사는 세상이 되고 말았다고 한다. 예식도 안 올리고 동거하는 여자와도 살다가 헤어지고 정식으로 결혼을 했는데 낮과 밤이 바뀐 결혼 생활은 일 년도 안돼 바로 파탄이 나고 말았다고 한다. 그래도 수 없이 달려드는 여자들과 술과 함께하는 생활은 그건 사는 게 아니라고 말한다. 겉으로는 좋아 보이는 악단 생활을 하려면 차라리 깡통을 들고 거지로 사는 게 낫다면서 그 사내에게 결혼 생활을 잘하려면은 악단 생활을 할 생각은 꿈에도 하지 말라고 하였다. 사흘 동안을 그 선배가 술과 좋은 음식을 진탕 사줘서 실컷 많이도 마셨다. 그 선배는 자가용차가 있었다. 부산 시내 구경도 시켜주고 해운대 해수욕장도 가보고 동백섬에도 또 영도 다리도 가보았다. 다리가 올라간다는데 다리는 그냥 도로였다. 갈매기가 포물선을 그리며 날고 있는 게 한가롭게도 보인다. 그 선배는 제발 악단 생활만은 하지 말라고 거듭 강조했다. 여자에 둘러싸인 생활은 좋은 게 아니라고 거듭 강조했다.

어떤 여자와의 춤을 추던 것도 생각이 났다. 그 여자 이야기를 하니 그런 여자는 천지란다. 바람난 여자이거나 돈 많은 과부댁이거니 둘 중의 하나란다. 잠깐 즐거웠던 순간을 그 선배에게 무참히 짓밟힌 것만 같았다. 악단 생활을 하려고 갔는데 그 선배의 말이 진심이라는 걸 알았다. 다시는 악단 생활을 하려는 것을 접자. 악단 생활을 하려고 했다가 포기했다. 그래 그 선배의 말이 틀림없다. 그 선배의 말은 진실이 담긴 충고라고 믿었다. 목구멍이 포도청이라도 악기는 절대로 만지지 않겠다.

그리고 악기를 연주하여 돈을 벌지 않겠다고 그 사내는 굳은 결심을 했다.

김 중사는 만나보지도 못하고 그냥 귀향하기로 했다. 돈이 없는 걸 눈치챘는지 선배는 청주로 오는 차비까지도 충분히 주었다. 3박 4일 동안 그 선배는 정말 돈을 많이도 썼다. 너무나 고맙다. 역시나 옛정도 있었지만 사람 사는데 상대편에게 잘한 것은 본인에게 되돌아온다는 것을 가슴속으로 느꼈다.

경부선을 타고 청주로 오려다가 선물을 보냈던 그녀에게 전화하고 중앙선을 탔다. 그녀에게는 입도 벙긋 못할 정도로 미안했다. 전화는 몇 번 했지만 일단 한 번 만나보기로 했다.

그녀를 만나러 가긴 가지만 마음이 무겁다. 그것은 취업을 못 하고 다시 원위치가 된 본인의 사정이었다. 그녀와는 전화는 몇 번을 했지만 만나본 지는 삼 년도 넘었다. 그녀는 내가 군에 간다니까 성당 성가대 사람들 속에 끼여 송별연에 참석해 주었었다. 그리고 중앙 공원에서 함박눈을 맞으며 사진도 같이 촬영했다. 별로 말이 없는 그녀는 한국군에 있을 때도 편지는 자주 해주었지만 다른 특별한 일이 없는 그저 안부 편지였다. 월남에 있을 때도 마찬가지였지만 그저 별다른 이야기한 줄 끼워 넣지 않은 그런 글 몇 줄이 다였다. 그러나 생각해보면 일주일에 꼭 한 번씩 편지를 보낸다는 것은 누구든 쉬운 일은 아니다. 그래서 선물이라고 다른 귀국 장병을 시켜서 보냈는데 그것은 날개를 달고 날아갔다.

취업도 못 하게 됐으니 앞날이 걱정스럽다. 그녀를 만나면 처음에 무슨 말을 해야 할까? 그냥 반갑다고만 해야 할까? 생각이 안 난다. 전화하면 상냥하게 전화를 받는 그녀에게 프러포즈라도 해 버릴까? 아니야! 그것은 꿈이야! 공무원 생활을 하는데 어떤 남자가 혼기에 찬 예쁜 여자를 그냥 두었겠어? 또한, 직업도 없고 돈도 없는데 그녀에게 프러포즈한다는 것은 양심상 할 수가 없다. 그리워할 수 없는 그런 처지이다. 최소한 결혼을 한다면 먹고살 것은 벌어다 아내에게 주어야 할 것이 아닌가! 고개가 저어졌다. 뿌우욱 뿌우욱 느릿느릿 가는 기차가 목이 쉬었나 보다.

고개를 오르며 힘에 겨운 소리를 지르며 가는 것 같다. 기차가 지나가는 차창 밖은 나무들이 서로를 쳐다보며 손을 흔드는 그것만 같다. 돌파구를 찾으려면 돈이 있어야 하는데 그게 없으니 뾰족한 대책이 없다.

부산에서 만난 선배는 정말로 나를 생각해주는 사람이 맞다. 그 선배에게 내 절실한 생활, 이야기도 했으나 그 선배는 깡통을 차드라도 악단 생활은 하지 말라며 강력히 반대했다. 가슴속에 있는 생각을 기차 연기와 함께 다 뱉어버리고 싶다. 기차 속은 침몰해 가는 배 안에 갇혀 있는 그것만 같다. 그냥 그 배를 타고 그대로 물속으로 들어갔다고 생각하자. 지난 일은 다 잊어버리자. 아버지 말씀은 저 먹을 것은 제가 가자고 태어난다고 하지 않았던가? 그렇게 생각하니 먹구름이 걷히듯 우울하던 생각이 조금은 사그라진 것 같다. 기차는 완행이라 매포역에 언제 도착할는지도 모른다. 뭔가 잊어버린 것 같다. 아! 담배! 주머니에서 담배를 하나 빼여 라이터 불을 댕겼다. 한 모금을 깊이도 빨아 드렸다. 담배 연기를 동그라미로 만들어 날려 보내니 잠시 모양이 유지되다가 흐느적거리며 사라진다. 그걸 쳐다보며 그래! 이게 인생이야! 언젠가는 사그라져 갈….

오후 5시에 탄 중앙선 완행열차는 경부선 열차보다도 더 느리게 간다. 곳곳에 언덕이 있는지 기차는 칙칙 폭폭이 아니라 치이칙 푸우푹이다. 그럴 때 길가에 서 있든 째비차꾼들이 타기도 한다. 차장은 그들은 잡으려고 다니나 우스운 건 그들은 차장 뒤를 쫓아다닌다는 사실이다. 그들을 보고는 속으로 웃었다.

전날 술을 많이 먹어서인지 약간 피곤하다. 머리를 의자 뒤로 기댔다. 작은 기차역에 정차할 때마다 왁자지껄하는 시끄러운 소리가 한동안 안 들렸다. 몇 시간을 끄덕끄덕 졸다가 보니 매포역이라며 사람들이 시끄럽다. 깜짝 놀라 얼른 자리를 털고 일어났다. 푹 깊은 잠이 들었으면 그 역을 지나칠 뻔했다.

자정이 넘어서야 단양 매포역에 도착했다. 기차는 사람들을 토해내기 시작했다. 사람들이 기차 밖으로 꾸역꾸역 쏟아져 나가자 나갈 차례가 되었다. 앉았던 객차를 돌아다보니 기차 안은 파시처럼 썰렁해졌다.

기차에서 내리니 높은 산 지대라 그런지 밤공기가 차갑다. 매포역은 그 일대가 시멘트 공장이 큰 게 세 개나 있기에 중앙선에서 가장 손님이 많은 곳이다. 내려서 보니 밖은 캄캄하다. 000회사 사택을 물어보니 그리 멀지 않다. 그곳으로 가는 사람도 많다. 그곳에 사신다는 분이 같이 가자고 하며 그 사택이 있는 곳도 친절히 가르쳐주었다.

20여 분의 걸음 끝에 사택 부근에 닿았다. 그 넓은 곳이 훤하게 가로등이 많기도 하다.

다른 집들은 집 앞에 불은 다 꺼져 있는데 그녀가 산다는 사택 앞에는 손님을 기다리는 듯 현관 앞에 전깃불이 졸고 있다. 그랬다. 그녀는 자지 않고 기다리고 있었다.

문을 두드리자. 그녀가 거실문을 따고 나와서는 내 손을 덥석 잡는다. 너무나 반갑다는 표현이다. 어라? 손을 잡으면 결혼 허락을 한 거나 마찬가지인데?

그녀의 행동은 오래 묶은 그리움이 한꺼번에 쏟아진 것만 같다. 벌을 기다리다 지친 동백꽃인가? 남녀가 유별한데 손을 덥석 잡다니, 그것은 결혼 허락이 아니든가! 훌쩍 날아가 버릴 새만 같은지 놓치지 않으려는 듯 손을 아주 꽉 잡는다. 좋기도 하다. 그녀에게 잡힌 손을 빼고 싶지 않다. 그게 운명인지도 모른다. 그녀가 손을 잡고 있는 것을 본 식구들은 보고도 못 본 체하는 것만 같다. 그녀와 성당에서 만나 알고 지낸 지는 4~5년이 넘는 시간이었지만 단둘이 만난 것은 처음이다.

그 무언가 알지 못할 끈이 두 사람을 붙잡아 맨 것만 같다. 어떻게 말문을 열까 하고 걱정했던 것은 기우였다. 머리에 번갯불은 그냥 그녀를 와락 껴안고 싶었다. 그녀 식구들의 눈치를 슬슬 보며 같이 거실로 들어섰다.

거실 안으로 들어가니 생각보다는 넓고 농촌 주택보다는 깨끗하다. 큰 회사 사택이라 그런가 보다.

그녀의 가정이 매포로 옮긴 것은 공무원이셨던 아버지가 퇴직하시고 00 시멘트로 재취업을 하셨기에 이다. 그녀가 공무원이 된 이야기를 들어본 적은 없다.

그녀는 그곳에서 공무원 생활을 하는 것만 월남에서 편지를 주고받으면서 알았다.

당시에는 여고를 졸업한 사람은 공무원으로 합격하면 관공서에 임시직으로 일 년간 있다가 정식으로 발령을 받기에 그런 줄로만 알았다. 성당에서 알고 지내든 사람들이 거의 다 그렇게 해서 세무서. 시청. 도청 등을 들어가서 정식 발령을 받는 걸 군에 가기 전에 보았다. 미리 전화 통화를 했기에 그 집 어른들과 그녀는 자지 않고 기다리고 있었다. 월남에서 귀국하고서도 그녀와의 편지 또 전화는 몇 번을 했었다. 보낸 선물을 사기꾼이 가진 꼴이 되어 그 말은 입에도 꺼낼 수가 없었다. 그녀는 그 사내를 성당에서 성가대에서 몇 년간을 보았기에 너무나 잘 안다.

처음 뵙는 어른들에게 큰절로 인사를 드리고 거실에 앉았다. 어른들은 인사만 받고는 시장할 테니 밥을 먹으라며 그녀가 사용하는 방으로 들어가라고 하고는 안방으로 들어가셨다.

그녀가 쓰는 방으로 들어가 보니 저녁상이 준비돼 있었다. 그러고 보니 저녁을 안 먹은 게 생각이 난다. 배가 고프지 않았으니 다른 생각만 하다가 밥 먹는 걸 잊어버린 것 같다. 밥상보를 걷으니 반찬은 몇 가지이지만 정갈하게 상에 놓여있었다. 연탄을 때는 방 아랫목에 묻어 놓은 따뜻한 밥을 꺼내 밥상 위에 올리고는 옆에 앉으며 먹으라고 한다. 뭔가 이상한 것 같았다. 그것은 환대가 아닌가? 양복 윗도리를 벗자 얼른 받아서 옷걸이에 걸어 놓는다. 밥을 먹고 상을 물리자. 후식인 과일을 깎아서 내왔다. 그리고 둘은 앉아서 이야기를 시작했다. 4~5년 전에 일주일에 성당에서 두 번 정도 만나던 때와는 완전 다른 사람이 돼 있었다. 얼굴도 예뻐지고 말라서인지 키도 더 커 보인다. 직장도 없는 무일푼 사내는 직장이 있는 그녀 앞에서 점점 작아지고 초라해지는 걸 가슴으로 받아들여야 했다. 그녀에게 프러포즈할까! 잠시 생각했다는 게 속웃음을 웃었다. '실업자가 직업이 있는 여자에게 프러포즈라….'

이야깃거리 화제를 만들어야겠다고 생각하니 군인 이야기뿐인 할 이야기가 없다.

군에서 월남을 가게 된 동기와 월남에서의 군인 생활 이야기를 하며 그녀와 단둘이서 거의 밤을 새우다시피 이야기를 길게도 했다. 그녀는 내 군 생활의 이야기가 재미있는지 듣고만 있었다. 훈련소 훈병 때의 이야기를 듣고는 고개를 갸우뚱거리기도 했다.

취업에 관한 이야기는 쏙 빼고 악단 생활을 하고 싶기에 부산을 갔었다고만 했다.

"안녕하세요? 데레사는 잘 있습니다. 잘 계시다가 오세요."

그녀가 월남으로 부친 편지도 그렇게 3줄로만 쓰더니 그녀는 별로 말이 없고 듣기만 한다.

밥을 먹고 나니 이 밤에 어딜 간단 말인가! 갈 곳도 없다. 눈치를 챘는지 밖으로 나갔다. 와서는 잠옷을 주고 갈아입으라고 한다. 그녀의 아버지 것인가 보다. 그곳에서 자려고 한 것은 아닌데 여관이 없는 곳이니 별수가 없질 않은가! 염치를 방바닥에 묻고 옷을 갈아입었다. 아랫목 따끈한 곳에 자리를 양보하여 똬리를 틀자, 그녀는 윗목에서 자리를 잡고 앉았다. 이야기가 더 듣고 싶었나 보다. 그녀는 식구들이 있는 방으로 가지 않고 거의 날밤을 같이 새웠다. 그녀가 날이 다 샌 아침 다른 방으로 갔다. 그녀가 출근하면 바로 청주로 가는 버스를 탈 참이다. 눈을 조금 붙이려 해도 기차에서 졸아서인지 잠이 오지 않는다. 눈은 감았지만, 눈알을 속에서 굴리고 있었다. 그녀도 잠들기가 쉽지는 않았을 것 같다.

처음 만나서 한 방에서 밤을 거의 지새우다니 참으로 묘한 인연이다. 남녀가 유별한데 아무도 없는 한 방에서 같이 다섯 시간 동안 뭘 했냐고 물어볼 듯도 한 이야기이다. 선을 본 여자와는 확실히 다르게 그냥 반갑고 이상한 느낌은 있었든 건 사실이다.

혈기 왕성한 총각치고 이쁜 처녀가 아무도 없는 방에 있는데 끌어안고 싶지 않았다면 거짓말이다. 그러나 한 수 높은 작전. 손을 잡으면 슬그머니 빼야 다시 놓칠까 봐 꼭 잡을 거 아닌가?

그날 날밤을 새우다시피 했는데도 제집이 아니니 어렵다. 눈을 붙인 게 한 시간도 안 된 것 같지만 얼른 일어나 옷을 갈아입고 고양이 세수를 하고는 사돈네 집 방문한 사돈처럼 점잔을 빼고 넥타이를 매고 거실로 나갔다. 아이보리 양복에 넥타이까지 맸으니 그에 부모로서는 첫인상이 그리 나쁘게는 안 보신 것 같다.

아침 밥상이 돼지고기 김치찌개와 구운 생선까지 있으니 시골치고는 조금 고급스럽다는 생각이 든다. 아마 준비한 것 같다. 식구는 아들 둘 딸 넷 부모 포함 여덟 식구였다.

아침에 주는 밥을 먹고 청주로 오려니 바쁘지 않으면 도담 삼봉 구경을 하고 가란다. 생각해보니 이게 웬 떡이래요? 아! 작전이 성공한 것이구나! 그날이 일요일이니 말입니다. 미처 생각지 못한 일이었다. 매일 공장에서 형 일이나 했으니 일요일 토요일이라는 개념 그게 없는 생활을 했었다. 요일 같은 그런 건 따질 필요가 없었다. 그러니까 그게 머릿속에 박혔든 거니 휴일에 개념이 그 사내 머릿속에서는 흘러간 구름이었다. 그러니 그게 도랑 치고 가재 잡은 것이 아니라 처녀 미꾸라지가 손안으로 들어온 것이다. 그래도 미꾸라지는 미끄러우니 놓치면 그만이다.

그녀의 아버지도 일요일이라 출근을 안 하고 계셨다. 인연이 되려는지 그녀와 첫 만남은 그녀의 방이었고 두 번째 데이트 장소는 도담 삼봉이 되었다. 밖으로 나가려니 그녀가 흰색 미니스커트를 입고 거실로 나왔다. 한눈에 봐도 멋지다. 키도 크니 원피스 미니스커트는 그녀를 돋보이게 했다.

날씬하고 멋진 미니스커트를 입은 그녀와 데이트는 새로운 활력소만 같았다. 그런 멋진 여자와 명승지를 찾아간다는 게 참 기분이 참 좋다. 그녀가 입은 미니스커트를 흘끔거리며 쳐다보자 그녀는 입을 가리고

"글쎄요 아는 파출소 경찰이 미니스커트 입은 여자 잡아 오라면 제일 먼저 저를 잡으러 온대요."

하고는 허리를 구부려 가며 웃어댄다. 그 모습이 천진난만하다. 참 예쁘다. 그녀도 그 옷이 좋았나 보다. 우리나라의 미니스커트는 가수

윤복희 씨가 국내에서 처음 무대에서 선을 보였다. 공무원이 출퇴근 할 때는 안 입었겠지만, 데이트하려니 입었나 보다. 정부는 미니스커트의 길이를 무릎 아래로 고쳐 입으라고 결정을 했다. 무릎 위로 올라가는 미니스커트를 입고 다니는 처녀들을 단속도 했다. 그러니 경찰이 그런 이야기를 한 것이다. 남자들의 장발족도 단속할 때와 같이….

도담 삼봉은 관광지이지만 별 볼 것이 없었다. 그저 사진이 더 좋아 보였다. 그곳엔 사람들이 많이 구경하러 오고 있고 길가에 상점들도 많다. 사람들은 물에 있는 조각배를 타고 노를 저어가며 놀고 있다. 배를 저어본 적이 없기에 배를 탈 생각은 하지도 않았다. 또 입은 옷이 물에 젖을까 봐 배는 탈 수가 없다. 기념이 남을만한 데이트는 어떻게 해야 할까? 사진을 찍는 게 기념이 될 것 같다. 결혼한 사람처럼 같이 붙들고 사진 세 번을 찍었다. 사진을 찍고 보니 사진사는 선금을 내란다. 부르는 게 값이었다. 너무 비싸다. 그렇다고 찍은 걸 그만 둔다고 할 수는 없는 게 아닌가! 남자 체면에 찍소리도 못하고 바가지를 폭 썼다. 사진은 현상해서 집으로 보내준단다. 간이 식당에서 식사하고 물가 옆 산길을 따라 굴이 있는 곳으로 가서 구경했다. 앞에 보이는 경치만 볼 것이 있지 특별히 볼거리는 없었다. 굴은 깊지 않았고 속은 눅눅해 보인다. 그냥 나왔다.

도담 삼봉 데이트가 끝나고 다시 그녀의 집으로 갔다. 어른들에게 인사를 드리고 헤어지려니 그녀는 아쉬운지 손을 내민다. 내민 손을 잡아 주니 충주를 거쳐 청주로 오는 간이 버스정류장까지 따라 나왔다. 버스를 올라타자 그녀는 손을 한번 흔들고는 서 있다. 나도 뭔가 잊어버린 것만 같아 아쉬움이 버스 뒤를 돌아다 보게 했다. 그녀는 버스가 안 보일 때까지 서 있었다.

집에 와서 작은형 공장 일을 거들면서 그녀가 생각이 난다. 프러포즈할까? 그녀가 먼저 손을 잡았어도 그것은 책임지지 못할 무책임한 일이라고 생각이 든다. 그러나 그녀와 만남의 여운이 머릿속에서 떠나지를 않았다. 그런 걸 보고 벙어리 냉가슴 앓는다고 한 것 같다. 작전은 성공한 것 같지만 마음이 복잡해졌다. 청주로 오고 나서 이틀 후 그 사내의 집 옆 가게인 식당으로 그녀의 전화가 왔다. 전화는 가정집에 거의 없으니 옆에 상점에 있는 전화와 바로 옆집 식당에 있는 전화를 가끔 이용했었다. 식당 주인은 귀찮기도 했겠지만, 옆집이니 전화를 받으라고 쫓아오셨다. 고맙기도 하다. 선물을 사다가 드렸었다. 매포를 다녀온 후 그녀와의 통화는 공중전화를 이용도 했지만, 집으로 오는 전화는 옆집인 가게에서 그렇게 몇 번을 했었다. 전화 끝에 일주일 후에 청주엘 다니러 오겠단다. 답방인가? 하여간 반갑다. 버스정류장으로 마중하러 간다고 하니 도착 시각을 정확히 모르니 그냥 집에 있으란다. 그녀는 우리 집을 안다. 그녀는 청주 사람이고 청주 시내에서 자란 사람이다. 성당에 다닐 때 성가대 단원들과 만나면서 우리 집을 와 보았기에 집을 안다. 그녀가 오후에 공장 옆에 있는 집으로 찾아왔다. 아침에 일찍이 출발했나 보다. 그렇게 되어 청주 그 사내의 집에서 두 사람은 다시 만나 어른들에게 인사도 드렸다. 그녀를 맞이하기 위해 집에서는 어머니가 식사를 준비해 놓고 있었다. 식사를 하고는 두 사람은 데이트에 나섰다. 그녀와 군인 가기 전 사진을 찍었던 추억이 어린 공원도 가보았다.

중앙 공원은 크게 변한 게 없지만 어릴 적 아이스케키 장사를 하던 씁쓸한 기억이 난다. 그곳에서 오래 있고 싶지가 않다. 그녀를 데리고 외화를 상영하는 동아 극장으로 갔다. 성인이니 성인 영화도 관람할 수 있었다. 극장이 끝나자 한밤중이다. 늦었으니 그녀를 여관으로 보낼 수는 없다. 집으로 와서는 군인 갈 적 같이 찍은 사진도 보고 신부님과 약수터에 가서 같이 찍은 사진도 또 월남에서 찍은 사진 등을 보여줬다. 도담 삼봉에서 찍은 사진을 보고는 반색을 한다. 한 장을 그녀에게 주었다.

그녀의 아버지는 형제뿐이다. 할아버지가 아들 둘만 낳으신 것이다. 한 약방을 운영하며 돈을 모으신 부자인 그녀의 할아버지는 공부를 잘하는 둘째 아들을 일본 동경 제국대학 법학부에 보내신 것이다. 보통 사람들은 꿈도 못 꿀 이야기이다. 그렇게 하여 그녀의 작은아버지는 왜정시대 때 날아가는 새도 떨어뜨린다는 검사가 되셨다. 1945년 해방이 되자 그분은 검사 생활 몇 년 만에 친일파로 몰려 몰락했다. 어느 곳에도 취업할 수가 없게 된 것이다. 인쇄소에서 교정 보는 일을 하시며 근근이 살고 계셨다.

그녀의 그 작은아버지가 사는 곳은 청주공고 옆 영동이라 석교동에서 그리 멀지 않은 곳이다. 청주로 온 그녀는 그리로 가기가 싫은 것 같이 보였다. 그래서 그런지 그 사내를 떠나고 싶지 않아서인지 그녀는 속은 모르지만, 그 사내의 작은 방을 선택했다.

시간이 지나고 생각해보니 두 사람은 맹꽁이가 아녔다. "맹"하면 "꽁"해야 부부가 되는 게 아닌감? 눈만 껌뻑이는 두꺼비였다. 속에 든 건 있는데 말 못 하며 눈만 껌벅이는 벙어리 두꺼비. 그게 그들이었다.

그녀는 성당에 다닐 적부터 그 사내에 관심이 있었나 보다. 그래서 일주일에 한 번씩 월남으로 편지를 보낸 것이 아닌가! 아둔한 그 사내는 그 뜻을 모른 것 같다.

그런데 그 사내는 아버지의 선택으로 중간에 선을 본 이야기 편지도 보냈으니 따지고 보면 양다리를 걸친 놈인 것 같기도 하고 아닌 것 같기도 한 놈이다. 절에 가서 새우젓 얻어먹기는 다 틀린 무식한 놈이다.

그러니 그녀의 애간장이 다 탓을 만도 하다.

그걸 보다 못한 그녀의 아버지가 논에 모를 심듯 바지를 걷어 올리고. 그 두꺼비 같은 놈의 집으로 찾아오셨다. 아버지는 술상을 차려놓고 손님과 마주하셨다. 아버지께 드릴 말씀이 있다고 찾아오신 그녀의 아버지이시라. 그 자리에는 어려워서 끼지도 못했다. 문 뒤에서 귀동냥할 수밖에 없다. 집으로 왔다가 간 단양서 만난 처녀의 아버지라고 소개를 해드리기만 했다.

"제가 000의 아버지 되는 사람입니다. 사전에 이야기도 없이 불쑥 찾아와서 죄송합니다. 제 큰딸은 보셨는지요?"

"네 얼마 전에 집엘 왔다 간 걸 알고 있습니다. 오신다는 이야기도 들었습니다."

"아 그 애가 제 장녀입니다. 저는 원래 고향이 청주이고 청주에서 공무원 생활을 하다가 퇴직하고 단양에 00 회사에 다니고 있는데 퇴직할 때가 얼마 안 남은 사람입니다. 퇴직하면 고향인 청주로 다시 올 겁니다. 제가 불쑥 찾아온 것은 제 딸 문제로 찾아 뵈러온 것입니다."

그 사내의 아버지는 금시초문이니

"예 저는 처음 듣는 말씀이라 무슨 뜻인지 잘 모르겠습니다."

"단도직입적으로 말씀드리자면 제 큰딸애가 어르신 아들을 좋아하나 봅니다. 그 애는 아직 어리고 자기표현도 잘못하나 봅니다. 제 식구한테만 그런 이야기 하니 제 식구가 청주에 가서 말씀을 드려 보라고 해서 온 것입니다."

아! 그녀는 나를 오랫동안 생각하고 있었구나!

그 사내는 그녀에 대하여 아버지나 어머니께 매포에서 만난 이야기를 드릴 수가 없었다. 그 이유는 안전한 직업도 없고, 가진 것도 없으니 말씀드려봤자 다. 또 현재로서는 그녀를 책임질만한 능력도 없었다. 그래서 그 사내 또한 두꺼비가 됐는지도 모른다.

그날 아버지와 장인어른이 되실 분은 우리의 결혼을 바로 시켜 주기로 하되 약혼부터 서둘러 하자고 합의를 하셨다. 그 당시만 해도 부모님이 결정하시면 무조건 따라야 하는 사람들이 많을 때이다. 아버지께서는 반대할 이유는 없으셨다.

자식이 두꺼비이니 이걸 어찌해서 합니까.

장래 장인어른이 맹꽁이 아버지가 돼야지요,

그걸 아신 분이니 단번에 사위를 만들기 위한 출타를 강행하신 거지요.

헤헤헤 사위 될 놈이 속으론 웃었겠지요, 아이구 그랬구나!

사실 따지고 보면 그게 호박이 넝쿨째 들어온 게 아닌가요?

그녀는 거의 미스 코리아 수준이었으니까요. 키 162에 51kg 날씬합니다. 하 하 하 하, 그 사내는 입을 다문 두꺼비이지만 입을 벌리면 입이 찢어질 만도 합니다.

어쨌든 그녀의 가슴속 깊이 그 사내가 들어와 똬리를 틀고 앉아 있었던 게 분명했다.

양가 부모님 합의에 그 사내와 그녀는 일 개월 뒤 바로 약혼식을 그 사내의 집에서 했다. 결혼식 전에 금반지와 금목걸이를 넣은 사주단자를 청주에 사는 그녀의 6촌 언니네 집으로 가지고 갔다. 함을 사라고 외칠 때 곳곳에 함정은 함진애비를 놀려대는 장기 자랑이었다. 사람들의 배꼽을 쥐고 웃게도 했다.

남자라고 무조건 강하지는 않다. 여자 문제는 쉬운 게 아니었다. 약혼은 두 사람의 마음에 종지부를 찍은 것이다.

지난 일을 생각해보니 장인어른은 세월의 20년이나 앞서서 가며 사신 분이셨다. 우리나라가 외국에 대하여 전연 모르고 살 시절 외국에 캉캉 춤이 있었다는 걸 아는 분이 얼마나 있었을까? 장인어른은 선구자이셨다. 공무원의 신분이셨지만 사교춤도 잘 추시고 노래는 정말로 잘하셨는지 1등 상 냄비는 장인어른이 항상 타오셨다는 이야기를 들었다.

혼인이란 인연은 따로 있나 보다. 그렇게 하여 아내가 되고 남편이 된 것이다.

런던의 한 수학자는 어떤 처녀를 만나 결혼할 확률은 0.00035%라고 계산을 했다.

불교에서의 인연은 몇 겁의 인연이 있어야 만남이 있다고 한다. 일반 종교에서는 하늘에서의 인연이라고 한다.

그 사내가 군에 가기 전 성당에 다닐 적 남녀 성가대원끼리는 자주 만났다. 빵집. 만두집도 가고 신부님과 명암지를 놀러 가서 사진을 찍기도 했다.

그런 사진이 고스란히 있었다. 그때 그녀도 동석했었고. 눈이 많이 오던, 그 사내가 군인을 가기 전날 성가대 남자 세 사람과 여자 세 사람이 환송회를 하고 중앙 공원에서 사진을 찍을 때 그녀도 같이 사진을 찍었었다. 손도 안 잡아본 그녀인데 부산에서 오던 날 손을 반갑게 잡았으니 인연은 따로 있었나 보다. 당시의 청혼 승낙은 손을 잡는 것으로 이루어지는 시대였으나 서로의 결혼 약속 같은 것 없었다.

생각해보니 연애도 아니고 중신도 아니고 처가에서 사위로 삼겠다고 먼저 청혼한 게 맞는 말이다. 약혼식을 바로 하고 1년 뒤에 청주 서운동 성당에 많은 친지와 교우들이 참석한 가운데 혼배 미사를 올렸다. 주례로는 본당 길 야고버 외국 신부님이셨다. 당시 청주에는 성당이 내덕동, 영동, 서운동 세 군데뿐이었다. 청주 교구에는 한국 신부님도 세 분밖에 없으셨고 주교님은 외국 신부님이신 파 주교님이셨다. 서운동에는 보좌 신부님으로 교구에 세 분뿐인 한국 신부님 중 보좌로 김00 베드로 신부님이 부임하셨다.

그 사내와 그녀가 주례와 결혼 기념사진을 찍은 분 중에 대주교가 되신 분이 있다. 당시에 그분은 신학생이셨다. 장OO 교황청 대주교님. 그에 형님은 장OO 신부님이시다.

그 사내는 혼배 미사를 올리고 첫날밤 그녀를 끌어안고 말했다.

"어떤 고난이 와도 나에게서 도망칠 생각은 하지 마."

그 말은 그녀의 가슴에 꽉 박혀 영원히 빠져나오지 못할 함정이었는지도 모른다.

고개를 끄덕이는 것으로 대답을 한 그녀는 생활이 아무리 어려워도 53년이 지나고 있어도 약속을 지키고 있다. 젊은 날의 싸움은 사랑싸움이었다. 날이 갈수록 그녀는 남편을 애틋하게 여긴다. 아마 죽을 때까지도 그녀는 그 사내의 손을 놓지는 않을 것 같다.

그녀가 나와 가족에게 쏟은 열정을 기억하고 싶다. 그리고 고맙다고 말하고 싶다.

그녀의 할아버지는 청주에서 한약방을 경영하시었기에 청주에서는 잘 사는 축에 들어갔다. 그 할아버지의 옆집에 사시는 분이 청주대 설립자이신 김원근옹이시다. 두 분은 친한 친구이셨다.

가난에 찌든 생활의 연속이었던 그 사내와는 완전히 다른 환경에서 자란 처녀였다.

그녀는 고등학교를 졸업하자마자 바로 직장엘 바로 들어갔기에 음식 반찬은 잘할 줄 모른다. 그런데 장모님한테 배운 건 닭볶음탕인가보다. 그게 닭볶음탕 전문 식당보다도 더 맛있게 잘하니 말이다.

토종닭을 사다가 닭볶음탕을 만들고 막걸리를 한잔 마시는 건 신혼생활에서 가장 맛난 요리였다. 신혼 때 아내는 일만 원 남짓한 월급을 타면 우선 한 달, 먹을 쌀을 사고 한 달 동안 땔 나무를 사다가 밖에다 쌓아 놓아야 한다. 시골이라 연탄을 때는 집은 거의 없을 때이니 나무꾼에게 나무를 사다 놓는 것은 꼭 해야 하는 일이다. 월급을 타서는 보험료도 내야 하고 적금도 들고 용돈을 빼면 남는 게 거의 없다. 시골집은 정말 오래돼서 겨울이 되면 방안에 걸레가 다 언다. 아내는 임신 중이다. 아이가 생기면 상황은 달라질 게 분명하다.

12
아버지의 성공과 귀천

아버지는 1910년생이시고 현대그룹의 정주영 회장님은 1915년 생이시다.

정 회장님은 천자문, 소학, 논어, 맹자, 삼강오륜을 배우고 소학교를 들어갔고 학력은 소학교 4학년이 전부다. 그분의 희망은 변호사였다. 그분이 배운 것은 법정 통신이라는 책을 사다가 읽어본 것이 다라고 하셨다. 그것을 읽었다고 변호사가 된다는 것은 꿈이었다. 변호사 그게 쉬울 리가 없질 않은가? 그러나 세계적인 대기업을 일으키신 분이다. 그분의 사업성공기를 보면 전연 통하지 않을 이야기를 하여 성공을 하신 분이다. 세계가 놀랄 일은 우리나라 지도와 모래사장 지도를 가지고 가서 배 두 척을 수주하셨을 때이다. 대한민국이 놀란 게 아니라 세계가 놀랐다. 당시의 천문학적 금액인 13억원을 배 수주 계약금으로 받아서 오셨다. 그분에게 배 수주자가 학력을 물었다. 그것은 그분의 아킬레스건이었고. 가장 난제였다. 그는 학력은 말 안 하고 임기응변으로 영국 대학교에서 경제학 박사를 받았다고 하여 수주에 성공했다고 하신다. 그 경제학 박사 학위는 외국의 기업가들에게 주는 그런 상의 일종이다. 그분의 가정생활은 조반석죽으로 점심은 아예 없었다고 하신다. 그래서 결심한 것이 농촌 탈출이셨다. 그것이 오늘의 현대그룹을 낳은 것이다. 6·25 전쟁 중에는 100대 일의 화폐개혁을 했다. 조선정판사 위조지폐 사건도 있었지만, 북한에서 위조할까 봐 단행한 화폐개혁이었다. 3년 만에 물가는 100배로 올랐다고 하신다. 그 바람에 정 회장님 사업을 하시면서 진 빚의 이자는 폭등하여 월 18%까지 올라 엄청난 곤란을 겪으셨다고 하셨다. 정 회장님은 직원들에게 일을 시키면서 난제를 표하는 직원이 있으면 하시는 말씀이

"해봤어?"

그 유명한 말을 남기시고 돌아가셨다.

그 사내의 아버지도 정주영 회장님처럼 농촌 대탈출을 감행하신 분이다.

농촌에서는 굶어 죽는 사람이 나오고 초근목피로 연명을 하다가 부황이 들어 죽는 사람이 나오고 할 때 그 사내의 아버지는 농촌 대탈출을 감행하신 것이다. 결단력이 없으면 도저히 생각하지도 못할 사건이다. 아버지는 농촌을 나오기 전에 사전에 시내로 나와 피난민들이 사는 거 보시고는 그렇게 살면 되겠다고 생각하신 것이다. 살던 곳을 떠나면 죽을 것만 같았던 시절인데 아버지는 용감하셨다.

아버지는 농촌에서 밭 한 뙈기 없이 먹고 살기 위해 목수 일도 배우러 다니셨다. 집에는 목수 연장이 많이 있었다. 일이 없으면 남의 집 농사일을 다니시며 고단한 생활을 하셨다. 그 어려움을 버티지 못해 아이들을 다 데리고 이불 두어 개와 솥단지 하나를 지게에 지고 시내 변두리 주인이 국가인 땅에 똬리를 틀고 앉았다. 이사를 하고는 시내로 나가 건축일을 하는 곳을 쫓아다니며 살기 위해 몸부림을 쳤다. 일이 없으면 빈 지게를 지고 다니시며 시장엘 가서 짐을 날라주는 일도 하셨다. 그런 사람들을 보고 사람들은 "지게꾼"이라고 불렀다.

지게만 짊어지고 가서 돈을 번다는 게 힘든 일이지만 그 당시를 생각하면 강해야 그 일도 할 수 있었을 것이다.

지게꾼의 세상에도 강한 자가 짐을 차지한다. 그 작은 세계도 지구에서 벌어지는 동물들의 세계이며 약육강식 세계이다. 그들도 눈에 보이지 않는 싸움을 했을 것이다.

"지게꾼" 하고 손님이 부르면 빈 지게를 지고 쏜살같이 먼저 달려가는 사람이 그 짐을 차지하고 돈을 벌 수 있다. 거의 동시에 짐 있는 곳을 도착했다면 힘 있는 사람이 짐을 차지하고 돈을 버는 것이다. 유추해보면 지게꾼 사이에서도 서로 만나 막걸리라도 같이 한잔하면 편을 들어주다가 편 모임이 형성됐을 수도 있다. 한정된 일이 있는 곳인 조그마한 시장에서 처음 지게를 지고 돈을 벌려고 온 사람은 미운 오리 새끼였을 것이다.

시내 장터 지게꾼 사이에서는 아버지를 보고 새끼 꽁까도리 라고 하셨단다.

대장을 말하는 오야붕이라는 소리는 들어 봤어도 꽁까도리 그 뜻이 무엇인지는 확실히 모른다. 까투리라면 다 큰 암꿩인데 꽁은 크다는 뜻이 아닐까? 일본어 같기도 한데 죽을 때까지 싸우는 쌈닭을 이야기한 것 같기도 하다.

그런데 신출내기가 지게꾼 집단 그 속을 뚫고 들어가려면 정말 꽁까도리가 아니고서는 쉽지 않았을 것 아닌가!

아버지는 그들과의 대결에서도 절대 지지 않으셨나 보다. 그것은 집식구들을 굶기지 않으시려는 몸부림이고 집식구들을 먹여 살려야 한다는 절박함에서 그런 용기와 힘이 생겨나셨을 것 같다.

지게꾼들의 싸움은 어찌했을까? 그걸 물어보는 사람이 바보이지! 바로 지겟작대기가 아닌가!

싸움이 붙었었다면 그것은 죽을 수도 있는 생사를 걸었을 것이다.

누구 말마따나 어리삥삥해서는 온종일 짐 한 번 못 지고 돈 한 푼도 벌지 못한다. 주먹은 가깝고 법은 멀다. 살기 위해서 그리됐을 것이다.

그 사내의 족보를 그렇게 따져 본다면 굉까도리의 새끼인 셈이다.

그 사내의 아버지는 지게꾼 또 목수 일을 하시다가 절을 짓는다며 연장들을 마차 두 대에다 싣고 목수 여러 사람과 00군 현장으로 떠나셨다. 그런데 그곳에서 공사 중 인부 한 사람이 지붕에서 떨어져 죽는 사고가 발생하자, 청부업자는 뒤로 빠지고 책임자를 아버지로 만들어 조사를 받게 했다. 아버지께서는 과실치사죄로 영어(감옥)의 몸이 되셨다. 그 바람에 그 사내는 중학교에 못 간 것이다. 청부업자가 변호사를 선임하여 6개월 만에 나오시고 몇 년 만에 그 공사를 마무리하셨다. 그리고 감옥에 가셨을 때 재판 과정에서 청부업자는 엄청 많은 돈을 벌고 있다는 것을 아셨다. 청부업자에게 감옥 생활의 보상을 이야기하여 얼마의 돈을 받으셨나 보다. 그 덕인인지는 몰라도 남주동에 독채 좋은 집을 전세로 얻고 이사를 했다. 그리고 남주동 싸전(쌀 파는 곳)에서 아버지와 어머니는 시외로 장차(트럭)를 타고 다니며 쌀을 사 오시는 분들에게 쌀을 사서 난전에서 쌀장사를 시작하셨다. 그런 일을 하시다가 싸(쌀)전에 점포를 사셨다며 그곳에서 어머니와 함께 장사를 시작하셨다. 참 재주도 좋으신 분이시다. 청주에는 싸전이 남주동에 한 곳뿐이라 장사가 잘되어 그 점포를 매수하셨다고 하셨다. 그 사내가 대구로 가기 전 상점에 점원으로 있을 때이다. 점포 뒤편은 국밥집이었다.

남주동이 집이니 바로 코앞인 싸전에만 가면 어머니는 그 돼지 선지가 든 국밥을 사주셨다. 그 맛은 최고였다. 그러시든 어느 장날 큰일이 났다. 온종일 장사한 돈 가방이 무거워서 아버지는 잠깐 그걸 벗어놓고 변소엘 다녀오셨는데 그 돈이 든 가방을 누가 통째로 훔쳐

간 것이다. 그것에는 그날 서울로 쌀을 한 트럭이나 보내고 받은 돈도 같이 들어 있었다. 많은 돈이었다. 당시 경찰인 기마대에 아는 사람도 있어서 범인을 잡으려고 노력하였으나 허사였다. 아버지는 뜬구름만 잡다가 술값만 날렸다.

그 잃어버린 돈은 아버지의 돈만이 아녔다. 장사가 끝나면 쌀 수집상들에게 나누어 주어야 할 돈도 같이 들어 있었다. 다 갚아 줘야 할 돈인데 갚을 도리가 없자. 점포를 팔아 해결을 하셨다고 하셨다. 그리고 쌀장사는 무슨 일인지 접으셨다. 그리고 어머니는 집 바로 앞인 현 육거리 시장에서 제수용품을 판매하시기 시작하셨다.

아버지는 그 어려운 가운데서도 돈을 모아 1964년에 석교동에 집을 매수하여서 그리로 이사했다. 꿈에도 그리던 내 집 마련을 하신 것이다.

고향을 떠나 14년 만에 이룬 아버지 어머니의 피땀 어린 결과였다. 낡은 양철집이지만 대 수리를 할 곳이나 비가 새는 곳은 없었다. 대지가 60여 평이고 방이 네 칸인 기역자 집이었다. 그곳은 석교동 파출소가 있었던 바로 옆에 있는 현 육거리 시장에서 최고로 좋은 자리이다. 집 빈터에 지하실을 파고 어머니는 가을에 무를 사서 소금과 노란 색소를 섞고 사카린을 넣어서 단무지를 담아서 봄부터 팔기 시작하셔서 먹고사는 데는 지장이 없었다.

엄청난 발전을 한 것이다. 땅 한 평 물려받지를 못해 빈손으로 대가족을 이끌고. 떠나올 때는 쳐다보지도 않던 친척들이 석교동 집을 찾아오기 시작했다.

그러면 아버지 어머니는 그들에게 술과 음식을 시켜 드시고 가시게 해드렸다. 많은 친척이 연실 집엘 찾아오셨다. 그분들도 그냥 오지를 않고 농사지은 호박 감자 고구마 또 들기름 등을 가지고 오신다.

단무지를 장사꾼들에게 싸게 주자 그 장사도 잘되었다. 새벽 도깨비시장에서 단무지 장사를 하셨다. 도깨비시장이 끝나면 자전거 꾼들이 연일 단무지를 사러 집으로 왔다. 아버지와 작은형이 공장을 하시는데도. 새벽에 어머니는 바로 옆에 있는 도깨비시장에 나가셔서 단무지도 팔고 콩조림 또 멸치 등을 반찬으로 만들어서 파셨다. 도깨비시장은 오전 8시면 끝이 난다.

장사가 끝나면 그 사내의 아버지 집은 경로당이 되어 온종일 시장 사람들과 동리 사람들이 끊이지 않고 몰려들어 아침부터 술타령을 시작했다. 가난하다고 쳐다보지도 않던 집안 친척들도 꿀벌 드나들듯 했고. 상처를 한 아버지 사촌은 먹을 게 없으니 자식들도 뿔뿔이 다 떠나고 가난하여 먹을 게 없자 아예 그 사내의 아버지 집에 와서 사셨다. 그분은 결핵 환자이셨다. 몸이 너무 아프시어 고향을 가셔서 돌아가셨다. 어머니는 그분의 옷까지 빨아주고 성의를 다해 주셨었다.

그 사내의 할아버지는 막내아들인 아버지 장가를 보내기 위하여 노력하셨다. 그러나 근동의 사람들은 가난한 아버지에게 시집을 올 사람이 없다는 것을 아셨다. 중신아비를 놓아 고향에서 200여 리나 떨어진 산골 처녀네 집에 족보를 보내 양반가의 자손이라고 하여 막내아들을 장가를 보내셨다. 그런 아들이 그 사내의 아버지이셨다.

1975년 음력 11월 14일 아버님이 간경화로 귀천하셨다.

돈은 없지만, 아버님은 양반가의 자손이었다.

옛날에 임금님이 붕어하시면 내시들은 임금님이 입던 옷가지를 들고 임금님이 사시던 고래 등 같은 기와집 지붕에서 임금님이 혼의 이별을 위한 소리를 세 번 부르고 내려왔었다. 그래야 장례가 시작되었다. 그것은 유교에서의 한 예식이기도 하다. 그래서인지 양반댁에 양반 어른이 죽으면 그들도 그분이 입던 옷가지를 들고 지붕으로 올라

가서 넋을 부르는 것이 일상사가 되었었다.

귀천하실 때는 종중 집안에 하인들이 와서 아버님이 입고 사시던 옷을 가지고 양철집이었던 우리 집 지붕엘 올라가서 널을 세 번 부르고 내려와서는 그 옷은 장례식 때 산으로 가지고 가서 임시 관과 함께 태웠다.

그 넋을 부르는 소리를 들어 보니 그분은 아버지가 입으셨던 옷가지를 흔들며

"000씨 000의 혼이요."

이렇게 세 번을 부르고 지붕에서 내려오신다. 아버지가 돌아가셨다고 인정을 한 친척 중 나이가 많으신 분이 하루가 지나자 다시 돌아가신 것을 확인하시고는 장례 절차를 진행하라고 상주에게 지시하셨다. 제일 먼저 아버지의 시신을 깨끗한 물을 가져다 놓고 수건으로 몸을 닦기 시작하셨다. 그리고는 삼베 주머니와 가위를 든 친척분이 손톱 발톱을 잘라 삼베 주머니에 넣고 주머니 주둥이를 실로 감았다. 영정에 넣을 아버지의 육신의 일부이다.

그리고는 자식들과 친척들이 보는 가운데 염습을 시작하셨다. 보드라운 목화솜으로 입. 코. 귀를 막고 눈을 쓸어내려 감기고 솜을 펼쳐서 눈을 덮었다. 그리고는 삼베로 만든 아랫도리와 윗도리의 수의를 입히셨다. 두 발을 모아 엄지발가락을 함께 묶고 팔을 아래로 내려 두 손가락을 삼베로 단단히 묶었다. 그리고는 입을 벌리고 동전을 넣으면서 "천냥이요", "이천냥이요", "삼천냥이요"를 외친 다음 삼베 끈으로 온몸을 단단히 매셨다. 그러니까 아버지의 몸은 아주 작아졌다. 그리고는 관에 넣고 관 뚜껑을 나무못으로 단단히 박았다. 그리고 관을 옥양목으로 다시 묶고 빨간 천에다 000 지구라고 쓰고는 관 위를 덮었다. 그리고는 흰 옥양목으로 관을 들기 좋게 사방을 돌려가며 묶었다.

염습이 끝난 다음 친척들이 방안으로 다 모였다. 그 사내의 사촌만 해도 남녀 합하여 21명이니 친척들이 참으로 많았다. 친척들은 고인에 관해 이야기를 하며 참으로 대단한 분이시라고 칭송을 아끼지 않으셨다. 가족을 위해 온몸을 던지시며 살던 이야기도 나오고 지게꾼 이야기도 나왔다. 절을 짓는 목수는 대목이라고 불렀다. 어떻게 배운 것이라고는 천자문 사서삼경 정도인데 대목이 되셨을까? 대목이란 건축을 할 때 모든 것을 지시하는 기술이 있어야 한다. 그 많은 연장을 동원하여 문짝 하나 짜는데도 기술이 필요한 것이다. 더군다나 절의 문짝이며 지붕을 올리는 일 쇠못도 없이 오직 나무끼리 연결하여 절을 짓는 일은 정말 아무나 하는 일이 아니다. 머릿속에서 모든 것을 외우고서야 가능한 대목 일이다. 지금이야 설계도가 있으면 그대로 하지만 당시에는 윤곽만 그려서 절을 지으셨다고 하신다.

65세에 돌아가신 것은 장수한 것이라며 친척들 또 동리 사람들은 풍장을 치며 막걸리를 마시며 즐기고 있었다. 빈 상여를 메고 기왈 좋게 종을 흔들어대며 동리를 한 바퀴 돌고 온다. 처량한 상엿소리를 해대던 입은 막걸리를 물같이 퍼마신다. 그리고 시시덕거리며 노름판에 끼여 용돈을 얻어보려고 날밤을 새우는 얼굴들로 변했다. 초상집은 노름판으로 변했다. 방은 물론 마당에서까지 50여 명이 노름하고 있었다. 그들이 먹을 것을 주문하면 일하는 친척들은 밤을 새워가며 그들의 시중을 들어주었다. 얼마나 많은 사람이 왔으면 막걸리를 3일 동안 100말이나 다 마셔댔을까!

그 사내는 형 두 사람과 굴건제복하고 그 추운 동짓달 14일에 난로도 없는 마루에서 3일 동안 밀려오는 친척 또 동리 사람들 손님을 받느라고 몸은 피로에 떨고 추위에 떨었다. 추위를 이겨내려고 막걸리를 마시면서 내내 버텼다.

아버지는 돌아가시기 전까지도 수많은 사람을 사귀시었나 보다. 그러니 무일푼 사람에게 장례 쌀 30 가마니를 주지 않았을까? 아버지 말씀은 신용이 있어서라고 하셨다. 과연 돈놀이하는 사람들이 신용만으로 당시 그리 큰돈을 빌려주었을까?

그러지 않고서야 석교동뿐만이 아니고 청주 시내 그 많은 사람이 조문을 오지는 않았을 것 같다. 친척들은 돌아가신 아버지를 보고 큰 송장이라고 한다.

그 뜻이 무엇인지는 모르지만 하여간 양조장 역사상 상갓집에 삼일에 막걸리 100통을 가져간 집은 없다며 기록이라고 했다.

장삿날이다. 새벽에 일어나서 제사 준비를 하는 집식구 친척들이 너무나 고맙다. 이제 20여 리 떨어진 종선에 아버지 상여를 메고 작은형님 계원들이 떠날 참이다. 글 건 제복을 하고 따라가는 동안 상여꾼들은 200m 정도만 가면 상여를 내려놓고 흥정을 한다. 돈을 요구하는 것이다. 처음 몇 번은 그들이 받는 돈은 장례를 치른 후 상여꾼들이 모여 회식한다니 이해할 만했는데 아침에 떠난 상여가 12시가 가까이 되도록 모실 곳 현장에 반도 안 되는 4km 정도뿐인 못 갔다. 그들이 요구하는 금액을 봉투에 넣고 상여에 대고 절을 해야 상여는 출발했다. 이제 시간이 없다며 독촉을 할수록 그들은 돈 봉투를 까서 돈을 세어보고는 적다며 더 많은 돈을 요구했다. 그 매섭게 추운 날 입은 옷이라야 굴건제복을 입은 것이 다이니 입에서는 이빨이 부딪치며 고양이 꾸리 감는 소리가 난다. 상여 뒤를 쫓아가는 것도 정말로 고역이었다. 지금은 재벌급의 부자가 된 친구가 제 아버지 돌아가실 때 일을 생각해서인지 20여 리나 되는 곳을 막내 상주인 그 사내를 따라가며 아버지 가시는 길을 상주와 동행을 해주며 따라갔다. 어헝 어하 어헝 어하 이제가면 언제오니 어헝 어하………

전문 상엿소리를 하는 사람이 상여 앞 위에 올라타고서는 사람의 간장을 녹이는 상엿소리를 해댄다. 흐르는 눈물이 앞을 가려 몇 번인가 쓰러질 뻔도 했다. 그러면 그 사내의 그 친구가 붙들어 주었다.

손톱과 발톱은 혼백이라 하여 일년상을 치를 때까지 집에 작은 상자에 삼베를 덮은 영정 상자에 넣어 탁자 위에 설치해놓고 식사 때마다 상자를 덮은 삼베를 걷어 올리고 밥을 차려놓고 곡을 하고 절을 하는 것이다. 그리고 좀 있다가 식사를 치우고 삼베를 다시 덮고 곡을 하고는 식구들이 식사한다. 어머니의 고통이 몰려오는 시간이었을 것이다.

제사를 지내려고 보면 그 생각이 난다.

"여보 제사 음식 장만하느라고 수고했어. 고마워."

9남매 자식을 키우느라 모진 고생을 하시다가 귀천하실 때는 그래도 집도 사고 마차를 만드는 공장도 하시다가 작은형에게 물려주고 가끔 공장일을 도우시며 작은형을 가르쳤다. 목상들이 공장엘 자주 온다. 그러면 그들과 같이 가서 나무를 보고 마차에 쓸 나무를 고르는 법부터 작은 형에게 가르치셨다. 마차를 만드는 나무는 아카시아야 나무여야만 된다. 아카시아는 비를 맞아 썩어도 겉만 살짝 썩는다. 썩었다고 생각한 그 아카시아를 대패로 밀면 하얀 속살이 다시 나온다. 그만큼 단단하고 잘 썩지를 않는다. 그래서 아카시아는 마차를 만드는 데 꼭 필요한 나무이다. 그 나무는 목상들이 보고 온다. 그리고 같이 가서 나무 주인과 흥정을 하고는 일꾼들을 데리고 가서 나무를 베어 집으로 가져와서 제재했다. 집 공장에는 오비누크라는 나무를 자르는 전기 제제기가 있었다. 그것을 배운 작은형은 공장을 운영할 수 있었다. 나무에 둥근 쇠테를 입히는 과정은 대장간이 필요하니 공장 안에는 대장간도 있었다. 나무를 잘라서 원형이 되게끔 몇 개를 만들어서 놓고는 벌겋게 달은 쇠를 망치로 두들겨가며 마차 바퀴를 만들고 그것을 빼서는 두었다가 쇠가 약간 식으면 다시 바퀴에 박는다. 그러면 못이 없이도 바퀴는 잘 굴러가고 나무에서 쇠가 분리되는 일은 없었다. 선조들의 지혜가 전통으로 내려온 것이다. 그러다가 바퀴를 자동차 타이어로 바꾸면서 어려운 일 하나가 줄어들었다.

아버님은 평소에 막걸리라도 한잔 친구분들과 하시고는 가끔 시조 읊기를 좋아하셨다. 그 시조 중 나에 귀에 박힌 것은 "청산리 벽계수" 였다

아버님이 귀천하시자 어머니는 곡기를 끊다시피 하시고 술은 드시지도 못하셨는데 매일 막걸리를 드시고 사셨다. 막걸리가 식사 대용이 된다는 것을 그때서야 알았다. 막걸리를 먹는 사람은 우리 집이 경로당인지 다들 모여서 아침부터 술 주전자를 들고 술을 사 오기 시작하신다. 온종일 술타령이니 우리 집의 술 주전자는 어느 날부터 두 되짜리로 바뀌었다. 한 주전자는 몇 잔 따르면 없기에 아주 큰 주전자를 사용하기 시작하셨다. 먹다가 술이 떨어지면 바로 앞에 있는 막걸리 파는 곳인 코미디언이 된 000이네 집에 가서 너도나도 한 주전자씩을 서로 사 온다. 그리고는 청산리 빠께스를 부르시다가 곯아떨어져서 잠을 주무신다. 아침이 되면 어머니 친구분들은 동생 형님 하며 또 달려오신다.

"형님 해장하셔야죠, 그래야 속이 풀립니다."

그분들의 손에는 벌써 술 주전자가 들려있다. 아버님을 사별하신 어머니는 그 아픈 마음을 기댈 데가 없으시니, 드시지도 못하셨던 막걸리가 끼니로 바뀌었다.

그런데 어느 날인가부터 어머니는 아버님이 부르시던 시조인 청산리 벽계수를 부르신다. 그런데 그 시조 소리가 가만히 들어 보니 좀 이상하다.

"청산안리 이이잉 빠깨쓰야 ….수우 감을 ….자랑 마라…. 일또 차 애행하면."

하시다가 술에 취하여 그 뒤 노랫말을 잃버리신 것이다. 그러면

"야! 다음이 뭐냐."

하면 막내딸이

"엄마는 내가 알켜 줬잖어. 청산리 빠깻쓰가 아니고 청산리 벽계수야"

하며 가르쳐주려고 한다. 그러면

"시끄러 이년아"

하시면서 눈에는 눈물이 가득하다가 방바닥으로 떨어진다.

아버님을 그리는 마음은 술만 잡수시면 '청산리 빠께스'로 변하며 혀가 꼬부라져서 그 다음 절은 하시지도 못하셨다. 딸들이 많았던 우리 집은 어머니가 술이라도 깨시면 딸들이 놀린다.

"엄마 빠깨쓰 안 때울껴?"

하면 .

"내가 언제 그랬어!"

하시며 그런 일이 없다고 강력히 부인하신다. 그러면 딸들이

"엄마 자꾸 안 그랬다고 하면 내가 녹음 해놀껴"

하며 또 놀린다. 그러면 어머니는 픽 웃으신다. 또 주머니에서 돈을 꺼내서는

"막걸리나 사와!"

하신다. 그러면 다시 하루가 시작된다. 저녁때가 되면 어김없이 "청사안리 빠깨쓰"는 또 나오고 하루가 간다. 그러면 식구들이 장단을 맞춰준다.

"청사 안 아아아아앙안리."

하면

"얼쑤, 빠깨애애앵쓰야 얼쑤"

한 시간도 장 그 노래이니 막내딸이

"엄마 이제 그만해. 빼께쓰 다 때워서 이제 때울 때도 없어 또 때울 때가 있어?"

한다. 그러면

"시끄러 이년아"

벽력같이 소리를 지르신다.

"아이구 죽겄네, 정말로 못살아."

막내딸이 푸념을 한다

"살든지 말든지 니맘대루 혀."

그 사내는 그 당시 월남전에 갔다가 70년 3월에 군에서 제대하고 작은형 공장에서 일을 잠시 거들어 드릴 때였다.

13층짜리 큰 배를 타고 망망대해를 보면서 내가 가는 길이 다시 올 길인가? 아닌가? 두고 온 고향이 눈에 아롱거리며 눈물이 났었다. 가슴 아픈 사연은 가슴에 묻고 이젠 다시 살아야 한다.

그 사내는 어머니가 술을 드시고 우실 때마다 동생들의 웃기는 소리에 옆에서 같이 웃다가는 슬그머니 나와서 눈에 눈물이 고였던 때가 한두 번이 아녔다.

딸들은 술에 취한 엄마의 눈물을 지워 드리려는지

"엄마 아버지가 그렇게 보고 싶어?"

"그려 네가 가서 데리고 와!"

"돌아가셨는데 어떻게 데리고 와?"

"아버지보다 젊은 사람은 어때?"

"더 낫잖어?"

"그럼 그 사람을 데려와 봐. 시집을 가야 되겠어!"

"진짜여 엄마? 새로 시집갈 거야?"

"그려!"

그러시던 어머니가 삼익 아파트로 같이 이사를 오고서는 술을 끊으셨다. 다섯째 사위가 교회 장로가 되고부터는 교회를 모시고 다녔다. 어머니의 아픈 마음을 진실로 알아주는 자식이 한 명이라도 있었던가? 지난날을 생각해보니 자식들은 그게 아니었던 것 같다.

어머니의 한을 진정 알아주는 자식은 9남매 중 한 명도 없었던 것 같다.

왜 그런 시조를 맘대로 가사를 바꾸어가시며 불렀을까? 술에 만취하니 내가 무슨 소리를 하는지 전연 모르셨을 그것이라는 게 그 사내의 생각이다. 그 사내 또한 만취하여 실수한 적이 한두 번이 아닌데 왜? 그 당시에는 그것을 몰랐을까?

당시에 자식들은 그저 어머니의 실수를 덮어주고 어루만져 주는 게 아니라 어머니를 윽박지르고 놀림감을 만들었던 게 사실이다.

이제 자식들은 전부 교회를 다닌다면서 제사에는 생각도 없고 제사 지낸 음식은 입에도 안 댄다. 그 어려웠던 시절 저희들을 먹여 살리느라 온몸을 다 바쳤건만 아버님 어머님이 이 돌아가신 날을 기억이나 하는 자식들일까?

부모님에 대한 그리움. 자식과 손주와 함께 제사를 지낼 때마다 그 사내의 눈엔 눈물이 핑 돈다.

"여보 제사 음식 장만하느라고 수고했어. 고마워,"

그 사내는 아내에게 진실로 참말을 했다.

그 사내는 어머님이 부르든 노래를 눈물겹게 다시 한번 듣고 싶다. 배필을 잃은 아낙이 얼마나 허전하고 얼마나 마음이 아프면 먹지도 못하시던 술이 밥이 되었을까? 그 사내는 지난날을 생각하면 눈시울이 붉어진다. 자식들은 어머니가 돌아가실 때까지도 어머니의 마음을 전연 몰라주는 철면피한들이였다.

그 사내는 제삿날 지방 대신 부모님 사진을 앞에 놓고 제사를 지내며 속울음을 운다.

평생을 부모님에 불효했다는 뇌성벽력이 그 사내의 가슴에 내려앉을 때 사진 속의 어머님 아버님은 눈을 말똥말똥 뜨고 있다. 어느 누가 그 사내의 속을 알아줄 수가 있을까? 그 사내는 궁금했다. 영혼은 어떤 모습일까? 어머님의 영혼은 계실까?

여보세요? 영혼을 아는 사람은 없나요? 영혼은 무슨 색깔의 옷을 입나요?

꿈속에서 나타나는 사람의 모습이 영혼인가요?

부모님 제삿날이 날이 되면 새록새록 더 부모님 생각이 나는 데 기독교를 믿고 있는 누님이나 동생들은 부모님 제삿날을 기억이나 하고 있을까? 아마 말로는 기도한다고 하겠지만 그 사내는 눈으로 보지 않은 이상 그들이 어찌 지낼지는 모른다. 제 부모 제사를 지낸 음식도 다른 신에게 지낸 음식이라며 먹지를 않는 그들인데. 부모님 제삿날이라고 제삿날 진짜 기도를 할까? 음식을 차려놓고는 지방 대신 사진을 올려놓고 제사를 지내는 것이 좋아서 매년 그렇게 하고 있다. 지방이야 종이쪽지이지만 사진은 본인을 보는 것 아닌가?

아버님이 돌아가신 지는 47년이 되셨고 어머님이 돌아가신 지는 22년이 되셨다. 장수 집안에서 태어나신 어머님은 85세를 일기로 돌아가셨지만, 어머님의 부모님은 두 분 다 90수를 넘기고 돌아가셨다. 그 어려운 가난을 헤치느라 온몸을 바쳐 자식을 굶기지 않으려고 얼마나 고생하셨을까? 지금은 생각조차 할 수도 없을 만큼 가난은 태풍이 부는 날 폭풍우처럼 부모님의 가슴을 때렸을 것이다. 춘궁기에 농촌은 부황이 들어 퉁퉁 얼굴이 부어 죽는 사람들도 있었다. 부황은 먹고살 게 없으니 굶어서 생기는 병이다. 산에 가서 소나무 껍질을 벗겨다가 삶아 먹기도 했으니 그 참상은 견뎌 보지 않고서는 절대 알 수가 없는 일이다. 소나무 껍질도 벗기다가 산 주인에게 들키면은 산을 지키는 종중의 종들로부터 뭇매를 맞기도 했다. 아무 나무나 삶아 먹었다가는 독이 온몸에 퍼져 죽기도 했다. 그 사내는 어릴 적의 그 이야기를 들어서 잊어버리지를 않고 잘 알고 있다. 가난한 사람들은 낳은 아이를 키우기가 정말로 힘들었다. 아이가 없는 집에 쌀을 받고 보내기도 했다. 중국에서 흔히 벌어졌다던 그런 일 그게 인신매매가 아니고 무엇인가!

부모님 제사 때마다 생각나는 사람도 있다. 부모님이 돌아가시자 일 년 동안 시묘살이를 하고 삼 년 동안 매일 밥을 해서 묘에까지 가지고 가서 예를 올리는 사람이 있었기 때문이다. 그분은 그 사내의 고향에서 1km 남짓 떨어진 곳에 사시는 분이시고 나이도 그 사내와 비슷하다. 시묘살이란 부모님이 돌아가시면 묘 앞에 수수깡이나 볏짚으로 움막을 만들고 산소를 지키며 조석을 매일 차려 바치는 것을 말한다. 요즈음 세대에 그렇게 하는 사람이 얼마나 있을까? 눈 씻고 봐도 없을 것 같다. 굴건제복하고 시묘살이를 하는 그분을 그분의 자손들은 어떻게 생각하고 있을까? 생각하지 않을 수 없다. 어느 날 고향 사람이나 다름없는 그분과 시내버스에서 만나게 되어 서로 인사를 나누었다. 그분은 TV "세상에 이런 일이에도" 나왔기에 인근 동리 사람들은 거의 다 안다. 그분이 가는 곳을 물어보니 문의 향교로 간단다. 대번에 그분의 심정을 알아차렸다. 향교가 무엇인가? 향교에 문학 단체가 같이 접붙여서 있었기에 몇 번인가를 갔었고 제례를 차리는데도 몇 번 참석해 봤다. 완전히 제례복을 입고 조선 시대의 예를 지금도 그대로 하고 있다. 조상을 숭배하는 곳이 아닌가? 향교는 보름마다 제를 지낸다. 그것도 보통 성의 가지고는 하기 어려운 일이다. 지금은 정부의 보조가 있기에 그 명맥을 이어가고 있다. 그분은 흥덕구에 있는 연정에 농사 거리가 좀 있는 분이지만 부자는 아니다.

그에 얼굴을 다시 한번 쳐다보았다. 아무리 봐도 그저 평범한 촌부에 지나지 않지만, 가슴속에는 인생에 대해 깊음이 들어있을 것만 같다.

제사를 지내고 음복을 하면 산소에를 못 가니 미리 산소엘 다녀오든지 해야 했다. 요즈음 아이들은 산소에 가는 것도 별로 내키지 않는 모양이다. 강제하고 싶지는 않다. 벌초를 하는 것만 해도 이제는 나이가 들어 힘들어 못 한다. 자식하고 조카들이 하니 그냥 두고만 본다. 부모님께 아주 죄송하면서도 산소에서 죽을 뻔한 사건이 있었기에 예초기를 등에 멜 수가 없으니 어찌할 수가 없다. 할 수만 있다면야 그 사내는 부모님 산소를 단장해 드려야 마땅한 게 아닌가? 산소는 부모님이 계신 곳이며 산소의 모습은 그 자손들을 대변한다. 요즈음은 조카들과 아들이 벌초를 한다.

명절 제사에 음복을 하면 빈속이라 속이 다 싸하다. 그러면 가슴속에서부터 부모님 생각이 더 난다. 목숨을 걸고 다녀와서 번 돈을 다 드린 것은 아주 잘했다는 생각이 든다. 그것이 부모님에게 큰 도움이 됐을 터이니 조금이라도 부모님을 도와 드린 게 아닌가? 생각하지만 그것으로 효도를 했다고는 생각지 않는다.

요즈음은 다른 가정을 보면 제사를 합쳐서 일 년에 한 번만 지내고 마는 가정이 늘고 있다.

시대가 변해가고 있다.

그러나 동남아를 보면 그들은 아주 우리나라 향교보다도 더 제사를 잘 지내며 아주 제단을 집에 모셔놓고 아침저녁으로 또 외출할 때도 인사를 드리는 것을 TV에서 많이도 보았다. 현지에 가서도 보니 그들은 그렇게 조상 숭배하고 있었다. 동남아나 한국이나 마찬가지인데 왜? 그럴까? 생각해보니 가난한 나라일수록 조상인 부모에 대한 예의를 더 지키는 것 같다. 우리나라는 기독교가 판을 치면서 제사를 없애려 들고 있다. 일본도 조상에 대한 예우를 깎듯이 하고 있다.

피를 나눈 형제들인데 왜? 종교가 가로막고 눈물을 흘리게 하는가?

한국이 동방예의지국이란 단어가 세상 만방을 흔들어 댄 적이 있었으나 이제는 동방예의지국이란 별칭은 사라지고 '코리아'라고만 알려질 것 같다. 제사는 앞으로 자식들 간에 문제가 될 것이 뻔하다. 그러나 진시황이 논어를 없앤 그 뜻을 알면 다시 제사를 지내게 될 것이라고 생각해본다.

13
그 사내의 생각과 시간의 기억

오늘이 어머니 제삿날입니다. 아버지 제사든 어머니 제사든 제삿날에는 부모님의 제사를 항시 같이 지냅니다. 제사상을 차려놓고 지난날을 추억합니다. 어머니 아버지의 자식 사랑에 대한 기억들이 제사상에서 춤을 추고 계십니다. 얼마나 답답하고 어려우셨으면 코흘리개를 겨우 면한 막내아들에게 돈을 벌어 오라고 다그쳤을까. 그래도 부모님 제사를 지내는 자식은 막내아들 그 사내 하나입니다. 그는 가방끈이 짧아서 무식하지만 맞는 건 맞는다고 하고 아닌 것은 아니라고 말합니다.

그 사내는 자기 부모 제사도 안 지내는 종교인들을 보고 사이비 종교인들이라고 말합니다. 왜? 그럴까요?

그들은 예수님을 찰떡같이 믿기에 제사는 지내지도 않지만 제 부모 제사 지낸 음식도 안 먹는답니다. 그래서 그들을 사이비 종교인이라고 믿습니다. 대다수 국민은 1940년대 50년대를 너무나 어렵게 살았습니다.

어려울 적 보리쌀 밥도 못 먹고 보리죽을 쑤어 먹여 기른 자식들인데 아버님 날 낳으시고 어머님 날 기르시니가 아닌가 봅니다. 하느님이신 예수님이 날 만드시고 하늘에 계신 예수님이 나를 길렀다고 생각 하나 봅니다. 무식한 사내는 속으로 기도만 하면 다 된다는 그 사이비 종교인들에게 물어봅니다. 기도만 하면 농사를 안 지어도 땅에서 곡식이 자랍니까? 식사 때가 되면 하늘에서 하느님이 얼른 내려와서 밥도 먹여 주고 요양원 입원한 노인이 똥 싸면 그것도 얼른 치워줬나요?

그런데 그 사내의 기억에는 분명히 어머니가 죽을 쑤고 밥을 해서 줘서 먹었고 아버지는 자식들을 굶겨 죽이지 않으시려고 돈을 벌러 다니시는 걸 확실히 봤단 말입니다. 그렇게 주장을 하면 그 사이비 종교인들은 팔을 걷어붙이고 천하에 죽일 놈이라며 미쳤다고 하겠지요? 그건 하느님이 있었기에 모든 먹는 음식도 만들어 준 거라며 입에 거품을 물지도 모릅니다.

그런데 정신을 바짝 차리고 요양원에 가서 보니 고려장 하다시피 해서 누워있는 사람이 똥 싸면 하느님이 치우는 게 아니라 요양 보호사님이 치우시던데? 거참 이상하다고 생각이 안 듭니까? 그걸 보고는 뭐라고 말들을 하시겠습니까?

예수님이 보실 거야! 그 사내는 억지소리를 하는 무식한 놈이니 내버려 둬. 하늘에 올라오면 죽여버린다고 서로 뭉쳐서 말할 것도 같습니다. 그렇게 반박을 한다면 그 사내도 반박을 할 수 있습니다. 죽은 사람이 또 죽습니까? 그런 일은 천지 창조 후에도 아마 없을 것입니다. 안 그렇습니까?

가족이란 이름으로 함께했던 형제자매들 종파라는 이름으로 갈기갈기 찢어져 서로 소 닭 쳐다보듯 하고 있는 사람은 없나요? 그것은 서로를 할퀴지 않으려는 몸부림이었는지도 모른다. 종교라는 이름으로 말라버린 가족이라는 감정이 만드는 눈물. 그것은 후회의 눈물일까? 사랑의 눈물일까? 한 부모를 둔 자식들이 진정으로 화해하고 형제라고 손을 붙들을까? 무식하지만 종교에 뭔가가 잘못된 것만은 확실해 보인다.

공자 시대에 지금 같은 일이 있다면 어떤 일이 벌어졌을까? 그렇게 말을 해보면 그 사이비 종교인들은 그건 수 천 년 전에 지난 일이여! 무식하고 바보 천치들이나 하는 이야기라고 둘러대지는 않을는지?

그 사이비 종교인들의 말을 치켜올려 주려면 공자는 꽁자가 됐다가 꽁치가 됐다고 하고 맹자는 맹꽁이가 됐다가 배가 터져 죽었다고 해야 손뼉을 치며 '아멘'인지 '아멩'인지 그 소리를 할 건 아닌지 궁금합니다.

존경하는 하느님!

어찌 이런 세상을 만드셨나요? 제사를 지내고 제삿밥을 먹으려면 갈가리 흩어진 형제들이 생각나서 눈물이 납니다. 그리하라고 그들에게 일일이 시킨 것은 아니지요?

천주교와 불교. 유교에서는 부모님의 제사를 지냅니다. 하느님. 그 창시자분들과는

아무 상관이 없는 거지요? 형제들끼리 사랑하며 살라고 하셨지요? 오늘도 신부님은 어버이날에 대해 강론을 하시면서 부모님을 잘 모시라고 했습니다. 네 부모를 공경하라는 네 이웃을 사랑하라는 성경에 있는 구절이 아닙니까? 그런 뜻을 모르고 유일신을 이야기하는 종교지도자들이 교인들에게 잘못 가르친 게 맞지요?

각파의 종교지도자라는 분들이 모여 타 종교를 이해하자고 합니다. 그것은 무슨 뜻입니까? 뭐 뒤가 꿀리는 게 있는 건가요? 사랑이라는 이름입니까?

동남아나 중국인들은 거의 가족을 최고로 생각하고 삽니다. 그들은 30대의 조상님의 이름까지도 줄줄 외우며 조상을 그립니다. 그들은 왜? 그럴까요?

그들은 배운 게 없어서일까요? 교회가 없어서일까요? 인간은 나약합니다. 그래서 무언가에 의지하고 싶어서 합니다. 그래서 하늘을 보고 거기 어딘가에는 나보다 강한 신이 있어 보이기에 하늘을 우러러보게 된 것이 종교의 시초는 아닙니까? 종교는 기독교만이 종교가 아닙니다. 타 종교도 많습니다. 그런데 왜 유독 일부 사이비 종교만이 유일신을 말하며 부모님에 제사를 반대하는 것입니까?

그것은 자기를 먹여 주고 살려준 부모님과 연을 끊으라고 하는 것 아닙니까?

도덕을 중요시하던 중국인데 진시황 시절에는 놀랍게도 유교를 박해했습니다. 그것을 다시 돌려놓은 것은 도덕입니다. 진리는 어떤 박해를 가해도 진리로 돌아온다는

이야기가 아닙니까? 언젠가 그 진리가 이 세상에 돌아오면 교회는 갈팡질팡하다가 좌초하는 배처럼 꼬르륵하고 가라앉을 수도 있다고 봅니다. 지금 사이비 종교를 비판하는 종교학 교수들이 하나둘 나타나고 있지 않습니까? 하늘에서 다 보고 계시지요?

도덕을 버린 종교란 얼마 가지 못할 것이다. 미치지 않고서야 도덕을 버릴 수 있을까? 제사란 도덕이다. 유일신 운운하며 제 조상을 헌신짝처럼 버리는 걸 스스럼없이 하는 종교는 시간이 철퇴를 내릴 것이다.

그 철퇴는 도덕을 버린 자 본인이 스스로 하게 될 것이다.

공자님은 만사에 지성을 배우고 효도와 예의와 의리를 우선시하라고 정치가들과 가정에 사상과 인의예지를 가르치신 분입니다. 유교는 종교가 아닙니까? 학문인가요? 또 불교는 무엇인가요? 종교입니까? 학문입니까? 도덕을 멀리하면 인간은 짐승 같은 한 동물에 불과합니다. 제사는 안 지내지만, 부모님 기일은 잘 알고 철저히 지킨다고

요? 글쎄요? 그렇담 제삿날 형제들끼리 오늘이 부모님의 제삿날이니 저희는 기도로 대신합니다. 이렇게 말할 수 있는 사람이 얼마나 될까요?

기독교의 부모님 제사 이야기 조상 제사 이야기는 기독교와 유교와 불교와는 서로 상충하는 부분은 없나요? 그러면서 종교지도자들은 서로 잘 지내자고 하면 앞뒤가 안 맞는 거 아닙니까? 그런데 그 사내가 다니는 천주교회에서는 제사도 지내게 하고 명절날 제사를 모시러 못 가는 분들을 위해서 예수님 제단 앞에 제물을 차려놓고 공동으로 제사도 지내게 합니다. 그 사내는 그래서 천주교회를 다닙니다. 얼치기이지만요. 천주교회가 아닌 사이비 종교인들에게 제 부모 제사만이라도 지내라고 이야기한다면 잡아먹을 개 마냥 말로 패댈지도 모릅니다.

기도만 하면 된다면서요? 진짭니까? 기도만 해서 생각하는 일이 된다면 기도를 종일 하겠습니다. 그러면 똥오줌 받아내야 할 환자들을 요양 보호사님이 똥을 안 치우고 예수님이 치워 주실까요?

믿는 사람들은 아버지 저 불쌍한 인간을 용서해 주십시오. 그리하겠지요? 감사합니다. 용서해 주신다니….

그러나 하나만 짚고 넘어갑니다. 인간은 무엇으로 돼 있나요? 흙으로 하느님이 만들었다고요? 그렇지요? 성경에도 분명히 그렇게 쓰여 있으니까요.

그런데 의학이 발달하고 물리학이 발달 되니 인간이 무엇으로 돼 있는지가 밝혀졌습니다.

바로 원자의 집합체가 인간이고 뭇 동물, 식물, 공기, 냄새, 가재도구, 햇볕까지도 원자라는 게 밝혀졌습니다. 그러니까 인간은 원자의 큰 덩어리란 말입니다. 원자는 빛을 쏘기에 보이는 것입니다.

자. 여기에 "아멘" 안 하십니까?

어떤 형태로 뭉치든지 형체를 만들던지 그 또한 모든 게 원자가 아닙니까? 인간은 원자의 조합이며 수 명을 다한 인간은 다시 원자로 돌아갑니다. 모든 동식물 광물까지도….

성경은 시대에 따라 맞추기 위해 성경학자들이 문구를 바꾼다고 합니다. 그것은 성경을 만들 당시에도 성경에 넣어야 할 부분과 넣지 말아야 할 부분을 지도자님들 중 추기경님들의 회의 또 주교 회의에서 결정했다고 책에도 쓰여 있습니다. 그러니 성경도 학자들이 고쳐서 미국에는 다른 성경을 사용하는 집단도 있는 게 아닙니까?

성경 하나를 두고 해석을 달리하는 게 바로 사이비 종교인들입니다.

한쪽 DNA가 없는 사람. 이것을 사이비 종교님들 어떻게 설교하시렵니까?

노아의 홍수로 지구상의 모든 동물이 죽고 노아만이 살았다면 현재 세상에 살고 있는 인간들은 모두 노아의 DNA가 발견되어야 정상이 아닙니까? 그런데 흑인은 무엇입니까? 돌연변이는 입니까? 흑인은 하느님이 흙으로 사람을 만들다가 태워서 새까맣게 된 건가요? 키가 1m밖에 안 되는 인간이 인도네시아의 리앙부아 동굴에서 발견이 됐는데 이것은 어찌 설명할 겁니까?

또한, 키가 2m가 넘는 거인의 미이라가 미국의 버지니아주의 대형묘에서 아주 많이 발견되어 학계에 알려졌는데 이것 또한 무엇으로 설명할 수 있습니까?

그것은 현대 과학의 DNA가 그가 죽은 날짜까지도 아주 잘 밝혀주어습니다.

홍수가 나서 지상에 모든 동물이 다 죽었다면 어떻게 해서 인도네시아 동굴에 1m 이하의 난쟁이족이 살았으며 미국에 2m 장신의 사람이 살았다가 그 모습이 뼈로 발견되고 그게 학계에 알려졌을까요?

그 사실은 노아의 홍수로 인간을 전멸했다는 것이 거짓이라는 것을 증명한 거 아닙니까? 누구 말마따나 눈 가리고 "아웅" 그건 아닐는지요?

그렇다고 성경 노아의 홍수를 전면 부정하는 것은 아닙니다. 그것은 역사였으니까요. 일부 지역만이 대홍수가 있었던 게 아닙니까? 성경에 적힌 한 지진으로 폐허가 된 것을 인용한 폼페이의 일정한 부분은 인정합니다. 지진의 역사이니까요.

성경은 과학적이고 베스트셀러이다. 그것을 아니라고 전면 부정하지는 않습니다. 종교를 믿는 것은 자유입니다. 그러나 올바른 생각을 가지고 종교를 믿었으면 하는 바램입니다.

앞뒤가 안 맞는 구절을 삭제했어도 그것은 신이 만든 게 아니라 인간이 만든 겁니다.

종교는 필요악이라고 말씀하시는 분도 있습니다. 그것은 종교를 빙자하여 사이비 종교를 만드는 사람들이 문제인 것이라고 봅니다. 그리고 쇠뇌 공작을 하여 돈을 착취하고 그들은 자기의 노예쯤으로 생각하는 자들이 사이비 교주들 문제가 아닐까요?

14
술이란 도대체 무엇인가?

그 사내는 노상강도들한테 아리랑 치기를 당해 숨을 쉴 수가 없었다. 경찰차가 바로 와서 그를 시내 남궁 병원으로 옮겼다. 즉시 입원 처리가 됐다. 병원이라고는 하나 4층인 의원이고 의사가 두 분뿐인 남궁 외과이다. 그래도 그 의원은 청주에서 이름있는 의원이다.

숨을 헐떡이며 그 고통을 의사에게 말하자. 그는 산소마스크를 씌우고는 X레이실로 보내 폐 사진을 찍게 했다. 조금 후에 결과가 나왔다면서 의사가,

"군인 갔다 왔어요?"

"네."

"그럼 잘 참을 수 있겠네. 군에서 엉덩이에 작은 곡괭이 자루로 맞아 본 적 있어요?"

"네. 그거야 훈련소에서 또 군에서도 매일이였지요."

"X레이를 보니 갈비뼈가 두 개 부러지면서 폐를 찔러 폐에 물이 찼어요. 그래서 숨을 잘 쉴 수가 없는 겁니다. 폐에까지 가는 줄을 넣어서 폐에 고인 물을 빼야 합니다. 그러려면 전신 마취를 해야 하는데 마취 안 하고 1초만 참으면 됩니다. 엉덩이에 몽둥이찜질을 하는 그

것보다는 훨씬 안 아파요. 그냥 1초만 참을래요? 그러면 간단한데요."

숨을 쉬려면 정말 죽겠으니 1초가 아니라 5초도 참을 수가 있을 것 같다.

"네 1초 동안 그냥 참을게요."

그러자 간호사에게 준비하라고 하고 의사는 준비하려는지 병실에서 나갔다. 조금 후에 간호사가 흰 고무줄 붕대 큰 것을 가지고 대들더니 그 사내를 꼼짝도 못 하게 침대에 상체를 그 밧줄 같은 고무줄 붕대로 묶었다. 그들이 하는 대로 몸을 맡기고 있을 수밖에 없다. 조금 후에 나타난 의사를 보고는 놀랐다. 세상에 처음 보는 40cm는 돼 보이는 대왕 주사기이다. 그런 큰 주사기는 본 적이 없다. 침대에 꼭꼭 묶어 놨으니 숨을 헐떡이며 그들이 하는 것이 보이지는 않는다. 천정만 보고 있었다.

"자 1초만 참으면 마취도 안 하고 아주 완벽히 간단합니다. 아! 하세요."

아! 하고 입을 벌리자 입에다 나무 봉을 물린다. 그러더니

"서부영화 봤지요? 총을 맞아 총알을 꺼낼 때 입에 나무를 물리고 칼로 생살을 찢고 하는 거요. 입에 나무를 물리는 것은 환자가 혀를 깨물까 봐 그러는 거니까. 1초만 참으면 됩니다. 서부영화에서는 참 죽을 지경이겠지만 이거는 그에 백 분의 일도 안 됩니다. 참을 수 있겠지요?"

"네, 참을게요."

그러자 그는 고무장갑을 끼고는 대왕 주사기를 들더니 옆구리를 찌르는데 옆구리가 화끈하는데 자신도 모르게 아! 하는 단말마의 비명이 터져 나오며 입에 물린 나무 봉이 튀어 나갔다. 머리가 찡하며 기절을 할 것만 같다.

"다 됐어요. 다 됐어요. 이제 줄만 넣으면 됩니다."

미치고 팔딱 뛸 노릇이지만 침대에 꼭 묶어 놨으니 옴짝달싹도 할 수 없다. 그놈의 고무줄 붕대가 그리 온몸을 붙들고 있을 줄은 정말 몰랐다. 간호사는 다시 입을 강제로 벌리더니 막대기를 다시 쑤셔 넣으려 한다. 너무 아프니 입이 덜덜 떨리고 입이 잘 안 벌어진다. 그러자 턱을 잡아당기며 강제로 또 막대기를 쑤셔 넣다시피 해서 재갈을 물리는 데 성공했다. 성공한 그녀의 음성은 목소리도 굵어졌다.

"조금만 참아요, 다 됐다니깐요."

나무 막대기를 물고 화끈거리는 그 통증을 참아내려니 온몸에 땀이 다 난다. 일이 끝났는지 손 쪽의 붕대는 풀어 주고 가슴 쪽은 침대에 묶인 채로 두고는 움직이지 말란다. 진통제인지 주사를 놓고는 호스에 대고 주사기로 물을 빼내기 시작했다. 통증은 덜하지만, 숨쉬기가 편하지는 않다.

들락거리며 환자를 보던 간호사가 주사기로 링거 놓을 자리를 만들고는 3개의 링거가 침대 위에 걸렸다. 그리고는 묶여 있는 붕대를 풀어줬다. 몸을 조금 침대에서 일으켜 달래서 보니 가슴 쪽에 호수 두 개가 밖으로 나가고 호스 끝은 큰 봉지가 두 개나 매달려 있다. 한 줄은 폐로 들어가는 약을 넣는 줄이며 한 줄은 폐에서 물을 빼내는 줄이란다. 진통제 주사를 놓은 것 같지만 옆구리는 화끈거린다.

젠장 외과 의사는 무식해야 한다지만 소 잡는 사람만 같아 보인다. 정말 무식해 보인다. 먹은 것도 없는데 화장실이 가고 싶다. 간호사는 거시기에 줄을 넣는데 그것도 큰 통증이 온다. 그렇게 하여 소변을 보고 소변기를 또 매달아 놓았다. 간호사를 부르니 간병인을 소개해 준단다. 바로 간병인이 쫓아왔다. 대변기를 침대 누워있는 엉덩이 밑에 넣고 일을 보라니 그게 나오지를 않는다. 아무리 끙끙거려도 가슴만 아프다. 두어 시간의 진통 끝에 드디어 밴 아기가 나왔다. 속이 조금 시원하다. 아기를 낳느라 고통을 겪었으니 말할 기운도 없다. 손을 흔들며 냄새나는 변기를 치우라고 했다.
입원 그 이튿날 면회를 온 친구들이
"아이구 이렇게나 많이 다쳤어? 죽일 놈들 꼭 잡아야 돼."
"농협 00동 지점에 전화해봐 내가 발행한 수표 두 장 200만 원이야, 그날 술값을 내가 내려고 한 수표야. 정지시키라고."
"그려 걱정하지 마! 바로 가서 정지시켜 놓을게."
그렇게 지나가는 하루는 고통의 연속이었다. 일주일이 지나가니 진통은 오지만 헉헉거리든 숨쉬기가 조금 더 편해졌다.
또한 자주 오는 그 진통은 병원 창문으로 뛰어내려 죽고만 싶을 정도로 강하게 올 때도 있다. 창문은 철창으로 꽉 닫혀있고 링거 줄로 염을 해놓은 거나 마찬가지이니 정말 이런 걸 보고 죽을 맛이라고 하나 보다. 밖으로 나가 길을 걷고 싶다는 욕구가 링거 줄과 싸움을 하고 있다. 그놈의 줄을 확 걷어버리고 밖으로 나가고 싶다.
병원에 입원한 지 1개월이 넘어 40일이 되었다. 도저히 밥을 먹을 수가 없다. 입에서 받지를 않는다.
목구멍으로는 쓴 물이 올라온다. 끼니마다 주는 약이 먹는 밥보다 양이 많으니 그놈의 약이 반란을 일으키나 보다. 그걸 뭐. 역류성 식도염이라던가 뭐라던가. 하여간 사는 게 사는 게 아니다.
그런데 꼭 먹고 싶은 게 딱 하나 있다. 그것은 놀랍게도 맥주 한 캔이다. 맥주 한 캔만 먹으면 소원이 없겠다 싶다. 병원에서 맥주 한 캔을 줄 리도 없다. 만약에 의사한테 그런 말이라도 하면 의사는 환자가 미치지 않았나 쳐다보며 맘속으로 환자의 얼굴에 싸다구 세례를 해줄 것이 뻔하다.
모진 것이 목숨이라더니 어떤 날은 또 죽고 싶지가 않다. 내가 가장인데 그러면 안 되지 그래서일까? 삶이라는 것은 그런 것일까? 참 그게 내 소갈머리래도 그놈의 소갈머리는 용서할 놈이 못 된다 싶다.

누워서 천장만 보다가는 영화에서 본 빠삐용이 생각이 났다. 들어가면 죽어서 나온다는 남미의 기아나 섬 감옥에서의 빠삐용의 탈출영화. 죽음을 무릅쓴 탈출, 이곳이 말로만 병원이지 절해고도의 빠삐용 섬만 같다. 그래 빠삐용의 주인공처럼 내 몸에 나비 문신은 없어도 나도 빠삐용이 돼 보자!

어떻게 할까? 나가서 어떻게든 맥주를 한 캔만 사서 마시면 목구멍이 시원할 것만 같다.

빠삐용처럼 감시인을 빼돌려야 한다. 빠삐용은 연구를 했다. 조류가 흐르는 것을 야자열매를 던져서 확인하고 그 길을 택한다.

맥주 한 캔을 먹으려면 연습하고 상상을 해야 한다.

간병인에게 간호사들의 근무시간과 문간에 설치된 입구가 간호사가 언제 자리를 비우는 시간인가?를 지나가는 바람처럼 물어보고 기억해야 한다. 간호사가 오는 시간 의사가 오는 시간. 간병인을 따돌리는 수법 등을 연구해야만 될 것 같다. 원장님은 병원 건물 4층이 집이시니 야간엔 환자가 있을 때만 내려오실 것 같다.

며칠을 그들의 동태를 살피며 시간을 보니 토요일 밤 10시가 되면 그때는 빠삐용처럼 탈출을 할 수 있을 것 같다. 그런데 또 하나 걸리적거리는 건 몸에 주렁주렁 매달린 그놈의 링거 줄이다. 링거액이 나오지 않게 하는 건 쉽다. 줄에 잠금장치를 잠그면 된다. 그런데 문제가 또 있다. 폐에 물이 고이는 걸 빼내느라고 폐 속으로 집어넣은 줄이다. 그건 중간에 밸브가 없어 막을 수가 없지만, 그놈의 봉다리가 그 줄에 매여 있으니 그게 참 처치 곤란이다. 폐로 들어간 줄은 그게 한 개도 아니고 두 개다. 한 줄은 약이 폐 속으로 들어가는 줄이며 한 줄은 그 약물을 도로 나오게 하는 줄이다. 아무리 생각을 해도 빠삐용이 되기는 틀린 것 같다. 그래도 다리가 멀쩡하니 희망은 있어 보인다. 하루하루가 고통스러우면서도 오직 맥주 한 캔은 먹어야 살 것만 같다. 그놈의 역류성 식도염은 둘째고 목으로 밥이 넘어가지 않으니 그게 참 고역이다. 밥을 못 먹으니 변비가 온다. 침대에 누워서는 절대 변을 볼 수 없다. 그 많은 링거 줄과 폐에 꽂힌 줄을 전부 걷어 작은 바퀴 달린 의자에 올려놓고서야 화장실을 갈 수가 있다. 간병인과 화장실에 가면 간병인 눈치가 보인다. 뭐가 나와야 변기에서 일어날 게 아닌가? 아무리 배에 힘을 줘도 먹은 게 있어야 나올 게 아닌감. 변비약은 먹으나 마나이다.

변기에 쪼그리고 앉아서 있으니 어렸을 적 집밖에 변소에 갔던 생각이 난다. 밤에 집 안에서 조금 떨어진 마당 건너에 있는 변소를 가려면 무섭다. 처가 집과 변소는 멀면 멀수록 좋대서 그런지 밤에 변소는 낮과는 달리 멀기만 하다. 부엉이가 부엉거리는 날은 정말로 죽을 지경이었다. 왜 그리 빨리 변이 나오지 않는지 배만 아프다. 그것은 설사이기 때문이다. 배탈이 난 어린아이이니 밤에 변소를 가야 하는 것이다. 변소를 가려면 무서워서 혼자는 못 간다.

누나들이 놀리느라고 그러는지는 모르지만, 변소에는 달걀귀신이 있단다. 변소는 통나무로 만든 나무쪽이 두 개가 걸쳐있다. 잘못 밟으면 변소 아래로 떨어질 수도 있다. 난제가 세 개인 셈인데 변소 밖에서 기다리는 형이나 누나가 방으로 가면 더 무섭다. 연실

"누나 안 갔지?"

"그려 빨리 나와."

"배만 아프고 안 나오는데 어떻게 해."

"몰라 나도 방으로 들어갈 거야. 달걀귀신이 나와 잡아가든지 말든지."

"에에엥 흐흐응. 안돼 조금만 더 있어 줘, 밖에 있는 거지?"

뱃속이 시원해야 하는데 형이나 누나가 갈까 봐 그냥 바지를 올리니 뭔가 뱃속이 시원치 않다.

병원에 달걀귀신은 없는 게 확실하지만. 지금 내 꼴이 어린 시절의 그게 아닌가? 간병인이 가면 주렁주렁 달린 줄 때문에 옴짝달싹할 수 없으니 그래도 그가 누나나 형아 만 같다. 빨리 나오라고 독촉을 안 하는 것만 해도 다행이라고 생각하는 게 옳다.

'간호사와 간병인을 따 돌려야 맥주 한 캔을 먹을 수 있을 텐데.' 며칠을 별렀다. 입원한 지 40일 훨씬 넘었다.

간병인에게 부탁해서 들어만 준다면 아주 땡큐 땡큐지만 그게 발각이 나면 그 간병인은 병원에서 퇴출감이다. 그러니 그건 생각도 말아야 한다. 간병인의 목숨줄이 달린 게 아닌가!

작전이 시작됐다. 까짓거 월남에서는 베트콩을 죽인다며 총을 들고 정글도 들어갔는데 죽기 아니면 까무러치기이다. 기다리던 토요일 오후 6시가 넘었다.

자. 오늘은 빠삐옹이 돼 보는 거다. 실패한다면 빠삐옹처럼 다시 하면 되는 거다.

오늘이 D데이인 토요일이다. 간호사들도 한 명만 남고 퇴근을 일찍 할 것이다. 의사 선생님도 토요일이라 일찍 퇴근할 게 뻔하다. 원장님은 4층 집에 계실 터이고. 병실에서 나오다가 계단에서 간호사를 만날 일이 아주적은 토요일 오후 10시이면 아주 좋은 시간이다. 그 시간에는 간호사가 잠깐이라도 자리를 비우고 있을 수도 있다. 그걸 보고 굿 데이 굿 타임이라고 해도 무방할 것 같다. 간호사가 앉아 있는 병원 입구만 잘 통과하면 OK이다. 그 간병인을 통해서 열 시가 넘으면 문 앞에 간호사가 자주 자리를 비운다는 것을 알았다. 응급환자가 있을 때는 자리에 꼭 앉아 있는단다.

병실에서 서서 있는 간병인에게 무슨 환대나 해주는 것처럼 목소리를 깔고 라디오 드라마적 성우가 됐다.

"저기 아주머니 오늘은 토요일이니 그냥 집에 가서 푹 자고 아침에 오시면 안 될까요?"

"그러카면 나는 아주 좋지 유."

"요새 먹은 게 없으니 뭐 나올 것도 없어요. 저녁도 끝났고 변소도 오늘은 더 갈 일이 없을 것 같네요. 오늘은 모처럼 한번 집에 가서 푹 쉬었다 오세요."

"그라면 고맙지 유. 그래두 보는 눈두 있으니 10시까지는 있다가 외출하는 척하고 나갈게. 유. 고마워유, 나두 침대 밑에서 자는 것도 하루 이틀이 아니니 힘들어 유."

그런데 10시가 왜 그리 안 가는 거야. 연신 시계를 쳐다봐도 그놈의 시계는 장 그 자리인 것만 같다. 젠장. 누가 뭐라던가 그러니까 논산 훈련소. "이 나쁜 놈들아, 너희들 개지랄을 떨어도 시계는 돌아갈 껴 이 개새끼들아." 선임 하사라는 일등병 놈에게 원산폭격을 당하면서 눈물이 찔끔거려도 속으로 했던 말이 아니던가? 그래도 훈련소 시계는 째깍거리며 돌아갔다. 병원 시계라고 안 갈 리가 없다. 오후 10시가 되자 흘금거리던 간병인이 움직인다. 쌩끗 웃으며 입에다 손가락을 댄다. 그게 무슨 뜻인지 안다. 인간은 원래 언어가 없을 때 쓰던 행동이다.

이제 됐다. 머리는 말야 요럴 때 요렇게 쓰는 거라고! 세 개의 링거줄을 빨리도 잠궜다. 그리고 둘둘 말아 준비했던 까만 비닐봉지에 쑤셔 넣었다. 그리고 차고 있던 폐에 꽂인 그놈의 봉지 두 개도 따로 봉지에 담고는 밖에 동태를 살폈다. 그리고는 사람이 침대에서 자는 척하게 커튼을 완전히 돌려쳤다. 그리고 살곰거리는 고양이가 됐다. 살곰 살곰. 쉿. 빠삐옹이 되려면 최하 이 노래는 할 줄 알아야 하지. 맘속으로만 해야 해 알았지?

무서울 때나 두려울 때 부르는 노래야.

"엄마야 누나야 강변 살자. 뜰에는 반짝이는 금 모래 빛. 뒷문 밖에는 갈잎의 노래.

엄마야 누나야 강변 살자."

"어디까지 왔니?"

"계단까지 왔다."

"어디까지 왔니?"

"그걸 물어 뭐할래."

"너 잡으려고 그러지."

"어디까지 왔니?"

"문 앞까지 왔다."

"문 앞에 누가 있니?

"없는 것 같다."

"죽은겨 살은 겨?"

"히 히, 히. 살었어."

드디어 빠삐용은 병원 문을 나왔다. 역시 병실 밖은 새로운 세상만 같다.

감옥에서 풀려난 사람이 감옥 문을 나왔을 때 이 기분일까?

새장에 갇혀 있던 새가 풀려나왔을 때 이 기분일까?

빵빵대며 오가는 자동차들이 새롭게 보인다. 오가는 사람 중 여자가 뿌린 향수 냄새도 콧속을 후비고 들어온다. 코가 있어 행복하고 눈이 있어 행복하다.

문 열어놓은 구멍가게가 보이니 이곳이 천국이 아니던가? 하하하하. 입이 째졌다.

너무 크게 웃으면 배 창자가 딸리면 아플 거다. 배를 손으로 꾹 눌렀다. 아무리 좋아도 그냥 미소만 지어야 한다.

구멍가게 문을 드르륵 여니, 손님도 없이 쭈그리고 앉아 밖을 쳐다보던 주인이 벌떡 일어났다. 머리가 하얀 중 노인네였다. 좀 고집도 있어 보인다.

'어떻게든지 성공해야 하는데.' 앓는 소리를 하면 맥주를 안 팔 게 아닌가! 목소리를 좀 크게 높였다.

"저기 사장님 맥주 세 캔만 주세요."

"예? 아니 그거 링거 줄을 봉지에 넣고 병원을 나온 거요?"

"저기 사정이 있어서요. 손님이 왔는데 오늘 토요일이라 간병인이 하루 쉬게 해달래서 조금 전에 보냈어요. 손님이 왔는데 대접할 게 없어서요."

"아니 손님하고 환자가 술을 마신단 말입니까? 안돼요."

"아 참 못 알아들으시네, 사장님 내 손님은요 술친굽니다. 손님이 오면 그가 제일 좋아하는 걸 대접하는 게 미덕이 아닙니까?"

환자가 아닌 척 큰소리를 지르니 가슴에 서늘한 느낌이 난다. 통증인가 보다.

"그래도 환자한테 술 판다는 게 좀 꺼림칙해서요."

'얼씨구 이게 정말 내가 살살거리니까. 술장사가 술을 안 판다 이거지! 이거 왜 이리 다 된 밥에 코 빠트리는 거 아녀!'

"사장님 그런 걱정은 하지 않으셔도 됩니다. 무슨 일이 있으면 내가 책임질게요."

그래도 그 노인네는 눈을 멀뚱거리며 그 사내를 쳐다본다. 안 되겠다 싶다.

다른 구멍가게로 가려는 듯 밖으로 나갈 것 같이 폼을 잡고

"진짜 안 팔겁니까?"

"그럼 캔 한 개만 줄게."

젠장. 그렇지만 한 개 가지고는 목구멍에 넘어가다 걸리고 입안 청소도 안 된다.

"이왕 주시려면 두 개 더 주세요. 한 개나 두 개나 마찬가지 아닙니

까? 정 안되면 그만두세요. 다른 사람이 와서 캔 맥주 두 개 달라면 안 파실 겁니까?"

그냥 안 살 척하고 한 말에 돈 벌 욕심이 난 주인이 항복은 했지만, 바가지를 씌운다.

"자 여기 두 개입니다. 사천 원입니다."

참 그 주인 눈치 한번 빠르다. 3,000원짜리를 사천 원을 주고 샀어도 늴리리야다.

'이것도 행운인데 안주까지 달라고 하면 안 될 것 같다.'

병원으로 가지고 들어가 먹을 수는 없을 것 같다. 얼른 골목으로 들어갔다. 걸을 수 있으니 두들겨 맞아 다리가 안 부러진 게 참으로 다행이다.

골목의 어두움은 빠삐용에게는 최고의 탈출 장소겠지만 그 사내에게는 최고의 만찬 장소이다. 그냥 숨도 안 쉬고 서서 한 캔을 마시니 내일 죽을지언정 속이 다 시원하다. 끄윽. 게트림까지 시원스레 나온다. 그렇지! 이제 입 청소를 한 거지! 아주 뱃속까지 청소할 거야. 한 캔을 더 마시니 배가 불룩하다. 내 속을 시원하게도 해주었으니 고맙다! 인사 한번 하는 게 도리가 아닌가?

빈 캔을 땅바닥에 이 층으로 세워놓고는 꾸벅 절을 했다. "맥주님 감사합니다." 소리가 나올 뻔했다. 목구멍을 꾹 누르고

"성불하세요."

아! 술이란 이런 것이구나! 그래서 술을 약주라고 했구나! 목구멍에 낀 스러지 청소를 했으니 몸이 날아가는 그것만 같다. 참 세상 살맛이 난다. 기분이 좋아져 콧소리까지 나올 뻔했다. 병원으로 들어가고 싶지 않지만 그래도 눈물을 머금고 들어가야 한다. 또다시 고양이가 되어 살금거리며 병원 문을 열고 들어섰는데. 아이쿠! 문간에서 당직 간호사한테 딱 걸렸다. 간호사 눈이 그렇게 크고 동그랄 줄은

정말 몰랐다. 누구 말마따나 훼등잔 만하다. 먼저 선수를 쳤다.

"어디 안과에 다녀오셨나요?"

"네에? 안과요?"

"갑자기 눈이 동그래졌으니 안과에 다녀오셨나 해서요."

"아니 어딜 다녀오세요?"

"아-아--손님 배웅 좀 하러 나왔습니다."

"손님요? 이리 와 보세요! 아이구 큰일 났네! 링거가 오버 하였으니 폐에 꽂힌 줄도 오버했을 거 아닙니까? 큰일 났어요! 빨리 병실로 가세요! 아이구! 술 냄새!"

병실에 들어오자 간호사 잔소리가 놀부 마누라 잔소리보다 심하다.

"아니 병원에 입원했으면 병원 규칙을 지켜야지요. 아이구! 몰래 가시느라구 커텐까지 쳐놓고 가셨었네."

"저기 진짜 입 청소만 하고 왔습니다."

"아니 어찌 어른이 애만도 못하대요. 환자가 술을 먹으면 어떡한대요?"

눈을 치켜뜨고 야단을 친다. 간호사의 말은 백번 옳다. 그러나 젊은 간호사에게 처음 듣는 성질을 나게 하는 이야기이다.

"아니, 사람이 못 먹어서 죽을 판인데 병원에서는 밥을 못 먹어도 약만 먹입니까? 링거야 수분만 보충하는 거 아닙니까? 내일 퇴원할 겁니다. 다른 병원으로 갈 겁니다."

화가 난 척하며 배우 빰치게 얼굴을 다듬고 아주 세게 나갔다.

"원장님께 말씀드리세요. 밥을 전혀 먹을 수가 없으니 맥주 한 캔 먹었습니다. 그게 그리 나쁜 겁니까? 나는 목이 시원해서 살겠는데."

링거 줄과 폐에 줄을 정리하고 다시 확인하고는 헐레벌떡 병실 문을 열고 나겠다. 아래층으로 내려가더니 주사기를 가지고 와서는 폐에 들어가는 줄과 나오는 줄에서 물을 빼고, 넣고 하고 링거에도 주사기로 나온 피를 밀어 넣고는 날 또 노려본다.

'안 해도 될 일을 헐레벌떡 다니며 했으니 성질이 난다 이거지!'

얌전한 강아지가 됐다. 꼬리를 살래살래 흔들어 줘야 할 것 같다.

"저기 간호사님 진짜 이쁘시네요. 아직 시집은 안 가셨지요?"

아구야! 내가 해도 해도 너무했다. 간호사 얼굴을 보니 30이 훨씬 넘어 보이는데, 그녀의 얼굴이 좀 펴진다.

"메롱" 내가 당신 속 들어갔다 왔다구요. 시집가서 자식이 서너 명도 더 되지요! 그래도 그게 헛말이라는 것을 알면서도 그 말을 들은 간호사는 말투가 부드러워졌다.

"앞으로는 그렇게 하지 마세요. 그러시면 간호사들이 아주 혼이 납니다."

"네 네 앞으로는 절대로 그런 일이 없을 겁니다. 걱정하지 마세요. 저기 의사 선생님한테는 안 이를 거지요?"

그 말은 형식이었다. 이르거나 말거나 어쨌든 빠삐용은 목이 시원해졌고 입맛이 살 것만, 같다. 바삐옹 작전은 성공한 것이다.

목구멍이 시원하고 뱃속이 편하니 들은풍월을 줄줄 외웠다.

"자씩들 말야 의사는 자기 몸에 상처가 나도 술만 잘들 먹더라."

"의사는 술 먹어도 괜찮고 환자는 먹으면 절대 안 된다는 법이 있나? 독일엔 맥주는 음료수라고,"

입원한 지 세 달째로 들어가는데 병원 생활이 정말 지겹다. 퇴원하기 위해 폐에 꽂은 호스를 좀 빼달라고 사정을 했다. 그것은 숨쉬기가 좀 편해졌기 때문이다. 갈비뼈가 아직 붙지 않았고 허리 구멍 난 곳이 아프기는 해도 진통제를 먹으면 될 것 같다.

의사가 그 줄을 빼니 살 것만 같다. 힘을 가하는 운동도 하지 말 것이며 그저 침대에서 누워있으란다. 죽을 노릇이다.

강도들이 사람을 인정사정없이 패대고 기절하자 주머니 지갑을 뒤져 훔쳐 간 수표가 발행한 농협에 들어왔다. 그날 강도들이 가져간 돈은 수표 두 장 200만원 현금 30만원 모두 230만원이다.

그 사내의 주거래 은행인 농협은행에서 연락이 왔다. 수표가 들어왔다고. 그것은 범인을 잡기 위해 벌써 은행에 친구를 시켜 지불 정지를 시켜 놓은 상태이다. 범인 중 한 사람이 수표를 쓰면서 나이를 숨기기 위해 앞자리 주민등록번호 앞자리는 가짜로 쓰고 뒷자리를 그대로 적은 것이다. 뒷자리는 그의 주소이다. 강도질 하려면 머리가 좋아야지! 등신 같은 놈들이다! 범인은 일주일 만에 5명 전원이 잡혀 구속되었다. 범인은 조치원에 주소를 둔 대학교 휴학생이 두 명. 두 명은 가난한 자들. 또 한 명은 공주에 사는 전과 9범. 그들 중 두 명의 부모가 죄지은 얼굴로 찾아왔다. 변호사가 합의서를 받아오란다면서 침대 밑에 무릎을 꿇고 용서를 청한다.

전과 9범 그에 부모와 다른 두 명의 부모님은 오시지 않았다. 그들 중 대학생 두 명은 학비를 벌기 위해서 노가다.라는 건축 공사장엘 가게 된 것이고. 세 명은 가난 때문에 공사장에서 일했다고 한다. 경찰에서 조사 한 결과 그들 일행이 일명 아리랑치기라는 것을 한날은 그들이 건축 공사장에서 임금을 받을 날인데 임금을 못 받아서 화가 났다. 그들은 서문 다리 포장마차에서 소주를 다섯 병이나 마시며 전과 9범이란 자가 제안을 했다. 길 가는 사람에게 돈을 빼앗아서 술은 한 잔 더 먹자고 거기에 네 명이 동조한 사건이었다.

피해자인 그 사내는 친구 두 명에게 술을 사기로 하고 술을 먹었는데 친구 한 사람이 그 많은 술값을 다 내는 바람에 그 사내는 술값을 하나도 안 냈다. 그런데 술을 먹고 나온 세 명 중 술값을 낸 친구는 차를 가지고 떠났고 두 사람이 택시를 잡으려다가 그들 다섯 명에게 붙잡힌 것이다. 길을 가던 두 사람 중 한 사람에게는 칼을 들이대며 가라고 쫓아 버리고 재수 좋게도 그 사내가 그들의 밥이 되었다. 그 사내는 그날 운수가 대통한 날이다.

그들의 눈에 돈이 좀 있어 보였으니 죽을 뻔했어도 하여간 좋은 인상과 돈에 냄새가 난 거니까. 뭐 그리 나쁜 그것만은 아닌 것 같다. 경찰에서 조사한 바로는 아리랑 치기에 성공을 한 그들은 수표를 가지고 가서 100만원짜리 한 장을 술집에서 80만원을 먹고 20만원을 팁이라고 주고 100만원짜리 한 장은 다른 술집으로 가서 70만원어치의 술을 마시고 나머지도 여자들 팁으로 줬다고 한다. 현금 30만원은 말도 안 한다. 아주 기분들이 최고로 좋았을 듯도 싶다. 그 사내는

'짜식들 말야 나까지 데리고 가지 그러면 나도 같이 한 잔 더 했을 게 아닌감!'

가해자 2명의 부모 4명은 그 사내가 누워있는 병원 침상 밑에 무릎을 꿇고 눈물을 흘리면서 죄송하다고 한다. 그렇게 심하게 다친 줄은 몰랐다며 용서해 달라고 하신다. 그분들의 잘못이 아니잖은가? 그 사내는 지난날 가난했던 것이 생각이 나고 머리가 어지러웠다. 그때 그 사내의 친구 한 사람이 병실로 찾아왔다. 침대 밑에 무릎을 꿇고 있는 그들을 보고는 대막대기 청소 용구를 들고는 그냥 때릴 듯하며 그들을 윽박질렀다.

"이런 ㄱ자식들 사람을 이렇게 만들어 놓은 네 자식 데리고 와 아주 죽여 줄 테니까. 그런 새끼 낳고 미역국 처먹었지. 고거 토하게 만들어 주지."

청소용 막대기를 들고 설치자. 그들은 그 기세에 벌떡 일어나 형사에게 들킨 소매치기 도망치듯 빨리도 자리를 피했다. 그 사내가 보기에도 민망할 정도로 그들을 다그쳤다.

가해자의 부모가 다녀간 후 그 수표를 받고 술을 판 유흥업소에서 건장한 청년 네 명이 어떻게 알았는지 병원으로 찾아왔다. 경찰이 아

니면은 알 수 없는 일이 아닌가?
아주 어깨에 힘을 주고 쏘아보며
"이 수표를 당신이 발행했지?"
반말로 큰소리하며 지불 정지 빨간 도장이 찍힌 수표를 그 사내에게 내민다. 입은 옷이며 얼굴을 보니 건달들이 틀림없다.
그저 조용히 목소리를 내리깔았다.
"네 맞습니다."
"우리도 피해자여. 수표를 발행했으니 책임져야지."
'이 자식들이 싸래기 밥만 먹었나!'
'야! 내가 멍청한 사람인 줄 아니? 너희들이 술집 주인은 아녀, 그렇지?'
아무 소리 안 하고 가만히 있자 한 놈이 윽박지른다.
"어쩔 거시여. 말을 해야지 돈을 내놔야 할 거 아녀?"
그래도 아무 소리 안 하고 그들을 노려보며 한참은 있다가 입술을 깨물며
"여기 와서 내 꼴을 보고 돈 이야기가 나옵니까? 돈은 일 원 한 푼도 줄 수가 없어요."
인상을 쓰자. 한 사람은 남고 세 놈이 밖으로 나갔다. 무슨 상의를 했는지 다시 들어 왔다. 네 놈 중 한 놈이 점잖게 이야기를 한다.
"저기 사장님 술값 원가하고 그날 여자들에게 준 팁만이라도 주쇼."
그들 수법 뻔한 거 아닌가! 원가라며 150만 원은 달랄 것 같다. 그들을 쏘아보며 가만히 있자. 다른 놈이 시원시원하게 거든다.
"이것저것 따지지 말고 우리 아주 반반씩 손해 봅시다. 이거 수표 두 장 다 받고 백만 원만 주슈."
그래도 가만히 있자. 한 놈이 더 윽박지른다.
"줄꺼여 말꺼여. 말해. 당신 안 되겠구먼. 18 말을 하라고."

소리를 벽력같이 지른다. 귀청이 따갑다.

순간 조직의 중간보스의 친구가 생각이 났다. 그에게 들은 이야기가 있었다. 악랄하게 돈을 받아오면 받은 돈의 3분의 일을 받는다는 '대청댐 사건.' 이야기를 들은 적이 있었다.

그랬다. 수표를 받은 그들도 피해자이다. 어찌할 것인가? 양심과 법이 머리통이 부서지라 서로 멱살을 부여잡고 싸웠다.

그러나 내 몸을 생각해보니 그들도 사정도 있지만 숨을 못 쉬면 죽는 게 아닌가?

망나니가 사람을 죽이고 싶어 죽이겠는가? 망나니 그건은 하층이 먹고 살기 위한 직업이었다. 너희들도 그런 거지? 그렇지만, 너희들 나에게 하는 말이 불손했어! 버르장머리 없는 놈들아! 아무리 내가 거지발싸개 같은 놈들에게 선택이 돼서 고맙기는 하지만 야! 쟈샤. 그건 아녀!

울 아부지가 굉까도리고 내가 굉까도리 그 새끼여! 그렇게 이야기하고 싶었다. 그러나 참고 말을 했다.

그러니까 사법시험도 안친 놈이 제가 판사를 하고 판결까지 한 것이다. 내가 우선이었다. 이만하면 살 만한 세상 아닌가? 세상 참 좋다!

"말씀드릴까요?"

"인자 알았나 보네? 사람을 볼 줄은 아는가 베, 진작에 그럴 것이재."

"저기 나는 그거 한 푼도 줄 수 없는데요."

그들 중 한 놈이 팔을 걷어붙인다. 씩씩거리며

"뭐라구? 그 소리 주둥이로 다시 한번 해봐."

"젊은 분이 귀가 잘 안 들리시나 보네. 난 일 원도 못 주겠다는 겁니다."

"당신 이거 합의 안 하고 넘어갈 것 같애?"

"합의 안 하면 어쩔 건데요?"

"가만 놔두지 않을 거야."

"그래요? 어떤 식으로 가만히 안 둘 건데요? 대청댐에 끌고 가서 자루에 집어넣고 물속에 담갔다 뺐다 하는 거요?"

일순간 그들에 표정이 바뀌는 게 눈으로 보인다. 살모사가 도망갈 정도로 독이 오른 것 같이 보이든 그들 중 한 명은 날벼락을 맞은 듯 얼굴의 모양이 찌그러들었다.

아마 속으로는 18, 18 했을 것 같다. 머리가 돌아가는 사람은 뭔가가 있다는 걸 직감했을 것이다. 한마디 덧붙였다.

"검은 옷 입고 다니는 000이 당신들 알어 몰라?"

하자 그들은 놀란 듯 자기들끼리 서로들 얼굴을 쳐다본다. 술집에 수금 사원들이란 돈을 못 받은 것을 받아다 주고 돈을 받는 건달들이다. 그 사내가 수금 사원들의 행태를 모를 리가 없다.

"000 그 사람 내가 친동생같이 생각하는 사람이야. 거기 가서 수표를 내밀고 수표 임자인 형님이 병원에 있으니 이 수표와 돈을 바꾸어 달라라고 하던데요. 해봐."

그 말을 듣자. 그들의 얼굴이 찡그려졌다.

그들은 슬금슬금 인사도 없이 문을 살그머니 열고는 나갔다.

그들은 공갈을 치고 협박을 했으나 상대를 할 사람이 아닌 걸 알고는 꽁무니를 뺀 것이다. 그들의 나가는 뒷모습을 보면서 '야 나는 너희들보다 더 많은 아픔을 받았잖니!' 그들이 꽁무닐 뺀 뒤에다가 속으로 말을 했다.

'야! 나 한테는 너희들 공갈은 통하지 않는다고.'

"젊을 때 친구란 많은 수록 좋다. 도둑놈도 좋고 깡패도 좋고 쓰리꾼도 좋고 이런저런 사람 다 사귀어 놓으면 나중에 다 써먹을 때가 있는 거란다."

아버지의 말씀이셨다. 그 말씀도 딱 맞았다.

이름을 팔은 000 그 사람은 군에 가기 전 태권도 유단자들끼리 모여 동지 의식을 갖고 술을 마셔 대던 한 살 적은 동창 친구였다. 백장미 사건 때의 한 사람이다. 같이 다닐 적 오뉴월 하루 햇볕이 얼만지 아느냐고 머리칼을 곤두세우며 입씨름을 하던 사이였으나 그 사내가 돈을 좀 벌자, 그는 꼬랑지를 내리고 0형이라고 불렀다. 맞짱을 떠도 그는 그 사내를 이기지 못할 그런 위인이다. 조직에서 시키는 대로 하는 꼭두각시가 된 게 분명하다. 그는 취업을 못 하고 조직에 상위 보스까지 올라간 것 같으니 행동대장 때 감옥을 몇 번인가 갔다 왔음 직도 하다. 외제 차를 타고 다니며 으스대는 사람이니 작은 도시 청주에서 그를 모르는 유흥가 수금 사원은 없을 것 같아 그를 팔은 것이다. 수표를 가지고 와서 공갈을 치던 수금 사원은 그의 이름을 듣고는 가슴을 움켜쥐고 도망간 게 틀림없다. 아마 속이 덜덜 떨렸을 듯도 하다.

가해자 부모님 그들 중 먼저 왔던 네 분이 또 찾아왔다. 두 학생의 아버지는 조치원에서 과일 노점상을 분이시고 한 분은 건축 노동자라고 하신다. 가난하기에 합의 조건도 제시할 수 없으니 살려 달란다. 그들은 병원 원무과에 들러 그간의 병원비를 알고 오셨다. 병원비가 무려 1,100만 원이나 나왔다. 그들 두 분이 장만 한 돈은 오백만 원이란다. 병원비 반도 안 되는 돈을 가지고 합의서를 써 달라는 것이다. 나머지 세 사람은 합의서 받기를 포기했다고 하신다. 자식이 잘못한 것이 자기 잘못인 양 빌고 있는 모습이 가엽기도 하다.

"변호사한테 가셔서 합의서 써 달래서 내일 오세요."

"감사합니다."

그분들은 눈물을 흘리며 사죄를 하고 갔다. 그들을 닦달하던 친구가 찾아왔다. 그들이 금방 갔으니 망정이지 그들이 제시하는 합의 조건을 이야기한다면 그 친구는 아마 몽둥이를 휘둘렀을지도 모른다.

"합의하러 왔었다며."

"그래 그런데 그걸 어찌 알았어?"

"방금 원무과에 들렀더니 오늘 가해자 부모 그들이 왔다 갔다고 하더라."

"그래. 보니까 그들이 너무나 안 됐다. 자식이 잘못한 거지 그분들이 잘못한 것은 아니잖아."

"그래서 어쩌려고?"

"그냥 합의서 써준다고 했어,"

"합의금을 얼마나 준데."

"두 사람 합의에 오백만 원. 세 명은 합의해달라고 할 처지가 아니래."

"뭐야 그건 병원비 반도 안 되잖아."

"네가 병원비를 어떻게 알어?"

"오늘 병원 원무과에서 알아봤지. 내가 친구들과 상의해서 조금 내주려고. 중간에 돈 내라고 해서 오백만 원 냈다며."

"그래."

"그런데 합의금을 오백만원? 야! 그거 받지 말고 그냥 내버려 둬."

"아냐 생각해보니까 그들에게 1,100만 원은 너무 큰 돈이야"

"내가 합의할게. 내게 미뤄."

"아니야 그냥 둬. 나야 그거 있어도 그만이고 없어도 그만인 돈이야."

그 이튿날 합의서를 들고 네 분이 찾아왔다. 합의서를 보니 두 명이 아니라 다섯 명 전체와 합의하는 내용이다. 잠시 생각에 잠겼다. 전과

9범은 합의를 할 사람도 아닌 게 분명하고 두 사람도 가난하여 돈을 마련 못 할 것이 뻔한 것 같다. 그래 모든 걸 다 용서하자! 그 돈 때문에 그들과 말씨름을 하고 싶지 않다.

서명 날인을 하자 그들은 봉투 하나를 놓고 나갔다. 열어 보고 싶지 않다.

그렇게 합의해 줬어도 그들은 8개월 후에 1심에서 공동범으로 전부 3년 6개월의 형을 받았다. 그들은 변호사 비용 때문에 항소를 포기했다.

3년 6개월이라는 시간 그게 보통 일이 아니다. 또한 그들은 노상강도란 명칭이 붙어 다닐 게 아닌가?

15
이솝 우화와 같은 가정생활

어느 가을날 왕치와 솔새와 개미가 서로 음식을 장만하고는 서로 초대를 하기로 약속을 했다. 먼저 솔새가 이곳저곳을 다니다가 연못에서 가물치 큰놈을 한 마리 잡았다. 솔새는 그 고기를 가져다가 손님을 그럴듯하게 먹게 했다. 손님을 대접한 솔새는 기왈 좋게 왕치와 개미가 보라는 듯 날갯짓했다. 두 번째 차례가 된 개미는 농사짓는 곳에 새참을 이고 가는 여자 뒷다리를 타고 올라가 허벅지를 죽어라 물자 그 여자는 머리에 이고 가던 새참을 밭에 홀딱 쏟아서 개미는 솔새와 왕치를 아주 만족하게 먹게 해줬다. 세 번째 왕치는 여기저기를 날아다니며 봐도 솔새와 개미들에게 대접할 음식을 장만하지 못하고 허둥대다가 밭둑에 매어놓은 소를 보고는 싱긋이 웃었다. 암! 내가 최고의 만찬을 먹게 해주지, 하고는 소 등에 올라타고는 '이러 이러' 하며 가자고 하니 이놈의 소가 등허리가 간지러우니 꼬리로 냅다 치는 바람에 왕치는 소꼬리에 맞아 죽을 뻔했다. 어떻게 연구는 안 하고 공짜로 먹을 걸 구하려다가 혼이 난 왕치는 그날부터 머리가 훌러덩 벗어져서 지금의 모양이 되었다고 하고 그 꼴을 보고 하도 웃어서 개미는 허리가 잘록해지고 삐친 솔새는 주둥이가 길어졌다고 이솝 우화는 말한다. 그 사내가 그 꼴이다. 연구 안 하고 사회생활에 대든 무모함은 왕치와 똑같은 것이 아닐까?

직업도 없이 결혼한 그 사내는 확실히 이솝우화의 대머리가 훌쩍 벗겨진 왕치가 틀림없다. 그래서 이 뒤에 쓰는 왕치는 그 사내이고 개미는 그의 아내로 표현을 합니다.

그 왕치는 이솝 우화의 더도 말고 덜도 말고 왕치가 딱 맞다. 왕치는 얻어먹다가 대머리가 더 벗겨져 대 왕치가 된 뒤에도 그 사내는 개미에게 진 빚을 갚을 길이 없다. 그래 떠나자. 집안에 앉아서는 아무것도 안돼. 그 사내는 목구멍이 포도청이라는 것을 안다. 포도청을 안 가려면 어떤 일이든 해야 한다. 노력하면 안 될 거 없다. 누구에게 물어볼 필요도 없다. 거지 양반이 다리 꼬고 앉아서 재떨이에 담뱃대를 두드리며 에헴 소리만 지껄여 봤자다.

어려서부터 그렇게 하고 싶었던 학교 앞 문방구는 접자. 날아간 꿈이 아니던가! 서점은 시내 전 곳을 상대하는 것이니 문방구보다는 더 나을 거야! 일체유심조라고 하지 않던가! 어떤 고난의 일이 있더라도 서점을 목표로 세우자! 피난 온 사장님의 말씀이 떠올랐다.

"하면 되는 거야!", "가족과 먹을 것과 잘 곳과, 입을 옷이, 있으면 행복한 거야"

맞습니다.

가방끈이 짧은 자는 큰 꿈은 허상일까? 예수님의 가방끈 기록은 본 적이 없다.

초등학교도 안 다니셨다는 이야기가 아닐까? 따지고 보면 링컨 대통령의 암살로 부통령이시던 앤드루 존슨. 미국 17대 대통령이 되신 그분도 학력은 초등학교도 나오지 않은 분이다. 혼자 공부하고 대통령이 되니까. 학위를 받으신 것 아닌가? 그걸로 봐서는 가방끈이 짧다고 재벌이 안 되고 대통령이 안 된다는 법은 없다.

우리나라의 신화 같은 존재 정주영 회장님 그분 또한 학력은 초등학교 4학년이 전부이다.

가장인 내가 좌절하면 식구는 어떻게 될 것인가? 나에 앞날은 내가 만드는 것이다. 운이라는 것은 아예 믿지를 말자! 왕치에서 탈피하자. 아버지와 같이….

인연 3

16
서점과의 인연, 꿈은 이루어진다

이제 내 꿈은 문방구점이 아니라 그보다 더 큰 서점을 하는 거다. 하면 되는 거다! 일단은 서점엘 가서 서점이 어떻게 운영되는가를 보고 배워야 할 것이다. 사돈이 하는 서점엘 무작정 쳐들어갔다. 서점은 엄청나게 컸다. 지하와 1, 2, 3층이 책으로 꽉 차 있는 서점이었다. 사돈은 그 사내를 힐긋 한번 쳐다보고는 다른 일에만 열중했다. 본 척도 안 했다. 그러거나 말거나 서점이 돌아가는 것만 배우면 된다. 나가라고 하면 서점은 여러 곳에 많으니 다른 곳으로 가면 될 게 아닌가? 그런 걱정은 할 필요가 없다. 현장을 가보니 수금 사원과 여직원 합쳐 직원이 5명 갓 제대한 사돈 남동생 한 명 사돈 부부 해서 일하는 사람들만도 여덟 명이다.

사돈과 일하는 직원들은 점심 먹을 시간도 없이 엄청 바쁘다. 서울에서 오는 부교재 또는 단행본을 뜯어서 1층에 2권씩 진열해야 하는데 너무나 많은 양의 책이 오다 보니 어디에 무슨 책이 있는지도 모른다. 부교재는 쌓아 놓고 있으니 바로 손님도 찾아내지만, 손님이 와서 책을 찾으면 직원은 책을 찾느라고 먹던 자장면을 두고 책을 찾아 나선다. 학기 초라 그런지 손님은 엄청 많이도 밀려온다. 어떤 손님에게 돈을 받았는지도 모르는지 돈을 냈다느니 안 받았다느니 실랑이할 적도 있다. 학생들 퇴근 시에는 더 정신이 없다. 그들 중에는 돈이 없어서 그냥 가져가는 학생들도 있다고 한다. 그걸 발견해도 앞으로는 그러지 말라고 주의만 주고 그냥 보낸다. 지금 같으면야 CCTV가 있고 컴퓨터가 있으니 모든 일을 단박에 어디에 어느 책이 있는지를 알 수도 있고 컴퓨터가 있으니 모든 일을 순식간에 할 수 있지만, 당시에는 계산기도 없어 수판으로 계산을 하고 책값을 받을 때이니 정말로 눈코 뜰 새가 없다. 직원이고 사장이고 점심은 자장면이 단골 메뉴인데 시켜 놓고도 밀려드는 손님 때문에 자장면을 먹을 시간도 없다. 직원들이고 사장님이고 젓가락질을 하다가 전화 오면 받아야 하고 손님과 이야기해야 하고 돈을 받으려니 또 먹는 것을 중지한다. 자장면은 불어 터져 젓가락으로 긁어서 입으로 넣는다. 차라리 스픈으로 떠먹는 게 나을 것 같다. 사장님은 즐거운 비명만 속으로만 지르시는 걸까? 장사가 잘되는 대형 서점 정말로 부럽다. 어떻게 해서든 서점을 배워 서점을 하자! 일체유심조라 하지 않던가! 왕치는 소등에 올라탔으니 꼬리로 얻어맞지만 않으면 된다고 생각했다.

왕치는 그 서점에 직원이 아니니 사장님은 왕치에게 점심을 시켜줄 리도 만무하다. 점심 한 끼 안 먹는 것은 배고픔도 아니다. 정 배가 고프면 짜장면집으로 가서 사 먹으면 된다. 그저 매일 그곳으로 출근을 했다. 사장 사돈은 바쁘니 나 같은 건 염두에도 없다. 가끔 흘긋 쳐다보지만, 밥 먹었느냐고 말 한마디 물어본 적이 없다. '젠장 충청도 양반이라더니 양반은 어디 가서 죽어서 땅에 폭 파묻혔나 보다.' 그러거나 말거나 여기저기 중구난방으로 흩어져 있는 책을 같은 종류끼리 정리를 하기 시작했다. 누가 시켜서 하는 일은 아니다. 그들의 먹던 자장면이 불어 터지거나 말거나 상관할 일이 아니다. 거지왕치가 아니던가! 돈, 통은 쌀을 한 가마니나 넣는 큰 통인데 열쇠는 안 잠겨 있다. 연실 돈을 넣고 꺼내고 하니 잠글 새도 없다. 돈, 통은 저녁때가 훨씬 지난 후 오후 9시는 되어야 마감을 시작한다. 마감하고서도 돈을 셀 시간도 없다. 직원들이 달려들어 대충 세어서 고무줄로 묶어 놓으면 그걸 큰 보자기에 싸서 사모님이 집으로 가져간다.

참으로 놀랄 일이다. 하루에 저렇게 많은 돈이 들어오다니….

그 돈을 물끄러미 쳐다보면서 서점을 하기 위하여 배우러 오길 잘했다는 생각이 든다.

그 돈은 사모님이 보자기째 가지고 가서도 피곤하니 세어볼 틈도 없단다. 잘 세어보지도 않는다고 하신다. 아침에 출근할 때 조흥은행에 그냥 직원들한테 대충 얼마라고 이야기하고 주고 오면 은행 직원이 알아서 통장에 입금하고 남든지 모자라든지 하면 전화로 연락을 해준다. 그리고 계좌에서 그날 어음 결제되는 것을 전화로 알려준다. 어음 결제했다는 전화도 거의 매일이다. 한 달이면 어음책을 두 권이나 쓴다니 알 만도 하다. 은행 직원이 돈이 모자랐다는 전화는 한 번도 없었다. 그 사모님은 잠도 모자라고 너무나 바쁘니 머리가 아프다고 연일 짜증을 부린다. 병원에 갈 시간도 없다. 사장님도 치질이 심해도 병원에 갈 틈도 없다. 그게 사는 것일까? 돈만 버느라고 본인 생활은 전연 없는 것 같다. 그래도 그들이 부럽다.

그곳에 매일 출근한 지 일주일이 되었다. 그 왕치보다 다섯 살이나 아래인 사돈총각 그는 군에서 제대하자마자 형들 집으로 와서 몇 개월째 일하고 있다고 했다. 그는 돈 통에 손을 넣어 돈을 한 움큼 쥐고는 그걸 바지 주머니에 쑤셔 넣고는 나를 쳐다본다. 그러니까 월급을 그냥 제 손으로 가져가는 건가? 그러거나 말거나 본 척도 안 했다. 저녁때가 넘었는데 잠깐 따라서 오라고 한다.

사장은 바빠서 돈 통은 쳐다보지도 않는다. 각 거래처 서점에 보낼 장부를 적고 또 대금을 수판으로 계산하고 여기저기서 오는 두 대의 전화를 받느라 정신이 없다. 직원들은 각 서점에 보낼 책을 시멘트 포대에 새끼줄로 묶어서는 시외버스 주차장으로 가서 각 서점으로 보낸다. 각 서점과 학교가 있는 앞에 문구점에도 학교 선생님이 주문한 책을 보내니 직원들의 손은 농사짓는 사람들의 손과도 비교가 안 될 만큼 굳은살이 배겨 있었다. 매일 매일 그런 힘든 일을 하니 손이 쉴 틈이 없다. 또한, 할부로 놓은 책 대금을 받으러 다니는 수금사원도 정신이 없다. 수금도 해야지 책 배본도 해야지. 그리고 시간이 나면 서점 일해야지 그들도 할 일이 너무나 많다. 가까운 곳은 자전거를 타고 다니며 수금을 하고 먼 곳은 버스를 타고 현지를 다녀오고 다녀와서는 받은 돈을 정리하고 돈을 받은 것과 카드를 사장님 앞에 갖다 놓으면 사장님은 바쁘니까 힐긋 한 번 쳐다보고는 그저 카드에 도장을 꾹 찍어주면 그만이다. 그러면 그 직원은 수금해 온 돈을 돈, 통에 넣으면 끝이다. 그리고 시간이 있으면 모든 직원은 힘을 합쳐 서점에 할 일을 같이한다. 그들도 정말 정신이 없다.

사돈총각이 오라고 손짓을 하여 왜 그러나 하고 따라 나갔더니

"사돈 배고프시죠? 늦었지만 식사하러 가시지요."

그날은 시원한 우동을 한 그릇 사 먹으려다가 일을 도와주는 게 너무 바빠서 그만둔 날이다.

그냥 참고 있으면 배고픔이 잊히는지는 몰라도 배가 고파도 아무렇지도 않다는 것은 거짓말이다. 그 왕치는 배에서 꼬르륵 소리가 나다가 꼬르락이가 사라졌으니 그냥 괜찮다고 입으로만 말했다.

그 사돈총각은 아까 주머니에 집어넣은 것을 갖고 밥을 먹으러 가자고 한 것이다. 오해한 것 같아서 미안했다.

그를 따라가니 소뼈를 푹 고아 만들어 파는 해장국 집으로 데려간다. 얼마나 손님이 많은지 앉을 자리가 없다. 자리가 날 때까지 밖에서 기다릴 수밖에. 자장면도 황송한데 소고기가 듬뿍 들은 소고기 해

장국이라! 소뼈에 달라붙은 고기를 뜯어본 지는 까마득히 먼일만 같다. 소고기가 듬뿍 든 해장국을 허겁지겁 입에 다 삽질을 하듯 퍼 넣었다. 이렇게 맛있는 음식도 있었어? 음식은 확실히 배가 고파야 맛이 있나 보다. 피난살이에서 묵을 먹어본 임금이 궁궐에 와서 묵을 먹어보니 맛이 없으니 도루묵이라고 해라. 했다는 말이 생각이 난다.

배가 부르니 논산 신병훈련소 생각이 난다.

"전원 집합. 고구마 사 먹은 놈들 이리 나와."

고구마를 빨리 삼키지 못하고 선임 하사라는 일등병에게 붙들린 훈병들은 볼에 주먹세례를 받고 얼얼한 볼을 만지고 있는 훈병이 여럿이다.

고구마를 다 삼킨 사람은 안 사 먹은 대열에 가서 싱긋이 웃고 주머니에 고구마를 넣고 있다가 걸린 훈병은 사 먹은 대열에 가서 섰다.

"너희들 말야. 고구마 사 먹으면 안 된다고 했지? 사제 사 먹고 배탈 나면 내가 책임져야 하는데 어쩔 겨. 사 먹은 놈들 원산폭격 실시."

할 수 없다. 고구마를 먹다 들킨 훈병은 그저 날 죽여 주슈, 하고 원산폭격을 했다. 원산폭격도 아주 매일 하다시피 하니 힘은 들어도 참고 견딜 만하다. 엉덩이를 군홧발로 얻어맞기 전이라면 말이다.

"너희들 말야, 고구마 사 먹고도 안 사 먹은 대열에 서 있는 놈은 빨리 나와. 주둥이 검사하면 다 나온다."

'내무반장 이 자식아! 이제 훈병들 돈을 또 뺏으려고 그런 소릴 하는 거지? 짜식아. 네 속을 다 알아 너한테 돈을 거의 반이나 빼앗겼다 이 도둑놈아.'

불만은 속으로 들어가 욕을 해대고 있었다.

"빨리 못 나와. 이따가 내무반에 가서 보자. 전원 교육장으로 집합."

"메롱" 그때는 입에 아무것도 없을 텐데? 이 인간 백정 같은 놈아.

참 얼마나 배가 고픈지 훈련소에서 주는 조식 중식 석식은 한꺼번에 다 먹는다고 해도 간에 기별도 안 간다. 초등학교 시절 어머니 말씀이 생각났다. 뛰지 마! 뛰면 배고파!

그 말씀도 딱 맞았다. 그저 아침부터 2~3km를 뛰면 정말로 너무 배가 고프다. 나누어준 밥그릇 다섯 개는 먹어야 할 것 같으니 말이다. 그러니 맞아 죽어도 고구마 사 먹고 싸다구나 엉덩이를 맞는 게 더 낫다. 배를 곯아봐야 배고픔이 어떤지를 안다.

목욕탕에서 물만 발랐는데 호루라기 소리가 고막을 때릴 때 꾸물럭대는 훈련병에게 곡괭이 자루로 등짝을 갈기며

"이짜식아 시간이 없어 빨리나가 훈련병 ㅈ은 ㅈ도 아녀 엠마 ㅈ을 가리기는 왜 가려."

그러고 보니 훈련병 ㅈ은 ㅈ도 아닌 게 맞다. 처녀나 아줌마한테 보여 주며 고구마를 한 개라도 더 얻으려고 아양까지 떨지 않았든가! 배만 부른다면 ㅈ 보여 주는 건 창피한 일도 아니다. 그 고구마를 사 먹기 위해 변도 나오지 않는데 임시 변소에서 팬티를 훌랑 내리고 처녀나 아줌마들한테 고추를 보여 주면서 사 먹은 게 아닌가.

배가 고팠으니 해장국 한 그릇을 훌쩍하니 막걸리도 한 잔 시킨다. 아니? 이게 웬 떡여! 한 주전자를 큰 대접에 따르니 주전자가 작은 것인지 대접이 큰지 두 잔밖에 안 된다. 한 잔을 훌쩍 마시니 목구멍이 한 잔만 더 주면 안 되느냐며 침을 꼴깍 삼켰다. 그 사내는 사돈총각을 쳐다봤다. 그 사돈총각은 눈치가 100단인가 보다.

"아주머니 여기 막걸리 한 주전자 더요."

속으로 쾌재를 불렀다. 술은 자제하기로 했지만 모처럼 마신 막걸리는 꿀맛이었다. 트림을 '끄윽' 하고 하고서는 그를 쳐다봤다. 참으로 세상이 부럽지 않다. 배부른 세상과 배고픈 세상은 확실히 달랐다.

양심의 소리가 목구멍을 통과했다.

"아니 미안해서 어쩌지?"

"아뇨 사돈한테 그동안 미안했어 유, 형님은 무뚝뚝하고 장사하는 데만 정신이 팔려서 사둔한테 점심 한 그릇 안 사니 내가 미안해 죽을 뻔했어 유. 돈도 안 받고 그냥 일만 하시니 형님한테 이야기를 할까유."

점심도 같이 먹게 해주고 월급을 조금이라도 받게 해주고 싶은 모양이다.

"아냐 나 점심 얻어먹으러 온 거 아냐, 일을 배우러 왔으니 일을 배우는데 내가 모르는 게 있으면 알려주기만 하면 돼요."

그 후로 그 사내는 작은 사돈이 월급으로 받는 것인지 뭔지는 모르지만 매일 점심은 물론 저녁까지 또 막걸리까지 얻어먹었다.

그럭저럭 3개월이 지나니 직원도 아닌데 사장님은 점심을 시킬 때 그 왕치의 것도 같이 시켜주기 시작했다. 아마 그저 말없이 책을 정리하고 짐을 싸고 각처로 부치는 것도 도와주니 점심이라도 한 끼 주고 싶었나 보다.

서점에 책을 진열하는 방법, 책을 주문하는 곳. 단행본은 어떤 책이 잘 팔리나. 책은 어떻게 각 서점으로 또는 학교 앞 문구점으로는 어떻게 책을 보내나 그리고 출판사와 계산하는 것. 책이 들어오는 가격과 판매하는 가격은 어떻게 선정하는가. 책은 어떻게 해야 출판사에서 서점으로 오는가. 국내 굴지의 출판사 동아출판사, 민중서관, 학원사, 금성출판사, 동서문화사, 삼성문화사, 도서출판 청화 등은 큰 출판사이며 작은 출판사는 수도 없이 많다. 그 출판사들과 거래는 어떻게 하는가? 작은 출판사에서는 연실 찾아와서 팔아 달라고 사정한다. 대형 출판사에서는 각종 도서를 정가에 60%로 서점으로 보내온다. 그러면 서점에서는 그것을 팔고는 어음으로 끊어 주는데 대형 출판사에서는 거의 상무가 오는데 전무도 가끔 온다. 날짜가 빠른 어음으로 끊어가려고 사장님에게 통 사정을 한다. 출판사에서 받아서 안 팔린 책은 2~3개월 후에 반품한다. 그리고 판매된 책은 어음이나 현찰로 계산을 한다. 대개 현금으로 달라고 사정을 한다.

17
배워야 외판원이 될 수 있다

그 빈털터리 왕치는 어느 정도 서점에 대하여 눈을 뜨게 됐다. 그런데 자세히 보니 돈을 엄청나게 벌어가고 있는 사람들이 있는 게 아닌가? 그들은 자가용 브리샤를 타고 와서 하는 일을 보니 전집 외판원들이였다. 출판사에서는 외판원에게 자가용 브리샤를 운전사를 딸려서 제공하고 외판원은 책을 팔고 전집은 수금 사원이 배본한다. 외판원은 배본된 카드를 계산하여 판매한 만큼 사장님한테 판매한 할부 개월보다 많이 늘려서 어음으로 끊어가는 것이다. 그런데 놀라운 것은 그들이 하루에 버는 돈이다. 하루에 최하로 버는 돈이 공무원 봉급 두 배 이상을 벌 때도 있으니 눈이 뒤집힐 정도이다. 그들은 서점에 와서 약 15일 동안만 있다가 다른 지역으로 간다. 그들은 전국을 돌며 4~6개월에 한 번씩 오고 있었다. 왕치는 생각했다. 어떻게 하면 외판원이 되어 자가용 운전사가 딸린 브리샤 차를 타고 다니며 외판을 할 수가 있을까?

그래 그거야! 왕치의 머리에 번갯불이 지나갔다. 외판만 잘하면 돈을 벌어 서점을 할 수가 있을 거야! 해서 안 되는 게 어디 있어! 노력하면 다 되겠지!

돈 잘 버는 외판원 그도 뱃속에서부터 외판을 배운 것은 아닐 것 아녀! 왕치는 외판원을 꼬득이기로 작정을 했다. 그러면 외판을 하여 돈을 벌 수 있을 것 같다. 외교에는 뭐니 뭐니 해도 술과 여자가 아니던가! 하루 일을 끝내고 여관으로 가려는 그를 붙들고 사정을 했다. 한번 만나서 술 한잔하자고. 열흘쯤 있다가 보자고 한다. 뭐 만나준다는 이야기도 아니다. 서점에서 일하고 있으니 서점 직원으로 알았나 보다.

판매를 많이 하는 날은 일찍이 와서 카드를 서점에 준다. 그리고 본사로 책을 주문하고 배본을 하라고 한다. 외판원이 주문한 책은 삼일도 안돼서 서점에 도착한다. 그러면 수금 사원이 나서서 배본한다. 그것은 책을 구매한 사람이 확실한가도 알아야 하고 책을 가져다주고 또 그에게 수금하러 가야 하니 배본은 수금 사원이 책임지고 한다. 외판원이 일찍 들어온 어느 날 저녁을 먹으러 가지니 순순히 따라온다. 그것만 해도 감지덕지이다. 밥을 먹으면서 술을 먹자니 그건 안 된다고 한다. 그 이유는 외판원은 출판사에서 책을 팔러 다닐 때 만큼은 술을 먹지 말라는 회사의 지시가 있다고 한다. 그러니 열흘 정도 있으면 책을 파는 양이 어느 정도 되니 그때 만나준다는 것이다. 밥을 사주고서야 그 이유를 알았다. 설득 끝에 일주일 만에 그를 아주 큰 중국 요릿집으로 데려갔다. 그 외판원은 일주일 동안 정말로 많은 돈을 벌었으니 순순히 따라온 것이다. 술을 진탕 먹이며 전집을 파는 법을 가르쳐 달라고 하니 그것은 출판사의 영업 비밀이니 안된단다. 참 안 되겠다 싶다. 며칠 후면 그 외판원은 다른 곳으로 갈 것이 아닌가! 왕치는 안달이 났다. 하루 외판을 끝낸 후에 여자들이 술을 파는 니나놋집으로 집으로 데려갔다. 거기서 아주 코가 삐뚤어지게 술을 먹이고 여자까지 붙여 줬다. 그리고 헤어졌다. 그 이튿날 만난 외판원은 며칠 전과는 다른 모습으로 그 왕치에게 다가왔다. 외판은 뭐 말을 잘해야 한다면서 자세한 이야기는 쏙 빼고서 삼 일 후에 떠나면서 4~5개월 후에 다시오면 만나잔다. 왕치는 서적 외판을 해서 개미에게 빚을 갚으려는 꿈은 사라진 것만 같았다. 그러니까 포수가 꿩을 잡으려고 총을 쐈는데 꿩은 도망가고 실탄만 없앤 꼴이다. 그것 보고 꿩새 울었다고 한다. '젠장 꿩 새 울었구나! 그래도 외판원을 꼭 해야겠다는 희망은 버리지 않았다. 그 외판원 말고도 연신 오는 다른 외판원이 있지 않은가! 외판원 그들을 만나려니 그들도 바쁘다며 만나주질 않았다. 나중에 안 사실이지만 그들은 외판이 끝나면 여관에서 외판에 관한 책을 읽고 있다는 사실이다. 서점을 왔다 갔다 하며 서점에 대하여 많은 것도 배웠지만 중요했던 것은 대형 출판사의 상무와 전무들과도 자주 만남을 가져 그들과의 면을 익힌 것이다. 그것은 서점을 하려면은 그들을 알아야만 되는 것이다. 아주 중요했다. 그럭저럭 또 4개월이 지나자 먼저 훌쩍 떠나버렸던 그 외판원이 다시 나타났다. 정말로 반가웠다. 그저 나이가 아래지만 고개를 꾸벅하고 반갑게 손을 잡았다. 그는 말없이 또 외판에 나섰다. 다른 전집 책을 가지고 온 것이다. 그가 이틀 동안 외판을 했는데 많은 양을 팔아서 기분이 좋은지 저녁을 같이 먹자고 한다. 먼젓번 얻어먹은 걸 갚으려는 가보다. '역시 외교에는 내가 귀신이지' 얼씨구나 하고 만났다. 그에게 사정했다. 나도 외판을 하게 해달라고 그는 왕치를 뚫어지게 쳐다 보드니

"외판이 쉬운 게 아닙니다. 정 그렇게 부탁을 한다면 내가 타고 다니는 브리샤에 태워 줄테이니 한번 팔아 보세요."

그가 왕치에게 손해 볼일은 없다. 그가 가져온 전집을 팔면 그만큼 그에 실력이 회사에 올라갈 것이 아닌가!

몸이 날아갈 것만 같다. 서점에 취업한 것이 아니니 그를 따라나서도 누가 뭐라고 할 사람이 없다. 외판원 그는 도서출판 청화에서 나

온 세계명작 대전집 전 42권짜리를 보여 주면서 이 중에서 어떤 것을 택하든지 두 권을 선택하고 광고지를 주며 팔러 가는 데 따라서 오란다. 이거 참 이런 횡재가 없다.

얼씨구나! 하고 월남 갔다 와서 맞춘 양복을 입고 넥타이를 매고 브리샤 차 뒷좌석에 탔다. 그 외판원은 그날 같이 나가서 당시에 아주 많은 돈인 30만 원짜리 세계명작 전집 할부로 3질을 팔아 90만 원을 올렸다. 와! 13만 5천 원. 상상 외의 돈을 그는 하루에 번 것이다. 그 사내는 한 개도 못 팔았다. 그 이튿날도 그 외판원은 할부로 3질을 팔고 왔다. 참으로 귀신이 곡할 노릇이었다. 그 사내는 그날도 한 개도 못 팔았다. 책을 팔러 왔다며 팸플릿을 내밀면 바쁘다고 나중에 보자고 한다. 서적 외판을 한다는 게 보통 어려운 게 아니다. 책을 사라고 하면 쳐다보지도 않고 바쁘다고 한다. 외판원을 쫓아다닌 지 12일 만에 00 시멘트 직원인 처녀에게 전집 1질을 팔았다.

숱한 헛발질을 한 꼴이 되고 마나, 했는데 다행히도 그날 한 질을 판 것이다.

그게 성공이라고는 할 수 없지만, 첫 번째 판매했다는 것은 의의가 있는 것이며 앞으로 희망이 있다는 뜻이다.

그것은 심리전의 작은 성공이며 어떻게 팔게 됐냐는 연구 과제이다.

왕치가 받을 수당은 30만 원의 10%인 3만 원이다. 3만 원 그 돈도 대단 한 돈이다. 7급 공무원 봉급이 12,000원 정도이니. 두 달 치보다 많다. 외판원은 그 돈을 현금화하여 나에게 주고 다음에 보자고 한다. 왕치는 그 남자를 붙들었다. 그 외판원에게 받은 그 수당을 반쯤이나 술을 사고 선물을 사줬다. 아무리 생각해도 이상하다. 외판에 뭔가의 비밀이 있는 것만 같다. 어떻게 그는 그리 쉽게 파는데 왜 팔지를 못했을까? 너무나 아쉽다. 그에게 매달렸다. 그가 입을 벌렸다. 술을 먹인 효과였다. 출판사에서는 외판원을 내보내기 전에 3개월 동안 교육을 한단다. 그리고 그 교육에 합격점을 받아야 외판을 내보낸다고 한다. 그 교육은 팔러 가는 책에 내용을 다 읽어서 중요한 대목을 암기하라는 것이다. 그리고 외판원을 내보내기 전 심리학 시험까지 치른단다. 생각해보란다.

책을 사려는 사람은 거의 공무원이고 직장인인데 어떻게 그들을 설득해서 책을 팔 수가 있을까. 책을 팔러 왔다며 팸플릿을 내밀면 바쁘다고 나중에 보자고 하는 건 당연하다고 한다. 팔려는 책을 거의 암기하다시피 읽으란다. 그리고 책을 팔 상대편에 나이와 용모 또 직장을 보고 그 책에 내용에서 그가 관심을 가질 내용을 먼저 던지란다. 팸플릿을 보여 주는 건 그가 관심을 가졌을 때란다. 그에게 그런 판매술을 써야 한다는 걸 귀속에 아주 꼭 집어넣었다.

그것도 파는 비결이 뭐냐고 물은 데 대한 비밀을 70%만 털어놓은 것이다. '아! 그랬구나. 무릎을 팍 쳤다.'

그를 어떻게 해서든 설득하여 그 비밀을 알아내야 한다.

자동차를 가지고 외판을 하는 멋져 보이는 외판원 그에게 술을 거나하게 먹이고 거시기 하는 곳을 가서 혼자 하라고 하니 그냥 팔을 잡아당기며 그런 법이 어디 있느냐며 같이 가잔다. 그에 비위를 안 맞출 수가 없다. 뚜쟁이가 이끄는 대로 두 사람은 골목으로 따라 들어갔다. 여인숙 간판이 보인다. 방으로 들어가서 살펴보니 정말 방도 형편없지만 싸구려 여인숙이었다. 방에서는 퀴퀴한 곰팡내가 풀풀 난다.

방에 들어가서 여자가 오기를 기다리는데 웬 월남에서 붕붕 하던 생각이 난다. 이래야만 되나 하며 추잡하다는 생각이 들었다. 그래도 성공을 위해서는 모든 걸 참고 해야만 한다!

외판원 그는 거시기를 하고 나와서는 그는 만족한 듯했다. 그에게 들은 교육은 바로 위력을 발휘했다. 그토록 알고 싶었던 외판의 비밀. 외판을 잘할 수 있는 똑 떨어지는 비결을 그는 이야기하는 것이었다. 그것은 책의 중요한 핵심을 암기하고 책을 팔 상대에게 어떤 이야기를 먼저 던져야 하는 것이었다. 그렇게 하여 대화의 장으로 이끌어야 무슨 말을 할 게 아닌가? 그는 말했다.

"공직에서 공무를 보는 일을 하는 처녀나 남자 직원에게 책 이야기를 하면서 접근하면 그 책을 살 것인가? 바쁘다며 다른 곳으로 가라고 할 겁니다. 하지만 저기 선생님 미혼이시지요? 하면 처녀나 총각이 쳐다보지 않을까요? 그때 두 번째 말이 중요합니다. 처녀인 여자에게는 이 책에는 어떤 남자라도 환심을 살 수 있는 내용이 많이 있다고 하면 어떤 반응이 오겠습니까? 그때 책을 읽어 본 것 중에서 호감을 느낄 만한 이야기를 하면 관심을 끌게 됩니다."

그렇다! 그에 말은 틀린 것이 없다. 그래서 책을 많이 읽으라고 한 것이구나! 어떤 남자라도 환심을 살 수 있는 구절이 중요하구나!

"예를 들어 이 책 ○○페이지에 보면 이런 글이 있습니다. 하면서 사랑에 대한 간단한 한 구절을 들려주면 관심을 보이며 다시 쳐다봅니다."

외판원이 시킨 그것보다도 더 책을 많이 읽어서 책의 내용을 훤히 알면 호감을 느낄 만한 이것저것을 이야기하면 바쁘다. 소리는 뱃속으로 쏙 들어갈 것 같다. 그러면 60%는 성공이다. 오늘 못 팔면 내일이 또 있지 않은가!

"만약에 남자 친구를 사귀고 싶다면 이 책만 읽어보면 답이 나옵니다. 진짭니다. 그런 이야기 끝에 돈 이야기가 나오면 할부로 사면 되니 큰 부담은 없습니다. 값이 비싼 세계명작 대 전집은 3년까지도 해드릴게요. 하면 그녀는 생각에 잠길 겁니다. 눈알을 굴리다가 그냥 계약서에 도장을 찍는 예도 있지만 그건 아주 드문 이야기이고 가격이

5~6만 원대의 전집 책을 보여 주면 그것은 부담이 없으니 거의 도장을 찍습니다. 다음이나 내일 보자고 하는 사람한테는 미리 준비한 단행본 중 남녀 사랑 이야기가 들어있는 차타레이 부인의 사랑 이야기라든지 젤소미나, 의사 지바고 등 중에서 단행본 책을 한 권 서비스라며 주고 오면 그 이튿날 거의 90%는 계약을 합니다. 다 그렇다는 것은 아니지만 참고로 하세요."

그리고 책을 속독 하는 법도 알려줬다. 3줄씩 읽어가는걸. 연습하란다. 그렇게 보면서 눈에 띄는 배울 만한 것은 암기하고 책에 줄을 그어 놓으란다.

그리고 그는 심리학에 관해서도 공부를 하라며 서점에서 책을 한 권 찾아서 사주었다.

왕치는 술을 딱 끊고 세계명작 책도 읽어보며 심리학 책을 세 권 더 사다가 속독과 정독을 시작했다.

외판을 제대로 하려면 인간의 심리를 정통으로 맞출 총알을 100발쯤은 가지고 있어야 한다. 지피지기면 백전백승이라 안 했나? 상대를 잘 알고 또 대화의 기술을 잘 배우면 될 것이다. 그게 無에서 有를 창조하는 비법이다.

심리학에서 인간은 98%가 그의 외모에 있다고 한다. 그것을 볼 줄 알아야 한다는 이야기이다. 대화를 할 수 있는 분위기를 만들 줄 아는 자가 성공을 할 것이다.

서로 닮을 사람은 친해지기 쉽다. 음악, 취미 공통점 스틴져 효과를 나타낼 것이다.

도둑들은 거짓말이면 거의 입으로 손을 가져간다는 게 형사들의 이야기이다.

사람은 다 마찬가지이다. 무엇을 숨기려는 사람이던지 거절을 하려는 사람은 하품한다든지, 다른 물건을 만지작거리며 상대를 쳐다보는 등의 행동을 한다고 한다.

충분히 이야기를 듣고 말을 아껴서 하되, 핵심이 나올 때는 과감히 책에 대한 핵심을 설명할 것, 이야기를 하여 상대를 제압하여야 계약은 성사되는 것이다.

일이 안 풀려 어려울 때 상대방의 정보를 알아내 그 사람과 친분이 있는 사람의 이야기를 꺼내면 호감을 살 수도 있는 대화술이다.

같은 책을 산 사람의 소개를 받아서 왔다고 이야기를 하는 것도 좋은 발상이다.

실패했을 때를 생각해서 다시금 도전할 명분을 만들어 놓고 해 여지면, 다음의 기회가 생긴다. 또한, 기술은 대화 상대방의 수준에 언어의 눈높이를 맞추는 것이다. 그것도 어려우면 상대편의 말을 경청하고 다시 세 번 생각하고 말을 하라. 그것에 프레임의 법칙을 끼워넣어라. 심리학 책에는 다양한 대화술이 아래와 같이 적혀있었다.

낙관주의자는 기회를 찾아낸다. 틀을 바꾸면 세상이 바뀐다.

지혜로운 사람은 손을 떼야 할 때를 알고 있는 자이다.

내 눈에 보이는 것은 다가 아니다.

그것은 편견과 아집이 뭉쳐서 본 것일 수도 있으니까. 세상을 보는 시각과 관점에 따라 달라진다. 전조 지화는 우물 안 개구리를 말한다. 우물 밖으로 뛰쳐나온 개구리가 되어야 한다.

다른 사람보다 앞서가는 새로운 길을 찾아낸다면 새로운 길을 만들었기에 영웅들의 명부에 기록된다. 사악한 이들에 공격을 막을 수 있는 기술도 해야 한다. 성공함으로써 당신을 괴롭히든 상대방에 고통을 주는 그것이야말로 영웅적 복수이다. 당신의 불운을 기뻐하던 사람들에게 탁월한 성과를 보임으로써 상대에게는 심한 고문이 되고 지옥이 된다.

현실 사회에 기반을 둔 생활 철학으로써 처세술을 알아야 한다. 때로는 뱀처럼 때로는 비둘기처럼. 기회는 낙관 속에서 숨어있다. 그 숨은 기회를 찾는 것이 세상을 바꾸고 나를 바꾸어 행복으로 원천이다. 삶에 목표를 정하고 그 목표를 향해 돌진하라.

살아가는데 필요한 것을 만드는 것 또 불필요한 것을 버리는 것 모두가 내 맘속에 있다. 진리 또한 내 맘속에 있다. 그게 바로 일체유심조이다.

하나를 얻기 위해서는 하나를 버릴 줄 알아야 한다. 두 개를 한꺼번에 가지려는 것은 욕심이다.

승자의 주머니 속에는 꿈이 있고 패자의 주머니 속에는 탐욕이 있다.

운에 흐름을 읽어라. 운은 자신감 넘치는 당당한 사람을 좋아한다. 자기 자신을 위해서 살아라. 일 막에는 죽은 사람들과의 대화 즉 고전의 책을 읽으라고 이 막에는 살아있는 사람들과 어울려라. 인생에 삼 막에는 자기 자신을 위해서 살아라.

불운은 혼자 오는 법이 없다. 행운을 잡은 사람들과 만나라.

마지막 순간에 철학자가 되는 것만큼 좋은 마무리가 없다.

지혜롭게 열심히 살아야 한다. 끈기는 잠재의식을 털어버리고 다시 생긴 잠재의식의 중요성을 의식은 기억한다. 알고리즘 결정적인 순간에 잠재의식이 살아난다.

그것이 성공한 사람들의 공통된 의식이다.

삼 년을 집중하면 성공할 수 있다. 즐겁게 꿈을 향해 가야 한다.

사람은 세 번만 실패해도 절대 성공하지 못한다고 생각한다.

나는 절대 할 수 없어서 하는 것을 나는 할 수 있다고 생각하면 된다.

무언가가 잘 안 풀리면 잠재의식은 하루에 2만에서 6만 가지의 생각을 하게 된다.

그것이 쓸데없는 일이 될 수도 있겠지만 그 많은 생각 중에서 번개치듯 떠오르는 잠재의식이 있을 것이다.

실수를 대하는 태도 인간은 그리 사는 그것이라고 생각하라.

입이 하나라는 것은 한 번만 말하고 귀가 두 개인 것은 두 번 들으라는 말이다. 셋은 세 번 생각하라, 그것이 소통의 기본이고 본질이다.

피를 흘리면서도 결승점인 목표를 향해 달린다면 끝까지 갈 수가 있다. 나는 할 수 있다며 마지막까지 포기하면 안으면 다 불행했던 것이 행복이 될 수 있다.

긍정적인 행동은 긍정적인 삶을 주게 된다. 실패가 거듭되더라도 포기해서는 안 된다.

살아가는데 필요한 것을 만드는 것 또 불필요한 것을 버리는 것 모두가 내 맘속에 있다. 진리 또한 내 맘속에 있다. 그게 바로 일체유심조이다. 이것이 심리학 책에서 읽어본 중요한 대목이었다. 또한 다른 몇 권의 심리학 책에서는 이런 이야기를 한다.

정리하자면 외판에서 가장 중요한 것이 심리전이다.

상대편을 이기려면 본인은 바보스럽게 보여야 한다는 것. 왕치는 사내가 되기 위한 준비를 거의 마쳤다. 읽어본 책을 암기하고 뇌 주머니 속에 넣고 다녔다.

왕치가 행여 읽어본 책을 손님이 이야기하면 그것의 말꼬리를 잡아 대화를 나누는데 상대편보다 더 아는 척을 해서는 안 된다.

그러다가 그 책의 핵심을 슬쩍 던진다. 그러면 그는 내 손님이 될 확률이 70% 이상이다.

손님을 압도하는 것이 판매에 성공 요인이다. 또한 예의도 좋아야 한다. 그리고 중요한 것은 상대편의 정보를 조금이라도 알면 금상첨화이다.

상대방의 외모에는 그 사람을 평가하는 아주 중요한 자료이다. 외모를 보며 그 사람의 걸어온 길을 알아내는 것 중요한 일이다.

학교나 직장이나 근무하는 분들을 보면 대개 그분의 취미인 것이 책상에 놓여있는 게 보일 때가 많다. 그것은 아주 좋은 그에 대한 정보이다. 예를 들어 골프를 좋아하는 사람을 골프공이 책상 위에 있고 불교를 믿는 사람들은 부처님을 기독교를 믿는 사람들은 십자가가 있을 때가 있다. 그것은 그의 취미나 종교를 아는 아주 중요한 자료이니 그것에 대한 말을 끄집어내면 손님은 그걸 선전하든지 거기에 관한 이야기를 시작하든지 한다. 그것을 이용하는 것이다. 외판에 비밀은 손님의 취미를 알아내고 대화하다가 외판에 실패했을 때는 거기에 대한 충분한 지식을 배워서 손님과 동률의 취미에 대한 것을 배워서 다시 도전하면 그와의 대화를 아주 쉽게 할 수가 있다.

또 한 가지는 손님이 입은 옷이라든지 그의 행동을 잘 살펴야 한다. 손님이 팔짱을 끼고 이야기를 듣는다는 건 관심이 없다는 이야기이다. 바로 나갈 것을 암시하는 말과 같은 행동이다. 턱을 괴면 상대의 말에 지루함을 느낄 때이다. 몸짓에서 아주 중요한 단서를 알 수가 있다. 코를 자주 만지는 것도 또한 재미가 없다는 이야기이다. 손님은 왕이라 상대편의 말을 존중하는 것 아주 중요하다. 얼굴에는 그 사람이 말하려고 하는 게 쓰여 있다. 그걸 빨리 이해하는 게 성공이나 실패냐를 결정하는 것이다. 공감 그것을 끄집어내는 기술 인내를 가지고 그에 말을 끝 가지 들어줄 것

그것은 상식이다. 손님보다 아는 체를 하지 마라. 그것은 바로 실패를 의미한다.

대화를 종료할 때는 그 사람이 다시 만나도 부담이 없는 대화로 끝을 맺어주는 것 또한 중요하다.

본론으로 들어갈 기회를 잡는다는 것을 알아내는 것 또한 기술이

다. 상대를 꿰뚫어 보는 기술은 바로 각종 취미 전문 서적을 읽어보았을 때 가능한 것이다.

양보의 기술 자신의 주장이 옳더라도 양보하라. 기분이 좋아 보일 때. 식사가 끝난 후에 먼저 베풀고 대가는 나중에 받을 생각을 가져라. 큰 것만이 호의를 베푸는 것이 아니다. 상대방이 담배를 피울 때 재떨이를 가까이 가져다주는 것도 호의를 베푸는 것이다. 상대의 장점을 찾아서 칭찬하라. 칭찬은 대화를 부드럽게 하는 기술이다.

상대방이 상처를 입을 말은 전연 하지를 말아라.

지레 겁먹지 마라. 인격이나 재능에 결함이 없는 사람은 없다. 내 입에서는 달콤한 이야기가 나오게끔 해라. 누가 쓰디쓴 이야기에 관심을 두겠는가?

상대방의 결점을 알아냈어도 비난하지 마라. 이글들이 심리학책에서 읽어본 글의 핵심이다.

어느 사람에게도 다 필요한 내용이다.

책이라는 것은 어려움을 해결해 주는 정말로 좋은 해결사였다.

이제 듣고 보고 한 외판에 관한 기술을 펼치러 나섰다.

외판원 그에 회사 책을 팔면 수당을 10% 주고 책도 서점으로 보내주고 어음은 자기가 끊어가기로 외판원하고 약속했다. 본인이 본사에서 받는 수당은 책 가격에 15%라고 했다. 5%는 자기 비용이란다.

첫날 가방을 들고 나서니 전쟁터로 가는 것만 같다. 정장을 하니 넥타이는 기본이다. 한 초등학교 교장 선생님을 찾아가기로 했다. 그분의 정보를 조금 알고 갔다.

한 초등학교 교장 선생님이 되려면 교감으로 근무하다가 다른 곳으로 옮기면서 진급이 되는 것이다. 그러니 전에 근무하던 곳은 교장 선생님에게 추억어린 곳이고 그곳에서 거의 승진하여 교감이 되고

난 후 다시 교장 발령을 받으니 그 이야기를 꺼내면 입에 침이 마르도록 이야기를 하고 싶어서 할 것이다.

외판을 나간 첫날 책을 가방에 넣고 외판원에게 들은 이야기를 곱씹으며 교장실 문을 노크했다. "네" 하는 소리가 들린다. 새색시가 시아버지 밥상을 들고 가듯이 책 보따리를 들고 고개를 숙이고 살짝 문을 열고 들어서니 담배 냄새가 진동한다. 점심을 먹으시고 졸린 지 회전의자에서 고개를 뒤로 젖히고 있다가는 허리를 바로 세운다.

외판원에게 이야기 듣던 그대로이다.

그분들도 산전수전 다 겪은 분들이란다.

나이가 지긋한 교장과 교감 선생님 또 직장에서 높은 분들에는 그저 굽실거리며 참으로 대단하십니다. 책 팔 이야기는 쏙 빼놓고 그분들이 환심을 살 이야기만 하되 그 시간을 잘 선택해야 한다. 아침부터 교장실이나 높은 사람들을 찾아가면 거절당하기가 일 수다. 오후 2시에서 4시까지가 가장 적당한 시간이란다. 점심을 먹고 느긋하게 졸음이 오려고 할 때 그때가 되면 그 전날의 일이나 하루 일에 결재가 거의 다 끝난 상태이니 최적의 시간이다. 외판원은 입은 옷도 중요하다. 깔끔하게 정장 옷을 입고 넥타이는 필 수다. 그저 어떻게 해서 교장 선생님 교감 선생님이 되는지를 묻는 것이 최우선이다. 그러면 교장과 교감까지 올라간 것을 큰 자랑으로 여기고 말문을 열 것이다. 그러면 20%는 성공이다. 그냥 그의 말이 끝날 때까지 들어 주면 된다.

90도로 인사를 하고 가만히 서 있었다. 교장 선생님은 이 사람이 뭐지? 똑바로 바라보다가는

"앉으세요."

"네."

의자에 엉덩이를 대고 앉으려다가 다시 일어서서 90도로 인사를 했다.

“교장 선생님 먼저 계시던 곳이 00학교이시지요?”

얼굴을 들어 힐끗 쳐다보며

“응 그런데 그건 왜?”

“아. 거기서 교장 선생님 이야기를 들었습니다. 아주 자상하시고 훌륭하시다고요.”

“뭐 훌륭하기는….”

말끝을 흐리지마는 그 교장 선생님의 얼굴에는 졸음이 없어지고 미소를 띠니 관심이 살아난 것이 보인다.

“교장 선생님이 떠나실 때 직원들이 아주 서운해하며 이별주도 하셨다고 하던데요?”

“그렇지 그 학교 선생님들 참 착해.”

다른 사람한테 들은 그 교장 선생님에 대한 정보를 넌지시 던졌다.

“사범학교 때에는 농구를 하셨다고 하시던데 지금도 하시나요?”

“그때야 뭐 학생들의 키가 다 작으니 내가 키가 좀 큰 편이라 뽑힌 거지. 나이가 들으니 농구는 힘이 들어 시간 나는 대로 등산을 해. ”

“제 형님도 키가 좀 커서 사범학교에서 농구를 하셨었거든요.”

“그럼 자네 형님도 선생님이신가?”

꼬랑지를 내렸다.

“네. 실력이 없어서인지 아직 교감 선생님도 못 하시고 평교사입니다.”

“어디 계시나? ”

“청주 시내에 계십니다.”

“그래서 점수를 못 받으신 게로구먼 점수가 높아야 교감 교장 자격이 빨리 와.”

"네 그렇군요, 저는 그런 건 잘 모르지요."
"청사 몇 회래?"
"네 00회라고 합니다."
"한참 후배구먼. 열심히 노력하면 교감까지는 갈 수 있어."

한껏 우쭐해진 그 교장 선생님의 표정을 살피며 무슨 더 하실 말씀 있나를 기다렸다. 외판원은 그렇게 하라고 하지 않던가. 그 후로도 교장 선생님은 외판원은 알 필요도 없는 진급 관계 등을 한참 이야기를 하시다가는 더 물어보고 싶은 게 없는지 드디어

"어디서 오셨나?"

올챙이 입 떨어졌다. 외판원 보조라고 해야 맞는 말이지만 외판원이 시키는대로 했다.

"00 출판사 본사에서 나왔습니다."
"그래요?"

처음 들어왔을 때와는 완전히 분위기가 바뀌었다.

"이번에 신간이 나왔는데 이 책이 나오자마자 베스트셀러가 된 책입니다. 이 책은 어려워 저 같은 사람은 모르는 한자가 많이 있어서 그 뜻도 잘 모릅니다. 왜? 이 책이 그리 인기가 있는 줄도 모릅니다. 학식이 높으신 분들만 아나 봅니다."

하고는 책은 가방에서 꺼내 놓지도 않고 교장 선생님의 눈치를 살폈다.

"흐음. 그 책이 뭔데 그래요."

"예 요즈음 세간에 떠도는 정치 비사를 아주 재미있게 쓴 책 흑막이라는 책이 있습니다. 또한, 혹시 들어 보셨는지 모르지만, 논어라고 공자님 말씀이라는데 저는 당최 이해가 안 갑니다. 교장 선생님은 학식이 높으시니, 논어라는 책이 있다는 것은 들어 보셨지요?"

"학교 선생님치고 논어를 모르는 사람이 있나?"

"그렇군요. 논어 그건 좀 어렵지요? 그게 어려우시면 동양 四大奇書 손자병법 수호지 등도 있습니다."

그것은 논어를 팔기 위한 작전 시작이다.

"으음."

소리를 하시고는

"뭐 손자병법은 다 아는 거 아녀? 논어 그거 좋지! 그 책이 좀 어렵기는 하나 뭐 다 읽을 수 있어."

교장 선생님은 모르기는 해도 허풍을 좀 떠는게 아닌가 싶다. 외판원은 속으로 '논어를 읽으려면 한자 일만오천 자 이상을 알아야 한다는 것쯤은 안다.'

"네에 그거 순 한문이던데요. 저도 잘 몰라요."

"그거 우리 학교 다닐 때 배웠던 거여."

"아이구 그러세요? 그거 학교 때 배우셨나 보지요?"

"그렇지 그거 동양 철학 시간에 배운거여."

감 잡았다. 이쯤 되면 반은 성공이다.

"아이구, 그럼 뭐 논어에 대해서는 잘 아시겠네요."

"뭐 그냥 좀 알지."

자세를 보니 눈을 아래로 깐다. 벌써 책 외판원을 깔보고 있는 게 눈에 보인다. 감을 잡았다. 심리전은 성공을 위해 이제 배운 대로 전술만 잘 구사하면 70%는 성공이다.

"지금 나온 신간이 베스트셀러가 된 것은 논어를 아주 해석을 잘하는 교수님이 쓰신 거래요."

하고는 얼른 가방에 들어있는 논어 전집 다섯 권 중 1권을 꺼내서 보여 드렸다. 책이라는 것은 어느 책이든 거의 흥미를 갖게 하려고 첫 장이든지 첫 권은 아주 이름 있는 여러 사람의 해석도 붙이고 읽기 쉬운 구절부터 시작한다.

쓰윽 한번 훑어보고는

"뭐 이거는 다 배워서 아는 이야기이네 2권도 해석을 붙여 그렇게 썼나?"

관심이 있다는 말씀이시다.

"일 권은 겨우겨우 옥편을 찾아가며 한문만 대충 알고 읽어보았지만, 그 뜻은 전연 모르고 2권은 어려워 전연 모릅니다."

"가져와 보게."

가방에서 즉시 책을 꺼내서는

"네. 이게 이 권입니다."

그저 책을 펼쳐 들고 코앞에 디밀었다.

"흠 흐음. 이거 뭐 별로 어려운 게 아녀."

"교회를 믿는 분들이 성경책이 한 권씩 꼭 집에 있듯이 이 책을 사시는 분들은 집에 이 전집 한 질은 있어야 학자라는 이야기를 듣는다고 하던데요?"

"그렇지 그럴 수도 있는 이야기여. 그런데 이 전집이 얼마여?"

"그게 단행본이 아니고 전집이라 좀 비쌉니다."

"비싸 봤자 얼마나 비쌀 거야 얼마여?"

"네, 그거 열 권, 한 질이 오만 원입니다."

"그거 한 질 가져와 봐 내가 보고 살게."

90% 성공이다. 할부를 길게 하라면 자존심이 상하니 그 작전을 시작했다. 할부를 빨리 끝내야 서점에서 외판원이 이른 날짜로 어음을 끊어가야 하니 그런 작전도 해야 한다. 100% 성공이 되려면 그 전집을 교장 선생님이 받고 카드에 받았다는 사인이 필요한 것이다.

"가격이 좀 비쌉니다. 5만 원입니다. 이거 할부로 10개월도 되는데 돈이 넉넉하지 않은 분들은 15개월로 해달라고도 합니다."

교장 선생님은 15개월로 해달라기엔 자존심이 상한다.

“내가 한 질 사지 할부 뭐 10개월 그대로 해.”
“네 역시 교장 선생님이십니다. 이것을 집에 가져다 놓으면 자손 되시는 분들도 읽어보시겠지요.”
“애들은 한참 배워야 하지. 흠 흐음.”
“그렇겠지요. 아이들이 어떻게 교장 선생님을 따라갑니까? 오늘 사인만 하시면 책은 바로 가져다드리겠습니다.”
재빨리 계약서를 꺼내서는
“여기 사인만 하시면 됩니다.”

일은 끝났다. 그게 이쁜이까지 붙여주며 외판원한테 배운 기술이다. 반 달 공무원 봉급은 벌었다.
“존경하는 교장 선생님 다음에 또 뵙겠습니다. 감사합니다.”
그렇게 왕치에서 사내로 승진할 기틀을 처음 만든 왕치는 닐니리야를 부르며 그 이튿날 다음 교장 선생님을 만나러 갔다. 오늘도 성공할 수가 있을까? 첫술에 배부를 리 없으니 입술을 깨물고 다시 각본에 적힌 대로 시작을 했다. 교장 선생님 손님이 생겼으니 이제는 그분을 팔되 눈치를 봐가며 심리전을 펴는 것이다. 한결 외판에 자신이 붙었다.
다음 교장 선생님을 찾아가서도 인사치레를 그럴듯하게 하고는 입을 꾹 다물고 기다렸다. 두 번째 외판이라도 마음은 조바심도 나고 가슴은 떨려 왔다. 그 교장 선생님은 책 외판원을 앉혀 놓고 링컨이 국민에게 연설하듯 연설을 시작했다.
링컨 시대에는 문맹인 국민들이 거의였단다. 그 왕치가 모르든 미국의 초창기 역사 이야기를 잘도 들었다. 연설이 끝날 때까지 한 시간도 더 걸렸다. 끝까지 듣고만 있었다. 마른입을 쓰윽 쓰다듬으시는 걸 보니 연설이 끝난 것 같다.

"아이구 교장 선생님 어떻게 미국에 대해 그리 잘 알고 계십니까? 미국학교에 교장 선생님이 되셔도 충분할 것 같습니다."

"뭐 책 좀 읽어본 거지 뭐. 00 학교 교장 선생님이 가보라고 해서 왔댔지?"

"네 그렇습니다. 저는 00 출판사에서 나왔습니다."

총대를 떠난 총알 같이 논어책을 꺼냈다.

"이거 논어책을 00 학교 교장 선생님이 어제 계약한 겁니다. 그리고 제게 교장 선생님도 그런 책을 좋아하실 거라며 제게 소개를 해주신 겁니다. 그 교장 선생님 잘 아시지요? 새로 나온 삼국지나 동양 四大奇書는 그거 뭐 볼 것도 없다고 하대요. 아마 그 교장 선생님은 학식이 높으신가 봅니다."

다른 학교 교장을 높이 올려 주자 약이 오른 게 얼굴에 보인다.

'벌써 이야기는 끝났군. 교장 선생님 얼굴에 쓰여 있어요.'

"그려? 그거 얼마라고 했지? 오만 원입니다. 할부로 10개월도 매월 돈을 내기 힘드시면 15개월도 됩니다."

"그거 가져와. 15개월은 너무 멀어 10개월로 해줘."

"감사합니다. 역시 00 학교 교장 선생님은 교장 선생님의 학식을 잘 알고 계시나 봅니다. "

그리고 왕치는 대못을 꽉꽉 박았다.

"저기 그 교장 선생님은 그거 아무나 읽어 볼 수가 없다고 하던데요?"

"一口 二言은 二夫之者랴. 내가 교육자로서 한 번 한 말 다시 번복할까?"

"예 교장 선생님 제가 입이 방정을 떨었나 봐요."

늴리리야 늴리리야. 오늘도 성공입니다. 판매액에 10%니 5,000원을 한 번에 번 것이다. 자장면 한 그릇에 20원인데 참 많은 돈이다.

난 삼성 문화사(출판사)에서 나온 6만 원짜리 동양 四大奇書는 안 팔 겁니다. 제가 삼성 외판원이 아니걸랑요. 그걸 팔면 그 회사 외판원과 돈을 나누어 가지니 전 손해라고요.'

몸이 말을 안 들어 맘속으로 트위스트 춤을 한 번 추고는 교문을 나섰다.

욕심은 금물이라. 초짜는 오늘 일을 접고 내일을 향해 갈 것이다.

그리고 계산을 해봤다. 교장 봉급이 판공비까지 합쳐 년 이십사만 원이라면 30년이면 720만 원 아녀! 그것을 일 년 안에 벌어야지 왕치에서 승진하려면 최하 300만 원은 벌어야지! 그 왕치는 이빨을 꽉 깨물고 자주 가던 술집도 자제해가며 돈을 모으기 시작했다. 어떤 작은 칭찬이라도 할 수 있는 것을 상대방에게서 발견하라. 그리고 서슴없이 칭찬하라. 칭찬은 가장 적은 비용으로 가장 큰 효과를 가져오는 것이다. 외판에서 심리학책은 그 가치를 발휘했다.

18
그 왕치의 걸음마는 걸음으로 바뀌고

외판의 기본은

거절하는 사람에게는 다시 정중히 인사를 하고 좋은 인상을 주고 자리를 떠야 한다.

그러니까 상대편의 기분을 좋게 해준다는 것은 심리전의 고난도 기술이다.

그가 기분이 좋을 때, 시간이 있을 때, 슬프지 않을 때, 정신이 맑을 때, 식사를 마친 후에 그런 시간을 선택하는 것도 심리전의 효과를 낼 수 있는 자리이다. 상대방이 기분이 좋으면 남의 이야기를 들어주는 아량이 생기는 것이다.

상대방의 장점을 찾아라! 칭찬은 대화를 부드럽게 만들고 상대방을 내 사람으로 만들 수 있는 말 한마디는 상대의 마음에 문을 열게 하는 것이다.

외판원에게 들은 이야기를 곱씹으며 돈을 버는 기술(심리전)도 어느 정도 익혔다. 외판에 자신이 붙었다. 이제 개미에게 빚을 갚을 공부는 한 셈이다. 성공의 기회는 자주 오는 것이 아니다. 인생길 몇 갈래 길에서 서 있다가 어느 한 길을 선택하느냐에 따라 다르다는 것을 알았다. 서적 외판 그것이 인생을 바꿀 기회라는 것이라는 것을 눈치챘다. 서점 개업을 위하여 이제 그 한 길로 따라가자. 이빨로 입술을 깨물었다. 술을 딱 끊었다.

몸에 입이 하나라는 것은 한 번만 말하고, 귀가 두 개인 것은 두 번 들으라는 말이다. 그리고 세 번 생각하라. 말 잘해 뺨 맞은 사람은 없다고 하지 않던가! 그것이 소통의 기본이고 본질이다.

어떤 난관도 물리치고 결승점인 목표를 향해 달린다면 끝까지 갈 수가 확실히 있다. 마지막까지 포기하지 말자, 행복은 누가 가져다주는 것이 아니다. 내가 만들어야 한다. 아침에 일어나자마자 아이스 케키를 팔러 가 소리치듯 "나는 할 수 있다"를 열 번을 큰소리로 외쳤다. 출판사 외판원들은 아침에 일어나서 그렇게 하고서 외판을 나간단다.

긍정적인 행동은 긍정적인 삶을 주게 된다. 실패가 거듭되더라도 포기해서는 안 된다.

살아가는데 필요한 것을 만드는 것 또 불필요한 것을 버리는 것 모두가 내 맘속에 있다. 진리 또한 내 맘속에 있다. 그게 바로 일체유심조이다.

돈으로 시계는 살 수 있지만, 돈으로 시간은 살 수는 없다. 지금의 이 순간 이것이 나에게는 아주 중요한 시간이다. 시간을 낭비하면 내 인생을 망칠 것이다. 성공하여 일생을 편히 살려면은 시간을 아끼고 책을 열심히 읽어라.

다른 외판원보다 한 발만 앞서나가면 돈은 오지 말래도 나를 쫓아올 것이다. 서울에서 내려온 외판원이 다른 곳으로 갔으니 자동차가 없다. 여러 곳을 빨리 다닐 수가 없다. 자가용이라는 신발이 필요했다. 자동차 면허는 있지만, 자동차를 살 돈은 없다. 원동기 오토바이면허를 따고 새로 나온 효성 125cc 오토바이 신품을 한 대 할부로 샀다. 이제 준비는 끝났다. 외판을 시작했다. 버스를 기다리지 않아도 되니 가고 싶은 곳을 언제나 달려갈 수가 있다. 참으로 편리하다.

다니는 곳이 한정된 곳이지만 8개월 이상 다닐 곳이 충분히 확보된 것이다. 한 번 간 곳은 또 다른 책을 가지고 가면 되는 게 아닌가! 책을 판매할 시장은 크다. 주위에 큰 회사가 다 몰려 있으니 고객은 엄청 많다. 고객에게 한 번 면담하여 못 팔았더라도 절대 주눅은 들지 말자. 2차 면담 성사가 된다면 일 차 때보다도 고객과 더 많은 이야기를 할 수 있을 것이다. 한정된 인원이라 계속 벌린다는 것은 두고 봐야 할 일이다. 또 할부 책도 종류가 많으니 어떤 것을 팔아야 하나도 그것도 고심하며 그 외판원이 가르쳐준 대로 판매할 책을 저녁이면 열심히 읽고 마음에 와닿는 글이 있으면 빨간 색연필로 줄을 긋고 외웠다. 제천, 단양, 영월, 강원, 정선, 예미, 고한 부근은 탄광 지역이다. 저녁이면 고기 굽는 냄새가 동리를 넘어 먼 곳까지도 냄새가 난다. 그만큼 탄광 인원도 많고 술집들이 호황을 누리고 있었다. 또한, 국내의 큰 시멘트 회사가 그 일대에 몰려 있다. 시멘트 원료인 돌이 그 곳에 많이 매장되어 있기 때문이다. 일반 탄광 지역에 판매할 전집은 다섯 권 이하의 책을 선정했다. 가격이 너무 고가高價면 그들에게 부담이 가기 때문이다. 그저 하루 술 한 잔만 덜 먹으면 살 수 있는 그런 책을 선택하되 책은 재미도 있어야 하니 고전 해학 책을 선택했다. 해학 책이라는 것은 모르는 사람도 금방 사귈 수 있는 마력의 책이다. 그것은 외판원들이 그리 크게 생각하지 않고 욕심을 부린다. 그들은 거의 고가高價의 책만을 가지고 팔러 다닌다. 한 방울의 물방울이 개울을 만들고 강을 만드는 게 아닌가? 작은 것을 소중히 하자.

그리고 상대편을 웃게 하는 말을 그곳에서 찾아 내여 말을 하면 무뚝뚝한 고객도 입가에 미소가 떠오른다. 해학은 고객과 빨리도 친해

지게 만든다. 외판원은 그들의 노리갯감이 되든지 "저 사람 참 웃겨." 그 소리만 들으면 대화가 부드러워진다. 상대편의 마음을 상하지 않게 하고 관심을 끌게 하는 것이 대화의 기술이다.

똑똑한 척을 하지 말고 물음에 답하고 설명하는 사람이 돼야 한다. 얼굴 모양도 거울을 보며 매일 웃는 연습을 해야 내가 내 얼굴을 볼 수 있다. 누가 옷이나 잘 입고 잘난 체하며 책이나 사라고 하는 사람과 대화를 하려고 할까? 때에 따라서는 고객에게 조금은 바보스럽게 보이는 것도 작전에 넣어야 한다. 인기 코미디언 배삼룡 씨가 어떻게 전 국민을 사로잡았는가? 바로 바보 연기가 아니었든가?

한일시멘트나 성신양회. 현대시멘트는 점심이 끝나는 1시까지 식사를 하고 쉬는 시간에 직원들의 휴게소에 들어가 책 외판은 하게 두었지만, 그 외의 시간에는 출입 통제를 했다. 그래도 그곳을 다니며 전집을 팔기 시작했다. 쌍용시멘트는 외판원이든 수금 사원이든 절대 못 들어간다는 것을 왕치는 알았다. 쌍용시멘트 현장 사무실과 정문은 약 2km가 넘는 거리이다. 차가 있는 고위 직원 등은 차를 타고 들어가고 일반 직원들은 정문에서 모여 있다가 버스를 타고 들어가거나 오토바이를 타고 들어간다. 정문은 차단기로 딱 막아놓고 회사 직원 또 회사에 공무가 있는 사람 외는 들여보내지 않고 있다. 외판원은 어떻게 하면 누구도 못 들어가는 쌍용시멘트에 들어가서 그들의 휴식 시간에 서적 외판을 할 수가 있을까? 머릿속을 굴리며 생각 또 생각했다. 퇴근 시간에 밀려 나오는 사람들은 집에 가기도 바쁘고 동료들과 술집에 가기도 바쁘니 누구와도 만나지 않고 거의 집으로 또는 술집으로 간다.

시멘트 회사 사람들의 월급은 보통 공장보다 야간 수당 등을 합해 보면 월급을 훨씬 많이 받는다. 아주 열심히 했다.

외판은 생각보다 순조로이 되었다. 돈은 100만 원을 저축을 할 정도로 벌었다. 서울에 판매한 책을 주문하니 외판원이 놀랄 일이라고 했다. 본인이 생각해도 놀랄 일이다. 열심히 노력한 대가이다. 이제 목표는 300만 원이다. 그러면 서점을 할 수 있다.

가격도 1만 원 밖에 안 되는 의학 백과사전이 학원사에서 나왔다. 그것을 많이 팔 기회만 잡으면 대박이 날 것이 확실하다. 다른 외판원들도 팔러 다니지만, 사람들을 연구하고 심리학책을 읽은 그 왕치를 그들은 따라오지 못했다. 다른 외판원들은 그저 책 몇 질을 팔아

4~5천 원을 벌고는 저녁이면 술집에서 술들이나 퍼마시고 있는 게 눈에 보인다.

4~5천 원도 적은 금액은 아니다. 그들도 몇 질을 팔려면 그만큼 노력한 것이다.

서울출판사에서 판매술을 배운 사람들은 그 회사 책 외에는 다른 책은 쳐다보지도 않는다.

다른 회사 일만 원짜리 한 권을 팔아 보았자 수당이 1,500원이니 그것을 팔러 다니지 않는 것이다. 왕치는 관공서 사람들이나 학교에 다니면서 그 책을 팔러 다녔다. 열심히 하여 100권을 팔면 15만 원을 버는 것이다. 그 돈이 적은 돈인가? 한 방울의 물이 강물이 되듯이. 티끌 모아 태산을 만들 것이다. 1만 원짜리를 5개월 할부로 주니 월 2,000원이다. 직장인들에게도 큰 부담이 안 가는 의료 백과사전이다. 한일 시멘트 성신 양회 현대 시멘트 등 또한 관공서 학교 등을 다니며 외판을 하는데 오토바이가 큰 몫을 하기 시작했다. 참 편리하다. 버스 시간을 기다리지 않아도 되니 가고 싶은 곳을 언제나 달려갈 수가 있다. 그 책을 열심히 팔러 다녔다.

그런데 쌍용시멘트에서는 외부인은 출입증이 없으면 못 들어가게 한다. 이유도 있었다. 정문에서 회사 사무실과 휴게소까지 거리는 멀

다. 중간 도로에 시멘트를 기차가 싣고 가는 곳은 상관이 없다. 그러나 일반 트럭으로 시멘트를 싣고 다니는 길이니 엄청 복잡하다 사고가 날까 봐 일반인들을 통제하는 것이다.

그곳을 매일 쫓아가도 책 외판원이라는 것을 알고는 정문을 들여보내 주지를 않는다. 경비에게 수위에게 그 비싼 맥주까지 사주면서 매달려도 들여보내 주지를 않는다.

"내 모가지 두 개 아녀."

그들은 그렇게 그 왕치에게 말을 했다. 충분히 이해가 가는 이야기이다. 그래도 무슨 수가 있겠지 하고 매일 저녁이면 그곳으로 가서 그곳 경비들과 안면을 익혔다. 오후 4시가 되면 다른 곳 외판을 접고 그곳에 가서 그들과 10여 일 이상을 어울리면서 그들에게 술을 대접했다. 술은 원래 같이 마시고 같이 취해야 바로 친해지는데 그 왕치에게 술을 권하면 오토바이 운전은 위험해서 안 된다며 사양을 했다. 대신 술을 실컷 먹으라고 하면 좋아한다. 그러던 중 저녁에 퇴근하는 경비원에게 중요한 정보를 들었다. 매일 새까만 차가 오면 졸병이 장군을 본 것같이 경비들이 거수경례를 붙이던 분이 쌍용 시멘트의 이사이시며 공장 책임자란다. 번갯불이 머리에서 번쩍했다.

그렇다! 그분에게 말을 하면 될 것이 아닌가! 입은 뒀다가 어디에 쓰려고….

술을 사 줘가며 이야기를 들어보니 회사 정문 경비 조장은 그분이 사는 곳을 안다. 쌍용 시멘트 회사 정문에서 약 3km 떨어진 조용하고 깨끗한 숲속이란다. 그 정보를 듣고는 그 이튿날 이발을 하여 머리를 깔끔하게 다듬고 양복에 넥타이까지 매고 그곳으로 갔다. 오토바이를 타고 달려가 보니 그곳에도 경비초소가 또 있는 게 아닌가! 경비원이 단번에 달려 나온다. 경비초소에서 그 안을 들여다보니 고급 주택이 여러 채 보인다. 말이 사택이지 정원이 딸린 주택은 고급 별장만 같다. 공장에 높은 직책을 가진 분들이 사는 곳이 분명해 보인다. 개들도 집을 지키고 있다. 눈앞이 캄캄했다. 깔끔하게 차려입은 왕치가 만만치는 않아 보이는지 경비원들은 존댓말을 했다. 경비 조장쯤 되는지 옷에 노란 줄이 세 개나 쳐져 있다. 그래 외판원을 삶듯 작전을 펴기로 했다. 낮에는 외판하러 다니고 저녁때에는 오토바이를 타고 사택 정문으로 갔다. 갈 적에는 그 입구 구멍가게에서 캔 맥주를 6개씩 묶어 놓은 것 1개를 사 가지고 갔다. 며칠 동안 경비실에 놓고는 잘 드시라고 하고 아무 말 없이 나왔다. 처음엔 경비 한 분이 다시는 오시지 마세요. 했다. 그러거나 말거나 그렇게 10일을 하니 그들도 보면 인사를 한다. 경비원들은 2교대로 두 명씩 근무하고 있었는데 경비 조장까지 다섯 명이었다. 그들을 언뜻 보아도 그들 중 한 명은 무술 유단자만 같아 보인다. 그 왕치도 태권도 유단자가 아니든가! 자세히 보면 운동을 한 사람과 안 한 사람은 몸짓 손짓에 그게 나타난다. 왕치는 그들에게 책 외판원이라고 말하지 않았다. 쌍용 정문에서 거절을 당했으니 외판원이라면 사택에 들여보내 줄 것 같지 않다.

그들은 24시간을 근무하고 하루 쉬고 오후 6시면 교대를 한다. 경비원 두 사람이 퇴근하는 시간에 맞추어 가서 그들이 동리로 나오기를 기다렸다. 6시 15분이 되니 그들은 임무 교대를 하고 자전거를 타고 사택 경비소에서 내려오고 있었다. 달려가서 인사를 하니 안면도 있게 하니 그들도 인사를 한다. 그렇게 또 며칠을 했다. 자전거를 타고 퇴근하여 내려오는 조장 앞으로 가니 그는 웬일인가 하고 멈췄다. 출출 하실 테니 막걸리 한잔하고 가시라고 했다. 거절하면 또 다른 방법을 써야지 했는데 순수하게 그러자고 한다. 이제는 조금만 더 시간을 끌면서 자주 찾아가면 일이 되든 안 되든 결판이 날 것 같다. 왕치는 오토바이는 위험해서 술을 먹으면 안 된다고 하고 경비 조장에게만 술을 먹였다. 궁금한지 경비 조장이 먼저 말을 걸어왔다. 무슨 이유로 매일 맥주를 사다 주느냐고 물었다. 그리고 어느 대학을 나왔느냐고 묻는다.

그저 헛웃음을 웃으며

"저요 먹구 대학교를 나왔고 이렇게 빌빌대고 있습니다."

하니 그도 농담인 줄 알고 "허, 허" 하며 웃어넘긴다. 먹구 대학 소리는 많이도 들어봤겠지만, 신사 정장을 한 그가 말하는 걸 보니 우스웠나 보다. 나이가 들어 보이는 경비 조장님은 그 사내가 옷도 깔끔하게 입고 사택에 찾아오는 걸 보니 사택에 사는 높은 사람에게 취직을 부탁하러 오는 사람쯤으로 그들은 알고 있었나 보다. 아! 왕치는 생각했다. 경비 조장과 경비원들은 내 정체를 정말 모르고 있었구나. 잘됐다 싶다. 경비 조장에게 주려고 준비한 고급 와이셔츠 소매핀과 넥타이 고정핀 곽을 뇌물로 줬다. '소금 먹은 놈이 물을 먹는다.' 그리고서는 그 이사님이 언제 퇴근하는지를 알아냈다. 자동차는 새까만 찦차가 확실했다. 이사님의 퇴근하여 사택에 오시는 시간은 6시 30분 경이고 경비 교대는 6시에 한다고 한다. 이사님은 토요일은 더 일찍 퇴근하시는데 정확한 시간에 퇴근하시지는 않는다고 한다. 일요일이면 출근을 안 하시고, 사택에 머물기도 하시고 서울 자택으로 가셨다가 월요일에 출근하신다고 한다. 좋은 정보였다. 그동안 다니면서 경비원들도 다 안면도 있겠다. 그걸 확인차 월요일 오후 6시 20분경에 미리 사택 경비소를 가서 이사님 새까만 찦차가 오기를 기다렸다. 6시 30분이 되니 경비원들에게 들은 이야기가 딱 맞는다. 운전기사가 이사님을 모시고 사택 정문으로 들어가는 것이 확실하다.

이제 홍시가 주렁주렁 달린 감나무 밑에까지 온 셈이다. 경비초소 근무자 그들에게 아무런 부탁을 안 하는데 그들이 왕치를 그냥 쫓아낼 일은 없었다. 자 이제는 본격적으로 그 이사님 집을 알아야 하고 그 이사님이 계실 적에 어떻게든 들어가야 한다. 술만 먹으면 아는 체를 잘하던 경비원으로부터 이사님에 대한 정보를 알아냈다. 서울대학교 출신이며 정계에 굵직한 분들도 가끔 이곳을 찾아오신다고 한다. 그냥 쫓아 들어갈 수도 없지만, 경비들이 들여보내 준다는 것도 기대할 수가 없다. 토요일 일요일을 D데이로 선택하고 그날을 기다렸다. 이제 작전대로만 해보면 무슨 결론이 날 것이다. 월요일에 아이보리 색으로 맞춘 양복을 입고 구두도 파리가 낙성할 정도로 윤이나게 잘 닦아 신고 넥타이까지 매고서 그 찦차가 오기를 기다렸다. 군악대에서 있었기에 구두 닦는 것은 프로 구두닦기보다 더 윤이나 게 잘 닦는다.

월요일 오후 6시부터 사택 정문에 서 있다가 그 차 안에 누가 있든 없든 안보이니 그저 까만 그 찦차를 보면 90도로 허리를 굽혀 인사를 했다. 경비원들에게도 아무 소리 안 하고 그저 경비실을 갈 때는 맥주 몇 캔을 사 가지고 갔다. 가서 경비실에 놓고는 그들이 퇴근하고 교대하는 사람이 오면 경비실 밖에 서 있다가 그 새까만 찦차만 오면 90도로 인사하고 그냥 나왔다. 그렇게 삼 일을 했다. 그리고 아무 소리도 안 하고 가니 경비들도 이상하게 생각했을 것이다.

상대방 사람에게 궁금증을 유발해 주는 작전이다. 외판원에게 들은 그 작전 이야기는 대인 관계에서도 아주 중요한 것이다. 그러면 왜? 그러냐고 묻든지 그냥 지나치든지 할 게 아닌가? 만약에 상대에게 궁금증을 유발하지 못했다면 일주일에 안 된다면 2주일을 하고 그것도 안 된다면 한 달이라도 하면 될 게 아닌가? 성공을 위해서 못 할 것은 없다. 책에서 읽어본 인내도 함께하며 실천에 옮긴 것이다.

닷새째인 금요일이 되자 경비실 앞에서 90도로 인사를 하는 왕치를 이사님이 보았는지 찦차가 섰다. 왕치의 머리에 불이 번쩍 켜졌다. 그리고 황소 눈이 됐다. 그렇지! 군에서도 작전을 잘해야 적을 물리칠 것이 아니던가? 작전은 시작됐다. M16처럼 한 발을 쏠 것인가, 연발을 쏠 것인가는 적을 보고 결정해야 한다.

가슴속은 두 방망이질을 쳤다. 하아! 토요일이나 일요일을 D데이로 잡았는데…. 금요일인데 일은 빠를수록 좋지!

바로 그 차 앞으로 좇아갔다. 그러자 까만색 찦차 뒷 창문이 자동으로 내려가고 그분이 보인다. 서울 대학교를 나오셨다는 그 이사님인지 공장 작업복은 입었지만 정말 잘생기고 얼굴은 윤이 나는 것만 같다. 소총 한 발을 발사했다. 총알은 구부려 90도 인사를 하는 것이다.

"누구시길래 며칠 동안을 차를 보고 절을 하시나요?"

당연히 그러시겠지! 사람이란 똑같은 거야. 높은 사람이라고 특별한 생각을 가지고 살지 않지!

"네. 여기 길에서는 말씀드릴 수 없고 잠시 제 말씀을 들어 주실 수 있으신지요?"

당당하게 나갔다. 그는 왕치의 얼굴을 자세히 보는 듯했다. 그것은 노리던 기회였다. 미소를 띠며 90도 인사로 총알 한 발을 다시 발사했다.

그 이사님은 그 왕치의 얼굴을 다시 한번 쳐다본다. 당연히 궁금한 표정이시다.

"저기 보이는 두 번째 집으로 오세요."

창문을 올리고 차가 그곳으로 간다. 경비들도 그 이사님의 말씀을 들었다.

경비원이 가르쳐준 그 집이다. 허! 이렇게 일이 빨리 돼? 본인도 놀랄 일이다. 자동차 꽁무니에다 대고 90도로 절을 했다.

"네 감사합니다."

가슴속은 두 방망이질을 쳤다. 하아! 토요일이나 일요일을 D데이로 잡았는데…. 일은 빠를수록 좋지!

찦차는 서서히 그 안으로 들어갔다. 언제 미팅이 될지 모르니 경비원들에게 주는 맥주와는 달리 맥주 한 박스를 매일 싣고 다녔다. 얼른 오토바이에 실려있는 맥주 한 박스와 책 한 권 그리고 광고지 한 장을 들고 쫓아갔다. 경비들도 이사님이 허락했으니 막을 수가 없다. 거리래야 경비소에서 약 150m 미만이다. 그분이 내 운명에 어떤 힘을 좌우할 수도 있다고 생각하니 가슴이 두근두근한다. '성공해야지' 오직 그 생각뿐이다. 잘될 거야! 얼굴에 미소를 지어봤다. 웃는 얼굴엔 침 못 뱉는다고 하지 않았던가!

그 사택인 곳으로 들어가는 곳에는 담이 없다. 큰 개만 컹컹대며 짖으며 난리를 친다. 어떤 여자가 문을 열고 나와 개의 머리를 쓰다듬어 주며 짖지 말라고 하니 그 개는 짖는 것을 멈추고 얌전해졌다. 그 여자는 쌩끗 웃더니 대형 유리문을 열어준다. 들어가라는 신호이다.

문 앞에 들어서며 구두도 벗기 전에 그 안을 보고는 깜짝 놀랐다. 아! 이런 곳이 사택인가! 별장인가? 나무 마루는 윤기가 흐르게 잘 닦여 있었는데 그 안에 소파에 그 이사님이 앉아 계시다가 일어서서 들어오라고 손짓을 하신다. 옷을 바꾸러 입을 시간도 없으셨겠지만, 옷도 안 벗으신 회사원 복을 입은 그 차림이시다.

앞을 보니 정말로 으리으리 하다는 것을 이런 것을 두고 하는 말인가 보다. 맥주 한 박스와 백과사전 한 권과 팸플릿을 거실 마루 아래에 놓고는 반짝거리게 닦아 신은 구두를 벗고 마루에 올라서자마자, 더불 총알을 날렸다. 큰절을 올리고 무릎을 꿇고 앉았다. 그러자

"일어나세요."

하더니 안에다 대고

"여기 차 좀 내와요."

가슴 속에서는 불길이 일어나는 것만 같다. 일어났다가 조아리며 다시 무릎을 꿇고 앉았다.

조금 전에 문을 열어준 그 미인이 찻잔이 올려있는 쟁반을 들고 들어왔다. 쟁반에는 찻잔 두 개와 우유인지 하얀 물이 들어있는 작은 그릇과 종이에 싸여 있는 네모난 것이 다섯 개가 있다. 차는 세 종류였다. 녹차와 홍차와 커피였다. 커피는 은박지에 싼 일회용 커피였다. 월남 전선이 순식간에 머릴 스치고 지나갔다. 월남에서 맛을 보고는 쓰디써서 에이! "이게 무슨 맛여" 하며 버린 것, 바로 C레이션에 들어있던 것과 똑같은 그것이었다. 영어로 쓰여 있는 커피 봉지, 시내에서도 커피를 전문으로 파는 곳을 가본 적이 없다. 그래 커피라는 것은 인품 있고 부잣집에서만 먹는가보다 라는 생각이 들었다. 그 미모의 여인이 이사님의 잔에는 홍차를 넣고 작은 유리그릇에 담겨있는 하얀 물을 넣자 우유 냄새가 난다. 아하! 하얀 물은 우유였구나! 여인이 그 사내에게 어떤 차를 드시겠느냐며 묻는다. 이사님이 드신다는 홍차를 먹겠다면 건방지고 버릇이 없다고도 생각하실 수도 있을 것 같다. 참으로 이렇게 사는 인생도 있나 싶을 정도이다. 예의 바르게 행동하는 그 여인을 두고 있는 이사님에게 그 여인은 누구일까? 이사님이 그 왕치를 보고 궁금했듯이 왕치도 그 여인이 궁금했다.

그래 쓰디쓴 것은 약이 된다고 했지! 월남에서 늑맘을 먹듯이 아무리 써도 그냥 마시자! 커피를 마시겠다고 하자, 그 여인은 커피 봉지를 손톱으로 찢어서 가루를 털어 잔에 넣고 또 쳐다본다. 찻 접시에 네모난 것이 흰 종이에 싸여 몇 개가 있는데 그게 처음 보는 물건이다. 뭔지는 모르겠다.

"몇 개를 넣어 드릴까요?"

그게 뭔지는 모르지만 짝 수는 제사에도 안 쓴다! 필름이 빨리도 돌아갔다. 홀 수를 선택하고 대답했다.

"세 개요."

그 네모진 게 엎어지는데 보니 그 껍데기에 작은 글씨가 쓰여 있다.

"슈가" 설탕이었다. 그게 뭔지 궁금했는데 허파에 바람 빠지는 소리가 "후유" 하며 작은 콧바람을 일으켰다. 그러니까 커피는 각설탕을 적당히 타서 마셔야 하는 걸 몰랐다.

그 여인은 각진 설탕의 종이를 벗겨 찻잔에 세 개를 넣고는 찻 수저를 놓고는 거실과 붙어있는 부엌 같은 곳으로 간다. 그랬다. 그곳은 그릇이 있는 것을 보니 분명 거실과 개방된 부엌이었다. 하얀색의 큰 상자는 냉장고가 틀림없다. 너무나 깔끔하다. 소파 앞에 있는 대형 일제 소니 TV와 각종 도자기가 왕치의 심장을 압박했다. 왕치가 사는 것과는 하늘과 땅 차이가 아닌가! 냉장고가 있는 가정집을 가본 일도 없다.

"그래 할 얘기가 무엇이지요."

침을 꿀꺽 삼키고는 이제 탄창에 남을 총알을 다 쏘아야 하는데 정통으로 맞추어야 한다.

"이사님 제게 말씀을 놓아 주시면 편하겠습니다."

"아니 처음 본 사람에게 말을 놓아서야 되나?"

단도직입적으로 입을 벌렸다. 베트콩 AK 총 앞에서도 떨지 않은 내가 아니던가?

"실은 제가 목숨 걸고 월남을 다녀온 지 얼마 안 된 사람입니다. 이사님이시라면 저를 살려주실 분이라고 믿기 때문에 며칠을 그리 했습니다."

"내가 자네를 살릴 사람이라고?"

"네. 그렇습니다."

"나는 처음에 내가 탄 차를 보고 90도로 인사를 하기에 누구일까? 하며 그냥 지나쳤었지. 그런데 그 이튿날도 또 차에다 대고 절을 해서 경비실에 물어볼까 하다가 그만두고 하루를 지났지. 그러면서도 이상하다는 생각이 들더군. 옷을 입은 것을 보니 공장 사람은 아닌 것 같고 더 지켜보기로 했지. 그런데 오늘이 닷새째야. 그래서 자네의 정체가 궁금하여 차를 세웠던 게야."

그 사내의 작전은 성공한 것이다.

"버릇없이 굴어서 죄송합니다. 용서해 주십시오."

"용서라니 자네가 네게 용서를 구할 것 없네. 그런데 내가 자네를 어떻게 살려준단 말인가?"

무슨 사연을 길게 말할 필요가 없다. 간단명료하게 요점을 말씀드렸다.

"네 저는 책을 외판하는 외판원입니다. 좋은 직업이든 좋지 않은 직업이든 그 직업에 충실하게 노력을 한다면 그 업에 일 등을 못 하면 이 등은 한다고 책에서 읽었고 어떤 난관도 도전하면 극복을 할 수 있다고 생각합니다. 이사님과 저와는 상대도 안 될 만큼 하늘과 땅 차이의 삶을 사는 저입니다. 이사님을 뵙는다는 것은 불가능하다고 보았지만 하면 된다는 의지를 가지고 이사님을 찾아뵈려고 정문에서 그리 절을 드렸던 것입니다."

그 이사님은 홍차를 마시면서 그리 말하는 왕치의 얼굴을 자세히 쳐다보다가는,

"차가 식네! 어서 마시게."

"네 감사합니다."

"그래 책 외판 사원이면 그것과 나하고는 무슨 관계가 있다는 말인가?"

"네 관계가 있어도 아주 큰 관계가 있습니다. 솔직히 말씀드리겠습니다. 책 외판원은 책을 팔아야 먹고 삽니다. 그러려면 손님이 있어야지 손님이 없는 곳에서 책을 팔 수는 없겠지요?"

그야 당연한 이야기가 아니냐는 듯 그 이사님은 그 사내를 다시 한 번 쳐다보았다.

"그런데?"

차근차근 서두르지 않고 말씀을 천천히 드렸다.

"제가 본대로 말씀드리는 것을 오해하시지 마시고 들어 주셨으면 정말로 감사하겠습니다. 이 지역은 국내 굴지의 시멘트 공장이 밀집돼 있는 곳이고 공장 직원들도 아주 많이 있는 곳입니다. 그러니 손님이 아주 많은 곳이잖아요. 그런데 한일시멘트나 성신화학. 현대 등은 점심 후에 한 시간은 휴게실을 개방합니다. 그런데 쌍용양회는 휴게실도 정문에서 멀지만, 휴게실을 개방을 안 하고 외부인들은 출입을 금지하고 있습니다. 그래서 제가 이사님에게 살려달라고 하는 것입니다. 제가 팔려고 하는 것은 학원사에서 나온 의학 백과사전입니다. 정말로 각 분야별로 잘 쓰였다고 봅니다. 여기 견본과 팸플릿을 가지고 왔습니다. 가격도 일만 원이고 5개월 할부도 가능한 것입니다. 모든 직원들에게도 부담 없는 가격입니다."

서울 대학교를 나오신 분이 이쯤 이야기면 다 알아들었을 것 아닌가? 입을 닫고 그분의 입을 쳐다보았다.

갑자기 거실의 공기가 무거워진 것 같았다. 침묵이 범인이었다. "죽느냐 사느냐 이것이 문제로다." 하는 글이 또 떠 올랐다.

그렇다! 진정으로 나오는 미소를 짓자. 그 사내는 배우가 됐다. 얼굴에 함빡 미소를 띠고는 총알 한 발을 비굴하게 날리면 이제 마지막인데 실패다. 당당하게 한 발 남은 총알을 발사했다.

"저기 이사님 정 어려우시면 거절하셔도 됩니다."

그리 말하니 어찌 거실 공기가 부드러워진 것 같다? 그랬다! 끝말은 억지를 안 부린다는 이야기이니 이사님이 부담이 안가는 것이다. 얼굴을 다시 한번 보시고는 잠시 후 이사님이 들고 계시던 찻잔을 내려 놓더니 입을 열었다.

"알았네. 다음 월요일 공장 정문으로 11시경 오게나. 그러면 내가 차를 내려보낼 거야. 그 차를 타고 와서 한번 자네의 기를 펴보게."

왕치는 벌떡 일어섰다. 그 이사님 앞에 무릎을 꿇고 큰절을 했다. 그러자 이사님은 왕치를 일으켜 세우며 손을 한번 잡아 줬다. 그리고는

"자네는 용기 있는 사람이야. 잘해 봐."

왕치는 환희를 맛보았다. 심리전의 성공이다. 돈이 벌리건 안 벌리건 진정 그것은 환희였다.

"이 은혜는 평생 잊지 않겠습니다."

사택 경비실 쪽으로 걸어 나오자 경비원이 달려온다. 경비 그에 얼굴을 보니 굳어있다. 같이 만나서 이야기를 하던 얼굴이 아니다. 이사님과 같이 무슨 이야기를 했는지도 궁금했을 터이지만 행여 자기들에게 무슨 벌칙이나 안 나올까 근심이 덕지덕지한 얼굴이었다.

왕치는 함박웃음을 그 두 사람에게 선사했다. 그리고 양손으로 그들을 얼싸안았다. 그들은 의아했지만, 그 왕치의 행동을 보고는 마음을 놓았다는 것을 그에 얼굴이 말해줬다.

니나노 닐리리야를 부르며 오토바이를 타고 내 달렸다. 그리고는 사람도 없는 도로에서 크락숀을 네 번이나 빵빵 빵빵 눌러댔다. 기분이 좋으니 토요일 일요일에도 외판이 잘된다. 백과사전도 다섯 권이나 팔고 일반 전집도 두 질을 팔았다. 아주 기분이 좋다.

월요일이 되었다. 정장을 하고 의학 백과사전 세 권과 한 장짜리 찌라시 수백 장과 계약서 카드를 몇백 장을 가방에 넣어서 오토바이를 타고 정문으로 갔다. 약속을 안 지킬 분은 아니겠지만 가슴이 떨려온다.

영문도 모르는 정문 경비원들은 왜 또 왔냐는 듯이 소 닭 쳐다보듯 했다. 그래도 그들에게 깍듯이 인사를 했다. 그 왕치는 정지된 것 같은 시계를 보며 속으로는 쾌재를 부르고 있었다. 시계야 빨리 가라.

그날의 대화를 상기해보니 그 이사님이 약속을 저버릴 분은 확실히 아니다. 드디어 11시가 됐다. 까만색 찦차가 정문으로 내려왔다. 아! 역시나! 운전사가 차에서 내려서 경비와 무슨 이야기를 했다. 그리고는 경비실 앞에 서 있든 그 왕치를 찦차에 타라고 한다. 운전사는 왕치를 한번 보았지만 알아봤다. 냉큼 올라탔다. 현장 부근 직원 휴게소가 있는 곳으로 출발을 했다. 왕치가 뒤를 돌아보자 경비원들은 비행기 지나간 하늘을 보듯 멍한 표정으로 이게 무슨 일이냐는 듯 왕치가 타고 가는 찦차를 쳐다보고 있다. '승리자는 접니다. 미안해요. 그리고 고마워요.' 10여분 후에 운전사는 휴게소에 왕치를 내려주고는

"여기서 기다리세요."

그리고는 어디론가로 갔다. 휴게소는 한일시멘트 휴게소보다도 크고 각종 음료, 담배, 과자류, 라면, 빵 등 물건이 아주 많다. 사람들이 많이 몰려오는지 여자 직원이 두 명이 있다. 의자가 있는 탁자도 많이 보인다. 옳거니 했다. 책을 파는 데 안성맞춤이 아닌가! 탁자 위에다 책을 세 권 놓고 팸플릿과 계약서를 가지런히 놓았다.

점심시간은 12시에 정확히 휴게소 옆 식당에서 시작됐고 순식간에 점심을 먹은 사람들이 15분 후부터 휴게실로 모여들기 시작했다. 이사님은 식사도 안 하셨는지 휴게실로 여러 명을 대동하고 나타나셨다. 그러자 공장 직원들이 그 이사님과 같이 온 분들에게 그저 굽신거린다. 딱 봐도 그들은 공장에서 좋은 자리에 있는 것이 확실해 보인다. 이사님은 휴게소에 모인 여러 사람에게 그 왕치를 소개했다.

"여기 온 젊은 청년은 용기도 대단하지만 좋은 책을 가지고 팔러 온 사람입니다. 의학 서적은 연구 결과이니 읽어서 나쁠 일이 없겠지요. 필요하면 구매해 두고 읽어보면 건강에 도움이 되겠지요."

"뜻하지도 않은 일이 벌어진 것이다."

전부 같은 복장을 하였기에 누가 누군지는 전혀 모르겠다. 오신 분

중 한 분이 책을 들어보고 책장을 몇 장 뒤져 보고는 계약서 용지를 달란다. 얼른 드리니 이름을 쓰고 사인을 하셨다. 다른 사람이 보더니 그를 보고 과장님 책 사시려고요? 그랬다. 제일 먼저 계약서에 사인을 한 분은 과장님이셨다. 그러자 같이 오신 분도 계약서에 사인하셨다. 계장님이었다. 본격적으로 사람들이 몰려들었다. 어느 부서의 누구라고만 적으라고 했다. 책에 관심이 있는 사람은 견본책을 몇 장 넘겨보고 계약서에 사인하고 갔다. 제일 먼저 구매한 사람들은 입은 옷을 보니 사무실 직원들 같아 보인다. 여러 사람들이 책을 사니 더 많은 사람들이 몰려왔다. 책이 세 권밖에 없으니 기다리는 사람도 있었다. 시간이 없는 사람들은 본인들이 계약서를 달래서 직접 써넣고 손도장을 찍고 갔다. 오후 12시 45분경이 되자, 사람들은 현장으로 가기 시작했다. 45여 분 동안 받은 계약서를 세어보니 백 장이 넘었다. 대박이 난 것이다. 팡파르를 울릴 신호탄이 터진 것이다. 오후 6시 교대하는 사람들이 몰려오면 더 많이 팔 것 같다. 그날 저녁때까지 휴게소에서 판매한 것은 총 220권이었다. 이튿날부터는 얼마나 더 많은 책이 팔릴지는 미지수다. 하루동안에도 그들에게 술을 사준 것 수백 배는 벌었다.

무슨 말을 할까요? 떨 듯이 좋은데, 성공하면 속 눈시울이 젖는 걸까? 책 배본은 배달사원이 하고. 수금은 수금 사원이 한다. 외판원은 닐리리야만 부르면 되는 것이다.

선전은 이사님이 하셨으니 그 후로는 정문 앞에서 그 책을 주문을 받기 시작했다. 그러자 경비들도 왕치가 이사님과 무슨 관계가 있는 게 아닌가 하고 돕기 시작했다. 그것도 큰 도움이 되었다. 며칠 동안 의학 백과사전 총 6백 권 이상을 팔았다. 그것뿐이 아녔다. 다른 전집까지 아주 공장 정문에 쌓아놓고 팔았다. 대대 박이 난 것이다. 다른 외판원들이 상상도 못 한 깜짝 놀랄 사건이 벌어진 것이다. 그 사건은 왕치에서 완전히 벗어나 사내가 된 사건이었다.

고뇌의 아픔이 큰 만큼 성공의 희열은 더 큰가 보다. 모든 어려움을 긍정적으로 생각하고 절대 포기하지 않은 것이 성공한 것이다. 몸이 하늘로 날아가는 그것만 같은 희열을 주고 지난날의 실패는 어디론가 사라졌다.

18
꿈은 이루어졌다. 서점 시작

아차! 돌다리도 두들겨 보고 건너라고 했는데….

그동안 노심초사하며 스트레스를 받았던 것이 다 풀렸다. 개미가 두 달 버는 것을 하루에도 버는 날도 있으니 돈이 모이기 시작했다. 외판원을 본격적으로 시작하여 1년 동안 번 돈이 육백만 원에 육박했다. 공무원들이 5년간 꼬박 모아야 할 큰돈이었다.

민중서관과 계약한 00군 대리점은 새로 지역을 떼어낸 곳이다. 엄청 어려운 일이지만 사돈의 입김이 작용하고 그 사내도 노력을 한 결과이다. 중·고등학교가 20여 곳에 초등학교는 40여 곳이다. 아주 많다. 봄 입학 철 전에 00 군청 소재지에 서점을 시작했다. 점포에 보증금을 100만 원을 주고 월 4만 원을 주기로 하고 계약을 했다. 그리고 민중서관에 200만 원을 보증금으로 냈다. 진열장을 만들고 부교재 전집류 단행본 서적 사전류 등 각종 서적을 서울에서 사다가 진열하고 장사를 시작했다. 그것은 엄청 어려운 일이었으나 하면 된다는 신념이 승리한 사건이었다. 서점은 대리점을 냈으니 누워서 떡 먹기였다. 서점 운영 그것을 2년 가까이 배웠던 것이니 너무나 잘 안다. 부교재는 선생님의 선택이고 권한이다. 선생님에게 로비만 하면 되는 것이다. 채택되면 학생들은 서점으로 찾아오고 거리가 좀 떨어진 구역은 학교 앞 문구점이나 구역 서점에 책을 배본하고 팔린 것에 수수료를 서점이나 문구점에 5%를 주고 돈을 받아오기만 하면 되는 것이다. 그러면 판매액의 35%의 이익이 남는 것이다. 그것은 다 이익이 남는 것은 아니다. 배달료. 교제비 등 들어가는 것도 많다. 책은 학교에서 어차피 필요한 것이다. 어느 출판사 책이 좋은가를 선생님이 견본책을 보고 선택하는 것이다. 부교재는 교학사가 있었으나 거의 민중서관이나 동아출판사가 장악하다시피 했다. 그 외에도 부교재를 만든 회사는 아주 많다. 가정교사나 과외 공부를 시키시는 선생님들도 학생들을 가르치는 부교재는 필요하다. 이름 없는 출판사의 부교재는 40%에 들어온다. 이름있는 출판사에서 나오는 부교재는 민중서관 동아 출판사이니 선생님들을 일일이 찾아다니며 민중서관 책을 팔아 달라고만 하면 되는 것이다. 채택한 선생님에게 감사 표시로 수고료를 서점에서 이익금에 일부를 드리는 것은 출판사 방침이다. 거의 납품하다시피 하는 서점은 장사가 아주 잘 되었다. 개미는 직장이 있으니 형수가 서점을 보고 그 사내는 학교에 가서 선생님을 뵙고 채택해 달라고 요청하며 술만 같이 먹으면 OK였다. 학교 앞 문방구점 현지는 오토바이를 타고 다니며 로비를 하고 배달도 했다. 자동차가 별로 없던 시절이니 오토바이는 최고의 교통수단이었다. 학교 도서에 담당 선생님들을 찾아다니며 아이들이 볼 수 있는 동화책, 명작집, 위인 전기 등을 주문을 받아 서울로 직접 가서 사 납품을 했다. 그것은 예산이 떨어져 학교에 배분이 되면 일찍 서둘러서 팸플릿을 들고 찾아다녀야 한다. 누가 먼저 가서 주문을 받으면 일 년이 그냥 지나가는 것이다. 부지런히 다니니 구석구석 돈 벌 곳이 많다. 가장 큰돈이 들어오는 것은 민중서관에서 일 년 동안 팔은 책의 총금액의 5%를 따로 서점에 주는 것이다. 그게 아주 많은 돈이다.

웬만한 것은 오토바이로 배달했지만, 여러 곳으로 가는 책이 많을 때는 용달차를 시켜 배달했다. 큰 출판사에서는 구역을 만들어 놓고 대리점 계약을 한다. 그 구역 외에는 그 출판사에서 나오는 책은 못 팔게 되어있다. 출판사에서 나오는 부교재 책에는 보통 사람들은 모르는 책 뒷장 겉에 구역 표시가 암호로 되어있다. 다른 구역에 그 책을 가지고 가서 판다면 벌칙이 보통이 아니다. 책값의 3배를 벌금으로 내야 한다. 그러니 서점들도 조심하며 책을 팔았다. 구역을 하나 따로 분리하여 낸다는 것은 보통 어려운 일이 아니다. 그 사내는 그동안 알았던 민중서관 전무와 또 직원들의 도움과 또 여러 사람의 도움으로 구역을 하나 따낸 것이다. 서점 사돈 사장님의 입김이 크게 작용했다. 초등학교에 또 중고등학교에 도서 납품까지 하며 열심히 벌었다.

돈도 있겠다. 일제 혼다 오토바이로 바꾸었다. 새까만 일제 혼다 오토바이는 어디든 가면 구경거리였다. 그런 오토바이는 청주에도 몇 대가 안 될 정도의 고급 오토바이였다. 한 달에 쓰는 용돈이 교제비를 빼고도 십만 원이 넘었다. 학교 선생님이셨던 형님의 봉급이 당시 만 팔천 원이니 형님은 사표를 내고 서점으로 오셨다. 서점은 몇 년 동안 잘 운영되어 자리가 잡혔다. 아내는 공무원이기에 형수님과 같이 서점을 운영했는데 서울에 대형 출판사들이 부도를 맞았다. 그것은 출판사들이 세금을 탈세했기에 박정희 대통령의 특별 지시였다. 본사가 부도가 나자 지방의 대리점들도 부도를 맞았다. 기회가 온 것 같았다. 운영하는 서점은 철저히 운영했기에 부도 맞을 일이 없었다. 현금을 준비했다. 큰돈이 잠겨 있는 서점은 형님에게 인계하고 그 사내는 더 큰 야망을 품고 청주 시내로 왔다. 서점을 운영하는 데는 자신이 있었다. 부도난 서점을 인계하려고 생각했다.

서울 출판사 본사에서는 부도가 정리되고 청주에 대리점을 하던 사람이 그만두면 연락을 준다고 하더니 기다려도 소식이 없다. 바쁜 건 그 사내뿐이다.

지금까지 살아온 게 성공이라며 우쭐대면서 새로운 목표를 향하여 떠나온 세계는 상상도 못 한 다른 세계로 들어가는 문이었다.

되돌릴 수도 없는 또 다른 세계는 그 사내에게 충격이었다.

인연 4

20
베짱이 보증사건(실패는 성공의 어머니)

기세 좋게 나가던 서점을 그만두고 다시 더 크게 한다며 모았던 돈은 이 년도 안돼서 술친구들의 잔칫상값으로 많이 탕진했다. 괴로워서 한 잔, 심심해서 한 잔, 취해서 한 잔 더. 그렇게 지나다가 그 사내는 다시 왕치가 된 것이다. 그래도 서점을 더 크게 하려고 했던 왕치는 남은 돈도 있었지만, 개미의 도움도 있어서 시외버스 주차장 부근의 상가에 작은 점포를 하나 매수했다.

일이 뜻대로 안 되고 이제 남은 게 달랑 식료품 점포가 하나밖에 없다. 장사를 시작하니 이제 술을 여기저기로 돌아다니며 먹을 시간이 없어진 것이다.

술을 얻어먹으면 굽신대던 술친구 제 발로 슬슬 떠나기 시작했다. 부모덕에 좋은 직장을 다니는 술친구가 제일 먼저 슬슬 꼬리를 감추기 시작했다. 그들에 일부는 삶에 고달픔을 겪어보지 않았기에 타인의 아픔을 모르는 사람이 많다.

술을 사줄 땐 그저 친구라며 쫓아다니던 친구들이 그 사내가 별 볼 일이 없다는 것을 알아챈 그 많은 친구는 하나둘 시야에서 사라졌다. 그래서 그걸 보고 술친구라고 했나 보다. 그래도 그들의 냉대에 주저앉을 그 왕치는 아녔다. 떠나가는 그들이 하나둘 떠나자 그리 바쁘던 일도 줄어들기 시작했다. 그래 인생이란 다 그런 거 아니더냐! 정승이 죽으면 사람이 없고 정승 집 개가 죽으면 사람들이 물밀듯이 온다고 하지 않던가? 속으로 한 번 웃고 말았다.

사람의 운명은 평생 세 번은 행운을 잡을 기회가 온다고 했다. 이제 한 번 지나갔는데 아직도 두 번은 남았어! 운명아, 기다려라! 배에다 힘을 주고 막걸리 사발을 들고는 훌쩍 마셔대고 김치를 쭉 찢어 입에 넣고 질겅질겅 씹었다.

매일 술 속에 묻혀있든 위장은 이제야 살았다고 구역질을 멈췄다. 참으로 건강을 위해서는 다행한 일이지만 자존심이 상한다. 그렇게 그저 술이라면 닥치는 대로 종류 가리지 않고 먹어댔으니 그동안 몸이 어디에다 대고 얼마나 욕을 했을까? 저녁이면 매일 곤드레 만드레가 됐는데 이제는 그리 먹어댈 돈도 없다. 술을 끊을 수는 없을까? 이를 악물고 참아 보니 보름은 참을 수 있었다. 그러다가 술을 한 잔 먹으면 전류에 감전된 듯 몸이 찌릿찌릿하다. 약한 알코올 중독이 됐었나 보다. 술을 안 먹으면 배가 고프다. 막걸리가 밥을 대신하는가 보다. 뭔가 먹어야 할 것 같아서 우유를 사다 먹어 보면 설사를 한다. 그런 데다가 개미는 담배를 끊으라고 독촉이 심하다. 참 술 끊고 담배 끊고 과연 살맛이 날까? 담배도 끊어 보려고 버텨보니 그것은 삼 일을 넘기기가 힘들다. 이게 중독이로구나! 한 대만 피우고 참자며 자신에게 약속했어도 한 대가 두 대가 되어 다시 담배를 피웠다. 술을 먹으면 담배가 더 생각이 나는데 술을 끊고서 버텨보니 담배는 최고 기록이 열흘이 됐다. 사는 게 사는 것 같지 않다. 그래도 하루 두 갑이 모자라던 담배는 하루 한 갑으로 줄어들었다. 버티면 잘하면 담배를 끊을 수 있을 것 같다. 아침 일찍 열은 식료품 가게에서 혼자 밥을 먹으려니 아침 점심이 한 끼가 된다. 저녁때까지 있으면 배가 고프다. 술에 중독되었으니 막걸리 한 잔이 생각이 난다. 술을 안 먹을 수는 없을 것 같다. 점포를 흘금흘금 보며 근방에 순댓집으로 간다. 막걸리 한잔에 순대 한 접시 그게 저녁 식사였다.

식료품상은 물건을 제대로 갖추어야 장사가 될 것이다. 그러나 식품에 대해서 아는 게 있어야 잘될 텐데 아는 게 없다. 물건 구매에서부터 타 식품 상회와 차이가 나니 단골손님도 별로 없다. 한때는 잘나가던 왕치인데 온종일 그냥 앉아 있다는 게 정말 고역이다. 그것이 가정에 생계 수단이 될 수는 없다는 게 눈으로 보인다. 참으로 어떤 돌파구를 마련해야 할 상황이 온 것만 같다. 아이들은 벌써 3명이다. 이제 학자금이 문제 될 것이 뻔하다. 개미의 역할이 참 크다. 개미는 그사이 6촌 오빠의 덕으로 공무원보다 세 배는 월급이 많은 공사로 가게 도움을 주었다. 개미가 월급을 안 타면 생활이 어렵게 된 것이다. 사람은 현재에 순응하고 살아야 한다. 잘나가던 것은 과거일 뿐이다.

식료품 가게 앞 빈터에 연탄 장사를 하던 곳에 포장마차가 들어왔다. 식품점 사람이 없을 때 50m 정도 떨어진 순댓집을 가기보다는 막걸리 한 잔을 먹기에는 편하게 됐다.

왕치의 식료품 상가 옆에서 포장마차를 하는 젊은 부부가 아이 둘을 데리고 장사를 하는 것을 보니 왕치의 삶은 그들에 비하면 너무나 좋은 것이라는 생각이 든다. 왕치는 생각했다. 대구 사장님 생각이 났다.

'아! 나는 저들에 비하면 행복한 거야. 비록 식료품 판매라는 어려운 장사는 하고 있지만…….' 그러나 식료품 장사 이건 왕치가 할 일이 아니라고 생각이 든다. 모든 직업은 본인 마음에 들어야 열심히 할 것이 아닌가!

왕치는 포장마차 부부같이 하루 벌어서 사는 사람이 아니다.

포장마차를 하는 부부. 남편은 바쁘게도 다니며 포장마차에서 팔을 물건을 들이지만 왕치가 보니 그는 배짱이 같이만 보인다. 그는 아침서부터 해장이라며 시작한 술을 밤까지 늘 술타령을 하니 말이다. 그래도 그들이 사는 모습을 보니 안됐어 보였다. 술이라면 둘째가라면 서러웠던 왕치는 그 부부를 조금이라도 도와주려고 저녁때가 지나면 그 포장마차에서 술과 안주를 팔아주기 시작했다. 그렇게 왕치는 그 베짱이 같은 포장마차 남자와 거의 매일 저녁이면 어울려 술을 마시게 되었다. 그 베짱이는 말도 그저 공손히 하며 손님에게 참으로 친절하다. 같이 술을 먹기 시작하고 두어 달이 가자, 그 베짱이는 왕치에게 형님 형님 하며 그 어려운 데도 막걸리를 한 주전자 주면서

"형님 고마워요. 매일 제가 얻어먹어서는 안 되는 거 아닙니까? 저도 한 주전자는 드릴 수 있습니다."

그렇게 해서 왕치와 베짱이는 술친구가 됐다. 추운 겨울이 왔다. 베짱이의 아기 엄마는 거의 벌거벗은 아이를 등에 업고 살기 위한 날갯짓하고 있는 것만 같다. 참으로 보기가 안 됐다. 등에 업은 어린 것은 날 다리이고 아기에게 입힌 옷은 너무나 추워 보인다. 그렇게 장사를 하고는 저녁이면 난로도 없는 그 포장마차에서 연탄불을 피워 놓고 잠을 잔다. 저렇게 하다가는 연탄가스 중독이 되면 식구가 몰살할 텐데, 따뜻한 방에서 자는 왕치는 제 앞가림도 못할 지경이 됐는데도 그들이 걱정됐다.

그 왕치는 베짱이에게 말을 놓고 지냈다. 술이란 그렇게 사람의 마음을 움직이는 마술의 약이다. 그가 형님 형님 하니 얼떨결에 나온 말이

"동생말여 연탄불을 피워 놓고 자면 큰일 나. 가까운 곳에 방이라도 얻어서 밤에라도 따뜻하게 자야지."

하자. "그럴 만한 돈이 없습니다. 매일 일수도 찍어야 하고 상호신용금고에 매일 저축하는 게 끝나면 작은 방을 하나 구할 수 있을 것 같습니다."

그의 말이 가슴에 닿아도 왕치는 베짱이에게 돈을 대출만한 능력이 없다. 마음만 안타까울 뿐이다. 그렇게 겨울이 가고 또 봄이 오고 여름이 갔다.

개미가 도와줘서 사는 왕치이지만 그게 눈에 보인다. 어떤 돌파구를 찾아야 한다는 생각이 머리를 어지럽혔다.

그러나 더 크게 한다던 서점의 꿈은 2년이나 허송세월한 후 다시 생각지도 않았는데 할 일은 없고 돈은 점점 줄어드니 할 수 없이 사직동 식료품 상가를 한 칸 매수하여 장사를 시작한 것이다. 장사가 맘에 안 드니 잘 될 리도 없지만 잘 나가다가 갑자기 멈춘 시계가 돼버린 그 사내는 술 속으로 빠져들었다.

그러던 중 동창 친구가 다니는 대기업에 구판장 이야기가 나왔다. 그 친구는 구판장 관리장이었다. 인원이 8,000명이 넘는 대기업 회사에 구판장은 장사가 잘된단다. 왕치는 그 친구에게 그곳에서 뭐 할 게 없을까 물으니 한번 구판장엘 와 보란다. 가보니 대형 슈퍼마켓보다도 엄청나게 크다. 제일 잘 팔리는 물건이 처녀들이 7,000명 정도 되니 혼수 품목이란다. 그 친구에게 부탁하니 그런 혼수품을 가져오면 팔아서 돈을 준다고 한다. 그래서 식료품 장사를 하면서 그 장사를 시작했다. 그 장사는 물건만 구판장에 가져다주면 되니 그곳에 가서 있을 필요가 없는 것이다. 돈을 긁어모아 혼수품을 만드는 구미 공장으로 직접 가서 구입을 하니 가격을 아주 저렴하게 팔 수가 있었다. 시내에서 사는 가격에 반값 정도이니 트럭으로 석 달 동안 열 차도 더 팔았다. 그리고 할부로 돈을 받기 시작했다. 참으로 많이도 팔았다. 그것도 돈을 벌 기회였는데 계산을 잘못한 것이었다. 현금으로 사다가 할부로 놓으니 계산상으로는 남지만 속을 들여다보니 남는 게 별로 없다. 그것은 경험 부족이었다. 박리다매해서는 결코 돈을 벌 수가 없다. 왜? 탈무드를 읽어본 것을 잊었는지 알 수 없는 일이었다. 그것이 그 사내의 운이었는지 모른다.

왕치와 베짱이는 매일 만나니 형제나 다름없이 색다른 먹을 것이 생기면 갖다주기도 하고 정을 나누며 지냈다. 그런데 늦은 가을날 베짱이가

"형님 오늘은 해산물 좋은 것을 사서 왔습니다. 그러니 형님부터 이것을 한번 드셔 보시지요."

그 해산물이라고 하는 것을 보니 해삼인데 일반 해삼과는 다르게 공처럼 둥글다. '이게 해삼인가?' 그것을 자세히 쳐다보자 베짱이는

"해삼은 종류에 따라 다르지만 원래 바로 잡으면 이렇게 야구공같이 생긴 것도 있습니다. 그게 시간이 가고 먹지를 못하면 축 늘어져서 평퍼짐해지는 것이지요."

"그려?" 왕치는 처음 듣는 이야기이니 그런가 보다 했다. 베짱이는 손님에게 팔기도 전에 왕치에게 먼저 맛을 보라며 칼로 배를 가르고 썩 썩 쓸더니 후추를 넣은 소금 종지와 초고추장에 마늘을 갈아 넣은 종지를 내놓고는 왕치의 얼굴을 쳐다본다. 먹으라는 뜻이다.

"동생 아니 이렇게 귀한 물건이면 손님들에게 팔아야지 나에게 주면 안 되지."

"형님 걱정하지 말고 드세요. 장사는 매일 하는 거 아닙니까?"

그 해삼을 초고추장을 찍어 먹어 보니 참 쫀득쫀득하다. 싱싱해서 그런가 보다. 충청도에서 먹는 해물은 대부분이 맛이 간 죽은 것들이 시장에서 팔린다. 시장에는 냉장고가 별로 없고 큰 도매상에게만 조

립한 냉동고가 있을 때이니 꽁치든 고등어 오징어 등 반쯤은 상한 게 시장에서 팔릴 때이다. 생선이 많이 상해 못 팔면 상인은 그 생선을 이웃에 그냥 주든지 버리든지 했다.

왕치와 베짱이는 저녁때가 되자 주거니 반거니 하며 술을 두 주전자를 마셨다. 속이 알딸딸하다.

"저 형님 내일 저녁에 제가 제대로 한 잔 사겠습니다."

"왜? 뭔 날여?"

"예 제 생일날입니다."

"그려? 동생 생일이면 내가 한 잔 사는 게 맞지."

"아닙니다. 형님 항상 마음 써주셔서 정말 고마웠습니다. 집식구와도 상의했어요. 내일 저녁은 일찍 장사를 접고 형님과 같이 저녁을 먹기로 이야기가 돼 있어요."

형님 동생 해가면 먹은 술이 몇 섬인지도 모르게 마셔댔는데 정이 안 들었다고 말한다면 그것은 거짓말이라고 할 것 같다. 생일날 저녁밥을 산다니 왕치는 금방에 들렀다. 아기들 돌에 사람들은 대개 금반지 한 돈을 해주니 어른 생일에 금반지 한 돈은 작아 보인다. 금반지 두 돈짜리를 한 개 준비했다.

그리고 식당으로 갔다. 케이크 위에 촛불을 붙이고 '생일 축하합니다.' 입을 크게 벌리고 합창을 했다. 커팅이 끝난 후 준비한 금반지를 베짱이 손에다 끼워 주었다. 맞춤처럼 꼭 맞았다. 베짱이는 생일 축하하는 의미로 형님이 노래를 한 곡 하란다.

그냥 사양하려니 베짱이 아내가 자꾸 노래 한번 하라고 독촉을 한다. 분위기를 위하여 최희준의 ♪♪인생은 나그넷길 어디로 왔다가 어디로 가는지♪♪ 짝짝짝.

"아이구! 형님 최희준이 들었다면 그냥 도망갈 것 같습니다. 최희준

보다 훨씬 잘 부르십니다. 앵콜 앵콜."

"에이 그만해 여기는 식당이야."

"참 잘 부르시네요. 노래 잘 부른 대가로 술 한 잔 받으세요."

"생일잔치를 축하 주시려면 얼큰하게 술을 드셔야지요. 자 한 잔 더. 여보 뭐해 한 잔 더 따라 드려."

그렇게 술은 왕치의 목구멍을 타고 잘도 들어갔다. 이제 혯가닥이 얼마 안 남은 것 같다.

뱃속에 양반 상놈도 안 가리고 부자 가난뱅이도 안 가리는 그놈이 들어가니 간땡이가 부을 만도 했다.

"형님, 제가 어려운 부탁을 하나 해도 될까요?"

"응? 나에게 부탁할 게 뭐가 있어?"

"다른 게 아니고 제가 이제 조금만 보태면 방도 얻을 수 있을 것 같은데 보증금을 내고 월세로 들어가면 그게 또 힘들 것 같습니다. 주차장 부근에 전셋집을 얻으려고 하니 좀 비싸요. 그래서 부탁을 하나 드리려고 합니다."

"으응 무슨 부탁? 말해봐. 내가 들어줄 수 있는 것이라면 들어줄게."

"형님 그리 어려운 것은 아닙니다. 조합에서 돈을 빌려서 방 두 칸짜리 전셋집을 얻으려고 합니다. 삼십만 원만 있으면 되는데 우리가 몇 년 동안 모은 게 10만 원 밖에 안돼요. 그것도 큰돈이지만 이제 형님이 상호신용금고에 보증만 서 준다면 제가 가까운 곳에 살면서 편히 장사하며 살 수 있을 것 같습니다. 형님이 보증을 서고 대출을 제가 받으면 그 돈은 제가 꼬박꼬박 갚으면 되니까. 걱정하지 마시고 보증 좀 서주세요."

술에 간땡이가 부은 왕치는

"보증 설 금액이 얼마여?"

"이십만 원입니다."

왕치가 생각해보니 그것은 큰돈이 아니다. 또한, 그동안 그를 보아온 것은 참 착해 보였다. '도와줘야지.'

"그려? 내가 해주지. 내일 당장 서류 가져와."

"형님 진짜 보증을 서 줄 거지요?"

"그럼 내가 일구이언할 사람인가?"

그렇게 왕치와 베짱이는 어느 사람이 봐도 최고로 좋은 얼굴로 하하거리며 기분 좋은 생일잔치를 벌였다. 왕치는 이튿날 바로 옆에 있는 동사무소에 가서 인감증명서를 떼서 포장마차에서 베짱이를 만났다. 베짱이가 가져온 대출 서류를 대충 보고 앞장에 200,000원이 쓰인 곳에 도장을 찍고는 나머지는 도장을 찍으라고 베짱이에게 인감도장을 주었다. 인감증명서를 붙이고 상호신용금고에서 요구하는 서류에 베짱이는 그저 왕치가 보는 앞에서 조합에서 가져온 서류에 도장을 꾹꾹 찍었다. 며칠 후 대출을 받았다며 술과 안주를 푸짐히도 주어 맛있게 먹었다.

보증을 서고 열흘이 지난날 아침에 보니 포장마차가 없어졌다. 이상했다. 전화도 없으니 연락할 곳도 없다. 아니? 동생이 왜 말도 없이 포장마차를 그만둔 거지? 알고 보니 포장마차 옆 점포주들도 모르게 대출을 받고 눈치를 보다가 야반도주한 것이다. 포장마차라 가지고 갈 것도 별로 없다. 그 사내가 치울 일은 없지만 쳐다보니 다 썩어빠진 싱크대 하나와 그릇 몇 개 가스통, 가스레인지, 헌 포장, 그거 쓰레기로 치우려 해도 짐이다.

포장마차가 없어지자 바로 상호신용금고에서 매일 수금을 다니던 직원이 바로 왕치를 찾아왔다.

"저기 000 사장님이 맞으시지요?"

"네 그런데요?"

"포장마차 하던 사람하고는 잘 알지요?"

"뭐 옆에서 장사하니까 알았지요."

"포장마차에 수금을 왔더니 포장마차가 없어졌어요. 거기에 대하여 아시는 게 있나요?"

"아는 게 없는데요?"

"사장님이 상호신용금고에 보증 서준 것 알고 계시지요?"

"네. 이십만 원요."

"네에? 이십만 원요? 이백만 원인데요."

" 아니 이십만 원인데 이백만 원이라니요? 나는 이십 만원에다 도장을 찍었습니다. 서류 좀 봅시다."

"그 대출 서류는 사무실에 있으니까 사무실에 가셔야 볼 수 있는데요."

왕치는 소방차보다 더 빠르게 상호신용금고 사무실로 달려갔다. 숨이 가빠 말도 나오지 않는다. 말더듬이가 되어 더듬거리며 말을 하니 직원은 못 알아듣겠다며 좀 천천히 말을 하란다. 왕치 이야기를 알아들었는지 사무원은 왕치의 대출 보증서 뭉치를 꺼내 보여 준다. 내미는 서류를 보고는 아연실색했다. 앞장에 이십만 원을 200,000 이렇게 쓴 걸 확실히 봤는데 그 앞장에 서류는 없어지고 앞장에 이백만 원이 적혀 있는 곳에 인감도장이 찍혀 있다. 베짱이는 버린 앞 장의 서류만 왕치에게 보여주고 그 뒷장에는 공란에 전부 도장을 찍은 것이다. 그 공란 속에 제일 앞장이 숨겨져 있었다. 그리고 상호신용금고에 제출할 서류에는 이백만 원으로 써서 제출한 것이다. 나머지 다른 서류에는 다 베짱이가 작성한 것이다.

그 왕치의 점포 등기부에는 보증을 선 근저당 금액이 설정돼 있다. 정신이 확 났다.

'옛말에 보증 서는 자식은 낳지도 말란 것. 고거 술 드시고 헷도가 가셔서 잊어버린 거지?'

사기꾼은 멀리 있는 게 아니고 바로 옆에 있었다. 믿은 만큼 서운한 게 아니라 술이 지랄을 떤 것 같다.

베짱이는 "인생은 나그넷길"을 부른 왕치에게 따불 박수를 쳐주고 닐니리야를 부르며 떠났다.

그걸 복구하기란 쉬운 일이 아니다. 일단 보증 선 것에 대해서는 개미에게는 숨기고 달걀 도매상을 하기로 했다. 매월 들어오는 할부금을 사용하기로 했다. 달걀을 쌓아 두기 위해서 식료품 점포 부근에 빈 점포 큰 것을 월세로 하나 더 얻었다. 달걀 도매는 개당 1원이 남는 장사이다. 한 판이 30개이니 도매로 팔아도 30원이 남는 것이다. 100판을 팔면 3,000원이 남고 1,000판을 팔면 3만 원이 남는다. 4톤 차에 싣는 달걀 한 차는 보통 4,000판에서 5,000판이다. 달걀 장사들은 겨우내 달걀을 수집해서 쌓아놓았다가 봄 소풍 때 팔면 이익이 많이 나는 걸 알았다. 그때는 한 판에 5원 가까이 남는다. 실제로 지난해 겨울 동안 달걀을 500판을 사서 두었다가 팔아 보니 진짜 돈이 벌렸었다. 왕치는 옳다구나 했다. 그래서 가을 소풍 때를 노리기로 했다. 7월부터 큰 도매상이 있는 조치원에 있는 전국을 상대로 도매를 하는 곳에 부탁했다. 8월 초까지 달걀을 2만 판이 넘게 사서 얻은 점포에 쌓아놓고 9월 가을 소풍을 기다렸다. 봄에 1,000판을 팔아 돈을 조금 벌었지만, 이번엔 다를 것이다. 돈을 많이 번 것처럼 기분이 좋았다. 200만 원은 어떻게 해서든 벌어야 한다. 그런데 달걀을 쌓아 둔 걸 확인하고자 근 이십여 일 만인 8월 20일쯤 창고 문을 여니 어찌 이상한 냄새가 난다. 파리도 많고 어디서 냄새가 나나 하고 보니 깨진 달걀에 파리가 알을 까놓아 구더기가 득실거린다. 계란판에서 썩을 것을 가려내는 작업을 사람을 시켜서 하다 보니 안 깨진 것도, 상한 것이 많단다. "응" 왜? 답은 바로 나왔다. 꽉 막힌 점포에 여름에 뜨거운 열기가 온도를 높이며 바람 한 점 들어가지 않으니 달걀이 상한 것이다. 아이구! 미치겠네! 욕심이 화를 부렸구먼! 4톤 트럭으로 다섯 차나 되는 많은 것을 거의 다 버려야 했다. 그것 또한 경험 없는 것에 대들은 대가였다. 왕치가 자초한 일이니 책임져야만 했다. 그러니까 보증서서 날리고 달걀 장사하여 돈 번다고 날리고 따따불로 맞은 것이다. 하늘이 노랗게 보였다. 개미는 아무 말이 없었다. 가슴을 쓸어내리며 식료품점을 정리하고 빚을 갚았다.

그래도 왕치는 그래 로빈슨크루소처럼 다시 일어서자. 일체유심조라고 하지 않던가! 왕치는 지난 것은 지나간 것이다. 다시 일어서면 될 거라고 생각했다.

그 왕치는 온갖 사회에 아픔과 희열을 맛보고 살았다. 모든 면에 경험이 풍부해졌다. 사는데 행복이란 무엇일까? 행복이 가장 거추장스럽게 생각하는 것은 무엇일까? 욕심인 것 같다. 자식 욕심 물욕. 그것은 두 가지 두려움과 갈등이다. 인간의 마음속에는 대립하는 두 가지의 일 즉 두려움과 갈등이 항시 부딪치며 삶을 지탱하고 있다.

내면에는 보물이 숨겨져 있다. 그것을 발견하면 행복은 오지 말래도 나를 찾아온다. 그 보물을 찾으려면 어떻게 해야 할까? 다시 기회를 기다리자 누구에게나 기회는 세 번은 있다고 했다. 다시 시작하자. 그리고 자신에게 약속했다. 일억 원을 벌기 전에는 절대로 술을 마시지 않겠다. 그리고는 술을 끊었다. 입술을 꽉 깨물었다.

그 사내는 어려울 때면 어렸을 적의 일이 떠오르는 해처럼 가끔 생생하게 생각이 난다.

그 머시매가 성인이 되고서는 무슨 일이든 꼭 한다고 하면 될 거라고 믿었다. 그것은 성인이 되기 전 이북에서 피난을 오신 사장님 밑에서 일을 하면서 절대 포기하지 않고 목표를 향해 가는 그분의 삶을 보고 배운 것이다. 또 아버지께서는 살고 죽는 것은, 제 팔자라 하지 않던가. 그 추억이 왜? 그리도 끈질기게 그 사내를 붙들고 있는지는 모른다.

지금까지도 어떤 세파에 항복하지 않은 것은 절대 포기하지 않는다는 아버지의 가르침이 있고 이북 사람 밑에 있으면서 최고의 행복이 무엇인가를 배우지 않았던가!

열정을 다한다면 되는 것이다. 위대한 것은 평범한 데서 일어나는 것이다.

왕치는 생각했다. 그래! 나는 헤밍웨이의 노인과 바다에서처럼 큰 고기를 잡았던 사람이다. 큰 고기는 외판에서 번 돈이다. 그것을 잘 지키지를 못해 상어들이 달려들어 다 뜯어먹고 뼈만 남은 고기를 가지고 항구에 들어온 사람이다. 식료품 상점까지도 날려버린 왕치는 두 번이나 실패했으니 술 속으로 빠졌다. 그러나 잘나가던 지난날같이 술을 많이 먹을 수도 없다. 그러자 친구들과 술을 먹어도 술값을 못 낼 때가 많아졌다. 그러자 그렇게 친해 보이던 사람들이 하나둘 떠나갔다. 어느 날 생각을 해보니 나를 잘 안다며 주위에서 술이나 같이 먹고 즐기던 사람들은 내가 어려워하는 것을 즐기고 있다는 사실을 발견했다. 아! 그렇구나! 이제는 그들과 어울리지 말아야겠다. 그 사내는 술친구들이 동정심으로 내 삶의 이야기를 관심을 두고 물어 오는 줄 알았다. 그러나 그게 아니라는 것을 깨달은 것이다. 그 사내는 그것을 확실히 보았다. 그들은 그 왕치가 아주 완벽히 꼬꾸라지기를 바랐을 것 같다. 깜짝 놀랐다. 그것이 친구이고 인생이라는 것인가? 그렇다! 그렇게 안 한다고 하는 사람일수록 그들은 그렇게 사는 게 보인다.

다시 일어날 방법은 없는가?

그렇다! 아버지는 그 힘든 가운데서도 주저앉지 않으셨다. 세파에 절대 항복하지 않고 무일푼에서 그 많은 대식구도 먹여 살려 가면서 집까지 장만하셨잖은가!

왕치는 생각했다. 거기에 대면 나는 아직 시간이 많다. 아직도 일어날 힘은 있다. 그것은 젊음이다. 또한, 대구 사장님의 말씀이 귀를 파고들어 왔다. 어떤 일이 있어도 포기하지 마!

"먹고 자고 입을 것과 가족이 있으면 행복한 거야!"

아직은 먹고 자고 입을 것이 있지 않은가!

그래 나는 다시 일어서면 되는 것이다. 골똘히 생각했다. 10년 후에 내 모습을 그렸다. 내 목적을 향하여. 다시 일어서자! 아버지는 무에서 유를 창조한 분이 아니셨든가! 대구 사장님은 중간에 어려움이 생기면 절대로 포기하지 말고 다시 도전하라고 하시지 않았던가! 나를 누가 일으켜줄 사람은 없다. 행복이란 가족이 모여 먹고 자고 입을 것만 있으면 된다고 하시지 않았던가! 좋은 걱정을 하고 긍정적으로 살자. 10살 때 걱정은 무엇이었든가? 스무 살 때 걱정은 무엇이었던가? 시간이 가자 그것은 다 걱정해도 소용이 없었다는 것을 알았고 또한, 해결되지 않았던가! 다시 마음속으로 다짐을 했다. "다 잊어버리고 다시 시작하자."

보증사기를 당해 점포를 팔아 정리까지 다 하니 다시 대머리가 훌떡 벗겨진 왕치가 된 게 아닌가?

고민하던 왕치는 읽어본 많은 책 속에서 탈무드를 읽어본 것이 떠올랐다. 그것은 행운이었다. 그곳에는 돈을 벌려면 돈이 있는 곳에서! 그것이었다. 번쩍번쩍 빛나는 다이아몬드, 명품 가방, 구두, 보석, 부동산, 바로 그것이었다.

탈무드를 실행하자! 돈이 있는 곳을 향하여! 비싼 명품들은 돈이 없어 못 한다. 그것 중에서 왕치가 할 수 있는 것은 부동산이다. 부동산 사무실은 신고제였다. 빚을 정리하고 남은 돈으로 개미의 도움을 받아 즉시 사무실을 얻고, 복덕방이라 간판을 붙이지 않고 00 부동산 사무실이라고 간판을 붙였다. 컴퓨터를 학원에 가서 기초를 배우고 당시에 나온 286 컴퓨터를 사들이고 프린터기도 준비했다.

과연 탈무드가 맞을까? 처음 차린 사무실이니 손님이 바로 있지는 않았다. 성경에는 돈을 버는 비결은 또 없을까? 그것 또한 읽어서 손해 볼 것 없다. 성경을 컴퓨터로 구약에서부터 쓰기 시작했다. 몇 개월 정도 걸려서 다 쓰고 인쇄를 했다. 그 분량이 A4용지로 40cm가 넘는다. 읽고 쓰면서 눈여겨봐도 돈을 버는 것은 없고 오직 베풀라는 이야기뿐이었다.

6개월 동안 사무실을 운영했는데 그런대로 부동산에 대하여 알게 됐고 손님은 한둘씩 늘어나기 시작했다. 탈무드에는 돈을 버는 비결이 확실히 있었다. 돈이 있는 곳에서 돈을 벌어야 한다. 그렇지 아니한가? 탈무드의 위력이 서서히 나타나기 시작했다.

코너로 몰린 왕치가 나갈 길을 찾은 것이다. 됐다! 이제는 손님들에게 신용만 쌓으면 될 것이다!

수년이 지난 후 왕치는 다시 승진하여 사내가 되어 있었다. 지난날 탈무드를 읽어본 것이 효과를 톡 특히 낸 것이다. 돈도 꽤 많이 벌어 아파트도 분양받고 땅을 매도와 매수를 하며 살 때이다.

늦가을에 계원 친구 한 사람이 그 사내를 본인이 다니는 산악회에 가입을 시키려고 한 번만 가보자고 제의를 한다. 그 사내는 골프를 치러 다닐 때이니 큰 관심은 없지만 몇 번을 부탁하는 계원 얼굴을 생각해서 한번 가보기로 했다. 좌석 한자리는 있으니 걱정 안 해도 되고 사람은 산으로 다니며 운동을 하는 게 좋다고 한다. 산에 가서 좋은 공기를 마시고 오면 기분도 아주 좋다고 설명을 잘도 한다. 오랜만에 들과 산 구경한다니 어릴 적 소풍 가는 것만 같았다.

대둔산행 산악회 버스를 타고 가면서 보니 좀 늦은 듯하지만, 산은 노란 단풍이 들어 사람의 마음에 평화를 주는 것만 같다. 사람들이 북적대는 시내와는 공기 냄새도 틀린 것 같다. 골프장의 풍경과는 완연히 또 다른 분위기이다. 계원과 이야기를 주고받으며 산속을 걷는 기분도 좋다.

어린 시절의 낙엽은 그저 마른 잎이고 발로 밟기도 했던 낙엽인데 나이가 들으니 낙엽을 보니 어쩐지 쓸쓸한 느낌이 든다. 잎이 떨어진 산을 보러 가는 것은 세월을 보러 가는 것은 아닌가? 산악회원 중엔 부부도 있고 혼자 다니는 사람들도 있다. 버스 기사의 남녀에 대한 진한 농담은 배꼽을 쥐고 웃게도 했다. 버스에서 나누어 먹는 음식과 또 치킨과 함께 마시는 싸한 맥주는 기분을 전환하기에 충분한 것 같다. 대둔산 입구에 다다르고 버스가 주차장에 도착하니 바람이 얼굴을 스친다. 차갑다는 느낌이 온다. 완전 무장을 한 다른 사람과는 내 복장이 틀리니 좀 어색해 보이기도 했다. 산 날씨는 예측을 못 한다는데 그런 느낌은 없었다. 산을 향하는 사람들이 참으로 많다.

들어가는 입구에는 도랑물이 졸졸 흐르고 노란색이 진한 은행나무 잎이 수북이 쌓여있는 곳은 다람쥐들의 놀이터인지 다람쥐들이 여러 마리가 뛰어다닌다. 앙증맞은 그 모습이 참 귀엽기도 하다. 길가로 볼품없이 핀 야생화가 마지막이라는 듯 벌을 한 마리라도 더 끌어야 한다는 사명감이 있는지 약한 바람에도 고개를 많이도 흔들어댄다.

자세히 보지 않으면 그냥 지나쳐 버릴 야생화인데 자세히 보면 그런 야생화꽃도 나름대로 재배한 꽃보다도 더 아름다움을 가지고 있는 것 같다.

아름드리나무며 작은 계곡 사이를 걸어가는 것은 처음이니 계원 뒤만 졸졸 따라갔다. 두 시간가량을 가니 깎아지른 듯 가파른 산을 오르기 위해 만들어 놓은 동아줄이 있다. 그 줄을 붙들고 올라가야 산 정상까지 간단다. 밧줄을 붙들고 정상을 오르는 것은 참 힘들었다. 산 정상까지 올라가 보니 아! 감탄사가 절로 나왔다. 등산은 이래서 하는 거구나! 확 트여 아주 멀리까지 보이는 정상에서 눈이 호강했다. 약간 차갑기도 한 바람을 맞으며 탁 트인 경치 구경을 하는 사람들은 야호 소리를 지른다. 정상까지 올라온 것이 자랑스러운가 보다. 하긴 건강해야 정상까지 오를 수 있으니 감탄사도 나올 만하다. 세 시간 이상을 산에 올랐다가 다시 내려오니 사람들은 여기저기서 벌리고 있는 길거리 음식들을 만드는 곳에서 줄을 서서 차례를 기다리고 있다. 붕어빵 굽는 냄새도 나고 군고구마 냄새도 난다. 또 군밤 냄새가 난다. 그 사내는 그곳으로 발길을 돌렸다. 군밤은 겨울밤에 먹어야 제맛이지만 언제나 먹어도 맛이 좋다. 버스가 많이 왔기에 인지 사람들이 많다. 곳곳에 밤을 구워 파는 곳 또 간식을 파는 곳엔 줄이 길게 서 있다. 한 십 분 정도를 기다리니 차례가 왔다. 한 봉지에 1천 원씩이다. 같이 간 일행과 먹으려고.

"저기 세 봉지만 주세요."

모자를 꾹 눌러쓴 군밤 장수가 얼굴을 든다. 그를 보고는 아! 깜짝 놀라 펄썩 주저앉을 뻔했다. 포장마차 베짱이였다! 베짱이도 그 사내를 알아보았는지 깜짝 놀란다. 외나무다리에서 만난 셈이다.

베짱이 그를 본 순간 피가 거꾸로 솟구치는 것만 같다. 머리가 핑 돈다. 세상이 숨을 멈춘 것만 같았다.

분노에 터질 것만 같은 가슴이 덜덜거리는 오토바이가 되었다. 쓰러질 것만 같다. 부근에 있는 벤치로 가서 앉았다.

나 스스로 진정하지 못하면 일을 낼 것 같다. 큰 호흡을 몇 번이나 쉬며 그 베짱이가 있는 곳을 쳐다봤다. 그 사내는 풀릴 것 같지 않은 분노로 입술이 바르르 떨렸다. 이를 꽉 깨물어 입술을 진정시켰다.

저걸 어쩌지? 공소시효도 다 지나가고 이제는 남은 건 민사인데 저 베짱이한테 사기를 친 그것만큼 돈이 없을 게 뻔하다.

'사기 쳐서 돈을 가지고 도망을 하였다면 살기라도 잘 살지 이게 무어냐.'

그래 내 인생은 풍파의 연속이었다. 베짱이가 그리 사기를 치고 간 뒤에 내 삶이 바뀌지 않았던가! 그 아픔을 달래고자 탈무드를 생각하고 새 인생을 맞은 게 아닌가!

그에게 사기를 당하지 않았다면 그저 그 작은 점포에서 막걸리 타령이나 하다가 쪼그라들었을 것 같다. 그래 네가 날 도와준 거야!

그런 생각을 하니 일찍이 경험하지 못한 향기로운 숨결이 심장의 박동을 낮추며 지난날에 그에 얼굴이 떠올랐다. 그래 다 지난 일이야!

'다 스쳐 가는 바람이었던 게야.'

그 사내에게 보증을 서달라고 하고 돈을 이백만 원이나 챙겨 달아나 그 사내를 아주 구렁텅이로 몰아넣은 동생이라든 베짱이였다. 그는 밤을 굽고 손님에게 파느라 정신이 없다. 그에 몰골은 형편없었다. 저희를 잘살게 해주려고 보증을 서주었는데 그럴 수가!

그가 도망을 가자. 빚을 감당하지 못하게 되자 점포를 내놓고 흥정을 할 때 심정은 죽고만 싶었다.

하늘을 쳐다보았다. 흰 구름이 모양을 바꾸어가며 바람에 흘러가고 있다.

내가 구름이라면 지금 어디로 흘러가는 것일까? 마음을 가라앉히려고 노력을 하니 좀 진정이 된다. 베짱이 그와의 지난날이 머릿속으로 파고들어 왔다.

그가 나를 골짜기 구렁텅이로 빠뜨렸지만, 그 베짱이는 저 모양 저 꼴이 되고 나는 잘살게 된 것이 아닌가! 그래 저 하늘에 뜬 구름 같은 게 인생이잖나! 다 용서하자!

같이 갔던 계원이 내가 안 보이자 나를 찾으러 왔다. 아직 두어 명이 산에서 안 내려왔는데 그들이 오면 버스가 조금 있으면 출발한단다.

군밤 팔기에 바쁜 그에 모습을 한 번 더 훔쳐보고는 아무 말 없이 발길을 돌렸다.

그 사내는 건드리면 폭발하는 700발의 탄알이 든 크레모아였다. 그래도 그가 그 사내의 운명을 바꾸어준 고마운 사람이라고 생각하고 참았다.

사기를 당한 모든 책임은 본인에게 있는 것이라고 인정을 한 것이다.

아픈 마음을 달랜다는 핑계로 술 속에 빠져들었기에 술이 만든 사건이었다.

베짱이를 만났다고 아내에게 이야기한다면 또 바보가 될 것만 같다.

포장마차를 하던 사람에게 보증사기를 당한 것은 어디까지나 그 사내가 잘못한 것이다. 아내에게 말을 해야 할까 안 해야 할까 많이 망설여진다. 지난 내가 잘못 한 일을 가지고 이야기해봤자 본전도 못 찾을 게 뻔하다.

그래도 그 일 때문에 고생한 아내에게 며칠 후 만난 사실을 털어놓았다. 포장마차를 하던 사람을 만났다고 하니 아내는 귀를 쫑긋 세우고 앞으로 달려든다.

"언제 만났어, 그래서 어떻게 했어? 어떻게 한대? 돈은 갚는데?"

따발총 물음이 귀속을 파고든다.

"만나고 보니 다 헐어빠진 모자를 쓰고 군밤 장수를 하고 있었어."

"아이구! 그래서 어쨌냐니깐."

“뭘 어째 그냥 와 버렸지.”

“아무 말도 안 하고?”

“말하면 뭘 해 아무것도 없어 보이던데.”

“그래서 어쩔 건데?”

“다 용서했어. 다 잊어버려 지나간 일이야.”

“용서?”

“그려 일곱 번씩 열 번이라도 용서하라고 했잖아.”

”아니 언제 만났느냐구.”

“며칠 전 등산 갔을 때야!”

눈이 동그래진 아내는

“뭐라구!”

긁어서 부스럼을 만든 꼴이 됐다.

21
나는 인간이기에 앞서 동물이었습니다

청주에서 서점을 더 크게 한다고 큰소릴 치고 왔지만 남은 게 겨우 식료품 점포 한 개 그게 희망은 아니었고 밥 먹여 주는 것은 아녔다. 점포를 정리한 후 개미에게 빚만 지고 있던 왕치는 스트레스가 쌓여서 술 속으로 들어가는 날이 많아졌다.

탈무드를 읽고 시작한 부동산 사무실을 하나 얻고는 깨끗하게 단장을 하여 복덕방이라는 이미지를 주지 않으려 노력하였다. 그 사내는 세계 최고의 부를 가진 자들의 경전인 탈무드를 확실하다고 믿었다. 신고제인 부동산은 손님도 하나둘 늘고 사업이 되기 시작했다. 당시에는 부동산이라고 하지 않고 복덕방이라고 하여 노인들의 용돈이나 버는 그런 일을 하는 곳이 노인들의 놀이터 복덕방이었다. 간판을 복덕방이라고 붙인 곳도 있지만 00부동산이라고 달았다. 책상이며 가구를 고급으로 준비하고 사무실에 TV도 설치하고 손님이 오시면 다방 커피를 시키지 않고 쌍화차를 준비해놓고 드렸다.

6개월이 되자 손님은 하나들 늘어나기 시작했다. 이제 우리나라도 월급도 많이 올라가고 수출도 많이 하니 기업들도 숨통이 열렸다. 부동산 붐이 일어나기 시작한 것이다. 개미가 버는 돈보다 왕치가 버는 돈이 더 많아지기 시작했다. 이제는 왕치에서 벗어나 개미에게 빚을 갚을 때가 확실하다고 느꼈다. 왕치가 돈을 벌든 안 벌든 사무실 운영에 대하여 아는 게 없는 개미는 말 한마디 물어본 적이 없다. 돈을 얼마 벌었느냐 물어본 적도 없다. 왕치는 그저 열심히 하여 개미를 놀래켜 주려고 개미도 모르게 통장을 불러나갔다. 돈 있는 분들을 단골손님으로 만들려고 손님들과 자주 어울려 술도 마셔 댔다.

그런 왕치를 눈여겨보고 있던 사무실 이웃 점포에서 각종 약초와 꿀 등을 파는 순이엄마가 있었다. 부근 점포 사람들은 그를 사장님이라 부르지 않고 순이엄마라고 불렀다. 순이엄마는 왕치보다 나이가 세 살이나 많다. 남편이 일 년 전에 결핵으로 죽었다. 민며느리 비슷하게 나이가 많아 장가를 못 가는 남편에게 시집을 와서 고생한 순이엄마였다. 그는 가끔 좋은 산삼이 왔다며 부동산 사무실에 와서 돈 있는 사람들을 소개해달라고 부탁을 하며 자주 보던 분이다. 돈이 있어 보임 직한 분이 오면 그 약초 상인 순이엄마를 여러 번 소개해 주었다. 순이엄마는 고맙다며 식사 한번 대접을 한다고 한다. 큰돈을 쓰는 것도 아니니 그에 응했다. 초저녁에 시작한 식사는 술까지 먹다 보니 9시가 넘었다. 순이엄마도 퇴근을 식사 자리에서 한 셈이다. 순이엄마는 막걸리 소주 맥주 가리지 않고 술을 아주 잘 마신다. 한 번 얻어먹었으니 한 번은 사야 하는 게 아닌가? 식사하러 가자고 하니 자기가 낼 터이니 횟집으로 가자고 한다. 당시에 횟집은 청주에 몇 군데가 안 된다. 그리고 비싸니 그런 곳엔 잘 안 간다. 왕치는 서점도 해보고 돈도 많이 써본 가락이 있는지라 그걸 싫다고 할 사람이 아니다. 두 사람은 횟집 독방에서 소맥을 하기 시작하여 몇 시간 동안을 얼근할 정도로 많이 마셨다. 그녀는 술을 마시면서 지난날 고생했던 이야기와 남편에 관한 이야기를 다 털어놓았다. 눈물을 흘리며 울면서 하는 이야기에 동정심도 갔다. 순이엄마는 술에 취했는지 한소리를 또 하고 또 하고 한다. 이제 술을 더 먹어서는 안 될 것 같다.

술을 그만 먹으려고 계산대에 가서 계산하려니까 계산은 그녀가 미리 하고 들어 왔단다. 미리 낸 돈이 남는단다. 약초 장사를 하더니 돈을 많이 벌었나 보다. 그런데 문제가 생겼다. 그녀가 술에 취해 일어나지를 못하는 것이다. 참 황당한 사건이다. 횟집에서는 이제 마감 시간이라는데 어찌할 도리가 없다. 그녀를 팔을 어깨에 걸치고 나왔다. 그녀의 집도 모르니 사무실 옆 점포로 그 시간에 데려다줄 수도 없다. 그곳으로 데리고 간다고 해도 그곳엔 잠을 잘 방도 없는 점포이다. 참으로 난감하다. 이 밤에 여자를 데리고 어디로 간단 말인가! 할 수 없이 여관에 데려다 놓고 집으로 가려고 비틀거리는 그녀를 힘들게 데리고 그 부근에 여관으로 들어갔다. 여관비를 내고 방에다 눕히고는 방을 나오려 하자 그녀가 붙들고 늘어진다. 아니? 술에 고주망태 같던 여자가 여관에 오니 눈이 멀쩡해 보인다. 그리고 끌어안는 것이 아닌가. 여자는 굶주린 암사자처럼 얼굴을 비비며 입술을 빨며 대든다. 윗옷을 훌러덩 벗어 던진 그의 몸은 용광로처럼 뜨거웠다. 남자를 끌어안고 온몸을 비비며 대 들으니 왕치는 처음 겪어보는 일이었다. 일 년을 굶은 과부가 자기보다 더 젊은 남자를 만났으니 폭풍이 지나가듯 온몸은 요동을 치다 못해 떨리는 듯하다. 소리를 지르는 괴성 그 소리가 행여 밖에 새어 나갈까 걱정이 될 정도였다. 과부 그녀는 참으로 처음 겪어보는 열정의 여자였다. 개미와의 거시기와는 완전 다른 경험이었다. 그녀를 여관에 두고는 집으로 오니 12시가 넘었다. 잔소리를 별로 많이 하지 않는 개미는 아무 말이 없다. 양심이 있으니 미안하기도 하다. 이불을 푹 뒤집어쓰고 누웠다.

그 이튿날 순이엄마가 아침 일찍이도 사무실로 찾아와 어제 고마웠다고 인사를 한다. 고맙다는 게 도대체 무슨 뜻인지 알 수가 없다. 과부인 그녀와 거시기를 해줘서 고맙다는 것인지 술 취한 그녀를 여관에서 잘 자고 나오게 해서 고맙다는 것인지 둘 중의 하나겠지만 어느 쪽인지는 모르겠다.

일은 그것으로 끝난 것 같았다. 왕치도 그녀에게 큰 관심을 두어서는 안 될 것 같지만, 그녀와의 첫 만남에서의 만족한 것이기에는 관심 밖이 아녔다. 그런데 며칠 후에 그녀가 퇴근 시간 무렵 사무실에 찾아왔다. 그것을 해서 그런지 그녀는 아주 친한 사람 대하듯 반말을 섞어가며 이야기를 한다.

"저기요. 내일 모래가 돌아가신 분의 제삿날이라 동동주를 담갔는데요. 그거 맛 좀 한번 봐주실래요? 맛이 없으면 그냥 정종을 사다가 지내려고 해요."

"아 그래요? 그거야 뭐 어려운 게 아니잖아요?"

"잘못 담가서 시어지면 지사 술로 쓸 수가 없거든요."

"그렇겠네요."

동동주 맛을 본 왕치는 입이 함빡 만하게 벌어졌다. 그 동동주 맛은 정말 일품이었다.

"순이엄마 솜씨 진짜 최고네요."

"진짜요? "

"예 아주 기가 막힙니다."

"지사 지내구 술 남으면 좀 드릴게요. 며칠 후 시간 한 번 내세요."

그녀의 말꼬리를 덥석 물었다.

"아이구! 고맙지요. 불러만 주세요."

순이엄마는 그렇게 작업을 하고 왕치는 그 동동주가 먹고 싶었다. 그러니까 궁합이 맞은 것이다. 순이엄마는 화장을 예쁘게 하고 이사하고 없는 순이엄마가 사는 집 부근의 빈집으로 왕치를 불렀다. 남의 눈이 무서우니 왕치도 얼씨구나였다. 그 집은 팔려고 내놓고 순이엄마에게 집을 좀 봐달라고 하고 이사를 간 순이엄마 동서의 집이었다.

순이엄마는 화장도 그럴듯하게 하고 멋을 한껏 부린 옷을 입었지만, 왕치는 그녀의 옷매무새에는 관심이 없다. 오직 단내가 폴폴 나는 쌀이 동동 뜬 동동주만 얼른 줬으면 좋겠다.

왕치와 둘이 만나게 된 순이엄마는 술, 안주라며 순대까지 가지고 와서 왕치에게 술을 권하면서 그도 동동주를 같이 조금 마셨다. 그런데 제사 지낼 때 순대를 놓던가?

그 집 제사는 아마 그럴지도 모르지, 하며, 순대를 먹어보니 참 맛이 있다. 왕치는 독한 동동주를 몇 잔 마시고 보니 고맙기도 하다. 가져온 한 주전자의 동동주가 떨어지자 집에 더 있다며 더 드실 거냐고 물었다. 그걸 마다할 왕치가 아니다. 또 한 주전자를 가져다가 줘서 마시고는 그냥 일어서려니 미안하기도 하다. 일어서려고 순이엄마를 쳐다보니 그녀도 술을 몇 잔 마셨는데 순이엄마의 얼굴이 붉은 노을처럼 볼그스래 하다.

"아이구! 이러카구 대낮에 어떻게 밖을 나간대 요"

엥? 이게 뭐지? 아하! 눈치 빠른 왕치는 눈치를 챘다. 먼저도 술 취한척하며 왕치와 거시기를 한 게 아닌가! 지난날의 그녀 생각이 났다. 사내의 근성이 잽싸게 말꼬리를 붙들고 늘어졌다.

"그렇지요. 그러카구는 못 나가지요,"

순이 엄마는 냉큼 달려들어 끌어안는다. "아이구 죽겠네" 소리를 들으며 거시기까지 하고 나왔다. 꼬리가 길면 밟힌다는 속담을 잊어버렸다. 긴꼬리를 개미가 꾹 밟았다. 만나긴 했어도 거시기는 안 했다고 끝까지 버텼다. 인정사정없이 물어대는 개미에게 다시는 만나지 않겠다고 싹싹 빌어도 쳐다도 안 본다.

왕치는 아이디어를 생각해냈다. 여자란 삼일 도리로 몽둥이로 패야 상냥하고 반찬도 잘해준다고 한다. 좋다. 왕치의 아이디어는 개미 옆에도 안 가며 버티는 것이다. 팬티를 들고 일어서서 치알을 치는 그놈을 패션쇼를 하는 듯 팬티를 은근슬쩍 보여 주며 한 달을 버텼다. 그거 버티기가 젊은 혈기에 너무나 힘들다. 빳빳하게 일어서서 지랄을 떠는 그놈을 생각해서라도 이제 항복해야 하겠다 싶었던 어느 날, 개미가 어쩐 일인지 세상이 뒤바뀔 일을 벌였다. 개미가 막걸리를 한 주전자 사다가 물오징어를 삶아 가져와서는 왕치에게 먹으라고 하는 게 아닌가? 그것은 너무나 황당한 사건이었다. 술만 보면 지겹다고 호랑이에게 들킨 노루 뛰듯 뛰던 개미인데 그 술 주전자를 보고는 왕치는 뭔가가 이상하다는 생각이 들었다. 그러나 왕치는 싱긋이 웃었다.

'이건 작전을 쓰는 거야 그러면 그렇지! 내가 당신을 모를 줄 알고!' 왕치는 개미를 쳐다보며 쾌재를 불렀다.

그것은 왕치에게는 닐니리야도 될 수 있지만 쌀바가지가 부서지게 대갈통을 맞을 수도 있는 일이다. 그렇지만 개미 속을 훤히 뚫은 왕치는 밖에서 두 번이나 만난 순이 엄마 이야기는 싹둑 자르고 막걸리에 소주를 몰래 탄 술을 마시고는 두 손을 잡고 서서 "당신만을 사랑해" 노래를 불렀다. 개미는 당신만을 사랑한다는 말에 흡족했다. 그래서 또 한 이불을 깔았다.

왕치는 술만 먹으면 만고강산을 유람하는 기분이었다.

왕치는 연신 막걸리가 먹고 싶었다. 개미는 왕치의 속을 너무나도 잘 안다. 술을 먹고 헛소리하면 그냥 안 둘 것이라는 경고를 보내고는 이빨을 줄로 갈아 뭐든지 한 번만 물으면 그냥 싹둑 잘리게 준비를 단단히 했다. 그리고는 제 살 수놈인 왕치에게 비밀을 알아내고자 혹시나 하며 귀를 기울이고 있었다. 왕치는 술을 먹으면서도 개미의 눈치를 살살 살피며 조심을 하고 있었다. 왕치가 순이엄마와 만나는 것을 안 개미는 살살 왕치를 족쳐도 순이엄마와 거시기는 절대 안 했다고 하여 그냥 넘어갔다. 그렇지만 의심의 눈초리를 푼 것은 아녔다.

그려 부부는 일심동체라. 역시 우린 천생연분이었어, 그렇지 왕치는 개미를 쳐다보며 쾌재를 불렀다.

며칠 후, 손이 큰 손님과 2억짜리 땅을 계약했다. 중개 수수료를 많이 받았다. 기분이 좋아 그 손님과 술을 거나하게 하고 방에 들어가 보니 더울 정도로 방이 따끈따끈하다. 왕치 서방님 춥지 말라고 그 비싼 기름을 아끼지 않고 보일러를 확 틀어 놓았나 보다. 더우니 윗옷을 훌러덩 벗고 러닝셔츠 바람으로 누웠다. 한 잔 먹고 왔으니 기분도 좋은데 어찌 한잔을 더 먹고 싶다. 원래 술은 취하면 더 먹고 싶은 게 아니던가. 얼근해 오지만 불을 끄고 자는 척하고 누워 있다가는 고양이가 됐다.

숨겨둔 소주병을 찾아 살금거리며 거실로 나갔다. 신발장 문을 열었다. 입이 함빡 만해졌다. 아니 숨겨둔 소주병이 한 병인 것 같았는데 두 병이나 있잖아. 이상한 일 같은데 그거 뭐 따질 필요는 없는 게 아닌가. 하여간 기분이 좋다.

거실에서 소주 한 병을 소주잔에 따라 홀랑 마시고는 냉장고에서 김치를 꺼내 쩝쩝거리며 먹었다. 술꾼이 뭐 안주 타령을 할 일은 없다.

목에 낀 때를 뺀다고 돼지목살 구워서 먹고 왔으니 소주가 달콤했다. 그런데 서서 홀짝 마시는 소주는 술이 아니라 물이라고 혀가 살짝 귀띔해준다. 그쯤 되면 야구의 포수같이 생긴 목구멍이 얼마든지 받을 준비가 됐다고 큰소리를 친 것이다.

신발장에 한 병이 또 생각이 난다. 에이 몰라! 술은 다 그런 거지 뭐 취하면 더 먹고 싶은 게 술이 아니던가. 반병만 더 먹자! 아침에 일어나서 속이 쓰린 생각은 인사도 없이 하늘로 올라갔다. 한 병을 가져다가 홀짝 마시고는 살금거리며 방으로 들어가려니 다리가 휘청한다. 넘어질 뻔했다. 그 지진파로 몸도 흐물흐물 오징어가 되어 무당

춤쟁이가 됐다. 비틀거리며 방에 들어가자마자 그냥 쓰러졌다.

속이 싸하다 못해 눈까지 트릿해진다. 가슴속까지 취해 오나 보다. 어지러운 것인지 방안에 등이 흔들거린다. 그래도 기분이 좋아 18번지 노랠 속으로 흥얼거리기 시작했다. "정-드은-사-안 바-악-달재를 울고 넘는 어-어-른놈아- 술만 먹고 돈만 내라. 얼씨구 절씨구 짝짝 옆-저언 여얼- 다-안-냥. 흥얼거리며 있는데, 순이엄마가 살짝 들어와 옆에 눕는 게 아닌가! 눈을 껌벅이며 이게 웬일인가? 하며 순이엄마를 냉큼 끌어안았다. 그리고

"순이엄마 내가 그렇게 좋아?"

"뭐라구?"

순간 별똥별이 머리통에서 번쩍한다. 목소리가 순이엄마가 아닌 개미라는 걸 알았다. 아구야! 술이 확 깬다. 비틀거리며 일어나 앉았다. 뱉은 말이니 뭐라 할 말도 없고 변명도 할 수가 없게 됐다. "다시는 안 그럴게." 결혼하고 처음으로 왕치 체면이 확 꾸겨졌다. 그냥 그 말만 하고는 방바닥에 술 취해 쓰러지는 척하고 누워 날 죽여 쥬슈 하고 헛코를 골아대다 잠이 들었다. 아침이 문제였다. 왕치가 쓴 작전은 1차는 이겼지만 2차는 영리한 개미 작전에 홀딱 넘어가 뒤로 홀러덩 자빠진 것이다. 왕치가 작전을 쓰고 있다는 것을 알아챈 개미였다. 순이엄마와의 관계를 알아내기 위해 소주를 신발장에다 감춰둔 것을 알면서 아주 한 병을 사다가 신발장 보이는 곳에 넣어 두고는 모른 체했다. 늦게 오는 날은 술을 먹고 올게 빤하니 빨리 취하라고 보일러도 확 열어놨다. 술에 맛이 간 걸 확인한 개미는 살짝 거실로 나가 작은 방으로 들어가서 기다렸다. 소주를 다 마시고 방으로 비틀거리며 들어가는 왕치를 본 개미는 옳거니 했다. 때는 이때다. 조금을 더 기다린 후 방문을 조금 열고 보니 왕치는 술에 만취되어 알지 못할 소리를 내며 흥얼거린다. 그걸 보고는 왕치 꼴을 보려고 옆에 가

서 누웠다. 그리고 왕치를 슬쩍 건드려 본 것이다. 작전은 똑 떨어지게 맞았다.

그래서 개미는 승리의 깃발을 들고 만세를 불렀다. 그렇게 해서 순이엄마와의 관계는 확실하게 들통이 났다.

아침이 됐다. 왕치는 어제저녁 일은 생각도 하나도 안 난다. 술을 많이 먹은 것만 기억이 날 뿐이다. 출근 준비를 서두르는 왕치에게 개미는

"이혼할껴."

"아이 뭐 내가 뭐 잘못한 거라도 있어?"

"뭐라구? 내가 순이엄마라메."

아구야! 이걸 어쩐대? 어젯밤에 뭔가 큰 실수를 했구나!

"내가 확실히 그랬어?"

"그럼 안 그랬단 말이야?"

"몰라 술이 곤드레 만드레인데 그걸 어찌 아느냐구."

"사람 죽여 놓고도 모른다 할 사람이네."

왕치는 술에 취하긴 했지만, 순이엄마 이야기를 했던 게 사실이라 양심을 저 버릴 수는 없다. 그냥 은근슬쩍 넘어가고만 싶다.

"난 생각이 안 난다고, 내가 잘못했으면 이해해줘."

"딴소리 말고 이혼하자고."

하아! 큰일이 났다! 처음으로 들어 보는 이혼 이야기 무슨 소리라도 하고 나가야 할 것 같다. 빨리 그 자리를 피해 도망가고만 싶다.

"할 수 없지, 뭐 이혼해달라는데 뭐 할 말 없어. 이따가 퇴근하고 와서 이야기하자고 미안해."

개미는 억울해서 밤새 잠도 안 잤는지 눈이 부숭부숭하다. 미안하기도 하다.

"우선 여기 백지에다가 손도장 찍어 놓고 나가."

"아이참 우리가 일 이년 살았냐구 좀 봐줘."
"딴소리 말고 도장 찍고 나가."
"참 이혼을 하려면 뭐 조건이 있어야 할 거 아녀?"
"조건은 내 맘대로지. 다른 얘기 말고 도장 찍을겨 안 찍을 거야."
"이따가 저녁에 일찍 돌아올게. 그때 이야기하자고."
도둑질하다 형사에게 들킨 도둑놈처럼 도망치듯 집을 나왔다. 아무리 생각해도 큰일이 벌어진 것 같은데 술이 너무 취해서 다른 생각이 안 난다. 다른 실수를 했는지도 모른다. 순이엄마 이야기는 확실히 오고 간 것 같다. 무슨 해결할 방법은 없는가? 잘못은 했지만, 사무실에 앉아서 가만히 생각해보니 그것은 여자의 질투가 아닌가?
그렇다면 질투를 해소하는 방법은 없을까? 하늘이 무너져도 솟아날 구멍은 있다. 암! 그렇고말고. 말이 이혼이지 그리 쉽게 이혼은 안 될 것 같다. 이제 두 번의 실패를 끝내고 새길로 들어섰는데 돈도 개미 한 달 월급을 하루에 벌 때도 있다. 일찍 들어간다고 해 놓고 오후 11시가 넘기를 기다렸다. 그리고 살금거리며 아파트 문을 따고 들어가니 거실에 딱 버티고 앉아 있다. '그렇지 그럴 줄 알았지.' 일찍 들어온다 했으니 초저녁부터 기다렸을 게 아닌가? 그런데 요놈의 왕치가 안 들어온다? 기다리며 생각을 안 할 수가 없었겠지. 손뼉도 마주쳐야 소리가 나는 법이지 화도 나고 싸움도 해야 하겠는데 왕치가 없으니 싸움은 안 될 게 아닌가!
속을 부글부글 썩이며 '이러다 정말 안들 오면 어쩌지?' 속을 썩이며 몇 시간을 그리 앉아 있자니 이거 정말 바람이 나서 나가는 거 아녀? 그러면 안 되잖아. 별생각이 다 들었을 것만 같다. 11시가 넘어서 구렁이 담 넘어가듯 왕치가 기어들어 오니 한바탕 붙어야 하겠는데 무엇부터 이야기할지 이글거리는 가슴을 매만지며 눈만 흘기고 있었다. 그래도 개미는 왕치를 보니 속으로는 반갑다. 그게 밉고도 고운

정인가 보다. 왕치는 변명치고는 조잡한 변명을 늘어놓았다.

"일찍 오면 그냥 몇 시간 동안 싸워야 할 거 아녀? 그러니 12시 넘어서 싸우면 이웃 때문에 싸움을 크게 할 수는 없을 거 아녀. 11시가 넘어서 오면 1시간만 싸우면 될 것 같아 그래서 일부로 늦게 온겨."

그 말을 하면서도 어제 먹은 술 때문에 속이 울렁거린다.

"뭐라구? 아이구! 정말 못살아."

"이제 마음을 가라앉히고 차근차근 이야기해 보자고. 이혼 조건이 뭐여?"

"몰라서 물어? 나 도로 시집오기 전 사람으로 도로 만들어놔."

'응? 이게 무슨 뜻이지?'

"아니 그러면 처녀로 도로 만들어 놓으라는 거야."

"그려 그래야 다른 데로 시집가지."

'왕치 감 잡았다. 그건 이혼은 안 한다는 이야기이다.'

"그려 그렇게 만들어 주지 그거 뭐 별로 어려운 조건이 아니네. 다른 조건은 없어?"

"이혼하면 그만인데 다른 조건이 왜 필요해."

"알았어. 나 졸려 자고 아침에 이야기하자고."

그 이튿날

"어떻게 할 건데."

"날 처녀로 도로 만들어 놓으라고."

"아니 그런 이혼 조건이 어디 있어? 그건 말도 안 되는 소리라고."

"어제 처녀로 만들어 놓는다며."

"에이 참 뭘 모르네! 급한 불은 일단 먼저 끄고 보는 거야. 그래서 급한 불을 끄노라고 한 이야기지. 큰 길가를 막고 지나가는 사람들에게 다 물어봐. 시집간 유부녀를 처녀로 만들어 놓으라는데 그게 가능한 이야기냐고? 그건 전능하신 하느님도 못 하는 일여. 내 말 맞지?"

"맞기는 개 코가 맞어!"

"이제 술 조심할게. 그리고 순이엄마 얘기 그만해 안 만나면 되잖아."

슬그머니 손을 잡았다.

'화딱지는 나지만 그래도 살을 맞대고 살아온 게 오래되지 않았나!'

"술 끊어, 그리고 담배도 끊어 그걸 봐 가면서 용서할 거야."

그것은 사랑하는 마음이 있다는 이야기이다.

부부싸움을 한 지가 며칠이 지났다. 개미에게

"처녀로 만들어 놓으랬지?"

"그려."

"내가 산부인과 의사여 옷을 벗어봐 그래야 처녀로 만들 것 아냐?"

"뭐라고? 안 들려."

"이비인후과로 먼저 가야 하겠네."

바람피우다 들킨 숫 고양이 같이 꼬랑지는 내렸지만 그래도 가끔은 꼬랑지를 조금은 올려보았다. 그것은 허세였다. 개미는 금주령뿐만 아니라, 통장을 전부 달란다 거의 압수 수준이다. 통장 하나에 적힌 큰돈을 보고 개미는 깜짝 놀랐다. 그거야 뭐 주머닛돈이 쌈짓돈이니 별건 아니다. 통장은 다시 하나 만들면 된다. 담배도 피우지 말라는 벌을 내렸다. 그게 싫으면 2차로 뭘 한단다. 그냥 꼬랑지를 아주 땅에다 붙였다. 인과응보인가보다. 술만 먹으면 담배가 더 피우고 싶은데 술을 끊으니 담배는 자연히 피우고 싶은 생각이 조금은 덜 난다. 그저 연신 주머니를 뒤지며 무언가 잊어버린 것처럼 허전하다. 할 수 없이 박하사탕을 사서 주머니에 넣고 먹어도 입이 개운하지 않다. 정말 술은 안 먹어도 살겠지만, 담배 없이는 못 살겠다. 보름 동안을 버티다가 결국은 집에서는 안 피우고 몰래 담배를 하루에 세 개비씩

피우기 시작했다. 그것은 밥을 먹고 난 뒤엔 참을 수 없는 욕망이었다. 개미 마하님과 약속을 했으니 양심상 담배도 끊어야 하지만 금주령까지 내렸으니 사람 사는 게 사는 것 같지 않다. 가지 말라고 해도 없다는 시간은 간다. 달력을 한 장 찢어내고 두 장을 찢어냈다.

왕치는 개미의 얼굴을 살피며 주역에 산통을 흔들어댔다. 점괘는 火天大有라. 아구야! 화천대유? 그거 주역에서 가장 좋은 점괘 아녀? 그것은 사슬에서 곧 풀릴 거라는 뜻이 아닌가? 그러나 가장 좋은 것과 가장 나쁜 것은 종이 한 장 차이 아닌가? 의심은 간다. 그러나 그것은 인간이 동물이기에 그렇다고 아주 개념과 정의도 내려주었다. 그러니

그 사내는 만세를 부를 날이 얼마 안 남은 것 같아 기분이 좋다. 산에 신령 도사님이 봐도 그 점을 부정하지는 못할 것 같다. 눈치 백 단인 그 왕치가 개미 속으로 들어갔다.

개미가 보니 왕치는 금주령을 잘 지키고 있다. 술을 끊으니 새사람이 된 것만 같다. 대 찐 내가 나던 옷에서도 담배 냄새도 덜 난다. 너무한 것이 아닌가 생각도 든다. 돈을 벌려고 애쓰는 왕치가 안됐든지 큰돈을 보고 좋았든지 개미는 실타래처럼 엉킨 마음을 풀어야 했다. 그럴 것 같다. 화천대유 점괘는 딱 맞았다. 그 점이 맞았는지 왕치와 개미는 부부 일심동체가 다시 됐다.

부처님 반 토막 닮았다는 그 왕치의 친구가 말을 했다.

"에고에고 왕치야. 너 거짓말 하느라고 고생 많았다. 이제부터는 다른 여자와 만날 생각일랑 꿈에도 하지 말거라."

그 사건 후로 왕치의 시간은 거꾸로 가기 시작했다. 다 반사는 개미의 주장에 의하여 결정되고 왕치는 사내로 바뀌었어도 발로 차인 강아지처럼 깨갱 대면서 개미에서 진급한 아내를 마하님(마누라 하느님)이라고 글을 쓴다.

22
공인중개사 시험

정부에서 1984년 공인중개사 법을 제정하고 1985년 8월 15일 제1회 공인중개사 시험을 본다는 공고가 나왔다. 현재는 신고제로 하는 부동산은 중개인으로 하고 시험에 합격하는 사람은 공인중개사 간판을 붙일 수 있다고 한다. 일반 중개인과 공인중개사는 차이가 있는 것이다.

외국에서 공인중개사는 매력 있는 직업이다. 돈을 가장 많이 만지는 게 부동산이고 공인중개사는 정부에서 인정하는 직업이다. 공부하자. 모든 시험을 쉽게 여기지 말자. 그것은 국가 고시이다. 시험을 보려고 그 과목을 보니 법에 관련된 것이 30여 과목이다. 쉽게 볼일이 아녔다.

학원을 가서 등록했다. 학원에 가보니 문제지를 사라고 하고 그 문제지를 설명하는데 학원에서는 엉뚱한 것만을 이야기하며 영어 나부랭이나 짓거리고 장님 소꼬리 만지는 이야기를 하며 뱅뱅 돌리고 있다. 서점에서 공부는 어떻게 해야 한다는 것을 학생들에게 이야기하던 그 왕치가 딱 보니 체계적인 공부가 아니다. 몇 개월 학원비 낸 것도 다 포기하고 15일을 다닌 후 그만뒀다. 그리고 법전을 구매했다.

그리고 서울로 가서 과목마다 모법을 다 사들였다. 서점을 해보았기에 어떤 법의 책이 있는 곳은 다 안다. 과목이 참 많다. 국토이용에 관한 법. 도시계획법. 부동산 세법. 도시개발법. 부동산등기법. 지적법. 민법. 참 많다. 그리고 자주 바뀌는 세법과 건축법 등 그와 관련된 모법 책을 사보니 20권이다. 우선 공부를 어찌할 것인가를 생각했다. 시간표를 만들었다. 모법을 시간별로 배정을 하고 한 과목에만 매달리지 않고 그 시간 만 공부하고 다음 과목으로 시간표대로 지켰다.

모법을 거의 시간표대로 읽고 썼다. 한문이 많이 섞여 있는 법률 용어 중 모르는 것은 일일이 옥편을 뒤지며 그 뜻을 새겼다. 그리고 시행령을 읽었다. 그렇게 6개월을 하니 이제는 자신이 붙었다. 문제지를 사러 서점으로 갔다. 출판사별로 나온 시험문제지는 엄청 많았다. 공인중개사 시험이 첫 회니 어디서 어떤 문제가 나올지 모른다. 이름 있는 곳의 출판사 문제지를 다섯 질을 구매했다. 그것을 읽어보니 모법을 시행령이라는 것으로 이리저리 돌려가며 적어놓은 것이 다이다. 부칙도 별것이 아녔다. 싱겁다. 그래도 다른 책을 더 사다가 보았다. 내용이 비슷비슷하다. 그래서 다시 모법과 시행령을 붙들고 늘어졌다. 그리 공부를 하니 시험 날짜가 기다려진다. 과연 어떤 문제가 날까? 드디어 시험 장소가 공고되고 응시원서가 배부되어 그에 응했다. 많은 사람이 관심을 가졌기에 응시한 사람이 시험을 보러 왔다. 퇴직하는 직종에 있는 사람들과 특히 교육공무원이 많은 것 같았다.

시험 장소는 청주 공고이고 일요일이었다. 시험은 온종일이었다. 오전 3시간 100문제, 오후 4시간. 100문제. 오전에 시험지를 받아 들고는 웃었다. 한 시간 동안 볼 것을 읽어만 봐도 정답이 보인다. 그것은 모법과 시행령을 뒤섞어 혼란을 준 것 외에는 특별한 게 없는 문제였다. 한 문제도 안 틀렸다는 것을 다시 확인했다. 점심시간 한 시간이 주어져 교문 밖으로 나오니 장인어른이 보인다. 고개를 꾸벅하

고 인사를 하니

"시험은 잘 보았니?"

"네."

"어렵지?"

"글쎄요. 다 아는 문제였어요. 오후 시험도 그런 식이라면은 별로 문제가 없을 것 같습니다."

"자장면 먹으러 가자."

"네. 감사합니다."

장인어른과 이야기하는데 시험을 보러 왔던 친구인 중학교 선생과 또 아는 학교 선생님 세 명이 나온다. 세 분은 서점을 하면서 알던 분들이였다. 서로들 웃으며. 가까운 곳으로 식사를 하러 갔다.

장인어른은 점심을 사주시고 오후 시험도 잘 보라고 하고는 가셨다. 자장면 한 그릇이지만 너무나 감사한 마음이 든다. 우리 집에서 관심을 둔 사람은 개미뿐이다. 오후 시간도 웃고 말았다. 딱 한 문제가 걸리는 게 있었다.

합격했다는 것은 시험지 답을 내면서 알았다. 하루가 지나니 문제 정답이 발표됐다. 예상대로 딱 한 문제만 틀린 게 확인됐다. 합격을 발표할 날이 기다려지지만, 2개월 동안 마음을 졸일 필요가 없었다. 2개월 후 합격자 발표가 있었다. 그리고 1985년 10월 25일 공인중개사 자격증을 충청북도지사로부터 받았다. 아쉽게도 같이 시험을 보러 갔던 네 명의 선생님은 시험에서 다 떨어졌다. 그들은 시험을 우습게 보았던 것이다. 뭐 부동산 시험 그거 어렵겠어! 시험 문제지 한두 권 읽어보고 별거 아니겠지! 그랬을 것 같다. 그렇게 준비한 사람이 시험에 붙을 리는 없다. 모든 시험을 철저히 준비해야 하는 게 당연한 게 아닌가? 신고제 부동산을 운영하는 중이기에 이제 신용과 부동산 공부를 더 철저히 하여 손님이 덕을 볼 수만 있게 하기만 하면 된다. 굳게 마음을 먹었다.

합격하자마자 청주에서 최초로 사직동 사거리에서 조금 들어간 부근으로 이사를 하고 00공인 중개사 간판을 걸었다. 그러다가 아주 좋은 자리로 옮겨 동업을 시작했다.

공인중개사 시험에 합격한 사람들이 호기심인지 무슨 특별한 것도 없는데 많이도 찾아와 격려를 해주고 갔다. 사무실을 방문한 그들의 직업 중 예상대로 공무원도 많았지만, 학교 교직원이 제일 많았다.

전국에서 1차에 붙은 사람이 30만 명이라니 그 시험에 많은 관심이 있었다는 것을 증명해 준 셈이다. 그들이 바로 개업할 사람들은 아니다. 부동산에서의 신용이라는 것 그것은 법령을 잘 이해하고 그것을 손님에게 설명하는 일이다. 돈에 눈이 어두워 허구의 이야기를 한다면 그것은 바로 도태될 것을 안다.

신용 그것이 얼마나 중요한지를 아는 것, 그것은 대구 사장님이 강조하셔서 머릿속에 집어넣었다. 그것이 성공의 발판이 되었다.

시험에 합격했어도 부동산에 관한 책을 읽으며 공부를 했다.

인생을 알기 위해서는 오랜 세월 동안 부단한 노력과 연마가 필요하다. 경험을 축적한다는 것은 어려움이다. 성공하는 사람은 특출한 사람이 있을까? 아니다. 급하게만 마음을 먹지만 않으면 된다. 꾸준한 축적이다.

삼국지에서 최후의 승자는 최고의 지모를 가진 책사 제갈량이 아니라. 사마의이다. 전쟁에 진 오나라의 왕 부처가 복수를 위해 와신상담을 하며 월나라의 왕 구천에게 복수했다 하지 않던가! 쓸개를 씹으며 10년을 참았듯이 참고 견디면 대가가 있을 것이다. 와신상담한다면 아무리 안돼도 사는 동안에 먹고 자고 입을 옷은 걱정 안 해도 될 것은 아닌가? 너무 큰 행복을 바란다는 것은 터무니없는 욕심이다.

친구는 소중한 사람이다. 이제 친구들이 보일 것이다.

23
찬란하게 떠오르는 태양

왕치는 그토록 잘나가던 지난날의 호화 생활은 꿈속으로 들어가고 현실은 이제 다시 먹고 살기 위한 전쟁터로 장총을 메고 나갔다.

사기를 당한 것은 지난 일이다. 다시 생각하면 시간 낭비이다.

부동산 공부할 때 위치도 아주 중요하다는 걸 책에서 배웠다. 장소의 선택은 성공의 첫째 비결이다. 중요한 자리에는 어김없이 약방이 차지하고 있었다. 그들도 그게 좋은 자리라는 것을 알기 때문에 약방을 차리려는 약사는 사람들이 많이 다니는 사거리 코너에 모퉁이를 선호했다. 그런 곳에는 거의 권리금도 주어야 그런 곳을 얻을 수 있었다. 왕치가 얻은 사무실은 코너가 아닌 좀 들어간 곳이라 좋은 자리를 눈여겨보고 있었다. 대로변 사거리 코너에 아주 좋은 자리는 허름한 옷을 입은 남자가 구두 몇 켤레를 놓고 파리만 날리고 있었다. 들어가는 문도 나무 문인데 색이 바랜 나무 문은 도르래가 녹이 슬었는지 잘 열리지도 않는다. 그 사내는 힘을 들여 밀고 들어가서 그 점포주에게 다가가 권리금을 줄 터이니 넘길 의향이 없느냐고 물었다. 그의 입에서는 오전인데도 술 냄새가 펑펑 나니 해장을 한 것 같았다. 생각을 좀 해본단다. 그 뜻은 권리금을 많이만 준다면 점포를 넘기겠다는 이야기가 아닌가?

그를 저녁때 다시 찾아갔다. 낮보다도 술이 더 취해 있다. 술김인지 횡설수설한다. 이야기할 때가 아니구나! 하고 다음을 기약하고 그 자리를 나왔다. 그는 종일 술에 취해 있는 것 같다. 장사도 안되니 그럴만도 하다. 영업하려면 영업장소는 사람들이 보아도 좀 깨끗해야 하는데 정말 점포도 너무 허술하니 그곳에 들어가 구두를 사려는 사람은 없을 듯싶다. 그에게 네 번째 다가가서 또 이야기하니 먼저와 같은 이야기만 한다. 눈여겨 볼뿐 다른 대책이 없었다. 그 사내가 사무실을 열은 부동산 사무실은 장소는 좋지 않아도 손님들은 있었기에 돈은 다시 벌리기 시작했다. 그런데 어느 날 보니 그 사내가 그리도 눈독을 들이고 있던 자리에 부동산 사무실을 한다며 몇 년 후배가 간판을 달고 있다. 그는 안면도 있고 왕치의 초등학교 동창의 사촌 동생이었다. 그 후배는 공무원이라고 들었는데 퇴직을 한 것 같았다.

그 자리를 얻으려고 무진 애를 썼으나 남에게 빼앗기고 만 것이다. 알고 보니 그 코너에서 파리만 날리던 그와 새로 부동산을 하려는 몇 년 후배와는 계원 간이었다.

일 년여를 가면서 보니 코너에 부동산을 개업한 그 후배는 그냥 매일 놀고만 있었다. 가보면 문도 잘 안 열리는 사무실은 지저분하기 짝이 없고 할 일이 없는 그는 소파에 누워있는 날이 많았다. 그 사내가 하루는 아침 출근을 하고 문을 연 코너 부동산엘 가보니 그 부동산에 안 식구가 아침부터 눈물을 철철 흘리며 국수를 끓이고 있었다. '아 뭔가가 있구나! 무슨 일일까?' 그 남자가 몇 년이나 후배이니 말을 놓고 지냈지만, 그 아내가 울고 있는 자리를 갔으니 좀 난처했다. 괜히 들어갔다 싶은데 그냥 훌쩍 나오기도 어렵다. 그 자리를 모면하기 위하여

"어이 김 사장 무슨 일이 있었어? "

"무슨 일은요 아무 일도 없어요. 형님 글쎄 저 여자가 아침부터 나를 사랑한다고 하더니 나 없으면 죽겠다고 저렇게 웁니다."

그 소리를 듣던 그 여자는 울다가 기가 막힌다는 표정을 지으며 "푹" 하고 웃음보를 터트렸다. 그리고는

"말도 잘하네."

눈물을 글썽거리며 그렇게 대꾸한다. 그러니 또 이상한 느낌이 온다. 아 뭔가가 확실히 있구나! 그날 저녁에 그 부동산 후배 김 사장을 만나자고 하며 저녁 식사를 같이하며 사정을 알아보니 아침을 지을 쌀이 없어서 국수를 끓이며 여자가 운 것이었다. 감을 잡았다. 그는 그 집의 장남이었고 아버지는 돌아가셨으며 홀어머니를 모시고 있었다. 직장을 그만두고 공인중개사 사무실을 하기 위해 빚을 내서 계원에게 권리금도 주고 얻은 점포인데 경험도 없고 손님도 없으니 그는 파리만 날리고 있었다.

왕치는 이제 자립할 수 있는 기틀을 어느 정도 잡았다. 왕치는 이제는 난 왕치가 아니다. "사내다"를 외치며 누구 하는 대로 훈장을 만들어서 스스로 승진했다. 이제 그는 왕치가 아니다. 당당한 사내가 된 것이다. 만세!

왕치에서 승진한 그 사내가 그 후배에게 제의했다. 동업하자. 권리금 준 것도 더 줄 것이라는 미끼를 던지자 그는 그 미끼를 덥석 물었다. 권리금을 이백만 원을 친구에게 빌려서 줬다고 한다. 그 사내는 그에게 동업 조건으로 삼백만 원을 그에게 약속했다. 동업 조건이지만 권리금이 오백만 원이라도 얻으려 했는데 오히려 더 적은 금액으로 그 자리를 차지한 것이다. 그것은 누이 좋고 매부 좋고 이였다. 수입과 지출은 반반씩 나누기로 하고 후배인 김 사장과 약속을 했다. 그 자리는 부동산 자리로는 최고의 자리였다. 사거리 코너에 사람들이 가장 많이 다니는 곳이고 시장 들어가는 입구이기도 했다.

그 후배와 동업을 하기로 하고 누가 봐도 깔끔하게 대수리를 했다. 나무 문짝을 뜯어내고 알루미늄 창틀로 문짝도 바꾸고 하니 사무실은 아주 깨끗해졌다. 그리고 그 후배 간판을 내리고 그 사내의 간판을 붙였다.

당시에는 차들이 많지 않고 거의 걸어 다니는 사람들이 많은 시절이었다. 그 사내는 그곳에서 부동산을 시작하자 타고 다니던 중고 포드를 팔고 현대 신차 포니 뒤에 나온 엑셀을 할부로 구입했다. 자가용은 힘을 발휘했다. 가장 많이 거래되는 예상 지점은 점포에서 약 2~4km 정도 떨어진 시내 사창동이었다. 그곳은 시내이기도 하지만 자연녹지 지역이라 집도 지을 수는 있지만 도시 계획이 확정되지 않은 구릉지이다. 90%가 보리밭이며 고구마밭 호밀밭이었다. 그 사내는 부동산은 물과 같은 것이라는 것을 공부를 통해서 알았다. 비슷한 위치에 어느 땅값이 오르면 그 부근도 덩달아 오르는 것이다. 그것은 물을 통에 부으면 편편해지는 것과 같은 이치이다. 그러니 사직동의 주택지역 땅값은 평당 80만 원을 훗가 하는데 시간이 가면 사직동과 붙어있는 아주 가까운 사창동 땅값은 평당 6만 원 정도를 하니 오를 것이 확실해 보였다. 또한, 청주 도시 계획 2지구인 수곡동 개발이 끝났기에 사창동은 개발할 지역이 거의 확실하게 느껴졌다.

사창동은 자칫 오해하기 쉬운 이름이나 실제로는 그곳은 정부의 곡식을 쌓아 두었기에 사창동이라고 불리게 된 곳이다. 그곳은 손님들이 가장 선호하는 자리이기도 했다. 당시에 부동산은 노인들이 용돈 정도나 벌려고 한 곳이 많았다. 부동산에서 자가용을 가진 사람들은 거의 없었다. 한번 온 손님들을 자가용에 태워 모시면 그들은 기분도 좋아할 뿐만 아니라 거의 계약을 했다. 사창동은 청주에서 조치원을 다니는 길에만 군데군데 점포가 있었다. 사직 주공아파트지역인 3단지 현 시계탑 부근 또 주공 1단지 부근이었던 현 대원 칸타빌 자리 부근에만 점포가 생기며 현 사창 시장이 형성되고 있을 때였다. 손님은 계속 밀려들기 시작했다. 주로 땅을 사려는 사람들이다. 손님의 직업에 따라서 다르지만, 월급을 타서 2년 정도만 모으면 되는 돈만 있으면 땅을 200~300평은 살 수가 있었다. 그 당시의 사창동 현 중앙여고 자리 부근의 땅값은 저렴했다. 평당 평균은 5만 원 정도를 하니 보통 100평 이래야 500만 원 정도이다. 100평을 사면 나중에 집 두 채는 지을 수가 있다. 월급쟁이들이 먹고살면서 2년 정도만 모으면 충분히 살 수 있는 땅이었다. 당시에 사창동 토지는 자연 녹지이었다. 자연녹지 지역의 최소 분할 면적은 200평이다. 큰 땅은 200평씩 분할하면 되는 것이다.

평수가 많은 땅은 분할을 하여 주면 되고 100평만 산다면 지분등기를 해주면 되는 것이다.

또한, 자연 녹지에서 주거지역으로 풀리면 50평씩도 분할이 가능하니 주거지역이 될 때까지 기다리면 되는 것이다. 그러니 돈이 적든 많든 거래는 성사되었다. 직장인들 또 시내에서 사업을 하는 사람들이 몰려들어 어떤 날은 세 건이나 계약한 날도 있었다. 아무리 안돼도 일주일에 두 건 이상 계약은 꾸준히 되었다. 자가용이 정말 필요한 날들의 연속이다. 타 부동산은 꿈도 못 꾸던 컴퓨터와 따라락 따라락 하는 프린터기도 있으니 계약서를 깔끔하게 작성해 인쇄하여 주면 손님들이 아주 좋아하셨다. 등기부 등본도 떼러 가야지 눈코 뜰 새 없이 바빴다. 동업자도 그가 할 일이 많으니 서로 많은 도움이 되었다. 손님들에게 호감을 느끼는 것도 중요하지만 그것은 언변이었다. 책 할부 장사를 하면서 어떻게 해야 책을 팔 수가 있는가를 많이도 배웠고 그리하여 많은 돈을 벌지 않았던가! 부동산 사무실에 땅을 사러 오셨다 해도 말 한마디 실수하면 그건 계약이 되질 않는다.

24
돼지꿈은 꿈일 뿐

돼지 꿈을 꾼 날이다. 기분이 아주 좋다. 아침에 출근하여 복권을 살까 말까 망설여진다. 그런데 아침에 점잖게 생기시고 풍채도 좋으신 노인 어른 한 분이 사무실엘 오셨다. 쌍화차를 대접하고는 자세히 보니 모시 바지에 모시 저고리를 입으셨다. 손에는 접는 부채를 들고 계시는데 앞에서 보기만 해도 멋져 보이신다. 머리는 하얗지만, 고생은 하나도 안 해보신 분 같다. 그 풍채의 기운에 압도되었다.

"저기 사장님 어떻게 오셨나요?"

"지나가다 보니까 공인중개사 간판이 붙었네. 공인중개사는 복덕방 자격증을 가지고 하는 거 아닌가?"

"예 그렇습니다. 무슨 일로 오셨나요? "

"응, 산 좀 하나 사볼까 하고 왔지."

"임야 말씀이신가요?"

"그렇지."

"임야를 매수하시려는데는 무슨 목적이 있어야 거기에 맞는 산을 권해 드릴 수 있는데요."

"응 그거 크기만 하면 돼."

"예? 크기만 하면 된다고요?"

"그렇지 산이 크면 그곳에는 여러 가지로 쓸 수 있는 곳이 많이 있거든."

"그러니까 용도를 말씀하시면 좋은 산을 구해 드릴 수 있는데요."

"그냥 아주 크기만 하면 된다니까."

제일 궁금한 것은 돈이니

"그러면 돈은 얼마를 가지고 사시려고 하는데요?"

"한 오억 원이 넘어도 돼."

뒤로 자빠질 만한 금액이다. 사무실 두 사람은 깜짝 놀랐다. 새집 한 채라야 1,000만 원 정도이고 토지 거래는 거의 천만 원 미만 수준인데 5억이라니 깜짝 놀랄 수밖에 없는 게 아닌가? 대박이 날 수도 있는 손님이 아닌가?

공인중개사 두 사람은 고양이 앞에 쥐가 되었다. 그저 굽신거리며

"오억 원이요?"

"그거 넘어도 돼."

도대체 뭐 하시는 분인지 감이 안 잡힌다. 옷을 입으신 것을 보니 모시 바지저고리는 풀을 먹여 금방 다린 것인지 구김살 하나가 없다. 얼굴을 보니 정말 함석헌 옹이 생각이 날 정도로 잘 생기셨다. 함석헌옹은 서울에서 길거리에서 한 번 뵌 적이 있다. 정말로 멋지게 생기기도 했지만, 흰머리와 수염은 일품이었다. 사무실로 오신 분이 함석헌 옹 같이 생기셨다. 돈이 많이 있어 보이기도 한다. 주눅이 든 두 사람은 손님을 놓치지 않으려고 눈알을 굴렸다. 마침 시계를 보니 점심시간이 다가오고 있다. 사장님보다는 회장님이라 불러야 그분에 직함이 맞을 그것 같다. 꼬랑지를 아주 팍 내리고

"저기 회장님 마침 점심시간인데 식사나 한번 하실까요."

"그러지 뭐. 나는 고기를 좋아해 막걸리하고."

단번에 대답하신다.

“아이구 그러세요? 요 앞에 가면 시오야끼 집이 있는데 맛이 아주 일품입니다.”

“그려 그러면 그리로 가지 뭐.”

그저 종이 주인을 모시듯 앞장을 서서 시오야끼도 파는 정육점으로 모시고 들어갔다.

“저기 사장님 오늘 들어온 고기 중 제일 좋은 게 뭔가요?”

“예, 오늘은 목살이 아주 좋은 게 왔어요. 얼마나 드릴까요?”

“연탄불에 고기가 떨어지면 계속 주세요,”

정육점 사장님은 서비스라며 돼지 콩팥도 공짜로 주셨다.”

술은 몇 순배가 돌아가고 두 공인중개사는 낮부터 술타령한 꼴이 됐다.

“저기 회장님 이런 거 물어봐도 되나요?”

“뭐?”

“저기 무슨 일을 하시다가 돈을 그리 많이 버셨나요?”

“응 나 강원도에서 광산 했어. 돈 좀 벌었지.”

공인중개사 두 사람은 신이 났다.

“아! 그러셨군요. 그런데 또 산을 구하신다고요?”

“응 그거 빼먹을 만큼 빼먹고 팔았어.”

“예 그랬군요. 저기 지나가시다가 언제든지 오세요. 고기는 대령하겠습니다.”

“위치는 어떤 곳이 좋으시나요?”

“아무 데나 상관없다니까. 큰 산은 다 쓸 곳이 있어.”

들어보니 그럴 듯도 하다. 그 손님에게 잘만 하면 큰돈을 벌 것만 같다. 더군다나 임야는 수수료를 훨씬 많이 받으니 정말로 기분이 좋다.

“회장님 술을 아주 잘 드시네요.”

“그럼 광산 하는 사람들은 원래 술을 잘 먹어.”

정선 영월 고환 예미로 다니며 책을 팔아 본 경험이 있는 그 사내는 그분 말씀을 들어 보니 그 말씀도 맞는 말 같다. 그쪽 탄광 지역 사람들은 일이 끝나면 술집에 모여 목에 낀 탄가루를 뺀다면 연일 술을 먹지 않던가!

“회장님 지금 저희에게 나온 큰 평수의 임야는 있는데 그것은 너무 커요. 삼십만 평이 넘거든요. 그거 3억을 달라는데요.”

“그래요? 뭐 그것도 그리 큰 거는 아니네! 산은 보통 크다면 오십만 평 백만 평이야.

그래야 거기에 쓸만한 게 나오거든.“

“맞습니다. 그리 큰 걸 구해 보겠습니다.”

“그 큰 산에서 쓸 만한 데를 골라서 분할 하면 되겠네요.”

“그거 그럴 필요 없어. 내 산을 판 것도 있고 현금도 있으니 하여간 큰 걸 구해 봐.”

“네, 네.”

그저 호랑이에 붙들린 순한 양이 됐다.

그분은 두 시간 동안이나 막걸리를 잡수시고 일어나셨다. 주량도 대단하다.

사무실로 향하면서

“저기 회장님 산을 구하면 연락을 드려야 하니 전화번호 좀 알려 주시겠어요?”

“그럴 필요 없어 산은 암암리에 사야지, 소문이 나면 안 되는 거야. 내가 자주 들릴 테니 그리 알고 산이나 몇 개 구해 봐.”

그 점잖은 분에게 자꾸 전화번호를 가르쳐 달라기가 어렵다. 그만큼 그분은 위엄도 있어 보인다.

"네 알겠습니다."

아! 돼지꿈은 손님이었구나. 복권을 사려다가 그만뒀다.

느낌은 복권을 안 사도 제대로 돈이 벌릴 것 같다.

가끔 들리신다더니 삼 일에 한 번씩은 꼭 오신다. 믿음이 간다. 전화번호를 안 달래도 될 것 같다. 오실 적마다 같이 고기와 술을 마실 때도 있지만 그 사내가 바쁘면 동업자가 그분을 대접했다. 그리 큰 임야는 있기는 하지만 보은 회인 쪽에 큰 임야는 가보면 돌산이 아니라 구 둘 삐 산이 많다. 미원 부근과 경상도 접경인 속리산 부근을 뒤지며 다녀 봐도 그리 마땅치가 않았다. 그래도 계속 두 동업자는 다른 부동산에 전화하며 괜찮다 싶으면 만사 제쳐 놓고 그 임야를 그분을 모시고 보러 갔다. 몇 번을 가다 보니 한 번 갔다 오는데도 하루 종일이다. 시간도 그렇고 경비가 많이 들어간다. 그래서 캠코더를 하나 사서 한 번 가본 산은 사진을 찍어서 사무실에서 커튼을 치고 TV와 연결하여 손님에게 보여 드렸다.

그렇게 다닌 지가 5개월이 되어도 그분은 마음에 안 드신다고 하신다. 그분이 말씀하시면 고양이에게 잡힌 쥐처럼 찍소리도 못 냈다. 그러나 지치기도 했다.

그분에게 들어가는 시간이 아깝고 고깃값과 술밥 값이 많이 들어갔다. 뭔가가 이상하기도 하다.

그래서 하루는 팔을 걷어붙였다.

"회장님 그냥 전화번호도 안 가르쳐 주시면 저희가 믿지를 못할 수도 있지 않을까요? 시간은 저희에게는 돈이거든요. 지금껏 회장님 일해 드리려고 보낸 시간은 정말 많습니다. 전화번호를 가르쳐 주시면 더 열심히 다닐게요."

꽤 많이 들어간 고깃값은 말도 못 붙였다.

"그거 못 알려 줄 리는 없어 가르쳐 주지 그 전화는 내 방에 있기에 내가 없으면 전화가 안돼 그러니 저녁때 8시 이후에만 전화하라고,"

"네 네 그렇게 하지요."

그렇게 하여 전화번호를 알아냈다. 그분이 말씀하시는 시간에 전화해 보니 받으신다. 전화번호를 확인했으니 임야를 찾는데 더 큰 노력을 했다. 그런 뒤에도 그분은 연일 사무실엘 와서 고기와 막걸리를 드시고 가셨다. 잘만 되면 그거 별거 아니니 그저 실컷 드시게 해 드렸다.

그런데 3개월 동안은 사무실도 안 오신다. 요구하시는 물건도 마땅하지 않으니 전화를 걸 일도 없다. 전화번호를 알았으니 그분에 대해 궁금한 것도 없었다. 오히려 돈을 버는 시간이 더 많으니 전화도 안 했다. 그러던 어느 날 그분이 원하시는 임야가 나온 것 같았다. 영동 부근인데 그분이 늘 그건 아니라며 이런 게 있어야 한다고 하는 그런 땅이 백만 평짜리가 나온 것이다. 아침에 물건을 준 부동산에 쫓아가 같이 영동엘 가서 확인하고는 마음이 들어 그 부동산 하시는 분에게 음식 대접도 하며 성사가 잘 될 것 같다고도 말을 하니 그분도 아주 좋아하셨다. 현지도 확인한 결과 그 임야에는 각종 돌이 다 섞여 있어서 쓸 곳이 정말 많을 것 같았다. 특히 그곳에는 흙 돌이라고 하는 돌침대에도 쓰면 딱 좋을 것 같다. 그렇게 몇 개월을 찾던 물건이 나왔으니 너무나 좋다. 마음이 들떠 8시 이후에 전화하라는 것을 잊어버리고 오후 6시경에 전화를 하니 어떤 여자가 받는다. 그분의 성함을 말씀드리고 그분의 집 전화가 맞느냐고 물어보니 맞는다고 하신다. 그래서 부동산이라고 하니

"네 부동산요?"

"네 그런데요."

"그런데 무슨 일이시지요?"

"그 회장님께서 부탁하신 것이 있어서요. 그분하고는 어찌 되시나

요?"

"회장님요? 제가 며느리입니다."

이거 참 아무에게도 말하지 말랬는데 며느리이니 괜찮을 것 같기도 하다.

"저기 임야를 백만 평 구해 달라고 하셔서 그 어르신이 말씀하신 게 그런 임야를 구하시는 것 같아서요. 그래서 전화를 드린 겁니다."

"저희 시아버님은 돈도 없지만 그런 임야가 필요하지도 않아요."

"광산을 하셨다며요."

"네에? 그건 수십 년 전 이야기입니다."

정신이 확 난다. 이게 무슨 소리인가? 그곳이 어디냐고 물으니 그냥 끊어 버리신다.

저녁 8시 이후에 전화해도 안 받는다. 몇 번을 하니 또 그 여자분의 말소리가 들리고는 윙 하더니 전화가 뚝 끊긴다.

전화번호부를 뒤져 금방 주소를 알아냈다.

바로 집으로 찾아갔다. 수곡동에 있는 평범한 개인 주택이었다.

집으로 들어가자. 그분은 거실에서 허름한 잠자리 옷을 입고 있었다. 무슨 말부터 해야 할지 모르겠는데 그분의 얼굴이 보던 얼굴이 아니다. 이상했다. 그분은 우리를 알아보는지 모르는지 본 척도 안 하신다. 기가 막혔다.

며느리가 나섰다.

"아버님은 치매 환자예요. 2년 전부터 정신이 들었다 나갔다 하셨습니다. 1년 전부터 광산을 한다며 복덕방마다 다니셨어요. 요즈음은 밖에도 못 다니십니다. 복덕방에서 몇 번을 신고하여 경찰서에서 모시고 왔습니다. 아주 많이 심해지셨습니다."

임야 소리는 목구멍으로 쏙 넘어갔다.

그분에게 무슨 말을 할까! 그냥 그 집에서 나오려니 며느리가 대신

"죄송합니다."

아니 이럴 수가! 하지만 그것은 사실이었다.

아주 멋지게 그 노인에게 몇 개월 동안 제대로 한 방 먹었다.

돼지꿈 그것은 꿈일 뿐이었다.

어느 누가 부동산에 대하여 잘 알고 투자를 할까? 그것은 손님에게 그 부동산에 대해 지나가는 모든 법령을 알기 쉽게 세금 문제라든지 자연 녹지가 무엇이고 절대 농지가 무엇이고 생산 녹지가 무엇이고 도시지역은 무엇이고 일일이 그런 것은 어떤 장점과 단점을 가지고 있느냐의 설명을 손님에 따라 그분이 알아들을 수 있게 설명을 잘해 주면 되는 것이다. 책을 외판할 때도 책 속에 있는 내용을 손님들에게 그렇게 설명하여 책을 팔지 않았던가! 부동산에 땅을 사러 온 사람에게 무조건 좋다고만 하면 살 사람이 있겠는가? 그건 아니다. 그 부동산이 지닌 가치와 앞으로의 환경 변화를 설명하지 않으면 계약자는 생기지 않는 법이다. 그러니까 일본 사람들이 모래땅인 중동에 가서 그 모래를 가공해 유리를 만들 수 있게 하여 모래를 팔아먹지 않았든가! 돈을 벌려면 자기 분야에 일등을 하라고 하며 팔을 걷어붙이고 대들어야 한다. 안되면 2등이라도 될 것이 아닌가? 2등만 돼도 그는 큰돈을 벌게 틀림없다.

또 좋은 자리에는 손님들도 지나가는 사람이 많아 그냥 무심코 들렸다가 땅을 사는 사람들도 많았다. 그곳에서 부동산 사무실을 운영한 지 일 년 만에 동업자는 32평 아파트를 두 채 구매하여 한 채는 가난한 친동생에게 주었다. 착한 사람이었다.

그 사내는 돈이 생기자 직접 본인 땅을 매수하고는 개미를 데리고 가서 구경시켜 주었다. 보았어야 내 땅이라는 것 하나지 뭐 특별한 감동은 없나 보다. 욕심이 없는 사람만 같다. 그 사내는 그렇게 땅을 사기도 하고 팔고를 했다. 당시에는 세금도 적었지만, 전매가 유행했다. 전매해도 법에 걸리는 것은 아무것도 없었다. 그 사내가 땅을 6만 원짜리를 사서 5천 원을 부쳐 팔았는데 그것을 등기하러 온 사람들이 여섯 명이나 한꺼번에 왔다. 그 사내에게 찾아와서 제일 나중에 산 사람에게 인감과 도장을 찍어달라고 하여 보니 9만 원이다. 몇 달 사이에 다섯 번이나 전매했다는 뜻이다. 6만 5천 원에 팔은 토지는 1년 만에 9만 원에 팔렸다. 매입한 사람이 조금씩 붙이다 보니 그사이에 땅값이 조금씩 조금씩 올라간 것이다. 법무사에는 등기 권리증과 주민등록증과 막 도장만 가지고 가면 OK였다. 세금이 거의 없었다.

또 아는 사람들이 많이도 찾아와 그 사내를 믿고 거래를 해줬다. 철저히 한번 말한 것을 지키며 신용을 쌓았다. 탈무드를 읽고 거기에 따른 것이 효과 만점이었다. 돈이 있는 곳 그곳이 바로 부동산이 아니던가? 돈이 없는 곳에서 돈을 번다는 것은 착각이다. 박리다매를 하여 돈을 번다는 것은 탈무드와는 상충 되는 이야기이다.

동업자 김 사장은 돈이 좀 벌리자. 그는 그 사내와 와는 다른 생각이 들었던지 중개 주식회사를 만들었다고 한다. 청주에서 처음이다. 그 현장을 가보니 대로변 2층에 70여 평의 사무실을 얻고 친구들을 6명을 끌어들여 그들에게 일천만 원씩을 투자하게 하여 이사 명함을 주고 사무실에도 여직원을 두고 있었다. 언제 그렇게 암암리에 했는지 그 사내는 전연 몰랐던 사실인데 그렇게 해 놓고는 그 사내에게 이사로 들어오라고 동참을 권유했다. 그런 사무실을 가지려면 충분한 자금과 회사를 운영할 경험도 필요할 터인데 딱 봐도 아니올시다였다. 그곳을 점심때 가보고 즉시 감이 왔다. 회사를 차린 그들은 점심을 자장면에서 우동 또 탕수육까지 먹고 술병도 있는 것을 보니 놀랄 일이다.

동참을 일언지하에 거절했다. 딱 봐도 아니다. 그 회사로 말하자면 6천만 원은 부동산 회사로서는 적은 돈이다. 그 사내가 혼자 해도 될 그런 돈이었다.

회사를 운영하여 돈을 벌려면 운영계획서가 아주 중요하다. 그저 주먹구구식으로 대들어서는 안 될 것이 뻔하다. 그리고 회사는 쓰는 돈과 버는 돈을 정확히 계산해야 할 텐데 그들은 중개 주식회사라는 명함이 최고인 줄로만 알고 거들먹거리며 저녁에는 회식하기에 여념이 없었다. 또 회삿돈을 먹는 데에만 펑펑 쓰고 있는 게 보인다.

그 사내는 그와 같이하던 사무실을 그 후배에게 권리금을 8백만 원으로 계산하고 넘겨주고 다른 곳으로 사무실을 옮겼다. 그 후배는 권리금 삼백만 원을 받고 사무실을 인계하고 다시 본인이 인수할 때는 8백만 원에 인수한 것이다. 좋은 자리는 항상 권리금이 내려가질 않았다.

그 사내가 증권에 많은 돈을 날렸듯이 경험 없이 대든 그 중개 주식회사는 삼 년을 넘기지 못하고 문을 닫았다.

그러나 그 사내는 단골이 점점 늘어만 갔다. 그것은 바로 돈이 많이 벌린다는 이야기이다. 영업에서 비결이란 굉장히 중요한 것이다.

25
부동산 거래는 등기가 끝나야 하는 사건이다

동업자는 부동산 중개 주식회사를 차리고 그 사내는 사무실을 다른 곳으로 옮기고 여자 중개 보조원 한 명을 두고 있을 때이다.

사무실에 두 분의 신사분이 가방을 들고 들어오셨다. 보통 사람들은 가방을 들고 부동산 사무실에 오는 일은 극히 드문데 두 분이 다 가방을 들고 들어오셨다. 가방을 뚝 눈으로 봐도 좀 비싼 가방 같다.

"어서 오세요."

"하이 반갑습니다."

엥? 뭔가가 틀린 냄새가 난다. 자세히 보니 그들이 입은 옷이 세련돼 보인다. 사무실에 있는 차를 한 잔 따라 드리려다가 다방 커피를 시키려고

"저기 사장임 무슨 차를 좋아하시나요?"

"네 간단한 거로."

"커피 괜찮으신가요?"

"네 조스무니다."

어라? 일본 사람?

"이양 커피 좀 시켜요."

"여기 00부동산이에요 커피 석 잔만 보내줘요."
"사람이 네 명 아닙니까?"
"네 석 잔 시키면 네 잔 가져옵니다."
"아 그러스무니까?"
다방에서 아가씨가 찻잔을 들고 들어와 차를 따라주고는 다소곳이 앉아 있으니 농담을 하신다.
"예쁘십니다."
말로만 하지 말고 예쁘면 현찰로 주세요. 딱 보니 다방 아가씨 얼굴에 그리 쓰여있다.
다방 아가씨들은 1,000원만 주면 아양을 떨다가 간다. 그 사내는 그 생각이 들자 팁이라며 얼른 1,000원짜리 한 장을 주자. 냉큼 받아서 무릎 앞에 놓는다. 그러자 그 신사분 두 분은 3,000원씩을 그 아가씨에게 주니 아가씨는 그냥 입이 함빡 만하게 벌어졌다. 차 석 잔에 3,000원인데 팁을 칠천 원을 받았으니 기분이 안 좋을 리 없다.
냉큼 그 신사 앞으로 가서 무릎에 앉으니 그 신사 기분도 좋은지 미소가 절로 나온다. 그분들과의 인연은 그리 맺어졌다. 두 분 중에 나이가 더 들어 보이는 분이 말씀하신다.
"나 일본에서 온 재일 교포요. 어려서부터 일본에 오래 살아서 그런지 가끔 일본말이 툭툭 튀어나오기도 해요. 이해하고 들어 줘요."
"네 별말씀을요. 그런데 무슨 일로 오셨나요?"
"아 여기 공인중개사 사무실이 맞지요?"
"네 그렇습니다."
"일본의 공인중개사 사무실은 변호사 사무실보다도 더 큰데 한국은 아닌가 봐요."
그 사내는 나름대로 사무실을 깨끗이 하고 컴퓨터며 각종 사무기구도 좋은 것을 사용하고 있었는데도 그들의 눈에는 눈에 안 찼나 보다.

"한국은 공인중개사 제도가 시작된 지가 오래되지 않아서 옛날 복덕방 수준이지요. 방문하신 이유를 알고 싶습니다."

"사실은 내가 온 목적은 대학교 용지를 구하기 위하여 온 것입니다. 나는 일본에서 부동산에 관여한 일을 많이 하여 적잖은 돈을 모았습니다. 이제 그 돈을 쓰려고 합니다."

그 사내는 깜짝 놀랐다. 그 치매 환자에게 당한 게 딱 생각이 난다. 이분들의 말씀이 사실일까? 그래도 일본에서 여기까지 오신 것이라니 대화를 나누어 보기로 했다.

"대학교를 설립하신다는 말씀이신가요?"

"그렇습니다. 우선 청주 근교에 땅을 최하 10만 평 정도를 알아볼까 합니다. 그 이상이면 더 좋고요. 청주에서 가까운 곳이며 교통이 좋아야 합니다."

"이곳의 지리는 얼마나 알고 계시는가요?"

"네 약간."

하시더니 탁자에 지도를 두 장을 꺼내서는 펴 놓으신다. 1990년도에 만든 국토개발 계획도와 청주시 인근 지도이다. 아니 일본에서 사신다는 분이 어떻게 이제야 부동산에서 구입한 지도를 가지고 계실까? 뭔가 부동산에 대하여 지식이 있는 분 같기도 하다. 청주에서 가까운 교통이 좋은 그곳은 오송 또 내수 방면 남이 척산 부근이다.

우리나라에 지형을 설명해 드렸다.

"우리나라는 동쪽에는 높은 산이 있고 서쪽으로는 높은 산이 없습니다. 우리나라의 발전 서부지역으로 될게. 확실합니다. 청주는 우리나라의 중간 부분인 배꼽 부분에 해당하는 도시입니다. 청주의 앞으로의 발전은 청주도 서부 쪽으로 발전될 가능성이 큽니다. 그래서 사람들은 서부 쪽에 관심을 가지고 투자를 합니다. 가지고 오신 지도를 보더라도 동쪽으로는 개발 계획은 있으나 거의 고속도로가 지나가는 것 외는 자세한 게 없습니다. 우리나라 지도를 보시면 서쪽으로 가장 많은 개발 계획이 있는 게 사실입니다."

그러자 그분은 아예 우리나라 개발 계획에 관한 책을 가방에서 꺼내 놓으셨다. 놀랄 일이다. 어디서 그런 책자를 구하셨을까? 주일 대사관? 또는 일본 주재 한국 대사관?

"내가 구하려는 것은 투자 목적이 아닌 교육이 목적입니다. 그러니 청주 근교에 교통만 좋으면 됩니다."

"청주에 무슨 인연이라도 있으신가요?"

"어머님의 고향입니다."

"아! 예 그러셨군요. 유명한 운보 김기창 화백님의 어머님도 내수가 고향이십니다 "

"아 알지요. 친일파의 대명사이셨으니까요."

"네 그래요? 잘 아시나 보네요?"

"일본에 교포들도 일부는 그분 별로 좋아하지 않습니다."

더 이상 운보 김기창 화백님의 이야기를 해서는 안 될 듯도 하다.

그중에 한 분이 지도에 나온 곳을 손가락으로 가르치며 청주에서의 거리 또 토지의 가격 등을 물으신다.

"내수 인근의 토지는 도로가 낀 절대 농지의 전답은 평당 3만 원에서 비싼 곳은 5만 원까지도 갑니다. 오송 부근은 평당 저렴한 것이 5만 원 정도가 넘어갑니다. 가격이 비싼 곳은 절대 농지라도 평당 10만 원대 호가를 합니다."

"평균 잡아 20만 평이면 총금액이 얼마나 갈까요?"

"글쎄요. 정확한 가격은 나올 리가 없지만 비슷한 금액은 산출할 수가 있을 것 같습니다."

"투자가 목적이 아니니까. 이 부분을 좀 조사하여 주시지요."

그분이 가르치는 곳은 오송이 비싸다니까. 내수읍 00리 일대 또 00리. 내수역 뒤편 자연 녹지와 농지이다.

"네 알겠습니다. 성실히 조사하여 컨설팅 요건을 갖추어 보고서를 만들어 드리겠습니다. 지금 말씀하시는 게 큰 평수이기 때문에 대학교 허가 요건에 절대 농지가 포함돼도 괜찮은지도 알아보아야겠습니다. 자연 녹지 같으면 허가 요건에 큰 제약은 안 받는데 그게 문제가 될 것 같기도 합니다."

"아 네 친절하시군요. 기대됩니다."

"평당 3만 원이 간다고 해도 그 일대를 사려는 의도를 알면 확실히 돈을 더 달라고 할 게 분명합니다. 평당 3만 원이 시가라면 5만 원을 준다고 해야 인근 토지를 전부 매수할 것 같습니다. 토짓값을 싯가로만 준다고 하면 그 토지를 한꺼번에 매수한다는 것은 수용령이 내리기 전에는 불가능할 것입니다. 그러니 3만 원 정도 토지를 5만 원 정도로 계산하고 추진을 하면 대학교 설립이 가능할 것입니다. 20만 평을 5만 원에 산다면 약 100억 원이 정도인데 그것을 일본 돈으로 환산하면 약 10억 엔이 되겠지요? 그만한 돈은 있으신지요?"

이야기를 듣더니 고개를 끄덕이신다. 그만한 돈은 있다는 이야기라고 봐도 될 것 같다.

일본에 30평 정도의 아파트값을 물어보니 좋은 자리는 더 비싸지만, 도쿄의 평균치는 3천만 엔이라고 한다. 엄청 비싼 값이다.

대학교 설립이 쉽지만은 않겠지만 돈이 있다니 한 번 추진해 볼만도 하다.

그분들은 한 달 안에 토지매입에 대한 정보를 알아보는 게 가능한지를 알아볼 수 있느냐고 묻는다. 그것은 어렵다고 했다. 최하 두 달간은 주셔야 그 일을 알아볼 수 있을 것 같다고 했다.

그것은 일단 이장님들과의 상의가 우선이고 대지주와의 문제가 있으므로 그분들을 만나보고 보고를 할 셈이었다. 그러나 그것을 계약하려면은 어떻게 해야 한다는 것쯤은 안다.

그분들이 요구하는 것을 듣고 그분들이 어떻게 해서 큰돈을 벌게 되었는지가 가장 궁금하지만, 그 말씀은 안 하신다. 이야기하다 보니 오후 4시이다. 저녁 시간은 좀 이르지만, 어차피 그분들도 식사는 하실 게 아닌가? 일본에서 번 돈을 한국에 학생들을 위하여 투자하신다니 얼마나 고마운 사람들인가? 그분들과 계약이 성립되든 안 되든 일본에서 청주까지 와서 학교를 설립하시겠다고 하니 대접을 해서 보내 드리고 싶었다. 일본에서 오래 사셨다니까, 횟집이 무난할 것 같다. 그게 좋을 듯싶었다. 한참 돈도 잘 벌릴 때이니 식사 대가 문제 될 건 없었다. 일본에 부동산에 대하여 알고 싶은 게 많다. 그런 걸 알기 위해 청주에서 좀 유명하다는 횟집으로 모셨다.

횟집에서 다섯 가지가 나오는 모둠회를 시켰다. 그분들은 사케라는 정종을 좋아할 듯도 하다. 정종까지 시켰다. 횟집에서 곁들이 음식이 나오자 그들은 아주 맛있게 먹으며 기분이 좋아 보인다. 푸짐한 모둠회가 큰 접시에 담겨 나오자 그들은 깜짝 놀라는 몸짓을 쓴다.

"이거 너무 비쌀 텐데 계산은 제가 할게요. 일본에서 이 정도의 회를 먹으려면 값이 아주 비쌉니다."

"아닙니다. 제가 모시고 왔는데요."

역시 술은 분위기를 좋게 한다. 그분들과 대화가 무르익자 본론을 꺼냈다. 일본의 부동산에 투자를 어떻게 하셔서 돈을 번 것이 가를 물어보았다. 그분들이 처음에 부동산 투자를 할 때는 아파트였단다. 그런데 더 깊숙이 들어가 보니 아파트보다는 상권이 좋은 자리가 투자하는데 적격이라는 것을 아셨다고 하셨다. 맞는 말씀이다. 그런 곳을 연구하여 찾아다니며 건물을 부수고 건축을 하면서 돈을 버셨다고 하셨다. 일본의 부동산과 우리나라와 별반 다른 게 없어 보였다. 그러나 부자 나라인 일본은 기술 면에서나 모든 면에서 우리나라보다는 20년은 앞서간다는 것은 알고 있다. 더 물어보는 게 실례가 될 수 있다고 생각돼서 부동산 이야기는 그쯤하고 그날은 일본의 다른 이야기를 들었다.

그리고 그분들과 헤어졌다. 그렇지만 핵심은 물어보지 않은 것이 있었다. 왜? 일주일 동안 청주 관광호텔에 머물다가 일본으로 갔다가 2개월 후에 다시 온다고 하시고는 가신다는 것인지 그게 퍽 궁금했다.

더 이상 묻지 않았다. 안 오셔도 그만이지만 약속한 내수 근교의 토지 조사는 해야 할 것 같다.

제일 큰 문제는 절대 농지를 과연 학교 용지로 허가를 해줄 것인가가 큰 문제였다.

학교 용지 문제는 도에서도 허가 문제가 될 것 같고 건설부까지 가야 해결될 문제인 것 같다. 여기저기 알아본 결과는 희망적이었다. 그래서 그분들이 선호할 한곳에 작업을 시작했다.

그 이튿날부터 내수 00리 일대의 지적도를 보며 토지를 1,000평이 넘어 보이는 필지부터 하나하나 지적도와 토지대장 등을 떼기 시작했다. 일하려고 생각을 해보니 요령이 생겼다. 교차로 또 직접 내수 소재 부동산 사무실과 연결을 하며 그 부근의 토짓값을 대충 산정했다. 그렇게 하면서 일을 서둘러 추진하였다. 아주 많을 줄 알았던 서류가 많이 줄었다. 그래도 그 분량이 엄청나게 많다. 청원 군청 지적계 직원은 민원이 하도 많으니 짜증스러운가 보다. 약 10만 평을 만들려니 그 시간과 경비가 만만치 않을 것 같다. 요구르트를 사다주며 며칠을 쫓아다녔다.

일단은 컴퓨터로 토지 현황도의 양식을 만들고 필지별로 큰 것부터 하나하나 적어 넣기 시작했다. 번지, 평수, 평당 가격, 토지주 주소 성명이 든 토지대장. 사무실 이양도 합세하여 일을 도왔다. 알아본 결과 토지주의 80%만 동의하면 허가가 날 듯도 하다. 일을 하면서 보니 컴퓨터 그건 참 문명에 이기이다. 쓰다가 지워도 살릴 수도 있고 하여간 일을 하는 데 큰 힘이 된다. 닷새 동안 작업 한 량도 많았다. 일요일은 쉬니 작업 도중에 그 토지가 있는 곳의 이장님 한 분을 담배 몇 보루를 가지고 찾아가 만났다. 다 털어놓고 말을 했다. 학교를 설립하려는 분이 계시는 데 문제가 될 것은 보상 문제일 것 같은데 현재 값보다는 좀 더 계산하여 드린다고 하니 그분도 동의는 하되 3만 원 정도 가는 토지를 4만 원 정도를 준다면 그 돈을 가지고 인근의 토지를 매수할 수 있을 것 같으니 한번 추진해 보라고 한다. 그래서 10만 평에 안에 3개 리가 들어있으니 그분들도 만나고 싶다고 하니 한 번 자리를 마련하신다고 하신다. 그분들은 가진 돈이 10억 엔이 넘는 것은 분명해 보인다.

땅은 주인이 팔고 안 팔고를 결정한다. 가벼이 보아서는 안 될 일이다. 그들이 토지를 팔고 바로 부근의 토지를 매수한다면 그들은 앉아서 돈을 버는 셈이 되는 그런 조건을 제시해야만 되는 것이다. 그래야 그들에게도 호감이 갈 수 있는 이야기이다. 5일 동안 큰 토지주 서류 작업을 한 것만 토지주가 700여 명이다.

그런데 일본으로 가신다고 한 날 그분들이 연락도 없이 부동산 사무실을 찾아오셨다. 여기 볼일을 어느 정도 보셨다며 서울 일도 있다고 하신다. 단번에 그분들이 청주에 머문 것이 무엇 때문인가가 감이 온다. 아니나 다를까. 그분들은 청주에서 관계기관과 상의를 하고 계셨다.

생각지도 못한 일이었다. 그렇겠지! 그런 큰일을 하려고 하시는 분들이 그냥 눈곱만한 부동산에 와서 일을 다 맡기지는 않겠지!

술을 같이 먹은 효과인지. 토지를 매수하는 데만 알아보고 그게 해결이 되면 나머지는 본인들이 알아서 한다고 한다. 그 말씀을 듣고는 단번에 며칠 동안 작업을 한 서류를 프린트하여 드렸다. 일단은 약속드린 대로 이렇게 작업을 하고 있다는 것을 알려 드리기 위한 것이다. 그분들은 깜짝 놀라는 표정이다.

"아니 벌써 이렇게 작업을 하셨나요?"

"이제 시작입니다."

그분들의 내 얼굴을 민망할 정도로 자세히도 보신다. 그리고는 드린 서류를 가방에 넣고는 한 달 후에 다시 오신다고 하시며 작업을 하면서 서류에 토지주의 토지 매도 可, 不와 동의를 한다면 그분들의 인감증명서까지 받으라고 하신다. 물론 그거야 어느 정도 확신이 서야 할 일인데 부동산에서 생각한 것보다 한 수 위라는 게 당장 나타났다. 그래야 일이 빨리 진척이 될 게 아닌가?

그 일을 하기 위하여 아파트나 인근 토지 주택 상가 등의 시세를 아는 부동산에 몸담고 있었던 사람을 동업 조건부로 사무실로 불러들였다. 그리고는 매일 그 일에 매달리며 00리에 아예 아침에 출근을 그곳으로 했다. 시골 사람들은 일하려면 막걸리, 소주가 꼭 필요했다. 00리 경로당이 부동산 사무실이 되었다.

한 달 후에 교포분들이 오셨을 때는 60%의 주민에게 동의서를 받았다.

그 서류를 보고는 그분들은 기분이 아주 좋은지 그동안 쓴 비용이 얼마냐고 물으신다. 오십만 원 정도 들은 영수증을 보여 드렸다. 그러자 백만 원을 주시며 술까지 실컷 사주고 가셨다.

가 계약서를 받기 시작했다. 동의서가 90%까지 올라갔다. 그것은 이장님의 설득이 주효했다. 농지를 임대하고 타지에 사는 분이 여러 분이시라 그분들의 동의서만 남은 것이다. 두 달에 한 번 오신다고 하시더니 한 달에 한 번씩 오시며 상황을 점검하셨다.

동의서를 써준 분의 사전 계약이 90%까지 되었다. 그런데 동리 몇 명의 주민들이 요구하는 게 있다. 자기 자식을 한 사람씩 대학교 직원으로 넣어 달란다. 참 어려운 이야기이다. 그게 이슈로 또 올랐다. 그것만 해결하면 거의 진척이 다 된 것이나 마찬가지라고 생각이 들었다.

교포분이 한 달 만에 다시 진척 상황을 보시려고 또 오셨다. 그 이야기를 듣고는 그게 몇 명인지를 알아보라고 하셨다. 이장님에게 비밀로 하시라고 하고 토지를 파는 분들의 자녀 관계를 좀 알아보시라고 부탁을 드렸다.

대충 30명이라도 하시는데 그게 정확하지는 않다고 하신다.

한 달 만에 교포분이 또 오셨다. 그 말씀을 드리니 그 취업하려는 사람이 어느 부서에 배치될게. 문제라고 하신다. 일반 잡부라면야 쓸 곳이 많겠지만 전문 지식이 있어야 하는 경리. 건물관리. 서무. 전기. 인력 관리 등에서 일을 할 수 있는 자격이 있느냐는 것이다.

그 이야기를 이장님과 이야기 하여 그 일은 사전 계약이 100% 성립될 때 다시 이야기하기로 했다. 사전 계약은 동의 인원 100% 본계약서가 작성됐을 시 본계약서 다시 작성하여 계약금을 지급하기로 하고 등기 이전 서류가 다 되었을 때 일시금으로 지급하기로 특약 사항에 명시한다. 또한, 계약 서류는 부장 판사급이나 부장검사 출신의 변호사에게 맡겨 일을 처리하도록 한다. 그것은 교포분들의 요구 사항이었다.

그 비용은 매수인이 부담한다고 명시했다.

5개월째가 되는 날 어느 정도 일이 진척된 보고를 받으시고 교포분이 계약금을 줄 금액을 한국은행 통장을 만들어 가지고 오셨다. 그동안 수고했다며 선물까지 가지고 오셨다.

본격적으로 가계약서까지 준비하고 등기부보다는 토지대장이 우선이니 계약자들을 토지대장 이름으로 다 적어 넣었다.

그리고 이장님에게 서류를 복사하여 드리고 각 개인에게 동의서와 가 계약서에 날인을 하라고 했다. 일은 잘되는 것 같았다. 수시로 이장님과 만나 식사도 함께하면서 동리 주민과도 직접 대화를 나누기도 했다.

이제 돈이 준비되었으니 임시계약서를 본계약서로 대체하는 일을 시작했다. 일하는 중 가 계약자 중에서 다섯 명이 돈을 더 달라며 날인을 거부했다. 그것 때문에 일이 점점 지연되기 시작했다. 교포분은 날인을 거부하는 분들의 자식을 특채로 해주겠다고 이야기하라고 하여 그 내용도 전달했다. 발이 닳도록 본계약서 날인을 거부하는 그분들을 쫓아다녔다. 그래도 그분 중 두 명은 요지부동이었다. 그런데 그분들이 소문을 냈는지 본 계약서를 쓰셨던 분 중에서도 다섯 명이 계약 반대 의사를 표명했다. 돈을 계약서보다 두 배로 올려달라는 이야기이다. 기가 막혔다. 어쩔 수가 없는 일이 되었다. 우리나라 법에 부동산 계약은 계약서를 쓰고 계약금을 받았어도 위약금만 내면 그만이다. 그것을 말씀드리니 교포분도 약속을 지키는 일본과는 틀린다며 손을 떼겠다고 하셨다.

칠 개월 이상 일한 것이 물거품이 되었다. 외화가 들어올 기회이고 그 교포분의 소원을 들어줄 기회였는데 너무나 안타까운 일이었다.

이제 그분도 더 미련을 갖고 싶지 않다고 하시며 식당에서 같이 만났다. 교포분은 그 사내에게

"정말 수고 많으셨습니다. 어머니 고향에 투자하고 싶었는데 안타깝습니다. 그런 수고를 하였으니 일본의 부동산에 대하여 중요한 것 한 가지만 말씀드리고 가겠습니다. 부동산을 사시려는 분이 있으면 공짜로 쓸 수 있는 넓은 땅이 있는 곳에 투자하려는 사람에게 토지를

소개해 주세요. 시간이 가면 그곳은 틀림없이 최고의 투자처가 될 것입니다. 그것을 말씀드리는 것은, 앞으로 한국은 자동차가 많이 늘어나 주차 공간이 매우 부족할 것입니다. 그러니 투자해 놓고 기다리면 되는 것입니다."

"네 일을 성사시키지 못하여 죄송합니다. 저도 안타깝게 생각하고 있습니다. 이번에 시골 땅을 중개하려고 하면서 여러 사람의 심리를 많이 배웠습니다…. 좋은 말씀 해 주셔서 정말 감사하게 생각하고 회장님의 깊은 뜻을 참작하여 그리 중개를 하도록 하겠습니다."

자동차도 별로 없는 청주에 과연 그분의 말씀이 맞는 말씀일까? 의아해하면서도.

잘 알고 지내던 손님에게 자동차 주차를 공짜로 할 수 있는 공공용지 옆에 건물을 매수하여 주며 장기 투자를 하라고 하였다. 9천만 원에 매수한 3층 건물은 15년 후 8억 5천만 원을 받고 팔았다. 공짜로 자동차를 세울 수 있기에 그 건물을 매수한 사람은 그 건물의 세입자였다. 자동차가 수시로 드나들기에 장사가 잘된 것이다. 그 회장님의 말씀을 따른 것이 대박이 난 것이다. 그것은 일례이고 그분과 여러 차례 만나면서 부동산에 대하여 그것 하나만 말씀해 주셨을까! 확실히 일본에서 부동산을 하여 재벌이 된 그분의 안목은 우리나라보다 20년은 앞서갔다는 것을 알게 해 주셨다. 부동산 영업을 하는 데 큰 도움이 되었다.

계약은 다 이루어져야 끝이다. 사전 계약 본계약 다 끝이 정리되지 않으면 무효라는 것을 잘 배운 교훈이었다. 그 덕분에 재개발하려는 업자들이 와도 거절을 하여 시간을 낭비하지 않았다. 그렇게 많은 토지를 구입하려면 정부에서 수용령을 내려야 하지 하나씩 매수한다는 것은 불가능하다고 보인다.

정치인들은 정권을 잡으면 그린벨트를 해제해 준다며 국민을 꼬드졌다.

그것은 돈과 직결되었다. 법을 아는 사람들은 설마설마했다. 그것의 정보를 정권의 요직에서 먼저 들은 사람은 돈방석에 앉았다. 모르고 있던 사람들은 비행기 지나간 하늘인 양 하늘만 쳐다보고 말았다. 절대 해제해서는 안 된다는 그린벨트법에 관한 공부를 한 사람들은 뒤통수를 맞고 나가떨어졌다. 수십 년이 지나자 이제야 그린벨트가 얼마나 중요했던 것인가를 실감하고 있다. 그래도 그린벨트는 수요를 맞추기 위해 아파트를 짓는다며 훼손되고 있다. 서울의 종로 예지 상가가 공동화가 되기 시작한 것은 다 그런 이유 때문이다. 큰 도시의 시내 중심부는 그런 총을 맞고 쓰러졌다. 청주라고 그러지 않으리라는 보장은 없었다. 그 예측도 딱 맞았다. 성안길 최고 요지 청주약국 자리는 평당 1억을 홋가 했었다. 그러나 지금은 그에 반값도 안 간다. 성안길 일부는 빈 점포가 늘어나고 임대료도 반값 이하로 내려갔다. 법을 꼭 지키는 미국의 맨해튼이 생각이 난다. 그곳에만 빌딩 허가가 난다. 그래서 그곳의 부동산은 천정부지로 올라간다. 부동산은 앞을 내다봐야 한다.

26
목표액 달성. 그것은 그 사내가 절대 포기하지 않은 대가였다

그 사내가 돈 불어나기 시작한 금액은 5,000만 원이 생기고서부터이다. 그 돈은 굴러가면서 돈을 자꾸 불어났다. 몇 개월의 시간이 가자 1억을 훌떡 넘었다. 아파트를 4,500만 원에 분양받고 가재도구를 장만한 후 나머지는 땅을 살 것이다. 우리나라가 수출을 많이 하게 되니 그것은 국부이다. 나라에 돈이 많으면 그것은 어디로 갈까? 바로 땅덩어리가 작으니 투자할 곳은 그것뿐인 없을 것 같다. 부동산 사무실을 하니 자연히 5천만 원 그 돈을 가지고 살만한 땅을 구하기 시작했다. 절대 농지는 한 평에 2만 원 정도부터 있고 자연 녹지는 3만 원 선이고 외딴 터 전원주택지 좋은 곳은 4만 원 정도면 됐다. 시내 주택가 집 지을 자리는 50만 원에서 80만 원 정도였다. 상가를 지을 자리는 100만 원대에서부터 성안길에는 최고 1,000만 원을 호가했다.

그 사내는 먹는 것 때문에 하도 고생했으니 경지정리가 된 땅은 값이 올라가지 않는다는 것을 알면서도 경지 정리가 된 시내 땅 700평을 처음 샀다. 그곳에다 농사를 지으면 집식구들은 먹을 걱정 안 하고 살 수가 있을 거라는 생각에서였다. 경운기만 다닐 수 있는 땅이라 일 년을 동리 사람들에게 임대로 주고 쌀 3가마니를 받았다. 아무래도 도로가 낀 것으로 땅을 바꾸어야 좋을 것 같아서 매수한 값에 그 땅을 도로 팔았다. 그리고는 1,200평짜리 포장도로가 낀 땅으로 바꾸었다. 직장인들 월급이 보통 80만 원 선이니 그들도 몇 년 동안 잘만 모으면 땅을 500여 평 살 수가 있을 때이다. 1,200평 그 땅을 사고는 어머니를 보여 드리려고 모시고 갔다. 어머니는 그 땅을 보시고는 춤을 덩실덩실 추셨다. 우리 아들 정말 장하다. 꿈에도 생각지 못했던 땅을 자식 중에 막내아들이 처음으로 좋은 땅을 매수한 것이다.

자가용이 드물 때인데도 부동산 영업을 하기 위해 샀던 중고차 포드를 팔고 새로 나온 현대 엑셀을 샀다. 엑셀은 현대 포니 다음으로 나온 차이다. 기름값이 아주 적게 들었다. 농사를 할 수 있는 땅은 도로포장이 된 곳이고 밭도 120평 정도가 딸려 있으니 금상첨화였다. 봄이 되자 인근에 사시는 분에게 의뢰하여 로터리를 치고 모를 길러서 심어달라고 부탁을 하고 매일 아침 차를 타고 논엘 가서 물꼬를 보았다. 그리고 밭에는 들깨, 고추, 상추, 아욱 등 작물을 심었다. 밭에서 일하고 집에 와서 아침을 먹고는 부동산 사무실로 출근을 했다.

농사를 지어서 팔려는 목적이 아니기에 농약을 일절 금했다. 이웃들로부터 욕을 바가지로 얻어먹었다. 그 사내의 논에 농약을 안 하면 이웃 논이 피해를 받는다는 것이다. 그래도 그 사내는 꿈쩍도 안 했다. 그저 여름내 죽어라. 논에 잡풀만 뽑으러 다녔다. 그러던 가을 추수 시기가 됐다. 그런데 논에 보니 미꾸라지가 가끔 보인다. 그래서 혹시나 하고 양파망을 하나 가져다가 논 물꼬에 나무로 막아 놓고는 풀로 안 보이게 덮어놓고 왔다. 그 이튿날 논에 가서 양파망을 들어

보고는 깜짝 놀랐다. 보니 양파망에 반이나 미꾸라지가 들어있는 게 아닌가! 벼를 수확할 때까지 한 달 이상을 미꾸라지를 실컷 먹었다. 벼를 수확하려면은 논에 기계가 들어가게 말려야 하므로 그때부터는 미꾸라지는 없고, 가끔 논에 우렁이 보였다. 농약을 안 한 논은 누가 보아도 볼품없이 자란 벼에 정말 쌀이 들어있을까? 할 정도로 벼는 키도 작았다. 그런데 미꾸라지 양식을 하면 잘될 것 같다는 생각도 든다. 잘됐든 안됐든 기계를 동원해 추수했다. 수확량은 타인 논에 비해 3분의 2도 안 되게 벼가 나왔다. 그래도 좋고 서운한 것은 없었다. 농약을 안 한 쌀을 먹을 수 있다는 게 더 좋았다. 그리고 탈곡하려고 볏가마를 맡겨놓은 방앗간에 가보면 그 사내의 볏가마는 눈에 확 띄었다. 농약을 한 논에 벼는 비닐 볏가마니까 번지르르 한데 농약을 안 한 볏가마니는 벌레가 비닐을 뚫고 다니니 쌀겨가 비집고 나온다. 대번에 그것이 그 사내가 농사지은 볏가마라는 게 눈에 보인다. 그렇게 엉터리 농사를 지었어도 쌀 여덟 가마니 정도가 나왔다. 이듬해도 또 농사를 시작했다. 또 농약도 안 했다. 비료를 너무 많이 줘서 키가 웃자란 벼는 가을장마에 엎쳐서 그것도 4분의 1은 수확을 못 했다. 경험 부족이었다. 쓰러진 벼에서 나온 쌀을 찧어 보니 그것은 싸라기라고 하는 쌀알이 쪼개진 것이 많았다. 가을이 되자 미꾸라지는 정말로 엄청 많이 나온다. 아침마다 아주 미꾸라지를 담을 통을 가지고 다녔다. 수시로 크는 채소는 다 먹을 수가 없다. 이웃집에 나누어 주었다. 그사이 그 사내의 땅은 점점 늘어 4,500여 평 가량이 되었다. 신용이 있는 부동산에는 손님이 항상 북적댔다. 이제 경험을 충분히 한 그 사내는 부동산에서 더 많은 돈을 벌게 되고 농약을 안 한 논은 가을이 되면 장관이었다. 거미들이 벼 위에 거미줄을 치니 벌레들도 없다. 논에 우렁이는 풀을 다 먹어대니 잡풀도 자주 맬 필요가 없다. 농약을 안 한 쌀은 다 먹을 수가 없으니 반은 판매했다. 매년 돈만 들어가던 논은 돈이 안 들어가고, 조금이지만 수익이 나기 시작했다.
그러다가 아버지 산소에 벌초하다가 쓰러지는 바람에 농사일은 접었다.

인연 5

증권 맨과의 인연

27
그것은 욕심이었다. 결과는 처참했다

사람은 많은 친구도 필요하지만, 본인이 어떤 친구와 사귀느냐에 따라 그의 인생도 변한다는 사실을 그 사내는 혹독하게 경험했다.

그 사내의 부동산 사무실에 오후 3시가 넘으면 놀러 오는 동업자의 친구가 있었다. 그는 증권을 하는 사람이었다. 그래서 그 사내는 그를 증권 맨이라 불렀다. 그는 고등학교 졸업 후에 증권을 알았으며 군 제대 후부터 증권에 매달렸다고 한다. 보통 사람들은 알지도 못하는 공모주부터 시작하여 증권으로 돈을 벌기 시작했단다. 그는 아침에 일어나면 오전 8시에 대우증권으로 출근을 하여 주식시장 개장 전에 어떤 종목이 오를 건가를 증권회사 직원들로부터 자문을 받고 개장 전에도 증권을 미리 사기로 약정을 한다고 한다. 오후 3시에 증시가 마감하면 증권 맨은 친구를 찾아 우리 사무실엘 왔다. 그는 그저 매일 와서 술을 사고 밥을 사는 물주였다. 그래서 그 사내는 그가 부럽기도 했다. 얻어먹는 것도 한두 번이지 얻어먹은 만큼 대접을 못 하니 미안하기만 하다. 부동산도 한 번에 아주 큰 돈인 100만 원이 생길 적도 있으나 증권 맨을 따라간다는 것은 꿈도 꾸지 말아야 할 것 같다. 내가 읽어본 돈을 버는 것은 분명 탈무드의 글이 분명한데 그는 어떻게 하여 증권으로 그리 돈을 많이 버는 것일까?

가끔은 동업자와 공동으로 그에게 음식 대접을 하기도 했다. 그가 오면 그 사내는 그의 얼굴부터 살핀다. 얼굴이 확 펴져 있으면 그는 돈을 많이 번 날이다. 증권 맨 그는 돈 1백만 원을 가지고 17년 전에 증권을 시작하여 현재는 3억 원의 돈을 만들어서 증권을 한다고 했다. 1972년인 17년 전의 돈 1백만 원도 적은 돈이 아니다. 참으로 대단하다. 3억이라면 보통 큰돈이 아니다. 월남전에 참가하여 돈을 벌었다고 하든 돈이 사병 평균 15만 원 정도였다. 일백만 원은 참으로 큰돈이다. 그 돈은 부자인 아버지로부터 받았다고 한다.

증권 맨은 오늘은 100만 원을 벌었다고 하고 어느 날은 200만 원을 벌었다고 한다. 매일 얼마를 벌었다고 하는데 도저히 믿기지 않는다. 증권을 하면 정말로 그렇게 돈을 벌 수가 있는가?

그가 어느 날 하루 800만 원을 벌었다고 한다. 까무러쳐 뒤로 자빠질만한 금액이다. 그리고서는 술을 한 잔 제대로 산다며 서운동에 있는 유명한 요정으로 가잔다. 그 친구와 그 사내가 간다고 하니 그는 바로 요정으로 한 시간 후에 간다고. 전화를 했다. 요정이란 정치인이나 높은 사람들만 가는 걸로만 알았다. 서점을 하면서 보통 술집은 가보았어도 요정은 이야기만 들었다. 그래 이참에 요정 한번 구경해 보자! 졸래졸래 따라갔다. 증권 맨은 요정에다 단골이었나보다. 문에 들어서자마자. 그를 기다렸는지 요정에서 아가씨들이 여러 명 좇아 나와 달라붙는다. 증권 맨의 양손을 다른 여자에게 빼앗긴 한 여자는 아예 목을 양손으로 잡고 늘어진다.

"사장님 오셨어요."

큰소리로 안에다 대고 말을 하니 마담이 방에서 나와서 고개를 숙이고 인사를 한다. 심부름하는 머시맨지? 어디서 있었는지 상고머리에 젊은 머시매가 따라 나온다. 증권 맨은

"마담 오늘은 우리가 들어가는 방 옆은 전부 문 닫아 100만 원이면 되지?"

"네, 사장님 그럴게요."

'참으로 기가 막힌다. 저녁 식사와 술값이 하루에 백만 원이라니 놀랍다. 뒤로 자빠질 만한 금액이다.'

증권 맨이 심부름하는 나이가 적어 보이는 머시매를 쳐다보자, 그는 그냥 90도로 인사를 한다. 증권 맨은 그를 어떻게 알았는지 돈을 몇 푼 쥐여 준다. 결혼 안 한 총각 같아 보이는데 건달들 앞잡이인 것 같다. 여자들을 관리하며 손님 방으로 들여보내는 임무를 가진 마시매란다. 참 생전 처음 들어보는 직업이다. 따지고 보면 그런 직업은 뚜쟁이가 하는 일이 아니던가? 증권 맨은 그에게

"예쁜 애들로 세 명 들여보내."

"네. 네. 걱정하지 마십시오."

방에 들어가 보니 30여 평은 되는 것 같다. 참으로 큰 방이다.

남자 세 명에 마담까지 합쳐 여자 네 명이 들어 왔다. 그녀들은 들어오자마자 증권 맨에게 매달린다. 머쓱하게 앉아서 하는 꼴들을 보고 있었다. 이름도 모르는 산해진미가 방 한쪽 큰 상에 차려지기 시작했다. 말 그대로 호화판이다. 수저도 들기 전에 침부터 삼켰다. 마담이 여자 두 명에게 그 사내와 증권 맨 친구에게 가서 앉으라고 지시했다. 그때야 여자들이 그 사내와 동업자 옆에 와서 앉았다. 술은 맥주, 소주, 양주 세 가지였다.

"사장니임."

하더니 각자 앞에다 맥주를 따라놓는다. 그러더니 한잔을 한 번에 마시라고

"원샷."

한다. 받은 술이니 홀짝 드려 마시니 안주를 집어다가 입에다 넣어

준다. 그거야 뭐! 어느 술집에서도 다 경험했던 바이니, 요정과 일반 고급 술집과 별로 다른 게 없다.

술을 마시고 있는데 문을 두드리는 소리가 나니 마담이 일어서서 문을 열었다.

장구를 맨 여인과 북을 든 여인이 들어오고 여자 둘이 따라 들어왔다. 그들은 들어와서 넓게 비어 있는 그곳에 자리를 잡고 큰절을 하고는 자기소개를 했다. 이름도 특별해 보인다. 춘심, 한우리, 추계, 월향 그들은 고급 술집을 다니며 장구 치고 북 치고 노래를 하는 프로들이다. 한우리라는 여인이 나이도 젊어 보이고 제일 예쁘다. 술들이 얼큰해지자 여자들은 맥주에다 양주를 타고 소주를 타서 원샷을 외친다.

방에서 장구치고 북을 치는데 어떻게 저 여인의 입에서 그런 소리가 나와 흥을 돋울까? 젊은 사람도 듣기가 싫지 않으니 옛날에 어른들이 홀딱 반했을 만도 하다. 그것은 목소리가 아니라 악기를 연주하는 것만 같은 예술이었다. 그런 목소리를 듣고 명창이라고 부르는가 보다.

기타나 색소폰은 불어 봤지만, 장구와 북이 그렇게 흥을 돋우는 악기인지는 정말 몰랐다. 장구와 북소리에 맞추어 춤을 추는 여인은 미인이기도 하지만 느렸다 빨랐다 하는 박자에 맞추어 춤을 추는데 프로는 확실히 틀린 것 같다. 요정에 앉아서 술을 마시면서 그런 춤을 본 적은 한 번도 없다. 몇 순배가 돌아가고 술이 흠뻑 취했다. 장구 프로들도 합석하여 자리에 앉아 흥을 돋웠다. 아! 이런 곳이 요정이구나!

장구 치고 북 치는 그들이 기모노만 입었다면 영화에서 본 기품있는 일본의 게이샤만 같다.

증권 맨은 그들에게 팁이라며 돈을 쥐어 주는데 십만 원은 돼 보인다. 여자들도 술이 많이 취해 혀가 꼬부라진 소리를 한다. 옷을 벗기거나 말 거나이다. 참으로 이게 요정인가?

착 붙어 앉은 홀러덩 벗은 여자들이 남자들을 끌어안고는 얼굴을 비비고 아주 완벽히 남자 무릎 위로 올라앉기도 한다. 그거 싫다고 할 남자는 없다. 헤헤거리며 손에 팁을 쥐고 여자 브래지어에 넣어 줬다. 그 자리는 그 사내의 자리가 아니니 증권 맨의 눈치를 슬슬 보면서 분위기를 맞추어 줬다. 그는 아예 여자를 거의 반나로 만들고 어느 부위든 그냥 주물러 댄다. 여자는 아이구! 소리를 질러대며 좋아 죽겠단다.

'아니 좋은 건 남자지 어찌 지지배가 좋으냐?'

밖에서는 그저 형님 형님 하더니 그 자리에서는 형님 소리는 쏘옥 빼고 사장님으로 부른다. 그런가 보다 했다. 술을 먹으니 갈 곳이 있다. 변소를 찾으니 아니 사장님 여기가 변소예요. 한다. 보니 방 한쪽에 화장실이라고 쓰여 있다. 당시에는 새집을 지어도 변소는 밖에다 조그맣게 재래식으로 따로 만들 때이다.

처음 보고는 눈이 휘둥그레졌다. 화장실이 아니고 다들 변소라고 할 때인데 화장실이라고 문에 쓰여있다. 들어가 보니 화장실에는 양변기가 있다. 그러니까 월남 갈 때 배에 있든 그 양변기다. 그 사내는 월남을 갈 때 양변기가 뭔지도 모르고 양변기 위에 군화를 신고 올라가서 대변을 보던 그 양변기가 우리나라에도 있다니 놀랐다. 청주에서는 처음 보았다. 요정은 처음이니 도대체 감이 안 잡힌다. 백만 원은 여자들 팁까지인지 뭔지도 모르지만 하여간 처음 보는 산해진미를 술과 함께 진탕 먹었다. 방에 달린 화장실은 방문만 열고 갔다 오면 되니 그리 편할 수가 없다. 방으로 들어온 여자들은 거의 반나로 손님 옆에 앉아 음식을 젓가락으로 먹여 주기까지 한다. 참으로 민망하기도 하다. 증권 맨은 이번에는 다른 여자를 껴안고 뽀뽀까지 하며 브래지어에 돈을 조금 넣어 주고는 여기저기를 주물러댄다. 여자는 그저 헤헤거린다. 아마 팁을 두둑이 받아내려는 것인지 요정은 원래 그런지 알 수가 없다. 밤 11시까지 술을 마시고 나니 정신이 없다. 방향 감각까지도 희미한 것 같다. 나오니 택시비까지 주고 각자 갈 곳으로 모셔다드리란다. 그러지 않았으면 집도 못 찾을 정도로 만취했다.

증권 맨에게 술을 사긴 해야 하겠는데 그에게 그런 요정에서 대접할 수는 없으니 미안하기도 하다. 그는 남자답게 시원시원하게 말을 하고 약속을 지키는 사나이 중의 사나이만 같다.

그 사내는 돈을 많이 벌어 땅도 사고 아파트도 분양받고 살만한데 증권 맨 그가 돈을 버는 게 욕심이 났다.

한두 번 만난 사이도 아니니 그 사내는 하루는 증권 맨에게 소금구이를 대접하면서

"0 사장 나 말여 그 증권 투자하는데 조금만 끼워 주면 안 될까?"

"글쎄. 그거야 어렵지 않지요. 형님."

솔직히 돈을 더 벌 수 있다니 얼마나 좋은지 단박에 은행에 가서 증권 맨 은행 계좌로 500만 원을 송금했다. 이제 시간만 가면 큰돈이 들어올 것만 같다. 골프를 치러 다닐 때이니 송금을 하고서도 벌리면 주겠지! 하고 얼마가 벌렸는지도 하루하루 물어보지도 않았다. 매주 목요일마다 결산 날이라니 알아서 하겠지 하고 그를 믿고 있었다.

증권 맨은 그 사내 돈은 따로 계좌를 만들어 분리해서 투자하고 사고팔기를 한다고 했다. 그리고 그 계좌 번호와 비밀번호를 적어준다. 그냥 책상 서랍에 넣어두었다.

증권회사에 한번 가보니 그 증권 맨은 큰 손님인지 증권회사에서는 작은 사무실을 그에게 한 칸 제공하고 여자 사무원까지 붙여주고 있

었다. 그 사내는 증권에 증자도 모르니 증권 맨을 믿기에 그에게 다 일임을 해버렸다. 한 달이 지나갔다. 그 사내에게 증권 맨이 찍어준 회사의 증권이 많이 오르지 않아서 돈을 많이 벌지는 못했다며 50만 원을 벌었다고 한다. 그리고 그 계산서를 보여 주었다.

참으로 놀랄 일이다. 500만 원으로 증권을 해서 한 달 만에 50만 원을 벌었다니 놀랄 일이 아닌가?

"유 사장 내가 돈을 좀 더 마련해 볼게. 그래도 되지?"

"그럼요, 돈 놓고 돈 먹기이니 많을수록 좋지요."

그 증권 맨은 1백만 원을 가지고 증권을 하여 3억이 됐다고 한다. 그러니 3억을 투자하여 하루에 800만 원 벌었다는 것도 가식이 아닌 게 확실해 보인다. 그래서 500만 원을 더 투자했다. 1,000만 원 그것은 단독주택 새집 한 채 값이다. 그냥 그에게 맡기고 상관도 안 했다. 그가 증권에 투자했다고 하는 3억에 비하면 그 사내의 돈은 새 발의 피가 아니던가! 부동산도 잘되어 돈은 계속 불어나고 있었다. 1,000만 원 투자한 것이 일 년 후에 1,500만 원이 되었다. 매일 샀다 팔았다 해가면 손해도 보고 이익도 보면서 늘린 금액이다. 증권회사에 내는 수수료를 다 떼고도 남은 금액이 500만 원이다. 그걸 생각하니 30만 원 50만 원도 큰돈이지만 증권은 황금알을 낳는 거위임이 틀림없어 보인다. 왕치에서 진급하여 사내가 된 그는 땅에도 투자했지만 생기는 돈 일부를 증권에 몰아넣기 시작했다. 몇 년이 지난 후 보니 총 투자액은 억대의 돈이었다. 그사이 증권 맨은 상속을 받은 돈이 10억이란다. 그 아버지는 자동차 관련 회사를 하고 계셨는데 그 땅과 건물을 판 돈이 30억이라 그는 형제들과 셋이 나누어 10억을 받았다고 한다. 참으로 돈이 있는 사람한테만 돈이 모이는가 보다. 증권 맨 그는 그 돈도 다 증권에 모두 넣었다. 부동산을 하는 그 사내는 증권 맨에게 권했다.

"O 사장 그거 다 투자하지 말고 경제학에서 이야기하는 재산 삼분법을 따르면 어때? 5억만 떼어서 점포가 딸린 부동산을 사면 매월 최하 이백만 원은 나오니 그 돈이면 평생 앉아서 먹고살아도 남는다. 그렇게 하는 게 어때?"

"에이 종기가 통통하게 커야 고름도 많이 나와요."

증권 맨은 한마디로 거절을 했다. 그는 상장되기 전의 증권도 사 모으는 증권의 귀재였다.

그 사내도 증권에 더 투자하기 시작했다. 그를 믿고 증권에 투자했는데 청주에 대유증권이라는 회사가 남문로 청주약국 옆 3층에 새로 생겼다. 그러자 증권 맨은 대유증권을 소개해 줄 테니 이제는 혼자 해보라고 한다. 그래서 대유증권에 직원을 소개받고 일억여 원을 증권회사에 넣고 증권을 하기 시작했다. 증권회사 직원은 하루에도 몇 번씩 그 사내의 증권을 샀다 팔았다 하며 수익을 올려 주겠다고 한다. 우선 증권이라는 자체가 뭔지를 모르니 증권회사 직원이 하는 대로 비밀번호도 그에게 알려 주어 그가 맘대로 할 수 있게 해주었다. 그리고 옆에서 보초는 서지만 돈을 벌었다며 이야기는 해도 실감이 안 난다. 돈은 주먹에 쥐어봐야 내 것이 아닌가! 뭘 모르니 재미가 없다. 한 시간도 안돼서 밖으로 나와 사무실로 갔다. 그렇게 일 년여가 갔는데 증권사 직원이 해주는 그것보다는 들어오는 돈이 많지 않았다. 계산서는 거의 원금 수준이다. 그래도 부동산에 힘을 쓸 때이니 그냥 두고만 보았다. 어느 날 결산 날인 목요일에 결산한 것을 보여 주는데 그 사내에게 사준 증권 중 큰 게 하나가 반 토막이 나 있었다. 어쩌면 되냐니까. 걱정을 말란다. 손해 본 그것만큼 증권을 담보로 해서 융자를 해준단다. 그리고 그 증권을 손해 본 것을 만회할 만큼만 더 사면 본전이 된단다. 따지고 보니 그렇다 그에 말이 틀린 게 아니다.

그러나 가만히 생각해보니 그건 은행 빚이 아닌가! 그 사내는 지금까지 은행 지점장이 명절 때마다 작은 선물을 들고 찾아와서 예금을 부탁했지, 빚이라고는 져 본 적이 없고 딱 한 번 마이너스 통장을 개설한 그것밖에 없다. 그래도 그게 빚 같아서 마이너스 통장을 해제했다. 은행에 아쉬운 소리를 해본 적이 없다. 빚이 싫다. 그동안 땅 산 것만도 몇천 평이나 된다. 한 군데 500여 평짜리 땅을 팔아 증권 은행 빚을 갚았다. 그런데? 두어 달이 지난 다음에 대리로부터 결산보고를 받고 보니 또 마이너스가 된 증권이 있다. 그래도 별거 아니겠지 하고 넘겼다.

시간이 지나자 그 사내의 증권은 내리막길을 계속 가고 있다. 억대의 투자액이 반 토막이 난 것이다.

안 되겠다 싶어 증권 공부를 시작했다. 우리나라에서 발간된 증권에 대한 서적을 전부 샀다. 23권이었다. 머리를 싸매고 잠도 자는 둥 마는 둥 하며 증권 공부를 정말로 열심히 했다. 공인중개사 시험 보려고 했던 공부는 저리가라였다. 여섯 달 동안을 그리 공부를 하다 보니 증권 책이라는 게 그게 그 소리고 대부분이 비슷하게 베낀 것이라는 걸 알았다. 공부에 빠져 먹을 것도 제대로 안 먹으니 몸은 많이 여위어 갔다.

아내 왈

"제길 그렇게 머리를 싸매고 공부했으면 판검사 되고도 남았겠다."

"가만있어 봐 내가 질 사람이 아녀. 믿어도 돼. 당신 퇴직금 땅 사고 남은 것 있지? 그거 나한테 반만 줘 내가 그거 두 배로 늘려줄게."

"진짜여?"

"그려 내가 당신한테 언제 헛소리했어?"

그 사내는 아내한테 신용이 있다. 땅도 여기저기 사놓고 건물에서 나오는 수입도 다 가지라 했으니 남편을 믿었다. 가지고 있던 퇴직금 일부의 돈을 줬다. 그 사내는 그것도 다 가져다가 공부한 대로 증권에 투자했다. 아내는 그 사내에게 준 돈을 2년이 지나도 달라고는 안 했다. 아마 두 배로 준다고 했으니까 주겠지, 믿은 것이다. 코스피가 내려가기 시작한다. 왜 그런지 알 수도 없었지만 뭔가 심상치 않아 보인다. 그 사내가 땅도 팔아서 증권에 투자하고 손해를 많이 보고 미쳐 돌아가는 걸 아내는 전연 모른 것이다.

증권 맨도 벌써 한 달이나 사무실엘 안 온다. 무언가가 있는 것 같았다. 그 사이도 그 사내가 맡긴 증권을 증권회사 직원은 계속 팔았다 샀다를 계속해도 그게 무언지 돈을 벌어 주려고 하는 줄로만 알았다. 나중에 안 사실이지만 그 사내는 바보짓을 한 것을 전연 모르고 있었다. 증권회사 직원이야 매도와 매수를 많이 할수록 증권회사에 수수료를 안겨 주는 게 아닌가? 그걸 모르고 증권에 돈이 줄어들면 땅을 팔아 메꾸기를 하기도 하다가 땅을 파는 것을 중단했다. 그렇게 하던 중, 날 보란 듯이 1997년 IMF가 터졌다. 그 사내의 증권은 거의 깡통 계좌가 되고 말았다. 아! 증권에 투자한 지 8년 만에 일이었다.

그토록 밤잠을 설치며 공부를 했던 증권 공부는 머릿속으로 쏙 들어앉았는데 증권계좌는 거의 깡통이 됐다. 증권을 시작해서 많은 돈을 날린 후 뒤돌아다 보니 "증권이 그림자"라는걸 그때서야 알았다. 햇볕이 있을 때는 그림자가 있고 햇볕이 없을 때는 그림자가 없다.

그래도 그 사내는 증권에 올인하지 않았기에 먹고 사는 데 지장도 없고 건물과 땅도 좀 있었다. 증권 맨 왈

"어느 회사에 증권이 폭락하면 그 주식에 몽땅 몰방해라! 그러면 그 회사가 살아나면 그게 큰 부를 안겨주는 것이다."

그에 말도 일리는 있는 것이다. 그러나 그것은 일부 종목에서만 가능한 것이고 빚투성이인 회사는 그냥 다 날아가 버리고 마는 것이었다. 회사의 재무제표 그거 믿을 만한 것이 못되었다. 회계사와 짜고

벌리는 사기일 수도 있었으니까. 그리고 정부에서도 회사가 공시하는 것에 대하여도 크게 제약이 없었다. 그러니까 솜방망인 셈이다. 회사가 밝히는 당시에 재무제표는 믿어서는 안 되는 것이었다. 회계사와 회사 간 거래를 일반인들이 알 수가 없다.

회계사가 밝히는 것을 보면 회사는 거의 다 부채로 운영되고 있었다. 그렇게 재무제표를 밝혀도 일부 사람들은 증권에 목을 매었다. 재무제표가 거짓말인데도 증권은 매매하고 또 그 회사 주식의 가치가 있다고 선전한다. 놀라운 일이다. 그것에 빠져들어 가는 게 개인들이다. 증권 자동 거래 시스템을 컴퓨터에 입력하면 그 증권의 사고파는 시점을 계산하면서 사고팔고를 지시한다며 그 프로그램을 사라고 한다. 그게 얼마냐고 하니 8백만 원이라고 한다. 기가 막히게 높은 가격이다. 그저 2억 미만의 돈을 가지고 증권을 하는 사람들은 그 프로그램을 쳐다볼 수도 없다. 그것을 사용하다가 안 하면 그것 또한 무용지물이 아닌가?

그것도 한때에만 사용하다가 사람들은 그 많은 돈을 주고 산 프로그램을 휴지통에 버렸다. 아니 버릴 필요도 없었다. 그것은 그냥 사용하지 않으면 무용지물이니까!

우리나라에 대 흉사가 벌어졌다. IMF. 증권은 깡통 계좌가 되었다. 기가 막힌 일이었다. 후회해 봤자 아무 소용이 없는 일이다.

개미의 왕이라는 칭호를 듣는 100억을 가지고 증권을 하던 서울의 일명 "광화문 곰"도 IMF 때 빈털터리가 되어 쓰러졌다고 한다. 그 사람이야 많은 정보를 가지고 증권을 했을 것이 아닌가? 그런데도 쓰러진 것이다. 우리가 모르는 증권의 비밀은 외국의 자본가들이 쥐고 있다는 사실이다. 그들은 수천억 또 조 단위를 가지고 공매도까지 한다. 그걸 모르고 대들은 자들이 돈을 다 날린 것이다. 공매도 그게 얼마나 무서운 건지를 정말 몰랐다. 돈 하나도 없이 신용만 있으면 할 수 있는 신용거래. 그 또한 예수금 없이 하면 다 빚이다. 공매도란 주식이 비쌀 때 그 회사 증권이 한 주도 없으면서 막 팔아 치운다. 그리고 그 주식이 내려가면 다시 사서 주식 수만 맞추어 주는게 공매도이다. 그런 식으로 주식을 팔고 사고 하는데 그걸 이길 장사가 있을까? 당시에 100억을 가지고 증권을 하던 일명 광화문 곰도 그 외국의 자본에 비하면 작은 것이다. 그래서 개미의 왕이란 호칭은 붙었어도 IMF 때 쓰러진 것이다.

그 사내는 증권은 그림자에 투자하는 도박이다.라고 말한다.

증권 맨도 사는 아파트 한 채만 남고는 알거지가 됐다. 증권 투자액 원금 15억 원이 넘는 금액이 다 날아간 것이다. 그는 돈을 증권에 다 날리고서는 근 10년여를 부동산 사무실에 나타나지를 않았다. 그들이 왜 그리 많은 돈을 잃었을까? 욕심이었다. 그리고 제 살 잡아먹기 증권 담보 은행 융자였다. 그 사내도 그렇게 하지 않았던가!

10년이 지난 후에 증권 맨은 대기업 과장 명함을 들고 나타났다. 그동안 공부를 하러 외국에 가서 학위를 따고 대기업에 입사를 계장부터 시작했단다. 증권 맨이나 그 사내나 욕심이 화를 부른 것이다. 그 사내는 부동산이나 그냥 하고 살았으면 땅값이 스무 배는 올랐으니 큰 부자가 됐을 게 아닌가. 그 사내는 그래도 증권에 집중하지 않았기에 먹고살 것은 마련했지만 다시 원점으로 들어가 부동산을 열심히 하기 시작했다. 마하님은 그 사내가 증권에 투자한 것이 다 날아간 지도 모르고 있다. 자가용 자동차를 산다고 퇴직금에서 떼놓은 돈이다. 그 돈이면 좋은 자동차 몇 대는 살 돈인데. 남편인 그 사내가 두 배로 늘려준다는데 홀딱 넘어갔다. 빌려준 돈 다 증권 그림자 속으로 들어갔다.

마하님한테 빌린 그 돈은 10년이 넘어도 달라 소리를 안 하더니 하루는

"증권은 어디 있어?"

"응 증권 그거야 증권회사에 있지. 누가 증권 들고 다니는 거 봤어?"

치매가 걸린 마하님은 확실히 아닌데, 돈에 걱정이 없어서인지 아직도 그걸 모른다. 그걸 밝히라고 하는 사람이 똑똑한 것인지. 모른 채 그냥 넘어가는 체하는 게 똑똑한지는 물어보나 마나일 것이다. 시간이 그리 오래 갔어도 증권에 대해 아무 소리 안 하는 것 보니 그래도 어느 정도 눈치는 챈 것 같다. 그래도 건물에서 나오는 수익을 전부 가지라고 했으니 불만은 없어 보인다.

그 사내의 아내는 가끔은 자동차 타령을 한다. 차를 샀으면 길도 잘 찾아다니고 친구 차 타며 불편한 소리 안 들을 터인데 한다. 그러면 그 사내는

"아니 지금 나이가 몇인데 자동차 타령요! 나도 이제 면허증 반납하고 택시를 타던지 버스를 타든지 할 건데. 우리가 지금 걱정할 게 뭐가 있어?"

그렇게 말을 하니 아내는 그 사내의 얼굴을 한번 쳐다보고는 입을 닫고 만다.

'참 똥 누러 갈 때 틀리고 나올 때 틀리다 더니 내가 처녀 때 같아 봐라.' 속으로는 그럴 것 같다. 그러거나 말거나

'헤헤 내가 신랑여.'

이제 봤더니 왕치에서 승진해 그 사내가 되더니 배짱이가 돼 버렸구먼.

사람이 살면서 친구를 사귄다는 것은 참 중요한 일이다. 친구를 사귀고 그에 말을 판단할 줄 아는 지혜가 꼭 필요하다. 그러니 어떤 친구를 사귀냐에 따라 본인의 생활이 바뀐다는 것쯤은 알아야 할 것 같다.

이것이 증권을 하는 친구를 사귀어 받은 대가이다. 대가치고는 혹독한 대가를 치른 것이다.

우리나라에 IMF 같은 괴물을 누가 만들었나! 그것은 민주화를 부르짖으며 정신 못 차린 무능한 정치인이 만든 나라의 흉사였다. 얼마나 많은 기업이 사라지고 여러 사람이 죽었던가? 앞으로는 그런 무능한 대통령이 이 나라에 나타나지 말아야 한다.

그 사내도 큰 충격을 받았지만, 후회하지 않기로 마음먹었다. 그래도 어떤 날은 그 땅을 판 곳을 지나가다 보면 지난날이 떠오를 때도 있다. 저 땅이 내 것이었는데. 인간의 습성인가 보다.

홧김에 서방질한다고 술 속에 빠지는 날도 많아졌다. 다 내 탓이며 내가 만든 일이었다.

갑자기 찾아온 망령 같은 IMF 그것은 많은 사람을 당혹하게 하고 또한 목숨 줄까지도 내놓는 사람들을 만들었다. 증권에 많은 것을 잃었음에도 전 재산을 몰빵하지 않았기에 그 사내는 시간이 흐른 후 후유증에서 탈출하여 정신을 차릴 수가 있었다.

다시는 우리나라에 IMF 같은 괴물이 오지 않기를, 또한 정신 못 차린 정치인이 다시 나와 국민을 도탄에 빠트리는 일이 없었으면 기대할 뿐이다.

28
글을 쓰려는 열정은 스미스소니언 미국 박물관으로

그 사내는 외계인에 대한 글을 쓰려고 생각하면서 외국의 박물관을 가보아야겠다는 생각이 들었다. 아무 자료도 없이 글을 쓴다는 것은 상상할 수가 없다. 또한, 각종 서류를 뒤지면 나올 수도 있겠지만 그것은 출판물에 관한 법 때문에 안 되는 것이다.

사진 또한 본인이 실제로 찍은 것 외는 본인이 쓴 글에 넣어서도 안 되는 것이다. 세계의 박물관 중에 그래도 베일 속에 감춰진 것이 제일 많은 이집트의 박물관을 마음에 담고 있었다. 그런데 2018년 그 당시 이집트의 국내 사정이 테러 등 여러 가지가 겹치고 있어서 가기가 힘들어질 것 같아도 한번 가보기로 생각을 했다. 여행사에 전화해 보니 그곳만 따로 가는 패키지 상품이 없다고 한다. 그리고 그곳은 좀 치안 문제가 좋지 않아서 가려는 사람들도 많지 않다고 한다.

고심하고 있던 중 지인이 미국 스미소니언 박물관은 어떠냐고 묻는다. 이집트보다야 못하겠지만 그래도 그 대형 박물관엔 외계인에 대한 단서가 혹시 있지 않을까?

치안 문제야 미국은 FBI가 있으니 그것만은 좋을 것 같다는 생각이 든다. 여행사에 전화해 보았다. 워싱턴 패키지 상품은 있는데 스미스소니언 박물관만은 따로 가는 것이 없고 그곳을 약 한 시간쯤 들리는 상품이 있다고 한다. 패키지 상품은 성수기냐 아니냐에 따라 가격 차이가 컸다. 그런데 그 넓은 스미스소니언 박물관을 한두 시간만 본다는 것은 장님이 소꼬리 한 번 만지고 오는 그것밖에 안 된다. 제대로 보려면 3일은 잡아야 한다고 한다. 틀린 말이 아닌 것 같다. 고심만 하고 있었지, 어떤 단안을 내리지 못하고 있었다.

그런 이야기를 듣고 있던 한 지인이 내가 미국 왕복 비행기 표를 끊어 줄 터이니 한번 다녀오면 어떠냐고 묻는다. 참 고마운 이야기이지만 그 사내에게 그 돈이 없는 것도 아니고 냉큼 대답할 문제가 아니다.

우선 언어가 문제가 될 것 같다. 한 건씩 해결해 나가보자고 생각을 하고 스마트폰에 영어 앱을 받아놓고 연습을 해보았다. 나이 탓인지 발음 때문인지 스마트폰이 통역해 주는 것이 똑같지를 않고 달리 나올 때가 많다. 자꾸 연습하며 생각해보니 역으로 상대방 것을 번역해 들어보면 되지 않을까 생각이 든다. 영어 테이프를 틀어놓고 연습을 해보니 그것 또한 마찬가지인데 혼자 연습한 것과는 훨씬 낫다. 그런 고민을 하고 있는데 지인이 지금은 3월 중순이라 미국 관광은 성수기가 아니니 비행기 요금이 30%는 싸다며 한번 가보라고 한다. 고민이 많이 된다. 나이가 75세에 패키지가 아닌 혼자 비행기를 타고 미국까지 갔다 온다는 게 쉬워 보이지는 않는다.

지인에게 가 부의 답변은 안 해주고 있었는데 며칠 후 여기가 어느 여행사인데 신분증을 가지고 잠깐만 왔다 가라고 한다. 신분증이야 항시 주머니에 있으니 그냥 가서 이야기나 들어볼까 하고 그 여행사를 찾아갔더니 지인은 여행과 직원과 말을 끝냈는지 내게 주민등록증을 요구한다. 아직 마음에 결정도 안 됐는데 황당하기만 하다.

지인은 미국에서 살다가 왔기에 별거 아니라고 하지만,

"내 나이도 있고 혼자 간다는 게 그리 쉬워 보이지 않네요."

"미국? 거기 우리나라하고 똑같아 별거 아냐. 자 돈은 내가 카드로 줬어. 직원한테 물어볼 말 있으면 물어보고 사인해."

"왕복 비행기 삯은 얼마에요?"

"그거 묻지 마 내가 준다니까 그러네."

어찌 그래도 언어 문제 공항에서의 수속 문제 등이 걸려서 생각나는 대로 모르는 것을 물어봤다.

"저기 혹시 비행기 표가 날짜가 지나던지 아직 기간이 남아 있을 때는 어찌하지요?"

"그거 어렵지 않아요. 버스 차표 끊는 거나 마찬가지입니다. 그렇게 생각하시고 바꾸면 됩니다. 날짜를 봐가며 일찍 오려면 여행사에 가서 날짜를 앞당기면 되고 더 있다 오려면은 6개월도 가능하니 걱정할 거 없어요."

"그래요? 그러면 지금 비행기 표는 날짜를 며칠이나 잡아서 써주실 건가요?"

"박물관 한 군데만 다녀오신다면 7일이면 되겠지만 가고 오는 시간 빼면 그것은 시간이 빡빡 합니다. 거기서 시간이 안 맞으면 안 되니까 15일짜리로 해 드릴게요. 조정하시고 싶으시면 미국 현지에서 여행사와 다시 예약하시면 됩니다."

들어보니 그럴 듯도 하다. 뭐 특별한 게 없어 보인다.

"호텔 숙박비는 어느 정도 되나요?"

"그거 호텔마다 다 틀리겠지요?"

생각해보니 그건 당연한 게 아닌가! 바보 물음이었다.

"뭐 다른 거 알려 주시고 싶은 거 없나요?"

"뭐 버스를 타고 시외 관광 갔다가 오는 그거하고 똑같아요."

생각해보니 스마트폰이 가장 중요한데 그것은 앱을 한 개만 내려받을 게 아니고 두 개 앱을 받으면 될 것 같고 전화는 청주에서 외국에 가서 쓸 수 있는 요금제만 바꾸면 될 것 같기도 하다.

시원시원하게 대답하는 여행사 여직원에게 뭐 더 할 말도 없고 엉거주춤하고 있는데 지인이 얼른 사인하고 가자고 한다.

일이 우습게 됐다. 물어볼 거 다 물어보고 안 간다고 할 수도 없고 더 물어보자니 뭐 아는 게 있어야 더 물어보지 '에이 모르겠다. 그곳 미국도 사람이 사는 곳인데 일이 생기면 대사관에 연락하든지 하면 될 게 아닌가?'

"서류 좀 줘봐요."

출발 날짜를 보니 2018년 4월 23일에서 5월 8일까지이다. 그냥 사인하니 지인이 카드로 결제를 했다.

사무실에 와서 생각을 해봐도 미친 짓을 한 것만 같다. 아니, 거기가 어디라고 한 번도 가본 적이 없는 곳을 혼자 가냐구!

미국 입국 여권 수속을 물어보니 그냥은 입국을 안 시키고 미국에 아는 사람의 주소와 전화번호가 있어야만 하고 목적지를 다 적어 넣어야 입국을 할 수 있단다.

젠장! 미리 그런 걸 알았더라면 미국 로스앤젤레스에 있는 5촌 조카에게 물어보고 사인을 했지. 그러나 엎드러진 물이 아닌가? 지인에게 그런 이야기를 하니

"아 참! 그렇지! 그거 내가 알아볼게."

버스 지나간 뒤에 손을 든 꼴이 됐다.

이틀 후 지인이 알아봐 준다던 관광 목적과 미국 버지니아에 워싱턴에 있는 사람 주소 하고 전화번호를 적어준다.

그래서 그걸 비행기 표 안에 넣고는 또 뭐가 부족한 게 없을까 하고 생각을 하니 뭐 가봤어야 알지 가보지도 않은 곳에 이야기를 어찌 미

리 아느냐고! 뭐 내가 주술사도 아닌데 말여. 시간은 자꾸 간다.

통신사 생각이 났다. KT에다 전화했다. 외국 여행을 자주 했기에 그건 필수다. 무제한 통화 예약을 했다. 걱정거리가 한 가지 풀렸다. 그리고는 다시 뭐 할 게 없을까 생각해봐도 뭐 생각 나는 게 없다. 사람 사는 거야 미국이나 한국이나 똑같지 않을까? 아 참! 신용카드! 이천 불 이상은 현금을 들고 다닐 수는 없는 것 아닌가! 발급받은 여러 장의 카드를 보니 비자카드가 있다. 카드도 해결이 됐다.

출발일이 8일밖에 남지 않았다. 그런데 일이 잘되려고 그랬는지 그 비행기 왕복표를 끊어준 지인이 미국에 버지니아주에 사는 사람이 지금 괴산에 와 있으니 그를 한번 만나 보잔다. 그는 삼 일 후에 미국엘 간단다. 그래서 급히 차를 끌고 지인과 같이 괴산으로 갔다. 지인은 미국에 사신다는 분과 통화를 하시더니 그분이 버스 주차장 부근에 있다고 하신다. 전화를 받고 잘못 찾아올까 봐 괴산 시내로 나오셨다고 하신다. 그래서 버스 주차장 부근에 빈 곳이 있어서 차를 세워두고 길에서 그분을 만났다. 엥?

빨간 모자를 쓰고 해병대 복장을 하고 있다. 지인이 그와 손을 잡고

"오래간만입니다."

하고는 나를 쳐다본다. 인사를 하라는 뜻이다.

"안녕하세요? 해병대 다녀오셨나요?"

"네 해병 00기입니다. "

말하는 것도 해병대답게 씩씩하다. 얼굴을 보니 나이는 70대는 넘어 보이는데, 왜? 해병대 복장을 하고 계실까?

해병대를 안 가봤기에 기수는 모르니 더 물어볼 필요가 없다. 그걸 알면 그에 나이를 알 텐데. 점심을 먹기에는 일러 보여서 커피나 같이 한잔하려고 생각을 하는데. 그분이 먼저 지인을 쳐다보며

"오늘 아침도 아직 안 먹었어요. 이 부근 칼국수 집에나 갈까요?"

그 사내가 말을 받았다.

"글쎄요, 여기는 올갱이국이나 매운탕이 유명하다는데, 좀 있다가 여기 올갱이국이나 드시러 가면 안 될까요?"

"아니요. 간단하게 칼국수 먹으러 갑시다. 미국에 칼국수하고 여기 칼국수 맛은 확실히 맛이 다릅니다."

칼국숫집으로 가려고 길 건너편을 보니 주차장 앞이라 식당들이 여기저기 많이 보인다. 그중에 칼국수 간판이 보인다. 길을 건너가서 칼국수 3인분을 시키고 앉아 있는데 내 스마트폰이 울린다. 받아보니

"여기 세운 차가 당신 겁니까?"

"네 그런데요."

"당신 말이야 어디서 배워먹은 사람이야! 차를 남의 택시 주차장에 세우면 되나."

소리를 버럭 지른다.

"아 그래요? 그곳이 택시 주차장인지는 몰랐어요. 그 자리가 차는 열 대도 더 들어갈 만큼 넓기에 세운 겁니다. 지금 칼국수를 막 시켰는데 바로 먹고 가면 안 될까요?"

"뭐 이런 사람이 있어. 당장 차 빼."

반말도 보통 반말이 아니다. 그 소리가 그 해병대라는 사람한테도 들릴 정도니 그 사람이 칼국수를 젓던 젓가락을 놓고는 벌떡 일어서더니

"같이 갑시다. 이런 놈은 내가 가면 꼼짝 못 해요."

그래서 같이 갔더니 내 차를 쳐다보며 서 있다가는 차 옆으로 가자 성깔을 부린다.

"여보 여기가 당신 주차장이야?"

젊은 사람치고는 참 말도 험하게 한다. 옛날 깡패만 같다.

"미안합니다. 여기 빈자리이기에 잠시만 세워두면 될 것 같아 그랬

어요. 지금 차를 뺄게요. 안되면 빼주면 될 거 아닙니까? 왜 그렇게 소리는 지릅니까?"

그러자 그 해병이 말을 받는다.

"이봐 나 해병대야 말 좀 공손하게 못 해? 나 미국 가서도 싹수없는 놈은 그냥 안 두는 사람이야. 아무리 택시 주차장에 차를 세웠다 해도 말하는 뽐쌔가 그게 뭐야 어른들한테 젊은 놈이 말야."

그 시퍼런 놈이 기가 죽었는지 확 돌아서 코를 씩씩거리며 사무실 쪽으로 간다. 하여간 차를 치우라니 차를 조금 빼서 그 옆에 다른 자리에 세웠다. 그리고 그를 쳐다보니 사무실로 들어가 버린다. 별것도 아닌 것을 두고 아침부터 욕으로 해장을 했다. 해병대 월남 갈 때도 그들은 알아봤지.

"한 번 해병은 죽을 때까지 해병이야."

싸울 일도 아닌데 한 번에 그 젊은 놈을 해치웠다. 대단하다.

칼국수 집으로 다시 가니 칼국수는 불었다. 그냥 먹자니 안될 것 같아서

"이거 불어서 먹겠어요? 다시 끓여 주세요. 돈은 더 드릴게요?"

해병대가 젓가락을 들고 휘휘 젓어 먹어 보고는

"아니요 그냥 먹읍시다. 그리 오래되지 않았으니 괜찮은데요?"

칼국수를 먹고 어디 가서 차나 한잔하자고 하니 차를 끌고 앞으로 갈 터이니 자기를 따라서 오란다.

뒤를 따라가니 문광면 쪽으로 간다. 저수지를 지나 언덕 중간쯤에 우측 샛길로 차를 끌고 간다. 500m 정도를 더 가서 코너를 도니 집 한 채가 나타난다. 전원주택이다. 너무 외떨어져서 살기에는 좋아 보이지를 않는다. 큰길 입구에서부터 포장도로를 만들고 집을 지었으니 돈깨나 들인 집 같다. 마당도 넓고 밭에는 매실나무 5년생쯤 돼 보이는 게 1,000여 주는 보인다. 그리고 사과나무도 보인다. 3월 중순이

지만 산에 올라오니 방금 들렀던 괴산보다도 서늘하다. 거실로 들어오란다. 들어가 보니 젊은 여인이 인사를 한다. '며느리인가보다'

"여보 그 차 매실 담근 거 그 차 좀 내와요."

'뭐시라? 여보? 하 참 나이가 몇인데 저런 새파란 여자하고 살아!' 참 대단하다 싶다. 그러면 미국에서 사업을 한다는 데 그곳에도 부인이 있을 것 아닌가? 여기에 대해 더 물어보다가는 국물도 없어 보인다. 입을 닫고 앉아서 차를 홀짝거리며 마시며 본론으로 들어가 미국 이야기를 꺼냈다.

"미국에서 사업을 하신다며요?"

"사업을 해서 돈 좀 벌었지. 그래서 여기 이 산, 내가 사서 집을 짓고 일 년에 한 번씩 다녀갑니다. 집을 지은 지는 5년도 넘고 여기 과일나무 심은 것도 다 오 년이 넘어 이제 수확할 때가 거의 돼가요."

내가 어려 보이는지 거의 반말을 툭툭 던진다.

"아이구! 성공하셨나 보네요. 여기 땅 사서 집까지 지으려면 돈 좀 쓰신 것 같네요."

"여기 땅이 밭과 합쳐서 이만 평이야. 그리고 집 짓는데 한 이억 좀 더 들어갔지."

그 부근의 땅 시세도 아는 내가 언뜻 따져봐도 남향 산이니 이만 평이면 아무리 싸게 샀다 해도 평당 3만 원을 잡는다고 해도 6억 원이다. 그러면 최하 8억 원을 투자했다는 이야기이다.

"제가 공인중개사입니다. 여기 땅값은 잘 알지요. 이 부근에 몇 군데 계약해준 곳이 있습니다."

"아 그래요? 공인중개사 미국에서는 변호사보다 수입이 더 좋다고 해요. 돈 좀 버셨나 봐. 미국을 가보신다고 하니."

"아니요. 미국이야 패키지여행을 하면 돈 별로 안 들어가잖아요? 미국을 가려는 목적은 책을 쓰기 위해서입니다. 왕복 비행깃값은 이 선생님이 내준 겁니다."

"비행기 삯이야 뭐 별거 아니고 미국은 체류비용이 많이 들지."

어디까지나 반말 비슷하다. 입이 근질거린다.

"사장님 지금 연세가 어떻게 되나요?"

"나 1955년생이야."

해병대 그의 귀를 쑤셨다.

"아, 그러세요, 반갑습니다. 저는 1944년생인데요."

힐끗 쳐다보더니 꼬랑지를 조금 내린 것 같다.

"아. 그래요? 저기 입국 절차는 아시지요?"

"아니요. 혼자 가는 것은 처음이니 잘 몰라요."

"여보. 메모지 하고 볼펜 좀 가져와요."

여보라고 하니 부인이 맞는 것 같다. 버지니아 산다고 하더니 워싱턴 주소하고 전화번호를 적어서 준다. '아니? 버지니아 사신다고 하지 않으셨나?' 그걸 받아서 주머니에 넣고는

"사흘 후에 미국에 가신다구요?"

"그래요. 공항 와서 전화해요. 저렴한 숙소까지만 정해 드릴게요. 나머지는 혼자 다니셔야 합니다. 전 시간이 없어요. 항시 바쁩니다."

"네 감사합니다. 미국 생활은 돈도 많이 드실 텐데요?"

"뭐 한 달에 수입이 만 달러 정도 되니까. 좀 남지요."

일만 달러? 그렇다면 그건 일천이백만 원이잖아! 큰돈을 버는 사람은 아니구나! 한국에도 마누라가 있다면 그 돈 가지고는 안될 텐데?

"사모님 차 아주 맛있게 먹고 갑니다. 매실차가 아주 숙성이 잘됐네요."

그녀는 빙그레 웃고 만다.

해병은

"워싱턴에는 공항이 두 개인데 어느 쪽 표를 끊으셨나요? "

어렵소! 할 말이 없다. 몰라요. 할 수도 없고. 어깨가 축 늘어지는 느낌이다.

"비행기 표를 봐야 알 것 같은데요?"

"그것부터 확인하셔."

워싱턴 덜레스 공항이라 계약서에서 쓴 것을 본 것 같아서

"덜레스 공항이 맞을 겁니다."

"아! 그러면 됐습니다."

참 미국은 가기도 전에 처음부터 어리삥삥이가 된 거나 마찬가지이다. 하여간 미국 공항에 도착하면 전화를 하란다. 인사를 하고는 밖으로 나오니 여자가 쫓아 나온다. 고개를 꾸벅하니 그 여인도 꾸벅한다. 꾸벅 고개를 두 번 넘으니 더 묻고 싶은 게 없다. 메모를 받은 전화번호와 주소를 다시 확인하고 청주로 향했다.

청주 터미널에서 인천국제공항으로 가는 버스를 타고 가니 같이 가던 사람이 어디로 가느냐고 묻길래 워싱턴 덜레스 공항이라니까 1번 홈에서 내리지 말고 2번 홈으로 가야 한단다. 공항에 도착하자. 운전기사가 미국 쪽으로 가는 사람은 내리지 말란다. 2번 홈은 1번 홈에서 30분 정도를 공항 주위를 돌아서 가야 하는 코스였다. 그것도 동석한 사람을 잘 만나서 해결이 된 것 같다. 운전사의 안내 멘트만 허술히 들었다가는 낭패를 당할 뻔했다. 비행기는 오후 4시 출발인데 3시간 전에 공항엘 가야 한 대서 그 시간을 거의 맞추었는데 1번 홈에서 내렸다면 골치가 아플 뻔했다. 가방을 먼저 부치고 절차를 받는데도 근 두 시간이 걸렸다. 사람들이 참 많다. 겨우 시간을 맞추어 4시 10분 전에 비행기를 탈 수 있었다. 사람이 거의 탑승했는지 스튜어디스가 내 이름을 대며 맞느냐고 묻는다. 시간의 다 돼가는데 미 탑승자들 명부를 들고 기다렸던 모양이다.

시간이 되자 문이 닫히고 안내 멘트가 나오기 시작하는데 영어다. 그거야 외국 여행 한두 번 간 게 아니니 뻔한 거 아닌가? "비상시 대처 요령." 내일이면 비행기를 타러 공항으로 가야 하는데 걱정이 앞서며 밤잠을 설쳤다. 통로에서 세 번째 자리인 비행기 유리창 쪽이다. 자리에 앉고 보니 가운데 앉은 미국 사람이 너무 뚱뚱하다. 표를 보여 주자 그는 일어서서 자리를 비켜주었다. 앉고 보니 그에 뱃살이 내 자리를 조금 침범한 거 같다. 통로 쪽 사람과 자리를 바꾸면 좋을 듯한데 좀 답답하다. 비즈니스 일 등석이 아니니 군소리는 해 봤자이다.

비행기가 이륙하고 안전띠를 풀자, 그 뚱뚱한 뱃살이 출렁이며 내 자리를 비집고 조금 쳐들어왔다. 무슨 물을 넣은 풍선이 몸에 와 닿은 것 같다. 그를 한 번 쳐다보고는 의자 뒤로 몸을 기댔다. 긴장이 풀렸는지 눈이 무겁다.

귀는 살아있었는지 누가 영어로 무엇을 먹을 거냐고 세 번이나 묻는다. 눈을 떠보니 전부들 밥상을 내려놓고 있다. 세 가지의 식사 메뉴를 이야기 한다. 돼지고기구이 닭고기 또 햄버거 등이다. 돼지고기 햄버거 그걸 먹고 싶지 않다. 검지 손가락을 하나 펼쳐 들고 (비어 원 캡 앤 치킨) 맥주 한 잔과 치킨을 시켰다. 그거 영어로 못하는 한국 사람은 없다. 한 잔을 홀짝 마시고 보니 어찌 간에 기별도 안 간다. 지나가는 스튜어디스를 보고 또 검지 손가락을 하나를 들고 (프리즈 조니워커 완 컵) 양주 한 잔을 달라고 주문하니 작은 컵에 조니워커를 한 잔을 따라주고 간다. 미소를 띠며 "땡큐." 하고는 고개도 한 번 까딱했다. 그런 건 영화에서 많이 보았기에 식은 죽 먹기다. 참 검지 손가락이 말을 대신해 주니 고맙다. 그 미모의 스튜어디스도 고개를 까딱하며 미소를 짓는다. 독한 놈이 속으로 들어가니 속이 싸하다. 내일 죽을지라도 기분이 좋다. 스마트폰을 비행기 모드로 바꾸어 놓고 앞 화면에 보이는 위치를 자주 쳐다보며 가다가 토끼잠이 들었다 깨다 하나 보다. 얼마를 갔는지 앞 화면을 보니 비행기는 일본 영공을 지나 알래스카 지도 부근에 진입하고 있다. 캐나다 쪽으로 가고 있는 것 같다. 아니? 미국을 가려면 비행기가 태평양상에 있어야 하는 거 아녀? 모를 일이다. 아기를 못 가져 절에 간 색시다. 설마 캐나다에 내려놓고 비행기가 도망가지는 않겠지! 아무튼, 그곳도 영어권 아닌가! 비행기를 탄 시간이 6시간이 넘었다. 6시간을 더 가야 하는데 자리가 좁다. 일어나서. 옆에 앉은 미국 사람에게 고개를 까딱하니 두 사람이 일어서서 복도로 나가며 자리를 피해준다. 화장실을 가서 긴장했던 놈을 붙들고 정조준을 하여 구덩이에 슛을 잘했다. 땡땡하게 불러오던 아랫배가 가라앉았다. 속이 시원하다. 자리에 다시 가서 앉으려니 거대한 덩치가 날 쳐다본다. (프리즈) 하고는 그냥 쑤시고 들어가 앉았다. 내 몸이 날씬하니 다행이지 그 미국 사람같이 뚱뚱하면 골치 아플 뻔했다. 조금 있으니 또 식사하라며 주문을 받으러 다닌다. 메뉴가 3가지이다. 생선과 쌀밥. 소고기와 소스. 햄버거. 그중에서 햄버거를 신청했다. 비행기를 타고 가니, 할 일은 없다. 오직 맥주 한잔만 하면 기분이 나이스일 것만 같다. 검지 손가락이 비행기에서 그리 요긴하게 쓰일 줄 정말 몰랐다. 공짜로 주는 맥주는 캔으로 준다. 비행기에서는 맥주를 달라면 한 개만 주지 두 개는 안 준다. 그러니 손가락이 두 개가 안 붙어있다는 게 얼마나 다행한 일인가! 그럭저럭 시간을 보내는데 지도에 캐나다의 5대 호수가 보인다. 아! 거의 다 왔구나! 내릴 생각을 하니 또 걱정되는 게 있다. 입국장에서의 면담에 내가 얼마만큼의 영어를 해야 통과가 될지 궁금하다. 까짓거 안되면 소리를 버럭버럭 지르지 뭐. 그러면 경비들이 쫓아 올 테고 한국어 통역사를 부르면 될 게 아닌가! 그렇게 해서 볼일을 본 사람도 있다고 들었다. 뭐 큰 걱정은 안 해도 될 것 같기도 하다. 지금 생각해보면

웃음이 나오지만, 당시에 그 생각을 가졌을 때는 심각했었다. 캐나다와 국경을 한 5대호 호수를 지난 지도 한 시간도 더 간 것 같은데 지도에 표시되는 비행기는 장 그 자리에만 있는 것 같다. 미국 참 멀기만 하다. 한 시간 이상을 더 간 후 드디어 비행기가 하강하려는지 안전띠를 매라고 한다. 그걸 매고 창밖을 보니 무슨 정글 숲 위를 비행하는 것 같다. 아니? 워싱턴이 가까우면 빌딩이라도 보여야 하는 거 아녀! 그렇게 20여 분을 가도 장 아래는 도로가 있는 숲뿐이다. 이제 공항 부근인지 주택 앞에 세워둔 자동차가 보이기 시작한다. 그리고 활주로가 멀리 보인다. 확실히 하강이다. 몸이 위로 뜨는 기분이다. 조금 후에 덜컹 소리가 나고 비행기 소음이 커지더니 비행기가 활주로에서 여객선 터미널로 향한다. 스튜어디스가 안전띠를 풀고 일어난다.

공항 활주로에 도착했는데 기다리란다. 한참 후에 비행기 문이 열리고 사람들이 내리는데 인천 공항과는 입국장이 틀린다. 이제부터는 밖으로 입국장을 향해 가야 한다.

사람들이 가는 곳을 무조건 따라갔다. 입국장 앞에 사람들이 줄을 선다. 입국심사대가 5개이다. 줄을 따라가 심사대에 섰는데 흑인 여자다. 들고서 있던 워싱턴 주소를 적은 메모지와 여권을 그 흑인에게 주었다. 생각한 대로 그가 말을 하면 프리즈하고는 스마트폰을 드려밀었다. 그리고 그 답이 보이면 나도 말을 하고 스마트폰을 들이밀었다. 그가 요구하는 것은 어디로 갈 것인가? 무엇을 하러 왔느냐? 얼마나 미국에서 있을 예정인가. 미국에 적힌 전화번호로 전화를 해본 것 같지는 않은데 서류에 도장을 꾹 찍어준다. 생각보다는 싱겁게 끝났다. 마렵던 오줌이 오줌통으로 도로 들어간 것 같다.

이제 짐을 찾으러 가야 하는데 어디로 가는지 알 수가 없다. 한국 사람이라도 있으면 맘 편히 물어보면 될 터인데 우리나라 사람은 안 보인다. 다들 무슨 바쁜 일이 있는지 거의 뛰어가는 수준이다. 바쁜 서울 사람들 걸어가는 것만 같다. 그들 중 한 사람을 쫓아가면서 스마트폰을 들이대며

"가방을 찾으러 가려면 어디로 가야 하나요?"

하자. 그는 내 얼굴을 힐긋 보고는 사람들이 가는 길로 계속 따라가면 된단다. "땡큐" 하고는 그들 뒤를 놓칠세라 열심히 쫓아갔다. 그를 따라가다가 그가 많은 사람 속으로 사라져 그를 놓쳤다. 할 수 없지! 작은 지갑에 넣어서 앞에 메고 다니던 가방에서 비행기 표를 꺼내 보니 가방이 나오는 곳 숫자가 거기에 쓰여 있는 게 아닌가? 내가 생각해도 참 어째 그리 머리가 빨리 돌아갔는지 내 머리에다 대고 생각을 집어넣었다.

"고맙다 머리야. 넌 아직 등신은 아녀! 그렇지!"

그 숫자가 적혀있는 곳에 가니 팬 벨트가 돌아가고 있다. 사람들이 점점 많이 모이기 시작한다.

계속 돌아가는 펜 벨트 앞에서 한참을 기다리다 보니 내 가방이 보인다. 냉큼 달려들어 가방을 끌어 내렸다. 촌놈치고는 지금까지 한 일은 성공적이었다. 이제부터 시작이다. 경비원들이 밀고 가는 가방 검사를 하는지 수색대 앞을 지나가라고 한다. 무사히 통과했다. 공항 대기실에서 보니 사람들은 각자 뿔뿔이 흩어지고 팻말을 들고 마중 나온 사람들과 붙들고 간다. 마중 나온 사람들은 많은데 괴산서 만난 그분은 보이지를 않는다.

공항 로비에서 괴산에서 받은 전화번호에 걸기 시작했다. 전화가 안 된다. 숫자를 잘 못 눌렀나? 분명히 적힌 대로 눌렀는데 이상하다. 신호음만 간다.

'젠장! 이걸 어쩐대.' 그분은 비행기에서 내리면 가격이 저렴한 호텔까지만 안내해준다고 하셨었다.

전화가 안 되니 호텔을 가려고 스마트폰을 가지고 안내대에 안내원과 대화를 하면서 호텔에 대해 문의를 했다. 20분 거리에 호텔이 있단다. 숙박비는 하루 350달러라고 한다. 와! 하루 잠자는데 42만 원 참 비싸기도 하다. 부르면 호텔에서 차가 온단다. 이제 워싱턴에 도착했으니 큰 걱정은 없다. 미국에 도착하자마자, 그저 프리즈가 입에서 줄줄 나온다. 참 이상하기도 하다. 내 전생이 미국인이었나?

미국에 있을 때는 미국에 시간을 따라야 하니 시계를 워싱턴 시각으로 맞추어 놓았다. 좀 기다리다가 택시를 타고 그냥 워싱턴 호텔에 머물려고 밖으로 나갔다. 차들이 승객을 데리러 오는 공항 입구에서 앞을 보니 빨간 모자가 보인다. 그가 차에서 내린다. 자세히 보니 괴산서 만난 사람이다. 참 반갑다. 그는 미국에서도 빨간 모자를 쓰고 있다. 옆에는 그의 아내인듯한 사람이 같이 있다. 나이가 들어 보인다. 사업을 하신다니까 누구 직원을 내가 보내 팻말을 들고 있을 줄 알았다. 차 속이라 전화를 못 받고 한국에서 도착하는 비행기 시간을 보고 나오셨다고 하신다. 고맙고 반가웠다.

그러니까, 차에 블루투스가 없는 차를 타고 오신 것이다. 우리나라에 웬만한 차는 거의 블루투스가 돼 있다. 사업한다는 분이 미국에서 블루투스가 없는 차를 타고 다닌다? 스마트폰은 그분의 아내 가방 속에 무음으로 돼 있었다. 하여간 잠시 답답했지만 먼 나라에서 아는 한국 사람을 만난다는 게 얼마나 반가운지를 알겠다. 차에 타란다. 그 차를 타고 30여 분을 더 가더니 여기가 버지니아이고 워싱턴 경계란다. 공항에서 버지니아까지 그리 가까운 줄은 몰랐다. 10여 분을 숲속으로 들어간다. 호텔이 숲속에 있다. 호텔 로비로 같이 들어갔다. 호텔이라는 곳은 좀 품위가 있을 줄 알았는데 우리나라 여관 수준이고 4층 건물이다. 공항 인포메이션에서 물어봤던 워싱턴 호텔비는 하루에 350달러였다. 워싱턴과 붙어있는 버지니아인 이곳에서는 하루

115달러란다. 호텔 숙박비가 워싱턴에 반값도 안 된다. 숙박 서류에 며칠을 묶을지 모르니 숙박 카드에 인적 사항을 적고 우선 일주일 치만 비자카드로 결재를 했다. 그리고 그분은 바쁘시다며 그냥 가신다고 하신다. 혹시 그분을 만나면 드리려고 준비한 선물을 드렸다. 그것은 한국의 최고급 화장품 세트였다. 사모님에게 드리라고 하려고 한 것이 직접 드리게 됐다.

이제는 혼자 다녀야 한다. 워싱턴 박물관을 가서 구경하면서 사진을 찍으러 다녀야 한다. 그 이야기를 하니 택시 영업을 하는 한국인 아는 사람이 있는데 하루 100달러면 된다고 한다. 우리나라 돈 12만 원 정도이니 온종일 택시 대절료 치고는 무척 싼 그것이 아닌가! 그분과 미팅을 해달라고 부탁을 하니 알았다고 하고는 가셨다.

점심을 비행기에서 먹고 공항에 도착하고서부터 먹은 게 없으니 배가 출출 하다.

호텔 밖으로 나와서 뭐 사 먹을 게 없을까 하고 보니 상점이 하나도 안 보인다. 푸른 숲만 보인다. 숲속에 집들만 몇 채 보인다. 호텔도 자세히 보니 숲속에 있다. 로비로 다시 들어가서 호텔 직원과 스마트폰을 들이대며 대화를 했다. 식당을 가려면 택시를 콜 해야 한단다. 차를 타고 20분 이상을 가야 식당들이 있단다. 차를 불러 달라고 했다. 호텔로 올 때를 생각해서 호텔 명함을 두 장을 달래서 하나는 어깨에 멘 작은 가방에 넣고 하나는 주머니에 넣고 호텔 주차장 마당으로 나와 택시를 기다렸다. 여권을 잃어버리면 큰일이니 여권이 들은 작은 가방을 어깨에 메고 애인 끌어안듯이 끌어안고는 호텔 마당을 서성거렸다. 주위엔 벚꽃이 만발했다. 그런데 우리나라 벚꽃과는 다르다. 꽃송이가 몇 배나 크다. 왕 벚꽃 중 종류가 틀린 것인가 보다. 그런데 향기가 없고 벌들도 안 보인다. 좀 이상하다. 택시가 호텔 안으로 들어왔다. 부른 택시인가를 확인하려고 택시 안을 들여다보려고 하는데 문이 열린다. 언뜻 보니 동양 사람이다. 한국인만 같다. 쳐다보더니 "차 부르셨지요?" 한다. 택시 운전사가 한국말을 하는 게 아닌가! 그도 나를 한국인으로 본 것이 틀림없다. 참 반갑다. 호텔에서 한국인 택시를 부른 것 같다.

"네. 아침부터 지금까지 식사를 못 했어요. 호텔도 점심시간이 끝났다고 하고요. 가까운 식당을 가서 식사하고 오려구요."

"알았습니다. 식당으로 갈게요. 그곳은 항시 식사할 곳이 많은 세계 각국의 식당들이 모여 있는 곳입니다."

차를 탔는데 무슨 숲속으로만 계속 간다.

"아니 식당이 멀은가 봐요?"

"아뇨 가까운 곳입니다. 여기서는 차가 신발입니다. 차 없으면 꼼짝 마라입니다. 슈퍼나 식당이 있는 곳도 숲속이라 길가에서도 잘 안 보입니다."

"그래서 비행기에서 공항으로 도착할 때까지 비행기도 숲속으로 들어가는 그것만 같았군요."

"맞아요. 한국과는 완전히 틀리지요. 땅이 넓으니 아파트도 4층 이상은 없습니다. 단독주택은 다 일 층이고요. 땅이 넓은데 2층을 돈을 더 들여서 지을 필요가 없지요. 호텔도 지금 묵고 계시려는 데가 4층이지요? 다 그래요."

참으로 땅덩어리가 크다는 게 실감이 가는 이야기이다.

"워싱턴 중심부도 가보시면 알 겁니다. 4층 이상 건물이 거의 없습니다. 백악관도 2층이 다입니다."

차가 숲속을 달린다 했는데 금방 의문이 풀렸다.

"여기 버지니아에서 운전을 오래 하셨나요?"

"아니요. 회사를 퇴직하고 개인택시를 사서 영업을 하는데 하루 보통 6시간 정도 일을 하고 쉽니다. 일요일은 쉬고요. 특별한 일이 없는 한 그 이상은 안 합니다."

"그렇게 해도 사시는 데 지장은 없나요?"

"그럼요 택시 운전 편합니다. 하루 6시간만 일해도 먹고 사는 데 전연 지장이 없습니다. 개인택시를 산다는 게 쉽지 않고 요금을 많이 받으니 걱정을 안 합니다."

"저기 시간 있으시면 저와 같이 식사하실 수 있나요? 제가 대접하겠습니다."

"지금은 거의 끝날 시간이니 시간은 있습니다. 그러나 부담을 드리고 싶지는 않습니다."

"저는 이곳이 처음이라 궁금한 것도 많습니다. 같이 식사나 하시면서 제가 알고 싶은 것 도와주시는 의미에서 부담감 느끼지 않으셔도 됩니다."

"다 왔네요. 내리시지요."

"얼마인가요?"

"40불입니다. 여기 버지니아든 워싱턴이든 구간별로 돈을 받기 때문에 구간을 조금만 벗어나도 2구간 요금을 받습니다."

불과 20분 정도가 걸린 것 같은데 5만 원 돈이니 택시비가 비싼 것 같다.

식당 밀집 지역에 가보니 세계식당 전시장만 같다. 중화 요릿집도 있고 월남 쌀국숫집 햄버거집 커피집 횟집 등 주인들은 거의 외국 사람이다. 우리나라 칼국수. 갈비탕집도 있고 한정식집도 있다.

"저기 제가 대접할게요. 드시고 싶은 것이 있으시면 같이 가시지요."

"좋아요. 그러면 갈비탕 집에 가시면 부담도 없고 고기가 맛이 참 좋습니다. 제가 안내하는 한국식당으로 가시지요."

식당으로 가니 식당 사장님이 운전기사에게 사장님이라고 부른다.

아! 그렇구나, 택시 운전사를 보고는 사장님이라고 부르는구나! 택시 매맷값이 비싼가 보다!

갈비탕을 시켰더니 고기가 한 근도 더 들어있는 것같이 많다. 아무리 배가 고파도 도저히 다 먹을 수가 없다. 가격은 5불 50센트란다. 한화 약 6,000원 돈이다. 소고기는 정말 맛이 있었다. 그걸 먹으면서 광우병 생각이 난다. 픽 웃고 말았다. 밥을 배불리 먹고 난 후 택시 사장님에게 마트에서 시장을 볼 동안 잠시만 기다려 달라고는 마트라고 쓰여 있는 곳으로 갔다. 싱싱하다 못해 빨간색을 띤 연어가 큰 놈 반 마리에 10불이라고 쓰여 있다. 물건마다 전부 가격표가 쓰여 있으니 물어볼 것도 없다. 청주 홈플러스 같으면 최하 7만 원은 달랄 것 같다. 그것을 사고 1.8 리터짜리 물 다섯 병과 캔맥주를 10개를 샀다. 그리고 회를 썰어 먹을 칼과 고추냉이와 초고추장을 샀다. 캔맥주값도 우리나라보다 훨씬 싸다. 그리고 카트를 끌고 계산대로 가보니 사람이 하나도 없고 본인이 산 것은 본인이 결재해야 한단다. 요즈음 우리나라 코스트코 개인 결재 코너나 마찬가지다. 물건 산 것에 붙어 있는 바코드에 총을 대고 찍어서 계산하고는 비씨 카드를 넣고 계산을 끝내고 나오니 택시 기사는 빨리도 나왔다고 한다.

호텔로 데려다 달라고 했다.

택시 사장 그와 식사를 하면서 미국에 많은 정보를 알았다. 미국에도 교차로라는 매일 발행하는 한글 광고지가 있단다. 거기에서도 필요한 것을 찾아서 통화하면 여행에 필요한 것이라든지 모든 정보를 알 수가 있단다. 아주 좋은 정보를 들었다.

식사 대의 수십 배는 더 뽑은 것 같다. 왕복 택시비는 80불이라고 한다.

나는 워싱턴 스미스소니언 박물관엘 책을 쓰기 위해 자료 사진을 찍으러 왔다고 하며 하루 대절료를 물어보니 하루에 300달러를 달란다. '아니? 괴산서 만난 사장님은 100달러면 된다고 했는데…….' 하며 예약을 안 했다. 그리고 그분 전화번호를 스마트폰에 저장해놓고 호텔로 다시 데려다 달라고 하였다. 가만히 생각해보니 1구간에 20불인데 온종일 100달러라면 괴산서 만난 사장님이 뭔가 잘못 알고 계신 것 같다는 느낌이 온다. 하루 100달러면 한 달 수입이 3,000불이 아닌가? 그것 가지고는 생활비가 모자랄 것 같다. 제 직업 못 속인다고 호텔에 가서도 안내대에서 물어본 것이 집에 전세 월세 부분을 물어보았다. 연립 단독주택 약 15평이 3개 층 총평수가 45평이 한 달에 2,000불이란다. 그러면 집이 없는 사람은 임대료를 내고 나면 얼마를 벌어야 할까? 가격이 만만치 않다. 그러면 15평형은 가격이 얼마나 갈까 물어보니 최하 800불이란다. 한화 약 95만 원이다. 그러면 미국에 실업자로서 받는 연금은 한 달에 700불이라니 집이 없는 사람들은 노숙자가 될 수밖에 없을 것 같다.

차차로 미국의 생활비를 계산해보면 될 것 같다.

그 이튿날이 되어 7시에 호텔에서 제공하는 빵과 커피를 마시고 있는데 괴산서 만난 그 사장님한테서 전화가 왔다. 택시를 부탁했으니 전화를 하신 것이다. 걸어서 한 8분 정도만 오면 되니 그리로 오라고 하신다. 빵으로 식사를 간단히 하고 밖으로 나와 그분이 오라고 하는 곳을 찾으며 봐도 당체 그런 곳이 보이지를 않는다. 자세히 보니 큰길 건너편 같은데 숲에 가려서 안 보이는 것이다.

그만큼 미국이라는 도시는 숲이 잘 조성돼 있었다. 건물이나 집이 차지하고 있는 땅보다 숲을 조성해 놓은 게 많다. 길을 건너려고 보니 신호등은 있는데 길을 건너라는 파란불이 안 켜진다. 길을 건너는 건널목은 2m도 안 되게 흰 색칠을 한곳이 있는데 달려오는 차들 때문에 건널 수가 없다. 기다리다 못해서 그냥 횡단보도로 무단 횡단을 시작했다. 마음에 걸리지만 무조건 걸어 들어가니 달려오던 차들이 서서히 온다. 가서 그 사장님에게 이야기하니 큰일 날 뻔했다고 하시면서 건널목 표시가 있는 곳에 전봇대에 보면 작은 버튼이 하나 있는데 그걸 누르면 횡단선 위에 빨간 불이 들어온단다. '제길 헐! 알아야 면장을 하지!' 8분 걸린다는 게 15분이나 늦게 갔다. 그분은 그곳에서 다른 사람들과 만나고 있었다. 그중에 서너 명은 빨간 모자다. 해병대 출신들인가 보다.

그 사장님이 커피를 한잔 같이 하시잔다. 주문서 종이에 커피 종류에 체크하고 카운터에 가져다주고 자리로 오니 그 사장님이 카운터로 가신다. 쫓아가 보니 선불이다. 얼른 카드를 내밀고 커피값을 냈다. 그리고 앉아서 어제 부탁드린 택시는 어떻게 되었느냐고 물어보니 지금 전화 중이니 기다리란다. 여기저기에다 전화만 하고 계신다. 커피를 마시고 한 시간이 지났는데도 차가 안 온다. 워싱턴 박물관까지는 약 50~60분 걸린다는데 조바심이 난다. 11시가 다 되어서 택시가 왔는데 300달러를 안 주면 운행을 안 한다는 이야기이다. 그것을 깎아 보려고 여러 사람에게 하다가 결국은 100달러에 할 사람이 없자. 그를 부른 것이다. 택시가 오는 동안 그분과 이야기를 해보니 버지니아에도 한국군 해병대 출신의 모임이 있는데 자기가 회장이라고 한다. 참으로 의리 있는 게 해병인가 보다. 미국에 와서까지도 해병 그들은 뭉쳐 있는가 보다.

300달러 이야기는 식당을 갈 때 운전사에게 들었기에 깎지 말고 그냥 그렇게 하시라고 했다. 택시비 깎으려다가 3시간 이상을 낭비한 것이다. 그래도 시간이 충분하니 마음이 조급하지는 않다.

운전사가 한국 사람이니 마음이 편하다. 갈 곳이 박물관이니 그곳으로 가자고 하였다. 박물관을 들어가려니 구경을 하고 나오면 식사 시간이 너무 늦을 것 같다. 아침도 호텔에서 빵 조각으로 때웠으니 배가 고프면 다니기가 힘 들것 같다. 식사를 같이하자고 하니 박물관

옆에서는 차를 주차할 곳이 없어서 같이 식사할 수 없단다. 그러면 길거리 밥차 (탑차)에서 햄버거를 사서 먹기로 하고 그분에게도 한 개 사 주려 하니 차를 잠시라도 주차할 수 없으니 자기 걱정을 하지 말고 구경을 하고 다른 장소로 옮길 때마다 전화 통화를 하란다. 그래야 서로 만날 수가 있단다.

박물관 길 건너 앞에 식당으로 들어가서 점심으로 햄버거와 커피 한 잔을 시켜서 먹고 가격을 물으니 5.5불이란다. 약 6,000원 정말로 소고기도 아주 크고 두껍다. 우리나라 햄버거의 세 배는 되는 것 같다. 그 햄버거 하나를 다 먹을 수가 없을 정도였다. 우리나라 호텔 커피 한 잔 값도 안 되는 값이다. 카드로 결제를 했다. 외국에 나와서 6,000원에 카드를 쓰다니 쓴웃음이 나왔다. 그래도 그들은 "땡큐" 하며 고개를 까딱하고 미소를 보낸다. 국내에서야 5만 원 이상이 돼야 카드를 내밀었는데 민망하기도 하다. 길 건너 박물관엘 들어가려고 입구에 가니 바로 앞에 사람들이 여러 갈래로 줄을 서 있다. 그중에 한 줄을 선택하고 줄을 섰다. 가방 검사 짐 검사 등을 하는데 세 군데를 통과하게끔 되어있다. 공항보다도 더 심하게 하니 들어가는 곳은 3곳이래도 시간이 오래 걸렸다. 입구에서 경비원에게 짐 검사를 하다가 카메라 받침대를 빼앗겼다. 그것이 흉기란다. 스마트폰을 들이대고 항의를 하니 보관한단다. 나올 때 찾아가란다. 참 그 넓은 곳이 '어디가 어디인지도 모르는데' 카메라 받침대를 가지고는 출입이 안 된다니 할 수 없다. 가방 검사를 세밀히도 끝내고 스마트폰만 들고 들어갔다.

들어가자마자 입구에 큰 코끼리 박제한 것이 있다. 여러 사람이 그곳에서 사진을 찍는다. 카메라 받침대가 없으니 참. 아쉽다. 기념 삼아서 나도 찍으려고 구경 온 사람에게 '프리즈' 하고는 고개를 까닥했다. 사진을 찍어 달라는 표시이다. 그에게 스마트폰을 주니 사진을 찍어주고는 그도 고개를 까딱하고는 간다. "땡큐" 그런 사진을 찍을 때는 그저 '프리즈' 하고는 연실 "땡큐"를 연발하며 사진을 찍어 달라고 하였다. 그런데 그들의 발음이 땡큐가 아니라 댕큐라고 하는 것만 같다.

관광을 온 미국 사람들 생각보다 아주 친절했다. 줄 서 있는 자리 한 번만 양보해도 그저 땡큐 땡큐다. 안내하는 흑인들은 뚱뚱하기는 우리나라 사람 3배도 돼 보여도 음성을 직접 자세히 들어보니 매우 부드럽고 친절하다. 스마트폰을 들이대고 말을 거니 오히려 백인보다도 더 자상하다는 느낌을 받았다. 일일이 구경하는 순서까지도 말을 해준다. 이곳저곳을 다니면서 내가 찍을 수 있는 것은 다 찍어서 저장했다. 사람들이 하도 많다 보니 사진을 찍으려는 사람이 자리를 피해 주지 않으면 사진을 찍을 수가 없다. 차례를 기다리는 수밖에 없다. 참 사진 한번 찍으려 해도 기다리는 시간이 더 많다. 사진 찍는 거야 1초면 되는 게 아닌가!

박물관 위치를 옮길 때마다 운전 기사에게 내가 있는 곳을 알려줬다. 본 박물관 그곳 한 곳을 다녔는데도 네 시간 이상이 걸렸다. 큼지막한 햄버거를 먹어서인지 배가 고프지는 않았다. 물만 두어 번 마셨다. 아직 2층도 다 못 가봤는데 오후 5시면 문을 닫는단다. 시계를 보니 나가야 할 시간이다. 내일 다시 보기로 하고 밖으로 나갔다. 가보니 점심때 있던 경비원들이 아니다. 근무시간이 바뀐 사람들과 한참 실랑이 끝에 사진기 받침대를 돌려받았다. 확인서가 없다는 이유였다. 그것만 가지고 들어갔다면 누구에게 사진을 찍어 달라고 부탁을 안 해도 되는데 참 아쉬웠다.

운전기사에 전화하니 자기가 있는 곳에서 박물관 정문까지 가는 데는 30분 정도가 걸리니 기다리란다. 차를 타고 시내를 돌고 있다고 한다. 그렇다면 몇 시간 동안 돌았다는 이야기가 아닌가? 주차 위반

딱지 몇 번이면 하루 일당이 다 날아간단다. 그렇다면 주차장에 세우면 될 것이 아닌가? 이해가 안 가는 알 수 없는 이야기이다.

그날 하루 찍은 사진 중 버릴 것을 빼면 약 100장 정도 찍었다. 내일은 오늘 구경 다 못한 곳을 더하고는 자연사 박물관을 가려 생각했다. 택시를 타고 버지니아 호텔에 도착했다. 그날은 운전기사는 오후뿐인 안 했어도 그냥 300불을 준다고 하고 잠시 기다려 달라고 했다. 그것은 카드로는 안 되니 현금을 줘야 하기 때문이다. 또한, 그와 다시 내일 약속을 할 것인가를 결정하기 위하여 방으로 올라가서 가방에 있는 돈을 찾고는 어제 만나 식사를 한 사람이 더 친절하게 안내를 해줄 것 같다는 생각이 들어 그분에게 전화하니 내일 시간이 있단다. 그래서 돈 이야기를 하니 300달러란다. 그분과 약속을 하고 내려와서 오늘 수고한 분에게 300불을 주고 다음에 기회 있으면 전화한다고 하고 보냈다.

내일 만날 운전기사에게 전화로 햄버거나 점심 드실 것을 싸 가지고서 만나자고 했다. 햄버거를 사 온다면 돈을 주겠다고 하니 점심은 자기가 알아서 한다고 한다. 1.8리터짜리 물을 2개를 가지고 차를 탈 셈이다. 이제 내일 일정도 잡혔겠다. 햄버거는 박물관 앞 도로에 늘어서 있는 탑차에서 사면 된다. 그게 아니면 식당으로 가서 먹을 것을 주문하여 먹고 나오면 된다. 계산은 다 비자 카드로 OK이다. 마음이 편하다. 달러 잔돈을 받아봤자 쓸 곳도 없다.

호텔 방에서 냉장고 문을 열고 어제 사 온 연어회를 썰어서 초고추장을 찍어 맥주와 한잔하니 기분이 너무나 좋다. '젠장 술은 상대편이 있어야 더 맛이 있는데 혼자 마시려니 어제도 좀 이상하기도 하다. 그려! 술은 역시 상대편과 떠들면서 먹어야 제맛이야!' 술친구 대신 CNN 방송을 틀어놓고 스마트폰을 구글 번역에 놓고 화면에 맞추어 놓으니 한글로 자막이 바뀐다. 대충 내용은 알 것 같다. 프랑스에서 당선된 젊은 대통령 마크롱이 백악관엘 온단다.

워싱턴에서 택시 운전사를 보고 사장님이라고 부른다. 택시는 노란색 택시와 파란 택시가 있는데 노란색 택시 한 대 값이 우리나라 돈 8억이라니 깜짝 놀랄 수밖에. 파란색 택시도 그리 싸지 않은 것은 물론이다.

한국에서 미리 한국통신과 통화 계약을 하고 갔기 때문에 통화는 얼마든지 할 수 있다.

백악관이라고 하여 가보니 2층 단독주택만 같다. 그 둘레는 온통 성조기와 프랑스 국기가 펄럭이고 있다. 그 주위도 차가 정차해서도 안 된다며 경찰들이 서는 차는 무조건 가라고 한다. 백악관 그 변두리는 철재 담이 쳐져 있다. 출입구만 큰 대문이 있다. 백악관 관광은 백악관 뜰에서 브리핑할 때 와야 좋단다. 여권만 보여 주면 들어갈 수 있단다.

대낮이라 할렘가도 택시를 타고 들어가 보았다. 밤이면 그 길은 경찰들도 들어가지 않는다고 한다. 밤에 그곳에서 흑인들에게 잡히면 어디로 간 줄도 모르게 증발할 수도 있단다. 참으로 무서운 곳이라 생각되지만, 겉으로 보기에는 그냥 상점들이 줄 서 있는 상가만 같다.

한 바퀴 돌고 나오니 배가 출출하다. 한국식당에 가자고 했다. 기사는 식당 앞에 내려주고 밥 다 먹고 다시 전화하라고 하고 갔다. 메뉴판을 보니 한국에 있는 건 다 있는 것 같다. 청국장을 시켰다. 역시 나다 한국인의 입맛에는 한식이 최고이다.

스미스소니언 박물관 관람을 3일에 걸쳐서 하고 보니 시차 때문인지 피곤하다. 비행기 예약한 것을 보니 아직도 시간 여유는 많다. 힘들게 온 것이니 미국 서부 쪽 관광을 해야겠다고 생각했다.

호텔에 혼자 있으니 심심하다. 대전에 있는 교회 담임목사인 매제에게 전화를 했다. 통화를 하다 보니 매제는 유럽에 있었다. 워싱턴에 딸과 사위가 있단다. 매제는 바로 그들과 카톡방을 만들어 3명이 카톡을 시작했다. 미국 워싱턴에 있는 조카딸이 어느 호텔이냐고 묻더니 호텔에 있지 말고 자기 사는 집에 빈방이 있으니 그리로 오란다. 신세 지는 것 같아 망설여져 괜찮다고 하고 카톡 통화를 끝냈다. 그런데 통화를 끝내고 한 시간쯤 있으니 조카딸과 사위가 쫓아 왔다. 성의가 고마워 그냥 따라갔다. 하룻저녁을 사위 집에서 자고 시간이 남아 있으니 서부 쪽 캐나다를 가서 나이아가라 폭포를 구경하러 갈 것이라고 하니 여행사엘 동행해줬다. 관광 철이 아니라 바로 떠나는 버스가 없다. 3일 후에나 있다고 한다. 7박 8일의 서부 관광을 예약하면 인천행 비행기 표가 하루가 모자란다. 일단은 뉴욕과 캐나다행 관광을 예약했다. 그리고 비행기 표를 바꿀 수 있는 여행사로 다시 가서 귀국 날짜를 1일을 더 연기하려니까, 그날은 비행기 표가 없단다. 할 수 없이 3일 후에 귀국 비행기를 예약했다. 준비는 다 된 셈이다.

날짜가 되어 관광이 시작됐다. 뉴욕에 가서 호텔에 가보니 그곳도 역시 3층이다. 고층 빌딩은 맨해튼이라는 섬 안에만 허가해 준단다. 그 일대도 녹지로 둘러싸여 있다. 그러니 공기가 맑을 수밖에 없다. 부럽다.

서울에 가서 이틀만 흰 와이셔츠를 입고 다니면 와이셔츠 목 부분에 먼지와 때가 묻는 걸 경험 했었다. 2박 3일 동안 뉴욕시 관광에 나섰다.

1754년에 설립한 뉴욕시에 있는 컬럼비아 대학교를 방문했다. 학생은 약 33,000명이란다. 교정은 거의 잔디밭이라 한가로이 십 대들의 데이트 하는 모습이 보인다. 잔디밭과 의자에 누워서 책을 읽는 사람도 많다. 역시 세계 명문대학교답다. 공개한 강당 안에는 그 학교에서 배출한 인재들의 사진이 많이도 걸려있다. 우리나라 6·25사변 때 미국 대학교 중에서 가장 많은 인원이 지원하여 한국을 도왔고 가장 많은 사상자가 나온 학교라고 한다. 그곳을 구경하고는 바로 옆에 있는 성당엘 갔다. 성당은 6·25 때 전사한 학생들을 위하여 지어졌으며 촛불을 꺼지지 않게 늘 켜 놓는다고 한다. 성당 안으로 들어가 무릎을 꿇고 그들의 영원한 안식을 빌며 묵주 기도를 했다. 이역만리에서 코리아라는 눈곱만한 나라의 민주주의를 위해 자원하여 목숨을 바친 영령들에 감사의 묵념을 하고 일어섰다. 고맙고 가슴이 메여지며 눈시울이 젖었다. 목숨은 하나뿐이지 않은가! 그들의 희생은 헛되지 않았다. 대한민국 국민의 자유를 지켜주어 잘살게 만들어 주질 않았던가? 무엇으로 어떻게 그들에게 보답해야 할까?

그 사내도 월남의 자유민주주의 수호를 위해 참전을 했다. 그러나 간첩들에 의해 월남은 무너지고 사회주의 국가가 되었다. 그 핵심에는 월남의 부통령이 간첩이었다는 이야기가 있다. 지난날 우리나라 현실은 어쨌었나? 김신조 특공대 30명이 와서 28명이 사살되고 김신조는 생포되고 나머지 한 명은 북으로 가서 장군까지 되었다. 그 사내는 그 당시 그 사건 진압을 위해 그 추운 겨울에 고생도 했으나 실제로 작전에 참여한 병사들은 엄청난 고생을 하는 것을 실제로 보았다. 작전 중 누가 죽었는지는 모르겠지만 그들 28명이 우리 국군에게 총질하며 대항을 안 했을까? 그 30여 명을 잡기 위해 동원된 인원은 엄청났다. 그 사건만 봐도 우리나라의 안보가 가장 중요한데 누가 우리나라를 자유민주주의로 계속 지킬 것인가? 이북에 2인자였던 황장엽 선생님은 한국에 간첩이 5만 명이라고 해도 국정원에서 간첩을 잡았다는 이야기는 없다. 오히려 그를 국가에 도움이 안 될 사람이라며 그에 조언을 받기는커녕 정권은 그를 도외시 한 것만 같다. 다만 숨기지 못하고 증거가 확실히 노출되어 잡힌 통진당의 이석기만이 간첩이라고 대법원판결이 나고 구속되었다. 사면됐다.

미국에 가서 소고기를 먹고 왔어도 광우병은 안 걸렸다. 그런 걸 미루어 보면 정치 세력에 아부하는 언론이 큰 문제가 있어 보인다. 왜? 진실을 이야기하지 못하는가?

광우병이 사실이라면 미국 국민은 광우병에 많은 사람이 다 걸려야 맞을 것이다. 그런데 미국에서 소고기 먹고 광우병 걸렸다는 사람이 없다. 어쩐 일일까? 미국의 소고기를 먹으면 광우병에 걸린다고 이야기하는 한국의 정치인들을 보고 미국인들은 얼마나 한국의 정치인들을 우습게 보았겠는가? 그리고 바른 소리 한번 내지 못하는 여야 정치인들을 보고 얼마나 우습게 생각하고 얕보았을까? 얼굴에 철판을 깐 일부 정치인들 제정신을 좀 차렸으면 한다. 제삼자가 보면 빤 한데 본인은 가짜 뉴스 말을 하고도 무슨 말을 한 것인지 모르나 보다. 미치지 않았으면 세월이 간 후에 자신이 짓거린 말을 되짚어 보면 알 것이다. 미국에 가서 소고기 햄버거를 먹어 보니 너무나 맛이 있었다. 그걸 먹는 미국인 3억 2천만 명 중 몇 명이 광우병에 걸렸다는 뉴스는 들어보지 못했다.

KBS가 5,300명 인원 중 1,000명을 감원한다고 한다. 이것은 무슨 뜻인가? 국민이 KBS를 안 보아 광고비가 안 들어오니까? 그런 추측을 하는 유튜버들도 있다. 아직도 정신 못 차리고 언 발에 오줌 누고 있군! 그게 정답 같다. 정신 못 차린 언론은 그뿐만 아니다. 국민은 다 알고 있다. 우리나라가 자유민주주의를 지속하는 한 국민을 속인 죄는 언젠가 받을 것이다. 요즈음 신문 그걸 믿고 보는 사람이 얼마나 될까?

나라의 반역자 역적 이완용을 보라. 지금의 정치 현실을 보면서 피를 토하고 싶다.

정치인들 정말 유치하다. 유치원생들보다 많이 나을 게 하나도 없어 보인다. 나이 먹은 것 빼고는….

맨해튼으로 갔다. 미국 대통령 트럼프 빌딩도 구경하고 이층 버스 지붕에 타고 시내 관광도 했다. 뉴욕시는 정말로 크다. 시내는 곳곳이 숲이 둘러싸여 있다. 그 부근에 있는 자유의 여신상을 보기 위해 배에 올랐다. 그렇다! 미국도 자유를 지키기 위해 엄청난 희생을 치렀다. 사람들은 왜? 자유의 여신상을 보고 싶어 그곳을 찾아갈까? 일리가 있을 것이다. 작은 섬에 서 있는 동상 하나를 보러 가는 것만은 아닐 것이다. 날씨가 쾌청해서인지 배 갑판에 사람들로 꽉 찼다. 자유의 여신상 바로 앞에까지 가자 사진들을 찍느라 여념이 없다. 배를 타고 뉴욕 부근을 한 바퀴 돌았다.

밤에는 세계 인종 시장이라 불리는 광고판이 사방을 둘러싼 곳에 가이드가 안내하여 가보았다. 정말 인종 시장이 맞는 것 같다. 터번을 쓴 사람, 검은 천을 머리에 뒤집어쓴 인도인. 여인들 흑인, 백인, 동양인 서로 엉켜 사람 구경을 하고 다닌다. 우리나라 광고판이 보인다. 삼성전자 간판에 네온 불이 들어와 반짝인다. 그 광고를 보니 그것도 반갑다. 가이드가 삼성전자의 간판 사용료가 한 달에 우리나라 돈 3억이라고 하여 깜짝 놀랐다. 삼성전자 정말 대단하다. 그리고 자랑스럽다. 시내 일대를 구경한 후 일박하고 저녁에는 엠파이어 스테이트 빌딩도 올라가 뉴욕의 야경을 구경하는 프로그램이 있었다. 엘리베이터를 타고내려서부터는 걸어가야 했다. 빌딩의 최고 높은 전망대를 올라가는 곳엔 안전장치가 철저히 돼 있었다. 빌딩 꼭대기에서 원을 그리며 둘레를 돌며 아래를 보니 뉴욕 시내가 한눈에 보인다. 밤의 뉴욕 시내는 정말로 아름답다. 일부로 그렇게 만들려 해도 안 될 것 같다. 우리나라 건설 업체가 건설했다는 월남의 북부 도시 하노이의 최고 빌딩과는 상대도 되지 않을 야경이었다.

사진 찍기에 바쁜 사람들 틈을 비집고 다니기도 힘들 정도로 사람들이 많다. 누구에게 부탁하여 사진을 찍을 수도 없을 정도이다. 스마트폰의 야경을 찍는 것을 연습을 안 하고 온 것이 맘에 걸렸다.

그 이튿날은 9·11테러가 자행된 곳에 가보니 빌딩 두 개가 없어진 곳에 빌딩이 한 개로 높이 올라 있다. 그 부근엔 희생된 국민의 이름이 적힌 대리석이 공원같이 조성돼 있다. 그 조성한 작은 공원 앞에는 수많은 촛불이 켜져 있다. 사람들은 그 앞에서 서서 묵념을 하고 간다. 테러 때문에 희생된 3,000여 명 얼마나 억울할까? 그 부근을 돌아보고 있어서는 안 될 테러의 무자비함을 똑똑히 보았다. 2박 3일이 순식간에 지나갔다. 호텔에서 자고 일어나 캐나다 쪽으로 가는 68인승 대형 버스에 올랐다. 그리고 8시간 주행 끝에 캐나다 국경에 닿았다. 비행기를 타려고 수속하고 기다리는 시간과 버스를 타고 가는 시간과 비슷하다고 한다. 대형 버스에는 와이파이 장치가 돼 있어서 미국 전역과 또 한국과도 통화가 가능하게 되어있다. 선진국답다. 2 시간마다 휴게소에 서서는 잠시 쉬었다가 다시 간다. 그때가 커피 타임이며 화장실을 가는 시간이다. 자동차에 화장실은 있지만, 비행기 속처럼 협소하다. 드디어 캐나다 국경에 도착했다. 미국 또 각지에서 온 대형 버스들로 가득 찬 국경 검문소에는 차들이 한 대씩 서서 차례를 기다렸다가 차례가 오면 여권 검사를 받는다. 그리고 버스를 탄 채로 국경을 넘었다. 그게 두 시간도 더 걸린 것 같다. 여권 검사가 끝나고 캐나다 쪽으로 이동하여 나이아가라 폭포가 있는 곳으로 갔다. 그곳의 여권 검사는 까다롭지 않았다. 그저 말 몇 마디 물어본 게 다이다. 입장료를 내고 엘리베이터를 타고 내려가서 비옷인 비닐을 한 장씩 받고 순서를 기다려 배에 올랐다. 우의를 입고 배에 올라 나이아가라 폭포를 가는데 그 물소리가 웅장하다. 물은 장맛비가 오는 듯 배로 쏟아져 내린다. 그 빗속을 좀 더 가니 위에서는 안 보이던 쌍무지개가 보인다. 그 아름다운 공경을 본 사람들은 함성을 지른다. 바다 낚싯배를 타다가 그곳 관광 배를 타보니 어찌 싱거운 느낌이다. 폭포가 다 그렇지만 세계적인 폭포라 기대가 컸는데 위는 강물만 보이고 폭포 밑 또한 큰 개울만 같다. 버스를 타고 캐나다 관광에 나섰다. 가도 가도 끝이 안 보이는 농장들 참으로 대지를 구경한 것만 같다. 한 농장에 도착했다. 복숭아 밭이었다. 그곳에서 전지하려는지 일할 사람들을 태운 여러 대의 버스가 우리 일행이 탄 버스와 거의 동시에 주차장에 닿았다. 그들은 거의 흑인이었다. 노동자인가 보다. 관광은 다 그렇듯이 그곳에서 만들고 생산한 과일, 차, 또 주스, 벌꿀 등을 팔고 있다. 꿀을 찍어 먹어 보니 우리나라 꿀하고는 전혀 다른 향기가 나는 꿀이다. 달기는 한데 맛이 아카시아나 밤꿀만 먹어 보았으니 아니올시다이다. 미국 사람들은 그게 좋다며 그냥 사서 들고 버스로 향한다.

그리고 나이아가라 폭포가 흐르는 물을 따라 아래로 내려가며 구경을 했다. 어느 지점인지 강물 양쪽에 탑이 서 있고 사람들은 강을 건너가서 구경하고 온다. 버스를 다시 타고 강물이 흐르는 곳을 한참이나 내려갔다가 헬기 관광을 하는 곳으로 갔다. 헬기는 다섯 대가 번갈아 가며 돌고 있다. 한 20분쯤 헬기를 타는데 일 인당 250불이란다. 월남에서 타보았던 헬기하고는 사뭇 달랐다. 몸이 붕 뜨는 느낌이 육중하지를 않고 그네를 타는 것같이 출렁거린다. 아래를 내려다보니 오줌이 마렵다. 하늘로 올라가 보니 역시나 광활한 큰 땅에 과수원과 숲이 꽉 차 있다. 온타리오 호수가 한눈에 들어오고 나이아가라 폭포도 보이고 뱀같이 구불거리는 강물 줄기가 보인다. 그 외는 볼 것이 없다. 대기하는 사람들 때문인지 약 20분의 하늘 관광을 끝냈다.

캐나다도 온천지가 숲이다. 한 시간 이상을 가니 공원이라는 곳이 있다. 꽃으로 장식한 공원은 글씨도 꽃으로 써놓았다. 대형 시계 판도 꽃으로 장식을 해 놓았다. 4월이니 자생한 것은 아니고 키워서 우리나라 같이 옮겨 심은 것 같다.

대형 할인점에 들렀다.

캐나다에서는 양주값이 미국과는 상대도 안 되게 저렴했다. 관광객에게만 파는지 참으로 술값이 싸다. 사고는 싶지만 여러 병을 살 수가 없다. 귀국 시 가방을 생각해서 두 병을 사고 카드로 결제를 했다. 비씨 카드는 정말로 편리했다.

캐나다에서 저녁 식사 시간이 끝나고 밤이 되니 호텔에서 심심한지 일행들은 부근에 있는 카지노엘 간다고 한다. 따라갔다. 입구에는 경비원들인지 방망이 또 권총을 찬 사람들이 많이 서서 들어가는 사람들을 보고 서 있다. 밖에서는 한산해 보이던 카지노엘 들어가 보니 내부에는 사람들로 인산인해다. 그 넓은 곳이 어디 앉을 자리도 없다. 한 사람이 그만하고 일어날 때를 기다려야 한단다. 카지노는 해보지도 않았으니 나이 드신 미국 여인이 하는 게임을 쳐다보고 있었다. 뭐 카지노 별거 아녔다. 우리나라에도 아이들이 가는 그런 곳은 아주 많다. 그거 뭐 자동차 기어 넣는 것 같이 생긴 거 잡아당겼다 놓으면 기계 판이 여러 개가 자기가 알아서 뱅글뱅글 돌다가 선다. 그러면 기계가 돈을 먹든지 얼마짜리가 당첨됐는지 둘 중의 하나다. 그는 기분이 좋은지 싱글벙글한다. 돈을 딴 게 틀림없어 보인다. 스마트폰을 들이대고

"돈을 얼마나 따셨나요?"

하니 내 얼굴을 쳐다본다. 그러더니

"제팬?"

"노 노 코리아."

"200불 땄어! 한번 해볼래요?"

잠시 자리를 양보해 주겠다는 것이다.

캐나다 돈으로 해야 하니 비상금 천 불을 환전하여 쓸 수는 없지 않은가!

"노 노. 열심히 해서 많이 따세요."

"땡큐 땡큐."

7박 8일의 관광을 마치고 다시 워싱턴으로 왔다. 비행기 표를 여행사에서 늘려 잡았더니 예약 날짜를 보니 삼 일이나 남았다. 그 시간이 아까워서 그 이튿날 다시 택시를 불러 워싱턴 시내 관광에 나섰다. 안 가본 곳을 가서 볼 참이다. 숲으로 둘러싸인 워싱턴 시내는 정말 넓다. 시내 한 바퀴를 천천히 돌다가 링컨기념관으로 갔다. 기념관 앞에서 차를 보내고 기념관 계단을 올라가니 링컨 동상만 큰게 하나 있다. 그 안을 들어가 보니 뭐 별로 볼 게 없다. TV에서 보는 그 동상이 건물 앞에 있고 그 안도 그리 볼 게 없다. 한 바퀴를 돌아보니 방문 기념 스탬프를 찍어 갈 사람들만 그 앞에 모여서 차례를 기다리며 줄을 서 있다. 링컨기념관 앞에서 서서 보니 연일 TV에서 보는 기념탑이 보인다.

기념관에서 아래를 보니 사진 찍을 자리가 좋아 보이는 곳이 있다. 택시를 불러도 30분 정도를 기다려야 한다기에 택시를 그 앞으로 오라고 전화를 했다. 그리고 사진을 찍으려고 카메라 받침대에 카메라를 끼우고 자동 셔터를 3분으로 맞추어 놓고 카메라 앞에 있는 철재 담을 넘어갔다. 어째 서 있어도 스마트폰 카메라에 불이 번쩍하지 않는다. 스마트폰 카메라에 이상이 있는 것 같다. 다시 철재 담을 넘어가서 스마트폰 사진기를 조절하고 다시 담을 넘어갔다. 그럴 때 사이렌 소리가 크게도 난다. 왜? 그러나 하고 앞을 보니 미국 경찰차가 앞으로 달려와 멈추더니 여권을 보잔다. 왜? 그러냐고 하니까, 그곳은 촬영 금지 구역인데 내가 들어갔단다. 여권을 빼앗기면 안 되니까 스마트폰을 들이대고 사정을 했다. 한국에서 왔고 여기가 촬영 금지 구역인지는 정말 몰랐다. 하며 옥신각신하면서 있는데 내가 대절한 택시가 왔다. 택시 기사까지 합세하여 여권을 빼앗길 뻔한 일을 해결했다. 후유 한숨이 다 나왔다.

링컨기념관 그 옆엔 한국전 전사자 묘지가 있다는데 그것을 보았느냐고 묻는다. 가서 묵념이라도 하고 오는 게 예의 같은데 경을 친 뒤라 가보려다가 그만두었다. 빵과 햄버거만 사뭇 먹어서인지 배가 더부룩하니 안 좋다. 짠 것을 먹고 싶다. 마트로 가자고 했다. 마트에서 베이컨을 사서는 마트 밖으로 나와 그냥 서서 입에 넣고 씹어보니 정말로 짜다. 그냥 한 줄을 씹어 먹고 물을 먹으니 속이 좀 개운한 것 같다.

비행기 표를 예약한 날짜가 됐다. 이제 집으로 가는 길만 남았다. 미국 여행은 무사히 끝난 것 같았다. 조카사위가 공항까지 데려다주었다. 차를 주차장에 대려고 그는 갔다. 기다려도 사위가 안 온다. 주차장에서도 짐 부치는 곳이 먼 모양이다. 그래서 짐을 부치는 수속을 밟아 일을 끝냈다. 좀 있으니 조카사위가 쫓아왔다. 잘 가라고 인사를 하고 공항 안으로 들어갔다. 귀국 시에도 마찬가지이다. 공항 입구에 줄로 서서 예약한 비행기 표를 보여 주고 귀국 절차를 밟았다.

이역만리에서 친척을 만난다는 것 참 묘하기도 하다. 공항 안 대기실로 가서 앉아 있으니 출발 시간이 되었는지 전광판에 KAL기의 출발 시각이 깜빡거린다. 개찰구로 나아갔다. 출구에서 다시 비행기 표를 보여 주고 나가니 내 앞에 서 있던 사람들이 모두 버스를 탄다. 이상하다! 물어보니 그걸 타야 한단다. 얼른 올라탔다. 버스가 10여 분을 가니 전부 내린다. 따라서 내렸다. 그런데 이번에는 사람들이 지하철 타는 곳으로 들어간다? 그냥 가서 지하철을 탔다. 주위를 돌아봐도 한국 사람 같은 동양인은 하나도 보이지 않는다. 이상했다. 조금 전까지만 해도 동양인인 듯한 사람들이 여럿이 있었는데 안 보인다. 하여간 지하철을 탔다. 지하철은 빨리도 가는 것 같다. 어디서 내려야 할지를 모르겠다. 할 수 없이 미국인 여자에게 스마트폰을 들이대고 한국에 가는 비행기를 타려면 어디에서 내려야 하느냐고 하니 그 부부는 내 얼굴을 빤히 쳐다본다. 그러더니 바로 다음에서 내려야 한다고 한다. 그 미국인에게 물어보지 않았으면 비행기를 놓칠 뻔한 사건이었다. 부랴부랴 내려서 밖으로 나가니 비로소 KAL 비행기가 서 있는 게 보인다. 그곳으로 가는 통로로 들어섰다. 내가 꼴찌였다. 그것이 인생인가 보다. 그 비행기에 먼저 탔다고 먼저 갈 수도 없고 늦게 탓다고 늦게 가라는 법은 없나 보다.

29
어머니의 기적과 귀천, 아! 다시 불러 보고픈 어머니

사모곡

파란 하늘에 하얀 구름은
한없이 부드러운 어머님 모습 같다.
그 구름 속에 어머님 모습을 그려본다.
어머님의 모습이 정말 보고 싶다.
어머님의 끝없는 자식 사랑
어찌 잊을 수가 있을까?

꽃 활짝 핀 어느 날 훨훨 날아서 가고 싶다고 하시더니
벚꽃이 만개한 2000년 음력 3월 6일
하늘로 가시어 소원 하나는 이루고 가셨다.
나이를 먹을수록 어머님 생각이 절로 난다.
다시 불러 보고픈 어머니.

결혼하고 서점을 할 때 큰딸을 낳자, 장모님이 키워주신다며 아기를 일 년간 맡아 주셨다. 아기를 또 하나 낳자 청주 어머니가 장사도 그만두시고 손주들을 보아주러 그 사내의 집으로 아예 짐을 싸 가지고 오셨다. 막내인 아들이 잘살라고 그렇게 도와주셨다.

그럴 즈음 작은 누님이 중풍으로 돌아가셨다. 그러자 초등학교도 못 들어간, 갈 곳이 없어진 조카딸을 데려와서 아기를 봐주자, 어머니는 다시 청주 집으로 가셨다.

한글도 못 배운 조카딸을 책을 가져다가 틈틈이 글을 가르쳤다. 그 애는 지금 농장을 경영하며 아주 잘 산다.

어머니의 기적

어머니는 막내아들인 그 사내와 함께 사셨다. 삼익 아파트 경로당엘 가셨다가 저녁에 오시는 것이 일상생활이셨다. 일요일만 되면 학교 선생인 매제가 어머니를 교회로 인도하고 교회가 끝나고 나면 다시 모시고 집으로 왔다. 그러시던 어느 날 경로당에 가셨다가 계단에서 미끄러지시는 바람에 시멘트 바닥에 펄썩 주저앉으셨다. 사진을 찍어보니 척추뼈 한 개가 아주 완전히 부서져 꼼짝을 못 하셨다. 충북대 병원에 입원을 시키고 아침저녁으로 문안하러 다녔다. 의사 선생님은 골다공증으로 그렇게 되셨으니 평생 일어나 걸어 다니실 수는 없을 것이라고 하셨다. 그런데 입원 6개월이 넘자 어머니는 일어서셔서 한 발짝 두 발짝을 걸으시는 게 아닌가. 그러시다가는 두 달이 지나니 화장실 출입을 하신다. 그것은 기적이었다.

우리는 우리가 생각하는 그것보다는 훨씬 능력이 있는 몸을 가지고 있는 것 같다.

우리가 사는 이 세상에는 기적이 있다는 것을 확실히 보여준 사건이었다. 그렇게 어머니는 건강을 찾으시어 가족을 기쁘게 해 주셨다.

병원 입원실엘 가면 어머니는 민망하게도 큰소리로 효자가 왔다면서 그리도 그 사내를 칭찬하셨다. 어머니가 긴 투병 끝에 퇴원하셨다. 집안은 활기가 돌았다. 어머니가 걸어 다니신다고 하자, 의사 선생님은 X레이 사진을 보고는 믿기지 않는다고 하셨다.

그러시다가는 자주 머리가 아프시다고 하신다. 약을 드려도 잠시뿐이라고 하신다. 머리 아픈 데는 위험하지도 않은 수지침이 좋다고 하여 저녁이면 그것을 배우러 다녔다. 서문동 털보네 식당 사장님이 수지침 선생님이셨다. 청주 사람은 물론 음성 진천 미원 등지에서도 여러 사람이 와서 교과서인 책을 체계적으로 20여 명이 배우기 시작했다. 가서 보니 6개월 코스인데 일 년 이상을 다니신 분도 계셨다. 6개월간을 배우고 각종 수지침에 대한 전문 서적을 열 권 이상을 사서 와서 배우며 어머니가 머리만 아프시다면 출퇴근을 하기 전후 수지침을 놓아 드리기 시작했다. 수지침에서 배운 것은 모든 병은 혈액순환이 안돼서 일어나는 것이라고 하셨다. 맞는 말씀이시다.

수지침을 배우고서는 부황을 배우러 다녔다. 부황은 삼능침으로 찔러서 죽은 피를 빼는 것이니 효과가 있는 것 같기도 했다. 수지침이 좀 효과가 없다 싶으면 삼능침으로 무명지 손가락을 찔러 피를 내기도 하였다.

그 사내는 5층 집을 지었다. 술타령하다가 늦게 오는 저녁이라도 어머니가 주무시는 방문을 살짝 열어본다. 주무시면 그냥 문을 닫지만 안 주무시면 잠시 거실에 앉는다. 그 5층 집은 그 사내가 설계에 관여하여 지은 집이다. 집을 지으면서 4층에다 방을 하나 따로 만들어 드리려다가는 아무래도 연세가 높으시니, 노인은 언제 어디서 무슨 일이 일어날지를 모른다. 그래서 항상 볼 수 있는 3층에 안방과 거실을 만들고 어머니 방을 만들었다. 혼자 사시는 데 불편하지 않으시라고 만든 화장실이 가장 가까운 방이다. 노인이 되면 방광이 이상이 생겨서 자주 소변이 마렵고 빨리 일어나지 못하면 소변을 옷에다 지린다고도 하시니 화장실이 가까운 곳으로 방을 정한 것이다.

함께 사시면서도 아들에게 특별히 주문하시는 게 없다. 그 사내는 어머니가 좋아하시는 소뼈 고운 탕을 항시 만들어서 냉장고에 넣어 놓고 드시게 했다. 입맛이 없으시니? 국물에 소금을 넣어 드시면 밥을 조금이라도 드시니 자주 그렇게 해 드렸다.

어머니께 어떤 일을 해 드린다고 해도 그 은혜를 갚을 수는 없을 것 같다.

잠이 들으시는가 싶어 문을 살짝 닫으면

"지금 왔냐? 일찍 좀 다니지."

안 주무시고 계신다는 이야기이다. 어느 날은 아침에 출근하려면

"왜 그렇게 시간이 안 가냐? 오늘은 온종일 무얼 하지?"

경로당도 못 가시니 하시는 말씀이다.

"텔레비전을 보시면 안돼요?"

"요새 애들 노는 게 뭐 재미가 있어야지."

텔레비전 채널을 어디에 둬야 재미있는 게 나오는지를 모르시니 그러실 수밖에.

1998년 4월 초순 봄꽃 소식이 텔레비전을 많이 비추니

"애비야 나 벚꽃 구경 좀 시켜줄래?"

하신다.

"그래요. 제가요 사무실에 가서 볼일 만 잠깐 보고 올게요."

무심천 시내 벚꽃은 다른 해보다 일직 거의 다 시들어간다. 벚꽃이 만개한 곳은 산성이다.

무심천을 한 바퀴 돌고서는 수동 용화사를 거쳐 우암산 도로를 거쳐 가며 벚꽃을 구경시켜 드렸다. 산성 정상 부근 그곳이 조금 높은

산이라 그런지 벚꽃이 피었지만 심은 지가 오래되지 않아서 나무가 작다. 산성엔 꽃이 만개하여 경치가 너무나 좋다.

어머니는 만개한 벚꽃을 보시며.

"저렇게 꽃이 활짝 핀 날 하늘로 훨훨 날아가고만 싶다."

어머니는 그곳에서 몇 시간이고를 있고 싶으신지 아주 나무 의자에 앉으셔서 꽃 구경을 하러 온 사람들을 쳐다보며 집으로 가시고 싶은 마음이 없으신가 보다. 방안에 연일 갇혀 계셨으니 답답한 마음이 좀 풀리셨을까?

일요일마다 어머니를 교회로 모시러 오던 사위도 어머니가 치매기가 있자 일요일에 교회에 가시자고 모시러 오지를 안 하니 답답하셨을 것 같기도 하다.

그 사내가 술 취한 청년들에게 아리랑 치기를 당해 갈비뼈가 부러지며 폐를 찔러 폐에 물이 고이며 숨도 쉬기가 어려울 적도 있었다. 밖이 얼마나 나가고 싶었는지 주렁주렁 매달린 줄만 없으면 병원 창문 밖으로 뛰어 죽고만 싶도록 답답했었다. 몇 개월 병원에 장기 입원을 했을 시 그런 생각이 들었다. 그러니 어머님의 심정을 모를 리가 없다.

어느 날 어머니는 홀딱 벗은 몸으로 방에서 나오셔서는 거실 쪽을 멍하니 쳐다보신다. 얼른 옷으로 가려 드리고 욕조가 있는 화장실로 모셨다. 화장실에 가셔서도 무엇을 해야 하는지도 모르고 멍하니 서 계신다. 목욕하고 싶으신가 해서 샤워기 물을 틀어서 씻어드리고는 방으로 모셨다. 정신이 왔다 갔다 하시나 보다. 어떨 때는 말씀도 정상적으로 잘하시다가 갑자기 변하시는 것이다. 집 문단속을 잘해야 하겠다. 행여나 밖으로 나가시면 집은 절대 못 찾아오실 것 같다. 심한 치매 현상이시다. 여덟 명의 자식 중 어머니를 모실 수 있는 여건이 되는 다섯 명의 자식들이 돌려가며 모시기로 했다. 현대판 고려장에 안 넣어 드린 것만 해도 다행이지만 안타까운 일이었다. 그 사내는 그게 항상 마음에 걸렸다. 한 집에서 계속 계시는 그것보다는 자식들 집도 다들 살만하니 여기저기를 다니시면서 다른 반찬을 드셔보는 것도 괜찮으리라 생각을 했었다. 그것은 짧은 생각이었다. 어머니는 다음 집으로 가실 날짜가 며칠만 남으면 불안하신 것인지 빨리 가고 싶은 것인지 봇짐을 챙겨 놓고는 밖을 자주 내다보신다.

호박덩이만 한 짐을 싸놓고서는 어떤 생각이 드셨을까?

다음 집으로 모셔갈 때는 마음이 착잡하다. 대전이나 서울이 아닌 청주 같으면 그래도 찾아가 뵐 수 있으니 좋다.

한번은 작은 형이 모실 차례가 되어 형 집엘 가려고 어머니 계신 곳을 물어보니 작은형님 아파트이지만 작은형님의 큰아들이 살고 있었다. 수박을 한 덩어리 사 가지고 갔는데 아무리 문을 두들겨도 안에서 인기척이 없다. 그 아파트에 계신 것은 분명한데 문을 안 열어주는 것이다. 화가 머리끝까지 올랐다. 문에다 더 발길질해대니 조카며느리가 문을 열어주고는 말도 없이 방으로 들어간다. 참으로 더 화가 난다. 어머니가 계신 작은 방문을 열고 보니 어머니는 그냥 누워서 나를 쳐다만 보고 계신다. 그러더니 "나 배가 고프다."라고 하신다. 생전 울어보지 않은 사내의 눈에서 눈물이 흘러내렸다.

셋째 여동생 차례가 되어 그 집으로 가셨다. 가신지 며칠 후 어머니가 이상하다고 여동생한테서 전화가 왔다. 전화를 받자마자 쫓아갔어도 거의 빈사 상태이셨다. 심장은 뛰는 것 같았다. 병원으로 옮겼으나 2000년 음력 3월 6일 어머니가 심장마비로 귀천하셨다.

입관 전, 눈 코 입 항문까지 막는 절차가 끝나자 나오는 울음을 손으로 틀어막으나 슬픔은 흐느낌이 되어 눈물이 흘러내린다. 평생을 자식을 위해 사시다가 귀천하신 어머니 꽃피는 봄날 훌쩍 떠나고 싶다던 어머니는 벚꽃이 만개한 봄날 귀천을 하셨다.

돌아가시기 전 한마디 유언이라도 하셨다면 꼭 들어드렸을 텐데 가슴이 무너진다.

몇 년이 지났는데 앉아 계셨던 그 빈자리에 어머니가 안 계신다는 게 그리 허전할 수가 없다. 노래방엘 가서 소리높여 어머니 노래를 부르고도 싶다.

어머니의 영정 앞에 섰다. 한문 훈장님의 장녀로서 한 치의 소홀함도 없이 부부싸움 한번 안 하고 그 지독한 가난을 이겨내신 장한 어머니. 어머니는 위대하셨다. 부모 死後 後悔. 왜? 그리도 책에 쓰여있던 글을 읽었으면서도 효를 잘 실행하지 못했을까? 목숨 걸고 월남 전선에 가서 번 돈을 다 드리기는 했지만, 그것으로 효도를 다 했다고는 생각이 안 든다. 안타까움이 하늘에 흰 구름처럼 몰려온다. 저승이 있는지 없는지는 죽어봐야 알 것 같지만, 다시 꼭 보고 싶은 어머니.

그 사내의 하늘이신 아버지 어머니 두 분은 그렇게 시차를 두고 땅과 합쳐지셨다.

서평

보내오는 수많은 책들을 다 읽을 수는 없지만 읽다 보면 지루하게 느껴지는 책이 많다. 그러나 이 책은 처음부터 흥미를 끈다. 그리고 다음 전개될 내용이 무엇일까? 책을 읽다가 덮어두면 뒤가 궁금하여 다시 열어보게 되는 마력이 있다. 재미있는 대목은 독자들을 미소 짓게 할 것이고 감동도 줄 내용도 있다. 절대로 포기하지 않고 다시 인생에 도전하는 용기는 가히 살만하다. 그것은 나를 뒤돌아보게도 할 것 같다.

이 작품은 한 사나이의 적나라한 일생이 있는 모습 그대로 화끈하게 펼쳐져 있는 자전적 소설이다. 가난한 집 형제 많은 집의 중간 순위로 태어나자 입 하나 줄이자고 "그냥 엎어놔. 산 사람이라도 살아야제" 그러나 발버둥 치는 핏덩이를 도로 잿겨 놓아 살아난 그 머시매의 전생(全生)이 흥미진진 펼쳐지는 역동적인 드라마다.

나이에 따라 할 수 있는 세상의 온갖 직종에 뛰어들어 상처를 입고 성공하고, 실패하고, 또다시 오뚜기로 오뚝 서는 경험으로 획득한 직종마다에서의 박학다식이며 가식 없는 화자의 원천적 몸태 짓이 독자를 집중시킨다. 그 머시매가 그 사내로 연칭되면서 종결 부분에 엎어 놓았다가 다시 잿겨 놓은 어머니를 흠모하는 화자의 희열과 아픔이 심장께로 깊숙이 파고드는 유별한 작품이다.

2022. 6

김 지 연(한국소설가협회 명예이사장)

에필로그

그 사내의 삶은 어느 누구도 쓰러트리지 못할 오뚜기였다. '아! 나 힘들어' 그냥 드러누울 그런 사내는 아니었다.

돈을 벌려면 어떻게 해야 하는지를 탈무드를 읽고 시간이 한참 지난 다음에야 그것을 깨우쳤다. 그것은 아인슈타인, 멘델로프, 니콜라 테슬라에게 쳤던 번갯불과 같은 것일 것이다. 그 사내는 책을 믿었다. 번쩍번쩍 빛나는 보석, 탐나는 명품, 부동산, 이만하면 눈치를 챘을 것이다.

욕심은 큰 화와 많은 돈을 오히려 잃어버린다는 것을 큰돈을 잃은 증권에서 경험했다.

인간인 나는 과연 무엇일까? 내가 살아야 할 가치는 진정 무엇인가? 동물 중에서도 가장 선을 베풀 수 있는 것도 인간이고 잔인함을 저지를 수 있는 동물도 바로 인간이다. 동물들이 살기 위해 다른 동물을 잡아먹는 약육강식 그것은 자연의 섭리이지만 그 도道를 넘는 것은 머리가 가장 좋다는 인간들이다.

나라는 인간은 진정 인간답게 산 것일까? 아니다 동물을 벗어나려고는 생각했지만, 동물과 같이 살아온 것을 자인하며 지난날을 용서받고 싶다.

물질문명의 발달은 인간의 가치를 파괴할 정도까지 왔다. 오직 돈을 위하여 사는 삶. 그것이 진정 인간의 가치일까?

그 사내는 인생은 돈이 다는 아니지만 살만큼은 돈을 가져야 인간노릇을 하고 살 것이라고 믿었다.

사람은 만능하지 않다. 그것을 향해 가는 데는 등불이 필요하다. 그 등불은 바로 책이라고 생각한다.

이 책을 써놓고 김지연 한국소설가협회 전 이사장님께 서평을 부탁드렸다.

보내주신 서평을 읽어보고 깜짝 놀랐다. 아무리 연륜이라도 그 446여 페이지가 넘는 글을 단 몇 줄로 표시하시다니, 감동이 왔다. 김지연 전 이사장님의 전화 번호를 모르니 이메일로 간단히 인사만 드렸다.

이제 마지막 인쇄를 앞두고 정은출판에 교정하러 가는 지하철에서 김지연 전 이사장님의 전화를 받았다. 소설을 읽어 달라는 사람이 너무 많아서 책을 읽어볼 시간이 없으셨단다. 그런데 이 책을 아주 재미있게 끝까지 읽으셨다고 하시면서 서평을 써 주신 것이라고 말씀하셨다. 그리고 문장에 대한 말씀을 해주셔서 다시 교정하여 이 책을 출간하게 되었다.

소설을 쓴다는 애송이로서는 감개 무량하다.

김지연 전 이사장님께 심심한 감사의 말씀을 올립니다.

이 책을 펴내기 위해 수없이 교정을 거치는데 불평 한번 안 하시고 따라주신 정은출판 노용제 대표에게 감사의 말씀을 올립니다.

2022년 여름

그 사내의 하늘과 시간 정진문 장편소설

초판 인쇄 2022년 6월 20일

초판 발행 2022년 6월 30일

저 자 정진문

발행인 노용제

발행처 정은출판

출판등록 제301-2011-008호(2004년 10월 27일)

주소 (04558) 서울특별시 중구 창경궁로1길 29, 3층

전화 02-2272-8807 팩스 02-2277-1350

이메일 rossjw@hanmail.net

홈페이지 www.je-books.com

ISBN 978-89-5824-456-1 (03810)

이 도서의 국립중앙도서관 출판시도서목록(CIP)는 홈페이지(https://www.nl.go.kr)와 국가자료종합목록(https://nl.go.kr/kolisnet/index.do)에서 이용하실 수 있습니다.